O Pícaro Russo

GARY SHTEYNGART

O PÍCARO RUSSO

Romance

Tradução de
Eliana Sabino

O Pícaro Russo

Título Original: *The Russian Debutante's Handbook*
Publicado mediante acordo com Riverhead Books, uma divisão da Penguin Group (USA) Inc.

Copyright © 2002 by Gary Shteyngart
Copyright da Tradução © 2006 by Geração Editorial

O autor agradece a permissão para utilização das seguintes letras de canções: "Route 66", de Bobby Troup. Usada com permissão de Londontown Music, Inc., e Edwin H. Morris & Company, uma divisão da MPL Communications, Inc. "You're the Top", de Cole Porter. © 1934 (renovado) Warner Bros. Inc. Usada com permissão da Warner Bros.

Editor & Publisher
Luiz Fernando Emediato

Diretor Editorial
Jiro Takahashi

Tradução
Eliana Sabino

Capa
Silvana Mattievich

Produção gráfica e editorial
Fernanda Emediato

Diagramação
Eloah Cristina Asevedo Passos da Cunha

Preparação de Originais
Cristina Miyahara

Revisão
Margarida da Silva
Marcia Benjamim de Oliveira

Dados Internacionais de Catalogação (CIP)
(Câmara Brasileira do Livro, SP, Brasil)

Shteyngart, Gart, 1972 –
O pícaro russo : romance / Gary Shteyngart ; tradução Eliana Sabino. — São Paulo : Geração Editorial, 2006.

Título original: The Russian debutante's handbook
ISBN: 85-7509-134-4
1. Romance norte-americano I. Título.

05-7765   CDD-813

Índices para Catálogo Sistemático:
1. Romances : Literatura norte-americana 813

Todos os direitos reservados
GERAÇÃO DE COMUNICAÇÃO INTEGRADA COMERCIAL LTDA.
Rua Prof. João Arruda, 285 – 05012-000 – São Paulo – SP – Brasil
Tel.: (11) 3872-0984 – Fax: (11) 3871-5777

Geração na Internet
www.geracaobooks.com.br
geracao@geracaobooks.com.br

2006
Impresso no Brasil
Printed in Brasil

AOS MEUS PAIS

NOTA DO AUTOR

"Volodya" e "Volodenchka" são diminutivos do nome russo Vladimir

NOTA DA TRADUTORA

A leitura desta obra em português poderá detectar um estilo peculiar. O inglês não é o idioma natal do autor, fato que se reflete no texto; além disso, trata-se de um escritor de talento, imaginação e vasto vocabulário. A tradutora procurou ser fiel ao estilo do escritor, transplantando suas peculiaridades para a versão em português.

Assim, certos termos aparentemente mal traduzidos correspondem a termos à primeira vista mal empregados no original, porém alguns com um segundo sentido ou uma exatidão semântica que os justifica: floresta áspera, terra desesperada, rosto salubre, entre outros. No inglês original elas soam igualmente peculiares.

Algumas palavras em língua portuguesa estão grifadas porque aparecem com a mesma grafia no original – *jesusmaria, ave maria, poema, armada*. Algumas expressões de carinho soam estranhas aos nossos ouvidos, mas são traduções literais do russo que a tradutora achou por bem conservar: porco-espinho, pepininho, costeletas de porco, etc.

Além disso, houve a necessidade de um grande número de notas explicativas, para colocar ao alcance do leitor a plena compreensão das referências no rico universo deste livro de estréia de Gary Shteyngart.

SUMÁRIO

Parte I
Nova York, 1993, ... 9
Cap. 1 - A História de Vladimir Girshkin, ... 11
Cap. 2 - A Mãe Dele, Yelena Petrovna, ... 20
Cap. 3 - Pais e Filhos, ... 27
Cap. 4 - As Mulheres e o Caso Vladimir, ... 33
Cap. 5 - O *Front* Doméstico, ... 42

Parte II
Girshkin Apaixonado, ... 55
Cap. 6 - O Retorno de Baobab, O Melhor Amigo, ... 56
Cap. 7 - Vladimir sonha com... , ... 68
Cap. 8 - O Volvo do Povo, ... 70
Cap. 9 - Gênero e Imperialismo, ... 82
Cap. 10 - A Família Ruocco, ... 92
Cap. 11 - O Baile de Debutantes de Vladimir Girshkin, ... 106

Parte III
O Espetáculo Americano do Sr. Rybakov, ... 113
Cap. 12 - Em Busca de Dinheiro, ... 114
Cap. 13 - Em Busca de Dinheiro em Westchester, ... 127
Cap. 14 - Em Busca de Dinheiro na Cidade, ... 136
Cap. 15 - Em Busca de Dinheiro na Flórida, ... 141
Cap. 16 - Caindo em Desgraça, ... 155
Cap. 17 - O Espetáculo Americano, ... 169

Parte IV
Prava, Republika Stolovaya, 1993, ... 179

Cap. 18 - A Repatriação de Vladimir Girshkin, ... 180
Cap. 19 - Fazendo Novos Amigos, ... 193
Cap. 20 - Cohen, O Escritor, ... 207
Cap. 21 - A Cultura Física e os seus Adeptos, ... 229
Cap. 22 - Na Sauna, ... 242

Parte V
O Rei de Prava, ... 247
Cap. 23 - A Insuportável Brancura de Ser, ... 248
Cap. 24 - Cole Porter e Deus, ... 260
Cap. 25 - O Homem Mais Feliz deste Mundo, ... 276

Parte VI
O Problema da Morgan, ... 301
Cap. 26 - A Longa Marcha, ... 302
Cap. 27 - E se Tolstoi Estivesse Errado, ... 309
Cap. 28 - Emboscada no Dedão, ... 319
Cap. 29 - A Noite dos Rapazes, ... 327
Cap. 30 - Um Pouco de Música Noturna, ... 340

Parte VII
Ocidentalizando os Boiardos, ... 349
Cap. 31 - Estrelando Vladimir como Pedro, O Grande, ... 350
Cap. 32 - Morte ao Pé, ... 370
Cap. 33 - Londres e O Rumo ao Ocidente, ... 393
Cap. 34 - Como Vovó Salvou os Girshkin, ... 403

Parte VIII
O Fim de Girshkin, ... 413
Cap. 35 - Essa Gente da Roça, ... 414
Cap. 36 - Em Épocas mais Felizes, ... 423

Epílogo
1998, ... 448

PARTE I
NOVA YORK, 1993

1. A HISTÓRIA DE VLADIMIR GIRSHKIN

A HISTÓRIA DE VLADIMIR Girshkin – meio P. T. Barnum[1], meio V. I. Lenin, o homem que conquistaria metade do mundo (embora fosse a metade errada) – começa do modo como começam tantas outras coisas. Numa segunda-feira de manhã. Num escritório. Com a primeira xícara de café instantâneo fazendo-se anunciar com gorgolejos na sala de estar comunitária.

Sua história começa em Nova York, na esquina da Broadway com Battery Place, a esquina mais desolada, mal-ajambrada e improdutiva do distrito financeiro de Nova York. No décimo andar, a Sociedade Emma Lazarus de Adaptação de Imigrantes recepcionava os seus clientes com as hortênsias moribundas e as paredes amarelas, cheias de manchas de infiltração, típicas de um tristonho escritório governamental do Terceiro Mundo. Na sala de recepção, sob as alfinetadas sutis, porém insistentes, de Facilitadores de Adaptação capacitados, turcos e curdos faziam uma trégua, tútsis formavam filas pacientemente atrás de hutus, sérvios batiam papo com croatas junto ao bebedouro desmilitarizado.

---

[1] P. T. Barnum: dono de um circo mundialmente famoso no século XIX. (N. da T.)

Enquanto isso, no apinhado escritório dos fundos, o funcionário subalterno Vladimir Girshkin – o imigrante dos imigrantes, o estrangeiro dos estrangeiros, vítima resignada de toda e qualquer brincadeira de mau gosto que o final do século XX tinha a oferecer e um improvável herói dos nossos tempos – atarefava-se com o primeiro sanduíche de *sopressata* picante duas vezes defumada e abacate. Como Vladimir adorava a rigidez implacável da *sopressata* e em segundo plano a presença gordurenta do abacate macio! No que lhe dizia respeito, a proliferação daquela espécie de sanduíche Janus[2] era a melhor coisa de Manhattan no verão de 1993.

NAQUELE DIA VLADIMIR completava 25 anos. Havia morado na Rússia durante 12 anos, e além desses havia os 13 anos passados ali. Aquela era a sua vida – o resultado da soma. E agora ela estava em processo de desintegração.

Aquele seria o pior aniversário da sua vida. Baobab, o maior amigo de Vladimir, estava na Flórida, ganhando dinheiro para o aluguel fazendo coisas intoleráveis com pessoas inomináveis; a mãe de Vladimir, impulsionada pelas parcas realizações do primeiro quarto de século de Vladimir, estava oficialmente em estado de guerra; e, no que possivelmente viria a ser o pior de todos os desfechos, 1993 era o Ano da Namorada – uma namorada americana deprimida e corpulenta, cujos fios de cabelo de um alaranjado brilhante espalhavam-se por sobre o seu pardieiro em Alphabet City[3] como se um batalhão de coelhos angorás lhes houvessem feito uma visita. Uma namorada cujo perfume de incenso enjoativamente doce e almiscarado cobria a pele não-lavada de Vladimir, talvez para lembrar-lhe aquilo que ele poderia esperar daquela noite, a noite do seu aniversário: Sexo. Todas as semanas, uma vez por semana, eles tinham que fazer sexo, já que tanto ele quanto aquela mulher grandona e pálida, aquela Challah, tinham consciência de que sem o sexo semanal o relacionamento dos dois acabaria, segundo alguma lei não especificada que se aplicava aos relacionamentos.

---

[2] Janus: Deus romano de duas caras, subentendendo-se aí as duas texturas contrastantes do sanduíche. (N. da T.)
[3] Alphabet City: área da cidade de Nova York no sul de Manhattan, onde as ruas não são designadas por números, como no restante da ilha, mas sim por letras. (N. da T.)

Sim, noite de sexo com Challah. Challah, com as bochechas proeminentes e um inconfundível rabanete no lugar do nariz, parecendo sempre matronal e suburbana apesar das saias pretas rasgadas, as pulseiras *dark* e os crucifixos que as lojas mais simplórias do centro de Manhattan conseguiam vender-lhe. Uma noite de sexo: um oferecimento que Vladimir não ousava recusar, devido à perspectiva de despertar numa cama inteiramente vazia – bem, com exceção do solitário Vladimir. Como era mesmo que aquilo funcionava? A pessoa abre os olhos e dá de cara com a cara... do despertador. Uma cara atarefada e implacável que, ao contrário da cara do ser amado, diz apenas "tiquetaque".

Repentinamente Vladimir escutou o coaxar frenético de um russo idoso lá fora, na recepção:

– *Opa! Opa! Tovarisch Girshkin! Ai! Ai! Ai!*

Os clientes problemáticos. Eram os primeiros a chegar na segunda-feira de manhã, tendo passado o final de semana ensaiando os seus problemas com os seus abomináveis amigos, praticando expressões irritadas diante do espelho do banheiro dos seus conjugados em Brighton Beach.

Era hora de agir. Vladimir apoiou-se no tampo da escrivaninha e pôs-se de pé. Sozinho no escritório dos fundos, sem qualquer ponto de referência além das cadeiras e escrivaninhas de jardim-de-infância que compunham o seu mobiliário, ele sentiu-se de súbito extraordinariamente alto. Um homem de 25 anos usando uma camisa de um cinza-escuro amarelada nas axilas, calça puída, com as bainhas comicamente descosturadas, e sapatos de cadarço que exibiam os vestígios negros de um incêndio doméstico, ele apequenava o ambiente à sua volta como o arranha-céu solitário que havia sido construído em Queens, bem do outro lado do Rio East. Mas isso não correspondia à realidade: Vladimir era baixinho.

Na recepção, Vladimir encontrou o peruano insolente que era o guarda de segurança empurrado contra a parede. Um volumoso cavalheiro russo, que ostentava os tradicionais trajes de brechó e corte de cabelo à escovinha de seis dólares, havia encurralado o pobre coitado com suas muletas e agora inclinava-se lentamente por sobre a sua presa, tentando mordê-lo com os seus dentes de prata. Infelizmente, ao primeiro sinal de violência mortífera os Facilitadores de Adaptação nativos haviam batido em retirada ignominiosamente, deixando para trás as suas canecas com os dizeres "Harlem, USA" e suas sacolas com o logotipo do Museu de Brooklyn. Apenas o funcionário menos graduado, Vladimir Girshkin, permaneceu para adaptar as massas.

— *Nyet! Nyet! Nyet!* — ele gritou para o russo. — Nós nunca fazemos isto com o guarda!

O insano voltou-se para enfrentá-lo.

— Girshkin! É mesmo você! — disse atabalhoadamente.

E empurrou-se para longe do guarda com um movimento único e notável, e saiu manquejando na direção de Vladimir. Tratava-se de um homem de baixa estatura, que ficava ainda menor por causa da pesada mochila verde que lhe pressionava as costas. Um lado da sua camisa *guayabera*[4] azul estava coberta do peito ao umbigo com medalhas de guerra soviéticas, e o peso delas puxava para baixo uma das pontas do colarinho, expondo um naco de pescoço cheio de veias.

— Que é que o senhor deseja? — Vladimir perguntou.

— O que eu desejo? — esbravejou o russo. — Meu Deus, quanta insolência! — uma muleta trêmula foi rapidamente erguida e colocada em posição entre os dois. O lunático executou um golpe de esgrima: em guarda! — Falei com você pelo telefone no mês passado. Pelo telefone você parecia muito culto, lembra-se? — disse, brandindo a muleta.

Culto? Ah, sim, devia ser mesmo ele. Vladimir examinou o homem que estava distraindo a sua manhã: ele tinha o rosto grande e eslavo (isto é, não se tratava de um rosto judeu), com uma teia de rugas tão profundas que pareciam ter sido talhadas a canivete. Sobrancelhas peludas, brezhnevianas, dominavam-lhe a testa. Uma pequena ilha de cabelos ainda louros estava ancorada no centro geográfico do seu crânio.

— Nós conversamos, hein? — disse Vladimir, no tom de dane-se o mundo do funcionalismo soviético. Ele era um grande fã da expressão "hein".

— Ah, sim! — exclamou, entusiasmado, o idoso.

— E que foi que eu lhe disse, hein?

— Você me disse para vir até aqui. A srta. Horosset me disse para eu vir até aqui. O ventilador me disse para vir até aqui. Portanto peguei o metrô número cinco para Bowling Green como você falou.

---

[4] *Guayabera*: camisa masculina de algodão com pregas na frente, vestimenta típica de países da América Central e do Caribe, especialmente Cuba. (N. da T.)

Parecia satisfeito consigo mesmo.

Vladimir fez menção de recuar na direção do seu escritório. O guarda acomodava-se novamente em seu poleiro, abotoando a camisa e resmungando qualquer coisa em sua língua natal. Mesmo assim, havia alguma coisa errada. Vamos checar: eslavo zangado; sexo à noite com Challah – ah, sim.

– Que negócio é esse de ventilador? – Vladimir quis saber.

– É o que fica no meu quarto – respondeu o sujeito, com um sorriso de zombaria diante de uma pergunta tão óbvia. – Eu tenho dois ventiladores.

– O ventilador disse para o senhor vir até aqui – Vladimir repetiu.

E o sujeito tinha dois ventiladores. Naquele exato instante Vladimir tomou consciência de que não se tratava de um cliente problemático. Aquele era um cliente "divertido". Um cliente *loup-de-loup*[5]. O tipo de cliente que acionava o interruptor matinal de uma pessoa e a mantinha enérgica e agitada o dia inteiro.

– Escute, por que não vamos até o meu escritório e o senhor me conta tudo? – Vladimir propôs àquele Homem do Ventilador.

– Muito bem, meu jovem!

O Homem do Ventilador fez a saudação da vitória para a sua vítima anterior, o guarda de segurança, e foi manquitolando até o escritório dos fundos, onde se sentou cuidadosamente numa das frias cadeiras de plástico. Removeu trabalhosamente o monstro verde que era a mochila.

– Então, qual é o seu nome? Vamos começar por aí.

– Rybakov – informou o Homem do Ventilador. – Aleksander. Ou então simplesmente Aleks.

– Por favor, fale-me do senhor. Se estiver confortável...

– Sou psicótico – Rybakov declarou. Suas enormes sobrancelhas tremularam em confirmação, e ele sorriu com falsa modéstia, como uma criança que apresenta aos colegas de escola o seu pai astronauta.

– Psicótico – Vladimir repetiu. Tentou parecer encorajador. Não era incomum que russos loucos lhe informassem o seu diagnóstico logo de cara; alguns tratavam do assunto quase que como uma profissão ou uma vocação na vida. – E o senhor já foi diagnosticado?

---

[5] *Loup-de-loup*: um tipo de acrobacia aérea. Portanto, o cliente não era problemático, e sim acrobático: cheio de altos e baixos. (N. da T.)

— Por muitas pessoas. Agora mesmo estou sob observação — informou o sr. Rybakov, olhando debaixo da escrivaninha de Vladimir. — Escute, cheguei até a escrever uma carta para o presidente no *New York Times*.

Ele mostrou um pedaço de papel amassado e cheirando a álcool, a chá e à sua própria palma da mão suada.

— ".Caro sr. Presidente" — Vladimir leu. — "Sou um marinheiro russo aposentado, um orgulhoso combatente contra o terror nazista na Segunda Guerra Mundial, e fui diagnosticado esquizofrênico paranóico. Estou morando no seu maravilhoso país há mais de cinco anos e recebi grande apoio moral e financeiro por parte do povo americano, carinhoso e muito sexuado (em particular, meus pensamentos se voltam para as mulheres que andam de patins em volta do Central Park com um pedacinho de pano enrolado em volta dos seios). Lá na Rússia, os cidadãos idosos com problemas mentais são mantidos em clínicas caindo aos pedaços e humilhados quotidianamente por jovens arruaceiros que mal ouviram falar da Grande Guerra Patriótica e não sentem a menor simpatia pelos mais velhos que lutaram com unhas e dentes para manter longe os boches assassinos. Na América tenho condições de levar uma vida plena e satisfatória. Escolho e adquiro comestíveis no supermercado Sloan's da Rua 89 com a Lexington. Vejo televisão, especialmente o programa sobre o anãozinho negro engraçado no canal cinco. E ajudo a defender a América investindo parte da minha previdência social em empresas como Martin Marietta e United Technologies. Logo me tornarei um cidadão desta grande nação e poderei escolher os meus líderes (diferentemente da Rússia). Assim, desejo ao senhor, sr. Presidente, e à sua desejável esposa americana e à jovem filhota desabrochando, um Ano Novo com muita saúde e felicidade. Respeitosamente, Aleksander Rybakov."

— O seu inglês é impecável.

— Ah, não posso ficar com o crédito quanto a isto — declarou o Homem do Ventilador. — É uma tradução feita pela srta. Horosset. Ela foi fiel ao original, pode ter certeza. Ela queria colocar "alemão" em lugar de "boche" mas eu não deixei. A gente tem que escrever o que sente por dentro, eu disse a ela.

— E o *New York Times* chegou a publicar esta carta? — Vladimir quis saber.

— Aqueles editores cretinos riscaram metade das minhas palavras — o sr. Rybakov declarou, brandindo para Vladimir uma caneta simbólica. — É a censura americana, meu amigo. Não se apagam as palavras de um poeta! Bom, instruí a srta. Horosset a dar entrada num processo judicial por causa disso. A irmã mais nova dela está saindo com um importante promotor do estado, de modo que acho que estamos em boas mãos.

Srta. Horosset – essa devia ser a assistente social dele. Vladimir baixou os olhos para o formulário em branco no qual ele deveria estar anotando informações. Uma psicose rica e peculiar estava tomando forma diante dele, ameaçando transbordar do espaço minúsculo reservado ao "estado mental do cliente". Começava a ficar inquieto, coisa que atribuiu ao café acomodando-se no seu abdômen, e pôs-se a batucar o ritmo do "Internacional" sobre o metal da escrivaninha, um hábito nervoso herdado do pai. Do lado de fora das janelas inexistentes do escritório de fundos, os desfiladeiros do distrito financeiro estavam inundados de racionalismo e de uma vaga esperança comercial: secretárias de subúrbio exploravam liquidações de cosméticos e meias de náilon; universitários engoliam pedaços inteiros de olhetes[6] numa única bocada satisfeita. Mas ali estavam apenas Vladimir, o rapaz de 25 anos, e as pobres massas aglomeradas ansiando por respirar a liberdade. Vladimir desviou o olhar dos seus pensamentos: seu cliente chiava e engasgava-se como um radiador com excesso de água.

— Escute, Rybakov, o senhor é um imigrante-modelo – Vladimir começou. – Recebe da previdência social. Publica carta no *Times*. Que é que eu poderia fazer pelo senhor?

— Aqueles safados! – Rybakov berrou, empunhando mais uma vez a muleta. – Aqueles safados horrorosos! Eles não querem me dar a minha cidadania! Eles leram a carta no *Times*. E sabem do ventilador. Sabem dos dois ventiladores. Você sabe, nas noites de verão as lâminas ficam um pouco enferrujadas e então precisamos passar óleo de milho nelas para lubrificar, não é? Então eles escutaram o *trikka trikka* e o *krik krak* e estão com medo! Um velho inválido, e estão com medo dele! Existem covardes em todos os países, até mesmo em Nova York.

— Isto é verdade, realmente – Vladimir concordou. – Mas acho que o que o senhor precisa, sr. Rybakov, é de um advogado especializado em imigração... Pois infelizmente eu não sou...

---

[6] Olhete: peixe do Oceano Atlântico. (N. da T.)

— Ah, eu sei quem você é, seu frangote — declarou o sr. Rybakov.

— Como disse? — perguntou Vladimir. A última vez que o tinham chamado de "frangote" havia sido 20 anos antes, quando ele era, realmente, uma criatura diminuta e vacilante, a cabeça coberta por uma tênue penugem dourada.

— Numa noite dessas o Ventilador cantou um poema épico para mim — Rybakov revelou. — Chamava-se "A História de Vladimir Girshkin e Yelena Petrovna, Sua Mãezinha".

— Mamãe... — Vladimir murmurou. Não sabia que outra coisa dizer. Aquela palavra, quando falada em companhia de homens russos, era por si só, sagrada. — Conhece a minha mãe? — perguntou.

— Não tivemos o prazer de sermos apresentados formalmente. Mas já li sobre ela na seção de negócios do *New Russian Word* — Rybakov explicou. — Que judia! O orgulho do seu povo. Uma loba capitalista. O açoite dos fundos de investimento. A czarina impiedosa. Ah, a minha cara, caríssima Yelena Petrovna. E aqui estou eu, batendo papo com o filho dela! Certamente ele conhece as pessoas certas, conterrâneos hebreus talvez, entre esses covardes agentes do Serviço de Imigração e Naturalização.

Vladimir ergueu o peludo lábio superior para sentir o cheiro da sua fragrância animal — um passatempo tranqüilizante.

— O senhor está enganado. Não há nada que eu possa fazer pelo senhor — disse. — Não tenho a esperteza da minha mãe, nem tenho amigos no Serviço de Imigração... Não tenho amigos em parte alguma. No meu caso, não se aplica o que dizem, que filho de peixe peixinho é. Mamãe pode ser uma loba, mas olhe bem para mim...

Vladimir fez um gesto que abarcava a pobreza à sua volta.

Exatamente então as portas duplas abriram-se e, vinte minutos atrasadas para o trabalho, entraram a chinesa e a haitiana — funcionárias subalternas que dividiam com Vladimir o escritório dos fundos — vindas da rua, carregadas de bisnagas de pão com manteiga e café. Elas se retiraram para trás das suas escrivaninhas rotuladas CHINA e HAITI, ajeitando as dobras longas e leves das saias de verão. Quando o olhar de Vladimir retornou ao seu cliente, dez notas de cem dólares, dez retratos das feições severas de Benjamin Franklin, estavam dispostas sobre a mesa formando um leque de papel.

— *Ai*! — Vladimir exclamou.

Instintivamente agarrou o dinheiro e depositou-o dentro do bolso da camisa. Olhou de relance para as suas colegas internacionais: alheias ao crime que ele acabava de cometer, elas estavam a empanturrar-se de pãezinhos, trocando receitas de biscoitos haitianos e de como saber se um homem é decente.

– Sr. Rybakov! Que é que está fazendo? – Vladimir sussurrou. – Não pode me dar dinheiro. Isto aqui não é a Rússia!

– Todo lugar é a Rússia – respondeu o sr. Rybakov filosoficamente. – Em todo lugar aonde se vai... Rússia.

– Agora quero que o senhor coloque a mão em cima da mesa com a palma virada para cima – Vladimir instruiu. – Vou jogar as notas dentro dela bem depressa, o senhor guarda o dinheiro na sua carteira e nós passamos a considerar este assunto encerrado.

– Eu preferia que não – retrucou Aleksander Rybakov, o Bartleby[7] soviético. – Escute. Eis o que vamos fazer – continuou. – Venha até a minha casa. Vamos conversar. O Ventilador gosta de tomar chá mais cedo nas segundas-feiras. Ah, e vamos ter Jack Daniel's e beluga, e esturjão delicioso, também. Moro na Rua 87, logo depois do Museu Guggenheim, aquele prédio pavoroso. Mas é uma cobertura simpática, com vista para o parque, um condicionador de ar Sub-Zero... Muito mais civilizado do que este lugar aqui, entende?... Esqueça o seu dever aqui. Ajudar equatorianos a mudar-se para a América é uma tarefa sem sentido. Ande, vamos ser amigos!

– O senhor mora perto do Guggenheim? – Vladimir balbuciou. – Numa cobertura? Com o dinheiro da previdência social? Mas como pode ser? – Ele tinha a impressão atordoante de que a sala havia começado a ondular. A única distração que Vladimir tinha em seu trabalho era encontrar estrangeiros ainda mais perplexos do que ele com a sociedade norte-americana. Nesse dia, porém, aquele singelo prazer estava se mostrando altamente fugaz. – Onde conseguiu o dinheiro? – Vladimir interrogou o seu cliente. – Quem lhe comprou esse condicionador zero?

O Homem do Ventilador estendeu a mão e beliscou o nariz de Vladimir entre o polegar e o indicador – um costumeiro gesto russo, reservado para as crianças pequenas.

– Sou psicótico mas não sou idiota – replicou o Homem do Ventilador.

---

[7] Bartleby: personagem-título de um conto de Herman Melville. (N. da T.)

2. A MÃE DELE, YELENA PETROVNA

Nessa manhã de segunda-feira, como em todas as manhãs de segunda-feira, a Sociedade Emma Lazarus encontrava-se num estado de frenesi mal organizado. Assistentes sociais solitários abriam o coração uns para os outros; o Czar de Aculturação do órgão, um polaco saudoso de casa e com tendências ao suicídio, ministrava aos berros o seu curso de introdução aos Estados Unidos ("Povo Egoísta, Terra Egoísta"); e o programa semanal favorito dos imigrantes estava acontecendo na Sala de Estar Internacional, e dessa vez quem liderava a matilha era uma tartaruga de Bengala.

Cercado por tamanha comoção poliglota, Vladimir não teve dificuldade em abandonar o seu posto – a chamada Mesa da Rússia, coberta de burocráticas manchas de tinta e recortes de jornal a respeito de judeus soviéticos em dificuldades. Antes, porém, que Vladimir pudesse acompanhar o sr. Rybakov até a cobertura dele, uma pessoa cheia de entusiasmada simpatia telefonou para o seu escritório.

– **Meu queridíssimo Volodechka!** Feliz aniversário...! – gritou a Mãe. – Feliz recomeço...! Seu pai e eu lhe desejamos um futuro brilhante...! Muito sucesso...! Você é um rapaz cheio de talento...! A situação econômica está melhorando...! Nós lhe dedicamos todo o nosso amor quando você era criança...! Tudo o que tínhamos, até o fundo do baú...!

Vladimir baixou o volume dos fones de ouvido. Sabia o que estava por vir, e realmente, decorridos mais sete pontos de exclamação, a Mãe descontrolou-se e começou a choramingar o nome de Deus no possessivo:

– *Bozhe moi*! *Bozhe moi*!

Depois de uma pausa, continuou:

– Por que eu fui lhe arranjar este emprego, Vladimir? Onde eu estava com a cabeça? Você me prometeu que não ficaria mais do que um verão. E lá se vão quatro anos! Eu estagnei o meu próprio filho, o meu único e precioso filho. Ah, como foi que isto veio a acontecer? Trouxemos você para este país, e para quê? Até mesmo os nativos estúpidos dão-se melhor do que você...

Ela continuou falando sem parar – através de uma saraivada de lágrimas e de contratempos nasais gorgolejantes e explosivos – a respeito das alegrias de ir para uma faculdade de Direito e tornar-se advogado, a falta de status de ser escravo de uma escrivaninha de um órgão sem fins lucrativos, *trabalhando por oito dólares a hora* enquanto os seus contemporâneos avançavam a toda velocidade na educação profissional. Aos poucos a cantilena baixa e regular cresceu em ritmo e em tom, até que ela passou a dar a Vladimir a impressão de uma mulher devota num velório no Oriente Médio no momento em que o caixão de seu filho é baixado para o fundo da terra.

Vladimir recostou-se e soltou um ruidoso suspiro de protesto; ela não conseguia parar, nem mesmo no aniversário dele. Seu pai precisara de um ano fazendo a corte e uma década de casamento para adaptar-se ao talento da Mãe para chorar quando queria. "Não chore. Ah, por que está chorando, pequeno porco-espinho?", o jovem dr. Girshkin sussurrava para a esposa em seu escuro apartamento de Leningrado, enquanto suas mãos lhe acariciavam os cabelos – cabelos mais escuros do que a fumaça que pairava sobre a cidade, cabelos que nem mesmo os resistentes rolinhos ocidentais conseguiam cachear (chamavam-na de *Mongolka*, e ela tinha, realmente, um oitavo de sangue mongol). Os intermitentes clarões de néon iluminavam as lágrimas que desciam por seu rosto oblongo enquanto o letreiro do açougue, posicionado diretamente abaixo do apartamento deles, esforçava-se para manter-se aceso com o errático fornecimento de energia. Ele jamais a perdoaria por só vir a reagir às suas carícias bem tarde da noite, quando ela adormecia e instintivamente aninhava-se no ombro dele, muito depois que alguém apagava misericordiosamente o letreiro do açougue e as ruas se rendiam à nevoenta e indiscernível escuridão de Petersburgo.

Também Vladimir sofrera com os lamentos acusatórios da Mãe enquanto o seu boletim escolar com nota 8 era cerimoniosamente incinerado na lareira, enquanto a louça voava por causa de prêmios do clube de xadrez não conquistados – como certa vez em que ele a encontrou chorando em seu escritório às três horas da manhã, segurando uma fotografia de Vladimir com três anos de idade brincando com um ábaco de brinquedo, os olhos tão brilhantes, tão cheio de iniciativa, tão cheio de esperança... Mas o golpe de misericórdia aconteceu durante o casamento de um Girshkin californiano, quando sua mãe se descontrolou publicamente e acusou Vladimir – que dançava timidamente com uma prima gorducha – de ter "quadris de homossexual". Ah, aqueles quadris tão sensuais!

Confuso e cheio de sentimento de culpa, Vladimir procurava no Pai uma ratificação, ou pelo menos uma explicação, mas não obteve qualquer dessas coisas até o início da sua adolescência, quando o Pai levou-o para uma longa caminhada de outono através do lamaçal e da atmosfera saturada de gases do Parque do Lago Alley – presente da Rainha para as florestas da nação – e permitiu que sua boca despejasse a palavra "divórcio" pela primeira de muitas vezes.

– Sua mãe sofre de uma espécie de loucura – ele dissera. – Muito real e reconhecida pelos médicos.

E Vladimir, jovem e pequenino mas já uma criança dos Estados Unidos, perguntou:

– Não existe uma pílula que ela possa tomar?

Mas o dr. Girshkin, com sua mentalidade holística, não acreditava em pílulas. Uma massagem vigorosa com álcool e um *banya* quente eram a sua receita universal.

Mesmo agora, quando se sentia mais afastado do que nunca dos soluços dela, Vladimir continuava sem atinar com o que dizer para fazer com que eles cessassem. Seu pai também jamais conseguira descobrir. Tampouco conseguira reunir coragem para levar a cabo o divórcio meticulosamente planejado: apesar de todos os seus defeitos, a mãe de Vladimir era a sua única amiga e confidente no Novo Mundo.

– *Bozhe moi*, Vladimir – a Mãe choramingou, e então parou de repente. Fez alguma coisa com o telefone: um bipe soou. Por um instante houve silêncio total. – Vou deixar você em espera, Vladimir. Estou recebendo um telefonema de Singapura. Pode ser importante – disse finalmente.

Uma versão instrumental de "*Michael, Row Your Boat Ashore*" ergueu-se estrondosamente dos intestinos eletrônicos da corporação da Mãe e invadiu a orelha de Vladimir.

Era hora de ir. Deixado sem vigilância, o sr. Rybakov havia voltado aos solavancos para a recepção e estava mais uma vez aterrorizando o guarda de segurança. Vladimir estava quase desligando quando a Mãe voltou com um gemido. Vladimir interrompeu-a:

– Então, como vão as coisas com você?

– Terríveis – disse a Mãe, mudando para o inglês, o que significava conversa de trabalho. Ela assoou o nariz. – Vou ter que despedir uma pessoa do escritório.

– Que bom para você – Vladimir comentou.

– É uma grande complicação – a Mãe gemeu. – Ele é um afro-americano. Fico nervosa, com medo de dizer alguma coisa errada. O meu inglês não é tão bom assim. Neste final de semana você precisa me ensinar a ser sensível aos africanos. É uma aptidão importante, não é?

– Eu vou aí no fim de semana? – Vladimir perguntou.

A Mãe fez um esforço para rir e declarou que seria totalmente insano não fazer um churrasco de aniversário.

– Só se faz 25 anos uma vez – argumentou. – E você não é um... Como é que se diz? Uma perda total.

– Para começar, não sou viciado em *crack* – Vladimir comentou em tom alegre.

– E não é homossexual – retrucou a Mãe. – Hum?

– Por que é que você sempre...

– Ainda está com a moça judia? A pequena pão-Challah...

– Estou – Vladimir tranqüilizou-a. Estou, estou, estou.

A Mãe exalou profundamente.

– Ah, isto é bom – afirmou.

Disse a ele para levar o calção de banho no sábado porque talvez, a essa altura, a piscina estivesse consertada. E conseguiu suspirar e mandar um beijo de adeus a Vladimir ao mesmo tempo.

– Seja forte – foi a sua última e enigmática orientação.

A PORTA DO PRÉDIO CHAMADO Dorchester Towers, onde morava o sr. Rybakov, tinha como peça central uma tapeçaria exibindo o brasão dos Dorchester – uma águia de duas cabeças segurando um pergaminho em um dos bicos e um punhal no outro: a história ilustrada do Novo Dinheiro e de como ele havia chegado até lá. Dois porteiros abriram a porta para Vladimir e o seu cliente. Um terceiro deu a Vladimir um caramelo.

As demonstrações de riqueza ao estilo americano sempre faziam Vladimir sentir-se como se a Mãe estivesse atrás dele cochichando em seu ouvido o apelido bilíngüe predileto que inventara para ele: *Failurchka*! Pequeno Fracasso. Aturdido de despeito, ele recostou-se na parede do elevador, tentando ignorar o opulento brilho vermelho da madeira, *padauk* legítima vinda de Burma, rezando para que o apartamento de Rybakov fosse um barraco na cobertura, subsidiado pelo governo e cheio de quinquilharias.

Mas as portas do elevador abriram-se para revelar um vestíbulo ensolarado, pintado de creme, mobiliado com cadeiras Alvar Aalto e um engenhoso tocheiro de ferro batido.

– É por aqui, costeleta de porco... Siga-me... – convidou Rybakov.

Eles chegaram à sala de estar, que era também inofensivamente pintada de creme, com exceção de algo que parecia ser um tríptico de Kandinski e ocupava uma parede inteira. Abaixo do Kandinski, dois conjuntos de sofá e poltronas reclináveis postavam-se em círculo diante de um telão de TV. Mais adiante havia uma sala de jantar onde um lustre comprido demais pendia a centímetros de uma imponente mesa de jacarandá. Mesmo o apartamento sendo amplo como era, a mobília parecia destinada a um lugar ainda maior. Espere e verá, disse a mobília.

Vladimir tomou consciência daquele cenário o mais devagar que pôde, e seu olhar, naturalmente, parou no Kandinski.

– Aquele quadro... – conseguiu dizer.

— Ah, isso aí? É só um negócio que a sra. Harosset escolheu em um leilão. Ela fica tentando me convencer a gostar do expressionismo abstrato. Mas olhe só para esta coisa! Esse tal de Kanuski era obviamente uma espécie de pederasta. Ah, vou lhe dizer uma coisa, Volodya, sou um homem simples. Ando de metrô e passo as minhas próprias camisas. Não preciso de dinheiro ou de arte moderna! Um banheiro confortável no fundo do quintal, um pouco de peixe defumado, uma moça para chamar o meu nome... esta é a minha filosofia!

— A srta. Harosset... Ela é a sua assistente social? — Vladimir perguntou.

O sr. Rybakov riu com vontade.

— É, assistente social – disse. – É exatamente isto. Ah, Volodya, você tem sorte de ser tão jovem. Agora sente-se. Vou fazer um chá. Não deixe que estas coisas o enganem. – Brandiu uma muleta na direção de Vladimir. – Sou um marujo!

E desapareceu através de uma porta dupla. Vladimir sentou-se a uma das extremidades da mesa, que era muito mais apropriada para um banquete do que para um gole de chá, e olhou à sua volta. Pendurado em uma parede havia um instrumento de corda bem parecido com uma balalaica russa, juntamente com alguns diplomas militares amarelecidos. Na parede oposta havia apenas uma fotografia em preto e branco emoldurada, mostrando o rosto de um rapaz com a fisionomia amuada e as mesmas sobrancelhas grossas e olhos verde-claros do Homem do Ventilador. Uma irritação provocada pelo frio estendia-se por grande parte do seu lábio inferior como uma escavação em progresso.

Abaixo da foto via-se uma mesa de cabeceira simples, sobre a qual empoleirava-se um ventilador de lâminas largas. Sua estrutura de metal reluzia.

— Vejo que é hora das apresentações – Rybakov declarou. Empurrava um carrinho com um samovar em miniatura, uma garrafa de vodca e pratos cheios de *matjes* de arenque e *sprats* de Riga. – Ventilador, este é o Vladimir. Vladimir, Ventilador.

— Prazer em conhecê-lo. Ouvi tantas coisas maravilhosas a seu respeito... – disse Vladimir ao Ventilador.

O Ventilador não disse uma palavra.

— O Ventilador está um pouquinho fatigado – explicou o sr. Rybakov, acariciando as lâminas com um pedaço de veludo. – Passamos a noite inteirinha bebendo e cantando músicas de sacanagem. Murka, ah, minha Murka... Ah, minha amada Murka... Olá minha Murka, e adeus! Conhece esta?

– Tu traíste o nosso caso de amor... – Vladimir cantou. – Ah, minha amada Murka... E por causa disso, minha Murka, tu vais morrer!

– Que voz linda você tem! – aplaudiu o sr. Rybakov. – Talvez a gente possa formar uma pequena sociedade de canto improvisado. O Coro do Exército Vermelho no Exílio. Que é que você me diz, Ventilador?

O Ventilador continuou calado.

– Sabia que ele é o meu melhor amigo? – Rybakov perguntou de repente, referindo-se ao Ventilador. – O meu filho foi embora. A Srta. Harrosset está correndo por aí fazendo o trabalho do Diabo, então que é que me resta? Lembro-me do dia em que nos conhecemos. Eu acabava de aterrissar no Aeroporto Kennedy, meu filho estava detido na alfândega, os sujeitos da Interpol queriam ter uma conversinha franca com ele... E então as mulheres da sociedade hebraica local apareceram para dar dinheiro aos judeus que chegavam. Bem, elas olharam para a minha cara de cristão e então, em vez de dinheiro, me deram um salame e um pouco desse horrível queijo americano... E então... Acho que foi por causa do forte calor daquele verão... os judeus tiveram pena de mim e me deram o meu Ventilador. Ele foi tão espontâneo, no mesmo minuto começamos a conversar como um par de velhos companheiros de navio! Desde aquele dia, nunca nos separamos.

– Eu também não fiz muitos amigos neste país – Vladimir comentou em tom baixo e pensativo. – Nós, russos, temos dificuldades de fazer amigos aqui. Às vezes fico tão solitário...

– É mesmo – interrompeu o sr. Rybakov. – Muito bom, Vladimir, mas o dia é curto, de modo que vamos esquecer as nossas tristezas e conversar feito homens.

Ele pigarreou e continuou a falar, em tom professoral.

3. PAIS E FILHOS

– **Vladimir, o ventilador deseja** lhe contar uma história. Uma história secreta. Gosta de segredos, Volodya?
– Bem, para dizer a verdade... – Vladimir respondeu.
– Claro, todo mundo gosta de segredos. Agora, a nossa história secreta começa com um pai e um filho, ambos nascidos e criados na grande cidade portuária de Odessa. Sabe, Volodya, nunca existiram um pai e um filho tão unidos, mesmo que esse pai, marinheiro de profissão, estivesse sempre navegando em volta do mundo e fosse obrigado a deixar o filho aos cuidados de suas muitas amantes. Rrrr – rosnou o sr. Rybakov com prazer evidente.
Acomodou-se numa poltrona reclinável próxima e ajeitou as almofadas.
– Cada longa separação pesava no coração do pai – continuou, fechando os olhos. – No mar, ele com freqüência conduzia conversas imaginárias com seu filho, mesmo que o cozinheiro Akhmetin, aquele checheno safado, zombasse dele sem piedade e sem dúvida cuspisse na sua sopa. Mas então, um dia, no final da década de 1980... Adivinhe o que aconteceu. O socialismo começou a desabar! E assim, sem parar para pensar, o pai e o filho emigraram para o

Brooklyn. As circunstâncias eram horríveis. Um apartamento conjugado. Espanhóis por toda parte. Ah, o sofrimento dos pobres! – queixou-se Rybakov. – Bem, o filho, Tolya, o nome dele era este, mas todo o mundo o chamava de Marmota. Esta história também é interessante, o modo como ele arranjou este apelido... De qualquer maneira, o filho ficou feliz em estar novamente com o seu *papatchka*, mas ainda era um rapaz jovem. Queria trazer mulheres para casa, para trepar com elas de cabo a rabo. Não era fácil para ele, pode acreditar. E não havia um trabalho disponível que realmente aproveitasse a sua inteligência natural. Pode ser que ele tenha sido contratado por uns gregos para explodir as suas lanchonetes por questões de seguro. Ele era muito eficiente nesse tipo de coisa, de modo que bum, bum... – Rybakov tomou um avantajado gole de vodca. – Bum, bum. Dessa maneira ele ganhou dez, vinte mil, mas mesmo assim o filho continuava inquieto. Ele era um gênio, percebe?

À guisa de esclarecimento, o Homem do Ventilador apontou para a própria cabeça.

Vladimir tocou na sua própria, concordando. A combinação de chá e vodca estava fazendo com que ele transpirasse. Remexeu no bolso em busca de um lenço de papel, mas encontrou apenas as dez notas de cem dólares que Rybakov lhe dera. As notas pareciam firmes, quase engomadas; por um motivo qualquer, Vladimir teve vontade de colocá-las dentro da cueca, senti-las bolinando as suas partes íntimas.

– Então deram ao filho uma dica especial – o sr. Rybakov prosseguiu. – Ele fez um contato. Primeiro foi para Londres, depois para Chipre, depois para Prava.

Prava? Vladimir aguçou sua atenção. A Paris dos anos 90? O *playground* da elite artística norte-americana? O SoHo do Leste Europeu?

– É, foi mesmo – continuou o Homem do Ventilador, como se tivesse consciência da incredulidade de Vladimir. – Europa Oriental. É lá que se ganha dinheiro hoje em dia. E naturalmente, em um ou dois anos, o filho toma conta de Prava, os nativos intimidados curvam-se à vontade dele. Ele dirige o negócio dos táxis no aeroporto, o contrabando de armas da Ucrânia para o Irã, caviar do Mar Cáspio para Brighton Beach, ópio do Afeganistão para o Bronx, prostitutas na praça principal, bem na frente do supermercado. E todas as semanas manda dinheiro para o seu sortudo pai. Ora, isto é que é um filho agradecido. Podia ter posto o pai em um sanatório para idosos ou uma clínica para malucos, que é o que os filhos fazem nestes tempos tão desalmados.

O sr. Rybakov abriu os olhos e voltou-se para Vladimir, que, nervoso, passava os dedos pelo início de calvície nas têmporas.

– Bom, já que o Ventilador está em silêncio, nós temos tempo para pensar nesta história – Rybakov declarou. – Como é que nos sentimos em relação a este relato tão interessante? Estamos ofendidos, à moda norte-americana, com as atividades do filho? Estamos preocupados por causa da prostituição e do contrabando e das lanchonetes explodindo...

– Bom, esta história realmente provoca alguns questionamentos... – A Supremacia da Lei, essa pedra fundamental da democracia ocidental, era um deles. – Mas é preciso lembrar que somos russos pobres, que vivemos em tempos difíceis para a nossa terra natal, e que freqüentemente somos obrigados a tomar medidas especiais para alimentar nossa família, para sobreviver.

– Sim! Excelente resposta! – exclamou o Homem do Ventilador. – Você ainda é um *russki muzhik*, não é como alguns desses filhos adaptacionistas com seus diplomas em Direito. O Ventilador está contente. Agora, Vladimir, preciso colocar as cartas na mesa: eu o atraí até aqui para algo mais do que arenque e vodca e as reminiscências de um velho cansado. Hoje de manhã, o Ventilador e eu fizemos um telefonema conjunto para o meu filho, o Marmota, em Prava. Também ele é um grande fã da sua mãe. E sabe que o filho de Yelena Petrovna Girshkin não irá nos decepcionar. Ah, Vladimir, deixe desta modéstia! Isto eu não vou permitir! Fica aí dizendo: "Não sou filhinho de mamãe! Sou um homem simples!"... Você é um pepininho, é isto que você é...

Fez uma pausa, para continuar em seguida:

– Bom, o Ventilador e eu temos o prazer de lhe fazer a seguinte proposta: se conseguir a cidadania para mim, o meu filho vai tornar você diretor da organização dele. No instante em que eu estiver naturalizado, você terá uma passagem de primeira classe para Prava. Ele vai transformar você num golpista de primeira linha. Um moderno homem de negócios. Um... como é que vocês, judeus, dizem...? Um *gonif*. Uma coisa é certa: esse trabalho vai pagar mais do que oito dólares por hora. É necessário conhecimento de inglês e russo. O candidato deve ser soviético e norte-americano ao mesmo tempo. Está interessado?

Vladimir cruzou as pernas e inclinou o torso para a frente; abraçou o próprio corpo nessa posição e estremeceu um pouco. Mas todo aquele melodrama físico era ridículo. Do ponto de vista logístico, aquilo não valia coisa alguma. Ele não pretendia tornar-se um mafioso na Europa Oriental. Era o mimado filho único de pais de Westchester que certa vez haviam pago 25 mil dólares por ano para mandá-lo para uma universidade moderna no Meio-Oeste. Era verdade que Vladimir não era conhecido por percorrer um panorama moral muito bem definido, mas traficar armas para o Irã estava definitivamente fora do seu mapa.

No entanto, no fundo de sua mente uma janela abriu-se e a Mãe inclinou-se para fora, gritando para que todos escutassem: "Muito em breve o meu Pequeno Fracasso será um Grande Sucesso!".

Vladimir bateu com força essa janela.

– Na verdade, não há necessidade disto, sr. Rybakov – respondeu. – Vou passar o seu caso para o advogado da minha organização. Ele vai ajudá-lo a preencher o formulário da Lei de Liberação de Informações. Vamos descobrir a razão por que o seu pedido de cidadania foi negado.

– Certo, certo. Meu filho e o Ventilador também pensam da mesma maneira a respeito desta questão: você é judeu, e os judeus não são burros; é preciso dar a eles alguma coisa para fazer o caso valer a pena. Tenho certeza de que você conhece o velho provérbio russo: se não há água no tanque, é porque os judeus já beberam...

– Mas sr. Rybakov...

– Agora me escute, Girshkin! A cidadania é tudo! Um homem que não pertence a um país não é um homem, é um vagabundo. E sou velho demais para ser um vagabundo.

Houve um momento de silêncio, rompido apenas pelos estalos semelhantes a beijos que o velho marinheiro fazia com os lábios carnudos. Ele sussurrou:

– Será que você pode me fazer a gentileza de colocar o Ventilador na velocidade máxima? Ele quer cantar uma música para comemorar o nosso novo acordo.

– É só apertar o botão? – Vladimir perguntou, seu estômago tocando a devida canção do nervosismo: *qual novo acordo?* – Mamãe diz que primeiro é preciso colocar o ventilador na velocidade média e, depois de algum tempo, passar para a alta, porque senão o motor...

O sr. Rybakov ergueu a mão para interrompê-lo.

– Trate o Ventilador como achar melhor. Você é um bom rapaz e tenho confiança em você – disse.

Vladimir sentiu o peso da palavra "confiança" em russo, uma favorita no lar dos Girshkin. Levantou-se sem cerimônia e foi até o ventilador, apertando o botão marcado MÉDIA. O apartamento era dotado de ar condicionado central, mas a nova brisa, um punho de ar frio esmurrando o frio geral, era bem-vinda. Ele apertou o botão marcado ALTA e as lâminas visivelmente duplicaram o esforço; seu zumbido era agora pontuado por rangidos e estalidos vindos do interior.

– Eu deveria lubrificá-lo de novo – Rybakov murmurou. – Mal se consegue escutá-lo com tantos estalos.

Vladimir procurou às cegas uma resposta, mas ocorreu-lhe apenas uma espécie de mugido.

– Psiu, escute – disse o anfitrião. – Ouça a música. Conhece esta canção?

O Homem do Ventilador soltou ele próprio uma série de estalidos roucos, e Vladimir percebeu então que ele estava cantando:

– Pa-pa-pa-ra-ra-ra as noites de Moscou... Pa-ra-ra-ra-ra-pa-ra-ra jamais esquecerei... Pa-ra-ra-ra-ra as noites de Moscou...

– Ah, eu conheço esta música! – Vladimir exclamou. – Pa-pa-pa-ra-ra as noites de Moscou...

Os dois cantaram várias vezes aquele pedaço da canção, ocasionalmente substituindo o "pa-ra-ra-ra" por palavras que iam recordando. Talvez fosse a sua imaginação, mas Vladimir conseguia escutar o ventilador mantendo o ritmo com eles, se era que não estivesse realmente a incentivá-los naquela cançoneta agridoce.

– Estenda a sua mão – pediu o sr. Rybakov, abrindo sobre a mesa a palma da mão enrugada e povoada de veias. – Coloque a mão aqui.

Vladimir olhou atentamente para a própria mão, como se estivesse prestes a colocá-la dentro da grade do ventilador. Dedos tão esguios... Diziam que dedos assim eram bons para se tocar piano, mas para isso era preciso começar cedo. Mozart tinha...

Colocou a mão dentro da palma cálida do Homem do Ventilador e sentiu-a fechar-se em volta dele como uma sucuri sobre um coelho.

– O Ventilador está girando – o sr. Rybakov declarou, e apertou com força.

Vladimir contemplou o ventilador que girava e pensou nos pais e no churrasco programado para o fim de semana. "Pa-ra-ra-ra-ra as noites de Moscou". Cantavam essa canção em Brighton Beach e em Rego Park, e cantavam na emissora de rádio WEVD de Nova York — "Nós Falamos a Sua Língua" – permanentemente sintonizada pelo rádio dos Girshkin, mesmo quando os seus primeiros amiguinhos americanos na escola hebraica foram jogar no computador da sua casa e ouviram o "Pa-ra-ra-ra-ra..." com a orquestra formada por um sintetizador de dois dólares e viram os seus pais à mesa da cozinha cantando com o rádio enquanto mascavam costeletas de porco *verboten*, bebendo em goles ruidosos a sopa de cogumelos com cevada.

O sr. Rybakov soltou a mão de Vladimir e deu-lhe uns tapinhas distraídos, como se faz com um cão de estimação quando ele volta com os jornais da manhã. Inclinou-se por sobre o braço da poltrona reclinável.

– Me faça o favor de pegar o urinol no meu quarto – pediu.

4. AS MULHERES E O CASO VLADIMIR

VÁRIOS ARENQUES DEPOIS, VLADIMIR despediu-se do seu cliente e voltou para seus modestos aposentos em Alphabet City. Estava combinado que comemoraria o seu aniversário com "a pequena pão-Challah", sua namorada. Mas, por um capricho do destino, nesse dia em especial Challah havia sido convocada para o Calabouço, a caverna açoitadora de Chelsea. Quatro banqueiros suíços, transplantes recentes em Nova York, haviam descoberto que além dos seus empregos reestruturando a dívida do Terceiro Mundo eles tinham em comum a necessidade de serem humilhados por uma figura materna, alguém um pouco mais fornido do que o cardápio normal do Calabouço. Assim, o *beeper* de Challah havia registrado o código $$urgente$$. E lá se foi ela com uma caixinha de metal cheia de anéis para o pênis e grampos para os mamilos, prometendo estar de volta às nove, o que permitiria a Vladimir ficar algum tempo sozinho.

Primeiro ele tomou um prolongado banho frio. Naquele dia, lá fora fazia pouco mais que 32 graus; dentro de casa, uns bons 37 graus. Depois, nu e lavado, vagou prazerosamente pelos dois cômodos e meio do apartamento comprido, atravessando o corredor estreito onde seus pertences urbanos e o entulho de Challah em certa época guerrearam, estando agora separados por uma Linha Verde[8] extra-oficial.

Era o terceiro ano que Vladimir morava fora da casa dos pais, mas o êxtase de ter escapado de suas ternas garras simplesmente não se esgotava. Ele estava adquirindo a mentalidade de dono de casa: sonhava em algum dia fazer uma limpa no apartamento, transformar o espaço entre a cozinha e o quarto, que agora era conhecido como "a sala de estar", em escritório para ele.

E o que Vladimir escreveria em seu escritório? Tinha uma queda pela ficção em forma de conto – histórias curtas e instrutivas nas quais as pessoas sofriam rápida e intensamente. Por exemplo, a história à Chekhov na qual o cocheiro do carro de aluguel conta a todos os seus passageiros que seu filho havia morrido dias antes, e ninguém liga. Terrível. Vladimir havia lido aquela em Leningrado, deitado, como de costume, em sua cama de doente, enquanto a Mãe e a Vovó se azafamavam no quarto ao lado preparando bizarras panacéias russas para as suas doenças brônquicas.

O conto do cocheiro ("Coração Partido" era o seu singelo título) era uma espécie de estenografia da melancólica existência do jovem Vladimir, a sua sensação crescente de que a cama era o seu verdadeiro lar. Um lar longe do frio sepulcral de Leningrado, onde muito tempo antes ele brincara de esconder com o Pai sob os gigantescos pés de bronze da estátua de Lenin, que tinha o braço sujo de fuligem estendido, apontando sempre para cima, para o futuro glorioso. Longe da escola primária, onde, nas poucas vezes em que ele foi considerado suficientemente saudável para enfiar-se no uniforme brilhante e bem passado e aparecer por lá, tanto as crianças quanto as professoras o encaravam como se ele fosse um cosmonauta atacado por um vírus contagioso e mortal, e equivocadamente liberado da quarentena. E longe de Seryozha Klimov, o superalimentado valentão – os pais já lhe haviam dado um curso intensivo de ciências sociais – que o abordava durante o recreio e berrava com entusiasmo: "judeu, judeu, judeu...".

Assim, o jovem Vladimir mostrava-se mais do que disposto a aceitar a perda da sua liberdade e a falta de uma educação formal, se ao menos o deixassem em paz na sua cama de plumas quentinha com o seu Chekhov e o

---

[8] Linha Verde: a fronteira que dividia Beirute em lado cristão e lado mulçumano no conturbado período de 1979 a 1990. (N. da T.)

seu bom amigo Yuri, a Girafa de Pelúcia. Porém a Mãe e Vovó, e o Pai quando retornava do trabalho no hospital, não o deixavam em paz. Combatiam a sua bronquite asmática sem tréguas e com toda a Enciclopédia Médica Soviética à sua disposição, assim como vários tratados menos confiáveis. De hora em hora enrolavam o corpo pálido de Vladimir em compressas de álcool, seguravam o rosto dele a centímetros de uma panela de batatas fervendo na água e praticavam o surrealista ritual das ventosas: várias taçazinhas de vidro eram dolorosamente grudadas (depois que um fósforo aceso criava um vácuo no interior de cada taça) ao longo das costas de Vladimir, com o objetivo de sugar a fleuma que passeava estrondosamente pelo corpo do inválido. O dr. Girshkin chamava de "Efeito Estegossauro" a maldita fileira de copos dispostos nas costas do filho.

AGORA, UM VLADIMIR MAIS VELHO e mais saudável andava de um lado para outro dentro do seu escritório imaginário, onde o seu exemplar de Chekhov, que o acompanhava desde a infância, compartilharia o lugar de honra com novas aquisições: uma coqueteleira do Exército da Salvação, uma biografia de William Burroughs, um minúsculo isqueiro primorosamente embutido em uma pedrinha oca. Sim, o interior do apartamento estava ficando entulhado demais para Chekhov – era preciso pensar nos bastões e chicotes de Challah, e os frascos de vaselina, isso sem mencionar as prateleiras de temperos ordinárias, compradas na Rua 14, que viviam despencando da parede, e os inúmeros baldes de água fria que Vladimir mantinha espalhados na cozinha e no quarto para que pudesse enfiar a cabeça dentro deles quando já não conseguia agüentar o clima temperado do *status quo*. Ainda assim, era um prazer ficar sozinho. Conversar consigo mesmo como com o melhor amigo. O seu melhor amigo de verdade, Baobab, ainda estava em Miami sendo moralmente ofensivo e venal.

E ENTÃO CHEGOU A HORA – Challah estava à porta, lutando com as chaves. Vladimir fechou a mente, levou-se a um estado de ereção e saiu para recebê-la. Lá estava ela. Mas mesmo antes de reparar no rosto que ela usava no trabalho – o batom, o rímel e o *blush* derretendo-se no calor, desenhando um segundo rosto, etéreo, logo abaixo do rosto demasiado real de Challah – ela o abraçou e pôs-se a sussurrar "Feliz aniversário" em seu ouvido, pois, ao contrário de qualquer outro conhecido que lhe dera os parabéns nesse dia, Challah queria fazer isso sussurrando.

Querida Challah, com seu nariz quente e chato, os cílios enormes fazendo cócegas em suas bochechas, a pesada respiração nasal – rainha de tudo o que dava a sensação de almiscarado e mamífero. Ela logo percebeu que Vladimir andara se preparando para ela nas partes baixas, o focinho tubular de tamanduá assomando de dentro do seu ninho pixaim. Ela soltou uma exclamação de perfeita surpresa fingida. Pôs-se a abrir os alfinetes de fralda que uniam os pedaços de pano preto que usava no Calabouço, mas Vladimir pediu:

– Não, eu mesmo faço isto!

– Tome cuidado, não vá rasgar alguma coisa – disse ela.

Tendo ela tomado providências para que ele continuasse ereto enquanto a despia, esse despir levou algum tempo. Quando ela ficou pronta, apenas os crucifixos de metal permaneciam de encontro aos seus seios pesados, fazendo Vladimir pensar em peças de artilharia espalhadas numa planície. Finalmente, com as cruzes tilintando e o membro dele na mão, Challah levou Vladimir para o quarto.

No *futon* ele lembrou-se da sua incumbência: serviço completo. Beijou, esfregou o nariz, deu puxadinhas com os dentes, prendeu entre o polegar e o dedo médio, cutucou com aquilo que Challah denominara "o Pepininho de Girshkin" cada parte dela, até mesmo aquelas das quais a passagem do tempo o deixara inteiramente enfarado: as dobras que se juntavam no alto dos quadris, os braços grossos e rosados que o pressionavam de encontro a ela, não sensualmente, mas de um modo que ele imaginava que uma mãe seguraria o filho diante da aproximação de uma avalanche.

Finalmente, quando ele sentiu uma pressão total de vapor entre as próprias pernas, colocou-se entre as dela e, pela primeira vez, olhou para o seu rosto. Querida Challah, querida amiga americana, com aquela aparência rubra da excitação sexual, mas também com o controle de impedir que Vladimir lhe beijasse o pescoço ou a beijasse profundamente na boca, para que pudesse olhar nos olhos dele enquanto estavam assim tão próximos.

De modo que Vladimir fechou os olhos. E teve uma alucinação.

ENVERGANDO UMA CALÇA de algodão leve e uma túnica, uma cigarrilha Nat Sherman's implantada na boca, cabelos curtos como mandava a moda e continuamente jogados para um lado por um galhofeiro vento de verão, Vladimir Borisovich Girshkin emitia instruções para dentro de um telefone celular enquanto caminhava ao longo de uma pista de pouso. Era verdade que se tratava de uma pista de pouso bem fuleira; não havia sequer um avião. Mas uma série de linhas brancas, adequadamente espaçadas, marcadas no concreto rachado, só podiam significar uma pista de pouso (ou então uma estrada de zona rural, mas não, isso não era possível).

Enquanto, na cama, Vladimir, nu e cego, continuava o seu soca-soca com Challah numa corrida desesperada para o orgasmo, o seu elegante *doppelganger*[9] na alucinação avançava pelo substancial cumprimento da pista, no fim da qual um semicírculo de sol poente, borrado e desbotado em partes como uma fruta madura demais, espiava pela confluência de duas montanhas cinzentas. Vladimir conseguia enxergar claramente o novo Vladimir, o seu andar decidido, a sua fisionomia agitada mostrando toda a gama do mau humor, mas não conseguia entender precisamente o que o outro estava dizendo ao celular, o motivo da pista ser isolada por pastos em todos os lados com exceção das montanhas, o motivo por que ele não podia alucinar para si um avião, companhias fabulosas e um conjunto de *flûtes* de champanhe transbordantes...

E então, justamente quando o Vladimir coital estava prestes a atingir seu alvo esquivo com Challah, o Vladimir imaginário escutou um ruído surdo, um estrondo, um deslocamento sônico diretamente acima dele. Um turbo-hélice de nariz de falcão vinha contornando a pista diretamente na direção do nosso herói, voando suficientemente baixo para permitir que ele avistasse a figura solitária na cabine ou, pelo menos, um brilho lunático no olhar do piloto, um brilho que só podia pertencer a um certo indivíduo. "Vim buscar você, rapaz!", o sr. Rybakov gritava para dentro do celular de Vladimir. "Lá vamos nós!".

ELE ABRIU OS OLHOS. Seu rosto estava espremido num sanduíche entre as omoplatas de Challah, onde uma constelação de pintinhas formavam uma

---

[9] *Doppelganger*: termo da língua alemã que significa "o outro eu". (N. da T.)

concha de sopa. A concha subia e descia com a respiração de Challah, e um cacho dos cabelos alaranjados caiu dentro dela.

Vladimir apoiou-se em um dos cotovelos. Em seu tempo livre, Challah havia pintado o quarto deles de uma cor lilás de consultório dentário. E dispusera cartazes retrô (propagandas de leite condensado e outros do mesmo gênero) pelo teto inteiro, com as bordas superpostas. Ela havia saído e comprado uma abóbora, que agora apodrecia em um canto.

– Por que fechou os olhos? – ela quis saber.

– Quê? – ele sabia o quê.

– Você sabe o quê.

– A maioria das pessoas fecha os olhos. Eu estava entregue ao beijo.

Ela enterrou a cabeça no centro de um travesseiro, fazendo com que as extremidades dele inflassem.

– Você não se entregou.

– Está dizendo que não te amo?

– Você é quem está dizendo que não me ama.

– Isto é ridículo.

Ela virou-se na cama, mas escondeu o corpo com os braços e encolheu as pernas.

– Como pode dizer "isto é ridículo"? As pessoas só dizem coisas assim quando estão cagando e andando. Como você pode ser tão petulante? "Isto é ridículo"... Como pode ser tão indiferente?

– Sou estrangeiro. Falo devagar e escolho com cuidado as minhas palavras, para não me envergonhar.

– Como pode dizer isto?

– Bom, que diabos tenho permissão de dizer?

– Eu sou gorda! – ela gritou. Olhou de relance em volta do quarto como se procurasse alguma coisa para jogar longe e, então, agarrou uma dobra da sua própria carne, aquela que se juntava debaixo dos seios, antes do começo do estômago. – Diga a verdade!

A verdade?

– Você me odeia!

Não, aquilo não era exatamente a verdade. Vladimir não a odiava. Ele detestava a idéia dela, mas isso era diferente. Ainda assim, havia sido Vladimir quem convidara aquela mulher corpulenta para dentro da sua vida, e agora não havia recurso senão remexer no seu parco vocabulário de palavras de consolo, formatar as lisonjas apropriadas. Você não é gorda, ele pensou, você é radicalmente perceptível. Antes, porém, que conseguisse expressar esses tênues pensamentos, ele notou um inseto grande e intrincado, uma espécie de barata com asas, pairando diretamente abaixo do teto de pôsteres. Vladimir preparou-se para defender a sua virilha.

Enquanto isso, Challah havia soltado a sua dobra de carne, que reclinou-se prazerosamente sobre o seu compatriota mais grandioso, o estômago. Ela voltou a enterrar o rosto no travesseiro e inspirou tão profundamente que Vladimir teve a certeza de que ela iria soltar a respiração em prantos.

– Tem um inseto estranho descendo em cima de você – Vladimir antecipou-se.

Challah ergueu os olhos.

– Um... Um...

Os dois evacuaram precipitadamente o *futon* enquanto o animal aterrissava entre eles.

– Me dá a minha camiseta – Challah exigiu, mais uma vez cobrindo-se com os braços o melhor que podia.

O intruso rastejou pelas dobras dos lençóis como um caminhão grande serpenteando ao longo de uma estrada de montanha, depois executou um grande salto para a frente, indo pousar no travesseiro de Vladimir. Aquilo era uma coisa incrível! Em Leningrado, as baratas eram muito pequenas e carentes de iniciativa.

Challah inclinou-se e soprou esperançosamente em cima do monstro, mas este mexeu as asas e ela recuou.

– Meu Deus, eu só quero dormir – disse, vestindo a camiseta comprida com um personagem infantil com o qual Vladimir não estava familiarizado, um cômico diabinho azul. – Estou de pé desde as seis horas. Um assistente da promotoria quis que eu arrumasse um serviço de chá inteiro nas costas dele.

– Você não está deixando de ser dominadora...?

Ela sacudiu a cabeça.

– Se um advogado qualquer tocar em você...

– Ninguém está tocando em mim. Eles sabem.

Ele rodeou a cama e abraçou-a. Ela afastou-se um pouco. Ele beijou-lhe o ombro e, antes que conseguisse agir de maneira diferente, começou a chorar.

Às vezes isso lhe acontecia com muita facilidade, agora que o Pai não estava por perto para objetar. Ela o abraçou, e ele se sentiu pequenino nos braços dela. O inseto continuava a reinar no *futon*, de modo que eles saíram para a escada de incêndio e fumaram um cigarro. Challah agora também chorava, com o cigarro na mão, limpando o nariz na palma de um modo que deixava Vladimir preocupado que o cigarro ateasse fogo aos cabelos dela; ele mesmo pôs-se a limpar-lhe o nariz.

Beberam um *riesling* húngaro ordinário, uma ameaça de dor de cabeça depois da terceira taça. Ficaram de mãos dadas. As luzes se apagavam no hospital Garibaldi do outro lado da rua, um prédio de cinco andares construído na década de 60 para provar até que ponto um edifício poderia ter a aparência perfeita de Fórmica. A loja de discos jamaicana no andar térreo, que tinha à venda três discos do Bob Marley e muita droga, preparava-se para os negócios noturnos, o volume do *reggae* contido pelos caprichos dos sonolentos habitantes do Garibaldi no outro lado da rua. Juntamente com os tiras, eles haviam chegado a uma espécie de acordo negociado, ao estilo de Alphabet City, com os lucrativos rastafaris: todo o mundo deixava todo o mundo em paz e a música continuava tocando baixo.

– Ei, daqui a três meses vou fazer 25 anos – ela comentou.

– Não é grande coisa fazer 25 anos – Vladimir respondeu. Imediatamente sentiu-se arrependido; talvez fosse uma coisa importante para ela. – Acabei de receber mil dólares de um cliente – ele continuou. – Talvez a gente possa ir a um bom restaurante francês no seu aniversário. Aquele com o famoso *plat de mer*. Li sobre ele no jornal. Quatro tipos de ostra, um camarão de água doce muito especial...

– Um cliente lhe deu mil dólares? – Challah repetiu. – Que foi que você precisou fazer com ele?

– Nada! – Vladimir declarou, estremecendo àquela suposição. – Foi só uma gorjeta. Estou lhe dando ajuda para conseguir a cidadania. Bom, esse *plat de mer*...

– Você sabe como eu odeio essas comidas pegajosas – Challah declarou. – Vamos simplesmente sair e comer um bom hambúrguer. Como naquela lanchonete chique. Aquela aonde fomos no aniversário de Baobab.

Hambúrguer? Ela queria comer um hambúrguer no seu aniversário de 25 anos? Vladimir lembrou-se do churrasco iminente dos pais, um evento repleto de muitos hambúrgueres. Será que poderia convidar Challah? Será que ela poderia vestir alguma coisa decente? Será que ela conseguiria fingir que estava freqüentando a faculdade de medicina, onde Vladimir a plantara discretamente na imaginação da família Girshkin?

– Aquela lanchonete chique vai ser perfeita – ele afirmou, beijando os lábios descascados de Challah. – Vamos pedir salada para todos, tira-gostos elegantes, jarras de sangria, a coisa toda...

E na próxima vez que tivessem relações sexuais ele manteria os olhos abertos. Olharia diretamente para dentro dos olhos dela. É o que se faz para manter um relacionamento. Aquelas eram medidas desesperadas. Vladimir conhecia o regulamento. Preservar o seu feudo, por mais modesto que ele fosse – era esse o significado de ser um Vladimir mais velho e mais sábio.

5. O *FRONT* DOMÉSTICO

O FINAL DE SEMANA ENCONTROU o dr. Girshkin suando sob o sol de meio-dia, a calva tostando como uma panqueca na grelha, enquanto ele, a gesticular, sacudia um enorme tomate.

– É o maior tomate do estado de Nova York – disse a Vladimir, exibindo-o de todos os ângulos possíveis. – Preciso escrever para o Ministério da Agricultura. Talvez tenham um prêmio para alguém como eu.

– Você é um excelente jardineiro – Vladimir sussurrou, tentando forçar algum incentivo em sua voz vacilante.

Não era fácil. Tendo passado aquela estranha manhã de junho contemplando volumosos rabanetes aquecendo-se na neblina dos subúrbios, Vladimir percebera um fato novo e perturbador a respeito do Pai: seu pai estava velho. Era um homem baixo e calvo, não muito diferente de Vladimir no que se referia à sua ossatura leve e ao rosto oval e moreno. E embora o tórax continuasse firme por causa da pesca e da jardinagem constantes, o negro tapete de pêlos que o cobria havia recentemente se tornado grisalho, a postura perfeita havia deteriorado e seu nariz longo e aquilino jamais tivera aquele aspecto tão frágil e magro, e a pele em volta dele jamais parecera tão enrugada pelo sol.

– Sabe, se o dólar cair e todos nós formos reduzidos a um estilo de vida agrário, este único tomate pode ser o jantar de uma pessoa – disse Vladimir.

– Ora, com certeza. Um legume grande rende muito – respondeu o médico. – Havia ocasiões, durante a guerra, em que uma cenoura alimentava uma família durante muitos dias. Por exemplo, durante o cerco de Leningrado, sua avó e eu, hum... Para falar a verdade, nós não estávamos sequer perto de Leningrado. Fugimos para os Montes Urais no início da guerra. Mas lá também não havia nada para comer. Tudo que tínhamos era Tolik, o porco. Um bichão. Comemos porco durante cinco anos. Chegamos até a trocar frascos de gordura por querosene e meadas de lã. A casa inteira funcionava através daquele porco.

Lançou ao filho um olhar melancólico, como se desejasse ter guardado um ossinho da cauda ou outra lembrança qualquer. Então teve outra idéia.

– Mamãe! – gritou para a avó de Vladimir, que cochilava em sua cadeira de rodas sob os carvalhos gigantescos que destacavam a propriedade de Girshkin daquela do vizinho indiano supostamente megalomaníaco. – Lembra-se daquele porco que nós tínhamos? O Tolik?

Vovó ergueu com a mão boa a aba do chapéu de palha mole.

– Que foi que você disse?

– O porco, Tolik! – gritou o pai de Vladimir.

Vovó arregalou os olhos.

– Por que é que aquele porco nunca me escreve, é isso que eu gostaria de saber – declarou, sacudindo o punho pequenino para o médico e o filho dele. – Boston é bem perto, era de se esperar que ele viesse me visitar. Praticamente criei aquele tratante depois que a mãe dele morreu.

– Não, não é o primo Tolik – gritou o dr. Girshkin. – Estou falando do leitão, o Tolik. Lembra-se, durante a guerra? Nos Urais? Ele ficou tão grande que fomos até a cidade montados nele. Lembra-se do porco?

– Ah! – fez Vovó. – Ah, é. Eu me lembro de um animal. Mas não era um porco. Era uma vaca, e o nome dela era Masha.

– Masha foi depois da guerra! – gritou o dr. Girshkin.

Virou-se para Vladimir; pai e filho entreolharam-se brevemente e deram de ombros, cada um à sua maneira.

— Por que nós iríamos ter um porco? — argumentou Vovó, movimentando lentamente a cadeira de rodas para longe do posto onde exercia a função (por ela mesma determinada) de sentinela, e deixando os carvalhos indefesos diante do indiano e sua lendária motosserra. — Somos judeus, não somos? É verdade que a sua esposa come aquele salame de porco da loja russa, e eu também como às vezes, porque é o que tem na geladeira. Mas um porco inteiro?

Ela fixou o olhar perplexo no canteiro de tomates.

— Ela está chegando perto do poente, devagar e sempre — o dr. Girshkin comentou. — De vez em quando pensa que eu sou mais de um. O Boris bom e o Boris mau. Se eu deixar que ela vigie os carvalhos até adormecer, coisa que pode só vir a acontecer lá pelas oito ou nove horas, então sou o Boris bom. Aquele que não se casou com a sua mãe. Se eu levá-la para dentro mais cedo, ela me xinga como um marinheiro. E você sabe que no outono faz um frio danado, por mais que a gente vista um monte de casacos nela.

— É o que nos espera a todos! — Vladimir recitou aquilo que era o pronunciamento categórico da família Girshkin a respeito da velhice e da morte. Aliás, era a ocasião perfeita para isso, pois ali estavam, reunidas numa fila perfeita, três gerações dos Girshkin em triste declínio: Vovó preparando-se para dizer adeus ao mundo, o Pai já com um dedo do pé na cova, e Vladimir, a terceira geração, desempenhando perfeitamente o papel de morto-vivo.

Mas a primeira a partir seria Vovó, aquela devotada *baba* camponesa que, certa vez, comprara para Vladimir a sua primeira jaqueta de brim americana — a única entre os adultos a perceber que os coleguinhas mauricinhos da escola hebraica estavam zombando dele por causa do sobretudo mal-ajambrado com o cheiro do Bloco Oriental que lhe era inerente; a única a compreender a dor de ser chamado de Urso Russo Fedido.

Vovó tivera o primeiro derrame cinco anos antes. Durante algum tempo ela vinha desconfiando que Tselina Petrovna, sua vizinha, que tudo ignorava, tinha um plano sinistro para denunciá-la à Administração da Previdência Social e roubar o seu apartamento subsidiado. Aconteceria numa noite qualquer de silêncio e neve: os camburões estacionariam na frente do prédio, haveria batidas na porta e a Polícia da Previdência Social arrastaria Vovó para fora.

Vovó implorou a Vladimir para traduzir uma carta de denúncia contra Tselina, acusando-a de ser espiã britânica. Ou seria espiã da Alemanha Oriental? Uma espiã russa, francesa ou finlandesa? Tudo era muito confuso nos Estados Unidos.

– Diga-me você qual tipo de espiã! – Vovó berrou com Vladimir.

O neto tentou engambelá-la, mas Vovó chorou e acusou a família de abandoná-la. Naquela mesma noite ela teve um enfarte e depois outro derrame.

Os médicos ficaram atônitos diante da flexibilidade do seu corpo, que atribuíram à longa vida no campo. No entanto, mesmo depois de confinada a uma cadeira de rodas e com um lado do corpo paralisado, Vovó não conseguia livrar-se da sua certeza de que os homens da Previdência Social chegariam a qualquer momento. Acontecera com seu primo Aaron em Kiev em 1949. Pianista por profissão, ele tivera metade dos dedos amputados num campo de trabalhos forçados gelado em Kamchatka. Disso tiravam-se boas lições.

Finalmente o pai de Vladimir levou Vovó para o subúrbio, onde ela logo encontrou um novo inimigo na pessoa de um vizinho "hindu assassino, cortador de árvores" que, certa vez, fizera um comentário qualquer sobre o tamanho e a beleza dos carvalhos que serviam de limite entre as duas propriedades. E foi assim que começara a sua heróica vigília no quintal.

Vladimir ficou parado atrás da Vovó, dando tapinhas carinhosos em seus cabelos escassos. Encontrou um espaço entre duas verrugas no alto do globo quente e enrugado que era a testa dela e beijou-a ali, provocando um olhar atônito do Pai, o zelador oficial de Vovó. *Que é isto? Conspiradores dentro de minha própria casa?*, o dr. Girshkin parecia estar dizendo.

– É claro, não existe porco nenhum, *babushka* – Vladimir disse em voz baixa. – Quem é que cria porcos em Westchester? Simplesmente não se faz isso.

Vovó agarrou-lhe a mão e mordeu-a carinhosamente com os seus dois dentes.

– Meu queridinho! Meu único tesouro! – exclamou.

E tinha razão. Eles estavam juntos nisso. A Mãe e o Pai podiam ter progredido e se tornado americanos ricos, porém Vovó e Vladimir ainda tinham o mesmo sangue, como se uma geração entre eles tivesse sido pulada.

Afinal, ela havia criado Vladimir, ensinando-lhe a escrever as letras cirílicas quando ele tinha quatro anos, premiando-o com dois gramas de queijo cada vez que ele conseguia aprender uma garatuja eslava. Todos os domingos ela o levava à sepultura coletiva dos Defensores de Leningrado, em Piskaryovko – a mais instrutiva das excursões da Rússia – onde deixavam margaridas frescas para o avô Moysei, um homem pequeno e pensativo que segurava timidamente o cotovelo de Vovó em fotos de casamento e pereceu em uma batalha de tanques nas redondezas da cidade. E depois dessa singela homenagem em frente à estátua da Mãe Pátria chorando acima de uma chama eterna, Vovó amarrava ritualmente um lenço vermelho em volta do pescoço de Vladimir. E prometia: com asma ou sem asma, ele algum dia entraria para os Pioneiros Vermelhos e depois para a Liga Juvenil do Komsomol e depois, caso se comportasse direito, para o Partido Comunista. E o treinava:

– Para lutar pela causa de Lenin e do povo soviético, você está pronto?
– Sempre pronto! – ele bradava em resposta.

No fim das contas, porém, os Pioneiros Vermelhos seriam obrigados a marchar sem ele... No final – final da década de 70 para ser exato – o norte-americano dentuço e simpático, Jimmy Carter, trocou toneladas de cereais do Meio-Oeste por toneladas de judeus soviéticos, e de repente Vladimir e Vovó encontraram-se saindo do terminal de chegadas internacionais do JFK[10]. Deram uma olhada para a interminável América que cantarolava a sua canção de Gershwin diante deles e caíram em prantos nos braços um do outro.

E ali estava Vovó hoje – presa à cadeira de rodas, prisioneira em um dos quintais mais caros do mundo, o ruído de caminhonetes furtivas que entravam deslizando pelas alamedas de casas adjacentes, em toda parte carne queimando, o neto um homem adulto com círculos escuros sob os olhos que vinha visitar sua família sazonalmente, como se ela morasse nos confins de Connecticut e não uns 20 quilômetros depois da Ponte Triborough.

Sim, Vovó merecia pelo menos mais um beijo de Vladimir, mas beijar a anciã na frente do Pai deixava Vladimir constrangido. Vovó era a vida do dr. Girshkin, a sua cruz e o seu domínio, assim como a Mãe os era de Vladimir. Talvez depois do churrasco, se ele ainda se sentisse assim tão terno e carente, ele a beijocaria em privacidade.

---

[10] JFK: o aeroporto internacional da cidade de Nova York. (N. da T.)

— Pessoal! *Opa*!

Os dois olharam para o alto. A Mãe estava debruçada na janela do seu escritório no terceiro andar, sacudindo uma garrafa de rum.

— Logo ele vai ter 26 anos. Bote a churrasqueira para fora!

— **HOJE DESCOBRI** um novo apelido para o seu pai — a Mãe anunciou. — O nome dele vai ser Stalin.

— Ra! — fez o pai de Vladimir, enquanto enfiava uma salsicha flamejante num pão para Vovó. — A minha esposa me aquece o coração como um segundo sol.

— Stalin tinha belas costeletas — Vovó incentivou o seu menino. — Agora, vamos beber, minha gente! Para Vladimir, o nosso brilhante porvir americano!

Todos ergueram taças de plástico.

— Ao nosso porvir americano!

— Ao nosso porvir americano! — a Mãe brindou. — Bom, esta semana tive uma longa conversa com Vladimir e acho que ele está se mostrando mais maduro.

— Isto é verdade? Disse a ela que ia se tornar advogado? — o dr. Girshkin perguntou ao filho.

— Não implique com ele, Iosef Vissarionovich — a Mãe interveio, usando o patronímico de Stalin. — Há um milhão de coisas maduras que Vladimir pode vir a ser.

— Computador — Vovó grunhiu.

Ela considerava os programadores de computador homens e mulheres de imenso poder. O pessoal da Previdência Social estava sempre checando o computador cada vez que Vovó ousava dar um telefonema para os escritórios deles, e eles tinham o poder de arruinar a sua vida!

— Lá vem você — disse a Mãe. — A Vovó é caduca, mas é sábia lá ao jeito dela. Mas continuo afirmando que você devia ser advogado. Na sociedade de debates você era um mentirosozinho tão convincente, mesmo com aquele seu sotaque horrível. E sei que hoje em dia não é elegante falar sobre essas coisas, mas é preciso concordar que o dinheiro é muito.

— Ouvi dizer que é na Europa Oriental que se ganha dinheiro hoje — Vladimir afirmou, com ar de conhecedor. — Um amigo meu, o filho dele tem um negócio de importação e exportação em Prava. Um sujeito russo chamado Marmota...

— Marmota? — gritou a Mãe. — Você escutou isto, Boris? O nosso filho está se esbaldando com um Marmota russo qualquer. Vladimir, você está terminantemente proibido de conviver com qualquer Marmota deste dia em diante.

— Mas ele é um empresário — Vladimir argumentou. — O pai dele, Rybakov, mora num apartamento de cobertura. Talvez ele possa me conseguir um emprego. Ora, pensei que vocês fossem gostar.

— Nós todos sabemos o tipo de empresário que se denomina Marmota — disse a Mãe. — De onde ele é? De Odessa? Negócio de importação e exportação! Apartamento de cobertura! Se você quer mesmo entrar no mundo dos negócios, Vladimir, vai ter que escutar a sua mãe. Posso lhe ajudar a conseguir um emprego em consultoria de gerência na McKinsey ou na Arthur Andersen. Depois, se você for um bom menino, vou até pagar o seu MBA. Sim, esta é a estratégia que devemos empregar!

— Prava — o dr. Girshkin murmurou em tom pensativo, varrendo das costeletas algumas gotas de Coca-Cola extraviadas. — Não é lá que é a Paris dos anos 90?

— Você está incentivando Vladimir, Stalin? — A Mãe jogou o seu cachorro-quente no chão como uma luva. — Quer que ele vá se juntar aos elementos criminosos? Talvez ele possa ser consultor na sua clínica médica... e ajudá-lo a fraudar o nosso pobre governo. Por que deveríamos ter apenas um trapaceiro na família?

— Fraudar a medicina social não é realmente crime — disse o dr. Girshkin, as mãos juntas numa postura profissional. — Além do mais, meu amor, todos os meus novos pacientes estão pagando a sua maldita *dacha* em Sag Harbor. Sabe, Volodya, há uma nova onda de usbeques judeus vindos de Tashkent e Bukhara — continuou, voltando-se para o filho. — Pessoas muito simpáticas. E muito novas na medicina social. Mas acontece que é trabalhoso demais para mim. Na semana passada trabalhei 40 horas.

— Trabalhoso demais! Jamais diga isto na frente de Vladimir! — a Mãe gritou. — Foi daí que nasceu o culto dele à preguiça. É por isto que ele fica freqüentando a cobertura de um tal de Marmota. Ele quase não tem modelos de comportamento na família. Eu sou a única pessoa que realmente trabalha nesta casa. Você simplesmente coloca os seus pedidos de pagamento na caixa do correio. E a Vovó... a senhora é aposentada.

Vovó tomou isto como a sua deixa:

— Acho que ele vai se casar com uma *shiksa* – disse, sacudindo um dedo acusador para Vladimir.

— Você está caducando de novo, mamãe – interveio o dr. Girshkin. – Ele está namorando a Challah. A pequena Challatchka.

— Quando é que nós vamos conhecer a Challatchka? – a mãe de Vladimir perguntou. – Já tem quanto tempo? Quase um ano?

— Que falta de educação – sentenciou o dr. Girshkin. – Que é que nós somos? Somos selvagens, para você ter vergonha de nós?

— Ela está fazendo um curso de férias. Passa o dia inteiro tendo aulas – disse Vladimir. Ele destampou a travessa da sobremesa cheia de doces russos importados, doces da sua infância, o Urso Desajeitado achocolatado e a Vaquinha caramelada. – Vai terminar a faculdade de medicina em tempo recorde.

— Ela é mesmo uma inspiração – disse a Mãe. – De qualquer maneira, as mulheres parecem mais adaptadas neste país.

— Bom, às mulheres – disse o pai de Vladimir, erguendo a taça. – E à misteriosa Challah que é a dona do coração do nosso filho!

Brindaram. Estava na hora de atear fogo à carne do hambúrguer.

DEPOIS DE TUDO TERMINADO, a Mãe deitou-se em sua cama de dossel fabricada em série, ninando uma garrafa de rum, enquanto Vladimir andava de um lado para outro em volta da cama enorme, discursando sobre o tópico do dia: A Sensibilidade em Relação aos Afro-americanos. Um negro que era diretor de marketing estava para ser despedido, e a Mãe queria despedi-lo "da maneira moderna, com sensibilidade".

No decurso de uma hora, Vladimir empregou contra o racismo sem par da Mãe tudo aquilo que aprendera durante o seu turno na moderna faculdade do Meio-Oeste.

— Então, o que é que você está querendo dizer? Que eu devia mencionar a rota dos navios negreiros? – ela perguntou quando a aula terminou.

Vladimir tentou mais uma vez pintar o quadro geral, mas a Mãe estava bêbada. E foi o que ele lhe disse.

— Então eu estou bêbada — retrucou a Mãe. — Você quer um drinque? Aqui... Não, espere, você pode ter contraído herpes daquela garota. Pegue um copo na penteadeira.

Vladimir aceitou um copo de rum. A Mãe agarrou uma coluna da cama e puxou-se para cima até ficar de joelhos.

— Jesus, nosso Senhor, por favor, conduza o frágil Vladimir para longe do seu estilo de vida trágico, da herança que seu pai lhe legou, do apartamento de mendigo que ele chama de lar, e desse criminoso Marmota...

Ela juntou as mãos, mas quase perdeu o equilíbrio. Vladimir amparou-a pelo ombro.

— É uma bela oração, mamãe. Mas, você sabe, nós somos... — Baixou a voz, pela força do hábito — ... judeus.

A Mãe estudou atentamente o rosto dele, como se houvesse esquecido alguma coisa e essa coisa tivesse ido esconder-se debaixo das sobrancelhas grossas de Vladimir.

— É, eu sei — disse afinal. — Mas não é errado rezar para Jesus. O seu avô era gentio, você sabe, e o pai dele era diácono. E eu ainda rezo para o Deus judeu, o Deus principal, embora tenha que admitir que ele não anda ajudando muito ultimamente. — Quer dizer, que é que você acha? — quis saber.

— Não sei — Vladimir respondeu. — Acho que não tem importância. Você se sente bem quando reza assim? Para Jesus e para... Não existe uma outra coisa? O Santo não-sei-quê?

— Não tenho muita certeza — disse a Mãe. — Posso pesquisar isso. Ganhei um folheto no metrô.

— Bom, de qualquer maneira, você pode rezar para quem quiser, só não conte ao Papai. Com a caduquice da Vovó, ele está cada vez mais agarrado ao Deus judeu.

— É isto que eu venho fazendo! — a Mãe exclamou. Agarrou Vladimir e pressionou-o contra o seu corpo pequenino. — Somos tão parecidos por dentro, com toda a sua teimosia!

Vladimir delicadamente desvencilhou-se da Mãe e estendeu a mão para o rum, que bebeu da garrafa, dane-se a herpes.

— Você agora está com boa aparência — a Mãe comentou. — Como um homem de verdade. Tudo o que tem que fazer é aparar esse rabo-de-cavalo de homossexual. — Uma lágrima formou-se no canto do seu olho esquerdo.

Em seguida no olho direito. Elas transbordaram e começaram a fluir. – Não estou chorando histericamente – a Mãe assegurou a Vladimir.

Vladimir estudou os cachos oxigenados da Mãe (ela já não era a *Mongolka* dos dias de Leningrado). Examinou o rímel que escorria e o *blush* empapado.

– Você também está com boa aparência – disse, dando de ombros.

– Obrigada! – ela soluçou.

Ele tirou um lenço de papel do bolso da calça e estendeu-o para ela.

– Está limpo – disse.

– Você é um menino limpo – ela respondeu, assoando furiosamente o nariz.

– Estou contente por termos tido esta conversa. Acho que agora está na minha hora de ir para casa – ele declarou.

Caminhou até a maior porta de carvalho de Scarsdale, em Nova York, e contemplou a luzidia maçaneta esculpida em cristal da Boêmia, que ele sempre temera sujar quando era adolescente; pensando bem, ainda sentia esse temor.

– Até logo – disse em inglês.

Não houve resposta. Ele virou-se para dar uma última olhada. A Mãe tinha o olhar fixo nos pés dele.

– *Dosvedanya* – disse Vladimir.

A Mãe continuava avaliando os pés dele.

– Já vou – Vladimir anunciou. – Vou dar um beijo de despedida na Vovó, depois vou pegar o trem das 4:51.

A perspectiva do trem alegrou-o imediatamente. O expresso para Manhattan partindo agora da estação de Scarsdale. Todos a bordo!

Ele se encontrava quase fora de perigo. Estava girando a maçaneta, sujando o cristal da Boêmia com todos os cinco dedos e uma palma macia e borrada de fuligem, quando a Mãe emitiu uma ordem:

– Vladimir, vá até a janela.

– Para quê?

– Depressa, por favor. Sem a hesitação que é a marca registrada do seu pai.

Vladimir fez o que ela mandava. Olhou pela janela.

– Que é que devo procurar? – perguntou. – Vovó está perto dos carvalhos de novo. Está jogando galhos secos no hindu.

— Esqueça a sua avó, Vladimir. Caminhe de volta para a porta. Exatamente o que eu disse, de volta para a porta... Pé esquerdo, depois o pé direito... Agora pare. Vire-se. Volte mais uma vez para a janela. Caminhe naturalmente, do modo como você geralmente caminha. Não tente controlar os pés, deixe que caiam onde caírem...

Ela fez uma pausa. Inclinou a cabeça para um lado. Ajoelhou-se sobre um dos joelhos e olhou para os pés dele de um novo ângulo. Levantou-se devagar, avaliando silenciosamente o filho.

— Então é verdade! — disse, num tom de total exaustão, um tom que Vladimir recordava dos seus primeiros dias norte-americanos, quando ela voltava para casa correndo depois das aulas de inglês e datilografia para fazer para ele a sua Salada Olivier: batatas, ervilhas enlatadas, picles e presunto em cubinhos, com meio vidro de maionese. Às vezes ela adormecia à mesa do minúsculo apartamento em Queens, uma faca comprida numa das mãos, um dicionário inglês–russo na outra, uma fileira de picles, o seu destino incerto, alinhados na tábua de cortar.

— Que é que você quer dizer? O quê é verdade? — Vladimir terminou por perguntar.

— Vladimir, como é que posso dizer? Por favor não fique zangado comigo. Sei que vai ficar zangado comigo, você é um rapaz tão sensível. Mas se eu não lhe disser a verdade, será que estarei cumprindo com as minhas obrigações de mãe? Certamente que não. A verdade, então, é que... — Ela suspirou profundamente, um suspiro alarmante, o suspiro que exala a última dúvida, o suspiro de preparação para a batalha. — Vladimir, você caminha como judeu — declarou.

— O quê?

— "O quê?" Mas quanta raiva na voz dele! "O quê?", diz ele. "O quê?"! Caminhe de volta até a janela agora. Simplesmente vá até a janela. Olhe para os seus pés. Olhe cuidadosamente. Veja como os seus pés são espalhados. Olhe como você caminha balançando de um lado para outro. Como um judeu velho do *shtetl*. O Pequeno Rebbe Girshkin. Ah, agora ele vai gritar comigo! Ou então, quem sabe, vai chorar. De qualquer maneira, ele vai magoar a sua mãe. É assim que ele paga a dívida da sua vida inteira para com ela, esfrangalhando-a como um lobo. Ah, coitada, coitada da Challah. Saiba que tenho muita pena da sua namorada, Vladimir... Pense só: como um homem pode amar uma mulher quando despreza a sua própria mãe? Isto não acontece. E como uma mulher pode amar um homem que caminha como judeu? Sinceramente, não consigo enxergar o que é que mantém vocês dois juntos.

– Acho que muita gente caminha como eu – Vladimir sussurrou.

– Talvez em Amatevka. No gueto de Vilnius, talvez – retrucou a Mãe. – Sabe, há anos estou de olho em você, mas só hoje foi que reparei no seu andarzinho judeu. Venha cá, vou lhe ensinar a caminhar como uma pessoa normal. Venha cá! Não? Ele está sacudindo a cabeça como um menino de três anos... Você não quer? Então está bem, fique aí parado como um idiota!

Talvez, ele decidiu, talvez pudesse improvisar o seu próprio tipo de amor pela Mãe, uma colagem de lembranças passadas de uma mãe mais antiga – uma apoquentada professora de jardim-da-infância em Leningrado e o seu amor pelo menino semimorto, o patriota soviético, o melhor amigo da Girafa de Pelúcia Yuri, o chekhoviano de dez anos de idade.

Ele poderia aturar os dois telefonemas diários dela, fingir que escutava obedientemente os gritos e soluços dela enquanto segurava o fone a vários centímetros do rosto, como se o próprio fone pudesse explodir.

Ele poderia mentir para ela, dizer-lhe que ia melhorar, porque o próprio teor da mentira significava que ele sabia o que era esperado de si, sabia que a estava decepcionando.

E sem dúvida poderia fazer mais uma coisa por ela.

Seria o mínimo que ele poderia fazer...

Vladimir caminhou até a Mãe, seus pés um par de autômatos hebreus atravessando em passos regulares o assoalho impecável, desejando poder trilhar com passos judeus o caminho de volta para Manhattan.

– Me mostre como é que se faz isso – pediu.

A Mãe beijou-o em ambas as faces e esfregou seus ombros, enfiando a ponta do indicador em sua espinha.

– Endireite as costas, *sinotchek* – disse.

"Meu filhinho". Ele estivera fora das boas graças dela por tempo demais; aquela única palavra fez com que ofegasse de prazer.

– Meu tesouro – ela acrescentou, sabendo que ele lhe pertenceria pelo resto do dia, adeus ao 4:51 para Manhattan. – Vou lhe ensinar como se faz.

Você vai passar a caminhar como eu, com elegância, todos sabem com quem estão lidando quando eu entro na sala. Endireite as costas. Vou lhe ensinar...

E ensinou. Para o seu deleite, Vladimir deu os seus primeiros passinhos. O segredo estava todo na postura. *Você também poderia caminhar como gentio.* Era preciso manter o queixo para cima. A espinha reta.

Então os pés acompanhariam.

PARTE II
GIRSHKIN APAIXONADO

6. O RETORNO DE BAOBAB, O MELHOR AMIGO

SETE ANOS DEPOIS DA FORMATURA em uma escola de elite, junto com o seu melhor amigo Vladimir Girshkin, Baobab Gilletti mantinha praticamente a mesma aparência. Era um ruivo pálido, de físico admirável, embora o legado do metabolismo de adolescente o tivesse deixado com uma nova camada de gordura que ele cutucava constantemente, não sem uma certa sensação de orgulho.

Nessa noite, tendo voltado, forte e corado, das suas narcoaventuras em Miami, Baobab estava educando Vladimir em questões da sua namorada de 16 anos, Roberta: que ela era jovem e promissora, que escrevia roteiros de filmes *avant-garde* e atuava dentro e em volta deles, que ela estava fazendo ALGUMA COISA.

Os rapazes estavam sentados num alquebrado sofá de *mohair* na sala do apartamento do cortiço em Yorkville, observando a pequena Roberta enfiar-se num jeans apertado, as pernas nuas com veias à mostra como as de um recém-nascido, a boca repleta de aparelho corretivo e batom *Wild Bordeaux*. Era adolescência demais para Vladimir, que tentou desviar o olhar, mas, de qualquer maneira, Roberta foi gingando até onde ele estava, o jeans em volta dos tornozelos, e gritou:

— Vlad!

E deu-lhe um beijo estalado na orelha, ensurdecendo-o com o ruído. Baobab observava através de uma taça de conhaque o comportamento provocante da namorada.

— Ei, qual é a do jeans? – perguntou a ela. – Você vai sair? Mas eu pensei que...

— Você pensou! Ah, precisa me contar tudo sobre isto, *Libschen*! – Roberta respondeu.

Ela esfregou a face na face de urso pardo de Vladimir, observando com prazer enquanto o rapaz soltava uma risadinha e tentava afastá-la de si de maneira totalmente inconvincente.

— Pensei que você fosse ficar em casa hoje – Baobab declarou. – Pensei que você fosse escrever uma crítica de mim ou uma resposta à minha crítica.

— Idiota, eu lhe disse que íamos filmar esta noite. Sabe, se você alguma vez me escutasse de verdade, eu não teria que passar a metade do dia fazendo críticas e acusações.

Vladimir sorriu. Era preciso dar o devido crédito àquela jovem disposta a manter uma discussão vestida com a cueca encardida de Baobab, o jeans amontoado em volta dos tornozelos.

— Laszlo! – Baobab gritou. – Você vai filmar com Laszlo, estou certo?

— Camponês! – ela gritou de volta, batendo a porta do banheiro atrás de si. – Camponês siciliano!

— Como é? O que foi que disse? – Baobab virou-se na direção da cozinha e das coisas quebráveis. – Meu avô foi parlamentar antes de Mussolini! Sua putinha de Staten Island!

— Certo, certo – disse Vladimir, agarrando um braço de Popeye que se aproximava. – Agora nós saímos, tomamos alguma coisa. Vamos, Garibaldi. Aqui estão os seus cigarros e o seu isqueiro. Lá vamos nós, lá vamos nós.

Eles foram. Um táxi foi requisitado para rebocá-los para o bar favorito de Baobab, na zona dos frigoríficos de carne. Alguns anos mais tarde, aquela parte esfarrapada da cidade atrairia a atenção de hordas de bárbaros vindos de Teaneck e Garden City e, depois disso, tornar-se ia um autêntico *playground* dos alternativos, mas naquela época ela era quase que totalmente deserta à noite – um local apropriado para o bar predileto de Baobab.

O Carcass tinha uma poça de sangue verdadeiro na entrada, cortesia de um matadouro vizinho. Ainda se podiam ver as esteiras rolantes que transportavam os novilhos de outrora deslizando ao longo do comprimento do teto do Carcass. Abaixo podia-se ser igualmente anacrônico, segundo a necessidade: colocar Lynyrd Skynyrd na vitrola automática, pedir um salgadinho, ruminar em voz alta os contornos da garçonete ou contemplar um trio de universitários parados ao redor da mesa de sinuca com os tacos em riste, como se esperassem aparecer alguém para financiar o jogo. A turma de sempre.

– Então? – ambos perguntaram. O bourbon estava a caminho.

– Esse tal de Laszlo está criando problema?

– Aquele maldito magiar fanfarrão está querendo comer a minha garotinha – Baobab revelou. – Os húngaros originalmente não faziam parte da Grande Horda Tártara?

– Você está pensando na minha mãe.

Mongolka!

– Não, eu lhe asseguro, esse Laszlo é um bárbaro. Tem aquele cheiro internacional. E os seus pronomes pessoais são uma bagunça... É, claro que sei o que estou parecendo. E se eu fosse uma menina de 16 anos e tivesse a oportunidade de andar por aí com um idiota qualquer que penteou os pêlos do cachorro de Fellini, ou seja qual for o pretexto de Laszlo para se dizer famoso, eu cairia num segundo.

– Mas ele já fez realmente algum filme?

– A versão húngara de "O caminho para Manderley". Muito alegórico, ouvi dizer. Vlad, já lhe expliquei que todo amor é socioeconômico?

– Já.

Na verdade, não.

– Então vou lhe explicar mais uma vez. Todo amor é socioeconômico. É a graduação do status que torna possível a excitação sexual. Roberta é mais nova do que eu, eu sou mais experiente do que ela; ela é mais esperta do que eu, Laszlo é mais europeu do que ela; você é mais culto do que Challah, Challah é... Challah é...

– Challah é um problema – disse Vladimir.

A garçonete vinha chegando com os bourbons e Vladimir contemplou seu corpo agradável – agradável no sentido ocidental, significando impossivelmente magro, mas com seios. A sua vestimenta inteira eram duas largas faixas de couro, um couro de imitação que brilhava de um modo que zombava de si mesmo, absolutamente correto para 1993, o primeiro ano em que zombar do Sistema tornara-se parte do Sistema. Além disso, a garçonete não tinha cabelos na cabeça, um arranjo com o qual Vladimir passara a simpatizar ao longo dos anos, apesar da sua propensão para enfiar o nariz em antiquados cachos. E, finalmente, a garçonete tinha um rosto, fato despercebido pela maioria dos fregueses mas não por Vladimir, que admirava o modo como um cílio com rímel demais grudara-se melancolicamente à pele abaixo do olho. Patético! Sim, era uma pessoa de alta qualidade, aquela garçonete, e Vladimir ficou triste por ela não ter olhado para ele sequer uma vez enquanto servia os bourbons.

– Talvez essas... Ah, não vou me render ao seu linguajar. Certo, muito bem, talvez essas graduações em status entre Challah e eu já não sejam suficientes para me excitar.

– Você está dizendo que ficaram íntimos demais. Como um casamento.

– Isto é precisamente o que eu NÃO estou dizendo! Pronto, está vendo como o seu besteirol atrapalha a conversa? Estou dizendo que já não sei mais que diabos está passando pela cabeça dela.

– Não muita coisa.

– Isto não é bonito.

– Mas é verdadeiro. Escute, quando você conheceu a Challah, acabava de sair do seu desastre universitário do Meio-Oeste com aquela devoradora de Vlads magra e má, qual era mesmo o nome dela? Você voltou a ser um imigrantezinho confuso em Nova York, o pequeno Girshkie-virshkie, uá-uá, Girshkie-virshkie...

– Babaca.

– E então, bum! Uma vítima por excelência do Sonho Americano: ela ganha a vida sendo chicoteada! Pelo amor de Deus, nem precisa de simbolismo. Entra em cena Girshkie, sua compaixão, seu coração despedaçado, seu salário de 1.600 dólares por mês esperando para ser compartilhado, e aí vamos da submissão para a dominação, isso sem falar nos abraços, nos papos, nos passeios... Meu Deus, o cara só quer ajudar. Mas o que é que o Bom Samaritano ganha com isso, hein? Challah continua sendo Challah. Não muito interessante. Meio grande lá...

— Agora você se resigna a ser cruel para poder se sentir melhor.

— Não é verdade. Estou lhe dizendo aquilo que você já sabe por dentro. Estou traduzindo do original em russo.

Mas ele estava sendo cruel para poder se sentir melhor. Afinal, havia sido Baobab quem apresentara Challah a Vladimir. O encontro acontecera na Festa de Páscoa dos Justos de Bao, um acontecimento anual infestado de alunos da Faculdade Municipal onde Baobab era um eterno estudante e fornecedor de haxixe Golden marroquino.

Challah estava sentada num almofadão a um canto do quarto de dormir do anfitrião, olhos fixos primeiro no cigarro, depois no cinzeiro e então novamente na sua ferramenta de iniciar um papo, que estava a desintegrar-se. Sendo o quarto de Baobab um lugar bastante amplo (embora sem janelas), os convidados haviam se apinhado caprichosamente nos cantos, deixando bastante espaço aberto para as apresentações de convidados.

Assim, no canto número um estava Challah, sozinha, fumando, fazendo cinzas; no canto número dois temos um par de estudantes de engenharia, um filipino corpulento e demonstravelmente gay praticando hipnotismo num homem bastante vulgar e impressionável, com a metade da sua idade ("Você é Jim Morrison... Eu sou Jim Morrison!"); canto número três – Roberta, que acabava de entrar na vida de Baobab, sendo energicamente massageada pelo professor de História de Bao, um canadense típico e corado; e, finalmente, canto número quatro: nosso herói Vladimir está tentando ter uma discussão inteligente a respeito de desarmamento com um estudante ucraniano em viagem de intercâmbio.

O convidado a se apresentar foi Baobab. Ele entrou vestido de Redentor, apresentou um número curto com sua coroa de espinhos, outro de exposição indecente graças ao seu tapa-sexo, arrancou boas risadas de todos, inclusive de Challah, que estava enrolada em si mesma no canto, um montinho de pano escuro e bijuteria satânica. Então ele acariciou Jim Morrison e em seguida o seu robusto amigo hipnotizador, tentou desvencilhar Roberta das garras da academia e finalmente sentou-se ao lado de Vladimir e do ucraniano.

— Stanislav, estão fazendo brindes lá na cozinha. Acho que precisam de você – Bao declarou ao ucraniano.

— Aquela é Challah, uma amiga da Roberta – disse Baobab depois que o ucraniano afastou-se.

— Challah? — Vladimir estava pensando, é claro, no pão doce e leve servido na véspera do Sabá judeu.

— O pai dela trabalha na Bolsa de Valores, mora em Greenwich, Connecticut, e ela trabalha como submissa.

— Ela podia ser Madalena para o seu Cristo — zombou Vladimir.

No entanto, foi até ela para apresentar-se.

— Olá — disse, deixando-se cair no ninho do almofadão. — Sabia que ouvi o seu nome a noite inteira?

— Não — ela retrucou.

Só que não disse isso com falsa modéstia, com um gesto dos braços e estendendo a palavra: "Nãããoǃ". Em vez disso, foi apenas uma sílaba discreta, na qual talvez fosse possível enxergar uma certa lamúria, coisa que Vladimir certamente fez. O "não" dela significava que não, ele não estivera ouvindo o nome dela a noite inteira. O nome dela não era um desses nomes.

Será possível amor à primeira palavra? E essa primeira palavra sendo "Não"? É preciso neste ponto conter a descrença e responder afirmativamente: sim, na Manhattan pós-Reagan/Bush, com sua juventude furada de *piercings*, inquieta, criada com imagens em flashes e pouco inclinada à verbalização, é possível. Pois com aquela única palavra, Vladimir, que não se amava desde a sua ignominiosa fuga do Meio-Oeste, reconheceu um bem-vindo substituto para o amor próprio. Afinal, ali estava uma mulher que nas festas ficava sozinha e distante, que trabalhava como submissa, que, ele suspeitava, se permitia extravagâncias apenas no modo de vestir mas fora isso sabia que o seu mundo tinha limites.

Em outras palavras, ele poderia amá-la.

E mesmo se suas suspeitas provassem ser errôneas, ele ainda ficava — é necessário admitir o fato — excitado pela idéia de mãos estrangeiras no corpo dela querendo causar-lhe dor, enquanto ao mesmo tempo perguntava-se que tipo de sexo poderiam ter juntos, e o que ele poderia fazer para mudar a vida dela. E ela parecia engraçadinha, com a gordura infantil e tudo, especialmente com aquela vestimenta horrível.

— Bem, eu só queria conhecê-la. Foi por isso que vim até aqui — ele afirmou, sabendo que estava pisando de leve.

Ah, Vladimir, o artista da cantada delicada!

Mas ficou conhecendo Challah. Era óbvio que fazia algum tempo desde que um homem conversara com ela demoradamente e com o mínimo de intimidação

(Vladimir, o estrangeiro, estava ele próprio intimidado). As nove horas seguintes foram passadas conversando, primeiro no quarto de Baobab, depois numa lanchonete próxima, e finalmente no quarto de Vladimir, a respeito da dupla fuga – da Rússia e de Connecticut – e em menos de 24 horas ele estavam debatendo a possibilidade de outra fuga, juntos, em direção a uma circunstância onde eles poderiam pelo menos conferir um ao outro certa dignidade (foi a palavra exata que eles empregaram). Quando Vladimir estava pronto para beijá-la, já eram dez horas da manhã. O beijo foi pobre, mas afetuoso, e logo depois do beijo eles adormeceram um em cima do outro, dormindo até bem tarde no dia seguinte.

VOLTANDO AO CARCASS: Baobab ainda dissertava, a seu modo baobálico, sobre os problemas de Vladimir. Vladimir, porém, tinha apenas mais uma coisa a dizer em seu próprio favor:

– É verdade que o caso com Challah pode ser terminado? Será que posso mesmo terminar por conta própria?

Ele próprio respondeu. Sim, sim. Terminar tudo. Era necessário.

– É, o rompimento – disse Baobab. – Se quer a minha opinião de especialista, se quer que eu escreva um tratado ou coisa assim, é só pedir. Ou, melhor ainda, deixe a Roberta cuidar disso. Ela consegue cuidar de qualquer coisa.

Ele suspirou.

– É, a Roberta – disse Vladimir, tentando imitar a cadência da fala de Baobab. – Estou começando a entender, Bao, que, assim como eu preciso resolver sozinho os meus problemas, assim também você precisa ser homem e fazer alguma coisa a respeito da situação com Roberta.

– Alguma coisa máscula?

– Dentro do razoável.

– Desafiar Laszlo para um duelo? Como Pushkin?

– Você consegue ter mais sucesso do que Pushkin? Consegue se imaginar usando uma espada ou atirando certeiramente no tártaro, hein?

– Vlad, você está se oferecendo para ser o meu padrinho? É muito legal da sua parte. Ande, vamos matar aquele filho da puta.

– Qual! Não vou tomar parte nessa insanidade – Vladimir declarou. – Além disso, você disse que íamos beber pela noite afora. Você me prometeu uma cirrose precoce.

— O seu amigo está estendendo as mãos para você, Vladimir — disse Baobab, colocando o seu amarrotado chapéu de feltro.

— Sou péssimo em confrontos. Só vou deixar você constrangido. Aliás...

Mas Baobab interrompeu-o executando uma mesura profunda e dirigindo-se para a porta, os efeitos deletérios do chapéu amarrotado agora visivelmente acrescidos das idióticas botas de operário. Pobre sujeito.

— Ei! Prometa, nada de briga de murros — Vladimir gritou para ele.

Baobab jogou-lhe um beijo e partiu.

Vladimir levou um minuto inteiro para registrar o fato de que havia sido abandonado, largado sem um parceiro de bebedeira numa etílica noite de domingo.

Sem um parceiro de bebedeira, Vladimir continuou bebendo. Conhecia muitas canções russas sobre beber sozinho, mas o conteúdo tragicômico das estrofes não foi suficiente para dissuadi-lo de beber uma rajada de bourbons e o solitário martini de gim que conseguiu infiltrar-se, suas três azeitonas tilintando numa taça de belas formas. Esta noite bebemos, mas amanhã... Um longo período de sobriedade no qual Vladimir acordaria com a cabeça limpa e cuidaria eficientemente dos imigrantes. Uma gente fascinante. Quantos dos seus contemporâneos, por exemplo, tinham oportunidade de conhecer alguém como o sr. Rybakov, o Homem do Ventilador? E quantos poderiam inspirar as confidências dele?

Decidido: Vladimir é o tipo do cara legal. Vladimir brindou a si mesmo com o seu quinto bourbon, e mostrou os dentes encapados para a garçonete, que chegou a sorrir de volta um pouco, ou pelo menos abriu a boca.

— En... — Vladimir começou a dizer (sendo que a palavra inteira seria "Então"), mas a garçonete já se havia afastado com uma bandeja de drinques para os universitários à mesa de sinuca.

Eles bebiam loucas bebidas frutadas, os universitários.

Mais uma hora daquilo e Vladimir estava genuinamente debilitado. Nada havia que pudesse ser dito em seu favor. A sua imagem, refletida numa coqueteleira de martini nas proximidades, mostrava um *pyanitsa* russo, um grosseirão embriagado com seus cabelos ralos gomalinados de suor, os botões da camisa abertos além do que seria desejável. Até mesmo os seus dentes encapados — o orgulho dos Girshkin — haviam, de algum modo, atraído um elemento arenoso ao longo da fileira inferior.

Os universitários ainda estavam jogando sinuca, talvez ele pudesse lhes fazer um aceno, um aceno de bêbado, isso é permitido quando se está bêbado. Ele poderia ser um personagem...

Engoliu o bourbon de uma só vez. Havia uma mulher sentada sozinha a uma mesa que não era maior do que um cinzeiro, no final de uma fileira de mesas iguais àquela levando para a porta da rua. Há quanto tempo ela estava ali? Também em sua aparência havia alguma coisa da *pyanitsa* – a cabeça estava caída de lado, como se os músculos do pescoço não funcionassem; a boca estava escancarada, os cabelos escuros eram secos e sem brilho. Também perceptível através da névoa de Vladimir, havia (começando do topo e descendo): palidez, olhos escuros, uma suéter cinzenta sem ornamentos, mais palidez nas mãos, e um livro. Ela estava lendo. Estava bebendo. Se ao menos Bao tivesse lhe deixado um dos seus livros, mas para quê? Para que pudessem ler um para o outro, cada um em uma extremidade do bar?

Ele pegou um cigarro e acendeu-o. O ato de fumar fazia o nosso Vladimir sentir-se perigoso, dava-lhe vontade de atravessar o Central Park em disparada àquela hora da madrugada, correndo ao som das cigarras urbanas, ziguezagueando para a direita e para a esquerda como um jogador de futebol, enganando a morte emboscada nas sombras entre as luzes do parque.

Era um plano.

Vladimir levantou-se para ir embora e a mulher olhou para ele. Enquanto ele se encaminhava para a porta, para ir escapar da morte no parque, ela ainda olhava para ele. Estava agora bem na frente dele e continuava a encará-lo.

Ele encontrou-se sentado na cadeira diante dela. Alguma coisa deve tê-lo feito tropeçar, ou então ele simplesmente sentou-se sem querer no plástico tépido. A mulher aparentava uns 20 anos, a testa desenvolvendo um mapa rodoviário das primeiras rugas da vida.

– Não sei por que me sentei. Já vou me levantar – Vladimir declarou.

– Você me assustou – disse a mulher. Sua voz era mais grossa do que a dele.

– Vou me levantar agora – ele insistiu. Colocou uma das mãos sobre a mesa. O livro era "*Manhattan Transfer*". – Adoro este livro – afirmou. – Vou embora. Não pretendia me sentar.

Mais uma vez ele estava de pé, rodeado pela paisagem instável. Viu a maçaneta aproximando-se e estendeu a mão para abri-la.

Ouviu um risinho atrás de si.

– Você se parece com Trotski – ela disse.

Meu Deus, vou ter um romance, pensou Vladimir.

Ele sentiu o gosto do bourbon que lhe cobria a língua. Torceu o cavanhaque, empurrou para o alto do nariz os óculos de aros de tartaruga e fez meia-volta. Caminhou de volta até ela, esforçando-se para virar os pés para dentro, de modo que não se abrissem hebraicamente para os lados, arando firmemente com seus pés o solo norte-americano. ("Pisoteie o chão com os pés como se fosse o dono dele!", a Mãe instruíra.)

– É só quando estou bêbado – ele disse à moça, deixando a última palavra pendente, como que para ilustrar o que dizia. – Pareço mais com Trotski quando estou bêbado.

Poderia sair-se melhor com apresentações, talvez. Ele tornou a desabar sobre a cadeira.

– Posso me levantar e sair. Você está lendo um ótimo livro – disse.

A mulher colocou um guardanapo dentro do livro e fechou-o.

– De onde você vem, Trotski? – quis saber.

– Sou Vladimir – disse Vladimir num tom que lhe deu vontade de acrescentar: "e viajo por terras distantes em nome da Mãe Rússia", mas conteve-se.

– Um judeu russo – disse a observadora jovem. – Que é que você vai beber?

– Mais nada. Estou completamente bêbado e duro.

– E sente saudade do seu país – a moça completou, tentando ajustar-se à tristeza dele. – Dois *whisky sours* – pediu a uma garçonete que passava.

– Você é muito gentil. Deve ser de outro lugar – Vladimir comentou. – Você freqüenta a Universidade de Nova York e nasceu em Cedar Rapids? Seus pais são produtores rurais. Você tem três cachorros.

– Columbia – a mulher corrigiu. – Nova-iorquina de nascimento, e meus pais são professores na Universidade Municipal. Um gato.

– O que poderia ser melhor? – disse Vladimir. – Se gosta de Chekhov e da social-democracia, podemos ser amigos.

A mulher estendeu a mão comprida e ossuda, que era surpreendentemente quente.

– Francesca – apresentou-se. – Quer dizer que você freqüenta bares sozinho?

— Eu estava com um amigo, mas ele foi embora — Vladimir relatou, e então, julgando pelo nome e pela aparência dela, completou: — Um amigo italiano.

— Fico lisonjeada — Francesca declarou.

Ela então fez um gesto bastante inócuo — moveu um cacho errante para cima e para trás da orelha. Assim fazendo, expôs uma faixa de pele branca que o sol de verão não havia sido capaz de alcançar. Foi a visão dessa pele que fez com que Vladimir, bêbado e cambaleante, pulasse a frágil cerca de madeira atrás da qual as paixonites são mantidas pastando na opulência do coração. Tão fina e translúcida membrana, aquele pedaço de pele. Como ele poderia algum dia proteger o intelecto do sufocante ar de verão do lado de fora? Isso sem mencionar objetos em queda, pássaros empoleirados, pessoas dispostas a fazer o mal. Ele achou que ia começar a chorar. Era tudo tão... Mas as advertências do Pai na sua infância eram claras: nada de choro. Em vez disso ele experimentou apertar os olhos.

— Qual é o problema? — Francesca quis saber. — Você parece preocupado, meu caro.

Outra rodada de *whisky sours* surgira do nada. Vladimir estendeu a mão trêmula em direção ao copo, onde uma cereja ao marasquino piscava para ele como a luz de um campo de pouso.

E então desceu sobre ele uma escuridão aconchegante, exatamente quando um braço solidário rodeava o seu cotovelo... Eles estavam na calçada e, através do embaciado da sua visão, ele avistou um táxi que passava atrás da face pálida dela.

— Táxi — Vladimir resmungou, tentando manter-se sobre seus pés recém-cristianizados.

— Isto mesmo, rapaz, táxi — Fran incentivou-o.

— Cama — disse Vladimir.

— E onde é que Trotski faz a cama? — ela perguntou.

— Trotski não faz cama. Trotski cosmopolita sem raízes.

— Bom, este é o seu dia de sorte, Leon. Conheço um ótimo sofá na Amsterdam com a Rua 72.

— Sedutora... — Vladimir murmurou consigo mesmo.

Antes de muito tempo os dois estavam no táxi subindo Manhattan, passando por uma *delicatessen* conhecida de Vladimir, que certa vez comprara alguma coisa lá, um rosbife que não deu certo. Quando ele tornou a olhar, haviam subido a rampa veloz da West Side Highway, e ainda seguiam para o norte da cidade.

E com que objetivo?, ele pensou, antes de cair nos braços de Morfeu.

7. VLADIMIR SONHA COM...

... UM AVIÃO À DERIVA ATRAVÉS DE nuvens da Europa Oriental emboladas como um *pierogi*, saindo do exaustor em camadas de carvão, benzina e acetato. A Mãe está berrando para o sr. Rybakov por cima do ruído de hélices:

– Eu me lembro tão vividamente das semifinais! O Pequeno Fracasso toma a torre, perde a rainha, coça a cabeça, cheque-mate... O único menino russo que não conseguiu chegar ao campeonato russo.

– Xadrez! – bufa o Homem do Ventilador, dando um tapinha no mostrador do altímetro. – Uma ocupação de idiotas e vagabundos. Não venha me falar de xadrez, mamãe.

– Estou só dando um exemplo – grita a Mãe. – Estou fazendo um paralelo entre o tabuleiro de xadrez e a vida. Lembre-se, fui eu quem lhe ensinou a caminhar. Onde é que você estava quando ele andava por aí bamboleando como um judeu? Ah, mas tudo sempre sobra para a mãe. Quem é que faz a Salada Olivier para eles? Quem lhes consegue o primeiro emprego? Quem os ajuda com os trabalhos da universidade? "Tópico Dois: Descreva o maior problema que você já enfrentou na vida e como o superou." Maior problema? Eu caminho como judeu e não tenho amor pela minha mãe...

— Seria melhor se você calasse a boca — Rybakov retruca. — As mães estão sempre se imiscuindo, sempre tentando dar o peito aos seus filhos... Mame! Mame, pequenino! E depois elas ficam querendo saber por que seus filhos se tornam idiotas. Além disso, ele agora é o meu Vladimir.

A Mãe suspira e faz o sinal da cruz, segundo o seu novo costume. Faz meia-volta para sorrir triunfantemente para Vladimir, que se contorcia no compartimento de carga, as correias do pára-quedas queimando a delicada pele branca dos seus ombros.

— *Nu* — Rybakov grita para Vladimir. — Pronto para saltar, Aviador?

Abaixo do avião, uma tela azul de luz urbana está tomando o lugar do vazio da paisagem. A cidade nascente é cortada em duas por uma escura curva de rio, iluminada apenas pelas luzes das balsas que descem a corrente. A palavra PRAVA em néon brilhante está escrita em letras cirílicas gigantescas na margem esquerda da cidade.

— Meu filho está esperando por você... ali! — O Homem do Ventilador aponta para algum lugar entre as letras de néon P e R — Você vai reconhecê-lo na mesma hora. É um homem fornido, parado perto de uma fila de Mercedes. Bonito como o pai.

Antes que Vladimir possa objetar, as portas do compartimento de carga se abrem e o pára-quedista é engolido pelo ar frio da noite... A nebulosa sensação de estar mergulhando em sonhos.

Estou caindo em direção ao solo!, Vladimir pensa.

Não é uma sensação desagradável.

8. O VOLVO DO POVO

VLADIMIR ACORDOU AO MEIO-DIA NO ATELIÊ de Frank, amigo de Francesca, no norte da cidade. Esse Frank, evidentemente um eslavófilo, havia decorado seu quarto com meia dúzia de ícones feitos à mão de papel crepom dourado, juntamente com um cartaz turístico da Bulgária do tamanho da parede mostrando uma igreja rural com o domo abaulado, flanqueada por um animal tremendamente lanudo (béé?). Vladimir jamais chegaria a saber exatamente o que havia acontecido durante aquela longa viagem de táxi para o norte da cidade, ou como havia sido carregado para dentro passando pelo porteiro, ou como o apartamento havia sido requisitado para o seu uso, e os outros detalhes fora do alcance do ébrio. Vladimir deve ter causado uma forte primeira impressão: cinco minutos de conversa seguidos por um coma leve.

Mas então...! Mas então... Sobre a mesa de centro fabricada na Suécia... o que foi que ele encontrou? Um maço de cigarrilhas Nat Sherman's para roubar, sim... E ao lado dos cigarros... Ao lado dos cigarros havia um bilhete. Até aí tudo bem. E então no bilhete... concentração agora... numa caligrafia arqueada de classe-média, o sobrenome de Francesca (Ruocco)... O endereço dela na Quinta Avenida e o telefone... E, para culminar, um convite simpático para passar na casa dela às oito para então irem a uma festa em TriBeCa por volta das onze.

Sucesso.

Com dedos trêmulos Vladimir acendeu uma cigarrilha Nat Sherman's, um cilindro comprido e marrom com sabor de mel e cinza. Ele a fumou no elevador, embora aquele fosse o tipo de prédio mais ou menos novo onde abundavam detectores de fumaça. Fumava ao passar pelo porteiro, ao sair para a rua e durante todo o percurso até o Central Park. Só então Vladimir recordou o seu plano original, o plano bêbado que ele formulara antes de sentar-se ousadamente na cadeira em frente à Francesca.

Vladimir atravessou o parque correndo. Uma corrida feliz, intercalada com pulinhos triplos. Que pés lindos ele tinha! Que maravilhosos pés *Russo-Judeo-Slavo-Hebrair*! Perfeitos para percorrer em disparada aquela trilha para ciclistas. Ou para efetuar uma entrada grandiosa no apartamento de Francesca na Quinta Avenida. Ou para acomodar-se sobre uma mesa de centro na festa no *loft* em TriBeCa. Ah, como a Mãe estava sempre completamente, regularmente e deliciosamente equivocada a respeito de todas as coisas, a respeito do país inteiro, a respeito das felizes possibilidades para o jovem imigrante V. Girshkin! Equivocada!, equivocada!, equivocada!, Vladimir pensava, enquanto atravessava correndo a Campina dos Carneiros, pontilhada de desempregados tomando sol numa tarde preguiçosa de segunda-feira, observados de cima com coletiva indiferença pelos arranha-céus do centro da cidade. A Mãe, aliás, estava cumprindo pena em uma daquelas monstruosidades de vidro fumê construídas antes da última recessão: um escritório de esquina, enfeitado com bandeiras norte-americanas e uma foto emoldurada da Mansão Girshkin menos os seus três habitantes.

E que dia para uma corrida, também. Fresco como o início da primavera, cinzento e garoento – o tipo de dia que dava vontade de matar aula na escola ou, no caso de Vladimir, matar trabalho. E o tipo do dia que lhe lembrava ela – Francesca – o cinza, a ambivalência, a suposta inteligência que abundava nos dias úmidos na Inglaterra; e, ainda, o peso da umidade que o rodeava trouxe-lhe à mente o modo como ele havia sido aninhado no pescoço dela dentro do táxi. Sim, ali estava novamente uma pessoa bondosa e, até então, Vladimir só se envolvera com mulheres bondosas. Talvez para amar Vladimir fosse necessária uma certa bondade. Nesse caso, que sorte!

A corrida, no entanto, terminou depois de uma ladeira lamacenta, quando os pulmões de Vladimir – uma genuína obra de Leningrado – se manifestaram, e o atleta foi forçado a procurar um banco encharcado de chuva.

Ele conseguiu chegar ao trabalho por volta das duas. Era a Semana Chinesa na Sociedade Emma Lazarus, e os chineses enfileiravam-se atrás da Divisão da China, esparramando-se para dentro da sala de espera onde havia chá e um panda de pelúcia. Os poucos russos que chegavam da tarde úmida davam risadinhas por causa da torrente de asiáticos e tentavam imitar o zumbido apagado da conversa deles com uma rajada de "Ching Chang Chong Chung". Quase saíram brigas.

Embora tivessem ensinado a Vladimir a promover o multiculturalismo, ele lançou um olhar opaco às fisionomias zombeteiras dos seus conterrâneos, que abriam caminho a carimbadas através das suas montanhas de documentos. Quem poderia pensar em imigrantes num dia como esse?

– Baobab, acabei de conhecer uma pessoa. Uma mulher.

Houve confusão do outro lado da linha.

– Sexo? O quê?

– Nada de sexo. Mas ficamos na mesma cama, eu acho.

– Você é um escravo da profilaxia, Girshkin – riu Baobab. – Está bem, conte-nos tudo. Como ela é? Magra? Rubenesca?

– Ela é sofisticada.

– E a reação de Challah quando ela descobriu?

Vladimir estudou aquela perspectiva infausta. A Pequena Pão Challah. A Pequena Ursa Submissa. Abandonada mais uma vez. Hã-hã.

– Então, como foi com Laszlo? Você lhe enfiou a mão na cara? – arriscou.

– Nada de mão na cara. Na verdade, estou matriculado no novo seminário dele: "Stanislavski e Você".

– Ah, Baobab!

– Desta maneira posso vigiar Roberta. E conhecer outras atrizes. E Laszlo diz que pode nos colocar na sua nova produção, "Esperando Godot", em Prava na primavera.

– Prava? – As bordas de um sonho estranho passaram ao largo da memória de Vladimir; numa sucessão caleidoscópica ele viu a Mãe, o Homem do

Ventilador, um pára-quedas vazio caindo do céu. – Que besteira. Tenho que parar de pensar nesse Rybakov e pensar só na minha Francesca! – resmungou. E para Baobab ele disse: – Está falando da Paris da década de 90?

– O SoHo do Leste Europeu. Exatamente. Diga, quando é que você vai me apresentar à sua nova amiga?

– Vai haver uma festa hoje à noite em TriBeCa. Começa às... Ei! O quê? Você, cavalheiro. Você aí de caftã... Coloque a cadeira no chão!

Um conflito racial de pequenas proporções, porém bastante entusiasmado, estava acontecendo perto da máquina de fax. A colega haitiana de Vladimir já estava lá, organizando o pessoal da segurança com grande prazer, como se estivesse de volta a Port-au-Prince, na propriedade do seu pai deposto. Vladimir foi convocado para ir buscar o megafone da organização.

– **Sou de Leningrado** – disse ele, curvando a cabeça em gratidão enquanto o pai de Francesca, Joseph, enfiava uma taça de Armagnac em sua mão.

– São Petersburgo – corrigiu Vincie, a mãe dela, com demasiada autoridade, e então riu muito alto da sua própria natureza despótica.

– É –Vladimir admitiu.

Embora jamais tivesse conseguido imaginar com qualquer outro nome a sua cidade natal, onde o rosto magnânimo de Lenin espiava de dentro de cada quiosque e cada toalete. Contou-lhes o caso do seu nascimento com uma testa tão grande que o diretor da ala de maternidade parabenizou pessoalmente a mãe por ter dado à luz o próximo Vladimir Ilyich.

Os pais de Francesca soltaram uma mistura de riso genuíno e boa educação. Com mais alguns Armagnacs, Vladimir imaginou, a primeira parte da mistura seria a vencedora.

– Isto é maravilhoso – comentou Joseph, inconscientemente espalhando os próprios cabelos de um cinzento-industrial. – E você ainda tem uma tremenda testa!

Antes que Vladimir tivesse a oportunidade de enrubescer, Francesca (ela própria enrubescendo) entrou na sala de estar repleta de livros usando um vestido de veludo preto que se agarrava a ela como uma segunda pele.

– Ora, Frannie – Vincie zurrou, ajeitando os enormes óculos rosados. – Veja só! Aonde é mesmo que você vai esta noite, querida?

— Uma festinha.

Francesca deu à mãe um sorriso forçado. Vladimir presumiu que ela não gostava de ser chamada de Frannie, e adorou: mais um item para a ficha dela, que crescia rapidamente: iria juntar-se à solução para lentes de contato que ele avistara no banheiro (e por que não óculos?).

— Então, qual é o seu trabalho, sr. Girshkin? — Joseph perguntou com exagerada seriedade, como que para sugerir que não estava disposto a levar-se a sério, embora Vladimir certamente pudesse fazer isso, se desejasse.

— Deixe-o em paz, *dad* — disse Francesca.

E Vladimir sorriu interiormente por causa dessa feliz palavra americana: *Dad*. Havia alguma coisa de desajeitada e pejorativa, ele sempre achara, no russo *papa*.

— De vez em quando o seu papel de Hegemonista Feliz é um pouco convincente demais — Francesca disse ao pai. — Gostaria que tivéssemos sido nós quem perdêssemos a Guerra Fria, e não o país de Vladimir?

Sim, Vladimir gostava dos Ruocco, sem dúvida. Ambos eram professores da Universidade Municipal, e Vladimir já havia conhecido a sua cota durante a sua permanência no segundo grau, onde as crias acadêmicas andavam em bando para formar uma elite intelectual. Todos os sinais de boa acolhida estavam presentes: um exemplar da *New Left Review* na mesa de centro; um suprimento ilimitado de birita na cozinha; o sentimento deles, nada constrangido, de surpresa agradável por conhecer uma pessoa jovem e inteligente depois dos longos dias dando aula para centenas de corpos adormecidos, para acabar tendo de enfrentar pessoas super-ansiosas do tipo Baobab durante o horário de expediente.

— Eu dou apoio na adaptação de imigrantes — Vladimir revelou.

— É isto mesmo, ele fala russo — disse Vincie com um sorriso de satisfação consigo mesma nos lábios rachados.

— É melhor irmos logo — disse Francesca.

— Outra dose de Armagnac não vai machucar ninguém — contrapôs Joseph, balançando a cabeça diante da filha e sua maneiras afetadas.

— Ah, você vai deixar os dois bêbados antes da festa! — Vincie riu e estendeu o copo para mais uma dose.

— E que é que os seus pais fazem? — Joseph perguntou, enchendo demais a taça de Vladimir.

Vladimir franziu a testa e cruzou os braços – um gesto que fazia automaticamente cada vez que sua família era mencionada – até que Joseph ficou visivelmente preocupado de ter atingido um nervo sensível, e Francesca parecia prestes a esganá-lo, ou a, pelo menos, usar novamente a palavra "hegemonista". Mas então Vladimir revelou as profissões elegantes dos Girshkin, e todos sorriram e brindaram aos estrangeiros.

QUANDO RECORDAVA o verão, coisa que Vladimir faria microscopicamente nos inquietos anos que se seguiriam, ele poderia dizer que tudo se aglutinara naquela única noite, embora não se tratasse de uma noite inteiramente diferente das que viriam depois – simplesmente ela havia sido a primeira. Aquela noite dera o tom: primeiro, os pais atraentes e interessados; em seguida, a filha atraente e interessada; depois os amigos atraentes e interessados. E então, mais uma vez, a filha atraente e interessada *à la carte*, indo para a cama ainda atraente e interessada.

Atraente? Ela não tinha uma beleza de capa de revista: o nariz ligeiramente em gancho, uma palidez que podia estar passando por doença em uma era em que todo mundo parecia ter ao menos um pouco de cor, e havia também uma deselegância no andar, na maneira desequilibrada com que os pés encontravam o chão, como se um fosse mais curto do que o outro e ela estivesse sempre a esquecer-se qual dos dois. Dito isto, ela era alta, os cabelos eram longos e envolviam-lhe os ombros como uma capa, os olhos eram pequenos e tão perfeitamente ovais quanto miniaturas Fabergé, o cinzento deles no sóbrio matiz de uma manhã em Petersburgo acima do ateliê do Mestre Fabergé; e, do ponto de vista de Vladimir naquela primeira noite, havia aquele vestido minimalista de veludo que deixava ver os ombros dela, pequenos e redondos, quase resplandecentes sob a forte iluminação dos postes da Quinta Avenida (sem mencionar a alvura ereta e acetinada das costas, atravessada por duas tiras de veludo).

FINALMENTE, os amigos atraentes e interessados. Eles podiam ser encontrados, naquela noite, em meio a uma amplidão de luz negra e jazz barulhento que era o andar superior de um prédio de *lofts* em TriBeCa. Antes de ser limpo, o lugar devia ter a aparência de um vagão de gado atravessando o país, já que agora estava quase vazio – um par de sofás, um estéreo, garrafas de birita sem tampa que as pessoas eram obrigadas a rodear ou pegar e usar. Era uma turma de aspecto cintilante, que se vestia segundo a nova moda de Cê-dê-éfe Glamuroso que estava rapidamente tornando-se parte do vocabulário do sul da cidade. Um espécime em uma camisa apertada, careta, de colarinho largo e pintalgada, gritava acima do resto:

– Vocês já souberam? Safi conseguiu uma bolsa de estudos da Comunidade Européia para estudar o alho-poró em Prava.

– De novo essa porra de Prava – disse outro, usando calça de um marrom sinistro e mocassins que ostentavam realmente moedas de um centavo[11]. – Nada além de uma *tabula rasa* de mutantes retardados pós-soviéticos, se querem saber. Eu queria que o Muro de Berlim não tivesse vindo abaixo.

Vladimir observava melancolicamente. Não apenas passara a vida inteira sem ganhar uma única bolsa de estudos da Comunidade Européia, mas cada patética peça de roupa que ele vinha tentando despir desde que emigrara era agora uma mina de ouro *prêt-à-porter*! Mocassins com moedas! Que coisa insuportável. E como aqueles babacas-do-glamour o faziam sentir-se velho, ele, que nada tinha além de uma porcaria de um cavanhaque e o título afixado de Imigrante para temperar o seu guarda-roupa proto-suburbano.

Ele esgueirou-se para o outro lado do aposento para conhecer Frank Eslavófilo, o amigo de Francesca. Frank era um homem tão baixo quanto Vladimir, e ainda mais magro. Mas daquela figura que parecia um adesivo crescia uma cabeça tão tumescente quanto um pão *poori* – um nariz vermelho como o da rena Rudolph do conto de Natal, queixo bulboso, bochechas tão flácidas que a pele por cima delas franzia-se com o peso.

– Neste verão estou arrastando todo o bando para ler "*Sportsman's Sketches*" [12] de Turgenev – Frank informou a Vladimir enquanto enchia copos de plástico com um xerez Dry Sack com sucesso apenas parcial. – Nenhum homem, nenhuma mulher pode intitular-se *kulturni* sem ter lido os "*Sportsman's Sketches*". Diga que estou errado! Diga-me que existe outra maneira!

---

[11] Mocassins com moedas de um centavo: em inglês, *penny loafers*. Um modelo de mocassins que os estudantes costumavam usar com uma moeda enfiada em uma tira de enfeite que há em cada pé. (N. da T.)

[12] *Sportsman's Sketches*: livro de ensaios do russo Turgenev no século XIX. (N. da T.)

— Li muitas vezes os *Sketches* — disse Vladimir, na esperança de que suas excursões infantis ao Balé Kirov e ao Hermitage o tivessem deixado suficientemente *kulturni* para o seu novo amigo. Na verdade, a única vez que Vladimir folheara os *Sportsman's Sketches* havia sido uma década antes, e a única coisa de que ele conseguia lembrar-se era que quase todas as cenas eram passadas ao ar livre.

— *Molodets*! — Frank exclamou, querendo dizer "bom sujeito", uma expressão muitas vezes usada por homens mais velhos para felicitar os mais jovens. Quantos anos tinha aquele tal de Frank, afinal? Os cabelos cortados curtos estavam no estágio dois do padrão de calvície masculina, aquele estágio em que duas meias-luas sem cabelos ficam recortadas nas têmporas, ao contrário dos pequenos crescentes entalhados acima da testa de Vladimir. Portanto, 28, 29 anos. E provavelmente com diploma universitário.

Seria possível que fossem todos eles diplomados e apenas Francesca ainda estivesse na universidade? Sim, era possível. A média de idade combinava. Também o modo como se divertiam — um bando deles apinhados em volta de um televisor que passava um filme indiano em que os protagonistas românticos faziam as gesticulações do amor, mas jamais se beijavam. E enquanto se tocavam de leve e se seduziam ao som de *sitars*[13] e sininhos — aquele Romeu e Julieta do subcontinente — a multidão gritava "mais!" e "atividade com os lábios!" Isso era numa parte do *loft*...

Em outra estava Tyson, um Adonis de Montana, 1,80 de altura com um isóscele de cabelos louros que apontava para a esquerda, conversando com uma mulher baixinha que usava um sarongue transparente e sandálias de dedo bordadas. Conversavam em malaio, naturalmente.

O célebre Tyson apressou-se a levar Vladimir para um canto.

— É um prazer conhecê-lo finalmente — disse, baixando a cabeça até a altura da de Vladimir em um movimento totalmente natural, como o de uma retranca de barco a vela. Devia ter muitos amigos baixinhos, tais como a jovem etérea de Kuala Lumpur. — E um prazer para o Frank também... Estamos sempre tentando encontrar uma pessoa legal que fale russo com o Frank...

— É um prazer estar aqui — Vladimir respondeu, por um instinto delicado.

---

[13] *Sitar*: instrumento de corda hindu. (N. da T.)

– Aqui? Na América?

– Não, não. Nesta festa.

– Ah, na festa. Isso. Posso falar francamente, Vladimir?

Vladimir colocou-se na ponta dos pés. A boca de Tyson, um negócio grande e proeminente, estava prestes a expelir alguma coisa franca. O que poderia ser?

– O Frank está num estado terrível. Ele está perto de um colapso nervoso.

Os dois voltaram-se para o eslavista, que na realidade estava com ótima aparência, ali cercado por muitas mulheres atraentes de óculos com grande quantidade de risadas e xerez entre eles.

– Coitado! – Vladimir exclamou, e estava sendo sincero. Por um motivo qualquer, aquele negócio de Turgenev não parecia um bom augúrio.

– Ele teve um relacionamento desastroso com uma mulher russa, uma jovem advogada de uma família muito predatória. Foi de mal a pior. Primeiro, ela acabou com tudo. Depois, quando Frank estava cercando a moça em um restaurante de Brighton Beach, os garçons levaram ele para os fundos e o atacaram com frigideiras.

– É, isso acontece – Vladimir comentou, e suspirou em nome da sua espécie temperamental.

– Sabe quanto todas as coisas russas significam para ele?

– Estou começando a visualizar o quadro. Mas preciso lhe dizer logo de cara que não tenho parentas russas que mereçam atenção. – Bem, havia a tia Sonya, aquela tigresa siberiana.

– Então talvez você possa levá-lo para dar uma volta de vez em quando – Tyson pediu.

Ele apertava os dois ombros de Vladimir de um modo que lembrava a este último os residentes amigáveis e bem-educados de sua moderna universidade no Meio-Oeste; os passeios longos e drogados no Volvo do Povo pertencente à sua ex-namorada de Chicago; as noites passadas bebendo até desmaiar com eruditos humanitários com espírito de solidariedade.

– Vocês poderiam conversar na língua natal – Tyson continuou. – É claro que seria melhor se fosse inverno, então os dois poderiam usar aqueles belos chapéus de pele... Que acha disto?

– Ah! – Vladimir desviou os olhos, tão lisonjeado estava. Meia hora de festa e já estavam lhe pedindo para ajudar um amigo em dificuldades. Ele já era um amigo. – Isto é possível – disse. – Quer dizer, eu adoraria.

Em seguida àquelas palavras, aquelas palavras justas e inspiradoras, Vladimir foi coroado com uma auréola. Por que outro motivo a festa inteira, de repente, iria abandonar a periferia do *loft* para apinhar-se em volta dele, fazendo-lhe perguntas e às vezes segurando-o delicadamente pelo braço? Os curiosos queriam saber: qual era o prognóstico para a Rússia depois do colapso da União Soviética? (Não muito bom). Ele sentia amargura por causa do novo mundo unipolar? (Sim, muita.) Qual era o seu comunista preferido (Bukharin, muito mais do que qualquer outro.) Havia alguma maneira de impedir o avanço sorrateiro do capitalismo e da globalização? (Pela minha experiência, não.) E quanto à Romênia e Ceausescu? (Cometeram-se erros.) Ele estava namorando Francesca e, se estava, até onde havia chegado?

Nesse ponto Vladimir desejava já estar bêbado para que pudesse ser charmoso e frívolo com aqueles belos homens e belas mulheres em suas camisetas da Universidade de Islamabad. Em vez disso, conseguiu apenas emitir alguns gorgolejos tímidos. Ah, como queria estar usando um gorro de pele, um autêntico *shapka* de astracã. Pela primeira vez em sua vida ele tinha consciência do seguinte axioma de grande utilidade: *É bem melhor ser paternalizado do que ser ignorado*. Antes que pudesse agir segundo esse impulso, Francesca convocou-o da cozinha.

Ali, a barulheira era atordoante; uma casta diferente de pessoas enxameava ao redor de uma mesa cheia de coquetéis de camarão, ao passo que Francesca postava-se debaixo de fileiras de armários de aço corrugado, agradavelmente vestida de maneira demasiado formal em seu régio veludo, rindo de um indiano bêbado – igualmente formal em seu smoking – que lhe esmurrava a cabeça com um par de chifres infláveis.

– Oi – Vladimir cumprimentou acanhado o hindu chifrudo.

– Agora chega, Rakhiv – disse Francesca, estendendo a mão para agarrar um dos chifres. Um chumaço escuro de pêlos de sua axila apresentou-se a Vladimir.

O cavalheiro hindu virou o rosto comprido para fazer cara feia para Vladimir, depois escapuliu em meio aos devoradores de camarão. Então Vladimir tinha concorrência! Que coisa excitante. Nessa noite ele se sentia como um novo concorrente com muitas chances de vencer, embora o hindu tivesse um rosto clássico com aquela expressão triste tão popular.

– Uma bebida! – disse Francesca. – Vou lhe preparar um Rob Roy. Mamãe praticamente me pariu com Campari. – Ela abriu o armário mais próximo e retirou uma taça de coquetel gravada com a imagem de uma garça de fisionomia pensativa dando um rasante sobre uma pequena criatura parecida com um camarão que soltava borbulhas de dentro de um pântano. Ela virou-se para outro armário em busca de limão e uma garrafa empoeirada de Glenlivet. – Você precisa conhecer as irmãs Libber – dizia.

– Talvez a gente possa sair e dar uma volta depois deste drinque – Vladimir sugeriu.

Com os dedos cheirando a uísque, Francesca deu-lhe uns tapinhas carinhosos no rosto, como que para desiludi-lo de tais pensamentos tolos.

– Você já ouviu falar de Shmuel Libber, o pai delas? – perguntou. – Ele descobriu o *dreidel* mais antigo do mundo.

Como se aquela fosse a sua deixa, as irmãs Libber emergiram de trás de um vaso de fícus – duas beldades pálidas e idênticas, com semblantes levemente asiáticos – trazendo notícias de um antigo pião judeu.

– Ouvi falar no trabalho do seu pai... – Vladimir começou.

Justamente então, Tyson irrompeu na cozinha, pigarreou com violência e baixou os olhos teatralmente para os próprios pés.

– Vladimir, chegaram alguns dos seus amigos. Será que você poderia... por favor... ir recebê-los?

Vladimir encontrou Baobab no aposento principal, usando sua típica calça colonial cáqui, seu chapéu de fibra vegetal trespassado por uma pluma de avestruz, firmemente agarrado à pequena estudante malaia, que fazia mesuras bem-educadas enquanto apontava a mão livre para uma imaginária rota de fuga.

– Uso a minha sífilis como uma medalha de honra – Baobab berrava para ela acima do som de *sitar* que tocava na TV. – Peguei a doença em Paris, diretamente da fonte. Os escritos de Nietzsche, se quer saber, são, em essência, sifilíticos.

Roberta, resplandecente numa espécie de camisola de leopardo cintilante e chapéu coco, dobrava-se por cima de Frank e lhe apertava as grandes bochechas, gritando:

– Gordinho, você tem muita vida aí dentro!

A multidão silenciada afastava-se pé ante pé, o conteúdo do cadinho escorrendo de volta para a cozinha. Mas o trânsito das pessoas era lento, o olhar delas fixo no motivo daquela evacuação: o homenzinho gorducho de chapéu de fibra, a adolescente quase nua e... no canto.

Challah estava sentada no canto, com os mesmos acessórios sadomasoquistas com os quais Vladimir a conhecera oito meses antes, olhos baixos para o seu copo, sua única companhia, enquanto os jovens intelectuais passavam por ela a galope, seus chifres infláveis estremecendo de consternação. Ela avistou Vladimir e acenou desesperadamente para que ele fosse até lá.

A essa altura, Vladimir havia agarrado Baobab, que, por sua vez, estava quase soltando a moça da Malásia.

– Que é isto? – Vladimir cochichou. – Por que foi que trouxe a Challah? Por que está se comportando deste jeito?

– De qual jeito? Estou lhe fazendo um favor. Onde está a nova moça?

Na cozinha, cresciam os sons de timbre grave de uma comoção de vinte e tantas pessoas, com a voz de Francesca como uma parte incontestável do clamor. Enquanto isso, Frank, em um canto da sala de estar, sucumbia à pequena caçadora de aparelho nos dentes e *negligé*; em outro canto, Challah depositava um dedo cálido dentro da bebida e observava as ondulações do xerez cor de ferrugem.

E Vladimir? Vladimir tinha talvez 20 segundos de vida.

9. GÊNERO E IMPERIALISMO

— **Por favor, me desamarre agora** — Vladimir pediu. O lenço foi desamarrado. Vladimir removeu ele próprio a venda dos olhos. A rica luz da Quinta Avenida, saudável e pintalgada, inundava as cortinas pálidas.

— Sinto muito quanto ao coito na noite passada. Eu fui grosseira demais. Estava representando um papel – disse Francesca.

— Não, a culpa foi minha – respondeu Vladimir, cobrindo os quartos com lençóis, esfregando os pulsos inchados. – Convidar os meus amigos foi um ato de agressão. – Com um dedo trêmulo percorreu as marcas de dentadas no alto da coxa. – Representando um papel contra mim, você se tornou tanto vítima quanto transgressora. Você ganhou poder.

Aquelas palavras estranhas, porém familiares, que ele não escutava desde a sua permanência na moderna universidade do Meio-Oeste, escaparam-lhe da boca. Ele sabia que estava caçando aquele animal notório, o conteúdo das entrelinhas. O Pé Grande[14] do mundo letrado. Então o que havia nas entrelinhas, ali?

---
[14] Pé Grande: em inglês, Bigfoot, um ser gigantesco que alguns acreditam existir em algumas regiões do planeta por causa de pegadas enormes. Ele sempre foi muito procurado e jamais foi encontrado. (N. da T.)

Ele não estava pensando particularmente na dolorosa fantasia sexual, nas solícitas humilhações que ela lhe infligira (durante algum tempo, ele ficou completamente vestido enquanto ela usava a suéter de gola rulê e a calça de *tweed* com que seu pai dava aula), mas em todo o pacote físico. Duas pessoas afastadas da não-existência por 90 quilos enfiando-se uma na outra, uma situação perigosa e frágil; osso raspando no púbis; a nítida falta de odores que os animais mais viáveis produzem regularmente. Ah, a alegria degenerada dos pesos-leves.

Fran baixou uma camiseta por cima dos braços e os dois seios minúsculos, apenas um pouco maiores do que o duo flácido de Vladimir, desapareceram dentro da malha de algodão.

– Os seus amigos foram àquela festa como jovens imperialistas, como pequenos conquistadores – disse. – Fracassaram inteiramente em ver a integridade da nossa cultura acadêmica nativa e sentiram-se obrigados a enquadrá-la em seus próprios discursos atrofiados. Podia muito bem ter sido as tropas de Leopoldo subindo o Congo.

Vladimir sentiu uma necessidade premente de enfiar as cuecas; de obter alguma espécie de paridade. (Estava começando a ter a sensação de que um locutor de tênis invisível estava constantemente gritando de fora da quadra: "Vantagem para Francesca".) Mas ele não tinha idéia de onde suas cuecas haviam ido parar durante a confusão embriagada que precedera a sua primeira acoplagem. E alguma coisa lhe dizia que a sua nudez e o seu silêncio humilde eram adequados. Que diante de mulheres mais espertas era melhor empreender uma retirada constante, picar e incendiar as suas convicções pessoais diante do avanço delas a passos firmes.

Sim, ele agora estava convencido de que a julgara mal, que as brincadeiras joviais das noites anteriores eram apenas uma cabeça-de-ponte para aquela confiante mulher norte-americana, e o que ela realmente desejava dele, fosse o que fosse que isso viesse a ser, ele não tinha condições de dar.

Porque mais cedo, e não mais tarde, ela compreenderia as limitações de um homem que, na madureza dos seus 25 anos, acabara de aprender com a mãe a caminhar. Que é que se faz com um homem desses?, Vladimir pensava. Era preciso ter a paciência de uma Challah ou, talvez, o *pathos*, e era bastante duvidoso que aquela jovem maneirosa tivesse qualquer dessas duas coisas.

– Aquele gordo idiota e misógino... – Fran estava dizendo. – Usando a sífilis como cantada! Coitada da Chandra. E aquela... A mulher gorda com o guarda-roupa de Weehawken[15]. Que diabos ela é?

Vladimir balançou a cabeça e depois enterrou-a em uma das elefantinas almofadas de Fran com suas gravuras de cenas da vida em Veneza.

– Meus amigos e eu somos uma turma de cabeça aberta – Fran estava dizendo. – Mas temos os nossos limites. Aquelas pessoas eram simplesmente indesculpáveis.

– Eles cresceram vendo televisão – Vladimir resmungou de dentro da almofada consoladora. – Procuravam prêmios nas caixas de cereais. São um produto da cultura, e a cultura norte-americana no século XX é, por definição, imperialista.

Mas ele estava atribuindo culpa demais aos seus amigos, quando a autoflagelação estava na ordem do dia. Ele gravou na memória esse fato.

– E, para falar a verdade, não é realmente por causa deles que estou chateada – Fran declarou. – Eles só estiveram lá por uma noite. Nunca vou ver qualquer um deles de novo. Mas o que isto significa em relação a você? Em relação ao tipo de vida que você está vivendo? Você é um homem muito inteligente e incomum. Culto, educado, de um país diferente. Como diabos foi parar naquela turma?

Vladimir suspirou.

– Como é que eu posso descrever isso? – disse. Pensou em literatura. Pensou em entrelinhas. No final, sua educação não lhe falhou. – Conhece o conto de Hemingway "Os Matadores"? – perguntou. – Quando os matadores estão partindo para pegar o boxeador, o que é que o boxeador diz?

– "Eu entrei errado".

– É isso aí.

– Por outro lado, ao citarmos Hemingway não estamos ratificando a misoginia e a condescendência racial que define o corpo da sua obra.

– Claro que não – ele protestou. – Jamais.

Ela despenteou-lhe os cabelos da nuca com as suas protuberâncias macias e cristas ossudas. O toque carinhoso foi bem-vindo depois da noite que haviam tido. Era algo que se aproximava da afeição e, por mais que Vladimir apreciasse um pouco de brutalidade, exigia também a parte melosa.

---

[15] Weehawken: bairro residencial de New Jersey que os nova-iorquinos consideram cafona. (N. da T.)

– Então o que é que vamos fazer sobre isso? – ela perguntou.
– Sobre a misoginia?
– Não, sobre esse negócio de "Entrei errado". Você vai simplesmente se estabelecer neste estilo de vida?
– "Vida" e "estilo" realmente não são uma descrição adequada – Vladimir contrapôs.
– É o que parece.
Ela deitou-se por cima dele e enfiou o nariz no pescoço dele. Apesar do contorno anguloso, seu apêndice nasal dava a sensação de relaxado e quente. Ela sussurrou no ouvido dele:
– Sabe por que gosto de você, Vladimir? Já conseguiu descobrir a razão? Não gosto de você porque você é carinhoso ou bonzinho, ou porque você, de alguma forma, vai modificar o meu mundo, pois já resolvi que nenhum homem jamais irá modificar o meu mundo. Gosto de você porque você é um judeuzinho envergonhado. Gosto de você porque você é um estrangeiro com sotaque. Gosto de você, em outras palavras, porque você é o meu "significante".
– Ah, muito obrigado – disse Vladimir
Bozhe moi!, ele pensou consigo mesmo. Ela me conhece até o mais fundo de mim. Judeu, zinho, envergonhado, sotaque. O que havia além disso? Aquilo era o que significava ser Vladimir. Ele pressionou o corpo contra o dela, pensando que ia morrer de felicidade. Felicidade e a dor obtusa de ser, de alguma forma, insuficiente. De ser meio-formado.
– Além disso, fique sabendo que os meus amigos gostam muito de você, e os meus amigos significam o mundo para mim – ela prosseguiu. – Frank não conseguia parar de falar em você a noite inteira. E até mesmo a maneira como você cuidou dos seus tristes amigos foi impressionante. Você não fugiu, ficou ali e suportou o impacto da falta de educação deles. – Escute, Vlad, talvez o que você precise é entrar direito, para variar. Andar com pessoas do seu próprio calibre. Não sou uma profissional treinada em saúde mental, que é o que eu acho que você precisa no final das contas, mas quem sabe? Talvez eu possa ajudá-lo.
Na realidade, em sua camisetinha de escola preparatória[16] (uma sutil zombaria com a turma de escola preparatória, raciocinou Vladimir), seu

---

[16] Escola preparatória: Nos Estados Unidos, uma instituição de ensino do 2º grau, geralmente particular, que prepara os alunos para a universidade. (N. da T.)

nariz avultado e demonstrativo suportando um par de óculos enormes – na última moda – e os olhos famintos por sono e orlados de negro, ela parecia mesmo uma profissional de alguma coisa. Uma pessoa mais velha. Uma adulta de carteirinha. Parecia-se um pouco com a mãe dele, para dizer a verdade.

– Está bem, eu concordo – ele sussurrou. – Pessoas do meu próprio calibre. Acima e além, esse tipo de coisa. Qual é o truque, hein?

– Estou com fome – ela disse.

ABAIXO DE UM PAR de leões dourados cheios de ferrugem, no terceiro andar de um prédio na parte central da cidade, em pratos decorados com o emblema verde e alaranjado de "República Democrática Socialista do Sri Lanka", eles comeram o *brunch*[17], com uma sopa doce de coco com *curry* cuja pimenta queimava.

– Segure a minha mão – Francesca pediu, depois que os pratos socialistas haviam sido retirados e o seu rosto suarento ruborizara-se por causa do chá de *curry* e condimentos.

Ele pegou a mão dela.

Ela levou-o ao Whitney Museum, onde Vladimir admirou uma fila de três aspiradores de pó eretos por trás de uma vitrine de acrílico.

– Ah, estou entendendo – Vladimir declarou com hesitação.

Ele esfregou a cabeça no ombro dela e, em retribuição, teve a orelha puxada delicadamente, do mesmo modo que um Napoleão brincalhão costumava distribuir a sua simpatia.

Ela levou-o para uma galeria onde ambos admiraram o quadro de Kiff "O Poeta Vladimir Mayakovski Convida o Sol para Tomar Chá", no qual um sol sorridente salta por cima do horizonte para juntar-se a Mayakovski para *chai* e poesia.

– Sim, perfeito – disse Vladimir, sentindo-se em terreno mais familiar.

Então declamou um dos versos do Mestre em russo, pelo qual foi devidamente cumprimentado com tapinhas no traseiro.

---

[17] *Brunch*: (plural: *"brunch*es", que significa a junção de *"breakfast"* e *"lunch"* – desjejum e almoço – tradicional nos domingos e ultimamente também adotado aos sábados. Seria equivalente ao "ajantarado" dominical brasileiro, que reúne o lanche da tarde e o jantar. (N. da T.)

Através da neblina poluída e amarela de julho, das variegadas camadas de umidade nova-iorquina, através daquelas cortinas de calor, eles caminharam, ela em sua séria camiseta branca, transpirando visivelmente sob os braços à moda européia, os contornos do seu corpo pequeno cuidadosamente desenhados. E qual era a aparência de Vladimir? Vladimir não se importava com a aparência de Vladimir. Já era suficientemente bom ser visto com ela, obviamente (ali estava ela agora, ao seu lado).

Mas, nesse ponto, ele logo constatou estar enganado. Numa apertada lojinha de East Village, seu interior envolto em incenso, ele viu-se forçado a comprar uma camisa *guayabera* cubana, sedosa e cheia de arabescos tipo Art-Nouveau. Era o mesmo tipo de camisa que ele certa vez vira o Homem do Ventilador usar, só que a sua custava improváveis 50 dólares. Uma calça de operário castanha, comprada em outro salão, complementou o seu novo traje.

– *Blue jeans...* Onde é que eu estava com a cabeça? – disse, chutando o cadáver da fera de brim no chão. – Por que foi que ninguém me impediu?

Ela o beijou nos lábios. Ele sentiu o gosto do *curry* e das passas misturado à acidez natural dela; sentiu uma vertigem e desvencilhou-se.

Os dois atravessaram os bulevares mais largos, a cidade repentinamente pululando de significado, agora que ele estava caminhando com uma das suas semideusas, a perguntar-se por que jamais conseguira descer a pé uma rua com Challah assim: a sua mão na dela, duas pessoas modernas, antenadas, a conversa alternadamente carinhosa e leve, alternadamente analítica e severa... Ela o encharcou, juntamente com o chapéu Panamá novo, com uma garrafa de água mineral recém-aberta; e então, em plena vista dos passantes na esquina da Quinta Avenida com a Rua 19, numa tarde de sábado (três da tarde), ela deslizou as mãos pelo peito compungido dele, contornou a lua cheia do umbigo e finalmente fez um movimento ao redor do seu pênis assustado.

– Olhe para cima – disse. – Está vendo aquilo? Um telhado de mansarda com dois andares. Acima de uma fachada de ferro fundido e com paredes de mármore. É um exemplar único. Foi construído pelo meu bisavô em 1875. Que é que você diz?

Antes, porém, que ele pudesse responder, ela saiu correndo para o fluxo do trânsito e trouxe um táxi para ele. Logo estavam no Central Park, na parte mais espessa do bosque chamado Rambles, onde as árvores de verão ocultavam sem exceção cada arranha-céu gigantesco, cada turista errante.

– Bote para fora outra vez – ela pediu.

– Outra vez? Já? Aqui?

– Seu bobo – disse ela.

E quando a criatura púrpura ficou exposta à luz natural, seu único olho piscando, ela segurou-a entre o polegar e o indicador e disse:

– Ele certamente parece um pouco pequeno à luz do dia, mas veja como a cabeça é lisa. Como o focinho de um trem TGV francês.

– É, sim – Vladimir concordou e enrubesceu, pois jamais havia imaginado que o seu frustrado comedor de formigas seria assim elogiado. – Ai! Vá com calma. Há pessoas ali... Perto do coreto. Ai!

Depois de cinco minutos nas mãos dela, aquela pornografia barata chegou ao fim e Vladimir fechou o zíper da sua calça de operário, suspirando de contentamento, contemplando o canteirinho malcuidado que ele inadvertidamente polinizara.

Levou vários minutos de auto-contemplação até perceber que Francesca estava chorando discretamente, o rosto apoiado na curva do braço dobrado. Ah, não! Que era aquilo? Será que ele já a decepcionara? Vladimir roçou os cabelos ressecados dela com seus lábios. Ela enxugou a mão direita na camisa dele.

– Qual é o problema? – ele perguntou. – Não chore – sussurrou, quase que no mesmo tom lamentoso que seu pai antigamente usava com a Mãe. ("Ah, por que está chorando, pequeno porco-espinho?", ele por pouco não acrescentou.)

Ela pegou no bolso um quadrado de papel laminado, de onde tirou várias pílulas. Estas foram habilmente engolidas sem água.

– Tome um lenço de papel – ele balbuciou.

No fundo, temia que o tamanho pequeno do seu pênis a tivesse feito chorar, e apertou-a contra si com mais força ainda.

– Qual é o problema, hein? Por que este choro?

– Vou lhe contar um segredinho – ela declarou, escondendo o rosto na *guayabera* suja. – Um segredo que você jamais pode repetir. Promete?

Ele prometeu.

— O segredo é... Ah, mas será que você ainda não sabe? Eu estava com medo de que a essa altura você já tivesse adivinhado. Do jeito que eu me comportei naquela história dos aspiradores de pó no Whitney...

O preocupado Vladimir não estava com disposição para frivolidades.

— Por favor, qual é o segredo? — disse, movimentando os braços.

— O segredo é: eu sou meio burrinha.

— Você é a mulher mais inteligente que já conheci! — Vladimir exclamou.

— Não sou, não. Ora, de certo modo estou em pior situação do que você. Você pelo menos não tem ambições tangíveis. Por outro lado, tudo o que eu sou é o produto muito óbvio de 200 mil dólares gastos na Fieldston e na Columbia. Até o meu pai diz que sou burra. Mamãe confirmaria, só que ela própria é idiota. É a maldição das mulheres Ruocco.

— Seu pai jamais diria isso — Vladimir contestou, esquecendo-se rapidamente do pedaço sobre ele não ter ambições. — Olhe para você. Ainda nem se formou, mas já tem amigos diplomados tão inteligentes. E eles a admiram muito.

— Uma coisa é ser sociável, Vladimir. Ou até mesmo ser mais inteligente do que a média. E, *entre nous*, como é assustador isso que passa por média hoje em dia. Mas ser brilhante como o meu pai! Vladimir, sabe o que ele está fazendo na Faculdade Municipal?

— Está ensinando História — Vladimir disse com entusiasmo. — É professor de História.

— Ah, não, ele é muito mais do que isto. Está iniciando um campo inteiramente novo. Ou, melhor dizendo, está desenvolvendo um campo inteiramente novo. Chama-se Estudos do Humor. É mais do que brilhante, é totalmente inesperado! E ele tem os dois milhões de judeus de Nova York à sua disposição. A população perfeita, vocês são ao mesmo tempo engraçados e tristes. Agora olhe para mim. Que é que estou fazendo? Atacando Hemingway e Dos Passos a partir de uma perspectiva feminista. É como caçar vacas. Não tenho originalidade, Vladimir. Estou esgotada aos 20 anos. Até mesmo você, com a sua vida intelectual organizada, provavelmente tem mais coisas a dizer.

— Não! Não tenho, não! — Vladimir assegurou-lhe. — Não tenho nada a dizer. Mas você... Você...

E durante a meia hora seguinte ele a consolou usando todo o charme de que dispunha: curvando os ombros em deferência ao amor que ela tinha pelos homens baixinhos; acentuando o seu sotaque para parecer o estrangeiro típico. Foi um processo lento, especialmente porque na faculdade do Meio-Oeste ele havia se alimentado somente do marxismo feijão-com-arroz, ao passo que ela tinha à sua disposição um pós-modernismo *sexy* que seria respeitado durante os seis anos seguintes. Mas, no final, ele percebeu que ao longo de toda a sua ladainha ela sorria e beijava-lhe a mão distraidamente, e pensou: sim, vou dedicar o meu tempo agora a fazer com que ela se sinta bem consigo mesma e continue os seus estudos e realize os seus sonhos. Esta é a minha missão. Minha ambição tangível, como ela colocou. Vou existir somente para ela.

Ah, mas ele mentia para si mesmo. Seus pensamentos não eram assim tão generosos. O imigrante, o russo – o Urso Russo Fedido, para ser preciso – já estava tomando notas. Amor era amor, era excitante e hormonal, e de vez em quando até mesmo o esmagava com a estranha notícia de que Vladimir Girshkin não estava inteiramente sozinho no mundo. Mas era também uma oportunidade de roubar alguma coisa nativa, obter algum conhecimento de cocheira, de uma *Amerikanka* ingênua como aquela mulher, cuja orelha de couve-flor ele estava acariciando com a ponta do nariz.

Talvez Vladimir não fosse assim tão diferente dos seus pais. Para eles, tornar-se americano significa apropriar-se da fortuna vasta e flutuante do país, um processo complicado, sem dúvida, mas nem de perto tão complexo e absoluto quanto aquele sorrateiro roubo de corpo que ele estava tentando. Pois o que ele realmente tinha vontade de fazer, quer admitisse isso ou não, era tornar-se a nova-iorquina Francesca Ruocco. Essa era a sua ambição tangível. Americanos bem situados, como Frannie e os residentes da sua universidade progressista no Meio-Oeste, tinham o conforto de não ter certeza de quem eram, ou de folhear um infindável catálogo de tendências sociais e posturas intelectuais. Mas Vladimir Girshkin não podia mais perder tempo. Tinha 25 anos de idade. Adaptar-se ou partir, essas eram as suas opções.

ENQUANTO ISSO, toda a generosa atenção que ele derramara sobre Fran certamente a deixara constrangida. Ela delicadamente removeu o nariz dele de sua orelha.

— Vamos beber alguma coisa — sugeriu.
— É, vamos beber alguma coisa — Vladimir aceitou.

Pegaram um táxi para o sul da cidade e, em um bar japonês no Village, acabaram com meia garrafa mágnum[18] de saquê e um pratinho, do tamanho de uma unha, de lula marinada. A conta total daquela pequena extravagância, Vladimir percebeu depois que o burburinho do álcool amainou, foi de US$50. Aquilo elevava o total do dia, da sua parte (incluindo a camisa *guayabera* e a calça de operário), a pouco mais de $200 — seu capital para duas semanas. Ah, o que Challah ia dizer...

Challah. O buraco em Alphabet City. As estantes de tempero ordinárias despencando dos ganchos. Os frascos tamanho família de vaselina K-Y ao longo das paredes do corredor. Ela estaria esperando por ele acordada, sobre o *futon* suado, seu bastão lubrificado e a postos? Já seria hora de ir para casa?

Ele e Fran estavam parados do lado de fora do bar japonês, ambos cambaleando um pouco por causa da bebida e da lula, sendo que Fran, por um motivo qualquer, estava mais firme das pernas. Depois de uns poucos instantes de silêncio, ela pôs-se a brincar de estapeá-lo no rosto e ele fez um esforço enorme para fingir que não estava gostando.

— Ai! — fez ele, com seu melhor sotaque russo. — *Afch*!

— Você gostaria de dormir lá em casa? — ela perguntou, com toda a facilidade com que essas coisas podem ser ditas. — Meus pais estão preparando coelho.

— Gosto muito de carne de caça — Vladimir declarou.

E assim ficou combinado.

---

[18] Garrafa mágnum: com duas vezes mais conteúdo do que uma garrafa normal. (N. da T.)

10. A FAMÍLIA RUOCCO

E ASSIM FICOU COMBINADO pelo resto do verão, um verão que Vladimir passou na Quinta Avenida, número 20, apartamento 8E, o grandioso lar dos Ruocco com vista para o Washington Square Park... Um parque que, quando a pessoa o vê pelo ângulo direito (se ela ficar de costas para as lâminas gêmeas do World Trade Center), fica convencida de estar contemplando uma venerável praça de uma capital européia e não a Manhattan de um milhão de exaustores de vapor abertos e carros mergulhando na noite com estouros de escapamento – a Manhattan tisnada e fantástica em que Challah e Vladimir costumavam residir.

Isso sem mencionar as discretas benesses da família, que vinham com aquela geografia: os Ruocco em um eterno banquete, constantemente a degustar iguarias das "garages gourmets" que estavam tomando conta da cidade. Uma avalanche de pimenta do reino e folhas de parreira recheadas em embalagens elegantes, descansando em mesas de verdade (do tipo com quatro pernas) sobre as quais havia sempre velas acesas e acima das quais lustres brilhavam tenuemente, regidos por controladores de intensidade da luz.

Em poucas semanas Vladimir tornou-se um Ruocco honorário. Não havia sequer um resquício de sorriso constrangido quando os professores encontravam-no escovando os dentes no banheiro deles às oito da manhã ou acompanhando Francesca até a mesa do desjejum. Sim, era evidente que os Ruoccos aprovavam Vladimir para a sua "jovem filhota desabrochante" (como diria o sr. Rybakov). Mas por que? Teria a recente queda do Muro de Berlim tornado Vladimir de certa forma oportuno? Teriam eles farejado o ar pantanoso da *intelligentsia* de Petersburgo em suas velhas camisas de trabalho? Seria por esse motivo que eles imploravam para jantar com os pais dele, talvez na esperança de partilhar o pão com Brodski e Akhmatova? Para grande consternação deles, no entanto, Vladimir cuidou para que aquele jantar jamais acontecesse. Ah, ele conseguia imaginá-lo muito bem:

SR. RUOCCO: Então, como se sente a respeito da nova literatura russa, dr. Girshkin?

DR. GIRSHKIN: Agora só estou interessado no fundo de investimentos da minha esposa e nas taxas de câmbio no sudeste da Ásia.

SRA. RUOCCO: Já soube que o Kirov Ballet está vindo para o Met?

MÃE: Ah, é, sim, as danças bonitinhas. E que tipo de carreira a senhora escolheu para Francesca, sra. Ruocco? Ela é tão alta e tão bonita, de certa forma eu a vejo como cirurgiã de olhos.

SRA. RUOCCO: Bem, na verdade Frannie diz que quer seguir os nossos passos.

DR. GIRSHKIN: Mas como isto é possível? A carreira de professor não oferece remuneração. Quem irá colocar comida na mesa? Quem irá contribuir para o IRA? Para o Keogh[19]? Para o Plano 401(k)?

MÃE: Fique quieto, Stalin. Se Francesca não ganhar dinheiro, ela vai obrigar Vladimir a fazer faculdade de direito para sustentar a família. Tudo ficará bem, está vendo?

SR. RUOCCO (rindo): Ah, não consigo ver facilmente o seu Vladimir como advogado.

MÃE: Porco filho da puta revisionista e revisionista enrustido!

---

[19] IRA, Keogh: Nos Estados Unidos, planos de aposentadoria para autônomos. (N. da T.)

De volta ao planeta dos Ruocco, Vladimir forçava os ouvidos em busca de provas do hipotético desdém de Joseph Ruocco para com a filha, juntamente com evidências da burrice de sua esposa Vincie. Nenhuma das duas coisas se fez presente. Vincie era bondosa com o exilado Vladimir, envergonhada e constrangida diante da faxineira, secretamente confusa com a inteligência da filha e, apesar dos comentários jocosos ocasionais, totalmente obediente ao pai de Fran.

Quanto ao próprio sábio das Pesquisas do Humor, era difícil pensar em Joseph como desdenhoso. Era verdade que ele muitas vezes interrompia Fran dizendo: "Pronto, chega, tome outra taça de Armagnac, gentileza da casa, e vamos considerar a discussão empatada". Mas aquela rejeição encharcada de birita parecia a Vladimir uma prerrogativa de um erudito renomado, para não mencionar que os mais velhos deveriam ter permissão para fazer certas coisas à mesa – basta ver a liberdade de que a mãe gozava.

Essas pequenas infrações poderiam ter tido repercussões na mente de Fran? Possivelmente, posto que a única moeda considerada *valuta* no lar dos Ruocco não era o desajeitado amor à Bellow[20] que era passado com as batatas em volta de tantas mesas americanas, e sim o respeito. Respeito pelas idéias dos outros, respeito pela posição deles no mundo – um mundo que os Ruocco alegremente deixavam para trás para se aconchegarem na companhia uns dos outros.

Assim, quem saberia por que Francesca sentia-se tão intimidada pelo pai; a razão por que o psiquiatra dela lhe havia receitado uma bateria de pílulas amarelas e cor-de-rosa; por que em certas noites o sexo entre ela e Vladimir poderia ser suave e solidário do tipo Universidade de Antióquia – sexo feito por um comitê de dois, a inserção do pênis primeiro um quarto do caminho, depois em incrementos graduais – e por que em outras noites a venda nos olhos e os *tweeds* do pai dela tinham que aparecer? A missão de Vladimir, como fora previamente estabelecido, era consolá-la e tranqüilizá-la, enquanto ganhava uma entrada instantânea no mundinho elegante dela. Que aqueles mistérios mais profundos fossem resolvidos a seu tempo. Por sua jovem estimativa, eles passariam toda a sua vida juntos.

Mas então, um dia, sem querer, ela conseguiu. Deu um jeito de magoá-lo de forma quase irreparável.

---

[20] Saul Bellow: romancista canadense que ganhou o Prêmio Nobel de Literatura em 1976. (N. da T.)

ELES HAVIAM SAÍDO PARA COMPRAR uma escova de dentes. Em momento algum ele ficava mais feliz do que quando os dois embarcavam nessas missões tão prosaicas. Um homem e uma mulher podem afirmar que amam um ao outro, podem até alugar um imóvel no Brooklyn como sinal do seu amor, mas quando eles perdem tempo num dia atarefado para percorrerem os corredores refrigerados de uma farmácia com o objetivo de escolherem juntos um cortador de unhas, bem, este é o tipo de relacionamento que irá perpetuar-se, mesmo que seja apenas através da sua banalidade. Pelo menos era o que Vladimir esperava que acontecesse.

E ela era uma consumidora bastante exigente. A escova de dentes, por exemplo, tinha que ser orgânica. No SoHo existia realmente um local que vendia escovas de dentes orgânicas, mas ele havia escolhido aquele dia específico para desabar na falência.

– Estranho, eles tinham uma freguesia tão grande... – Frannie comentou, enquanto uma escova de dentes do tamanho de um ser humano era removida da vitrine por membros em discórdia de uma família indiana e enfiada numa camionete com placa de Garden State.

– Ah, que é que se pode fazer? – Vladimir gemeu, para agradá-la. – Onde é que se pode encontrar uma escova de dentes orgânica nesta cidade atrasada? – E beijou-a no rosto sem razão alguma.

– Em Chelsea – ela declarou. – Rua 28 com Oitava. Acho que o lugar se chama T-Brush. Minimalista, mas definitivamente orgânico. Mas você não precisa ir até lá comigo. Vá para casa e faça companhia à minha mãe. Ela está grelhando filhotes de polvo em sua própria tinta! Você adora aquela porcaria.

– Não, não, não! – Vladimir protestou. – Prometi comprar uma escova de dentes com você. Sou um homem de palavra.

– Acho que euzinha sou capaz de fazer isto sozinha. Estou cansada de arrastar você por aí – ela respondeu.

– Por favor! Arrastar como? Não há nada que eu aprecie mais do que fazer essas pequenas coisas... há... quotidianas com você.

– Disso eu sei – ela respondeu.

– Você sabe?

– Vlad, você é demais! – ela riu, cutucando-o no estômago. – Às vezes parece tão feliz por ter uma namorada... Foi assim que você sonhou que seria? Ter uma namorada de Nova York. Seguindo-a por toda a cidade como uma sombra. O namorado devotado, tão amoroso, tão isento de qualquer interesse pessoal, apenas um sujeito apaixonado e palerma, e feliz. Escova de dentes? Vou adorar! É tão quotidiano!

Ela pronunciou a última palavra no estilo Vladimir, com o *qvo* como o de um pássaro. Qvo-qvo, disse o pássaro Vladimir. *Qvotidiano*.

– Você tem uma certa razão – Vladimir afirmou. Não tinha certeza do que dizer em seguida. Ou do que ela acabava de lhe dizer. Sentiu um gorgolejo no estômago e alguma coisa gástrica na língua. – Então muito bem – falou. – Sem problemas. – Deu-lhe uma beijoca de despedida. – *Ciao, ciao* – disse em voz rouca. – Boa sorte com a escova de dentes. Lembre-se: cerdas medianamente macias...

Mas a caminho de casa o mal-estar intestinal, o nervosismo que lhe fazia cócegas nas entranhas persistia, como se os rostos cansados dos vendedores de *shish-kebob* e dos camelôs de livros de arte do trecho sul da Broadway, os honrados cidadãos da cidade em meados do verão, o avaliassem com escancarado desprezo, como se a fanfarronice do *rap* que saía de amplificadores fosse na realidade tão ameaçadora quanto soava. Que era aquilo, aquela estranha exacerbação?

De volta à residência dos Ruocco, o quarto de Fran encontrava-se na sua costumeira bagunça de livros com a aparência de *samizdat*[21] publicados por editoras pré-falimentares; montes de roupas íntimas usadas; aqui e ali, pontinhos soltos de remédios anticoncepcionais e ansiolíticos; o gato imenso, Kropotkin, perambulando por lá, experimentando um pouco de cada coisa, depositando tufos de pêlos negro-acinzentados nas calças assim como na literatura. E o frio no quarto... o efeito de mausoléu... Janelas fechadas, cortinas cerradas, o ar-condicionado sempre ligado, um minúsculo abajur na escrivaninha como única iluminação. Ali estava o longo inverno de Oslo ou Fairbanks ou Murmansk: o verão de Nova York não tinha o direito de entrar naquele lugar crepuscular, naquele templo em honra das estranhas ambições de Fran, a dissecação da literatura do início do século XX, a educação e a reformatação de um imigrante do Pacto de Varsóvia.

O estômago dele roncou mais uma vez. Outra onda de náusea...

---

[21] *Samizdat*: literatura clandestina que circulava na URSS contra o regime comunista. (N. da T.)

Qvo-qvotidiano, disse o pássaro-Vladimir.

Às vezes você parece tão feliz por ter uma namorada.

Seguindo-a por toda a cidade como uma sombra...

Foi assim que você sonhou que seria?

Então ele tomou consciência do que era aquilo, aquele ronco em sua goela, aquele deslocamento interno: ele fora desmascarado! Ela sabia! Ela sabia de tudo! Quanto ele precisava dela, quanto ele a queria, quanto ele jamais poderia tê-la... Tudo. O estrangeiro. O estudante de um programa de intercâmbio. O rapaz que era a essência do judeu soviético do cartaz de 1979. Suficientemente bom para a cama, mas não para a loja de escovas de dentes orgânicas.

Escova de dentes? Vou adorar!

Ah, então era assim. Ela o havia humilhado às escondidas, ao passo que ele, o observador diligente, havia mais uma vez fracassado em sua missão. E dessa vez ele havia tentado com tanto ardor, havido chegado a tais extremos para agradar a todos eles sob a rubrica "Pais & Filhota: Como Amar uma Família Americana". Ele era o filho zeloso que os Ruoccos nunca tiveram. Venerando as Pesquisas de Humor do papai. "Sim, senhor, o romance sério não tem futuro neste país... Precisamos nos voltar para o cômico." Venerando os *fruits-de-mer* da mamãe. "Os melhores mariscos do mundo, senhorita Vincie. Talvez só mais um borrifo de vinagre." E, Deus era testemunha, venerando a Filhota. Venerando, seguindo como uma sombra, encharcando-se por osmose.

E ainda assim decepcionando...

Por que?

Como?

Porque ele estava sozinho nisso, aquele negócio de ser Vladimir Girshkin, aquele ser nem cá nem lá, nem Leningrado nem SoHo. Tudo bem, os seus problemas poderiam parecer minúsculos para um estatístico contemporâneo de raças, classes e gêneros na América do Norte. E sim, as pessoas nesse país sofriam para todo lado, eram marginalizadas e privadas dos seus direitos civis no momento em que saíam de casa para um café com uma rosquinha. Mas, pelo menos, elas sofriam como parte de um conjunto. Estavam unidas nisso. Eram ligadas por laços que Vladimir mal conseguia compreender: indianos de Nova Jersey enfiando uma escova de dentes gigantesca numa camionete, dominicanos na Avenida B jogando dominó nos degraus da porta da rua, até mesmo os judeus-americanos nativos rindo juntos no escritório.

Onde estava o conjunto social de Vladimir? Seus amigos norte-americanos sempre consistiram em um único homem – Baobab – e, por causa de ordens não expressas de Fran, Baobab era totalmente indesejável. Ele não tinha amigos russos. Apesar de todos os seus anos na Sociedade Emma Lazarus, a comunidade russa era apenas uma massa escura e suarenta que regularmente invadia a sua praia, reclamando, ameaçando, adulando, subornando-o com bizarros aparelhos de chá laqueados e garrafas de champanhe soviético... Que poderia ele fazer? Ir para Brighton Beach e comer *plov* de carneiro com alguns usbeques desembarcados? Telefonar para o sr. Rybakov e ver se poderia participar do batismo do seu ventilador caçula? Conseguir um encontro com alguma Yelena Kupchernovskaya, moradora no Rego Park, em Queens, futura diplomada no departamento de contabilidade da Faculdade Baruch, uma mulher que, se ela realmente existisse, ia querer estabelecer-se com a fantástica idade de 21 anos e dar-lhe dois filhos em rápida sucessão – "Oh, Volodya, meu sonho é um menino e uma menina".

E os pais dele? Será que, atrás da Linha Maginot[22] dos subúrbios de Westchester, eles estavam indo melhor do que ele? O dr. e a sra. Girshkin haviam chegado aos Estados Unidos com quarenta e poucos anos; a vida deles havia sido efetivamente partida em dois, deixando apenas lembranças esmaecentes de férias ensolaradas em Yalta, os biscoitos de marzipã e leite condensado feitos em casa, as diminutas festinhas particulares no apartamento de algum artista, banhadas em vodca fabricada ilegalmente e piadas contra Brezhnev contadas em sussurros. Eles haviam deixado seus rarefeitos amigos de Petersburgo, seus poucos parentes, todas as pessoas que eles alguma vez haviam conhecido, haviam trocado tudo isso por uma vida inteira de confinamento solitário em uma mini-mansão em Scarsdale.

Lá iam eles de carro para Brighton Beach uma vez por mês para buscar o contrabando de caviar e *kielbasa* picante, em volta deles os estranhos novos russos em jaquetas de couro barato, mulheres com os cabelos louros e frisados, penteados como bolos de casamento, membros de uma raça totalmente

---

[22] Linha Maginot: linha de fortificações com 320 km de extensão construída pelos franceses na década de 1930 para impedir um ataque frontal dos alemães durante a Segunda Guerra Mundial. (N. da T.)

estrangeira que por um simples acaso cacarejavam na língua natal e, pelo menos em teoria, compartilhavam a religião dos Girshkin.

Vladimir e seus pais eram esnobes? Talvez. Maus russos? Provavelmente. Maus judeus? Certamente. Americanos normais? Longe disso.

SOZINHO NA ESCURIDÃO do quarto estrangeiro, um quarto que ele recentemente confundira com o seu próprio, Vladimir pegou Kropoktin, o amado gato da família Ruocco, e logo encontrou-se derramando lágrimas nos seus antialérgicos pêlos de grife. Aquele travesso, anarquista como o seu xará russo, era incrivelmente quente e macio em meio ao inferno climatizado do quarto de Fran. Às vezes, quando ele e Fran estavam na cama, Vladimir espiava Kropotkin olhando para eles com tamanho espanto felino, como se somente o gato compreendesse a magnitude daquilo que estava acontecendo – a mão direita de Vladimir segurando, apertando, dobrando, cutucando e amassando a pálida carne norte-americana da sua amante.

Havia noites, depois que Fran dava por terminada a sua leitura diária, depois que a luz da escrivaninha era apagada, quando ela acabava em cima dele, o rosto contorcido na careta mais difícil, pressionando-o com tanta força que ele se perdia nela e o termo pejorativo "comer" lhe vinha à mente – ela estava literalmente comendo Vladimir dentro de si, como se de outra maneira ele fosse conseguir escorregar para fora, como se aquilo fosse o que os mantinha juntos. E depois de ter terminado, depois dos longos tremores do seu orgasmo silencioso, ela agarrava-lhe a cabeça e a pressionava no desfiladeiro ossudo entre seus seios pequeninos, cada mamilo alerta e apontando para o lado, e ali eles permaneciam por longo tempo, trancados numa conferência secreta pós-coital, balançando-se de um lado para outro.

Aquela era para ele a parte favorita da sua intimidade: quando ela estava silenciosa e saciada e ele, bem-aventuradamente incerto quanto ao que acabara de acontecer entre os dois, quando eles ficavam abraçados, como se o fato de se separarem significasse para cada um deles uma morte rápida, seca. Dentro dos braços dela, ele a cheirava e a lambia; o peito dela estaria coberto de suor, não o visceral suor russo que Vladimir recordava da sua infância, mas suor americano, suor desnaturalizado por desodorante, suor que tinha um cheiro puramente metálico, como sangue. E somente quando acordavam no dia seguinte, somente à primeira luz fraca da manhã, ela de fato voltava os olhos em sua direção e resmungava "muito obrigada" ou "desculpe", em ambos os casos deixando-o curioso, a indagar-se: "Por quê?"

Obrigada por me suportar, Vladimir pensava, enquanto chorava nos pêlos de Kropotkin, que miava suavemente. *Desculpe* por eu ter que usá-lo e humilhá-lo. É por isto.

NAQUELA NOITE, depois que os maravilhosos polvos de Vincie haviam sido comidos e duas garrafas de Crozes-Hermitage avidamente bebidas, Vladimir levou Fran para o quarto deles e conseguiu fazer ambos chorarem ao dizer o que pensava.

– Fran, hoje você me insultou – disse a ela. – Não deu importância aos meus sentimentos por você. Depois zombou do meu sotaque, como se eu tivesse podido escolher onde ia nascer. Foi chocante. Você estava tão diferente, tão completamente imatura. Eu quero... – Ele silenciou por um instante. – Eu gostaria de... – continuou. – Por favor, eu gostaria de um pedido de desculpas.

Frannie tinha o rosto corado. Até os lábios, coloridos de púrpura pelo vinho, estavam, de alguma forma, ficando vermelhos. De encontro ao fundo dos cabelos escuros e o rosto pálido, eles estavam lindos.

– Um pedido de desculpas? – ela berrou. – Você acabou de me chamar de imatura? Quem é você afinal? Alguma espécie de idiota?

– Eu estou... Você... Não consigo acreditar no que está dizendo...

– Eu peço desculpas, sim. Não era uma pergunta. O que eu quis dizer, e espero que não seja um sinal da minha imaturidade, é: você é realmente uma espécie de idiota. Droga, que foi que fizeram com você naquela universidade do Meio-Oeste, aquela escola espera-marido para os frágeis filhos de Westchester?

– Por favor... – ele balbuciou. – Por favor, não tente me jogar na cara o assunto de classes sociais. Os seus pais são substancialmente mais ricos do que os meus...

– Ah, coitadinho do imigrante – ela interrompeu, um toque de saliva coroando-lhe o lábio inferior. – Alguém, arranje uma bolsa de estudos para este sujeito. Uma Bolsa Guggenheim para Refugiados Soviéticos Que Amam Demais. É um prêmio para quem já está com a carreira bem avançada, Vladimir. Você tem que apresentar um currículo de amor bem substancial. Quer que lhe arranje um formulário de inscrição?

Vladimir baixou os olhos para os pés e juntou-os um pouco mais, como se a Mãe estivesse ali o tempo todo, pairando sobre aquela cena.

– Acho que talvez esteja na hora de ir embora – ele disse.

– Ora, isto é ridículo.

Ela sacudiu a cabeça, rejeitando aquela idéia. Mas também aproximou-se dele e enlaçou-o com os braços sardentos. Ele sentiu cheiro de páprica e alho. Sentiu os joelhos cederem sob o peso dela, por mínimo que fosse.

– Querido, sente-se – ela disse. – Que é que está acontecendo aqui? Aonde você vai? Desculpe-me. Por favor, sente-se. Não, em cima do meu caderno, não. Ali. Pule para lá. Agora me conte o que está errado...

Ela levantou o rosto dele pelo queixo. Puxou-lhe de leve o cavanhaque.

– Você não me ama – ele disse.

– Amor! Que é que isto significa? Você sabe o que significa? Eu não sei o que significa.

– Significa que você não tem consideração pelos meus sentimentos.

– Ah, então é isto que amor significa. Que definição complicada! Ah, Vladimir, por que estamos brigando? Você está me matando de susto. Por que está me matando de susto, querido? Eu te amo? Qual é a importância disso? Estamos juntos. Nos divertimos um com o outro. Eu tenho 21 anos.

– Sei disso – ele respondeu com tristeza. – Sei que somos jovens e não devíamos brincar com palavras como "amor", "relacionamento", "futuro". Os russos se casam tão cedo, é absolutamente estúpido. Nunca estão preparados, e então criam aqueles filhos cretinos. Mamãe tinha 24 anos quando me teve. Portanto, não discordo de você. Mas, por outro lado, o que você disse...

– Desculpe – ela interrompeu. – Sinto muito ter sido tão irônica hoje de tarde. De vez em quando não consigo entender você. Um homem razoavelmente socializado e sofisticado que quer passar o dia comprando uma escova de dentes comigo. Que é que isto significa?

Vladimir suspirou.

– Que é que significa? – repetiu. – Estou solitário. Significa que estou solitário.

– Bem, e por que? Você passa todas as noites comigo, tem todos esses novos amigos que, aliás, consideram você o máximo da experiência urbana, e não estou dizendo isto de maneira paternalista... e os meus pais. Eles estão até falando em casamento, cara. Meus pais te amam. Papai te ama... Olha só. – Ela saltou

sobre a cama e pôs-se a esmurrar a parede que separava o quarto dela do deles.
— Mamãe, Papai, venham até aqui! Vladimir está tendo uma crise!

— Que é que você está fazendo? — Vladimir gritou. — Pare! Eu aceito o seu pedido de desculpas!

No entanto, depois de um minuto de perturbação em ambos os lados da parede, os pais irromperam no mausoléu de Fran, ambos os *professori* usando pijamas de seda iguais, Joseph Ruocco ainda segurando na mão um copo de bebida de cabeceira.

— Que é? Que foi que aconteceu? — Vincie gritou esganiçadamente, tentando às cegas avaliar a cena através dos óculos de leitura.

— Vladimir acha que não gosto dele — Fran anunciou. — E que ele está sozinho no mundo.

— Que besteira! — trovejou Joseph. — Quem foi que lhe disse isto? Venha cá, Vladimir, tome um gole de Armagnac. Ele acalma os nervos. Vocês dois parecem tão... alvoroçados!

— Que foi que você fez com ele, Frannie? — Vincie quis saber. — Está tendo um ataque de nervos outra vez? De vez em quando ela tem essas pequenas crises.

— Um ataque de nervos outra vez? — Frannie repetiu. — Mamãe, você está ficando confusa outra vez?

Joseph Ruocco sentou-se na cama, ao lado de Vladimir, e rodeou com o braço o rapaz mortificado. Cheirando inteiramente a álcool e uvas fermentadas, mesmo assim ele permanecia firme e seguro.

— Conte-me o que aconteceu, Vladimir, e vou tentar dirimir a questão — propôs. — Os jovens precisam de orientação. Conte-me.

— Não foi nada — Vladimir sussurrou. — Está tudo melhor agora...

— Diga a ele que o ama, papai — Fran interveio.

— Frannie! — Vladimir gritou.

— Eu te amo, Vladimir — disse o Professor Joseph Ruocco, pronunciando cada palavra embriagadamente, porém com boa vontade.

— Eu também te amo — disse Vincie.

Ela abriu espaço na cama e estendeu o braço para tocar na face de Vladimir, pálida, inteiramente sem sangue. Os três então voltaram-se para Frannie.

Fran sorriu debilmente. Pegou Kropotkin, que vinha passando, e coçou-lhe o estômago gordo. O gato ergueu os olhos para ela com expectativa. Todos eles estavam mesmo esperando que ela desse um veredicto.

– Gosto muito de você – ela declarou a Vladimir.

– Está vendo? – Joseph exclamou. – Nós todos amamos Vladimir, ou gostamos muito dele, conforme o caso... Escute, Vlad, você é muito importante para esta família. Aqui está a minha filha, a minha única filha, tenho certeza de que os seus pais sabem exatamente o que isto significa, ter uma filha única... E ela é uma filha brilhante... Não fique vermelha, Frannie, não queira que eu me cale, sei quando falo a verdade.

– Papai, por favor... – ela sussurrou, não inteiramente em reprovação.

– ... Mas o brilhantismo tem um preço, não preciso citar precedentes para Vladimir, ele está marinando na nossa cultura pelo tempo suficiente para saber onde é o lugar da *intelligentsia* norte-americana no totem[23]. Ele sabe que as pessoas destinadas às coisas mais grandiosas são geralmente as menos felizes de todas. E só Deus sabe o inferno em que eu estaria hoje se não fosse por Vincie. Eu te amo, Vincie, e acho que devo dizer isso. Antes de conhecer Vincie, bem... Eu podia ser bem ferino, vamos dizer assim. Não havia muitas pretendentes. E Frannie...

– Papai!

– Vamos falar francamente, querida. Você não é a pessoa de convivência mais fácil. Tenho certeza de que, seja o que for que tenha dito a Vladimir hoje, foi desregradamente inadequado.

– Desregradamente é a palavra exata – Vincie interpôs.

– Obrigada, Vincie. O que quero dizer é o seguinte: não existem muitas pessoas que conseguem conviver com a nossa Frannie. Mas você, Vladimir, você está imbuído dessa paciência, essa capacidade sobre-humana de tolerância... Talvez seja uma característica russa, passando o dia inteiro na fila para comprar salsicha... Ra, ra, estou brincando. Mas estou falando sério também. Sabemos que você consegue conviver com o temperamento da Frannie, Vladimir, talvez até mesmo atiçar as brasas de vez em quando. Não estou dizendo para se casarem. Estou dizendo... Que é que estou dizendo?

– Nós te amamos – Vincie afirmou.

Ela inclinou-se e beijou-o nos lábios, oferecendo a Vladimir um sabor de muitas coisas. Remédio. Manteiga de cacau. Polvo. Birita.

---

[23] Totem: neste caso, significa "hierarquia social". (N. da T.)

MAS OS RUOCCO haviam dito tudo. O beijo era quase supérfluo. Eles haviam sido honestos com ele.

Ele finalmente entendeu a dinâmica.

A cena havia envolvido um singular poder de previsão por parte deles, mas, depois de seis semanas morando com Vladimir, eis o que eles tinham em mente:

Seriam uma família. Não totalmente diferente de uma família tradicional russa, na realidade. Vivendo no mesmo apartamento comunal, duas gerações separadas por uma parede fina, o som do amor dos jovens assegurando aos velhos a sua continuidade. Ele aceitaria o seu lugar ao lado de Fran. A vida deles seria irregular e estranha, mas não muito mais estranha quanto a vida que precedera aquela, e certamente não tão horrível. Pelo menos ele poderia caminhar como um judeu quando quisesse. Poderia abrir os pés para a direita e a esquerda, poderia usar sapatos de palhaço se assim desejasse, arrastar os pés a caminho do leito conjugal, bebericando uma taça noturna de Armagnac, e ninguém se importaria.

Citando a sabedoria doméstica de Vincie, eles tinham peixes maiores na rede.

E aquela seria a transigência, e não era uma das piores. Ele jamais ficaria solitário na América. Jamais precisaria recorrer aos Girshkin e ao seus dúbios consolos paternais, jamais teria necessidade de passar mais um dia sequer como o Pequeno Fracasso da Mamãe. Aos 25 anos de idade ele nasceria em outra família.

Teria alcançado, por esforço próprio, o destino final da viagem de todo imigrante: um lar melhor onde ser infeliz.

NAQUELA NOITE, depois que os professores haviam voltado para seu quarto, depois que a calma tinha sido restaurada, depois que a escova de dentes orgânica havia sido removida da sua embalagem de pano costurada a mão e suas fibras suaves escovadas de encontro às gengivas deles, Fran enrolou-o em um cobertor, enfiou-lhe sob a cabeça o seu travesseiro favorito, extra-cheio de plumas, e deu-lhe um beijo de boa-noite.

– Relaxe, vamos ficar bem – declarou. – Sonhe com alguma coisa agradável. Sonhe com a nossa viagem para a Sardenha no ano que vem.

– Está bem – ele disse.

Ainda não havia ouvido menção à viagem para a Sardenha, mas aquilo não tinha importância. Ele tinha que aceitar de boa-fé aquele tipo de coisas.

— Jura? — ela perguntou. — Jura que não me odeia?

— Não odeio — ele afirmou. Não odiava.

— Prometa que não vai me abandonar... Prometa.

— Não vou.

— E amanhã vamos tomar um drinque com Frank. Aquele é um sujeito que ama você loucamente.

— Está bem — Vladimir sussurrou.

Ele fechou os olhos e imediatamente viu-se imerso em um sonho. Eles estavam numa praia no extremo sul da Sardenha, o céu tão limpo de nuvens que ele quase conseguia enxergar à distância os campanários de Caligari. Estavam nus, deitados numa toalha de praia, e ele estava ereto, desregradamente ereto, para usar o vocabulário de Joseph, desregradamente ereto e penetrando Fran discretamente por trás, espantado ao sentir como ela era seca por dentro e por ela não fazer qualquer som, de protesto ou de paixão. Ele abriu com as duas mãos as bochechas brancas e sarapintadas do traseiro diminuto dela e lentamente, com grande dificuldade, manobrou o seu membro para dentro do ventre delicado. Enquanto ele fazia isso, ela lambeu o próprio dedo indicador, virou uma página do jornal anônimo que estava lendo e, bocejando, anotou seus longos comentários nas margens. Flamingos observavam com sardenho desinteresse, ao passo que, ali perto, debaixo de uma barraca de praia que trazia o nome da *pensione* deles, Vincie Ruocco praticava sexo oral no marido.

11. O BAILE DE DEBUTANTES DE VLADIMIR GIRSHKIN

ENTREMENTES, FRANNIE TINHA RAZÃO: Frank Eslavófilo o amava loucamente. E não estava sozinho.

Do outro lado das muralhas do bastião da sua nova família com a sua sacada coberta contemplando a planície de Gotham[24], Vladimir atraíra um leal quadro de gente questionável, libertinos da zona empresarial da cidade, na maioria pessoas brancas com nomes improváveis como Hisham e Banjana, e um ou outro estrangeiro pertencente à classe trabalhadora, uma ou outra Tammi Jones pobre. Aquelas pessoas, antenadas 24 horas por dia, untadas com a sua própria suavidade e com a força embriagante da extrema juventude, requisitavam-no com tamanha intensidade que Vladimir logo se deu conta de que seu dia de trabalho era agora apenas uma extensão das suas horas de sono; a vida real tinha início assim que às 4:59 o último refugiado era prontamente escorraçado da Sociedade Emma Lazarus de Adaptação do Imigrante.

---

[24] Gotham: a cidade de Nova York. (N. da T.)

ELE ENCONTRAVA-SE REGULARMENTE com Frank Eslavófilo. Davam passeios a pé a partir do apartamento de Frank, a casa que São Cirilo construiu, ao longo do Riverside Drive açoitado pelos ventos (mesmo no final do verão), conversando apenas na grandiosa e potente língua natal. Algumas vezes chegavam a ir até o Algonquin, onde Fran esperava por eles. O Algonquin era uma parte da Antiga Nova York que Fran tanto adorava, uma nostalgia que Vladimir compreendia com bravura, devido à sua própria pela Rússia de cor sépia dos seus pais – um universo enxovalhado e desconfortável, porém com encantos próprios. Eles se sentavam onde costumava ficar a mesa redonda de Dorothy Parker, e Vladimir pagava um martini de sete dólares para Frank.

– Sete dólares! – Frank exclamava. – Céus misericordiosos! As pessoas gostam de mim!

– Sete dólares! – exclamava Fran. – Você mima o Frank mais do que a mim. Isto é... homoerótico.

– Talvez – Frank concordava. – Mas não se esqueça de que Vladimir tem uma alma russa, expansiva. O dinheiro não é preocupação dele. Camaradagem e salvação, este é o jogo dele.

– Ele é judeu – Fran lembrou-lhes.

– Mas judeu russo – Frank retrucou em tom triunfante, bebericando ruidosamente o seu coquetel gratuito.

– Todas as coisas para todas as pessoas – Vladimir sussurrou.

No entanto, diante da conta a sua expansiva alma russa estremeceu dentro da gaiola peluda que era o corpo dele. A verdade era que, nos 31 dias de agosto, Vladimir gastara quase US$3.000,00, um dinheiro cuja trilha reluzia por toda Manhattan como se segue:

CONTAS DE BAR: $875,00

LITERATURA DO RAMO E REVISTAS ACADÊMICAS: $450,00

RECICLAGEM GUARDA-ROUPA: $650,00

ALMOÇO RETRO, BRUNCHES ÉTNICOS, JANTARES COM POLVO E SAQUÊ: $400,00

TARIAS DE TÁXI: $350,00

DESPESAS DIVERSAS: (depilação de sobrancelhas, vinagre balsâmico envelhecido para os Ruocco, garrafas de Calvados levadas para festas): $275,00

No final de agosto ele estava quebrado. Um vergonhoso cartão de crédito (o primeiro cartão a levar o sobrenome Girshkin) percorria voando o seu caminho para o norte, vindo de Wilmington, Delaware, a capital da agiotagem. Um pensamento deprimente passara pela cabeça de Vladimir: talvez ele pudesse pedir uma pequena ajuda financeira ao pai de Frannie... Uns dez mil dólares, digamos. Porém ele já não tinha de graça cama e comida dos Ruocco? Isso sem mencionar a prodigalidade de abraços e beijos de língua. Ainda por cima pedir mesada...? Que grande insolência!

No entanto, para Vladimir ainda era um mistério o modo como os seus novos amigos – que teoricamente eram todos estudantes mortos de fome – pagavam despreocupadamente uma rodada de drinques no Monkey Bar ou compravam num impulso um gorro de leopardo à moda de Mobutu[25]. Os Ruocco, naturalmente, haviam herdado meia dúzia de fortalezas de ferro fundido, datadas da virada do século, espalhadas pela cidade, ao passo que a família de Frank possuía várias propriedades aninhadas no vasto interior da América. No entanto, todos eles consideravam Vladimir o homem empregado e rico – o profissional filantropo que distribuía bolsas de estudos.

Mas por que Vladimir não podia gastar dinheiro pela primeira vez na vida?

Olhem só para ele! Lá está, em uma vernissage em alguma galeria de arte em Williamsburg, sorrindo com escárnio, demonstrando desprezo, fazendo insinuações pejorativas, fingindo estar sofrendo, insultando sutilmente o proprietário da galeria de arte (um conceitualista fracassado) enquanto, do outro lado da sala, uma Francesca radiante está acenando para que ele vá até lá, e Tyson, o Adonis bêbado, atrás de um carrinho de vinhos, está berrando o seu nome em tom de urgência, tentando confirmar o patronímico exato de Bulgakov.

Treze anos se passaram desde o leito de enfermo em Leningrado, desde aquela vida de ler as descrições dos bailes no Palácio de Inverno feitas por Tolstoi enquanto cuspia catarro num lenço. Finalmente, ao que parece, Vladimir encontrou o seu caminho de saída para o mundo. Finalmente o nosso debutante está representando o Conde Vronski[26] para a nobreza do

---

[25] General Mobutu: ex-presidente e ditador do Zaire, na África, defensor das tradições do país. (N. da T.)
[26] Conde Vronski: o amante da personagem-título de "Anna Karenina", de Tolstoi. (N. da T.)

centro da cidade em suas calças xadrez de jogar boliche e suas roupas finas de náilon brilhante. As notícias sobre o Novo Mundo eram verdadeiras: na América as ruas eram pavimentadas de lamê dourado.

Porém, ele não podia abandonar Challah por completo. Isto é: ele não podia abandonar a sua cota no aluguel, caso contrário ela ficaria sem um teto. Afinal, Challah não tinha condições de ir passar algum tempo com amigos – ela não tinha amigos. Enquanto isso, dois meses se passaram desde que ele ficara pela última vez em seu endereço oficial na Avenida B; Alphabet City estava se tornando uma espécie de lembrança, agora que sua pobreza romântica já não lhe aquecia o coração.

No dia seguinte, Vladimir encontrou-se na Avenida B, sentado à mesa da cozinha preenchendo um formulário de requisição de um segundo cartão de crédito. Em algum lugar lá fora, um pedaço de frango estava sendo assado em um churrasco, e quando Vladimir fechava os olhos e limpava os ouvidos da cacofonia urbana, quase que podia imaginar que estava a nove estações de metrô dali, em Westchester, assando salsichas com os Girshkin.

Então Challah entrou em casa.

Ela poderia igualmente ter surgido borbulhante da Atlântida, aquela estranha mulher de tamanho exagerado com a maquilagem escura e o estômago à mostra exibindo mais uma automutilação: um *piercing* no umbigo de onde pendia um pesado crucifixo de prata que lhe chegava até o púbis. Era bem típico de Challah não ter consciência de que, embora pequenos *piercings* nasais fossem permitidos, um crucifixo indo do púbis ao umbigo era algo que gritava "Connecticut".

Vladimir ficou tão chocado ao vê-la que automaticamente levantou-se, abandonando os seus formulários de requisição de cartão de crédito, percebendo agora o efeito total do ambiente em que se encontrava: a coleira de couro, a guia, a vaselina, o ambiente de antro do vício que teria dado a Dorian Gray[27] um ataque cardíaco instantâneo. Então aquilo ali havia sido o seu lar! Talvez a Mãe estivesse correta a respeito de algumas coisas.

Challah, por outro lado, não parecia chocada.

---

[27] Dorian Gray: personagem símbolo de degradação moral em um romance de Oscar Wilde. (N. do T.)

– Onde está o dinheiro? – ela perguntou.

Passando por cima de um misterioso monte desordenado de peles falsas que bloqueavam o caminho para a cozinha, ela então virou-se para a pia, para lavar as mãos.

– Qual dinheiro? – Vladimir quis saber. Pensava: dinheiro, dinheiro.

– O dinheiro do aluguel – foi a resposta que veio da cozinha. Aquele dinheiro.

– Tenho duzentos paus – ele disse.

Imediatamente ela voltou da cozinha, mãos nos quadris.

– Onde estão os outros duzentos?

Ele jamais em sua vida havia visto aquela pose (que era uma parte tão essencial do trabalho dela) dirigida à sua pessoa. Quem ela pensava que ele era? Um cliente?

– Preciso de uns dias. Estou tendo um problema de fluxo de caixa.

Ela deu um passo na direção dele, e ele retrocedeu um passo em direção à saída de incêndio, o lugar que ele recordava distintamente como o lugar preferido deles para namorar, agora mais plausível como uma rota de fuga. *Saída* de incêndio – é, fazia sentido.

– Nada de uns dias. Se eu não pagar até o dia 5, Ionescu vai cobrar mais 30 dólares.

– Que filho da puta – Vladimir declarou, tentando ser solidário.

– Filho da puta? – ela repetiu.

E então fez uma pausa, como se calculasse o peso da expressão. Vladimir estendeu as mãos na frente do corpo. Estava se preparando para desviar a força total de uma comparação entre ele e o filho da puta. Em vez disso, Challah disse:

– Eu devia estar procurando outra pessoa para dividir o apartamento, não é?

Então ele havia sido rebaixado para o status de alguém que dividia o apartamento. Quando aquilo tudo havia acontecido?

– Querida – disse, meio inesperadamente.

– Seu filho da puta – ela disse finalmente, mas era evidente que a emoção havia se exaurido daquele sentimento ao longo das semanas anteriores. Agora era apenas a declaração de um fato. – Não fale comigo até ter o resto do dinheiro.

E ela deu um passo para o lado, para indicar que Vladimir podia ir embora.

Quando passou ao lado dela, Vladimir sentiu uma mudança na temperatura; o corpo dela estava sempre em profunda negociação com a atmosfera em volta, e por causa disso ele teve vontade de lhe dar um abraço consolador, o abraço que no último mês ele vinha cultivando com Francesca. Em vez disso, falou:

– Amanhã terei o dinheiro. Eu lhe prometo.

Do lado de fora era domingo, o primeiro domingo de setembro. De certa maneira ele era um sem-teto, mas o calor o vestia com várias camadas, e, naturalmente, Francesca e a sua nova família estavam apenas a seis avenidas dali na direção oeste. Ah, que humilhação. Aquilo sempre o deixava com um gosto vagamente avinagrado na boca e, quando rejeitado por uma mulher, vinha-lhe o desejo de ver o pai, que tinha um apreço singular pelos machucados do ego.

Challah havia se tornado competente em seu trabalho.

E ele precisava de dinheiro.

PARTE III

O ESPETÁCULO AMERICANO DO SR. RYBAKOV

12. EM BUSCA DE DINHEIRO

FINALMENTE A VERDADE TORNOU-SE óbvia: o socialismo patrocinado pelo governo havia sido uma coisa boa. As horas em que não estava dormindo, Vladimir passava devaneando sobre a vida simples dos seus pais. Uma caminhada ao longo do Rio Neva com a sua prometida: de graça. Caixa de bombons de chocolate passados e uma rosa murcha: 50 copeques. Duas entradas para o Teatro de Fantoches Alegórico dos Trabalhadores: um rublo ou dez copeques (para estudantes). Ora, isso sim é que era namoro! Os bolsos vazios, as lojas vazias, os corações transbordantes...

Ah, se ele e Frannie pudessem viajar para trás no tempo, para longe da crua avareza daquela metrópole inculta, de volta para aquelas ternas noites de Khrushchev!

Vladimir despertou com um susto. Há? E que diabos era aquilo? Uma barata temerária vinha se aproximando das lâminas mortais do picador de papel. Um casal cheio de iniciativa, usando roupas étnicas, pelejava com um facilitador de aculturação por causa de um conjunto de impressões digitais. Ora! Ele estava trabalhando! A Sociedade Emma Lazarus de Adaptação de Imigrantes, aquele *gulag* sem fins lucrativos, estava em pleno funcionamento!

Sim, todos os sinais apontavam para a sua sonolenta fonte de renda durante os dias da semana, cada hora trazendo-lhe outros US$8,00. Ele dormira das nove ao meio-dia. Três horas. Mais 24 dólares. Dois martinis secos e uma *tapa de jamon serrano*. Um lenço de seda de Bombaim para Fran.

– Não é suficiente – ele declarou em voz alta.

Um recente *tête-à-tête* com a sua calculadora indicara a necessidade US$32.280,00 adicionais por ano, para pagar o aluguel de Challah e as despesas mais básicas referentes a Fran. Com olhos carentes ele estudou o seu pequeno recinto. Uma funcionária subalterna sentada à escrivaninha contígua estava inalando sem esforço o seu almoço caseiro de macarrão com polvo, lançando olhares impacientes ao seu relógio imitação de Cartier com cada inspiração de comida.

– Umpf – fez a funcionária.

Aquele grunhido distraído levou Vladimir a um rumo de pensamento que o conduziu, através de uma rota tortuosa, de volta aos sonhos centrados no dinheiro que ele estivera sonhando nas últimas três horas, e ali, à meia distância, suspensa no ar, flutuava... uma idéia. Um turbo-hélice sobrevoando uma pista de pouso deserta, seu piloto um certo marinheiro-inválido soviético.

Foram necessários oito toques para o sr. Rybakov manquejar até o telefone.

– Alô! Alô! – disse o Homem do Ventilador, sem fôlego.

Ouviam-se ruídos atrás dele. Barulho de água. O ronco de uma máquina. Um espécie de *yodel*[28] improvisado. Bem, alguém estava começando a sua tarde com a corda toda.

– Alô, sr. Rybakov. É Vladimir Girshkin, o seu especialista em adaptação e fiel servidor.

– E já não era sem tempo – gritou o sr. Rybakov. – O Ventilador e eu estávamos imaginando...

– Muitas desculpas. Trabalho, trabalho. O negócio da América são os negócios, como dizem. Escute, eu estava agora mesmo pedindo informações sobre o seu caso em Washington...

Vladimir interrompeu-se. Tudo bem, aquilo era mentira. Não era tão difícil. Igual a mentir para a Mãe. Ou fingir com Challah. E daí?

---

[28] *Yodel*: maneira de cantar típica do Tirol, caracterizada por modificações na tonalidade da voz, do falsete ao normal. (N. da T.)

— Washington! — repetiu o Homem do Ventilador. — Distrito de Colúmbia. É a capital da nossa nação! Ah, seu merdinha esperto... Bom trabalho!

Vladimir inspirou profundamente. Ajeitou a gravata de poliéster. Era hora do golpe. Hora do dinheiro.

— Estive pensando se o senhor poderia me reembolsar o preço da passagem de avião.

— É claro que sim. Passagem de avião. Bobagens. Quanto é?

Vladimir tentou algumas quantias.

— Quinhentos dólares — declarou.

— Vai viajar de primeira classe, estou vendo. Só o melhor para o meu Girshkin. Faça o seguinte: vamos nos encontrar por volta das cinco. Eu lhe darei o dinheiro e vamos levar o SS *Brezhnev* para um passeio no porto.

— SS *Brezhnev*?

Teria o sr. Rybakov espionado os sonhos socialistas de Vladimir?

— O meu novo barco de corrida.

— Excelente! — Vladimir respondeu.

NA HORA MARCADA Vladimir espremeu-se dentro de um elevador. No andar térreo ele encontrou seus próprios compatriotas esfarrapados do escritório (mocassins arranhados e sem brilho, as roupas, misturas acrílicas vendidas em lojas de pechinchas) desovados na Broadway: um único raio sem fins lucrativos em meio a brilhantes massas dos escritórios de advocacia e corretoras de investimentos. Ele atravessou rapidamente o cemitério de arranha-céus da Cidade de Battery Park e chegou, corado e sem fôlego, à marina.

O SS *Brezhnev* era uma embarcação longa e esguia — uma autêntica Francesca dos mares — que se balançava alegremente entre dois iates monstruosos, ambos sob a bandeira azul de Hong Kong, ambos parecendo intumescidos e desajeitados em comparação com o seu vizinho.

— *Ahoy*[29]! — entoou o sr. Rybakov em inglês, acenando com o seu quepe de capitão.

Vladimir subiu para o barco e abraçou o feliz Rybakov. Ele percebeu que tanto ele quanto o seu anfitrião estavam usando calças de segunda mão,

---

[29]*Ahoy*: chamado típico de marinheiros. (N. da T.)

camisas quadriculadas e gravatas brilhantes; se fossem acrescentadas a *guayabera* e as calças de faxineiro, os dois poderiam iniciar sua própria linha de vestuário.

– Bem-vindo a bordo, amigo – disse Rybakov. – Um dia agradável para um passeio de barco, não? O céu está limpo e a água, plácida. E veja, preparei um pacote com o seu reembolso e um boné de velejador como brinde.

– Obrigado, Almirante. Ora, o tamanho é perfeito para mim.

Agora o traje estava completo.

– Mandei imprimir a cara do Brezhnev nas costas. E permita-me apresentar-lhe Vladko, o meu sérvio marítimo e imediato. Vladko, venha conhecer Vladimir Girshkin!

Abriu-se uma portinhola e do convés inferior emergiu um rapaz preternaturalmente alto, de peito arredondado, olhos cor-de-rosa, quase nu, tão substancial quanto qualquer coisa que a mitologia sérvia jamais produzira. Ele pestanejou repetidamente e cobriu os olhos. Atrás dele, um enorme gato listrado (ou talvez um pequeno tigre) perambulava por uma paisagem destruída de latas de sopa de tomate amassadas, tubos de gás vazios, bolas de futebol sem ar e todo tipo de parafernália balcânica desgastada: escudos de armas, bandeiras tricolores, fotografias ampliadas de homens usando fardas de faxina postados com expressão solene em volta de sepulturas improvisadas.

– Ah, acredito que praticamente compartilhamos o mesmo nome – Vladimir disse a Vladko.

– *Ne, ne* – protestou o sérvio, sua expressão ainda a de um homem que emergia de um abrigo contra bombas. – Eu sou Vladko.

Talvez o russo dele fosse limitado.

– E esta é Ventiladoraya, a pequena sobrinha do Ventilador – disse Rybakov, apontando para um ventilador em miniatura montado no painel.

– Já tive o prazer de conhecer o seu estimado tio – Vladimir começou a dizer.

– Mas ela é jovem demais para falar! – riu-se Rybakov. – Ah, seu safado romântico. – Ele voltou-se para o sérvio: – Vladko, ei! Imediato na Ponte de Comando! Ligue os motores! Vamos partir!

Com um zumbido pós-industrial como o de um computador ao ser ligado, os motores do *Brezhnev* foram ligados. Vladko conduziu o barco com competência, passando pelos robustos veleiros da marina e tomando um curso que rodeava a extremidade sul da Ilha de Manhattan. Um passeio de barco!, Vladimir pensou com júbilo infantil. Era uma entre o milhão de coisas que ele jamais havia feito. Ah, o cheiro forte do mar aberto!

– Que foi que você descobriu em Washington? – o sr. Rybakov gritou por cima do ruído do vento e da água agitada, ambos trespassados com facilidade pela proa aerodinâmica do *Brezhnev*.

– O seu caso continua altamente contencioso – Vladimir mentiu alegremente.

Sim, o importante era permanecer alegre. Um grande sorriso. Eles estavam brincando de Fugir da Realidade, uma brincadeirinha deliciosa expressamente desenhada para emigrantes russos. Ora, a própria avó de Vladimir era uma campeã nacional.

– Encontrei-me com diversos membros do Comitê Judiciário do Congresso... – ele prosseguiu.

– Então, acredito, você visitou o presidente em sua Casa Branca.

– Estava fechada – disse Vladimir. E por que estaria fechada? Essa era fácil. – O ar-condicionado quebrou.

– E eles não podiam ligar alguns ventiladores? – Rybakov balançou a cabeça e sacudiu o punho em protesto contra os funcionários da Casa Branca. – Esses americanos são todos uns incompetentes. Hipermercados. Um lixo, essas pessoas. Eu devia escrever outra carta para o *Times* com o seguinte tema: "Para Onde Está Indo Este País?". Só que, sendo cidadão americano, eu teria mais influência.

– Falta pouco – Vladimir assegurou-lhe. Era bom manter essas coisas em aberto.

– E você chegou a ver a filhota desabrochante do presidente? Que criatura agradável!

– Vi de longe, no Kennedy Center. Ela está desabrochando muito bem.

Ora, isto já não era sequer mentir, era contar histórias para inválidos. Era trabalho social. Era ajudar os idosos.

Rybakov esfregou as palmas das mãos e piscou para Vladimir. Então suspirou e passou os dedos pela insígnia em seu boné. Enxugou os salpicos de água das lentes dos óculos escuros. Reclinado contra a proa do seu barco de corrida com seus óculos escuros e seu boné, o sr. Rybakov jamais chegara tão perto de parecer uma pessoa do Novo Mundo. Rico, americano, patrão.

Vladimir lembrou-se de suas fantasias de adolescente: o jovem Vladimir, o filho simplório do proprietário de uma fábrica local, percorrendo numa corrida triunfal o campo do Centro de Recreação da sua escola judaica, com os olhos das donzelas locais, vestidas de Benneton, a acompanhar com muita atenção o oblongo marrom da bola aprisionada em seus braços corpulentos quando ele fazia o gol ou os pontos ou fosse o que fosse que ele tinha que fazer. Tudo considerado, os sonhos americanos de Vladimir formavam um curioso arco. Durante a adolescência ele sonhava com a aceitação; em seus breves dias na faculdade, ele sonhava com o amor; depois da faculdade ele sonhava com uma dialética meio improvável de amor e aceitação. E agora, com o amor e a aceitação finalmente no papo, ele sonhava com dinheiro. Que novas torturas o esperavam a seguir?

— Talvez na próxima vez que estiver em Washington você possa me apresentar à filha do presidente — estava dizendo o sr. Rybakov.— Nós poderíamos sair para tomar sorvete. Uma jovenzinha como aquela poderia ficar muito interessada nas minhas histórias do mar.

Vladimir assentiu com um gesto enquanto a meia-lua do sul de Manhattan retrocedia rapidamente atrás deles. Os arranha-céus, com as torres do World Trade Center reinando sobre eles, pareciam erguer-se diretamente da água (um efeito quase veneziano), ou estar empoleirados numa bandeja, em oferenda.

— Lá está ele! — Rybakov berrou para Vladko. Eles aproximavam-se velozmente de um navio cargueiro ancorado no centro do porto, o casco cor-de-rosa por causa da ferrugem, a legenda *"Sovetskaya Vlast"*, ou "Poder Soviético" desenhada em cirílico na proa. O navio viajava sob a sombria bandeira vermelha-e-preta da Armênia, que, pelo que Vladimir recordava dos seus estudos interrompidos em Leningrado, era um país sem litoral.

— Ah! Uma bandeira armênia num navio! — Vladimir exclamou, num tom repleto de simpatia simulada. — Ora, é uma visão curiosa.

Uma vez que o *Brezhnev* colocou-se paralelo à popa do *Vlast*, um marinheiro armênio invisível lançou-lhes uma corda, que foi prestamente atada ao *Brezhnev* pelo indispensável Vladko. Um barco metálico — não, uma balsa muito simples, como a tampa de uma caixa de sapatos — logo foi baixado também.

— Pelo que vejo, os armênios estavam à nossa espera — Vladimir comentou.

De repente pensou em Francesca, na sua proximidade... Ora, naquele exato momento, do outro lado da baía e a apenas dois quilômetros para o norte, ela estava voltando da escola para o alegre ninhozinho dos Ruocco, deixando cair a bolsa ao lado da máquina de fazer pão, refrescando o calor do rosto na bacia do gato com seus cheiros estranhamente reconfortantes. Sim, ela estava transformando Vladimir num ser humano, um cidadão nativo deste mundo.

– Que armênios? Eles são georgianos – declarou Rybakov.

Quando o bote salva-vidas dos georgianos alinhou-se com o *Brezhnev*, Vladimir acorreu para ajudar Rybakov a subir a bordo, mas o sacudido setuagenário usou as muletas para catapultar-se para dentro.

– Vocês me viram? Ainda posso dar uma surra em dois jovens como vocês!

– Qual arma eu levo? – Vladko resmungou, entristecido com a sua própria irrelevância.

Arma? A glândula de Medo-Dinheiro de Vladimir enrodilhou-se em volta do seu cérebro e apertou levemente.

– Nós vamos ser revistados – Rybakov avisou. – Sendo assim, é melhor levar logo alguma coisa impossível de esconder e, então, entregá-la imediatamente para mostrar boa vontade. Pode ser o Kalashnikov.

Vladko desapareceu nas entranhas do barco.

– Recruta! Apresse-se! – disse o Homem do Ventilador a Vladimir. – O programa de televisão com o anãozinho negro engraçado começa prontamente às oito horas no horário da Costa Leste. Eu não quero perder.

– Vá indo. Vou ficar esperando aqui.– Vladimir sugeriu, fingindo brincar com Ventiladoraya, a pequena ventiladora, como se não tivesse o menor interesse nas banais incumbências do sr. Rybakov.

– Ora, o que é isto? – Rybakov exclamou. – A sua presença é, ao mesmo tempo, requisitada e exigida. Estamos fazendo tudo isto por você, não é? Você não vai querer decepcionar os georgianos.

– Ora, obviamente que não – Vladimir respondeu. – Mas o senhor precisa entender as minhas preocupações. Sou originário da Rússia, isto é verdade, mas sou também de Scarsdale... De Westchester...

Aquilo lhe pareceu expor com eloqüência as suas preocupações.

– E daí?

— E estou preocupado também com... Bom, georgianos, Kalashnikovs, violência. Stalin era georgiano, o senhor sabe.

— Que *pizdyuk* você é! — exclamou Rybakov, enfurecido, aludindo ao tipo de homem que de certa forma é de natureza vaginal. — Os georgianos conseguem um tempo em sua agenda lotada para prestar uma homenagem a você, eles deram a volta ao mundo com presentes livres de impostos, e você se agacha como um maricas. Venha para cá!

— E também não quero ver você falando mal de Stalin — acrescentou.

OS DOIS MARUJOS eram os maiores georgianos que Vladimir jamais havia visto, cada um pesando uns cem quilos (o *Vlast'* devia oferecer rações inacreditáveis) e com o rosto oval e melancólico e o fértil bigode preto comuns aos homens do Cáucaso.

— Vladimir Girshkin, estes são Daushvili e Pushka, ambos colegas do meu filho, o Marmota.

— Viva! — disseram os dois homens. Porém, baixinho.

O mais moreno dos dois, o que se chamava Pushka, que, Vladimir imaginou, era um apelido, pois significava "canhão" em russo, disse em tom de familiaridade:

— E agora vamos entrar para o *zakuski*. Você vai ter que nos dar a sua arma, lourinho.

Vladko fez uma mesura e entregou o seu enorme Kalashnikov, a primeira arma que Vladimir jamais vira; os georgianos retribuíram a mesura, e Vladko curvou-se ainda mais uma vez — ao que parecia, uma fusão entre dois bancos japoneses estava agora completa. Eles seguiram ao longo do estibordo do *Vlast'*, Vladimir olhando para a Estátua da Liberdade do outro lado do porto, perguntando-se se algum crime seria cometido diretamente sob as vistas dela. A cor em que ela estava pintada, um verde de café soviético, não inspirava confiança. Francesca, enquanto isto, provavelmente estava escarafunchando a seção de Artes do jornal, enrolando um cigarro em cima da mesa de centro e planejando uma noitada triunfal para os dois.

— Cuidado com a cabecinha, amigo — disse Daushvili.

Eles curvaram-se para entrar num aposento simples, a canalização exposta servindo de telhado, as paredes decoradas com páginas de revistas automotivas alemãs e um ou outro cartaz da diva *pop* soviética Allá Pugacheva desfilando seu penteado bufante cor de morango no Concurso Musical Euro Vision, gorjeando o seu sucesso de verão "Um Milhão de Rosas Escarlate". Os georgianos estavam sentados em volta de uma comprida mesa dobrável coberta de *zakusti*. De longe Vladimir já conseguia avistar o negror reluzente de caviar barato flanqueado por bandejas de arenque enferrujado. Ele tinha esperanças de espetinhos de *shashlik* georgiano, de preferência carneiro, mas não havia grelha alguma à vista.

O chefe do grupo não era um capitão nem qualquer tipo de marinheiro. Como seria de se esperar, usava óculos escuros e Versace, assim como os dois companheiros à sua direita e esquerda. Todos os três tinham feições indo-européias clássicas: testa alta e inclinada; nariz fino, embora curvo; traços nebulosos de pêlos faciais em volta do lábio superior. O resto da família tinha aparência bem mais grosseira – homens mais corpulentos com bigodes mais fartos, vestindo conjuntos esportivos. Uma metade se parecia com Stalin, a outra metade, com Béria. Muitos deles até usavam bonés de marinheiros, embora fizesse muito tempo que havia sido removido o escudo da marinha, qualquer que fosse ela, a que tivessem pertencido.

– Sou Valentin Melashvili – o líder anunciou a Vladimir num tom baixo e trovejante, teatral. – A tripulação do *Sovetskaya Vlast'* expressa sua admiração por você, Vladimir Borisovich. Acabamos de ficar sabendo do seu alvoroço em Washington por causa do sr. Rybakov. E, naturalmente, todos nós acompanhamos as façanhas da sua encantadora mãe, Yelena Petrovna, no *New Russian Word* e no *Kommersant Bizness Daily*. Sente-se, sente-se. Não, aí não. À cabeceira, naturalmente. E quem é este cavalheiro?

O sérvio hesitou, constrangido, os cabelos, um incongruente pedaço de pano de chão amarelo, num mar de cachos negros.

– Vladko, vá lá para fora – Rybakov instruiu. – Estamos entre amigos agora. Vá!

Primeiro eles desarmam o sérvio, depois o expulsam de vez. "Morte!", gritava a glândula Medo-Dinheiro de Vladimir. "A morte é o oposto exato de dinheiro."

– Muito bem, para começar, um brinde ao Marmota, nosso amigo, nosso benfeitor, nossa grande águia da montanha voando em círculos sobre as estepes... *Za evo Zdarovye*! – exclamou Melashvili.

— *Za evo zdarovye!* – brindou Vladimir, pegando um copo pequeno sobre a mesa. Ora, a que diabos ele estava brindando? Controle-se, Volodya.

— *Za evo zdarovye!* – berrou Rybakov.

— *Za evo zdarovye!* – disseram simplesmente os outros georgianos.

— Então, eis uma pergunta para você, Vladimir – disse o simpático Melashvili. – Sei que esteve na universidade, de modo que pode saber a resposta. Pergunta: Quem neste mundo de Deus pode igualar a hospitalidade e a generosidade do povo georgiano?

Obviamente uma pergunta perigosa.

— Ninguém – Vladimir começou a dizer.

Mas Melashvili interrompeu-o.

— O Marmota – exclamou. – E para provar isto, o Marmota lhe manda 50 caixas de cigarros Dunhill. Pushka, traga os pitos! Olhe aqui. Dez mil cigarros. Embrulhados em celofane para maximizar o frescor.

Dunhills. Vladimir poderia facilmente desová-los a dois dólares o maço. Poderia montar uma barraquinha na Broadway. Poderia apregoar para as massas exaustas, com o seu melhor sotaque de imigrante: "Dunhill! Dunhill! A marca que é o máximo cem por cento número um! Faço preço especial! Somente para você!". Ele poderia fazer mil dólares exatos, que, acrescentados aos 500 que o sr. Rybakov lhe dera, virariam 1.500 dólares em um dia. Agora, se ele subtraísse essa quantia dos 32.280 dólares de que necessitava para que Francesca o amasse para sempre, isso lhe deixaria... Vamos ver, oito menos zero é oito, vai um... Ah, a matemática era um negócio complicado. Vladimir jamais tivera paciência.

— Muito obrigado, Sr. Melashvili, mas, honestamente não mereço tal favor. Quem sou eu? Sou apenas este rapaz.

Melashvili estendeu a mão para despentear os cabelos de Vladimir, macios e flexíveis por causa do xampu Aboriginal Sunrise de Frannie.

— Que educação refinada – disse o georgiano. – Realmente, você é um filho de São Petersburgo. Por favor, aceite os Dunhills. Aproveite a qualidade européia com boa saúde. Agora, posso lhe fazer outra pergunta? O que é que a nossa Juventude Dourada usa nos pulsos hoje em dia?

Vladimir ficou sem saber.

— É uma pergunta difícil. Talvez...

Melashvili interrompeu:

– Pessoalmente, acho que nada serviria além deste genuíno relógio Rolex. Recentemente adquirido em Singapura. Completamente legal. O número de controle foi removido dos fundos.

Ainda melhor. Pelo menos 1.500 dólares de algum intermediário na Rua Orchard. Junto com o seu botim anterior, três mil dólares redondos.

– Aceitarei o Rolex com o coração pesado, pois como poderei retribuir a sua generosidade? – disse Vladimir. Ei, nada mal!, pensou. Estava pegando o jeito da coisa. Ele executou uma pequena mesura, o tipo de mesura que todos eles pareciam adotar, tanto georgianos quanto russos e sérvios.

Ele tinha que admitir que era um prazer fazer negócio com aqueles homens. Eles pareciam tão mais polidos e cultos do que os americanos obcecados por trabalho que atulhavam a cidade de Vladimir. Certo, eles provavelmente cometiam todo tipo de violência infeliz nas horas vagas, porém como Melashvili era articulado! Ele provavelmente ia visitar o tio Lev de Vladimir sempre que estava em Petersburgo e ambos iam, com as esposas, ao Hermitage e talvez ouvir jazz depois. Bravo! Sim, Vladimir estava disposto a escutar e aprender com aquelas pessoas. Talvez pudesse até mesmo apresentá-lo a Fran. Tornou a fazer uma pequena mesura. *Como posso retribuir a sua generosidade?* Pois sim.

Melashvili exaltou-se.

– Não, nada de generosidade nossa, de jeito nenhum – disse. – Somos apenas viajantes dos mares. O Marmota! O Marmota é quem deve receber os agradecimentos. Não é assim mesmo, Aleksander?

– Sim – disse o sr. Rybakov. – Vamos todos agradecer ao meu pequeno Marmota.

Os georgianos sussurraram os seus agradecimentos, mas aquilo não era suficiente para o sr. Rybakov.

– Vamos dar a volta na sala – ele gritou. – Do modo como fazem no programa daquele *schwartze* gordo. Vamos conversar sobre o que mais apreciamos com relação a trabalhar para o Marmota. – Ele empunhou um microfone imaginário na direção de Pushka. – Pushka, você diz o quê?

– Hã?

– Pushka!

– Bom... – disse Pushka. – Acho que vou dizer que gosto de trabalhar para o Marmota.

— Não, mais especificamente — insistiu o Homem do Ventilador. — Gosto do Marmota porque...

— Gosto do Marmota porque... — Os dois minutos seguintes foram suficientemente silenciosos para permitir que Vladimir escutasse o bater masculino do seu Rolex novo. — Gosto dele porque... Porque ele é misericordioso — Pushka finalmente disse, para o alívio de todos.

— Bom. Agora dê um exemplo.

Pushka puxou o bigode e virou-se para Melashvili, que assentiu em incentivo.

— Um exemplo... Dar um exemplo... Estou pensando. Bom, vou lhe dar um exemplo. Em 89 o meu irmão iniciou uma pequena casa de câmbio no mercado negro perto da Arbat,[30] em Moscou, sabendo muito bem que o Marmota já havia tomado aquele território para ele...

— Ah, não! — fizeram várias vozes. — Que Deus o ajude!

— Certo, vocês estão esperando o pior — disse Pushka, seu tom ficando mais forte à medida que ele chegava à moral da história. — Mas o Marmota não matou o meu irmão. Poderia ter matado, mas tudo o que ele fez foi tomar a mulher dele. O que não teve importância, porque todo mundo tomava a mulher dele. Ela era esse tipo de mulher. E assim...

— E assim ele lhe ensinou uma lição sem recorrer à violência — Melashvili completou depressa. — Você provou o que queria: o Marmota é misericordioso.

— Sim, o Marmota é misericordioso — murmuraram os georgianos.

— Muito bem! — disse o sr. Rybakov. — Foi um bom exemplo, e bem contado. Bravo, Pushka. Agora vamos continuar em volta da mesa. Daushvili, você diz o quê?

— Eu digo...

O homenzarrão estudou Vladimir, erguendo uma sobrancelha escassa até lembrar a Vladimir um cavalo marinho deitado de lado, algo que ele havia visto uma vez num aquário ou talvez apenas num sonho.

— Gosto do Marmota porque... — Rybakov ajudou-o.

— Gosto do marmota porque... Porque ele não tem preconceito contra as nacionalidades sulinas — Daushvili declarou. — Lógico, às vezes ele me chama de bunda-preta georgiano, mas só quando ele precisa me colocar em meu

---

[30] Arbat: Rua famosa no centro de Moscou. (N. da T.)

lugar ou quando está com um estado de espírito mais leve. Quanto às pessoas da raça hebraica, como o nosso estimado convidado Vladimir Borisovich aqui presente, eu diria que o Marmota é positivamente fascinado por elas. "Três judeus", ele está sempre dizendo. "Só é preciso haver três judeus para governar o mundo..."

— O que nos leva à coisa mais importante do Marmota — Melashvili interrompeu. — O Marmota é um homem de negócios moderno. Se o mercado não tolera o preconceito, por que o Marmota seria diferente? Ele precisa dos melhores e dos mais inteligentes ao seu lado, não importa a cor da bunda deles. E se Vladimir tiver condições de domar a polícia de imigração americana e conseguir para o sr. Rybakov a sua cidadania, bom, quem poderia dizer até onde o Marmota vai levar essa pessoa... Ou onde ela aterrissará finalmente.

— Sim. Quem poderia dizer — Vladimir repetiu, brincando com o fecho do seu Rolex reluzente.

Ele tinha consciência de que aquela era uma das primeiras coisas que dizia durante toda a entrevista, ou sessão de ficar-conhecendo-você, ou fosse o que fosse aquilo. Os outros também devem ter percebido isso, pois olharam para Vladimir com expectativa. No entanto, que mais ele poderia dizer? Estava deliciado simplesmente de ouvi-los.

Vladimir finalmente rompeu o silêncio.

— Vocês têm manteiga? — perguntou. — Gosto de um pouco de manteiga no meu sanduíche de caviar. É assim que a minha mãe, a estimada Yelena Petrovna, costumava fazer para mim quando eu era só um menininho.

Apareceu um pacote de manteiga. Melashvili desembrulhou-o delicadamente ele próprio. Vários membros da tripulação ajudaram Vladimir a espalhá-la no pão preto.

Logo iriam brindar à saúde da Mãe.

13. EM BUSCA DE DINHEIRO EM WESTCHESTER

O Dr. Girshkin contou 800 dólares em notas novas de 20 dólares, umedecendo a ponta dos dedos entre cada uma delas.

— É melhor que você venha pedir a minha ajuda para os seus tristes problemas financeiros do que conseguir uma droga de um cartão de crédito qualquer... — disse a Vladimir.

Com os dedos estremecendo de desejo pelo dinheiro, Vladimir contou o presente do Pai. Sussurrava as quantias crescentes de dólares em russo, a linguagem da saudade, da terra natal e da Mãe, sua linguagem de contar dinheiro:

— *Vosem'desyat dollarov... Sto dollarov... Sto dvadtsat' dollarov...*

Também o dr. Girshkin sussurrava junto com ele, de modo que para ouvidos ocidentais pai e filho pareciam ter sido flagrados durante uma prece solene.

Depois, Vladimir ficou encantado com o modo como o Pai preparou caprichosamente uma mesa no quintal dos fundos com guardanapos e talheres, como se ele fosse um guru depois do seu apogeu recebendo um dos poucos visitantes que ainda se davam ao trabalho de subir até o pico da sua montanha. O Pai removeu da porta da geladeira uma foto recente em Polaroid que mostrava um sorridente Dr. Girshkin segurando um tremendo linguado de corpo cintilante, com o anzol ainda cravado num lábio gorducho, e colocou-a sobre o prato de Vladimir à guisa de apresentação. O peixe propriamente dito assava na cozinha.

– Agora, fale-me dessa nova mulher – o Pai pediu enquanto despia a calça, coisa que fazia sempre que a esposa não se encontrava nas redondezas. – Ela é melhor do que a Challatchka?

– Não se deve sequer fazer esta comparação – Vladimir respondeu. Ele observava a Avó, que vinha trazendo ela própria a cadeira de rodas na direção da mesa quando, no centro do quintal, repentinamente fez meia-volta e foi tomar conta dos seus indefesos carvalhos.

– Então você vai formar um lar com ela? – O Pai quis saber. – Não, acho que não vai – ele próprio respondeu à pergunta. – Nunca é de muita sabedoria estabelecer-se com uma única mulher, qualquer uma, tão cedo na vida. Sabe, quando eu era um jovem estudante na Estadual de Leningrado, tinha o meu próprio apartamento na margem do Rio Moika, um lugar especial para a luxúria. E assim, a qualquer hora do dia, estudantes minhas colegas atravessavam a Ponte do Palácio para passar algum tempo com este seu pai. Eu era bastante conhecido, um judeu popular.

Ele ergueu os olhos para os céus que escureciam lá no alto, como se a sua vida passada estivesse continuando em algum universo paralelo.

– Mas o melhor, eu posso afirmar, era quando éramos mandados para trabalhar nas fazendas coletivas durante as férias de verão – prosseguiu. – Éramos todos colocados em vagões de carga, homens e mulheres nos mesmos vagões, imagine só! Levava três dias para chegarmos às fazendas, e assim mijávamos e cagávamos para fora das portas dos vagões. A pessoa estava sentada, conversando com os amigos, quando de repente, à sua esquerda, um lindo traseiro redondo surgia para fazer a coisa mais íntima possível. E algumas daquelas mulheres eram louras e grandonas, você sabe, eslavas! Não que haja alguma coisa errada com os nossos próprios tipos judeus, mas, ah, quando a gente encontrava aquelas mulheres sozinhas no meio de um campo de feno e dizia "Com licença, gostaria de me apresentar, camarada fulano de tal!"... A pessoa podia estar suada, cagada e bêbada, mas o sexo jovem lá nos campos era sublime.

De repente ele deu um salto e exclamou:

— O linguado!

E saiu correndo para a cozinha. Vladimir ficou mordiscando a ponta de uma bisnaga de pão e serviu-se uma vodca. Acenou para a Avó, que gritou em resposta alguma coisa indecifrável e, usando ambos os braços frágeis, tentou retribuir o aceno.

O Pai emergiu com uma panela que chiava e colocou pedaços mutilados de linguado no prato de ambos; a arte da filetagem jamais caíra no agrado do médico.

— Então, para que é o dinheiro? — o Pai perguntou. — Você é obrigado a comprar presentinhos para essa mulher, o lixo que todas as mulheres apreciam?

— Não é isto, não — Vladimir respondeu. — Ela gosta de passar bem. E não espera que eu pague as despesas dela, mas preciso pagar pelo menos as minhas.

Ele não achou importante mencionar que havia sido adotado pelos Ruocco. Uma família de cada vez.

— Não sei, não... — comentou o dr. Girshkin, enchendo a boca de peixe e repolho refogado. — Challatchka era tão simpática e quietinha. Com ela, você poderia sobreviver com o seu salário de pobre. Mas talvez esta nova faça você reformular as suas prioridades. Tenho certeza de que tem esperteza suficiente para ganhar muito dinheiro neste país. E com trabalho honesto, não como...

— Considero o que você faz honesto — Vladimir interrompeu.

Certa ocasião, na escola hebraica, ele havia tido uma longa discussão consigo próprio a respeito da moralidade do empreendimento médico do Pai. A discussão terminara a favor do pai, embora o raciocínio estivesse recheado de talmudismos complicados a ponto de fazer com que Vladimir perdesse a trilha deles em repetições subseqüentes da discussão. Alguma coisa sobre roubar a cabra de um vizinho rico e depois vender-lhe bem caro os bifes.

— Honesto? Bem, veja o que aconteceu com o coitado do Shurik — disse o Pai.

— Hein?

Vladimir retirou uma enorme espinha de peixe encravada entre dois molares. Lembrava-se do tio Shurik dando-lhe uma bronca grosseira porque a criança usara o tratamento informal (*ty* em vez de *vy*) ao conversar com a mulher de Shurik, uma gorda de Odessa.

— Quais são as novidades do Shurik? — ele quis saber.

— Não sei os detalhes, e nem quero saber, mas expediram um mandado de busca para o escritório dele e tudo. — O pai estremeceu visivelmente, depois juntou as mãos num gesto de acalmar-se. Encheu uma caneca com vodca e deu um gole. — Dizem que Shurik especializou-se em esquemas de pirâmide. Sabe o que é isto, Volodya?

Vladimir balançou a cabeça.

— Às vezes fico chocado ao ver como você sabe pouco das coisas. Os esquemas de pirâmide, também chamados esquemas Ponzi, por causa de um certo Carlo Ponzi. Na década de 1920, esse sujeito, Ponzi, um pequeno imigrante de Parma, chega a esta nossa rica terra com algumas idéias brilhantes. Monta um pequeno clube de investidores, tira dinheiro de idiotas ambiciosos, promete-lhes lucros impossivelmente altos, paga-lhes durante algum tempo com o dinheiro que rouba do grupo seguinte de idiotas, e depois ferra com todo mundo. Consegue imaginar uma coisa dessas?

Na realidade, Vladimir conseguia. Um esquema de pirâmide! Ganhar alguma coisa a troco de nada. Parecia uma bela idéia. Como era excitante pensar que seus parentes tinham ocupações tão lucrativas. Talvez conhecessem o sr. Melashvili e seus marinheiros georgianos.

— Shurik vai conseguir bons advogados, tenho certeza. Advogados americanos de verdade. Mas a sua mãe tem medo de que alguns dos arquivos dele me envolvam, o que é na realidade ficção científica, se pensarmos direitinho sobre isto. Do jeito que as coisas estão, para me arrastar para a cadeia seriam necessários um extraordinário trabalho de detetive e uma multidão de pacientes acusando a si próprios.

O Pai deu uma risada e então tossiu ferozmente, para expelir uma pequena espinha que se alojara no fundo da sua garganta.

Vladimir fingiu ocupar-se com o seu peixe. O Pai jamais falara tão abertamente dos seus negócios, embora nada jamais fosse escondido de Vladimir. Especialmente porque a Mãe sempre se gabara de que, tendo apenas a educação abismal de uma professora de jardim-de-infância soviético, ela alcançara legalmente tal proeminência empresarial, ao passo que o coitado do seu pai burro era obrigado a passar seus dias fraudando o paradoxal sistema de saúde norte-americano.

— Mas para você, meu filho, o meu conselho é: faça aquilo que quer fazer. Este é o meu pronunciamento definitivo. Olhe para mim. Nunca liguei para a medicina, para salvar ou prolongar a vida dos meus pacientes, não que eu seja uma pessoa má. Eu me importo com outras coisas: a pescaria, a jardinagem, a ópera. O único fascínio que a medicina já teve para mim foi naqueles trens de carga com as mulheres. Então a sua avó me disse: seja um médico, você é inteligente, vai se dar bem. Ora, certamente tem sido uma profissão lucrativa na América, pelo menos do jeito que a praticamos aqui.

Ele fez um gesto circular com o braço para indicar que estava se referindo à Fortaleza Girshkin com a pequena tabuleta do médico balançando à brisa sob uma imitação de luminária antiga.

O pai de Vladimir esvaziou sua caneca e estendeu a mão para a garrafa de vodca.

– Ah, sim – continuou. – Por favor, faça aquilo que você quiser com a sua vida. Que é que você quer fazer, afinal?

– Não tenho certeza – Vladimir afirmou. – Talvez eu queira ensinar.

Ensinar? De onde havia saído aquilo?

– Ensinar... Ora, é uma estranha espécie de profissão – o Pai declarou. – Há algumas pessoas muito pouco excepcionais ensinando. E se mandarem você ensinar àqueles garotos do Harlem? Ou do Bronx? Ou Brooklyn? Ou Queens? Eles iam destroçar você, aqueles animaizinhos. Eu andei pensando, você é bom com computadores? Ah, mas veja só, aqui estou eu a lhe dizer o que você deve fazer. Não, vamos beber aos seus sonhos pedagógicos, felizes, porém impraticáveis.

– E à saúde da Vovó – Vladimir acrescentou.

– É, àquela velha doida. – O dr. Girshkin terminou o conteúdo da caneca e em seguida espremeu os bigodes, buscando uma ou outra gota extraviada daquele líquido familiar. Suspirou, expirando aguardente. – Sabe, Vladimir, você e a sua avó são realmente toda a minha razão de viver no mundo, bom, pelo menos até o ponto em que uma pessoa precisa viver para outra... Como é que dizem? Nenhum homem é uma ilha. A sua mãe, *nu*, imagino que ela vai ficar comigo até o final. Somos como uma daquelas malfadadas fusões empresariais que aconteciam na década passada; somos como a Iugoslávia. Mas se eu tivesse que responder a essa pergunta, por quem eu morreria, se houvesse, digamos, o seqüestro de um avião e os seqüestradores dissessem que um de nós teria que ser morto, bom, eu morreria por você e pela sua avó sem pensar duas vezes.

Vladimir movimentou os dedos dos pés dentro dos apertados chinelos infantis (feitos de uma pelúcia elástica que emprestava aos pés um ativo cheiro animal) que seus pais haviam resgatado e o forçavam a usar durante as suas visitas.

– Por que você morreria pela Vovó? – perguntou. – Ela é mais velha.

– É uma boa pergunta – o pai de Vladimir comentou, concentrando-se nela por algum tempo, enquanto mastigava a pelanca do polegar. Era óbvio para Vladimir que seu pai havia imaginado muitas vezes aquele episódio do seqüestro. – Eu diria que definitivamente não tenho na vida muita coisa para a qual viver. Não quero parecer especialmente triste, mas tenho certeza de que muitos homens na minha idade chegariam a essa conclusão. Acho que a única razão para eu não dar minha vida em troca da vida da sua avó é ser um pai para você, mas me parece que já faz algum tempo que você não tem precisado de mim como pai. Você tem uma vida tão distanciada desta casa, que trabalhamos tanto, sua mãe e eu, para conseguir ter, que às vezes... bom, nem sei mais aonde queria chegar.

Vladimir pensou em sua nova vida com os Ruocco. Como tinha progredido. Sim. Qual era, afinal, o sentido de tanto trabalho duro?

– Bom, espero que nunca sejamos seqüestrados – disse, afastando de si o prato com o esqueleto fragmentado do peixe e enxugando a testa seca com um guardanapo.

– Também espero – respondeu o pai de Vladimir.

No entanto, o filho permaneceu incrédulo. Se não em sua vida profissional ou familiar, então pelo menos morrendo nas mãos daqueles repreensíveis seqüestradores com seus bigodes encurvados, o dr. Girshkin teria direito à sua fatia de dignidade para todo o mundo ver.

– Então lembre-se do que conversamos hoje – o Pai pediu. – A coisa mais importante: faça o que você deseja fazer. E também, não se case até estar preparado para perder a sua juventude feliz. Essas são as duas lições que aprendemos hoje.

O pai de Vladimir levantou-se, apoiando-se na mesa de plástico. Sacudiu a perna ruim (que tinha ficado dormente durante o jantar), depois olhou para trás, para certificar-se de que tudo estava bem com Vovó, que passeava pelos jardins dos Girshkin em sua cadeira de rodas. Tranqüilizado quanto ao bem-estar da sua mãe, o dr. Girshkin voltou manquejando para a cozinha a fim de pegar chá e bolo, deixando Vladimir com a esperança de que o Pai já tivesse dito tudo o que queria lhe dizer.

Mas ele não tinha.

UMA HORA MAIS TARDE, com as bochechas ardendo por causa dos beijos do Pai, Vladimir foi transportado da aldeia para a cidade pelo trem Metro-North local das 8:12. Poderia jurar que, se a sua visão periférica estava funcionando corretamente, ele havia visto o clarão do broche de âmbar da Mãe, um tesouro do Báltico barato, num vagão de trem que seguia na direção oposta. Logo ela estaria de volta em casa, semi-adormecida no sofá, enumerando para o marido, em voz baixa, as ignomínias sofridas durante as 14 horas do seu dia de trabalho, os cochichos dos subalternos norte-americanos por trás das suas costas. As misteriosas cabalas no banheiro masculino que eram certamente os sinais de uma rebelião nativa, um *coup d'état* empresarial. Eles sempre queriam mais, os nativos. Mais dinheiro. Melhor cobertura médica. Infindáveis férias de duas semanas. Era isto que acontecia quando os pais não colocavam limites para seus filhos, quando a pessoa nascia num mundo ilimitado.

– Por favor, meu porco-espinho, os seus operários trogloditas morrem de medo de você – o médico dizia, para tranqüilizar a esposa, enquanto lhe trazia pratinhos de caviar de berinjela e salada de beluga, com uma xícara de chá de ervas para acalmar-lhe os nervos. Ele colocava uma almofada sob os pés dela e sintonizava a televisão no programa que os dois adoravam – aquele onde astros de cinema delinqüentes eram desmascarados.

ENQUANTO ISSO, em seu quarto no segundo andar, a avó estaria sonhando com um carvalho solitário agigantando-se acima de um jardim de asclépias e prímulas noturnas, e na sombra do carvalho aquele *gói* de pernas curvas do regimento do povoado, uma brilhante estrela vermelha no seu boné militar, ergueria os olhos da sua terrina de *kasha* e sorriria para ela o seu abundante sorriso camponês. De repente eles estavam dançando uma mazurca em algum palácio da cultura de cidade grande, e ele a apertava contra o peito e lhe beijava os lábios, primeiro castamente, depois nem tanto... Porque ali, no eremitério dos sonhos da avó, por entre os etéreos campos de força do desejo e da História que flutuavam acima dela nos subúrbios norte-americanos, o bondoso Sargento Yasha finalmente a amava e havia felicidade suficiente para todos.

No andar inferior, o dr. Girshkin ainda estava acordado. Ele contemplou a esposa, que dormia profundamente no sofá, pensando na dificuldade de transportá-la escada acima para o quarto dela e, sacudindo a cabeça num gesto de quem lamenta muito, retirou-se para a sua residência subterrânea.

No porão, rodeado por pó de gesso e fios elétricos soltos, o médico havia tentando recriar para si mesmo o raquítico *izba* de aldeia onde ele passara a infância: rústicos painéis de cor gelo forrando as paredes supostamente lembravam a bétula russa; um conjunto de cadeiras de madeira inacabadas, reunidas em volta de uma mesa de cozinha com três pernas, denunciavam uma pobreza admirável. Nessa mesa havia alguma coisa de Pushkin, um pouco de Lermontov e, por uma razão qualquer, uma cópia de um exemplar rebelde do *New England Medical Journal*, que o médico apressou-se a esconder debaixo da cama. A grande estufa quente, a peça principal da sua infância, estava ausente daquele cenário, mas o que se poderia fazer?

O médico ligou um ventilador, despiu-se, comeu um pedaço de queijo convenientemente colocado ali e foi deitar-se na cama. Mas, pobre doutor, o sonho não vinha. Havia alguma coisa que o reprimia, uma impressão feia do pequeno jantar de cerimônia que ele tivera com Vladimir. Mas o que era? Ele havia falado de grandes assuntos – a futilidade do amor, a natureza efêmera da juventude. Mas tinha falado muita baboseira, na verdade! Toda aquela verbosidade, a melancolia e a nostalgia russa não serviam para coisa alguma. Como sempre, ele errara o alvo. Deveria ter dito... vamos ver. Bom, para começar, ele deveria ter dito a Vladimir que estava cansado. Exatamente com essas palavras: "Vladimir, eu estou cansado". Sim, era isso que ele deveria ter dito. O dr. Girshkin bocejou, como que para enfatizar o seu cansaço.

E por que estou cansado, Vladimir? Bom, se você quer mesmo saber, vou responder. Estou cansado porque emigrar para este país, deixar o meu casebre, o meu *yurt*[31], o meu arranha-céu da era soviética exige uma ambição, uma loucura, uma teimosia, uma energia que eu nunca tive.

---

[31] *Yurt*: construção arredondada típica dos povos mongóis e turcos da Ásia Central. (N. da T.)

Ah. O dr. Girshkin ajeitou os lençóis úmidos e mudou várias vezes a posição do travesseiro. Não, aquilo parecia patético demais, derrotista demais. Em vez disso, ele devia ter sido mais teórico em relação a todo o assunto. "Entenda, Volodya", ele deveria ter dito, "o Velho Mundo é povoado por duas raças de camponeses, a camponesa alfa e o camponês beta. Agora, a camponesa alfa, ela sente o solo seco rachar-se sob os pés e rapidamente arruma as malas da família e parte para o Novo Mundo, ao passo que o camponês beta, coitado dele, com seu coração fraco, sentimental, fica inerte e lavra a terra desesperado. A sua mãe, bom, como você já deve ter adivinhado, ela é a camponesa alfa da nossa família, uma força inabalável, impenetrável, inexorável. Está me compreendendo, Volodya?

"Ótimo, porque quero lhe dizer uma coisa: ao contrário do regulamento da sua mãe para os refugiados, é correto ser menos do que o seu vizinho, ser um imigrante beta aqui na América, onde os imigrantes alfa são regra geral. É correto deixar que as pessoas mais fortes assumam a responsabilidade pela sua vida, deixar que elas o arrastem para um lugar melhor, lhe mostrem como é feito. Porque, em última análise, meu filho, fazer concessões pode ser uma necessidade, mas é o constante pesar e sopesar essas concessões que se torna uma doença."

O dr. Girshkin estremeceu de felicidade diante desse seu *insight*. "Uma doença." Certo! Ou, talvez, "Uma loucura". Isso era ainda melhor.

Ele pôs-se a pensar no modo como poderia passar essa informação para Vladimir. Talvez pudesse tentá-lo a fazer nova visita a Scarsdale com a promessa de mais dinheiro, ou poderiam planejar um passeio ao famoso Metropolitan Museum da cidade (onde as coleções do Oriente Próximo eram impressionantes). Sim, um museu. O cenário perfeito para lições importantes.

O dr. Girshkin finalmente deslizou para o sono, sonhando com pai e filho montados num leão alado assírio, voando por cima das antenas e das torres pontiagudas dessa terra feia. O médico não conseguia imaginar aonde a fera arcaica os levava, mas, no final, depois de um dia de sofrimento longo e pesado, era agradável simplesmente tomar ar.

14. EM BUSCA DE DINHEIRO NA CIDADE

NA MANHÃ SEGUINTE, EM MANHATTAN, Vladimir sacudiu os grilhões do sono, escovou vigorosamente os dentes, tomou um longo e catártico banho de chuveiro e tornou a contar as suas bênçãos; tinha 800 dólares do pai, mais 500 de Rybakov, mais o Rolex ainda por vender e dez mil cigarros Dunhill.

– Um bom começo, mas decidi fazer ainda melhor – declarou ao vulto adormecido de Francesca.

E, com esse mantra do Grande Gatsby[32] nos lábios, ele partiu mais uma vez para o seu alegre expediente na Sociedade Emma Lazarus. Mal conseguiu chegar até a área da recepção antes de Zbigniew, o Czar da Aculturação, irromper da sala de processamento e pegá-lo em uma emboscada.

– Girshkin, ele está aqui – informou.

– Meu Deus! O que é que está aqui?

– O seu conterrâneo idiota com o ventilador. Rybakov. A LLI dele está aqui.

– O que é isto?

---

[32] Grande Gatsby: em inglês, Great Gatsby, um homem de negócios milionário e poderoso, personagem principal de um livro de Scott Fitzgerald. (N. da T.)

— Lei da Liberdade de Informação. *O moi boze*! Há quanto tempo você está trabalhando aqui, Girshkin?

Zbigniew agarrou a manga da camisa do seu funcionário e arrastou-o para o seu covil, o escritório do aculturador-chefe. Ali, Lech Walesa acenava para fanáticos estivadores em uma parede, João Paulo II sorria debilmente sob o seu cetro e no centro do palco havia a capa emoldurada da obra-prima de Zbigniew, editada às suas próprias custas, "De um Pólo[33] a Outro: A Viagem de Pai e Filho para o Coração da Polônia".

— Ele chegou até a cerimônia de cidadania — Zbigniew declarou jovialmente em voz rouca, brandindo para ele a pasta oficial. Vladimir o pegara logo depois do almoço, a parte mais satisfatória, quase que pós-coital, do triste e pequeno dia do Czar da Aculturação.

— É mesmo?

— Agora imagine uma pequena cena. Rybakov está fazendo o juramento, e chega ao pedaço em que a pessoa tem que jurar defender o país contra todos os inimigos estrangeiros e domésticos, então... bem... Acho que ele entendeu isso errado ou, mais provavelmente, está bêbado porque, sem mais nem menos, se põe a bater no sr. Jamal Bin Rashid, de Kew Gardens, em Queens. Bate nele com ambas as muletas, está escrito aqui, enquanto grita tabus raciais.

— Estou entendendo.

— O sr. Rashid foi convencido a não processar, mas...

— A cidadania.

— Sim.

— Bem, não podemos fazer alguma coisa? — Vladimir quis saber. — Quer dizer, o homem é um maluco documentado, certamente existem exceções para os mentalmente doentes.

— Que é que podemos fazer por ele? Podíamos colocá-lo num sanatório onde ele não vai machucar ninguém. Podemos fechar a seção de vistos em Moscou de modo que vocês, filhos da puta russos, fiquem em casa.

Sim, naturalmente.

— Obrigado, *Pan Direktor* — disse Vladimir, recuando para o desleixado conforto da sua própria escrivaninha.

---

[33] Trata-se de um trocadilho: "Pole to Pole", significa tanto "de um pólo a outro" quanto "de um polonês para outro". (N. da T.)

Descansou a cabeça sobre o metal frio e implacável da mesa. Aquelas notícias não eram nada boas.

Ele queria que Rybakov conseguisse a cidadania.

Ele queria mais mercadorias e serviços dos georgianos.

Ele queria visitar o Marmota em Prava e pessoalmente extrair dele alguns presentes.

Pelo menos havia o jantar de todas as noites com os Ruocco. Seria já noite de *bouillabaisse*? Espere um pouco, vamos ver... Segunda-feira, polenta; terça-feira, nhoque... O que vinha depois da terça? Segundo a sua agenda, uma noite com um bufão anacrônico. Um ex-melhor amigo.

SIM, ERA A NOITE DE BAOBAB. Depois de passar quase dois meses ignorando os telefonemas de Baobab, Vladimir sentia uma dor no coração, um sutil lembrete do seu *tonkost* – a palavra russa que significa empatia, compaixão silenciosa, uma generosidade de espírito.

Não, isso não era verdade. Era o dinheiro, naturalmente. Bao tinha meios de consegui-lo, meios desesperados.

O Carcass estava comemorando a sua Semana de Música Moderna. Nessa noite em particular, a banda e sua platéia haviam preenchido a lacuna entre o artista e o freguês: estavam todos vestidos de acordo com a mesma moda de flanela-e-botas que começava a escoar do canto noroeste da nação depois que a tampa fora retirada. Seattle. Portland, no Oregon. Alguma coisa ou alguém chamado Eugene. Aquele era uma evolução preocupante para Vladimir, que não queria usar flanelas nem botas, principalmente durante o verão. Ele ajeitou nervosamente sua ampla camisa cubana. Teria que discutir esse assunto com Fran.

Enquanto isso, Baobab estava dando vida ao lugar-comum "sorrindo de orelha a orelha"; seu rosto inteiro, até mesmo o nariz grosso curvado em vários lugares, estava, de um modo qualquer, preso no ato de sorrir. A parte triste era que era Vladimir (simplesmente parado ali bebendo a sua cerveja) quem provocava toda aquela alegria no solitário Baobab.

Vladimir lembrou-se dos dias de escola dos dois: Vladimir e Baobab pegando o trem Metro-North para irem para casa, voltando da aulas de matemática e ciências depois de um longo dia de sutis rejeições por parte tanto dos rapazes quanto das moças, discutindo as maneiras melhores de colocarem seus eus suburbanos no firmamento estrelado de Manhattan. Não era este o mesmo Baobab que ele amara outrora?

– É, Roberta ainda está dormindo com o Laszlo – disse-lhe Baobab, iniciando a sua atualização. – Mas agora eu acho que o Laszlo está querendo dormir comigo, também. Será uma boa maneira de nos juntarmos. E estou escrevendo um esboço do meu próprio sistema de pensamento. Ah, e acho que finalmente encontrei uma matéria para chamar de minha: Estudos do Humor.

– Mas você não é muito engraçado – Vladimir objetou.

– O verdadeiro humor não deve ser engraçado – Baobab respondeu. – Deve ser trágico, como os Irmãos Marx. E encontrei um professor excelente, Joseph Ruocco. Já ouviu falar dele? Vai ser o meu orientador. Ele é ao mesmo tempo engraçado e triste. E vou ficar em Nova York, meu chapa. Não vou embarcar neste êxodo para Prava, a porra da Paris dos anos 90. Aquela merda não dura mais do que seis meses, é a minha previsão. Não, vou ficar com esse sujeito, o Ruocco. Vou ficar com a realidade.

– Baobab, preciso de dinheiro – Vladimir declarou, mudando de assunto. Ele fez uma perspectiva geral dos seus problemas à maneira baobabiana.

– Certamente, para mim isto soa como uma luta de classes – Baobab concordou. – Por que você simplesmente não conta a essa Frannie como você é pobre? Não é vergonhoso. Olhe só... Você tem a postura de um servo emancipado. Algumas mulheres acham isto sexy.

– Baobab, você me escutou? Não vou pedir ajuda financeira a ela.

– Está bem. Posso falar com simplicidade? – Baobab perguntou.

– Por favor. Sou o tipo de sujeito que acredita em tudo. Leio as manchetes dos jornais e choro.

– Está bem, então com simplicidade. Jordi, o meu patrão, é um camarada muito legal. Você acredita em mim quando digo isto?

– Não vou me meter com drogas.

– Ele tem um filho de 20 anos. Um idiota. Uma nulidade. Quer ir para uma enorme universidade particular perto de Miami. Não é nenhuma Yale, mas mesmo assim eles têm uma espécie de processo de seleção. Jordi pagou um indiano para cuidar disso. O hindu trabalhou mesmo bem, o que na verdade não explica como foi que o garoto levou seis anos para terminar o

2º. Grau. A faculdade quer entrevistar o rapaz. Então temos que mandar para lá alguém que consiga impressionar.

— Você?

— Isto era o que pensávamos. Mas, como você pode ver, sou branco como um lençol. Já você tem essa pele meio escura, e com estes pêlos faciais parece o Yasser Arafat quando era moço.

— Mas não sei muito bem... Jordi é... o quê? Espanhol?

— Nunca chame o Jordi de espanhol. Ele é ferozmente catalão.

— E o que acontece quando o garoto aparecer lá no ano que vem? Ou vou ter que ir para a faculdade por ele, também?

— Aquele lugar é tão gargantuesco que o entrevistador nunca mais vai ver o garoto. Pode acreditar, não há como dar errado, e nem acho que seja terrivelmente ilegal. Fazer-se passar por um garoto do 2º. Grau não é exatamente o crime do século, é uma besteirinha. Mas por 20 mil dólares...

— Como é que é? — Vladimir interrompeu. Dois conjuntos de números flutuavam no ar poluído do centro da cidade. Eles não foram calculados de imediato, mas era evidente que 20 mil dólares, subtraídos dos necessários 32 mil, deixavam uma quantia bastante factível. — Quanto dinheiro?

Baobab colocou as palmas úmidas nos ombros estreitos de Vladimir e sacudiu-o. Puxou para baixo a aba do chapéu de Vladimir até este ficar tão apertado que chegou a machucá-lo. Soltou o seu hálito azedo em cima de Vladimir e deu-lhe um tapinha no rosto, apenas ligeiramente brincalhão. Seu nariz estava até ficando mais carnudo e ele tinha a aparência e a transpiração de um homem com duas vezes a sua idade, e ainda por cima cardíaco.

— É melhor começar a valorizar a nossa amizade — disse. E então acrescentou alguma coisa saída diretamente de Girshkinlândia, ou talvez diretamente de qualquer relacionamento familiar: — Você se apaixona por uma mulher, você se desapaixona por uma mulher, mas o seu melhor amigo Baobab está sempre ali, mesmo se ele nem sempre é o sujeito mais agradável de se ter por perto. Nunca se sabe quando você vai precisar do velho Baobab.

— Obrigado — disse Vladimir. — Muito obrigado por isto.

15. EM BUSCA DE DINHEIRO NA FLÓRIDA

UM CADILLAC COR DE PÊSSEGO. Vladimir jamais havia visto um daqueles, mas sabia que em certa época esses veículos desempenharam um papel importante no desenvolvimento cultural dos Estados Unidos. Aquele específico Caddy[34] cor de pêssego estava parado junto ao meio-fio do Aeroporto Internacional de Miami e pertencia a um homem que, juntamente com a maioria dos mongóis e dos indonésios, atendia por um único nome – nesse caso, Jordi.

Jordi havia amavelmente carregado a enorme mochila de Vladimir, recheada de roupas de universitário, através do labirinto do aeroporto, e agora comentava que Vladimir tivera o bom senso de vir preparado, embora ele fosse ter grande prazer em levar Vladimir para comprar um paletó de *tweed* e uma gravata de gorgorão.

– É disto que eu gosto em vocês, *imigrans* – ele estava dizendo. – Vocês não são mimados. Trabalham duro. Soltam rios de suor. Meu pai era um *imigran*, sabia? Ele construiu com as suas próprias mãos os negócios da nossa família.

---

[34] Caddy: Cadillac (marca de automóvel) (N. da T.)

Construiu os negócios? Com as suas próprias mãos? Não, nem na fala, nem na aparência, Jordi era o traficante de drogas típico dos filmes que Vladimir estava esperando com certo temor. Nem mesmo se parecia com Picasso, que, Vladimir imaginava, era a semelhança a que todos os catalães aspiravam. Ele parecia um judeu de meia-idade com uma fábrica de tecidos. De meia-idade, porém mais perto da aposentadoria do que dos dias de glória: o rosto largo era sulcado com as rugas de um excesso de banhos de sol; o andar era vivaz, no entanto ele se dava ao trabalho de mostrar certa arrogância enquanto caminhava, em seus espalhafatosos mocassins de pele de avestruz, como um homem com muitas conquistas por trás.

– Muitas vezes tenho sonhado em visitar a Espanha – Vladimir contou-lhe.

– *Si ma mare fos Espanya jo seria um fill de puta* – Jordi declarou. – Sabe o que isto significa? "Se minha mãe fosse a Espanha eu seria um filho da puta." É isto que eu sinto pelos espanhóis. Uns cucarachos, só isso.

– Eu só visitaria Barcelona – Vladimir assegurou ao catalão.

– Eh, o resto da Catalunha também não é ruim. Uma vez trepei com uma madamezinha em Tartosa. Ela era uma espécie de anã.

– As mulheres baixinhas podem ser bacanas – Vladimir afirmou. Não estava pensando em ninguém em particular.

– Vamos ter que tirar o cavanhaque – Jordi declarou, quando já estavam no carro refrigerado. – Você fica velho demais com este cavanhaque. Vamos mandar o garoto para a faculdade de direito, não é para fazer mestrado. Isto vem depois.

Que coincidência: Jordi e a mãe de Vladimir tinham planos semelhantes para a sua progênie. Talvez fosse conveniente uma apresentação. Mas que coisa terrível, Vladimir perderia o seu estimado cavanhaque, que o fazia parecer cinco anos mais velho e dez anos mais sábio. Felizmente, exatamente os mesmos hormônios que transbordavam pelo topo da sua cabeça já estavam eficientemente criando cabelos na maior parte dos locais inferiores. E, além disso, havia a questão dos 20 mil dólares.

– Vou raspar agora mesmo – disse Vladimir.

– Bom rapaz – disse Jordi, estendendo a mão para apertar o ombro de Vladimir.

As mãos dele cheiravam a talco de neném; o resto do cheiro dele, posto em circulação pelo furacão do condicionador de ar, consistia em nove partes de colônia com base cítrica e uma parte de masculinidade.

— Temos refrigerantes na geladeira, se você quiser — ele continuou. Tinha aquele curioso sotaque das classes trabalhadoras de Queens que transformava "soda" em "soder", "atum" em "atuner" e os Estados Unidos em uma terra mitopoética chamada "Amériker".

Ao redor deles girava a paisagem doentia de motéis com bandeiras alemãs ou canadenses, velhas filiais de cadeias de restaurantes com vacas e caudas de lagosta eletrificadas e, naturalmente, as onipresentes palmeiras, aquelas velhas e queridas amigas do nordestino temperado.

— Este é um belo carro — Vladimir comentou, para dizer alguma coisa.

— É um pouco carro de crioulo, espalhafatoso, não acha? Vidros fumê, pneus largos demais...

Ah, um pouco de racismo antes do almoço. Hora de colocar os seus instintos progressistas para trabalhar, Vladimir. Os Girshkin gastaram cem mil dólares por ano nos seus quatro anos de *pow-wow*[35] socialista no Meio-Oeste. Não decepcione a sua *Alma Mater*[36].

— Sr. Jordi, por que o senhor acha que as pessoas de cor preferem vidro fumê e coisas desse tipo? Quer dizer, se é que isto acontece mesmo.

— Porque são uns macacos.

— Entendo.

— Mas se você tiver um *Caddy* cor de pêssego sem vidro fumê e pneus largos, então você tem um carro de classe, correto? Vou lhe contar uma coisa: alugo quatrocentos destes carros por ano. Todo o mundo que trabalha para mim — em Nova York, em Miami, na Côte d'Azur — todo mundo tem um *Caddy* cor de pêssego. Quem não gostar do meu estilo, que trabalhe para outra pessoa, *barrada*. *Pendejo*. Assunto encerrado.

Enquanto isto, os motéis baratos do norte cediam lugar a dignificadas fachadas Art-Deco em South Beach, e Jordi pediu a Vladimir para procurar avistar o New Eden Hotel & Cabaña, do qual Vladimir lembrava-se, das suas passagens anteriores através de South Beach, como um balneário alto e de certa forma decadente perto do anel modernístico do Fontenebleau Hilton, a nau capitânia da era das estolas de vison.

---

[35] *Pow-Wow*: Na linguagem dos indígenas norte-americanos, uma reunião para tomada de decisões; esta expressão tem o mesmo sentido em inglês. (N. da T.)
[36] *Alma Mater*: maneira de referir-se à universidade onde a pessoa estudou. (N. da T.)

A portaria do New Eden, vertical e em outros tempos opulenta, fora construída em volta de um lustre meticulosamente esfregado, que descia adernando por vários andares até chegar uma disposição circular de espreguiçadeiras de veludo puído.

– A elegância nunca sai de moda – Jordi declarou. – Ei, veja toda esta gente boa!

Ele acenou para um bando de aposentados com tanto entusiasmo que Vladimir imaginou que todos eles haviam vindo juntos da terra natal. Mas, para decepção de Jordi, nada aconteceu na gangue do New Eden, seus membros imersos num esplêndido torpor pós-prandial. Para os que estavam acordados, Bunny Berrigan tocava nos alto-falantes, fígado vegetariano estava sendo servido no Salão Verde – distrações demais para que fosse percebida a chegada de Jordi e Vladimir, um par incomum sob qualquer ponto de vista.

Jordi voltou do balcão de reservas com outras notícias más:

– A minha secretária fez merda nas nossas reservas, aquela vaca. Você se importaria de dividir um quarto comigo, Vladimir?

– Nem um pouco. Será como dormir na casa do amiguinho quando a gente é criança – Vladimir asseverou.

– Amiguinho. Gostei. É uma boa maneira de dizer. Por que só as menininhas podem se divertir?

Por que? Havia um motivo muito bom por que as menininhas, e apenas as menininhas, se divertiam quando dormiam nas casas das amiguinhas. Mas Vladimir teria que descobrir sozinho.

VLADIMIR POUSOU o pequeno barbeador elétrico de Jordi, que estava incrustado de sujeira, e estudou sob vários ângulos, pelo espelho de três folhas no banheiro, o seu rosto esfregado e ardente. Que desastre. O doentio Vladimir de Leningrado retribuía o seu olhar, depois o assustado Vladimir da escola hebraica, e finalmente o confuso Vladimir das aulas de matemática e ciências no segundo grau: um tríptico de toda a sua carreira medíocre quando jovem. Que diferença faziam os cabelos em matagal ao redor dos seus lábios grossos!

– Que tal?

Vladimir saiu para o quarto ensolarado, abafado por infinitos padrões florais e madeira, uma decoração de pensão na Nova Inglaterra transviada para o outro lado da Linha Mason-Dixon[37]. Jordi ergueu os olhos do seu jornal. Estava estendido sobre uma das camas gêmeas, usando apenas a sunga de banho. Seu corpo era frouxamente organizado, como uma florescente cidade do litoral, riachos de gordura derramando-se em todas as direções.

— De repente um atraente rapaz aparece na minha frente – disse. – Quanta diferença faz um simples barbear!

— A entrevista é amanhã?

— Hein? – Jordi ainda estava estudando o rosto virgem de Vladimir. – Ah, é isto mesmo. Vamos estudar o que você vai dizer. Mas depois. Agora vá brincar no sol, bronzear o seu queixo para que ele não sobressaia muito. E sirva-se deste champanhe caríssimo. Você nem vai acreditar no preço dele.

Vladimir pegou o elevador para a saída marcada "barracas e piscina". Lá fora podia-se entender por que as espreguiçadeiras em volta da piscina estavam vazias e os troncudos atendentes estavam ociosos: a Flórida fora de temporada, com uma temperatura de quase 40 graus, era uma perspectiva assustadora.

Apesar do desconforto, Vladimir brindou àquele trecho de litoral com sua *flûte* de champanhe. Disse "*Vashe Zdorovye*" às gaivotas que guinchavam no céu. Todo o cenário dava a Vladimir a sensação de estar em casa. Na sua juventude, em todos os verões os Girshkin costumavam invadir as praias de pedregulhos de Yalta. O dr. Girshkin havia receitado uma dose diária de sol para o menino doente. A Mãe o estacionava durante horas sob aquele orbe de um amarelo cegante, para suar e expelir catarro.

Ele não tinha permissão de brincar com outras crianças (sua avó as marcara como espiões e informantes); tampouco lhe permitiam um mergulho no Mar Negro, pois a Mãe temia que um golfinho faminto o devorasse (ao longo da costa podiam-se avistar vários espécimes brincando).

Em lugar disso, ela inventara um jogo para eles brincarem. Chamava-se Dinheiro Vivo. A cada manhã a Mãe tomava chá com uma velha amiga sua, que por acaso era funcionária no Intourist Hotel para Estrangeiros e passava para a Mãe as mais recentes taxas de câmbio. Então ela e Vladimir memorizavam as cifras. Começavam: "sete libras esterlinas britânicas totalizam..."

— Treze dólares americanos – Vladimir exclamava.

---

[37] Linha Mason-Dixon: denominação popular da fronteira entre os estados norte-americanos de Maryland e Pensilvânia. (N. da T.)

– Vinte e cinco guílderes holandeses.
– Quarenta e três francos suíços!
– Trinta e nove marcas finlandesas.
– Vinte e cinco marcos alemães!
– Trinta e uma coroas suecas.
– Sessenta... Sessenta e três... coroas norueguesas.
– Errado, meu burrinho...

A multa para o erro (e a recompensa pelo acerto) era um insignificante copeque soviético, mas um dia Vladimir conseguiu ganhar uma moeda de cinco copeques inteirinha, que a Mãe pescou tristemente de dentro da bolsa.

– Agora você pode pagar uma viagem de metrô – disse ela. – Agora você vai entrar no metrô e me abandonar para sempre.

Vladimir ficou tão chocado com esse pronunciamento que começou a chorar.

– Como é que eu posso abandonar você, Mamatchka? Onde é que vou pegar o metrô sozinho? Não, nunca mais vou viajar de metrô de novo!

Ele chorou a tarde inteira, a loção bronzeadora escorrendo-lhe pelas faces. Nem mesmo uma magistral exibição de acrobacia por parte dos golfinhos devoradores de homens conseguiu alegrá-lo.

Ah, a infância e os seus descontentamentos. Sentindo-se muito mais velho e mais feliz, Vladimir decidiu mandar um cartão postal para Fran. A loja do New Eden ostentava uma impressionante seleção de traseiros nus polvilhados de areia, o peixe-boi implorando para ser salvo da extinção e fotos em *close* de flamingos cor-de-rosa pousados em jardins da Flórida. Vladimir escolheu um destes últimos, por serem perfeitamente representativos. "Minha querida", escreveu nas costas do cartão. "A conferência sobre reassentamento de imigrantes é tediosa demais. Como odeio o meu trabalho às vezes!" A conferência havia sido um golpe de mestre da sua parte. Ele chegou até a dizer a Fran que iria fazer uma palestra baseada na Mãe: "A Prerrogativa Pierogi: Os Judeus Soviéticos e a Cooptação do Mercado Americano".

"Pratico o jogo de malha e o *mah-jongg* sempre que posso, só para ter alguma vantagem sobre você a tempo dos nossos anos dourados", ele escreveu para Fran. "Antes, porém, que você envergue a sua *babushka* e eu vista um belo par de calças brancas, vamos, muito em breve, viajar através desta nação inteira, e você pode me contar a sua vida desde o primeiro dia. Poderíamos ser como turistas (isto é, levar máquina fotográfica, vestir-se de certa maneira). Não sei dirigir, mas estou disposto a aprender. Mal posso esperar para vê-la daqui a três dias e quatro horas."

Ele colocou o postal na caixa de correio e depois fez uma visita ao bar Eden Roc, onde foi devidamente interrogado sobre a sua idade antes que o garçom finalmente cedesse, por causa da sua calvície incipiente, e lhe desse uma porcaria de uma cerveja. Aquele seu queixo sem pêlos, sobressaindo como um pequeno ovo cozido, já estava se tornando um problema.

Duas cervejas mais tarde, ele resolveu enfrentar sua única outra responsabilidade nova-iorquina, esta uma questão de dever e não de prazer.

Um irritado sr. Rybakov atendeu imediatamente:

– Quem? Diabos o levem. Qual hemisfério é este?

– Rybakov, é Girshkin. Eu o acordei?

– Não preciso dormir, comandante.

– O senhor nunca me contou que agrediu o sr. Rashid durante a cerimônia de naturalização.

– Quê? Ah, mas nessa estou limpo. Meu Deus, ele é um estrangeiro! Meu inglês não é tão bom, mas sei o que o juiz me falou: "Proteger o país... contra inimigo estrangeiro ou doméstico... Estou jurando...". Então eu olho para a esquerda e o que é que vejo? Um egípcio como aquele da banca de jornais que sempre me cobra cinco centavos a mais pelo jornal russo. Outro estrangeiro tentando lesar os trabalhadores e as massas dos camponeses e nos converter para o Islã dele, aquele turco nojento! Assim, eu fiz o que o juiz disse para fazer: defendi o meu país. Não se dá uma ordem a um soldado esperando que ele desobedeça. Isto é motim!

– Bem, o senhor certamente me deixou numa posição constrangedora – Vladimir afirmou. – Neste instante estou aqui na Flórida jogando tênis com o diretor do Serviço de Imigração e Naturalização, implorando a ele que reconsidere o seu caso. Está fazendo um calor de 40 graus e estou prestes a ter uma enfarto do miocárdio. Está me escutando, Rybakov? Um enfarto!

– *Oi*, Volodechka, por favor, por favor me coloque de novo naquele salão para as cerimônias. Desta vez vou me comportar. Diga ao diretor que me perdoe aquele pequeno e único incidente. Diga a ele que tenho um parafuso solto aqui. – Mil e quinhentos quilômetros costa acima, Rybakov certamente estava dando tapinhas na testa.

Vladimir soltou o suspiro profundo de um pai que aceita as limitações do filho.

— Certo, vou lhe telefonar quando chegar à cidade. Pratique polidez em frente ao espelho.

— Capitão, estarei seguindo as suas instruções sem questionamento! Todo o poder para o Serviço de Imigração e Naturalização!

JORDI ESTAVA DEITADO de bruços, assistindo a um programa sobre uma agência de modelos, grunhindo em acompanhamento enquanto *bon mots* débeis voavam e *négligés* deslizavam para o chão. Os restos do seu jantar e duas garrafas de champanhe vazias estavam arrumados sobre uma mesinha destinada a jogos de cartas ou algo semelhante; uma outra garrafa de champanhe flutuava num balde de gelo derretido. Era possível imaginar uma salva de prata do *Lusitania*[38] flutuando ali também, com uma conta cobrando a champanhe, escrita às pressas, para juntar-se àquele hedonismo em desarranjo.

— Gosto das morenas — Vladimir comentou, sentando-se em sua cama e sacudindo areia dos tênis.

— As morenas são mais apertadas do que as louras — Jordi sentenciou. — Você tem namorada?

— Tenho, sim — Vladimir respondeu, sorrindo de orgulho por essa admissão e sentindo-se ainda mais jovem do que o seu rosto barbeado.

— Qual a cor dos cabelos dela?

Por um motivo qualquer Vladimir pensou nos cachos avermelhados de Challah, mas então tomou consciência e respondeu corretamente:

— Castanhos, bem escuros.

— E como é que ela gosta? — Jordi quis saber. Com açúcar ou leite: seria essa a pergunta?

— Ela gosta bastante — ele respondeu.

— Estou perguntando como é que ela... Ah, beba, rapaz. Você tem que estar tão bêbado quanto eu para ser meu amigo!

---

[38] Lusitania: navio britânico torpedeado ao sair de Nova York durante a Segunda Guerra Mundial por um submarino alemão, levando os Estados Unidos a entrar na guerra do lado dos Aliados. (N. da T.)

Vladimir fez o que lhe foi ordenado, depois perguntou pelo filho de Jordi, aquele grande imbecil.

– Ah, o pequeno Jaume. – O orgulhoso papai sentou-se e deu um tapa forte no quadril. Baixou o volume da televisão até os guinchos das modelos ficarem reduzidos ao sussurro das ondas varrendo a areia lá fora. – Ele é um garoto esperto, só não consegue se dar bem num ambiente escolar. Assim, talvez você não deva falar como se fosse muito culto, mas mencione um par de livros, se puder. Agora, ele gosta de futebol americano, embora tenha sido chutado do time no ano passado. – Aparentemente, esse fato pouco inspirador inspirou a Jordi um pequeno devaneio. – Mas eu culpo o treinador, a escola e o Conselho de Educação por não entenderem as necessidades do meu garoto – disse finalmente. – Portanto, um brinde ao meu pequeno Jaume, o advogado. Com a ajuda de Deus, é claro.

Ele engoliu a maior parte de uma garrafa de champanhe em dez goles inacreditavelmente bem espaçados, como se o patrão de um barco a remo estivesse a seu lado marcando o tempo.

– Esta informação é importante. Não entendo muito de esportes – disse Vladimir. – Por exemplo, qual é o nome do time daqui?

– Ai, ai. Vocês, garotos de Manhattan, de vez em quando parecem um bando de boiolas. Aqui eles são os Dolphins, e lá temos dois times: os Giants e os Jets.

– Já ouvi falar desses dois – Vladimir revelou.

Esses times poderiam ter nomes mais insípidos? Se Vladimir alguma vez fosse proprietário de um time, ele o chamaria de algo como os New York Yiddels[39]. Os Refu-judeus[40] de Brighton Beach.

Jordi ditou trivialidades adicionais a respeito do Super Bowl[41], dos Cowboys de Dallas e das míticas vaqueiras que lhes prestavam serviços, enquanto o serviço de quarto trazia um peixe-espada insuportavelmente insosso, apesar da geada de pimenta-do-reino sob a qual ele sufocava. Vladimir ruminou aquela mediocridade enquanto Jordi punha-se a enumerar as

---

[39] *Yiddels*: referindo-se a "*yid*", termo pejorativo para "judeu". (N. da T.)
[40] Em inglês, "*refu-jews*", um trocadilho com a palavra "*refugees*", que significa "refugiados", e "*jews*", que significa "judeus". (N. da T.)
[41] Super Bowl: partida anual de futebol americano da NFL, a única grande associação de futebol americano profissional nos Estados Unidos, disputada pelos campeões de duas associações menores. É um dos eventos esportivos mais populares do país. (N. da T.)

melhores qualidades do filho: por exemplo, ele nunca batia na namorada, nem mesmo quando as circunstâncias assim o exigiam; e ele sabia, sem qualquer sombra de dúvida, que o dinheiro não crescia nas árvores, que o trabalho duro nunca matou ninguém, que sem esforço não há lucro. Vladimir trabalhou com esses atributos tão louváveis, depois sugeriu algumas atividades mais tangíveis para o pequeno Jaume: o rapaz passava seu tempo livre dirigindo o Clube de Cultura Catalã na escola; ajudava velhinhas polonesas a conseguir sanduíches de presunto apimentado na Igreja de São Pedro e São Paulo; escrevia cartas para o congressista local exigindo melhor iluminação para o campo de beisebol infantil local (ver acima: interesse em esportes).

– Um brinde ao pequeno Jaume tomando contas das coroas polacas. E por que você não está bebendo, queridinho? – Jordi perguntou.

Vladimir apontou para a bexiga e então foi até o banheiro rosado para aliviar-se. Quando saiu, dois representantes do serviço de quarto – jovens e sardentos Adão e Eva do Sul – estavam esperando para apresentar-lhe outra garrafa enfeitada com um laço de fita.

– Por conta da casa, senhor.

O sol desaparecera havia muito tempo quando Vladimir sentiu em sua totalidade a atordoante náusea do pileque de champanhe e obrigou-se a parar. Sentou-se com força em sua cama perto da sacada e sentiu-a balançar um pouco em todas as quatro direções. Alguma coisa estava fora de prumo, e não era apenas o universo físico que girava por causa da birita. A idéia de apresentar-se a um funcionário de admissão de uma faculdade, de se fazer passar pelo filho de um homem simplório, subitamente parecia tão fácil quanto caçar vacas. Sim, um universo moral alternativo abria-se diante de Vladimir, uma *Americana*[42] alternativa, povoada por colegas imigrantes beta vivendo bem e bebendo bem, inventando golpes de pirâmide como o tio Shurik, enquanto o outro país continuava a produzir sofás de couro e toalhas de mesa da Pata Margarida[43] em lugares estúpidos quanto Erie e Birmingham, tão remotos quanto Fairbanks e Duluth. Ele voltou-se para Jordi, quase que esperando uma confirmação da sua descoberta silenciosa, e deparou com o outro estudando a parte inferior de Vladimir através da taça de champanhe

---

[42] *Americana*: matéria referente aos Estados Unidos – sua História, seu folclore, sua cultura ou sua geografia. (N. da T.)
[43] Pata Margarida; a namorada do Pato Donald! (N. da T.)

nublada com o seu hálito. Jordi ergueu os olhos, as pálpebras pesadas estreitadas de concentração; ele soltou três segundos de riso forçado, depois disse:

– Não fique assustado.

Vladimir sentiu-se muito assustado, como se a fechadura finlandesa da fortaleza dos Girshkin de repente fosse aberta por mão experiente, enquanto o sistema de alarme cessava o seu uivo e o feroz cachorro suburbano do vizinho recolhia-se até o dia seguinte. A glândula Medo-Dinheiro ainda nem sequer estava ativa, mas o resto dele já sabia.

– Ei, corrija-me se eu estiver errado – Jordi começou, girando os pés até colocá-los entre as duas camas, a sunga esticada pelo contorno do seu membro torcido e pressionado pelo elástico. – Mas você já andou brincando com Baobab, certo? Quer dizer, você já esteve com outros rapazes.

Vladimir pôs os olhos na horripilante mancha molhada ao longo da costura da sunga de Jordi.

– Quem, eu? – disse, saltando da cama, tão inseguro do fato de ter falado que repetiu: – Quem, eu?

– Você é tão parecido com Baobab nesta questão – Jordi comentou, sorrindo e dando de ombros como se compreendesse que aquilo era uma coisa sobre a qual os garotos não podiam fazer coisa alguma. – Não significa que você tenha sentimentos homossexuais ou qualquer coisa, *coco*, embora pudesse aprender um pouco de futebol americano. Simplesmente está na sua constituição. Escute, eu compreendo, e você não vai ler sobre isto no *Post* amanhã.

– Não, não, creio que houve um mal-entendido – Vladimir começou, partindo da errônea premissa da classe-média de que quando em perigo era melhor ser educado. – Já mencionei a minha namorada...

– Sim, ótimo, está bem – Jordi interrompeu. – Esta discussão está encerrada, príncipe.

Então, num único movimento ele ficou de pé num salto e arrancou a sunga, o pênis erguendo-se e em seguida caindo em posição. Vladimir afastou os olhos do pênis, contemplando, em vez disso, a sombra bulbosa que ele lançava sobre a cama perfeitamente arrumada que os separava. Repentinamente houve uma explosão de movimento: Jordi, com um tapa na própria testa, exclamara:

– Espere! A vaselina!

A lembrança instantânea de Vladimir foi o armário que continha o lubrificante de Challah; essa imagem foi rapidamente descartada como irrelevante. Ele recuou na direção da sacada e da queda de quatro andares, já calculando entre a morte provável atrás de si e o que havia à sua frente.

Porém, enquanto Jordi mergulhava as mãos na mala abaixo dele, os olhos de Vladimir fizeram contato com a porta de carvalho às costas do outro – o tipo de porta respeitável que se pode encontrar enfeitando os melhores lares de Erie e Birmingham, Fairbanks e Duluth. Lá estava ela, a barreira que o separava do mundo exterior, dos funcionários do hotel, aposentados encharcados de sol e relacionamentos pessoais aceitáveis. Na fração de segundo necessária para estabelecer a associação entre ele próprio e a porta, ele arremeteu.

Um punho agarrou a fralda da sua camiseta larga, puxou e então arremessou Vladimir violentamente contra a parede. Em seguida à dor inicial, ali estava Jordi – ou, mais precisamente, fragmentos do seu corpo suado – uma axila aqui, um mamilo ali – pressionados contra o rosto de Vladimir, até que este encontrou-se nariz a nariz com seu torturador.

– *Au va*! – Jordi exclamou, cuspindo em ambos os olhos de Vladimir, enfiando-lhe as unhas. – Seu *fogo* de merda! Vinte mil não são suficientes para você, sua puta?

Vladimir fechou os olhos com força, vendo o ardor da saliva de outrem girar em arabescos de dor.

– Eu não... – ele começou a dizer, mas imediatamente esqueceu o que era que ele não. Em vez disso, o que lhe veio à mente foi uma imagem de Fran, a clavícula erguida, os seios que apontavam para os lados presos num sutiã esportivo, seu sorriso honesto quando ela entrava num aposento cheio de amigos. Ela ia fazer dele um ser humano, um cidadão nativo deste mundo.

Então Vladimir deu-lhe um murro na cara.

Jamais em sua vida havia agredido uma pessoa, ou escutado o estalido de osso esmagando cartilagem; certa vez, furioso com o cachorro imbecil do zelador da piscina na *dacha* no campo, ele lhe acertara o focinho peludo com uma raquete de badminton[44:] essa era a extensão da sua violência.

Vladimir havia acertado o nariz ou perto do nariz, no entanto não havia vestígio de sangue entre as duas narinas perfeitamente redondas e forradas

---

[44] Badminton: jogo com rede, raquetes de cabo longo e peteca. (N. da T.)

de pêlos; havia apenas a respiração nasal e controlada de Jordi e os olhos arregalados de um menininho confuso cujo xilofone lhe foi arrebatado de repente e sem motivo aparente.

Houve um lapso momentâneo na pressão das unhas de Jordi enterradas nos seus ombros – não que o peso das mãos dele tivesse sido totalmente afastado, mas houve, como a expressão ausente de Jordi sugeria, um momento.

Vladimir correu. A porta abriu-se e bateu com força atrás dele, o tapete era vermelho como uma seta e parecia apontar-lhe o caminho para o elevador, mas ele não tinha condições de esperar que o elevador aparecesse. Ao lado do elevador... uma escada. Ele irrompeu por ali e começou a descer aos saltos, os pés de vez em quando heróicos facilitadores da sua fuga, outras vezes dois objetos mortos sobre os quais o resto do seu corpo ameaçava tropeçar, esmagando a cabeça no concreto lá embaixo.

O som de perseguição felizmente não se fazia ouvir, mas tudo o que aquilo significava era que Jordi estava descendo pelo elevador. Vladimir irromperia na portaria diretamente nos braços de Jordi. "Aí está você, rapaz", Jordi diria, sorrindo insuportavelmente enquanto explicava aos funcionários do hotel sobre a briguinha de namorados. Sim, Vladimir já lera sobre um caso desses que acontecera anteriormente, e envolvendo nada menos do que um canibal condenado.

Ele aterrissou com força no último degrau, e aparentemente um tendão retesado rompeu-se sob o peso do resto do seu corpo. Vladimir manquejou para dentro do saguão de veludo e purpurina onde o seu rosto, distorcido pela falta de oxigênio e apresentando uma coloração cadavérica, recebeu uma rodada coletiva de olhares da equipe geriátrica que tripulava as espreguiçadeiras. Para não mencionar a sua camiseta rasgada nos ombros.

Vladimir avistou as portas dos elevadores, uma delas registrando convictamente uma descida: "Três... Dois..."

Ele ficou imóvel, paralisado pelos números, durante tempo suficiente para escutar uma voz idosa articular um prolongado "*Vaat?*[45]"

Então ele encontrou-se do lado de fora das portas palacianas, percorrendo a alameda circular em disparada, sem prestar a menor atenção a objetos em movimento ou estacionários. Literalmente correndo para dentro da noite,

---

[45] *Vaat?*: maneira de um estrangeiro dizer "What?", que significa "O quê?". (N. da T.)

como diz a canção, e a noite floridense, fedendo a escapamento de automóvel, cebolas de lanchonetes e talvez alguma coisinha de mar, aceitou-o e amortalhou-o em sua abrasadora escuridão.

16. CAINDO EM DESGRAÇA

TUDO ESTAVA DIFERENTE. O SEU CORPO havia sido facilmente manuseado por um homem cuja intenção era machucar. E o homem conseguira fazer isso, havia esmagado o seu ombro e cuspido em ambos os seus olhos. Como eram leves os insultos da sua infância, em comparação com o que acabara de acontecer! Todos os infelizes anos da adolescência, as bordoadas diárias pelas mãos dos seus pais e dos seus pares, nada mais haviam sido do que um ensaio geral: durante todos aqueles anos, pelo que se via, o jovem Vladimir estivera simplesmente preparando-se para ser vítima.

Vladimir massageou o ombro machucado e pressionou a face contra ele. Já fazia algum tempo desde que fora obrigado a proporcionar carinho a si mesmo, e a autocomiseração tinha para ele uma sensação pouco familiar, como se viesse de outra vida. Ele estava descansando, seminu, contra uma palmeira pequena e atarracada no que poderia ter sido um parque florestal nacional, mas era na verdade o jardim de um vasto condomínio residencial. E ainda estava experimentando problemas para respirar; a cócega de um iminente acesso de tosse seca o atacou e ele tentou com todas as suas forças ignorá-lo. Como um respeitado pediatra de Park Avenue certa vez lhe dissera, metade de um ataque de asma era psicológico. Era preciso desviar a atenção para outros assuntos.

O outro assunto, além da asma, consistia em ir embora de Miami, encontrar um táxi e chegar ao aeroporto. Naturalmente Jordi já estaria a caminho de lá, indo ao encontro do seu amante ofendido no Portão X partindo para La Guardia. Mas aquele complexo urbano sem fronteiras que era Miami tinha mais de uma porta de saída: havia, Vladimir lembrava-se, outro aeroporto de onde os seus pais costumavam partir em aviões de linhas aéreas com descontos e nomes como SkyElegance e Royal American Air. Era o aeroporto de Fort Lauderdale, ao norte.

E agora? Ele tornou a vestir o que restava da camiseta e tossiu, soltando um escarro grosso como uma esponja e que apresentava fios de sangue. Na carteira, Vladimir encontrou o remanescente da facada no pai e no sr. Rybakov: 1200 dólares em notas altas e baixas. O bônus número dois foi um táxi solitário que dava voltas ao longo da alameda do condomínio, esperando que grupos de pessoas de sapatos elegantes e linho natural saíssem para se divertir. Vladimir atravessou pelo meio de um arbusto moita, depois caminhou calmamente até o táxi, um milionário aproveitando a liberdade de uma camiseta rasgada numa noite de domingo. O motorista, uma espécie de gigante pituitário do Oriente Médio, mesmo assim estudou os seus trajes minuciosamente pelo espelho retrovisor e perguntou se a namorada de Vladimir havia lhe dado um chute na bunda. O cartaz dizia que o nome dele era Ben-Ari, ou Filho de um Leão, segundo Vladimir recordava da escola hebraica, onde muitos daqueles enormes filhotes de leão estavam em evidência.

– E vou largar de uma vez aquela puta – Vladimir retrucou. (Devido aos acontecimentos da hora anterior, era estranhamente reconfortante assenhorear-se daquela palavra: "puta".) – Para o aeroporto de Lauderdale – ordenou.

Esperou até terem passado o Eden e entrado em North Beach para parar numa cabine telefônica à sombra arrogante da O'Malley's Blarney Leprechaun, com sua oferta especial de Guinness, três-pelo-preço-de-uma.

– Por favor, espere por mim – disse ao motorista.

– Não, eu vou embora sem o pagamento – disse o Filho de um Leão, com um amistoso grunhido israelense substituindo uma risada.

Ele discou para a Royal American Air e ficou sabendo que ela havia encerrado as atividades na terça-feira anterior. A SkyElegance agora operava apenas entre Miami e Medellín, embora estivessem planejando um vôo sem escalas para Zurique. Finalmente, uma linha aérea convencional vendeu-lhe uma passagem para o próximo vôo para Nova York pelo equivalente a duas semanas de salário.

Vladimir não pestanejou com o preço; ainda estava vivo e possivelmente as coisas logo estariam de volta ao normal – isto é, de volta a Fran (os dias contados por cigarros, chocolates e café; as manhãs com Frank conversando fiado sobre o governo provisório de Kerenski à mesa do café da manhã; as alegrias de abrir uma das quentinhas de Vincie na Sociedade de Adaptação: *carpaccio* com endívia em torradas de pão de sete cereais, um generoso raminho de hortelã cultivado na sacada, mais dois ingressos para um concerto na hora do almoço na Trinity Church apresentado por um Quarteto de Prava – sim, ele precisaria passar quarenta dias e noites no aconchego da cama com os três Ruocco para purificar-se das últimas duas horas).

Nesse ínterim, suas recentes negociações com a empresa aérea lhe haviam restaurado a auto-estima, e ele agora estava pronto para derramar a sua autoridade sobre Baobab. Telefonou a cobrar para o filho da puta, e, depois que a familiar voz gaguejante aceitou com hesitação pagar o telefonema, Vladimir começou, sem se conter:

– Então, acabo de passar algum tempo olhando para o peru de Jordi, e gostaria de lhe perguntar, pedindo emprestadas as palavras de Jordi, como é que você gosta?

Na extremidade oposta da Costa Leste houve silêncio.

– E ele ainda não lhe deu a franquia da Universidade de Brooklyn? – Vladimir prosseguiu. – Acho que, por todo o trabalho duro que você faz, poderia exigir pelo menos Brooklyn. Não se venda barato, Tambor[46].

– Ele não conseguiu, não é? – Baobab perguntou.

– Não conseguiu, não, sua prova viva do darwinismo social. Estou parado na estrada para o aeroporto, o meu ombro está esmagado, mal consigo andar, mas o meu cu ainda está intacto, obrigado pelo interesse.

---

[46] Tambor: em inglês, Thumper – o amiguinho do Bambi no filme dos Estúdios Disney.

— Escute — Baobab fez uma pausa, como se ele próprio estivesse escutando. — Eu realmente não... De vez em quando ele me apalpava, ou me beliscava o traseiro, mas eu pensava que...

— Você pensava? — Vladimir interrompeu-o. — Tem certeza? Lembra-se que nas provas na escola você sempre ganhava um tempo extra porque tinha um atestado médico dizendo que era disléxico? Você falsificou aquele atestado, não foi? Confesse agora. Você não é disléxico, é só um idiota de merda, estou certo?

— Agora...

— Agora vamos fazer uma avaliação, por que não? Você tem 25 anos de idade, vai formar-se em Estudos do Humor, a sua namorada não pode sequer ir ao cinema sem um guardião legal e o seu patrão adora divertir-se com o seu traseiro. E você apesar disso quer saber por que não é convidado para sair mais vezes com Fran e os amigos dela! Pode acreditar, logo eu estaria sem a Fran. A curiosidade antropológica dela não vai tão longe.

— Está certo, já ouvi — disse Baobab. — Está certo. Onde você está exatamente?

— Você vai dar um jeito nisto tudo, benzinho?

Baobab permaneceu calmo.

— Onde é que você está, Vladimir?

— Já lhe disse, a caminho do aeroporto. O taxímetro está correndo.

— E onde está Jordi?

— Ih, acho que ele deve estar tentando me encontrar, apesar do amor não correspondido.

— Pare com isto — disse Baobab. — Quer dizer que ele tentou... E você fugiu?

— Bom, primeiro eu bati nele — Vladimir revelou. — Dei-lhe um bom murro nas fuças!

Dei-lhe um bom murro nas fuças? Quando essa noite iria terminar?

— Droga, você está mesmo fodido sem apelação. Escute, não pegue o avião para Nova York. Vá para Wichita, vá para Peoria...

— Ah, foda-se! — Vladimir gritou, um pequeno espasmo de apreensão já se registrando na sua inexplorada glândula Medo-Dinheiro (inexplorada a não ser quando ela ia contra a sua bexiga). — Como é? Ele vai me caçar em Nova York e me matar?

— Duvido que seja ele quem vai caçar você, mas ele pode muito bem se dar ao trabalho de fazer isso, e talvez foder com você uma última vez. Vladimir, escute o que eu digo! Ele tem cem pessoas trabalhando para ele, só no Bronx. No ano passado, o meu amigo Ernest, aquele cucaracho maluco que costumava dirigir a franquia da Universidade de La Guardia, ele chamou Jordi de *maricón*, de brincadeira, você entende...

— E daí?

— E daí? Você ainda diz "E daí?"? Quem você pensa que essa gente é? É o cartel catalão! – Baobab gritou. – Meu Deus, o modo como eles matam, a facilidade com que cometem atos violentos... Chamam de *modernismo*! Até mesmo vocês, russos, podem aprender uma ou duas coisas. Além disso, há o fato de que ele tentou... O fato de você saber que ele é...

— Entendo o que você está dizendo, agora. Está dizendo que, embora estivesse totalmente consciente de que aquele homem é um assassino e um pederasta, mesmo assim você me incentivou a vir para a Flórida com ele. A ficar no mesmo hotel que ele.

— Como diabos eu podia saber? Sabia que ele gostava de um ar carente, como o seu, mas você tem todos esses pêlos no rosto...

— Não tenho mais, seu idiota!

— Escute, você precisava do dinheiro! – Baobab argumentou. – Pensei que essa era uma maneira de ganhar de volta o seu respeito. Você é o único amigo que eu tenho, e tem passado todo o seu tempo...

— Ah, quer dizer que agora a culpa é minha. Você é um iludido, Baobab. Estou tentando ficar furioso com você, mas não é fácil, considerando-se... Considerando-se que para mim é só esta noite, mas você vai passar a vida inteira nesta condição. Adeus, meu pobre coitado!

— Espere um minuto! Ele provavelmente grampeou o meu telefone. Provavelmente vai mandar cercar o aeroporto de Miami.

— Bem, ele vai ter uma surpresa, porque estou indo para o aeroporto de Fort Lauderdale.

— Meu Deus! Não diga isto! O telefone está grampeado!

— Sim, e tenho certeza de que Lauderdale inteiro está cercado por catalães furiosos com semi-automáticas e fotografias minhas. Existe terapia grátis na Universidade Municipal? Por que você não dá uma passada lá depois da sua aula de humor?

— Espere! Esqueça os terminais de ônibus e as estações de trem! E não alugue um carro! Ele pode rastrear...

Vladimir desligou e correu para o seu impaciente israelense.
— Toca em frente! — gritou.

— **Está com grande problema**, *nachon meod?* — perguntou o Leão. Riu com vontade, tirando do lugar o espelho retrovisor com sua gesticulação alegre.

Vladimir ergueu os olhos. Na realidade, estivera adormecido por um ou dois minutos. Era isso que um medo extremo lhe provocava, depois que os seus efeitos iniciais se dissipavam: muito sono. Um sono totalmente induzido pelo medo, porém, por um motivo qualquer, sem sonhos, tendo como único pano de fundo um vazio sem fim.

Um olhar pela janela provou que de dentro de um veículo em movimento a Flórida inteira tinha exatamente a mesma aparência. A placa no lado oposto da via expressa dizia: Bal Harbour 20. Bal Harbour ficava logo ao norte de Miami Beach. Isso era bom. Eles iam na direção correta e a via expressa estava vazia.

Ei, que diabos aquele Leão estava dizendo? Vladimir reconheceu as duas últimas palavras, do tempo da escola hebraica.

— *Nachon meod* — Vladimir repetiu.

— Então eu estava certo! — exclamou o israelense. — Você é judeu russo. Não me espanta que esteja com problemas. A sua gente está sempre com problemas. Fazem os espanhóis parecerem bons.

Ora, o que todo mundo tinha contra o povo russo, empobrecido, porém sempre pleno de anseios?

— Ah, vamos lá, *hever*, você está me magoando — disse Vladimir, recordando a palavra hebraica para "amigo".

— Não sou seu *hever*, babaca. Então, que foi que você fez? Matou a sua namorada?

Vladimir ignorou o comentário dele. Estava a caminho; logo o seu longo pesadelo floridense estaria terminado. Ele jamais teria que olhar novamente para uma palmeira, ou lidar com outro camponês grosseiro, espalhafatoso e obeso.

— Ei, aquela placa ali não diz "aeroporto"?

O Leão enfiou a mão na buzina, para avisar um triciclo motorizado da iminência de um desastre, e então virou para a direita. Por algum tempo viajaram em silêncio, e o ronco dos motores a jato forneciam um acompanhamento que para Vladimir era tranqüilizante, pois lhe lembrava que em menos de uma hora seria a sua vez de estar lá em cima. Agora, todas as placas pelas quais eles passavam diziam "aeroporto", ou então "motel" ou "lagosta". Comer, trepar e partir: essa era a narrativa daquela via expressa.

Gradualmente o trânsito piorou, e o Leão começou a resmungar palavrões hebreus conhecidos, que constituíam o grosso do conhecimento que Vladimir tinha daquela língua. A prostituição era um assunto muito presente entre os israelenses. "Vá foder com a sua mãe e me traga um recibo" era um xingamento bastante popular. Sexo, família, comércio – a frase apertava todos os botões corretos.

Agora eles progrediam a passo de tartaruga. A lua, baixa e cor-de-rosa, parecia perfeita para aquele cenário (por que a lua de Nova York era sempre tão elevada e cinzenta?)

Havia dois Cadillacs cor de pêssego na frente deles e um à esquerda – talvez Vladimir tivesse reservado lugar num vôo promocional para idosos. Ele consultou as informações sobre o vôo rabiscadas em sua mão. Consultou o Rolex ainda por vender. Vôo 320, partida Fort Lauderdale 8:20, chegada Nova York La Guardia 10:35. O desenlace oficial da sua pequena tragédia peripatética sulina logo estaria impresso num cartão oficial e colocado num envelope com o logotipo da empresa aérea.

E então um pensamento. Aliás, mais do que um pensamento – quatro pensamentos. Que se juntavam em um só.

Partida de Fort Lauderdale;

Cadillac cor de pêssego;

Dois na frente, um à esquerda;

A sunga de Jordi esticada pelo contorno do seu membro, a horripilante mancha molhada ao longo da costura.

ELE DESLIZOU PARA O PISO DO CARRO. Metade de um ataque de asma era puramente psicológico. Era preciso pensar da maneira correta. Dizer a si mesmo: vou continuar respirando.

– Que é isto? – gritou o Leão. Ele ajeitou o espelho retrovisor para ter uma visão total do encolhido Vladimir. Virou para trás a cabeça de 50 quilos. – Que é que está fazendo? Que merda é esta?

Inalar, exalar, um, dois, três. Com uma contorção do braço, Vladimir jogou duas notas de cem dólares para o Leão.

— Pegue a próxima saída de retorno — cochichou. — Houve um engano... não quero ir para o aeroporto... Eles vão me matar.

O Leão continuou a olhar para ele. O contorno do seu peito curvado encarava Vladimir, assomando da abertura frontal da camisa florida e lembrando a Vladimir, por um motivo qualquer, um ataque cardíaco. Vladimir jogou-lhe outra nota de cem dólares. E depois outra.

— Droga! — gritou o Leão. Ele esmurrou o volante num gesto masculino. — Droga, puta, foda — disse.

Avançou alguns centímetros. Acionou a seta do veículo. Vladimir ergueu-se um pouco e olhou para o carro à esquerda. O vidro da janela estava abaixado; um rapaz com um bigode de não mais do que três pêlos, transpirando visivelmente num paletó de seda e uma camisa totalmente abotoada, berrava alguma coisa ao celular. Seu companheiro — e gêmeo, a julgar pela aparência — manipulava com estalidos algum objeto entre as pernas. Ele escutou um idioma não muito diferente do espanhol. Não, francês. Ele escutou tanto espanhol quanto francês. Vladimir tornou a abaixar-se. Tornou a emergir para dar uma olhada pela janela traseira. Havia um Cadillac cor de pêssego em cada pista. Eles estavam num engarrafamento de Cadillacs cor-de-pêssego.

O Leão estava desfazendo a curva e voltando ao curso anterior.

— Eu dirijo um táxi. Não sei de nada. Motorista de aluguel. Dupla cidadania. Oito anos aqui, e adoro.

Vladimir cobriu-se com um oportuno mapa da Geórgia que estava caído no chão. Deve ter passado uma hora assim: banhado no próprio suor, cheirando a sangue no lábio superior, encapsulado no porão cheio de pêlos do Crown Victoria do Leão. A cada segundo ele pensava ter ouvido um estalido ou a menção a "Girshkin" em meio à conversa internacional na janela vizinha. Encontrava-se exausto demais para pensar sobre isso. O vazio onírico erguia-se à sua frente, porém ele jamais poderia permitir-se adormecer. Fique acordado! Respire! Pense no turbo-hélice que beirava a pista, tão perto, perto demais... No entanto, o co-piloto Rybakov sabia exatamente o que estava fazendo, o sorriso destemido naquele rosto de abóbora denunciava um histórico de quase-desastres.

Enquanto isso, de volta ao solo, o Leão acionava sem cessar a seta da direita, que emitia um som mecânico reconfortante – o sinal de discagem da civilização, no que concernia a Vladimir. O carro deslizou para a pista da extrema direita, em seguida passou lentamente para uma estrada de serviço.

– *Agaa*! – gritou o Leão.

– Que é que está errado? – Vladimir gritou.

Mas devia ser um grito de guerra, uma liberação de tensão, porque nesse ponto o Leão pisou fundo no acelerador e o carro passou roncando pelo que se segue: um autoproclamado "palácio das panquecas"; um Templo e Spa Milenarista das Novas Almas em Ascensão; uma loja não-identificada em forma de iglu; duas estradas secundárias; 50 hectares de terra arável; um bosque de palmeiras; o enorme estacionamento de algo chamado Strud's.

Foi no Strud's que o Leão fez uma parada completa e total. A suspensão do carro fez um rangido agourento, que Vladimir imediatamente retribuiu com uma exalação sangrenta.

– Saia! – ordenou o Leão.

– Como assim? – Vladimir falou com dificuldade. – Acabei de lhe dar 400 dólares.

– Saia! Saia! Saia! Saia! – gritava o Leão, as duas primeiras vezes em hebraico, as duas últimas em sua nova língua.

– Mas escute aqui! – Vladimir gritou, a indignação sobrepujando a asma. – Estamos no meio de... – Era difícil dizer onde estavam – Que é que eu vou fazer? Pelo menos me leve até a estação de ônibus. Ou do Amtrak, ou, não...

– Deixe-me pensar. Continue dirigindo para o norte.

O Leão girou o corpo para o banco traseiro e agarrou Vladimir pela camisa. Seu rosto – o nariz curto e grosso quebrado em dois lugares, bolsas cinzentas sob os olhos brilhando de suor – lembrava a Vladimir a fisionomia do miserável do Jordi. E este era um conterrâneo, da mesma tribo sua! Os dois falavam a mesma língua, tinham o mesmo deus e a bunda da mesma cor. Houve um momento de silêncio no carro, quebrado apenas pelo som da camiseta de Vladimir rasgando-se ainda mais nas mãos do israelense e a respiração pesada do Leão, que obviamente procurava as palavras para deixar bem claro o término definitivo do seu relacionamento motorista-passageiro.

– Está bem – disse Vladimir, antes que o outro falasse. – Sei para onde ir. Ainda tenho 900 dólares. Leve-me para Nova York.

O Leão trouxe-o para mais perto de si, respirando cebola e *tahine* em seu suarento passageiro.

– Seu... – começou. A palavra seguinte poderia ter sido um xingamento, mas o Leão preferiu deixar a sua fala no âmbito pronominal.

Ele soltou Vladimir e virou-se para a frente, cruzando os braços no alto do volante. Fungou. Descruzou os braços e deu uns tapinhas no volante. Puxou uma Estrela de Davi dourada de dentro da confluência do peito cabeludo e segurou-a entre o polegar e o indicador. Aquele pequeno ritual certamente lhe devolveu a lucidez.

– Dez mil – disse. – Mais o custo do transporte do carro por trem para voltar.

– Mas tudo o que tenho são 900 dólares – Vladimir argumentou, exatamente no momento em que via de relance o seu pulso cintilando ao sol. Sucesso! Ele jogou o Rolex por cima do ombro do Leão, e o relógio fez um som rico e esperançoso contra o colo carnudo do motorista.

O Leão sacudiu o relógio com entusiasmo e depois aproximou-o do ouvido.

– Não tem número de série nas costas – comentou. – Cronógrafo automático. – Tornou a consultar a sua Estrela de Davi. – Novecentos dólares mais o Rolex mais cinco mil dólares que você pode tirar num caixa automático.

– Meu limite de crédito é de três mil – Vladimir retrucou.

– *Oofa* – fez o Leão, balançando a cabeça. Ele abriu a porta e começou a retirar o corpanzil do carro.

– Espere! Onde é que você vai?

– Tenho que telefonar para a minha mulher e explicar as coisas – o Leão informou. – Ela pensa que eu tenho uma namorada.

E então, com os ombros curvados e ambas as mãos dentro dos bolsos da sua calça de seda, o Leão tomou a direção da árida pátria das pechinchas que era o Strud's.

VLADIMIR ATREVESSOU DORMINDO todo o litoral leste.

Não que a viagem transcorresse sem incidentes. Vladimir, morto para o mundo, resmungando no sono palavras infantis tranqüilizantes (*kasha, Masha, baba*), conseguiu deixar de presenciar um pneu furado, uma perseguição desanimada por alguns patrulheiros ineptos na Carolina do Sul e o Leão gritando e gesticulando com selvageria quando uma amistosa criatura sulina, talvez um esquilo, esfregou-se nele numa área de descanso na Virginia.

Vinte e cinco horas de sono ininterrupto – este foi o legado da viagem de Vladimir para o norte.

Ele acordou no Túnel Lincoln, sabendo, de algum modo, exatamente onde estava.

– Bom dia, criminoso – resmungou do banco da frente o israelense. – Bom dia e adeus. Assim que estivermos do outro lado do túnel vou lhe dizer *shalom*.

– Acho que por cinco mil dólares você poderia me deixar em casa – Vladimir contestou.

– Ai! Vejam só este gonif! E onde é a sua casa? Em Riker's Island?

Onde era a sua casa? Vladimir precisou pensar nisso por um segundo. Mas quando a resposta lhe veio, ele não conseguiu deixar de sorrir. Eram três horas da tarde, segundo o relógio do painel, e era provável que Francesca estivesse em casa, no mausoléu do seu quarto, cercada de textos e contratextos. Ele torcia para que a sua ausência de 24 horas, a falta da umidade do seu hálito contra o pescoço dela à noite, a lacuna em sua companhia constante e atenciosa, em sua "sobre-humana capacidade de tolerância" (para citar Joseph Ruocco), já estivessem fazendo mal a ela; que quando ele entrasse pela porta, o rosto dela registrasse uma coisa totalmente fora do seu normal – a felicidade, pura e sem mistura, de ser namorada de Vladimir Girshkin.

O táxi entrou na Quinta Avenida e Vladimir mexeu-se no assento. Só mais um minuto. Vamos, Leão! O israelense avançou habilmente através do trânsito de táxis amarelos, deixando em sua esteira punhos cerrados e buzinadas (Olhe só aquele novato com o Crown Victoria e placa da Flórida!). Os nomes nas fachadas dos estabelecimentos eram agora tão familiares quanto a sua família – Matsuda, Mesa Grill... Numa vida anterior, Vladimir deixara uma pequena fortuna em cada um deles.

– O *gonif* volta para casa – disse o Leão, estacionando na frente da fachada Art Deco bege do prédio dos Ruocco. – Não esqueça a gorjeta – acrescentou.

Semi-atordoado e semi-educado, Vladimir pescou no bolso rasgado da sua camisa rasgada uma última nota de 50 dólares e passou-a para o motorista.

– Pode ficar com ela – disse o Leão, repentinamente paternal. – E tente levar uma vida limpa, se conseguir, este é o meu conselho. Você é muito jovem. Tem um cérebro judeu. Ainda há esperanças.

– *Shalom* – disse Vladimir.

Suas estranhas aventuras com o israelense grandalhão estavam chegando ao final. O desfecho estava a uma subida de elevador de distância. E ali, entrando na portaria com seu andar peculiar de dinossauro, estava Joseph Ruocco, sobrevivendo ao calor em seu traje cáqui colonial-demais-para-ser-confortável (que Fran havia chamado de "conradiano"). Vladimir estava prestes a surpreendê-lo com um grito de "*Privyet*!", um cumprimento familiar russo que ele havia ensinado aos Ruocco, quando viu que o professor estava acompanhado por...

BEM, isso não era exato. Primeiro ele ouviu a voz. Não, primeiro ele ouviu a risada. Eles estavam rindo. Não, isto também não era verdade. Primeiro ele ouviu a voz do professor, depois ouviu a risada idiota, então ouviu a outra voz, e só então ele viu.

Uma mão gigantesca, com um bronzeado da Flórida, abotoaduras de ouro e cheirando a talco de bebê, dava tapinhas entusiasmados nas costas do professor.

Um carro cor de pêssego de marca conhecida estava estacionando ao longo da calçada do número 20 da Quinta Avenida, o pisca-pisca piscando.

Jordi estava fazendo um novo amigo. Um amigo ao mesmo tempo engraçado e triste.

– Que foi que aconteceu com a sua camisa? – o jovem porteiro brasileiro começou a perguntar a Vladimir, quase que suficientemente alto para o professor e Jordi escutarem no extremo oposto da portaria.

Antes, porém, que ele pudesse terminar, o homem derrotado à sua frente, aquele sujeitinho que todos os dias acompanhava a filha dos Ruocco e que sempre parecia ao porteiro ser humilde demais ou orgulhoso demais para o seu próprio bem... aquele Lothario[47] trêmulo e de rosto nu já estava fora da portaria, do outro lado da avenida, depois da esquina, sumido de vista. Ele é História[48], pensou o porteiro, sorrindo por causa dessa expressão, que ele aprendera numa manchete do *Post*.

---

[47] Lothario: personagem libertino e sedutor de uma peça teatral. (N. da T.)
[48] "Ele é História": tradução literal da expressão da língua inglesa que significa "Ele pertence ao passado". (N. da T.)

— **Não vou para Wichita** — Vladimir afirmou; a palavra "Wichita" foi transformada, pelo sotaque dele, na palavra mais estrangeira imaginável na língua inglesa. — Vou morar com Fran e vai tudo dar certo. Você vai fazer tudo dar certo.

No entanto, mesmo durante esse discurso autoritário as suas mãos tremiam tanto que lhe era difícil manter o receptor do telefone público bem posicionado entre a boca e o ouvido. Lágrimas lhe toldavam os cantos dos olhos e ele sentiu a necessidade de que Baobab o escutasse romper numa série de soluços longos e convulsos, ao estilo de Roberta. Tudo o que ele havia almejado eram vinte mil dólares nojentos. Não era um milhão. Era a média que o dr. Girshkin ganhava com dois dos seus nervosos pacientes de dentes de ouro.

— Está bem, já sei como vamos fazer isso — Baobab declarou. — Estas são as novas regras. Decore todas, ou então escreva. Você tem uma caneta? Alô? Certo, Regra Número Um: você não pode visitar ninguém. Amigos, parentes, trabalho, nada. Só pode ligar para mim de um telefone público e não podemos conversar por mais de três minutos.

Ele silenciou por um momento, e Vladimir imaginou-o lendo um pedacinho de papel. De repente Baobab falou num sussurro:

— Árvore amanhã nove e meia.

— Nós dois jamais podemos nos encontrar pessoalmente — ele continuou, agora em voz normal. — Vamos ficar em contato somente por telefone. Se você for para um hotel, não deixe de pagar em dinheiro. Nunca pague com cartão. Mais uma vez: árvore amanhã nove e meia.

Árvore. A árvore deles? A árvore? E nove e meia? Será que ele estava pensando em nove e meia da manhã? Era difícil imaginar Baobab de pé àquela hora indecente.

— Regra Número Cinco: quero que você fique em movimento o tempo todo, ou pelo menos tente ficar em movimento. O que nos leva à...

Mas justamente quando a Regra Número Seis estava prestes a marcar a sua presença, houve uma briga pelo telefone e Roberta entrou na conversa com a sua voz favorita de prostituta do Bowery, do tipo que cheirava a gim a 1500 quilômetros de distância. — Vladimir, meu querido, olá!

Bom, pelo menos alguém estava se divertindo com a ruína de Vladimir.

— Escute, eu estava pensando... — ela prosseguiu. — Você tem alguma ligação com a marginalidade russa, querido?

Vladimir pensou em desligar, porém, do modo como iam as coisas, até mesmo a voz de Roberta era uma voz distintamente humana. Ele pensou no filho do sr. Rybakov, o Marmota.

– Prava – ele murmurou, incapaz de dizer outra coisa.

Um trem do metrô em direção ao norte roncou abaixo dele, como que para enfatizar a instabilidade da sua vida. Dois blocos para o sul, um profissional aos gritos estava sendo jogado para a frente e para trás entre dois alegres assaltantes.

– Prava, mas que coisa mais atual! – disse Roberta. – Lazlo está pensando em abrir uma Academia de Teatro e Artes Plásticas lá. Sabia que existem 30 mil americanos em Prava? Entre eles, pelo menos meia dúzia de Hemingways de carteirinha, você não concorda?

– Obrigado pela sua preocupação, Roberta. É comovente. Mas neste momento tenho outras... Existem problemas. Além disso, para chegar a Prava... Que é que posso fazer?... Conheço um velho marinheiro russo... Um velho maluco... Ele precisa ser naturalizado.

Nesse ponto houve uma longa pausa, e Vladimir tomou consciência de que, em sua pressa, não estava fazendo muito sentido.

– É uma longa história... – começou. – Mas, essencialmente... eu preciso de... Ah, meu Deus, o que será que há de errado comigo?

– Fale comigo, seu urso grandão! – Roberta incentivou-o.

– Essencialmente, se eu conseguir a cidadania para esse lunático, ele vai me colocar com o filho dele em Prava.

– Muito bem. Eu definitivamente não consigo arranjar a cidadania para ele – Roberta declarou.

– Não consegue mesmo, não – Vladimir concordou.

Que era que ele estava fazendo, conversando com uma garota de 16 anos?

– Mas posso conseguir para ele a melhor coisa além disso...

17. O ESPETÁCULO AMERICANO

A árvore era um carvalho algo frágil e maltratado, os ramos nodosos sombreando o seu primo igualmente maltratado, o Banco. Árvore e Banco existiam juntos, agora e para sempre, no pequeno parque nos fundos da escola de 2º. grau onde Vladimir e Baobab haviam recebido um desafio acadêmico e onde, subseqüentemente, eles não haviam sido capazes de enfrentar aquele desafio e, em vez disso, haviam buscado refúgio no Banco sob a Árvore. Durante uma viagem de ácido particularmente perturbadora, Baobab havia entalhado suas iniciais e as de Michel Foucault no Banco, sob o qual, ao estilo das meninas do 1º. grau, ele escrevera "MAS". Melhores amigos para sempre.

Vladimir, ansiando pela simplicidade daqueles dias desperdiçados, inclinou-se e percorreu as iniciais com um dedo nostálgico, depois controlou-se: quanta bobagem!

Uma buzina soou atrás dele.

Roberta assomava à janela de um táxi, acenando com seu imenso chapéu amarelo.

– Entre! – ela gritou. – Eles estão seguindo Baobab para o norte. Mexa-se!

ELES HAVIAM SALTADO DO TÁXI em frente a um velho depósito perto do Túnel Holland. O prédio era uma construção de teto baixo, pisos quebrados e remendados com faixas de linóleo, um cartaz da Arrow Moving and Storage – o inquilino anterior – não totalmente raspado do portão da frente. Vladimir estava sentado com Roberta na parte traseira, cuja entrada era fechada por uma corda e reservada para "Convidados dos Candidatos à Naturalização". Os outros "convidados", todos atores maravilhosos e amigos de Roberta, conforme foi explicado a Vladimir, pareciam estar vestidos para um casamento, mas um casamento em Islamabad ou Calcutá – o número de turbantes e saris entre os membros da platéia havia chegado à situação de massa crítica. De qualquer maneira, haviam desaparecido o uniforme de camiseta escura e calça idem, típico das hostes de jovens atores desempregados.

Havia uma atmosfera festiva: os belos rapazes e moças perambulavam pelo local, brincavam com os balões, debatiam marcas de café e se mudar-se para Queens era uma alternativa viável à vida social.

– O que cada um deles não faria para conseguir chegar à cama de Laszlo... – Roberta comentou, enquanto mantinha a mão suada sobre a de Vladimir.

Ela usava um terno masculino espinha-de-peixe e uma camisa branca transparente sobre um sutiã de construção complexa, que aumentava os seus parcos seios. Os cabelos estavam presos atrás com fitinhas de seda, e havia ruge nas faces chupadas. Não havia como confundi-la com uma garota de 16 anos, a não ser que ela abrisse a boca e expusesse o aparelho nos dentes.

– Eu sou Katerina Nieholtz-Praga, herdeira de uma tradicional família austríaca e esposa do industrial italiano Alberto Praga – anunciou a Vladimir, apontando para o seu crachá – Al vai receber sua cidadania hoje, mas puramente por motivos de negócios, você entende. O coração dele ainda está na Toscana, com sua plantação de oliveiras, os seus dois cavalos árabes e a sua *mamma*.

– Que Deus nos ajude a todos – disse Vladimir.

Curvado, barba por fazer, ele usava um enorme paletó esportivo que Roberta trouxera para a ocasião. Havia tentado barbear-se no banheiro do quarto que alugara, com os seus últimos 50 dólares, no Astoria, um esquálido hotel de beira de estrada, mas constatou que não conseguia manter as mãos firmes nem o rosto imóvel.

Laszlo saiu do camarim. Era um cavalheiro magro, usando as vestes de juiz que mal desciam até os seus tornozelos, uma espécie de minissaia judiciária. Cachos de cabelos grisalhos e despenteados eriçavam-se, formando uma coroa de cabeça para baixo.

– O cliente é o senhor? – perguntou a Vladimir, num inglês digno de louvor. Devia ter passado anos raspando o seu sotaque húngaro com palha de aço. Provavelmente, a essas alturas não conseguiria pronunciar a palavra "*paprika*".

– Sou eu mesmo – Vladimir informou. – Como está indo o nosso homem?

– Ele é muito bom, cem por cento. Neste momento está no camarim, eles estão se conhecendo, o senhor sabe, os cidadãos.

Laszlo dobrou o corpo até ficar no nível de Vladimir e colocou ambas as mãos nos ombros dele; Vladimir fez uma careta, lembrando experiências recentes. Lazlo prosseguiu:

– Bom, este é o nosso evento padrão de Cerimônia de Falsa Naturalização, ou ECFN, como dizemos no nosso ramo. Fazemos um ou dois eventos como este por ano, e também alguns pacotes de luxo, que são a mesma coisa, só que em um barco e com garotas de programa. – E Laszlo deu uma piscadela, enrugando uma tremenda de uma testa.

Roberta também piscou, e Vladimir, sentindo a pressão, prontamente executou uma série de piscadelas rápidas.

– Roberta disse que posso lhe mandar os três mil dólares de Prava pelo banco – Vladimir falou.

– É, além do pacote padrão de ECFN, há uma taxa adicional de manipulação em urgência de cem por cento, ou seja, mais três mil dólares. Conforme o acordado!

– Entendo. Seis mil dólares – disse Vladimir.

Os húngaros estavam se adaptando muito bem ao mercado livre. Ele teria que pedir dinheiro emprestado ao filho do sr. Rybakov. Ainda assim, havia sido bacana da parte de Roberta preparar aquilo dentro de um prazo tão curto.

– É isso aí – Laszlo confirmou. – Convidados, assumam os seus postos!

A multidão de falsos zimbabuanos, equatorianos e afins apressou-se a instalar-se nas cadeiras dobráveis, empurrando-se uns aos outros em meio a risadinhas. Laszlo subiu para o palco improvisado e postou-se atrás do atril – na realidade, composto por várias caixas de papelão cobertas por uma bandeira americana, sobre ela um microfone portátil. Um emblema multicolorido com a legenda "Departamento de Justisa" pendia do pano de fundo, outra excelente imitação, exceto pelo pequeno erro de ortografia e a expressão um tanto assustada no olho da águia americana.

– E agora vamos receber os candidatos à na-tu-ra-li-zação! – retumbou Laszlo.

Aplausos no setor de convidados, enquanto os candidatos entravam um por um, enfileirados: mulheres judias e anglo-saxônicas usando maquilagem escura e penteados bizarramente exagerados, com uvas e folhas de hortelã; homens de cabelos louros ondulados e fisionomias perfeitamente suburbanas, vestidos como se houvessem acabado de escapar do estúdio de filmagem de O Homem de La Mancha, e outras aparições do mesmo gênero.

O sr. Rybakov entrou mancando. Usava um terno azul-escuro trespassado e cuidadosamente confeccionado para minimizar a sua pança. Fileiras de medalhas soviéticas, vermelhas e amarelas, cobriam uma grande parte dos seus seios[49]; no entanto, a sua gravata exibia uma bandeira dos Estados Unidos para acentuar a sua mudança de lealdade. Ele sorria interiormente, olhando para o chão, tentando seguir os passos da mulher de quimono na sua frente.

Vladimir não conseguiu controlar-se. Ao ver o Homem do Ventilador, ele ficou de pé num pulo e bateu palmas com mais forças do que qualquer outra pessoa ali, gritando com um entusiasmo russo:

– *Ura*! *Ura*, Aleksander!

Roberta puxou-o pelo paletó, lembrando-lhe que a intenção não era deixar Rybakov emocionado, mas tudo o que o marinheiro fez foi sorrir humildemente para o amigo antes de ir sentar-se sob uma gigantesca faixa de crepe que dizia: "PARABÉNS, NOVOS AMERICANOS". Eles o haviam estacionado entre o industrial italiano Alberto Praga e outro indivíduo de aparência caucasiana, para evitar o incidente anterior com o árabe. No entanto, na frente dele sentava-se uma mulher "ganense" carregando na cabeça uma enorme cesta de frutas, provavelmente obstruindo parte da visão dele. Aquilo havia sido uma falta de planejamento.

Eles cantaram o hino nacional dos Estados Unidos, depois o Juiz Laszlo levantou-se e passou as mãos nos olhos, profundamente comovido por aquela versão cantada do hino.

– América! – Laszlo exclamou, e assentiu compreensivamente.

---

[49] Seios: tradução literal de "breasts". Esta é a primeira de algumas ocorrências desta palavra, normalmente usada para os seios femininos, empregada pelo autor em relação a um corpo masculino. (N. da T.)

— América! — Rybakov gritou do seu lugar, assentindo de maneira semelhante. E virou-se para Vladimir com o polegar virado para cima.

Laszlo sorriu para o Homem do Ventilador e levou o dedo aos lábios pedindo silêncio.

— América! — repetiu. — Como vocês podem perceber pelo meu sotaque, também eu certa vez sentei-me onde vocês agora estão sentados. Vim para este país ainda uma criança pequena, aprendi a língua, os costumes, trabalhei para pagar a faculdade de... hã... juízes, e agora sinto-me privilegiado em ajudá-los a completar a sua longa viagem para a cidadania americana.

Houve aplausos espontâneos, durante os quais o Homem do Ventilador levantou-se e gritou:

— Venho primeiro para Viena, depois vou para a América!

Laszlo acenou-lhe para que se sentasse. Tornou a levar o dedo aos lábios.

— O que é a América? — ele retomou, alargando os ombros, erguendo os olhos para o teto manchado numa expressão de curiosidade. — É um hambúrguer? É um cachorro quente? É um Cadillac novinho e brilhante com uma bela moça sob uma palmeira...?

Os convidados deram de ombros e se entreolharam. Tantas escolhas!

— Sim, a América é tudo isto. No entanto, é mais, muito mais do que isto — Laszlo explicou.

— Eu pago a previdência social — anunciou o sr. Rybakov acenando com a mão para que o reconhecessem.

Dessa vez Laszlo o ignorou.

— A América — continuou, girando ambos os braços, cobertos pelas mangas do traje de juiz — é uma terra onde vocês podem viver uma vida longa e, quando chegar a hora de morrer, quando olharem para si mesmos, poderão dizer com exatidão: todos os erros, todos os triunfos que tive, todos os Cadillacs e as mulheres bonitas, e as crianças que me odeiam tanto que me chamam pelo primeiro nome e não de "papai" ou nem mesmo de "pai", tudo isto fui eu quem fez. Eu!

Os alunos de Laszlo concordaram, tirando vigorosamente os seus *sombreros* e balançando em círculos as suas roupas de *kente*[50], repetindo entre eles:

— Eu! Eu!

---

[50] *Kente*: pano tecido a mão com desenhos em cores vivas, usado em trajes cerimoniais pelos ashanti, um povo de Gana, na África. Hoje em dia, roupas no mesmo estilo são de uso cotidiano. (N. da T.)

— Esta parte do Método Stanislavski eu não estou reconhecendo muito bem — Vladimir comentou.

— Ignorante — retrucou Roberta.

Foi administrado o juramento de fidelidade, que o Homem do Ventilador repetiu em murmúrios, tomando o cuidado de não atacar os seus colegas candidatos durante o trecho "todos os inimigos, estrangeiros e nativos". Finalmente foram chamados para pegarem os seus certificados:

— Efrat Elonski... Jenny Woo... Abdul Kamus... Ruhalla Khomeni... Phuong Min... Aleksander Rybakov...

Rybakov subiu até o palco, deixou cair as muletas e abraçou-se a Laszlo, que quase desabou sob o seu peso.

— Obrigado, Senhor — sussurrou em seu ouvido. Depois virou-se para Vladimir e acenou com o seu certificado, os olhos jorrando lágrimas. — *Ura*! — gritou. — *Ura* à América! Eu sou a América!

Vladimir acenou de volta e tirou uma foto com a Polaroid do Homem do Ventilador. Apesar da mulher ganense estar distribuindo frutas cerimoniais da cesta em sua cabeça, apesar de Roberta estar beijocando ruidosamente o garboso Alberto Praga, sim, apesar de tudo isso, Vladimir encontrou-se emocionado. Assoou o nariz no lenço grosseiro de acrílico que viera no paletó esportivo de Roberta e sacudiu a sua pequena bandeira americana feita de material similar.

ELES MOLHAVAM PRETZELS[51] na salada de salmão assado que a equipe de Laszlo havia arrumado sobre as desgastadas escrivaninhas de alumínio que a empresa de mudanças havia deixado para trás.

— Não é muita coisa. Podemos ir para casa — o sr. Rybakov disse a Vladimir. — Eu tenho arenque — informou.

— Ah, já comi demais do seu peixe — Vladimir respondeu.

— Cale a boca — retrucou Rybakov. — Todos os peixes do Mar Cáspio não seriam um tributo suficiente a você, jovem Rei Salomão. Sabe o que foram para mim todos estes anos? Sabe o que é ser um homem sem pátria?

Vladimir esticou o braço para outra bandeja de salmão do lado oposto da mesa, determinado a não denunciar a sua traição. E, sim, ele sabia o que era.

---

[51] *Pretzel*: um tipo de biscoito salgado, de origem alemã, em forma de nó, muito popular nos Estados Unidos. (N. da T.)

— E se houver uma guerra? Como vou defender a minha pátria, se não tenho uma? – quis saber o sr. Rybakov.

— Tem razão, não pode mesmo – Vladimir concordou.

— Veja o meu caso, por exemplo. Estou completamente sozinho neste país, não tenho família, nem amigos. Você... você vai para Prava. O Ventilador... tudo o que eu tinha era o Ventilador, mas agora tenho isto! – Tirou o certificado do bolso do paletó. – Agora sou um cidadão do país mais grandioso do mundo, descontando o Japão. Escute, já não sou jovem, já vi mais ou menos tudo o que um homem pode ver, de modo que sei como é: a pessoa nasce, morre, não há nada de estranho nisso. É preciso pertencer a alguma coisa, fazer parte de uma unidade. Caso contrário, o que a pessoa é? Não é nada.

— Nada – Vladimir repetiu.

Laszlo estava apontando para ao relógio. O espetáculo estava prestes a acabar.

— Mas você, Vladimir, meu querido rapaz, em Prava você fará parte de uma coisa tão grande, tão firme, que nunca mais terá que se perguntar a qual unidade você pertence. Meu filho vai tomar conta de você como se fosse da família. E depois que eu terminar aqueles meus negócios com a srta. Harosset e aquelas malditas pinturas do tal Kandunski, que vão todos para o inferno, irei visitar você e o meu Tolya. Que acha disso?

— Vamos nos divertir muito, nós três – Vladimir afirmou, imaginando-os remando num rio com uma cesta de frango frito e um pote de arenque.

— E vou caminhar pelas ruas de Prava com o peito inchado de orgulho... – Ele inchou o peito. – Vou caminhar como um grande americano, um belo americano.

Vladimir circundou com o braço as costas curvadas do sr. Rybakov e pressionou o velho marinheiro contra si. O cheiro dele lembrou-lhe o do seu avô postiço, que morrera na América depois de um prolongado ataque de cirrose no fígado, pedras nos rins e, se era possível confiar no diagnóstico do dr. Girshkin, um pulmão implodido. Ali estavam – o hálito de vodca, a loção pós-barba almiscarada e aquele áspero perfume industrial, que traziam à mente de Vladimir a imagem de óleo lubrificante generosamente borrifado nas engrenagens de uma enferrujada prensa de metal soviética, o tipo com a qual o avô postiço de Vladimir em certa ocasião fingira trabalhar. Vladimir ficou feliz com o fato de que o Homem do Ventilador tivesse o mesmo cheiro.

— E agora, Camarada Rybakov, ou, como dizemos neste país, senhor Rybakov, permita-me pagar-lhe vários drinques — Vladimir ofereceu.

— Oh, oh — fez Rybakov, e apertou o nariz de Vladimir com seus dedos de vários sabores. — Bom, então vamos procurar uma garrafa!

Eles ajudaram-se mutuamente a sair para a rua estranhamente silenciosa onde o sol da tarde caía sobre fachadas de ferro fundido e sobre uma fileira de vans que se movimentavam em marcha lenta.

AS SUAS ÚLTIMAS HORAS em Manhattan foram passadas num táxi com vidro fumê nas janelas; Roberta teve a bondade de adiantar-lhe mil dólares das suas consideráveis economias, e aconselhou-o a permanecer em movimento e não telefonar para pessoa alguma (especialmente "a mulher"). Quanto a Baobab, segundo Roberta ele estava escondido com parentes em Howard Beach, enquanto seu tio Tommy tentava negociar um cessar-fogo com Jordi.

Enquanto isso, Vladimir gastou duzentos dólares de táxi dando a volta na curva de granito do Edifício Flatiron[52], descendo a Quinta Avenida para passar na frente do prédio do apartamento dos Ruocco, depois através das ruas mais estreitas no Village que levavam à estação de metrô da Sheridan Square. Era nesta estação que Fran desembarcava diariamente em seu caminho de volta da Columbia, e Vladimir entretinha a estranha esperança de avistá-la, apenas um último vislumbre, para a sua recordação. Fez esse percurso 50 vezes, todas elas em vão. Era incrível que o motorista do táxi não o tivesse levado diretamente para o hospício de Bellevue.

Quinta Avenida na primeira sexta-feira de setembro, o calor e o movimento de um final de tarde, as barraquinhas de *shish-kebab*[53] encerrando o trabalho do dia, mulheres com sugestivas meias-luas de panturrilha partindo do trabalho num caminhar furioso, outro anoitecer grandioso sendo criado ali no epicentro documentado do exato umbigo do universo, a primeira noite de Nova York que passaria sem a presença de Vladimir. Sim, adeus a tudo aquilo. Adeus à América de Vladimir Girshkin, seus altivos pontos de referência e cheiros azedos, adeus à Mãe e ao dr. Girshkin, e ao canteiro de tomates deles, aos vários amigos

---

[52] Flatiron Building: famoso arranha-céu triangular em Nova York construído em 1902. (N. da T.)
[53] *Shish-kebab*: espetinhos de carne e verduras da culinária turca. (N. da T.)

patinhos feios que eram cultivados, às mercadorias frágeis e aos serviços escassos que davam sustento e, finalmente, à sua última esperança de conquistar o Novo Mundo. A Fran e à Família Ruocco, adeus.

E adeus à Avó. Para pensar na América, era preciso começar por ela, a única que tentara incessantemente melhorar a estada dele ali, ela que o perseguira pelos montes e vales da dacha que os Girshkin possuíam no norte, tentando forçá-lo a comer fatias de melão, profundas tigelas de queijo rústico... Como a vida seria simples se começasse e terminasse com alimento-por-amor e o beijo melado de uma anciã!

E quanto a Fran? No seu último circuito do Village ele pensou tê-la avistado: um chapéu de palha, uma sacola com pimentões para o banquete noturno dos Ruocco, um aceno descansado para algum conhecido que passava. Estava enganado. Não era ela. Enquanto acreditava naquela falsa impressão, no entanto, seu instinto foi de mergulhar para fora do táxi, que progredia lentamente, pressionar os lábios contra uma orelha perfurada por um brinco e dizer... o quê? "Quase estuprado por um chefe do tráfico de drogas. Marcado para morrer. Tenho que fugir." Mesmo nas circunstâncias contemporâneas, em que praticamente tudo era possível, aquilo não era possível. Ou, talvez, ele pudesse ter dito isso em termos que ela levaria a sério: as palavras do boxeador sueco derrotado, no conto de Hemingway:

"Fran, eu entrei errado."

Mas depois daquele desencontro com Fran, ele mandou que o motorista fosse para o aeroporto. Nada mais se podia fazer. Ao que parecia, a América não estava inteiramente indefesa contra tipos como Vladimir Girshkin. Havia um mecanismo de triagem funcionando pelo qual o imigrante beta era descoberto, marcado com um B na testa e finalmente levado e colocado no próximo avião de volta a alguma sórdida Amatevka. Os acontecimentos dos últimos dias não eram mera coincidência, eram a culminância natural dos treze anos de Vladimir como um improvável Yankee Doodle[54], uma nota triste no seu arquivo de Facilitador de Adaptação.

Bom, foda-se a América; ou, no poético linguajar russo, *na khui, na khui*. Estava quase feliz por não ter encontrado Fran, porque o passado, que ainda na véspera era o presente, tinha ido embora. Ele fracassara ainda uma vez,

---

[54] *Yankee Doodle*: canção que os colonizadores americanos adotaram como hino patriótico durante a Revolução Americana, e que até hoje simboliza os nativos dos Estados Unidos. (N. da T.)

mas dessa vez saíra muito mais sábio. Os limites, os contornos de vitimização pelas mãos da Mãe, da Namorada e daquela sua terra adotada, que tinha a barriga cheia de massa de bolo, eram demasiado claros. Ele jamais tornaria a sofrer desse modo. Aliás, ele jamais tornaria a ser um imigrante, nunca mais um homem que não pudesse comparar-se aos nativos. Desse dia em diante, ele era Vladimir, o Expatriado, um título que significava luxo, poder de escolha, decadência, colonialismo festivo. Ou, melhor, Vladimir, o Repatriado, nesse caso significando ir para casa, uma antevisão, fazer as pazes com a História. De um modo ou de outro... De volta para aquele avião, Volodya! De volta para a parte do mundo onde pela primeira vez os Girshkin foram chamados de Girshkin!

ELE ENFIOU AS UNHAS nas palmas das mãos e contemplou a Manhattan tangível tornar-se um horizonte de cartolina atrás de si. Não demoraria, ele recordaria precisamente o que estava deixando (tudo; ela) e teria o seu pequeno acesso de choro no avião.

Algumas horas mais tarde, porém, ele já estaria no outro lado, o lado do planeta com aluguel barato, recuperando-se, conhecendo, pensando em golpes de pirâmide e americanos ricos devorando porco com repolho sob um sobretudo de névoa da *Mittel Europa...*

Pensando em entrar certo.

PARTE IV
PRAVA, REPUBLIKA STOLOVAYA, 1993

18. A REPATRIAÇÃO DE VLADIMIR GIRSHKIN

TREZE ANOS ANTES, NA PASSAGEM entre uma vida improvisada e outra, entre o aeroporto em Leningrado, soturno e desorganizado, com o seu odor levemente fecal e o fedor doce-tóxico de detergente soviético no chão, e o aeroporto em Nova York, soturno e organizado, onde os Jumbos da Pan Am esperavam junto aos portões de embarque como pacientes baleias, Vladimir Girshkin fizera o impensável e chorara. Era o tipo de reação que o pai havia proibido na conclusão do processo de passar a fazer xixi na privada, sob a alegação de que havia poucas coisas restantes no mundo que separavam os sexos, mas chorar e fungar certamente encabeçavam a lista. Naquele avião de carreira de nariz de pequinês da Aeroflot, encurralado entre fileiras de turistas americanos brincando de hora do chá com seus samovares pagos em dinheiro vivo e descobrindo a simpática lógica redutiva das bonecas encaixadas típicas da Rússia, um dr. Girshkin lívido, certamente de aparência cômica para os ocidentais que o cercavam, em sua parca[55] de couro rasgada e óculos com a armação de chifre quebrada (ambas vítimas de violência de última hora pelas

---

[55] Parca: Casaco comprido com capuz, geralmente feito de peles, usado em países frios. (N. da T.)

mãos da esposa), agarrou o filho pelo colarinho e ordenou-lhe que fosse para o banheiro para terminar lá a choradeira.

Agora, mais velho, sentado numa privada de alumínio similar, milhares de metros acima da Alemanha, a calça jeans em volta dos tornozelos, o nariz escorrendo num lenço de papel, os seus pensamentos voltaram facilmente para a sua crise anterior de desespero transatlântico: o salão da alfândega no Aeroporto Pulkovo, em Leningrado, na primavera de 1980.

Foi somente na noite da véspera da partida dos Girshkin que a estranha verdade fora finalmente revelada a Vladimir: a família não iria tomar o trem para a sua *dacha* em forma de cabana em Yalta como havia sido prometido; em vez disso, iriam voar para um lugar secreto, nem mesmo o nome era mencionável. Um lugar secreto! Um nome que não se podia mencionar! A-a! O pequeno Vladimir logo estava pulando por todo o apartamento, saltando de mala em mala, fazendo do armário uma fortaleza, usando as suas pesadas galochas como ameias, quase precipitando um ataque de asma pela sua agitação adolescente. A Mãe confinou-o ao sofá da sala, que cheirava a suor da infância e servia como sua cama quando chegavam as dez horas, mas Vladimir não seria contido assim tão facilmente. Ele agarrou a Girafa Yuri, a heroína de guerra feita de pelúcia cujo peito cheio de manchas estava cravado de medalhas da Grande Guerra Patriótica que pertenciam ao avô, e pôs-se a jogar a tilintante criatura contra o teto, até que os georgianos perenemente infelizes do apartamento de cima começaram a bater no chão pedindo silêncio.

– Para onde nós vamos, mamãe? – Vladimir gritou (naquela época, ela ainda era mamãe para ele). – Vou procurar no mapa para você!

E a Mãe, sob a paranóia de que o seu filho, tão facilmente excitável, pudesse revelar aos vizinhos o destino deles, disse apenas:

– Para longe.

E Vladimir, dando saltos no ar, perguntou:

– Moscou?

E a Mãe disse:

– Mais longe.

Vladimir, pulando ainda mais alto, perguntou:

– Tashkent?

E ela respondeu:

– Mais longe.

E Vladimir, agora chegando quase à mesma altura da sua girafa voadora, perguntou:
– Sibéria?
Porque aquilo era o mais longe possível, e a Mãe disse que não, era ainda mais longe. Vladimir abriu os seus amados mapas e percorreu-os com o dedo, indo mais longe do que a Sibéria, mas aquilo nem era mais a União Soviética. Era uma outra coisa. Outro país! Mas ninguém jamais ia para outro país. E assim, Vladimir passou a noite correndo pelo apartamento com volumes da Grande Enciclopédia Soviética debaixo do braço, gritando em ordem alfabética:
– Afeganistão, Albânia, Argélia, Argentina, Áustria, Bermuda...
No entanto, foi no dia seguinte, na alfândega, que a partida dos Girshkin começou a dar errado. Os homens bem alimentados do Ministério do Interior, em suas apertadas fardas de poliéster, agora completamente sem razão para ocultar o seu ódio pela família diante deles que logo seria ex-soviética, obliteraram a bagagem deles, rasgando as camisas finlandesas de colarinho largo e os poucos ternos passáveis contrabandeados através do Báltico, roupas que os pais de Vladimir tinham esperanças de que fossem durar pelo menos para as suas primeiras entrevistas de emprego em Nova York. Aquilo foi feito ostensivamente para procurar ouro ou diamantes escondidos que excedessem a minúscula quantidade permitida para quem saía do país. Enquanto rasgavam a caderneta de endereços da Mãe, picando tudo o que tivesse um endereço americano – inclusive as instruções da prima dela de Newark para chegar ao Macy's – um cavalheiro particularmente grande, de quem Vladimir jamais esqueceria a boca assustadoramente vazia de dentes (até mesmo dos dentes de prata que eram lugar-comum entre os cidadãos de meia-idade do pacto de Varsóvia) e um forte cheiro de esturjão no hálito, disse a ela:
– Você ainda vai voltar, *Yid*.
O prognóstico do agente revelou-se bastante correto, pois depois que a União Soviética desabou a Mãe voltou realmente, em várias ocasiões, para comprar para a sua empresa algumas partes especiais do antigo império, mas na ocasião tudo o que ocorreu a Vladimir era que a Mãe – a fortaleza contra a tempestade do lado de fora da janela, a mulher cuja palavra era a lei da casa, de cujas mãos poderia vir uma compressa de mostarda que o torturaria durante toda a noite ou um volume brilhante da Batalha de Estalingrado

que ficaria ancorado na sua mesa de cabeceira durante um ano – era judia. Naturalmente ele já havia sido chamado de *Yid*; aliás, ele havia sido chamado disso todas as vezes que a sua saúde lhe permitia uma incursão ao cinzento mundo da educação soviética. No entanto, ele sempre pensou em si próprio como o mais perfeito dos *Yids*: pequeno, curvado, doentio e geralmente com um livro por perto. Mas como alguém podia dizer isso da Mãe, que não apenas lia para Vladimir sobre a Batalha de Estalingrado como também parecia pronta para travá-la sozinha?

E para a surpresa de Vladimir, enquanto as páginas da caderneta de endereços espalhavam-se à volta dela e enquanto os agentes da alfândega gargalhavam em admiração ao Camarada Sargento Bafo-de-Esturjão, a Mãe limitava-se a enrolar os cordões da sua bolsinha de couro em torno da mão empalidecida, ao passo que o dr. Girshkin, evitando o olhar assustado do filho, fazia gestos leves e ambíguos em direção ao portão de embarque e à sua fuga.

Então, antes que ele percebesse, estavam sentados com os cintos de segurança afivelados, a Rússia, coberta de neve e de manchas de gasolina, rolando sob as asas do avião, e só então Vladimir permitiu-se o luxo, a necessidade, de chorar.

Agora, treze anos mais tarde, com o jato voando na direção oposta, Vladimir sentiu os anos desse intervalo encolherem sem esforço até se tornarem um interlúdio sem importância. Ele era o mesmo pequeno Volodechka com o sobrenome *Yid*, com os olhos inchados pelo choro e o nariz escorrendo por causa da corrida. Só que desta vez o destino não era uma escola hebraica com um paisagismo meticulosamente aplicado num lote silvestre de Scarsdale, seguida por uma moderna faculdade do Meio-Oeste. Desta vez, o destino era um gângster que tinha o nome de um pequeno animal felpudo.

E desta vez não haveria lugar para aqueles erros tolos – aquelas falhas de adaptacionista amador – que quase lhe haviam custado a vida uma semana antes num esmaecente quarto de hotel floridense com aquele velho pelancudo sem roupa; aqueles breves acessos de idiotice e autodestruição que o haviam colocado naquele vôo da Lufthansa, fugindo em desgraça de Nova York e da sua altiva Francesca. Essas coisas pertenciam ao antigo Vladimir, um Vladimir sensível e transparente e de pouco interesse para o mundo.

Bateram à porta do toalete; Vladimir enxugou o rosto, encheu os bolsos de lenços de papel para uma emergência e saiu, passando por uma fila de aposentados da Virginia aos resmungos – membros de uma excursão esperando para usar o banheiro, alguns com suas câmeras pendentes do pescoço como que em preparação para aquele extraordinário momento Kodak a caminho da privada. Ele tornou a acomodar-se em sua poltrona junto à janela. O avião sobrevoava um tapete de retalhos feito de nuvens finas e esgarçadas, um sinal – como o pai lhe ensinara durante um café da manhã campestre na *dacha* – de uma iminente mudança no tempo.

VLADIMIR ESTAVA na rampa respirando o ar europeu, as mangas da camisa desenroladas por causa do vento de outono. Os passageiros da Virgínia estavam boquiabertos com a falta de portas de conexão modernas entre o avião e o terminal verde de aparência cansada, que Vladimir nostalgicamente rotulou de arquitetura do final do socialismo, o estilo criado depois que os arquitetos locais haviam de há muito desistido do construtivismo e simplesmente disseram: "Ei, aqui há bastante vidro verde, e uma coisa parecida com cimento. Vamos fazer um terminal". Acima do prédio, em grandes letras brancas: PRAVA, REPUBLIKA STOLOVAYA. Estranhamente, "Republika Stolovaya" em russo significava "A República da Cafeteria". Vladimir sorriu. Era um grande fã das substanciosas línguas eslávicas: o polonês, o eslovaco, e agora isso.

Depois, a verificação do passaporte, onde o seu primeiro estolovano nativo apareceu, louro e corpulento, com um lindo bigode dourado.

– Não – ele disse a Vladimir, apontando primeiro para a fotografia do passaporte, um retrato do Vladimir da era universitária, com o cavanhaque em plena floração e os cabelos escuros puxados para trás, e depois para o Vladimir recém-barbeado e de cabelos curtos que estava diante dele. – Não.

– Sim – respondeu Vladimir.

Tentou assumir o mesmo sorriso cansado do passaporte, depois puxou os pêlos emergentes no queixo para indicar a floresta que ali nasceria.

– Não – o funcionário repetiu mansamente, mas de qualquer modo carimbou o passaporte de Vladimir. Obviamente o socialismo havia decaído.

Ele pegou a sua valise no carrossel de bagagem e foi levado, juntamente com os americanos, para o salão de chegada, onde uma reluzente caixa automática do American Express estava à espera deles. Os papais e as mamães visitantes estavam recolhendo a sua prole de uma fileira de jovens do tipo descolado, urbano, vestidos como se acabassem de roubar a famosa butique Screaming Mimi's de Nova York. Vladimir abriu caminho por entre os abraços maternos e os tapinhas nas costas paternos até as portas, que, por meio de uma enigmática seta vermelha, prometiam a saída. Mas ele também tomou consciência da situação: jovens americanos sendo visitados pelos pais endinheirados. Endinheirados? Pelo menos, da classe média, aqueles cinquentões usando veludo amarrotado e deselegantes suéteres grandes demais. E hoje em dia a classe alta baixava os olhos para a classe média em busca de dicas de trajes casuais, de modo que tudo era possível.

E então, tão instantaneamente quanto um avião despencando do céu, o ambiente russificou-se.

Lá fora explodiram tiros de armas leves.

O alarme de uma dúzia de carros foi acionado com um bipe.

Um destacamento de homens, cada um com um pequeno Kalashnikov na altura do quadril, rapidamente separou em dois rebanhos os americanos aos berros.

O indispensável tapete vermelho foi estendido entre os dois grupos.

Um comboio de BMWs e Range Rovers blindados foi disposto em formação defensiva.

Uma faixa de crepe ostentando a curiosa frase Pravainvest a empresa financeira nº 1 dá boas-vindas ao Girshkin foi estendida.

E só então o nosso homem finalmente pôs os olhos no seu novo benfeitor.

Flanqueado por três subalternos, todos resplandecentes em seus paletós esportivos de náilon e calças da era espacial combinando, feitas de alpaca ou talvez silicone, o Marmota aproximava-se solenemente. Era um homem corpulento, de rosto marcado, olhos levemente estrábicos e os cabelos partidos para diminuir o mais possível a calvície crescente.

O Marmota colocou uma pata no ombro de Vladimir, prendendo-o no lugar (como se ele ousasse mover-se), depois estendeu a outra mão e, com seu melhor sotaque ucraniano, disse retoricamente:

— Você é Girshkin.

Sim, Girshkin era ele.

— Então, eu sou Tolya Rybakov, presidente da PravaInvest, também chamado... — Ele olhou em volta para os seus dois subalternos mais imediatos,

(um, do tamanho do Marmota e o outro, mais perto do físico de Vladimir), ambos ocupados demais estudando Vladimir para prestar atenção ao patrão.
– Como meu pai deve ter lhe contado, também sou chamado de ... O Marmota.
Vladimir continuou a apertar a mão dele, tentando contrabalançar com vigor e movimento o tamanho pequeno das suas próprias mãos, enquanto murmurava:
– Sim, sim, eu soube. Muito prazer em conhecê-lo, Senhor Marmota.
– Só Marmota – disse o Marmota laconicamente. – Nesta empresa não usamos títulos. Todos sabem quem eles são. Este – ele apontou para o homenzarrão com os olhos pequenos dos tártaros e um domo calvo rodeado por anéis de rugas, como um corte transversal de uma sequóia. – Este é o nosso chefe de operações, Misha Gusev.
– Você é chamado de Ganso[56]? – Vladimir perguntou, baseado no significado em russo do nome e a preferência do Marmota por nomes de animais.
– Não. Você é chamado de judeu?
O Marmota deu uma risada e sacudiu o dedo indicador para Gusev, enquanto o terceiro homem – baixo, porém sólido, com cabelos louros finos como os de um bebê, os olhos azul-cobalto como as águas do Lago Baikal haviam sido alguns séculos antes – balançava a cabeça e dizia:
– Desculpe, Gusev, ele é seriamente anti-semita.
– Sim, certo – Vladimir respondeu. – Todos nós temos os nossos...
– Konstantin Bakutin – interrompeu o terceiro homem, estendendo a mão. – Pode me chamar de Kostya. – Sou o Chefe do Setor de Finanças... Parabéns pelas suas atividades com o Serviço de Imigração e Naturalização. Aquilo é um osso duro de roer, e ninguém pode dizer que não tentamos.
Vladimir começou a agradecer àquele compatriota em seu russo mais refinado e elaborado, mas o Marmota arrastou-os para o lado de fora, onde, entre agrupamentos de ônibus de turismo e melancólicos táxis fabricados na Polônia, postava-se uma caravana de BMWs, cada um exibindo um logotipo amarelo "PravaInvest" ao largo do capô, cada um cercado por homens altos usando paletós vermelhos de corte incomum que, até certo ponto, faziam a ligação entre o terno e o smoking.

---

[56] Ganso em inglês é *"goose"*, que tem um som bastante parecido com o sobrenome Gusev. (N. da T.)

— A maioria deles é de estolovanos. Contratamos muitos empregados locais – o Marmota explicou.

Ele acenou para o seu povo enquanto Gusev enfiava dois dedos na boca e assobiava.

Numa impressionante cena de coreografia pós-moderna, doze portas de carro foram abertas simultaneamente por doze estolovanos magrelas. Um membro da empresa pegou a valise da mão de Vladimir. Dentro do carro, os sóbrios interiores alemães haviam sido violados além da compreensão por assentos forrados com um estampado de zebra ao estilo Jérsei e porta-xícaras felpudos.

— Decoração muito agradável – Vladimir comentou. – Muito, como dizem nos círculos de informática na América, de agradável utilização.

— Ah, Esterhazy fez isto para nós – o Marmota revelou, assobiando para um homenzinho peludo parado nas sombras de um Range Rover.

Esterhazy, de peito nu em sua jaqueta de couro preto, calça de couro e Capezios de camurça, acenou para Vladimir com um pacote de cigarros Camel e ergueu o polegar para o Marmota.

— É, os húngaros sempre estiveram à frente da sua época – disse o Marmota, quase suspirando de inveja.

Com o final dessa discussão internacional, a procissão partiu para a autopista, Vladimir tentando avistar os primeiros sinais delatores – a flora e a fauna, a alvenaria – do seu novo país. Minutos depois, a alvenaria apareceu em ambos os lados da estrada, como um cartaz que anunciasse "INFÂNCIA DE VLADIMIR, CEM PRÓXIMAS SAÍDAS": uma extensão infindável de raquíticos prédios residenciais de estuque da era soviética, cada edifício com a pintura a descascar-se e cheio de infiltrações, de modo que uma criança imaginativa poderia reconhecer formas aleatórias de animais e constelações. E nos intervalos entre aquelas criaturas descomunais havia os minúsculos espaços de pastagem onde Vladimir às vezes brincava, espaços adornados com um punhado de areia e alguns balanços enferrujados. Era bem verdade que aquilo era Prava e não Leningrado, mas por outro lado aqueles prédios formavam uma fila longa e demente do Tajiquistão até Berlim. Não havia como detê-los.

— Primeira lição da língua estolovana – disse Kostya. – Aqueles complexos habitacionais os estolovanos chamam de *panelaks*. É evidente por que, não?

– Ao ver que ninguém respondia, Kostya continuou: – Porque eles parecem que foram feitos de painéis.

– Mas não nos damos ao trabalho de aprender estolovano. Os filhos da puta todos falam russo – informou o Marmota.

– Se eles lhe criarem algum problema, ligue para mim, e vamos atropelá-los como fizemos em 69 – disse Gusev. – Eu estava lá, sabia?

Os conjuntos habitacionais continuaram por pelo menos outros dez minutos, interrompidos ocasionalmente pelo sarcófago de uma estação de força demasiado utilizada ou o horizonte orwelliano[57] de chaminés de fábricas mal visíveis dentro das nuvens encapeladas das suas próprias emissões. De vez em quando Vladimir apontava para uma torre de escritórios em construção marcada como a futura sede de um banco austríaco, ou um velho depósito sendo reformado para acomodar uma revendedora de automóveis de uma marca alemã, e nesses pontos os seus anfitriões diziam, como que num coral:

– Para onde quer que você olhe, há dinheiro disponível.

Justamente quando os *panelaks* pareciam prontos a esgotar-se e a Prava das brochuras de turismo parecia prestes a cumprir a sua promessa de ruas calçadas de paralelepípedos e divididas ao meio pelos entalhes prateados das linhas de bonde, a carreata deu uma guinada para a direita ao longo de uma trilha serpenteante que ocasionalmente transformava-se em asfalto, como que para mostrar aos participantes do desfile como às vezes a vida podia ser civilizada. À distância, empoleirado de encontro à ribanceira de um morro erodido, o conjunto de *panelaks* do próprio Marmota esperava, suas sacadas dando a impressão de parapeitos de uma vasta fortaleza socialista.

– Quatro prédios, dois construídos em 81, dois em 83 – o Marmota gabou-se.

– Compramos a coisa toda em 89 por menos de 300 mil dólares americanos – acrescentou Kostya.

Vladimir perguntou-se se deveria decorar aquelas cifras para o caso de um teste, e instantaneamente sentiu-se exausto.

Eles entraram no quadrilátero do conjunto, onde vários jipes americanos aguardavam, em posição de sentido, ao lado de um tanque que tinha um buraco aberto no lugar de um cano de arma de fogo.

---

[57] Orwelliano: referente a George Orwell, escritor inglês celebrizado por seu livro "1984", que descreve um futuro industrial onde o governo tem conhecimento de tudo. (N. da T.)

— Muito bem — disse o bem-humorado Marmota. — Gusev e eu precisamos seguir para a cidade, de modo que Kostya vai lhe mostrar o seu apartamento. Amanhã teremos o que eu chamo de almoço *biznesmenski*[58]. Aliás, trata-se de um evento semanal, então traga algumas idéias, tome nota de algumas coisas.

Gusev despediu-se em tom sarcástico e a carreata iniciou a complicada tarefa de rodear o tanque e seguir em frente para a dourada Prava, enquanto Kostya, que assobiava uma canção folclórica russa relativa a amoras, gesticulava para Vladimir, chamando-o para a entrada de um prédio chamado prosaicamente Número 2.

A portaria estava apinhada de gente — duas dúzias de homens e seus rifles, transpirando sob uma lâmpada nua; cartas de baralho espalhadas e garrafas de bebida vazias cobriam o chão, e várias moscas, gordas e estonteadas pelo excesso de consumo, esgueiravam-se letargicamente pelo chão.

— Este é Vladimir, um rapaz importante — Kostya anunciou.

Vladimir fez uma leve reverência, como convinha a um rapaz importante. Fez meia-volta para assegurar-se de que não deixara alguém de fora.

— *Dobry den'* — disse.

Um homem de idade indeterminada, o rosto coberto por uma barba vermelha e *band-aids* fosforescentes, especiais para crianças, ergueu o seu Kalashnikov e retribuiu o cumprimento com um resmungo. Evidentemente ele estava falando por todos.

— Os melhores homens de Guzev — Kostya informou, enquanto entravam em um corredor. — Todos antigos soldados do Ministério do Interior Soviético, de modo que eu não pisaria nos calos deles. Não me pergunte para quê, exatamente, precisamos deles. E de maneira nenhuma pergunte isso a Gusev.

O corredor terminava em uma porta ligeiramente aberta, com a palavra KASINO escrita com graxa industrial, e a canção "*Money for Nothing*" do Dire Straits audível do lado de fora.

— Precisa de reforma, mas ainda é uma fábrica de dinheiro — Kostya explicou, à guisa de alerta.

O Kasino era do tamanho do ginásio esportivo da escola de 2º. Grau de Vladimir, e parecia ter tanto a ver com jogos de azar quanto o ginásio tinha

---

[58] *Biznesmenski*: provavelmente a pronúncia "russificada" da palavra *businessmen*, que significa homens de negócios, empresários. Deduz-se, portanto, que se trataria de um almoço de negócios. (N. da T.)

a ver com esportes. Grupos de mesas e cadeiras dobráveis estavam cheias de jovens mulheres louras fumando e tentando parecer perigosas à parca luz de várias lâmpadas halógenas.

– *Dobry den'* – disse o cavalheiresco Vladimir, embora àquela altura o *den'* pudesse perfeitamente ter virado noite do lado de fora da penumbra sem janelas do Kasino. Uma massa frontal de fumaça não-filtrada flutuava em sua direção, saindo dos pulmões de uma mulher cuja pele tinha a cor esverdeada de uma cebola crua, e cujo corpo minúsculo estava aparentemente seguro no lugar pelo peso das ombreiras da roupa.

– Este é Vladimir – disse Kostya. – Ele está aqui para fazer coisas com os americanos.

O transe foi quebrado: as mulheres endireitaram-se e cruzaram as pernas. Houve risadinhas e a palavra "*Americanets*" foi pronunciada várias vezes. A megera de ombreiras ficou de pé com esforço, inclinando-se por sobre sua mesa dobrável para apoiar-se, e disse em inglês:

– Eu sou Lydia. Estou dirigindo Ford Escort.

As outras acharam aquilo tremendamente inteligente e aplaudiram. Vladimir estava prestes a dizer algumas palavras de incentivo, mas Kostya pegou-o pelo braço e acompanhou-o para fora do Kasino, dizendo:

– Ah, mas você deve estar cansado da viagem.

Subiram dois andares, a escada aromatizada pelo cheiro de ensopado de carne e pelos odores engomados da vida familiar russa, e emergiram num corredor de apartamentos fortemente iluminado.

– Número 23 – Kostya declarou, balançando um chaveiro como o proprietário de uma pensão.

Entraram.

– Sala principal – disse Kostya com um gesto épico com o braço.

O espaço era inteiramente preenchido por um sofá sueco cor de azeitona, um volumoso aparelho de TV e a valise de Vladimir, aberta e minuciosamente revistada. Os artigos de revista que ele havia fotocopiado a respeito do mundo dos expatriados em Prava estavam espalhados; seu frasco de xampu, perfurado, borbulhava sob o sofá, dele fluindo um rio verde. Ah, aqueles russos curiosos. Era bom estar de volta a uma terra de transparência.

– Próxima parada, quarto com uma bela cama grande – Kostya informou.

Havia também uma penteadeira simples, de carvalho, e uma janela dando vista para as chaminés que definiam o horizonte.

— Aqui é uma cozinha com bom equipamento, e há uma sala pequena para trabalhar e pensar pensamentos importantes — ele disse em seguida.

Vladimir espiou dentro de um cubículo ocupado por uma carteira como a de uma escola e sobre ela uma máquina de escrever com caracteres em cirílico. Ele assentiu.

— Em Moscou este apartamento seria para duas pessoas — disse Kostya. — Com fome?

— Não, obrigada. No avião eu...

— Uma bebida, talvez?

— Não, acho que vou preferir...

— Então para a cama.

Kostya colocou as mãos nos ombros de Vladimir e guiou-o para dentro do quarto, lembrando a Vladimir a liberdade com que os russos tocam uns nos outros; uma enorme diferença da sua terra natal adotiva, do outro lado do oceano, onde até mesmo o seu pai, o amigo antigamente simples do fazendeiro coletivo, ultimamente vinha mantendo uma adequada distância americana.

— Este é o meu cartão. Ligue a qualquer hora. Estou aqui para proteger você — disse Kostya.

Proteger?

— Mas não somos todos camaradas uns dos outros? — quis saber Vladimir, o viajante exausto e de olhos sonolentos, como se estivesse fazendo um teste para a Vila Sésamo soviética.

Nenhuma resposta a essa pergunta se fez presente.

— Depois do almoço *biznesmenski* nós dois vamos ver Prava — Kostya informou. — Tenho a sensação de que você vai apreciar a beleza da cidade, coisa que o resto do nosso quadro... Bom, que é que posso dizer? Venho buscá-lo amanhã.

DEPOIS QUE ELE PARTIU, Vladimir rebuscou em sua bagagem à procura de um frasco de minoxidil. Por causa das admoestações de Fran a respeito da calvície prematura, ele estava se tornando uma espécie de viciado em tônico capilar.

Foi para o banheiro, que era um negócio melancólico, diferenciado por uma cortina de chuveiro com um pavão de tamanho maior do que o natural, a plumagem flamejante, o bico babão pronto para fazer amor com qualquer coisa que fosse remotamente emplumada e botasse ovo.

Vladimir afastou os cabelos para trás das têmporas, encontrou as áreas carentes e massageou-as com uma prolífica quantidade de minoxidil, para compensar pela massagem que deveria ter sido feita no avião. Pelo espelho do banheiro ele observou seus olhos se estreitarem enquanto uma única e caprichosa gota do medicamento descia da testa para polinizar o seu cavanhaque.

No quarto de dormir, apalpou o espesso edredom de plumas, seu forro bordado de flores exatamente do modo como eram feitos em Leningrado. Vladimir estava prestes a rastejar para debaixo dele quando uma coisa aconteceu – seus joelhos devem ter enfraquecido e ele encontrou-se estendido no tapete, que era tão carente de pêlos quanto o seu queixo. Várias coisas lhe ocorreram. Fran, Challah, a Mãe, o lar. Ele estava tentando manter os olhos abertos e focalizados no teto perfeitamente branco acima dele, porém, no final, nem mesmo a promessa do edredom e suas qualidades maternais conseguiram mantê-lo acordado, e ele adormeceu no chão.

19. FAZENDO NOVOS AMIGOS

O ALMOÇO BIZNESMENSKI estava em total pandemônio. Um cretino de nariz vermelho e barriga grande, que havia sido apresentado a Vladimir como o 2º. Assistente-Substituto do Diretor Adjunto de Imprevidência Financeira, havia dito algumas coisas questionáveis a respeito da namorada ucraniana do Marmota e estava em processo de ser ejetado por um par de homenzarrões usando paletós vermelhos. Os gritos dele ficaram ainda mais altos depois que as portas foram fechadas atrás do trio, mas os companheiros de Vladimir pareciam mal dar importância a isso – mais caixotes de Jack Daniel's estavam sendo carregados para dentro da sala de jantar pela equipe do Kasino, completamente despida para a ocasião.

Do outro lado da mesa, uma dúzia de frangos à Kiev haviam sido devastados, e agora formavam um frango à Borodino[59] de ossos retorcidos e manteiga derramada. Houve muito debate a respeito da questão das salsichas no centro da cidade: se eram melhores com bisnagas de pão ao estilo americano ou com uma fatia do tradicional pão de centeio, e cada afirmação

---

[59] Borodino: batalha, no local do mesmo nome, em que Napoleão dizimou as defesas russas e pôde ocupar Moscou. (N. da T.)

era pontuada pela exalação violenta da fumaça do cigarro e um movimento preguiçoso do braço em direção à garrafa.

Vladimir tossiu e enxugou os olhos. Em uma extremidade da mesa, Kostya devorava em silêncio um pernil de carneiro. Na outra extremidade, um eslavo que parecia um alce – um dos muitos que formavam o cortejo altamente embriagado que rodeava Gusev – gritava elogios ao pão de centeio e à vodca, e aos pepinos da sua horta, tão frescos que ainda cheiravam a bosta.

Então o Marmota esmurrou a mesa com força, e fez-se silêncio.

– Certo, *bizness* – decretou o Marmota.

O silêncio continuou. O cavalheiro de sobrancelhas hirsutas ao lado de Vladimir voltou-se para encará-lo pela primeira vez durante toda a refeição, olhando para ele como que para uma segunda porção de frango. Aos poucos os outros o imitaram, até que Vladimir serviu-se uma dose com as mãos trêmulas. Por causa do nervosismo ele vinha abstendo-se de comida e bebida durante toda a tarde, mas agora aquilo lhe parecia ser menos do que uma boa idéia.

– Olá – Vladimir disse à assembléia.

Ele baixou os olhos para o seu uísque como se fosse um Teleprompter[60], mas o líquido transparente nada tinha a lhe proporcionar além de coragem. Ele bebeu. *Oofa*! Num estômago vazio aquilo foi uma forte bomba de profundidade.

– Não fique assustado, beba mais um pouco – disse o Marmota.

Ouviram-se risinhos educados, liderados por Kostya, que estava tentando colocar um tom amigável na hilaridade geral.

– Sim – Vladimir concordou, e tornou a beber.

O segundo uísque causou tal impressão no seu esôfago vazio que Vladimir ficou de pé num salto. Os russos recostaram-se nas cadeiras; houve um frêmito de mãos localizando coldres por debaixo da mesa.

Ele olhou para as suas anotações, que haviam sido escritas em enormes letras de imprensa e entremeadas de pontos de exclamação, como slogans *agitprop*[61] em um desfile de 1º. de maio.

---

[60] Teleprompter: palavra da língua inglesa usada em português para denominar a pequena tela situada acima de uma câmera de TV exibindo aquilo que deverá ser dito pela pessoa que está sendo filmada. (N. da T.)
[61] *Agitprop*: palavra da língua inglesa derivada do russo **agit**(atsiya)-**prop**(aganda) que denomina uma forma radicalizada do teatro político de cunho bolchevique. (N. da T.)

— Cavalheiros — Vladimir anunciou.

Mas então ele fez uma pausa, tão abruptamente como começara... Sentia necessidade de respirar fundo. Estava acontecendo! Aquele plano nebuloso que ele montara durante os seus últimos dias em Nova York estava aglutinando-se em alguma coisa tão tangível quanto um banco austríaco ou uma revendedora de carros alemães. "Dizem que o tio Shurik especializou-se no golpe da pirâmide", o pai lhe contara no fértil quintal da propriedade dos Girshkin, enquanto alimentava o filho com linguado. "Sabe o que é isto, Volodya...?"

Aha. Ele sabia. O golpe da pirâmide. Também conhecido como o golpe Ponzi, por causa de um certo Carlo Ponzi, o novo santo padroeiro de Vladimir, o imigrante alfa vindo de Parma, o pequeno *gonif* que dera certo.

Vladimir olhou para os russos sentados diante de si. Aqueles alces tão queridos. Eles fumavam demais, bebiam demais, matavam demais. Falavam uma língua moribunda e, para ser honesto, não ficariam demasiado tempo neste mundo. *Eles eram a sua gente.* Sim, depois de 13 anos no deserto americano, Vladimir Girshkin havia topado com uma espécie diferente de tragédia. Um lugar melhor para ser infeliz. Finalmente ele encontrara o caminho de casa.

— Cavalheiros — Vladimir disse mais uma vez. — Quero montar o golpe da pirâmide!

— Ora, gosto do golpe da pirâmide, irmãos — disse um dos alces mais amáveis, que usava na lapela um retrato, feito a aerógrafo, do seu filho, inchado e de cabelos despenteados.

Mas em outros lugares da mesa os resmungos e expressões de impaciência já haviam começado. Golpe da pirâmide? De novo? Não!

— Talvez não seja uma idéia das mais originais — Vladimir prosseguiu. — Mas fiz algumas pesquisas e descobri a população perfeita para exatamente esse tipo de coisa. Bem aqui mesmo, em Prava.

Suspiros e resmungos confusos em volta da mesa. Os *biznesmeni* entreolhavam-se como se aquela população misteriosa pudesse, de alguma forma, ser personificada por Grisha, o gerente do Kasino, ou Fedya, o diretor de vendas e promoções. Quem mais eles conheciam nessa cidade?

— Está falando dos estolovanos? — quis saber o Marmota. — Porque já fizemos os estolovanos de tolos. Estamos sob investigação dos ministérios das finanças e da saúde pública, e do departamento de pesca e criação de peixes, também.

– Sim, chega de estolovanos – murmuraram os seus comparsas.

– Cavalheiros, quantos americanos vocês conhecem? – Vladimir perguntou.

Os resmungos cessaram e todos os olhos voltaram-se para um rapaz trêmulo, chamado Mishka, que passara no banheiro grande parte da refeição.

– Ei, Mishka, e aquela sua garotinha? – Gusev perguntou.

Houve risadas e piadinhas masculinas com entusiasmo suficiente para Vladimir ganhar alguns chutes amistosos nos tornozelos e até uma cotovelada nas costelas.

Mishka estava tentando afundar a enorme cabeça nos ombros minúsculos.

– Parem com isto. Calem a boca – disse. – Não sabia que era aquele tipo de bar. Marmota, por favor, diga a eles...

– Mishka conheceu uma moça americana com pênis – várias pessoas apressaram-se a explicar a Vladimir.

Mais garrafas foram abertas e brindes feitos ao desafortunado Mishka, que saiu da sala em disparada.

– Não, não estou me referindo a esse segmento da população. Estou me referindo a toda a comunidade de estrangeiros de língua inglesa em Prava – Vladimir explicou. – Estamos falando de mais ou menos 50 mil pessoas.

Bem, umas 30 mil a mais ou a menos.

– E sabe quanto dinheiro elas têm, em média? – Ele olhou cada homem nos olhos antes de responder, embora, para ser sincero, não tivesse a menor idéia. – Dez vezes mais do que o estolovano médio. Isto é só uma aproximação. Agora, a beleza deste projeto é essencialmente o seguinte: a renovação. Os americanos vêm, os americanos vão. Ficam aqui por alguns anos, depois voltam para Detroit e arranjam um emprego nojento na indústria de serviços ou na empresa do pai. Enquanto estão aqui, nós os exploramos ao máximo. Prometemos mandar-lhes dividendos para o outro lado do oceano. E quando não mandamos, o que é que eles vão fazer? Voltar para cá e nos processar? Enquanto isto, temos aviões e mais aviões chegando com sangue fresco.

Os homens giravam seus copos e tamborilavam nos pratos com os seus ossos de galinha, em meditação.

– Está certo. A minha pergunta é a seguinte – disse Guzev. Ele apagou seu cigarro com um único gesto brusco que por si só já era uma boa declaração de intenções. – Como é que vamos fazer os americanos começarem a investir? Que eu saiba, eles são na maioria jovens, portanto são pessoas crédulas, mas não são exatamente investidores habituais.

– Boa pergunta – Vladimir declarou. – Seus olhos percorreram o aposento como se ele fosse um professor substituto tentando conquistar um novo campo de ação. – Todos vocês aqui ouviram a pergunta? Como é que vamos fazer os americanos começarem a investir? Eis a resposta: a auto-estima. A maioria desses jovens rapazes e moças estão tentando desesperadamente justificar a sua presença em Prava e a interrupção da sua educação, da sua carreira, e assim por diante... Nós os faremos sentir que estão tomando parte no reerguimento da Europa Oriental. Existe um frase americana famosa, dita por um famoso negro: se você não faz parte da solução, então faz parte do problema. Esta frase tem uma ressonância profunda na psique americana, particularmente com o tipo de americano liberal que esta cidade atrai. Agora, nós os colocamos não apenas fazendo parte da solução como também ganhando dinheiro com isto. Pelo menos é o que eles vão pensar.

– E você acredita que isto pode ser mesmo conseguido? – o Marmota perguntou, discreta, porém diretamente.

– Sim, e vou lhes dizer o que é necessário! – Vladimir bradou aos seus discípulos, jogando os braços para o alto com um fervor pentecostal, o zelo dos que encontraram o seu Salvador. – É necessário produzirmos brochuras em papel caro. Elas precisarão ser feitas por profissionais, não aqui, talvez em Viena. Ah, e vamos precisar de desenhos artísticos do *resort* de cinco estrelas no Lago Boloto, que nunca iremos construir, e também de um relatório anual mostrando as fábricas poluidoras derrubadas para dar lugar a agradáveis parques públicos com lixeiras para reciclagem de vidro e jornais... Tem que ter muitas dessas coisas ambientais. Isso vende bem. Vejo centros holísticos e clínicas de Reiki[62], também.

Ele estava à toda. Já não se ouviam resmungos. Gusev estava rabiscando em seu guardanapo. Kostya cochichava com o Marmota. O Marmota a princípio parecia estar aceitando a opinião de Kostya, mas um minuto depois o instável Marmota tornou a esmurrar a mesa.

– Espere um minuto. Não conhecemos nenhum americano – disse o Marmota.

---

[62] Reiki: (que significa "energia vital universal") é um tratamento alternativo natural baseado no equilíbrio da energia vital no interior do ser humano. (N. da T.)

Kostya conseguira convencê-lo.

— Este, meus amigos, é o motivo por que estou aqui com vocês hoje — Vladimir afirmou. — Proponho que, sem ajuda de ninguém, eu me infiltre na comunidade americana em Prava. Apesar do meu russo fluente e da minha tolerância à bebida, posso facilmente passar por um americano de primeira linha. As minhas credenciais são impecáveis. Freqüentei uma das melhores faculdades liberais dos Estados Unidos e tenho uma profunda apreciação pelas roupas, o jeito e a aparência dos jovens rebeldes americanos. Morei muitos anos em Nova York, a capital do movimento alternativo, tenho muitos amigos rebeldes, pessoas especiais com vocação artística, e acabo de terminar uma ligação romântica com uma mulher que, tanto na aparência quanto no temperamento, personifica a vanguarda deste grupo social singular. Cavalheiros, sem qualquer intenção de me gabar, asseguro-lhes, sou o melhor que há. E isto é tudo.

Kostya, aquele homem tão maravilhoso, começou a aplaudir. Foi um som solitário a princípio, mas então o Marmota ergueu uma das mãos, olhou para ela como se ela trouxesse instruções escritas nas costas, ergueu a outra mão, suspirou mais uma vez e finalmente juntou as mãos. Imediatamente dúzias de palmas gorduchas e suadas começaram a bater umas nas outras, houve gritos de "*Ura!*" e Vladimir ficou rubro.

Dessa vez foi Gusev quem esmurrou a mesa e silenciou a assembléia.

— Que é que você deseja? Quer dizer, para você.

— Não muita coisa, na verdade — Vladimir respondeu. — Preciso de certa quantia de dinheiro semanal para drinques, drogas, táxis, tudo o que for necessário para eu cair nas boas graças da comunidade. Baseado na experiência, sei que é melhor ser visto na maior quantidade possível de casas noturnas, bares e cafés, criando assim uma auto-perpetuadora aura de notoriedade. O que isso vai custar em Prava, não sei. Em Nova York, se a moradia fosse assegurada, eu poderia arriscar três, quatro mil dólares por semana. Aqui, eu acredito que dois mil seriam suficientes. Além de seis ou sete mil iniciais para os meus custos de relocação.

Isso cuidaria da sua pequena dívida com Laszlo e Roberta.

— Acho que Gusev está querendo saber o que você deseja em termos de participação nos lucros — disse o Marmota, olhando para Gusev para que esse confirmasse.

Vladimir prendeu a respiração. Será que estavam falando de participação nos lucros além do seu acintoso pedido de dois mil dólares por semana? Eles teriam alguma idéia do... Mas, espere um segundo, ele talvez tivesse revelado a sua ignorância da etiqueta de *bizness* por não ter pedido uma participação... Ao que parecia, havia bastante dinheiro por ali; a sala de jantar parecia uma loja de Versace. Nada lhe restava a fazer senão dar de ombros e declarar em tom de indiferença:

— O que vocês acharem razoável. Dez por cento?

Houve consenso em todo o aposento. Certamente isso parecia razoável. Quando aqueles homens pensavam em percentagem, geralmente era em incrementos de cinqüenta pontos.

— Camaradas, colegas *biznesmeni*[63], quero que vocês fiquem convencidos de que não estou aqui para explorá-los. Sou o que na América chamam de "jogador de equipe". Assim...

Assim? Ele tentou pensar numa continuação apropriada.

— Assim, vamos brindar ao sucesso!

Depois disso houve muitos brindes a favor do jogador de equipe. Uma fila estava a formar-se para apertar-lhe a mão. Vários empreendedores turbulentos precisaram ser expulsos da sala por agirem de maneira inconveniente.

ELES DISTANCIARAM-SE do conjunto habitacional. Era um dia lindo e fresco; até mesmo a neblina química parecia agradável a Vladimir: o serviço dela era corrigir o sol, eternamente sorridente e satisfeito consigo mesmo, com uma dose de exatidão histórica. Kostya estava sentado na frente, brincando com os dados de pano. O motorista deles, um checheno resplandecente no gigantesco chapéu lanudo típico da Chechênia, tinha os olhos da cor de purê de tomates e parecia pronto para esmagar o pára-choques de qualquer Fiat polonês feito de papelão que estivesse viajando a uma velocidade menor do que a do som.

— Olhe — disse Kostya.

---

[63] Biznesmeni: "*businessmen*", isto é, "homens de negócios". (N. da T.)

Uma série de largas fachadas neoclássicas de cor creme, ligadas umas às outras como se fossem uma só construção, estendiam-se para a direita, plácidas, apesar de um beligerante par de torres de vigia que espiavam por detrás delas. E, no centro da *mélange*, arcobotantes e campanários abarcavam uma igreja gótica suja de fuligem que eclipsava com a maior facilidade a paisagem à sua volta, tanto em presença quanto em escala.

– Meu Deus, que bela confusão – Vladimir comentou, o rosto pressionado de encontro à janela.

– O Castelo de Prava – Kostya informou com expressão de modéstia.

Para celebrar aquele momento inegavelmente turístico, Vladimir acendeu um dos embolorados cigarros nativos que lhe haviam sido presenteados pelo Marmota na conclusão do almoço. Ele baixou a vidraça exatamente quando um par de M&Ms sorridentes acenaram para ele com as mãos enluvadas – as simpáticas balinhas estavam soldadas à lateral de um bonde.

– Ah! – fez Vladimir, enquanto o bicho velho passava ruidosamente.

Ele virou-se para olhar para o castelo que ainda passava à direita deles, depois voltou a olhar para os M&Ms que desapareciam à esquerda. Sentia-se incondicionalmente feliz.

– Motorista, música, por favor! – pediu.

– Os maiores sucessos do ABBA? – perguntou o sujeito. Era uma pergunta retórica.

– Coloque "SuperTrooper" – disse Kostya.

– Ah, sim. Eu gosto dessa – concordou Vladimir.

Uma brisa recendendo a sicômoros soprou através do carro, enquanto as beldades nórdicas cantavam no toca-fitas e os três ex-soviéticos cantarolavam com elas em sotaques de qualidades variadas. Começaram a descer, fazendo voltas ao redor do morro sobre o qual o castelo se empoleirava, exatamente quando um bonde fazia a curva no sentido inverso, passando a centímetros do carro deles.

– Estolovanos de merda! – gritou o checheno.

E então Vladimir olhou para baixo. Ele havia lido a expressão "mar de campanários" em um folheto qualquer no balcão de turismo do aeroporto, e, embora realmente houvesse campanários dourados refletindo o sol de final de tarde na mixórdia arquitetônica lá embaixo, parecia um tanto faccioso por parte do panfleto deixar de mencionar os telhados vermelhos inclinados que deslizavam morro abaixo como uma avalanche e penetravam na curva cinzenta do rio que Kostya apontou como sendo o Tavlata. Ou os enormes domos verde-claros em ambas as margens do rio, arrematando imponentes igrejas barrocas. Ou as imensas torres de pólvora[64] góticas, estrategicamente espalhadas ao longo da cidade, como sombrios guardas medievais protegendo-a dos costumeiros disparates que ao longo dos anos haviam conseguido consumir a paisagem de tantas cidades européias.

No cenário havia apenas uma única estrutura incongruente, gigantesca e melancólica, mas que por si só conseguia lançar uma sombra sobre a metade da cidade. A princípio, Vladimir suspeitou tratar-se de uma torre de pólvora de tamanho exagerado e enegrecida por anos de utilização... Só que... Bem... Não, já não era mais possível negar a dolorosa verdade. A estrutura era uma espécie de sapato imenso – uma galocha, para ser exato.

– Que é aquilo? –Vladimir gritou para Kostya acima do ABBA.

– Como assim? Você nunca ouviu falar no Pé? – Kostya berrou de volta. – É uma história bastante engraçada, Vladimir Borisovich. Quer que eu conte?

– Por favor, Konstantin Ivanovich – Vladimir respondeu. Já havia esquecido de como ficara sabendo o patronímico de Kostya, mas aquele homem do povo certamente era filho de algum Ivan.

– Bom, assim que a guerra acabou, entende, os soviéticos construíram em Prava a estátua de Stalin mais alta do mundo. Era mesmo uma coisa extraordinária. Toda a Cidade Antiga ficou ensanduichada entre os dois pés de Stalin; é espantoso que ele não tenha pisado nela.

Kostya recompensou sua própria piada com uma risadinha. Como ele gostava de falar com Vladimir! Era óbvio para este último que, se Kostya tivesse nascido numa época mais sã, em um país diferente, poderia facilmente ter sido um estimado professor em alguma cidade gentil e lerda.

– Então, depois que o Grandioso faleceu, os estolovanos tiveram permissão para explodir a cabeça dele e substituí-la pela de Khrushchev, o que tenho certeza, foi um grande consolo – Kostya prosseguiu, recuperando o seu tom didático oficial. – Finalmente, dois anos depois da Revolução de Gabardine,

---

[64] Torre de pólvora: Existe em Praga um famoso prédio histórico com este nome; sendo Prava uma cidade fictícia inventada pelo autor, ele colocou nela várias dessas torres. (N. da T.)

os estolovanos deram um jeito de dinamitar a maior parte de Nikita, mas... Bom, não me pergunte o que foi que aconteceu exatamente... Basta dizer que os sujeitos que ganharam o contrato do Pé Esquerdo foram vistos pela última vez em St. Bart's, com Trata Poshlaya. Lembra-se dela? Trabalhou em "Volte Para Casa, Fuzileiro Misha" e... ah, como era o nome daquele que era passado em Yalta? "Meu Albatroz".

– A PravaInvest poderia dinamitar o Pé – Vladimir comentou, esquecendo-se momentaneamente da insuportável leveza do ser da sua corporação.

– Custa muito caro – Kostya objetou. – O Pé está bem na base da Cidade Antiga. Se os explosivos não forem usados da maneira correta, vão explodir a metade da cidade para dentro do Tavlata.

Já que a PravaInvest não podia fazê-lo, Vladimir prometeu apagar mentalmente o Pé da sua linha de visão, mesmo que ele impusesse sua sombra de galocha na graciosidade arquitetônica da cidade.

Sim, afora o pé gigantesco, Prava continuava a expor-se douradamente abaixo dele, e então ocorreu a Vladimir que essa Prava não era desprovida de charme; que, embora não fosse uma *Welstadt* como, digamos, Berlim, tampouco era uma merdinha como Bucareste. Conseqüentemente, e se os americanos dali fossem mais como a variedade sofisticada de Fran-e-Tyson do que como o tipo iludido de Baobab? O estômago de Vladimir roncou de preocupação. Kostya, como se sentisse a inquietação de Vladimir, disse:

– Uma bela cidade, não é? Mas Nova York deve ser ainda mais linda.

– Está brincando? – Vladimir retrucou.

O carro deles ultrapassou uma série de sinais vermelhos e saltou de lado para cima dos trilhos de bonde de uma ponte que ligava as duas partes da cidade. Fagulhas voaram e o motorista mais uma vez xingou os estolovanos por causa da maldita infra-estrutura deles.

Kostya, o eterno diplomata, comentou:

– Bem, mas Nova York deve ser maior.

– Isto é verdade. É a maior – Vladimir concordou. Mas não estava tranqüilo.

Com uma curva brusca eles saíram da rampa na cabeceira da ponte e entraram numa rua ladeada por imponentes residências barrocas em variados estágios de abandono, no entanto ainda usando a sua ornamentação, os seus frontões e brasões que se destacavam como os babados de um velho vestido da época dos Habsburg.

– Pare aqui – Kostya pediu.

O motorista encostou bruscamente junto à calçada.

Do lado de fora, Vladimir fez uma pequena dança da felicidade, uma mistura de *jitterbug*[65] e *kazachok*, sentindo que podia revelar com confiança a Kostya aquela sua momentânea falta de compostura. O russo sorriu solidariamente e comentou:

– Sim, está fazendo um lindo dia.

Eles encontraram um café, um dos muitos cujas mesas de plástico branco transbordavam para a calçada, mesas cobertas de carne de porco, croquetes e cerveja, e cercadas por alemães. Realmente, havia turistas por toda parte. Os alemães formavam falanges inteiras de suevos[66] bêbados e joviais, e frankfurtenses[67] que caminhavam a passos resolutos. Grupos de atordoadas vovós vindas de Munique em excursões religiosas saíam cambaleantes dos bares e pisavam nos cãezinhos *dachshund* que eram levados por suas furiosas versões estolovanas: as *babushkas*. Logo assim que as avistou, Vladimir sentiu uma identificação com aquelas enrugadas sobreviventes do fascismo e do comunismo, cuja cidade flagrantemente já não lhes pertencia, e que encaravam com insolência, de dentro de seus parcos lenços de cabeça, as vizinhas cheias de jóias que vinham do outro lado da fronteira. Ele podia facilmente imaginar a sua própria avó no lugar delas, exceto que ela jamais consentiria em possuir um cachorro faminto, preferindo, em vez disso, dar ao seu filho porções extras de alimento.

Porém os alemães, embora onipresentes, não estavam sozinhos. Punhados de jovens italianos vestidos com estilo desciam deslizando o bulevar, arrastando atrás de si uma esteira de fumaça de Dunhill. Um grupinho de francesas com idênticos cortes de cabelo à máquina estavam paradas diante do cardápio de um café, estudando-o com ceticismo. E finalmente Vladimir escutou a melodia de uma família americana, grande e sólida, discutindo de quem era a vez de carregar a maldita câmera de vídeo.

– Mas onde estão os americanos jovens? – ele perguntou a Kostya.

---

[65] *Jitterbug*: exuberante dança de salão popular nas décadas de 1930 e 1940, originária dos Estados Unidos, mas disseminada internacionalmente pelos soldados norte-americanos durante a Segunda Grande Guerra. (N. da T.)

[66] Suevos: o povo natural da Suábia, antigo ducado na Baviera, no sul da Alemanha. (N. da T.)

[67] Frankfurtenses: jogo de palavras: *Frankfurters*, no original, significa também um tipo de salsicha alemã. (N. da T.)

– Os jovens não costumam tomar o caminho turístico. Embora a gente os veja na Ponte Emanuel, cantando e esmolando dinheiro.

– Nós não queremos os casos perdidos – Vladimir objetou.

– Bom, conheço um café de estrangeiros muito popular, mas primeiro devíamos comemorar a sua chegada com uma bebida. Sim?

Sim. Eles pegaram o menu de bebidas.

– Meu Deus, 15 coroas por um conhaque! – Vladimir estranhou.

Kostya explicou-lhe que aquela quantia correspondia a 50 centavos.

Então um dólar custava 30 coroas? Dois drinques por um dólar?

– Sim, naturalmente – disse Vladimir Girshkin, o homem de negócios internacional que sabia de tudo. – Permita-me oferecer-lhe uma bebida – acrescentou com magnanimidade.

E levou a magnanimidade ainda mais longe, pensando: com uma mesada de dois mil dólares por semana ele poderia adquirir quatro mil drinques. Naturalmente não podia ficar ambicioso demais; seria obrigado a pagar muitos drinques para muita gente e além disso havia os táxis, os jantares e coisas do gênero, mas mesmo assim, 500 doses de bebida por semana não era uma quantidade assim tão exorbitante.

Um garçom, o rosto tão despencado quanto o de um *dachshund*, usando o costumeiro paletó vermelho grande demais e um bigode prussiano, arrastou-se até a mesa deles.

– *Dobry den* – disse.

Vladimir percebeu com alegria que se tratava do mesmo cumprimento russo. Então Kostya soltou uma rajada de palavras que vagamente se pareciam com a versão russa de "Traga-nos dois conhaques por favor".

Os drinques chegaram e eles puseram-se a beber. Um grupo de estudantes italianas marchou pela rua, acenando para eles com marionetes de galos. Um par de ninfas bronzeadas passaram bem devagar pela mesa de Kostya e Vladimir, olhando para cada um deles com seus grandes olhos redondos e dois tons mais escuros do que conhaque. Os russos, embaraçados, desviaram depressa os olhos e se entreolharam, depois lançaram olhadelas furtivas para as italianas, que já viravam a esquina.

– Quer dizer que você disse que em Nova York teve um relacionamento com uma mulher americana extraordinária – disse Kostya, a voz trêmula.

– Com várias mulheres – Vladimir declarou em tom indiferente. – Mas uma era melhor do que as outras, como eu acho que sempre acontece.

— É verdade — Kostya concordou, e acrescentou: — O meu sonho sempre foi ir para Nova York e encontrar a mulher mais bacana de lá e morar com ela numa casa bem grande na periferia da cidade.

— É sempre melhor morar no centro — Vladimir corrigiu-o. — E a mulher mais bacana não costuma ser a mais interessante. É uma questão de equilíbrio, não concorda?

— É, sim, mas para ter filhos é melhor encontrar alguém bacana, e dane-se o resto — Kostya afirmou.

— Filhos? — Vladimir repetiu, e deu uma risada.

— Claro, vou fazer 28 anos na primavera. Veja. — Kostya inclinou a cabeça para a frente e puxou os fios grisalhos amontoados no centro. — Agora, é claro que eu gostaria de uma mulher que fosse comigo aos concertos e aos museus, e, se ela insistisse, ao balé. E ela deve ser culta, também, e gostar de crianças, é claro. E ser capaz de cuidar da casa, pois, como já disse, gostaria de uma casa grande. Mas isto não é esperar demais de uma linda mulher americana como essa que você descreveu, eu não acho.

Vladimir sorriu educadamente. Ergueu dois dedos para o garçom que passava e apontou para os seus copos vazios.

— Então, você tem alguém em Petersburgo? — quis saber.

— Minha mãe. Ela vive sozinha. Meu pai morreu. Ela está morrendo devagar. Cirrose. Enfisema. Demência. A pensão dela corresponde a 13 dólares por mês. Eu lhe mando a metade do meu pagamento, mas mesmo assim fico preocupado. Talvez eu devesse trazê-la para cá algum dia.

E nesse momento Kostya suspirou, o suspiro que Vladimir conhecia dos seus clientes russos na Sociedade Emma Lazarus; o suspiro de esvaziar os pulmões, que vem com um peso de chumbo preso ao pescoço. O gângster de cabelos louros estava todo sentimental por causa da mãe.

— Já pensou em algum dia voltar para a Rússia? — Vladimir perguntou, desejando instantaneamente poder retirar aquelas palavras, porque a última coisa que queria era que Kostya fosse embora.

— Penso nisso todos os dias — Kostya revelou. — Mas nunca conseguiria encontrar em Petersburgo ou em Moscou alguma coisa que me pagasse tanto. É bem verdade que a *mafiya* está lá... — Kostya silenciou durante algum tempo, enquanto os dois refletiam sobre aquela palavra singular e impronunciável. — Mas é muito mais perigosa. Todo mundo está sempre pronto para puxar a arma. Aqui, as coisas são mais calmas, os estolovanos são melhores em manter a ordem.

— É, o Marmota parece mesmo ser um sujeito simpático. Duvido que exista alguém decidido a lhe fazer mal. Ou aos seus associados.

Kostya riu, girando a gravata em volta dos dedos como um menininho com a sua primeira gravata.

— Está tentando me perguntar alguma coisa? — perguntou.

Uma segunda rodada de conhaques chegou sem ser convidada. Kostya prosseguiu:

— Honestamente, existem alguns búlgaros que não estão totalmente contentes com o modo como ele tomou conta da parte mais lucrativa do mercado de dançarinas de strip-tease, mas são só pequenas desavenças que podem ser resolvidas com umas poucas garrafas disto... — Ele ergueu a sua taça. — Não há necessidade de balas.

— Nenhuma — Vladimir apoiou.

Kostya consultou o relógio.

— Tenho que ir para uma reunião. Mas devíamos fazer isto regularmente. Ah, também, você corre?

— Se eu corro? — Vladimir repetiu. — Para pegar um ônibus?

— Não, para aumentar a resistência física.

— Eu não tenho nenhuma resistência física — Vladimir afirmou.

— Bom, então está decidido. Na próxima semana vamos correr. Há uma ótima trilha nos fundos do conjunto.

Os dois apertaram-se as mãos e Kostya escreveu num guardanapo as instruções para chegar ao lugar dos estrangeiros. Chamava-se Eudora Welty's. Então o vigoroso rapaz levantou-se e, como seria de se esperar, desceu a rua correndo, levando pouquíssimo tempo para chegar à esquina.

Vladimir bocejou espetacularmente, terminou o seu conhaque e depois acenou para o garçom pedindo a conta, que chegava a pouco mais de três dólares. Era hora de ir ao encontro dos gringos.

20. COHEN, O ESCRITOR

QUANDO CONSEGUIU ENCONTRAR O EUDORA, que ficava num subterrâneo, Vladimir já estava perdido no vasto abismo gastronômico entre o almoço e o jantar. Seis almas permaneciam no cavernoso recinto do restaurante, que sugeriam que o lugar já havia sido algo além do empório para estrangeiros *cajun*[68] que agora era – talvez uma câmara de tortura onde católicos e hussitas[69] penduravam-se uns aos outros nos arcos do teto pelos cabelinhos do nariz. Agora o único vestígio de religiosidade torturada era o cartaz que fazia propaganda de peixe-frade na brasa sobre um leito de erva-doce.

Uma garçonete veio ao encontro de Vladimir. Era jovem, nervosa, norte-americana, com cabelos curtos e grisalhos, e vestia uma espécie de saiote escocês. Ela teve a falta de educação de chamar Vladimir de meu bem:

– Sente-se aí, meu bem.

---

[68] *Cajun*: Grupo étnico (índios, europeus e negros africanos) do sul dos Estados Unidos descendente dos franceses exilados do Canadá no século XVIII que influenciou a cultura – música, culinária, etc. – dessa região. (N. da T.)
[69] Hussitas: adeptos da doutrina de Jan Huss (1369-1415), reformista tcheco, segundo a qual as boas obras eram indiferentes para a salvação eterna. (N. da T.)

Também era do sul.

Vladimir estudou o cardápio e os seus compatriotas dedicados a um almoço tardio. Imediatamente à sua esquerda havia uma mesa de quatro mulheres e uma dúzia de garrafas de cerveja vazias. As mulheres estavam vestidas para a temperatura de 22 graus com botas rústicas, calças de veludo e camisetas de vários tons sombrios: pardo-hospital, cinzento-narcolepsia, o negro do vazio. Falavam em voz tão baixa que Vladimir não conseguia entender uma única palavra apesar da proximidade, e todas pareciam terrivelmente familiares, como se tivessem freqüentado a moderna universidade do Meio-Oeste de Vladimir. Ele sentiu o impulso de dizer o nome da universidade em forma de espirro, para verificar se conseguiria provocar uma reação.

O freguês restante era um belo sujeito: esguio e pálido, de ombros largos, e leonino, com uma pesada juba que fazia uma curva senóide de cabelos castanhos claros que sem dúvida era sinal de um organismo saudável. Se os especialistas em pessoas belas pudessem levantar quaisquer objeções àquele cavalheiro, poderia ser o nariz ligeiramente aquilino – o que é que o leão precisa da águia? – e também a desajeitada penugem que lhe cobria o queixo e tornava possível imaginar a sua fisionomia com uma barba de verdade ou sem barba alguma, mas certamente não com aquele musgo melancólico.

O sujeito estava escrevendo num bloco de notas, as indispensáveis garrafas vazias estavam alinhadas sobre a mesa, o seu cigarro estava no piloto automático desfazendo-se em fumaça nas ranhuras do cinzeiro, e de vez em quando o seu olhar percorria o restaurante, passando casualmente pela mesa povoada pelo sexo oposto.

Vladimir pediu um prato de porco grelhado na brasa e um *mint julep*[70].

– E qual é a cerveja que todos estão bebendo aqui? – ele perguntou à garçonete.

– Unesko – ela respondeu, e sorriu: ele acabava de se revelar recém-chegado.

– É, uma dessas também.

Ele remexeu na bolsa à procura do seu caderno grosso e desgrenhado, uma relíquia da universidade: um poema aqui, uma tentativa de ficção acolá. Jogou-o sobre a mesa de maneira que a espiral de arame ressoasse contra a

---

[70] *Mint julep*: drinque tradicional nos Estados Unidos: bourbon, açúcar, hortelã e gelo. (N. da T.)

madeira, então fez o possível para parecer alheio aos olhares da mesa das mulheres e do jovem Hemingway no outro lado do aposento. Tirou do bolso a sua caneta Parker marmorizada, gravada com o logotipo da empresa da Mãe, e sorriu dela – ou melhor, para ela.

Para aqueles que observaram Vladimir ao longo dos anos, aquele poderia dar a impressão de ser o seu sorriso padrão, o peso dele pressionando o seu lábio inferior proeminente e os olhos verdes enevoados, tranqüilos; mas Vladimir (por ter lido demasiados romances ruins, talvez) acreditava que um sorriso comunicaria toda uma história se ele simplesmente suspirasse e balançasse a cabeça com bom humor nos momentos apropriados. No caso presente, Vladimir esperava que o sorriso dissesse: "Sim, nós passamos por muita coisa juntos, esta caneta e eu. Apoiamos um ao outro para que não caíssemos aos pedaços durante todos os anos estranhos que nos inflingimos. Portland, no Oregon; Chapel Hill, na Carolina do Norte; Austin, no Texas; depois, naturalmente, Sedona, no Arizona. Talvez Key West. Difícil não esquecer. Um monte de carros que funcionavam mal e mal, mulheres que não estavam nem aí, conjuntos musicais que se desfaziam porque as personalidades dos músicos eram simplesmente fortes demais. E, durante tudo isto... a caneta. Escrever. Sou escritor. Não, sou poeta". Ele ouvira dizer que a poesia tinha muito *cachet*[71] por lá. Todo o mundo estava rimando, casas de jazz expandindo-se com sessões de poesia. Por outro lado, ele precisava distinguir-se: "Sou escritor-poeta. Mas para ganhar a vida faço investimentos. Um investidor-poeta, romancista. Além disso, faço improvisos de dança.

A essa altura, Vladimir já estava sorrindo para a sua caneta havia tempo demais. Já bastava de caneta; ele mergulhou em um poema. Era um poema sobre a Mãe; veio com facilidade, a Mãe prestava-se bem ao verso. Os seus dois drinques chegaram e a garçonete sorriu da sua faina. Sim, todos eles estavam juntos nisso.

Ele estava progredindo bem, descrevendo o aspecto da Mãe em um restaurante chinês, usando imagens, tais como "um fino cordão de pérolas da sua terra natal", que haviam merecido boas notas de um professor de literatura comparada, lá na universidade do Meio-Oeste. Então a tragédia o golpeou: a sua caneta cidadã global ficou sem tinta. Vladimir sacudiu-a

---

[71] *Cachet*: palavra francesa que significa, neste texto, prestígio literário. (N. da T.)

com todo o charme possível, depois começou a pigarrear para o outro artista-comensal do Eudora Welty's. O sujeito não respondia, mergulhado (ou fingindo estar mergulhado) no trabalho; ele apertou os olhos e balançou a cabeça para as palavras diante dele como se elas fossem a causa da sua ruína. Juntou a cabeleira toda com as duas mãos e depois deixou-a desenrolar-se – ela desenrolou-se com muita elegância, como um leque chinês. Ele suspirou e balançou a cabeça com bom humor.

O coletivo de mulheres, no entanto, reagiu baixando ainda mais a sua conversa subsônica. Olhavam para Vladimir e sua caneta com grande mistério e preocupação, como se fossem turistas perdidas que deparassem com um espetáculo espontâneo de dança nativa em uma rua distante da segurança do seu Hilton. Vladimir pegou a bebida, sua única credencial, e dirigiu-se à mesa das mulheres.

– Caneta? – falou.

Uma mulher tinha uma bolsa; abriu-a e destruiu uma resma de lenços de papel, novos e usados. Lançava olhares assustados para as suas compatriotas, até que uma delas, as cerdas louras do seu corte de cabelo à porco-espinho eriçados de autoridade, falou por ela:

– Ela não tem caneta.

As outras assentiram com a cabeça.

– Precisa de caneta? – Era o escritor. Ele havia pressionado a sua cerveja gelada contra a bochecha, gesto que Vladimir interpretou como o símbolo internacional de boa vontade por vias de leve embriaguez.

– Preciso de caneta – Vladimir declarou, sentindo que a cena teatral estava prestes a chegar a um desfecho.

Atravessou o salão em direção ao escritor murmurando agradecimentos às mulheres pelo esforço delas (nenhuma resposta) e aceitou uma esferográfica.

– Esta porcaria ficou sem tinta – disse.

– Um escritor carrega duas! – ladrou o escritor. – Sempre!

Ele largou a cerveja e, erguendo o queixo redondo e cheio de crateras, avaliou Vladimir como um diretor de escola primária com o aluno mais trapalhão.

– A outra também ficou sem tinta – Vladimir retrucou, embora a sua voz estressada delatasse a sua culpa, a culpa de ter trazido uma só caneta. – Andei escrevendo demais hoje.

Escrevendo demais? Demais nunca era o bastante. Agora parecia certo que a sua idiotice acabaria consigo, mas em vez disso o escritor perguntou:

– Escreveu alguma coisa boa?

– Um poema sobre a minha mãe, que é russa, em Chinatown[72] – Vladimir explicou, tentando exotificar-se com todas as referências étnicas possíveis. – Mas não estou conseguindo fazer direito. Vim para cá, vim para Prava, para conseguir suficiente distanciamento, e ainda estou perdido.

– Como foi que você arranjou uma mãe russa? – o escritor perguntou.

– Eu sou russo.

– Psiu. – Ambos olharam em volta. – A moça que serve no bar é estolovana – o escritor explicou.

Um par de portas de vaivém desiguais separavam o bar do resto do estabelecimento; a estolovana russófoba estava em algum lugar atrás daquelas portas. Embaraçado, Vladimir baixou o olhar para os pés e bebeu um gole da cerveja, em lugar de alguma coisa a dizer. Sim, ele definitivamente estava começando a perder terreno, com todos os trancos e barrancos que afligiam as suas tentativas de conversar com o deus literário. Contra os seus mais fortes instintos ele decidiu experimentar a honestidade, essa inimiga mortal do golpista de pirâmides.

– Acabei de chegar. Ainda estou meio por fora no que se refere aos nativos.

– Esqueça os nativos. Esta é uma cidade americana – o escritor declarou. – Por que não se senta? Vamos, tire uma folga do poema para a sua mãe russa por um segundo. Ah, não faça esta cara tão contrariada. Droga, eu me lembro do meu estágio de ter mamãe como musa. Pode acreditar, a teta materna ainda estará aí amanhã de manhã.

Então Vladimir tomou consciência de que ia gostar daquele sujeito. As instruções tão úteis sobre sempre carregar duas canetas, a atitude sofisticada com relação aos estolovanos, e agora essa avaliação erudita da teta materna, tudo confirmava que o escritor era o que os iniciados chamariam de um babaca. Mas Vladimir conhecia esses belos refúgios da América próspera, em plena viagem de cruzeiro no seu plano qüinqüenal de autodescoberta etílica, depois desesperadamente pescando de corrico uma opção de renovação para mais cinco anos. *Droga, eu me lembro do meu estágio de ter mamãe como musa.*

---

[72] Chinatown: bairro chinês de Nova York. (N. da T.)

Que agressão conciliatória! Era a revisitação à universidade moderna no Meio-Oeste, a confirmação de que aquele Adonis estava definitivamente nas cartas de Vladimir: o seu "Paciente Zero".

Vladimir sentou-se justamente quando a garçonete chegava com um segundo *mint julep*, sorrindo severamente diante daquele encontro de mentes entre os seus compatriotas. Vladimir terminou a sua primeira cerveja e colocou a garrafa na bandeja da garçonete.

— Outra? — ela quis saber.
— Por favor.
— Castanhas?
— Castanhas, não.
— Limão?
— *Sans* limão.
— Eu pago — ofereceu o escritor, impressionado com a brevidade, a honestidade do diálogo. Agora estavam em território de Raymond Carver[73].
— Está disposto a tomar um porre? — perguntou a Vladimir, quando este estendia a mão para o *julep*.
— Diferença de fuso horário. Estou um pouco atordoado — Vladimir explicou. Pense. Diálogo à Carver. Enganosamente simples, no entanto profundo. — Ainda não cheguei direito — acrescentou, desviando misteriosamente o olhar.
— Já conseguiu um lugar para morar?
— O meu patrão me arranjou um apartamento no subúrbio.
— Patrão? — O escritor ficou boquiaberto, revelando o melhor da ortodontia ianque. Sacudiu a cabeça, e a cabeleira ondulou; parecia muito natural simplesmente estender a mão e tocar naquela coisa sedosa. — Quer dizer que tem um emprego? Com quem?

O escriba iconoclasta parecia ter se animado bastante diante dessa menção ao mundo material. Vladimir imaginou um pano de fundo de pais preocupados, irados telefonemas transatlânticos, bolsas cheias de formulários de pedido de matrícula para faculdades de direito sendo arrastadas pelas ruas de Prava por exaustos carteiros estolovanos.

— Uma empresa de incorporação — disse.

---

[73] Raymond Carver: escritor norte-americano de contos de detetive falecido em 1988. (N. da T.)

— Empresa de incorporação? Que é que vocês estão incorporando? Aliás, o meu nome é Perry. – Ele estendeu a mão. – Perry Cohen. Sim, é um nome surpreendente. Fique sabendo que em Iowa sou o único judeu de todos os tempos.

Vladimir sorriu, pensando: que acontece se houver outro judeu de Iowa no aposento quando este cara se apresentar como espécime único? Que situação constrangedora! Ele arquivou esse fato na memória para futura pressão.

— Como foi que vocês, judeus, foram parar lá em Iowa? – Vladimir quis saber. (– Também sou judeu – acrescentou, para tranqüilizá-lo.)

— Meu pai é que é judeu. A minha mãe é filha do prefeito – Perry explicou.

— E o prefeito permitiu que ela se casasse com um judeu. Que bonito. – Pronto, ele estava pegando as vibrações. As vibrações de estrangeiro, de está-na-cara. – O seu pai deve ser louro como você. E adaptado, também.

— Ele é um Hitler circuncidado – Cohen replicou.

E ao dizer isso, alguma coisa inoportuna, talvez até mesmo fora do script, teve lugar: ele baixou a cabeça para a frente, de modo que a sua cabeleira naturalmente encobriu-lhe o rosto, e sob a cabeleira Vladimir percebeu... O que era? Uma rápida exalação nasal para reprimir uma lamúria? Um pestanejar rápido para afastar a umidade dos olhos? Os dentes mordendo com força um lábio trêmulo para colocá-lo de volta em posição? Antes, porém, que Vladimir tivesse oportunidade de avaliar a questão de se tratar de uma demonstração de verdadeira emoção ou uma representação para enganá-lo, Cohen afastou os cabelos para trás, pigarreou alto e recuperou a compostura.

— Sim, Hitler. Continue – pediu Vladimir, ansioso para parecer jovial e despreocupado.

E assim Cohen contou a Vladimir a história do seu pai. Os dois homens já se conheciam havia dois minutos; uma caneta havia sido transferida de um para o outro; o currículo étnico havia sido estabelecido; algumas investidas haviam sido levadas a cabo. Seria só aquilo – o equivalente a dois cães cheirando o traseiro um do outro – suficiente para fazer o escritor Cohen contar a história do pai?

Seria então possível que aquela história fosse a marca registrada de Cohen? O seu tema? Uma coisa que Vladimir aprendera em seus anos de vagabundagem e auto-invenção foi que era importante ter um tema – uma história coerente que a pessoa pudesse apresentar quando a oportunidade surgisse. Uma chance para estabelecer-se com mais firmeza na mente das outras pessoas. Ironicamente, a história de Cohen nem mesmo era a sua própria; era a do seu pai. Mas Cohen estava tentando desesperadamente torná-la a sua.

Tinha até apoios visuais para ajudá-lo! Uma Polaroid do pai, um judeu americano especialmente rosado e robusto, olhos minúsculos parcialmente cobertos por uma testa enorme banhada em suor, o resto dele enfiado em um terno xadrez verde, o braço envolvendo os ombros de Richard Nixon diante de um cartaz que dizia: "Convenção de Negócios de Des Moines – 1974". Ambos sorriam um para o outro como se aquilo não fosse 1974 mas apenas outro ano qualquer no decorrer da presidência americana.

– Pa-pai – disse Cohen, esfregando o polegar no domo calvo do pai, imitando a voz de uma criança de três anos de idade. E que papai!

No aniversário dos 13 anos de Perry, quando, segundo a escritura hebraica, Perry deveria receber as dúbias responsabilidades de um homem adulto, o pai lhe deu um presente.

– Vou mudar o seu nome – ele declarou. – Você não devia ter que passar pela vida sendo um Cohen.

E deu ao filho uma resma de documentos para assinar. O nome dele seria agora Perry Caldwell.

Ora, Cohen já tivera antes indícios daquele ódio de si mesmo. Afinal, o nome dele era Perry. Nos dias santificados, única ocasião em que o levava à longínqua St. Louis para os cultos religiosos, o pai tinha o hábito de referir-se ao rabino como Reverendo Lubofski. "Espero que este ano o Reverendo pare de falar no Gipper[74]", dizia, amarrotando o rosto grande, triste, de lábios carnudos, numa temerosa expectativa de que qualquer nativo de Iowa os visse parando o carro no estacionamento da pequena sinagoga.

E assim Cohen encontrou-se na moderna faculdade de artes liberais no Meio-Oeste (uma instituição-irmã daquela que Vladimir havia freqüentado), uma faculdade onde o ódio ao pai era a norma comum, e onde Cohen se

---

[74] Gipper: esta palavra significa "trapaceiro, vigarista" mas com maiúscula é o apelido de um famoso e promissor jogador universitário de futebol americano que morreu em 1920, aos 25 anos. Em 1940, o então ator Ronald Reagan fez o papel do jogador em um filme sobre a sua vida, e assim o ex-presidente ficou também conhecido como "o Gipper" (N. da T.)

distinguia particularmente. No início da década de 90 a faculdade servia também como uma espécie de estação intermediária para centenas de infelizes rapazes e moças do Meio-Oeste a caminho da redentora terra de Prava. Cohen, zangado e confuso, seguiu esse costume no seu primeiro ano. E ali estava.

ENTÃO ESSA ERA A HISTÓRIA DELE! Aquele era o tema de Cohen! O pai dele era um babaca rico. Que coisa chocante. Vladimir estava pronto para atacar Cohen com o seu próprio passado, das provocações aos judeus em Leningrado até os seus anos como um Urso Russo Fedido em Westchester. Adaptação porra nenhuma. Que é que você sabe de adaptação, seu porco americano mimado? Ora, eu vou lhe mostrar... Vou mostrar a todos vocês!
Ah, e o modo como Cohen narrara a história. Baixando a voz no pedaço que se referia ao Gipper, tentando falar em tom magoado, porém corajoso, ao recordar as transgressões do pai. Lágrimas de crocodilo, meu amigo suburbano. O seu pai podia ser um desmatador de florestas e assassino de hutus, mas no final o que determina o seu destino é o tamanho da sua herança, o declive do seu nariz, a qualidade do seu sotaque. Pelo menos o pai dele não o acusava de caminhar como judeu. Merda! Vladimir tinha vontade de matar aquele Cohen! Mas, em vez disso, balançou a cabeça melancolicamente e disse:

— Meu Deus, é difícil acreditar que coisas assim ainda possam acontecer hoje em dia.

— Eu também não consigo acreditar – Cohen concordou. – Espero que não se importa por eu ter compartilhado a minha história com você.

Espero que você não se importe, Vladimir corrigiu mentalmente (os americanos idiotas não sabiam nem a própria língua). E, contanto que houvesse dinheiro à vista, ele não se importava.

— O meu relacionamento com o meu pai é uma coisa que realmente informa[75] a minha obra – Cohen prosseguiu. – E achei que você é o tipo de pessoa...

---

[75] "... informa a minha obra": tradução literal válida em português: o verbo "informar" significa também "confirmar, tornar existente ou real". Este significado é pouco usado em ambas as línguas. (N. da T.)

Hein? Que tipo de pessoa ele era?

– Você parece muito sábio e enfastiado do mundo.

– Ah – fez Vladimir. Sábio e enfastiado do mundo. Bom, pelo menos nisso ele acertou, o filho da puta.

Mas então o arrogante Girshkin amoleceu um pouco. Pensando bem, sábio e enfastiado do mundo era possivelmente a coisa mais simpática que se podia dizer a um rapaz de 25 anos. E, por outro lado, o iowano era, como já dissemos, um sujeito grandalhão e atraente, um leão desleixado (se ao menos Vladimir pudesse se parecer mais com ele) com autoconfiança suficiente para confidenciar as suas intimidades durante uma única cerveja. Além disso, tinha mãos rurais pesadas e belas, mãos de homem, e provavelmente dormira com todo tipo de mulheres. Vladimir, também, tinha projetos para a masculinidade, e para este fim queria ser amigo de Cohen. A necessidade de amizade e intimidade não era algo que Vladimir imaginasse que renasceria tão logo depois da sua fuga ignominiosa dos Estados Unidos, mas certamente existia; Vladimir ainda era um animal social, com a necessidade de esfregar-se em outras criaturas. E diante de si ele tinha o seu leão. Aquele animal simplório e errante.

Cohen encerrou perguntando a Vladimir se podia ver o seu poema sobre a Mãe.

– Ainda não está pronto, desculpe – Vladimir respondeu.

Um longo silêncio seguiu-se ao seu pedido de desculpas. Cohen poderia sentir-se repelido depois de seus próprios quinze minutos de franqueza. Mas logo o leitão grelhado na brasa chegou e a garçonete pigarreou para lembrar-lhes de que tinham uma garçonete.

– Ah, você não chegou a me contar o que a sua empresa incorpora – Cohen falou finalmente.

– Talentos. Nós incorporamos talentos – Vladimir anunciou.

VLADIMIR E COHEN saíram a pé, para digerir o leitão, enquanto o sol se preparava para o seu desmaio dentro do rio para ir dormir. Pela ponte Emanuel eles passaram com o acompanhamento de artistas de rua que tocavam saxofone por trás de caixas de sapatos Bata forradas de veludo; um cego tocador de acordeão e sua esposa entoando aos berros canções de cervejaria alemãs com grande pose e ao tilintar das moedas maiores; uma apresentação de Hamlet por um par de vistosas jovens louras californianas atraindo olhares e assobios de jovens rapazes estolovanos, mas poucas moedas da parte dos seus embaraçados compatriotas. Com todo aquele comércio e entretenimento de baixa tecnologia, a ponte parecia a Vladimir a estrada mais antiga imaginável, um tapete de pedra desenrolado do castelo que pairava sobre a cena como um horizonte de uma só peça. Ela era ladeada em ambos os lados por estátuas de santos tisnados de pó de carvão e contorcidos em posturas heróicas.

– Veja – disse Cohen, apontando para três figuras indistintas perdidas nas dobras das túnicas de dois dos santos mais grandiosos. – Aquele é o demônio, aquele é um turco e aquele, um judeu.

Ah, então estavam mais uma vez de volta ao grandioso tema de Cohen. Vladimir tentou arrumar um sorriso. Sentia-se feliz e satisfeito consigo mesmo depois do almoço, mas sabia que o seu estado de espírito era maleável, sob o peso depressivo do álcool, e não queria que a trágica curva da História lhe trouxesse baixo astral.

– Por que eles estão debaixo dos santos? – perguntou por obrigação.

– Estão segurando os santos. São a equipe de apoio – Cohen respondeu.

Vladimir não levou adiante o assunto. Era uma espécie de humor medieval, mas o que sabiam aqueles bastiões da Cristandade, com a sua Terra plana e a razão sempre despencando das bordas? Estavam em 1993, afinal, e com a exceção da chacina nascente nos Bálcãs, a Somália, a periferia ex-soviética e naturalmente a costumeira carnificina no Afeganistão, em Burma, na Guatemala, na Margem Ocidental, em Belfast e na Monróvia, o mundo era um lugar ajuizado.

– Agora vou levá-lo ao meu lugar favorito nesta cidade – Cohen anunciou.

E então, sem qualquer aviso, aquele homem inquieto passou a caminhar depressa, de modo que logo deixaram a Ponte Emanuel e ganharam a margem do rio. Passando por entre as igrejas, as mansões e a singular torre de pólvora, por terem decidido montar acampamento naquele lado do Tavlata, eles chegaram a uma alameda aconchegante que seguia para as alturas da cidade pela lateral do castelo. Ali, as mansões atarracadas dos comerciantes eram marcadas por mosaicos de antigas ocupações e características familiares: três violinos minúsculos, um ganso gordo de tantos séculos de inércia, um sapo com aparência infeliz. Vladimir ficou procurando um picles de pepino; talvez a sua família tivesse também um passado em Prava.

Era um esforço manter aquele passo morro acima. A poluição era mortal; a própria vida parecia cheirar a carvão. Cohen, no entanto, mantinha um bom ritmo de caminhada, embora, agora que o amigo não estava sentado, Vladimir percebesse que ele levava no traseiro uma carga mais pesada do que a média, e as coxas também haviam se beneficiado das obras-primas suínas da cidade.

Cohen entrou num beco ainda mais estreito do que o outro, que logo exauriu-se no que já não podia ser chamado de beco e sim de uma confluência em tom pastel dos fundos de quatro prédios. Ele sentou-se num lance de degraus que levavam a uma porta fantasma que havia muito tempo tornara-se uma parede, e contou a Vladimir que aquele cubículo iluminado pelo céu era o canto mais especial da Prava Pessoal de Perry Cohen. Era para lá que ele vinha escrever as suas colunas e os seus poemas para um dos jornais ingleses da cidade, o deploravelmente mal batizado *Prava-dence*.

Então aquele era o lugar especial de Cohen? Então eles haviam subido e descido os quatro morros de Prava para isso? Enquanto o resto da cidade (com exceção do Pé) era uma extensão infindável de vistas panorâmicas, Cohen escolhera o canto mais acanhado e mais prosaico da Europa Oriental... Ora, o *panelak* de Vladimir tinha mais personalidade. Mas espere um segundo – Vladimir tornou a olhar em volta. Ele precisava aprender a pensar como Cohen. Aquele era o truque. Um século antes ele havia ensinado a si mesmo a pensar como Francesca e os deuses urbanos seus amigos. Agora precisava mais uma vez adaptar-se. O que faz este lugar especial para Cohen? Olhe atentamente. Pense como Cohen. Ele gosta deste lugar porque...

Já sei! Ele é especial porque não é especial, portanto faz Cohen sentir-se especial por escolhê-lo. Especial e diferente. Ele era diferente por ter vindo para Prava e agora mais uma vez legitimava a sua diferença escolhendo aquele lugar. Vladimir estava pronto para prosseguir.

– Perry, quero que você faça de mim um escritor – revelou.

Instantaneamente Cohen estava outra vez de pé, elevando-se acima de Vladimir com as mãos erguidas em expectativa, como se a qualquer momento eles fossem abraçar-se por causa de uma alguma declaração, despentear os cabelos um do outro por causa de um entendimento mútuo.

– Escritor ou poeta? – ele perguntou, agora respirando rapidamente, como o de um homem corpulento mais velho.

Vladimir pensou no assunto. A poesia provavelmente levaria menos tempo por unidade. Com certeza era por isso que Cohen a escolhera.

— Poeta.

— Já leu muito?

— Bem... — Vladimir compôs uma lista poética que teria deixado Baobab orgulhoso: — Akhmatova, Wolcott, Milosz...

Não, não. Cohen não queria saber deles.

— Que tal Brodski? Simic?

— Pode ir parando por aí — Cohen ordenou. — Sabe, como muitos poetas iniciantes, você já leu demais. Não olhe para mim deste jeito. É verdade. Você exagerou na leitura. O motivo principal de vir para o Velho Mundo é jogar fora a bagagem do Novo.

— Ah! — fez Vladimir.

— Ler não tem nada a ver com escrever. As duas coisas são diametralmente opostas, uma cancela a outra. Escute, eu preciso saber, Vladimir, você quer mesmo que eu seja o seu mentor? Porque se quiser mesmo, terá que tomar consciência de que para isso você vai correr alguns riscos.

— A arte sem risco é estase — Vladimir declarou. — Eu lhe disse que queria ser poeta, de modo que vou me colocar em suas mãos, Perry.

— Obrigado. É muito gentil da sua parte dizer isto. E muito corajoso. Será que posso...?

Eles se deram o abraço para o qual Cohen vinha se preparando. Vladimir correspondeu com toda a sua força, feliz porque o dia já lhe rendera dois bons amigos (sendo que o primeiro era Kostya). Tanto que, preso no abraço perfumado de Cohen, Vladimir decidiu colocar o judeu de Iowa no porão do seu esquema da pirâmide, lá embaixo onde os dólares e os marcos alemães seriam empilhados, debaixo das notas promissórias.

— Perry, é obvio que seremos amigos. Você me permitiu entrar no seu mundo, agora devo retribuir. Por acaso sou um homem bastante rico e não sem alguma influência. Não estava brincando quando falei que a minha empresa está incorporando talentos.

As duas enigmáticas frases seguintes lhe haviam ocorrido durante o almoço *biznesmenski*. Ele tivera o bom senso de anotá-las na palma da mão.

— O talento, Perry, pode ser um navio com poucos camarotes, mas não posso deixar pessoas como você passarem a vida na terceira classe. Você me permite deixá-lo rico?

Cohen estava se aproximando, em preparação para outro abraço. Meu Deus, outro! Então esse era Cohen quando não estava sentado no Eudora's, ridicularizando os *arrivistes* por terem menos do que duas canetas e mamarem na teta materna – Cohen, o cortês leão literário, o boa-vida bem-humorado de Estolovaia. De repente Vladimir sentiu-se feliz por ter-se submetido à tutela dele. Seria só isso o necessário para transformar Cohen num tolo afetuoso? Teria Vladimir, sozinho, num canto apertado e banal de Prava, acabado de legitimar o lugar do rapaz ali? Teria feito um amigo para a vida inteira?

A essa altura o escritor praticamente tinha os braços em volta dele, mas quando ficou claro que do outro não viria abraço algum (afinal, Vladimir tinha os seus limites), Cohen em vez disso deu-lhe alguns tapinhas no ombro e disse:

– Então está certo, meu *sherpa*[76] financeiro. Vamos para o centro da cidade e eu vou apresentar você à minha turma.

OS DOIS PEGARAM UM BONDE morro abaixo, e mais uma vez o castelo pairou acima deles. Agora suas fachadas palatinas estavam iluminadas por holofotes em um amarelo artificial, ao passo que a catedral estendia suas torres e cruzes em um verde espectral – dois amantes que não falavam a mesma língua.

Vladimir pediu uma aula de geografia enquanto o bonde os balançava para a frente e para trás na sua viagem para o outro lado do Tavlata, empurrando-os para cima dos passageiros veteranos bem arrumados que por lei tinham direito aos seus lugares no bonde e sentiam um prazer grande e silencioso em observar os dois estrangeiros de pé caírem de joelhos.

Cohen, assim como Kostya, bancou o guia turístico com prazer. Apontava para logradouros que passavam, os seus dedos deixando manchas de nicotina nas janelas do veículo. Lá no morro à esquerda do castelo onde eles tinham acabado de conversar "a conversa", como mais tarde ela seria conhecida, onde os telhados tinham telhas vermelhas e onde se agrupavam as embaixadas mais importantes e os bares de vinhos, aquela área era chamada de Malenka Kvartalka.

---

[76] *Sherpa*: indivíduo do povo tibetano na região do Himalaia que costuma servir de carregador nas expedições nas montanhas. (N. da T.)

— O Bairro Inferior! — Vladimir exclamou, agradavelmente surpreso sempre que a sua língua natal coincidia com o estolovano. Mas por que aquele nome pejorativo para um bairro tão magnífico? Cohen não tinha resposta para isso.

E aonde eles estavam indo – o "mar de campanários" que ele avistara pela manhã, na sua primeira descida para a cidade – era a Cidade Antiga. E ao sul da Cidade Antiga, na parte da cidade onde os campanários das igrejas escasseavam um pouco e os telhados reluziam com mais moderação, e a gigantesca galocha do Pé dominava os acontecimentos como um fantasmagórico *kommissar*[77] de borracha, ficava a Cidade Nova – que, Cohen explicou, não era assim tão nova, datando meramente do século XIV ou coisa assim.

— Então, o que há na Cidade Nova? — Vladimir perguntou.

— O Kmart[78] — Cohen sussurrou com um arremedo de respeito.

Depois de atravessarem para a Cidade Antiga, eles beberam muito café no suntuoso, embora surrado, interior do Café Nouveau, que exibia desbragadamente todos os excessos do período que o seu nome evocava: espelhos dourados, assentos e tapetes asfixiados em veludo vermelho, a indispensável ninfa de mármore branco. Foi uma noite longa, escutando as divagações do jovem americano sobre o tema poesia e arte contemporâneas, e que, de maneira geral, deixou Vladimir sentindo-se feliz por ele próprio não ter inclinações literárias, não acalentar estúpidas intenções artísticas, caso contrário a sua vida cheia de volteios realmente teria um triste fim. Afinal de contas, bastava ver onde o iludido Cohen se encontrava agora, e Cohen era um grã-fino rico, não um russo melancólico qualquer cujas chances de vida eram bem ruinzinhas desde a linha de partida.

Enquanto Vladimir entretinha esses pensamentos e assentia periodicamente ao discurso de Cohen, o ambiente ao redor deles começava a melhorar. Um

---
[77] *Komissar*: Funcionário do Partido Comunista russo encarregado da doutrinação e da vigilância da lealdade dos seus membros. (N. da T.)
[78] Kmart: cadeia de lojas nos Estados Unidos. (N. da T.)

conjunto de Dixieland jazz (composto inteiramente por estolovanos) subiu ao palco, o lugar começou a fervilhar, as belas mesas de mármore logo foram ocupadas por belos rapazes e belas moças, e a mesa de canto que Cohen ocupava emergiu como uma destinação bastante popular.

Subseqüentemente tornou-se difícil para Vladimir lembrar-se quantos dos mais nobres filhos e filhas da América ele havia conhecido naquela ocasião. Ao longo da noitada, ele lembrava-se de ter sido especialmente frio e distante enquanto montes de mãos eram estendidas para que ele as apertasse, quando Cohen apresentava Vladimir Girshkin, magnata internacional, caça-talentos e em breve um poeta premiado.

Poucos sabiam o que pensar dele; Vladimir aceitava isto. E o que ele pensava deles? Bom, para começar, formavam um grupo bastante homogêneo – americanos brancos da classe média que cultivavam um rancor que estava na moda, esse era o mínimo denominador comum. Camaradas nativos, que nunca tiveram que enfrentar os dilemas de um camponês alfa ou um imigrante beta porque depois de cinco gerações todo jovem americano rico tinha direito ao luxo de ser de segunda categoria. E ali, na Prava dos contos de fadas, unidos pela cola da sua própria mediocridade, eles grudavam-se como se todos tivessem nascido da mesma semente no Condado de Fairfax, mamado na mesma loba da explosão populacional como se fossem outros tantos Rômulos e Remos. As regras só eram diferentes para forasteiros óbvios, como Vladimir, que era obrigado a executar algum gesto grandioso – dirigir o Bolshoi, escrever um romance, montar um golpe da pirâmide – para receber uma pequena quantidade de aceitação.

Ele observou o vestuário deles. Alguns usavam flanela, que, Vladimir havia notado durante o seu derradeiro mês nos Estados Unidos, disseminava-se via Seattle. Mas o estilo babaca-glamuroso, o presente mais tangível de Francesca a Vladimir, também estava em evidência. As camisas eram apertadas demais, os suéteres, peludos demais, os óculos tinham armações de tartaruga demais, os cabelos penteados com a extravagância dos anos 70 ou então com o comedimento dos anos 50. Mas veja como aqueles espécimes eram tão mais jovens do que Vladimir! No máximo 21, 22 anos de idade. Alguns deles provavelmente não poderiam comprar bebidas nos bares norte-americanos. Ele era suficientemente velho para ser professor-assistente deles.

Ainda assim ia perseverar. A sabedoria vinha com a idade. Desde já Vladimir conseguia imaginar-se considerado um idoso estadista. Outra maneira de encarar o assunto: apesar da relativa juventude deles, os *nouveau-babacas* eram prejudicados por sua prosaica condição suburbana, ao passo que Vladimir, um ex-nova-iorquino, era por natureza uma anomalia. Mas não era a única anomalia; outros fizeram esforços particularmente intensos para sobressair, inclusive Plank, um homem magro e nervoso que carregava um cãozinho latidor do tamanho de uma mordida – algum cruzamento entre um *chihuahua* e um mosquito – numa sacolinha feita em casa que era embrulhada em renda prateada. As mulheres que passavam revezavam-se para lhe dizer que o cachorrinho era tão engraçadinho, a cabecinha tisnada e melancólica constantemente assomando de sua casa móvel como uma aba peluda com dois olhos. Mas Plank, obedecendo às regras do jogo, não lhes sorria ou agradecia além de um curto gesto de cabeça, sabendo que tais sentimentos podiam parecer antiquados. Cohen contou a Vladimir que Plank criava aqueles minicães personalizados em seu *panelak* para as velhas senhoras estolovanas, mas Plank não se mostrou simpático a Vladimir, afirmando:

– Isto não dá muito dinheiro, você sabe.

Ufa, seria aquilo uma calúnia anti-homens de negócios? Ele não percebia que o verdadeiro amor de Vladimir era a musa?

Vladimir deu-se melhor com Alexandra: alta, esguia, cabelos escuros, com um rosto cheio, mediterrâneo, e uma curva de seios pequena e inteligente. Aliás, ela não era (se Vladimir ousasse pensar isso) muito diferente de Francesca, a não ser no rosto, que era demasiado convencionalmente bonitinho com as maçãs do rosto altas e as longas pestanas naturais estendendo-se para cima em duas parábolas. Com Fran era preciso encontrar a beleza e apaixonar-se pelos defeitos, ao passo que a beleza de pronta-entrega de Alexandra parecia ser o par físico perfeito para Cohen. O modo como os olhos de Cohen mantinham-se firmemente fixos na silhueta do corpo dela, revestido por nada além de um suéter de gola rulê apertadíssimo que se estendia até a meia-calça combinando (nada de trajes babacas-glamurosos para ela, obrigada), decerto confirmavam isso.

Antes que Vladimir pudesse ser formalmente apresentado, Alexandra agarrou-lhe a cabeça e apertou aquela coisa peluda no cerne macio e nu do seu pescoço.

– Olá, meu bem! Já ouvi tudo sobre você! – disse.

Já? Mas como? Vladimir só conhecera Cohen três horas antes.

— Venha! Venha comigo!

Ela envolveu-o com o braço e pôs-se a levá-lo na direção de uma espécie de tapeçaria Art Nouveau pendurada numa parede de veludo — longos arabescos de plumas de cisne multicoloridas cercando o que parecia ser uma *Pietá* estilizada. Sim, a velha e querida Art Nouveau, pensou Vladimir. Graças a Deus o Expressionismo Abstrato e Cia. havia exterminado aquele monstro escandaloso.

— Veja! Olhe só para isto! Um Pstrucha! — Alexandra gritou em sua voz rouca e enfumaçada.

Um quê? Ah, seja lá o que for... Ela era celestial. Aquela clavícula. Dava para vê-la através da gola do suéter. Ela própria era como um cisne. Batom vermelho, suéter preto de gola rulê. Um *haiku* bem na sua frente.

— Está familiarizado com Adolf Pstrucha? Tenho Pstrucha na minha mente. Olhe para a minha sacola de livros. Olhe! — Realmente, ela estava repleta, com mais ou menos uma dúzia de livros multicores a respeito do tal P-sei-lá-o-quê. — Bom, na realidade Pstrucha não era estolovano. Ele pertencia à Eslovênia *Moderna*. Está familiarizado com a arte eslovena? Ah, meu caro garoto, precisamos fazer uma viagem para Ljubljana. Você não pode mais continuar se privando. Bem, o nosso Pstrucha foi praticamente expulso de Prava por tanta zombaria. Era um lugar tão reacionário no início do século XX, o cu do Império Austro-Húngaro. Mas...

Ela baixou a cabeça com ar conspiratório e roçou a clavícula contra o ombro de Vladimir, de modo que ele conseguiu sentir o imenso peso dela, a sua armadura, sua clavícula de nascença.

— Mas pessoalmente acho que os estolovanos estavam rindo do nome dele. Pstruch quer dizer "truta" em estolovano. Adolf Truta! É demais! Não concorda? Diga-me, você alguma vez já foi pescar trutas? Sei que vocês, russos, adoram pescar. Fui pescar nos Cárpatos com um sujeito francês que conhece Jitomir Melnik, o primeiro-ministro, e eu simplesmente tenho certeza de que aquele francês ficaria interessado na sua PravaInvest. Quer que eu apresente vocês? Gostaria de jantar? Ou poderíamos almoçar, se você já tiver um compromisso. Ultimamente tenho tentado me levantar a tempo para o café da manhã.

Sim, sim, sim. Sim para as três coisas, Vladimir pensou. Café da manhã, almoço e jantar. E então talvez a gente possa dar uma cochilada juntos. Não, melhor mantê-la acordada e falante. As palavras dela, tão suaves, tão leves, com a consistência de um pudim... Vladimir tinha vontade de estender a mão e comer as coisas que ela dizia. Segui-las para dentro daquela boquinha. Mas, horror dos horrores, Alexandra tinha um namorado, ou alguém que passava por namorado – um sujeito rechonchudo de Yorkshire chamado Marcus que tinha o aspecto de quem poderia ter sido jogador de rúgbi antes de acontecer todo aquele negócio de Bloco Oriental *ago-go*. Enquanto Alexandra interrogava simpaticamente Vladimir a respeito da sua literatura – "Sobre a sua mãe? Ah, que interessante!" – o namorado agredia aos berros os freqüentadores com a sua cena costumeira de Bretão-à-beira-de-um-ataque-de-nervos[79] – "Hã? Que foi que você disse? Vem cá, seu merda!" – provocando risos forçados em Cohen e Plank. Era óbvio que todos achavam que aquele tampinha era o maior; e pensavam assim porque ele estava namorando Alexandra, a jóia da coroa de Prava.

Além dela havia Maxine, apresentada como estudante da cultura americana, inteiramente vestida de poliéster e conseqüentemente transpirando na cálida névoa de cafeína do Nouveau. Seus cabelos curtos, duros de gel, estavam penteados em um único bloco louro apontando para cima e dando a impressão de estar prestes a decolar em direção às estrelas, e ela tinha úmidos olhos azuis que olhavam para tudo, inclusive para Vladimir, com assombro.

Era também uma interlocutora diplomática, falando com todo mundo, um de cada vez: primeiro Cohen, depois Plank, depois Marcus, e então Alexandra e finalmente Vladimir.

– Estou escrevendo um tratado sobre a mitopoética das interestaduais[80] do sul – ela declarou. – Já esteve?

Vladimir gostou daquela expressividade e do calor da mão dela. Contou-lhe as suas experiências com as interestaduais do Meio-Oeste. Como quando estava ao volante do Volvo da sua namorada de Chicago na faculdade e quase matou uma família de esquilos. Era uma conversa segura e sem objetivo, certamente mais segura do que Vladimir dirigindo, até que o destemido

---

[79] Bretão...: no original, "Briton-on-the-edge", um jogo de palavras intraduzível usando o nome tradicional de algumas cidades antigas na Inglaterra, tais como "Stratford-on-the-Avon" e outras, e a expressão "to be on edge", que se pode traduzir como "estar à beira de um ataque de nervos". (N. da T.)
[80] Interestaduais: subentende-se: estradas interestaduais. (N. da T.)

Vladimir ousou perguntar-lhe por que, sendo uma autoproclamada estudante da cultura norte-americana, ela estava morando em Prava. Ela ergueu a xícara de *latte* para encobrir a boca e resmungou alguma coisa sobre precisar de distanciamento. Ah, o velho e bom distanciamento.

De modo geral, Vladimir sentiu que se saiu muito bem no segmento café do concurso de popularidade, apesar de Marcus e Plank se unirem para resmungar contra os babaquinhas ricos, referindo-se, bem, a Vladimir. Mas Vladimir não sucumbiu. Seus reflexos mentais, aguçados pelo primeiro *round* da tarde com Cohen, mais uma vez salvaram o dia quando ele anunciou o que planejava fazer com a sua riqueza. Ora, naturalmente ia fundar uma revista literária. Cohen a princípio pareceu ofendido por não ter sido informado de antemão daquela iniciativa, mas logo os sussurros de "revista literária" espalhavam-se pelo salão e, antes que percebessem, os freqüentadores regulares da mesa de canto de Cohen estavam fazendo todos os esforços para afastar com condescendência os esperançosos literatos que batiam às portas.

Vladimir, ainda espantado com a própria idéia, diminuiu a sua importância. Como, diabos, iria convencer o Marmota? Mas então lembrou-se que os alunos da sua faculdade no Meio-Oeste tinham não apenas uma, mas duas revistas literárias, então seria tão complicado abrir uma pequena editora em Prava? Além disso, já estavam confeccionando luxuosas brochuras para a "empresa"; não seria tão mais oneroso imprimir também algumas centenas de exemplares de uma revista passável.

– Alguém aqui tem experiência editorial? – ele perguntou à sua nova turma.

Naturalmente todos eles tinham.

DEPOIS DE TEREM BEBIDO CAFÉ SUFICIENTE para mantê-los flutuando a um braço de distância do teto durante uma semana, o bando retirou-se para o andar inferior, onde uma discoteca de aspecto primitivo tocava muito alto alguma coisa não inteiramente *avant-garde*.

– Tão Cleveland! – Plank zombou da música do ano anterior.

No entanto, ninguém deu as costas ao lugar (haveria alguma alternativa?). Em vez disso, foram tomar posse de uma frágil mesa lateral, uma das muitas que cercavam a pista de dança de formato amorfo.

– Cerveja! – gritou Maxine.

E logo garrafas de Unesko forravam a mesa – mais uma linha de defesa contra os corpos que se moviam sem graça ou segurança sob os fachos de luz giratórios como os dos carros da polícia e as luzes estroboscópicas que pulsavam letargicamente.

– Isto é tudo o que temos. Torço para que você não estivesse esperando Nova York no Tavlata – Plank disse a Vladimir, Vladimir tendo obviamente crescido em relação a ele desde o anúncio da revista literária.

– Bom, vamos ver o que podemos fazer sobre isto. Sim, vamos ver – declarou o encorajado Vladimir.

Alexandra estava puxando sua orelha, ansiosa para lhe fazer um recenseamento do lugar.

– Veja os mochileiros! Olhe como são grandes! Ah, aquele porco francês com a camiseta do Estado de Ohio! Ah, é impagável!

– Qual é a função deles? – Vladimir perguntou.

– Nenhuma – Cohen respondeu, enxugando a cerveja do queixo. – São nossos inimigos mortais. Precisam ser destruídos, feitos em pedaços pelas *babushkas* como um presunto de Natal, arrastados pelos bondes através das doze pontes de Prava, pendurados do campanário mais alto da S. Estanislaus.

– E onde está o nosso pessoal? – Vladimir gritou pra Alexandra por cima do vozerio.

Ela apontou para as mesas dos fundos, que, Vladimir agora percebia, estavam reservadas para os seus colegas artistas, que calmamente bebericavam cerveja em meio ao frenesi alimentar suburbano.

Um embaixador de uma daquelas mesas, um janota alto e jovem com uma camiseta Warhol, trouxe um narguilé azul, pequeno e jeitoso, contendo haxixe. Vladimir dessa vez foi apresentado como um "magnata, caça-talentos, poeta renomado, e também editor". Fumaram o haxixe doce e picante, tornando a encher o cachimbo o número de vezes suficiente para deixar-lhes os dedos marrons e pegajosos, pois aquele haxixe era do tipo úmido e letal que só podia resultar da proximidade com a Turquia. O sujeito ofereceu-o a Vladimir por 600 coroas a grama, mas Vladimir estava atordoado demais para lidar ao mesmo tempo com coroas e com o sistema métrico. De qualquer maneira, comprou dois mil dólares da droga e nesse processo fez um outro amigo de toda a vida.

Havia pouca coisa que ele conseguisse recordar depois que o haxixe entrou em cena. Houve danças com Maxine e Alexandra e possivelmente com os rapazes.

Uma boa extensão de chão foi esvaziado de mochileiros por funcionários da discoteca vestindo camisas marrons, e a turma de Vladimir foi convidada a levantar-se e sacudir os ossos. Nesse ponto houve sério tumulto. Uma universitária protestando aos gritos saltou sobre Vladimir, logo quem. Doidão acima da sua capacidade, Vladimir pensou que estava sendo paquerado, com toda aquela pele norte-americana de cheiro doce em volta de si e um par de garras manicuradas enfiadas em seus flancos. Somente quando Alexandra começou a arrastar a universitária pelos cabelos foi que Vladimir se deu conta de que estava no centro de algum tipo de antagonismo de classes.

Ela desempenhou a puxação de cabelos com muito aprumo, e Vladimir, liberto da sua carga, deve ter agradecido profusamente, pois lembrava-se dela dizendo "Ah" em meio à névoa vermelha-cinzenta-verde das luzes da discoteca e da fumaça de haxixe, e dando-lhe um beijo em cada bochecha. Então ele se sentiu bem a respeito de todo o incidente desagradável, já que este servira para polarizar ainda mais a multidão entre "nós" versus "eles", e no curto espaço de uma noite ele havia se colocado totalmente na coluna "nós" do catálogo.

Então, em algum momento durante a viagem de táxi de volta ao seu conjunto habitacional, ele lembrava-se de ter cutucado o sonolento Cohen e tentado mostrar-lhe a cidade lá embaixo, seus holofotes apagados, mas a lua amarela ainda progredindo ao longo da curva do Tavlata, as luzes de advertência a aviões piscando no alto do Pé, um Fiat solitário que vinha bufando ao longo da margem silenciosa.

– Perry, veja que beleza – Vladimir insistiu.

– É, muito bem – Cohen respondeu, e tornou a dormir.

Finalmente ele estava diante das muralhas do seu castelo *panelak*, lembrando de como a *Casa* Girshkin lhe parecia imponente durante a sua época de 2º. Grau quando voltava de Manhattan tarde da noite, embriagado, incoerente e inabordável às perguntas tanto em russo quanto em inglês da sua sempre vigilante Mãe. Ele entrou na portaria, onde os homens de Gusev haviam adormecido, alguns com as cartas do baralho ainda nas mãos. Fortalecido pelo cheiro da portaria, ele rastejou escada acima em busca da sua cama, errando por duas vezes o andar. Finalmente encontrou o seu quarto, depois a sua cama.

Ela era bonita, Alexandra – ele pensou, antes de borrifar-se com minoxidil e desmaiar silenciosamente.

21. A CULTURA FÍSICA E OS SEUS ADEPTOS

Ninguém o despertou, em hora nenhuma. Não apenas Vladimir havia se esquecido de colocar o despertador na mala, como também, ao que parecia, o Marmota e os tentáculos humanos do seu vasto aparato tinham o costume de permanecer até o meio da tarde no conforto de suas camas, com suas namoradas e seus rifles. Kostya, como Vladimir ficara sabendo, passava as manhãs na igreja.

Vladimir descobriu este detalhe eclesiástico no seu quinto dia em Prava. Ele acordou tarde, despertado pelo que parecia ter sido uma explosão em uma das fábricas do Período Paleolítico que se acachapavam de encontro ao horizonte de veludo, mas que poderia muito bem ter sido uma explosão dentro do próprio Vladimir – o *pivo*, a vodca e os *schnapps* da véspera haviam se acomodado no seu estômago como relutantes companheiros de cama, e Vladimir foi forçado a despejá-los por toda a esterilidade do seu banheiro pré-fabricado, com o pavão tarado da cortina do chuveiro exibindo um sorriso de conhecedor. Vladimir percebeu que a ave usava uma cueca apertada nos tons tricolores da Estolovaia, e como destaque tinha uma respeitável trouxa avícola.

A noite da véspera, o terceiro capítulo da saga do Café Nouveau, deixara Vladimir apalpando a lateral do corpo onde ele imaginava que o fígado vivesse a sua conturbada existência, e por causa disso vestiu uma camiseta do Clube Esportivo de Nova York (eles haviam visitado a Sociedade Emma Lazarus em busca de novos membros – como se alguém ali tivesse dinheiro para isso!) com a esperança vã de conseguir recuperar a forma pela força da sugestão. Encaminhou-se para o Kasino deserto, torcendo para que Marusya, a velha senhora perpetuamente bêbada atrás do balcão, estivesse vendendo cigarros e o seu preparado especial para ressacas. Ela não estava.

No entanto, Kostya estava lá, usando um conjunto de jogging fluorescente a ponto de deixar o pavão humilhado, e uma pesada corrente de ouro com uma cruz e um Jesus anatomicamente correto pesando sobre o estômago.

– Vladimir! Que lindo dia! Já foi lá fora?

– Você viu a Marusya?

– Você não precisa dela num dia como o de hoje – anunciou Kostya, dando puxões no Cristo. – Dê uma folga para os seus pulmões, é o que eu aconselho.

Olhava atentamente para a camiseta de Vladimir, até dar a este a impressão de que o seu corpo magrelo estava sob escrutínio. Vladimir curvou os ombros para a frente, em defesa.

– Clube Esportivo – Kostya leu em voz alta. – De Nova York.

– Foi um presente.

– Não, você é muito esguio, precisa correr.

– Sou um homem de natureza saudável.

– Venha comigo – Kostya chamou. – Há um espaço ali atrás das casas. Vamos correr. Você vai construir força na parte de baixo do corpo.

Parte debaixo do corpo? Debaixo de quê? Debaixo da boca? Que tipo de conversa era aquela? É claro, a sua namorada de Chicago na época da faculdade no Meio-Oeste o fizera dar voltas numa pista muito sofisticada, monitorada por computador – uma concessão da faculdade ao seu segmento marginal atlético. "Algum dia você vai me agradecer por isto", a sua antiga namorada costumava dizer. Aha. Obrigado, querida. Obrigado pelo presente de suor e sofrimento.

Mas então Kostya colocou uma das suas lindas patas, as unhas cuidadosamente aparadas, no ombro de Vladimir, e levou-o para fora como uma vaca rebelde que estivesse demasiado apegada aos limites embolorados do seu estábulo, saindo para o sol enevoado e a grama doentia do início do outono em Prava.

Ali, tudo era muito tipo *dacha*: salgueiros chorões choravam sob o peso de tetra-hidro-petra-carbo-fosse-lá-que-diabo-fosse que as chaminés arrotavam para o ar; coelhos pós-comunistas saltavam letargicamente, sem rumo, como se obedecessem a alguma delirante ordem do partido que ninguém jamais se dera ao trabalho de revogar; e Kostya sorria como um fazendeiro feliz por estar de volta depois de vender o seu grão na cidade. Ele abriu o zíper da roupa, revelando um peito carente de pêlos, e disse coisas como "oooh", "*bozhe moi*" e "agora estamos em terra de Deus".

Havia uma clareira. Alguém, provavelmente o próprio entusiasta da corrida, havia esparramado areia no chão formando uma trilha de forma oval, e o sol, livre dos salgueiros, ardia sobre eles sem dó nem piedade. Cobrindo a cabeça ardente com a palma da mão num esforço de impedir que o minoxidil evaporasse, se tal coisa fosse possível, Vladimir pensou consigo mesmo: Se há um inferno nesta terra... E agora?

– Ficar aí parado é inútil! – Kostya gritou, renegando os séculos de sabedoria dos camponeses russos, e então pôs-se a correr como um insano pela trilha de areia. – Avante! Avante!

Vladimir saiu trotando humildemente. Havia alguma coisa que era preciso fazer com os braços; ele olhou para Kostya, que levantava poeira no outro lado da clareira, e tentou resolutamente socar o ar, esquerda, direita, esquerda, direita. Droga. Talvez tivesse valido a pena terminar a faculdade, só para evitar essa maluquice. Por outro lado, os universitários muitas vezes eram requisitados para jogar tênis nas academias da Wall Street. Se bem que sempre existia o trabalho social... para as pessoas sossegadas, que gostavam de sombra e água fresca.

Ele deu algumas voltas, acrescentando três anos à sua vida a cada volta completada. Respirava profundamente o fino ar estolovano. Sentia o suor, grosso como um xampu, separando o seu corpo pele-e-osso da fina camiseta de algodão. Enquanto saltava de um pé para o seguinte como um daqueles pássaros desengonçados da Flórida, Vladimir sentia glóbulos de muco coagulando em seus pulmões danificados.

Kostya diminuiu sua velocidade para ficar parelho com ele.

– Então? Está conseguindo sentir o efeito?

– *D... Da* – Vladimir confirmou.

– Está se sentindo bem?

– D... Da.

– Melhor do que nunca?

Vladimir encolheu-se e acenou com os braços para indicar a sua incapacidade de falar.

– Mente sã em corpo são – bradou o seu torturador. – Ora, qual grego disse isto?

Vladimir deu de ombros. Zorba? Não podia ser.

– Sócrates, eu acho – Kostya gritou.

E saiu disparado à frente de Vladimir, como que para mostrar-lhe que isso podia ser feito. Logo desapareceu completamente. Vladimir ofegava. Tinha os olhos nublados de lágrimas, seu pulso estava mais disparado do que o ventilador do Homem do Ventilador ligado na velocidade máxima. Então a trilha de areia desapareceu também. Ficou tudo escuro, talvez houvesse uma nuvem no céu. Houve o ruído de vegetação seca pisada. Houve um grito de "Ei!". Ele bateu com a cabeça em alguma coisa dura.

A GARGANTA DE Vladimir trouxe à tona uma bola de catarro do tamanho de um sapo. Ele olhou para ela, caída ao seu lado na grama. Kostya enxugava a testa com um lenço.

– De modo que você correu contra uma árvore – disse. – Uma coisa sem importância. A árvore está bem. Você tem um pouco de sangue aqui. Temos *Band-Aids* americanos em casa. Os homens de Gusev consomem isso como vodca.

Vladimir pestanejou um par de vezes, depois tentou girar o corpo. Aquela parte de descansar-debaixo-da-árvore era legal, muito melhor do que correr sob o sol. Ele se sentia um idiota? Nem um pouco – esportes universitários não constavam do seu currículo. Talvez agora o cretino do Kostya o deixasse em paz com a sua asma e o seu álcool.

– Está certo, então na próxima vez vamos começar devagar. Estou vendo que nós temos algumas limitações – Kostya declarou.

Nós? Vladimir tentou lançar um raio de repugnância na cara daquele alucinado, mas esta estava ocupada demais parecendo toda suada e inchada, enquanto as mãos trabalhavam cuidadosamente no ferimento de Vladimir como se ele fosse o melhor amigo de Kostya derrubado em Estalingrado.

Vladimir imaginou esta cena num cartaz de recrutamento intitulado: "VOCÊ AGORA ESTÁ NA MAFYIA!"

— Certo. Começar devagar na próxima vez — Vladimir ecoou. Talvez a gente faça um pouco de... — Ele não conseguiu pensar num equivalente russo para "caminhada aeróbica". — Vamos levantar uns pesos leves ou coisa assim.

— Eu tenho isso. Leves e pesados, como você preferir. Mas dá para perceber que você precisa desenvolver o seu sistema cardiovascular — Kostya afirmou.

— Não, acho que preciso levantar pesos muito leves — Vladimir contestou.

Mas não havia como discutir com Kostya. Eles iriam correr devagar em volta da trilha enquanto carregavam pesos leves todas as segundas, terças, quintas e aos sábados, ao meio-dia.

— Nos outros dias estou na igreja — Kostya explicou.

— Claro que sim — Vladimir concordou, com o olhar vazio fixo no seu próprio sangue fluindo, escuro e sombrio contra os ultrajantes rosas e violetas da roupa de ginástica de Kostya. Foda-se ele. Mas veio-lhe um pensamento:

— A igreja não é só nos domingos?

— Eu ajudo nas quartas e sextas de manhã — explicou o querubim. — Eles têm uma comunidade russa ortodoxa bem pequena aqui, e realmente precisam de muita ajuda. A minha família, sabe, tem fortes raízes religiosas, que vão até antes da revolução. Tivemos padres, diáconos, monges...

— Ah, o meu avô era diácono —Vladimir revelou, distraído.

E foi assim que ele viu-se convidado para ir à igreja.

No FRONT AMERICANO as coisas estavam em movimento. Quando se exauriam as suas tardes de vadiagem pelo conjunto habitacional fingindo desenvolver uma estratégia empresarial e aprender a língua nativa, Vladimir, acompanhado por Jan, o mais jovem e menos embigodado de todos os motoristas estolovanos, descia para a cidade dourada, passando em disparada pelo castelo. O BMW que lhe fora designado, Vladimir ficou sabendo, não era o modelo mais caro, como aqueles requisitados por Gusev e alguns dos seus subordinados diretos – e, naturalmente, o Marmota, que tinha dois Beamers[81], um com o

---

[81] *Beamer*: Termo coloquial para os veículos da marca BMW. (N. da T.)

teto rígido e o outro, conversível. Vladimir aprendeu muita coisa a respeito de automóveis com Jan, com quem ele praticava também o estolovano. Enquanto o seu novo amigo descarrilhava bondes e deixava cagando-se de medo tanto os *dachshunds* quanto as *babushkas*, Vladimir aprendia a dizer: "Este carro é ruim. Não tem aparelho de som para cinco CDs", ou: "Você tem um rosto que é atraente para mim. Venha para dentro do meu lindo carro".

A sua teia expandiu-se do Eudora Welty's e do Nouveau para o Air Raid Shelter, o Boom Boom Boom, o Jim's Bar e até, depois de uma sortida equivocada, o Clube de Homens. Havia cochichos:

— Aquele ali é o editor, o novo.

— É aquele caçador de talentos. Para aquela multinacional. PravaInvest.

— O romancista, você deve ter ouvido falar dele... Claro, ele tem livros publicados em toda parte.

— Eu já o vi com Alexandra! Uma vez no Nouveau ela me pediu fogo para o seu cigarro...

— Devíamos pagar uma Unesko para ele.

— Meu Deus, ele está olhando para cá com desprezo.

No decorrer de tudo isso, Vladimir havia desenvolvido por Alexandra uma paixão sólida, paixão de operário. Ele observava todo o corpo inegavelmente perfeito, sempre que os olhos dela estudavam o cardápio, a lista de cervejas, a lista de vinhos, ou estavam ocupados com qualquer coisa — e então levava os pequenos pedaços de lembrança de volta para o seu *panelak*, onde, à noite, eles eram o combustível dos seus sonhos, e de dia forneciam material para contemplação: os lábios dela, macios e cor de cereja contra o pano de fundo de tijolos cinzentos da Antiga Prefeitura; o busto visto do alto, pairando acima da mesa quadrada de mármore; os longos braços bronzeados, constantemente estendidos para abraçar alguma celebridade local, pressioná-la contra a sua clavícula protuberante, a sua marca registrada. Não era nada de pesado, como havia sido com Francesca; apenas uma coisa animadoramente honesta (se bem que patética) e sexualmente afirmativa a fazer, e ele passou a fazer isso metodicamente. Convidava-a para almoçar; porém, para desviar quaisquer suspeitas acerca das suas intenções românticas, era obrigado a convidar todo eles, um de cada vez, e com freqüência Marcus a acompanhava. Eram almoços de negócios onde nada se conseguia produzir; idéias para a revista eram remexidas como peças de *mah-jongg*, mas no final das contas eram os mexericos e a porcaria de quem-dormiu-com-quem que eram publicados com frêmito no ar doce e enfumaçado do café. Alexandra, infelizmente, só dormia com Marcus, o tampinha do rúgbi, que, como Vladimir ficou sabendo, era um babaca *par excellence*, mas que todos os dias cutucava o próprio traseiro pelo cobiçado posto de editor-chefe.

— *Oi*, esses merdas — Marcus dizia, num *cockney*[82] adotado depois de anos sendo fisicamente forte e artisticamente franzino no West End de Londres, enquanto observava os fregueses de expressão azeda no café/bar/ discoteca/restaurante. — Os próximos Hemingways, eles pensam que são.

E ali estava o problema de Marcus: ele não era escritor, era ator, e, num esforço para vencer o abismo entre o que ele podia fazer e o que Prava queria que fizesse, adotara a pintura e o que Alexandra chamava esperançosamente de "as artes gráficas". Vladimir calculou que iria escolhê-lo para editor de arte, o que teoricamente significaria que Marcus iria "editar" quantas das suas próprias obras desejasse, enfiá-las dentro daquela maldita coisa e encerrar o expediente.

Para editor-chefe, o sistema de patrocínio de Vladimir telegrafava o nome de Cohen tanto em itálico quanto em negrito. Também para melhor amigo, companheiro, colega, esse tipo de coisa. Cohen era indispensável. Os maiorais gostavam dele, Vladimir ficou sabendo, porque ele tropeçava e dizia coisas absolutamente erradas, como "afeminado" e "Graças!", e tinha cara de ser assim mesmo, aquele obtuso camponês de Iowa. Ao mesmo tempo, era um sujeito judeu zangado e desdenhoso que suspeitava que no oitavo dia da sua vida o *mohel*[83] do Meio-Oeste, fora de prática, havia cortado também um pedacinho a mais da sua lingüiça — uma crise proporcional ao fato de ser supostamente o único judeu de Iowa (isso sem mencionar ter um Hitler como pai), o que provava de uma vez por todas que o mundo estava querendo pegá-lo, portanto ali estava ele em Prava, a borda do mundo conhecido.

Ele era também muito bem relacionado em Amsterdã e em Istambul, aparecendo com pacotinhos diminutos *par avion* que eram o que havia de

---

[82] *Cockney*: dialeto típico dos londrinos de classe baixa. (N. da T.)
[83] *Mohel*: pessoa encarregada de efetuar a circuncisão ritual dos judeus. (N. da T.)

melhor na ciência hidropônica e no *know-how* turco e produziam muitas fisionomias plácidas e agradecidas nos dois lados do Tavlata. Baobab, o velho amigo de Vladimir, tinha ocupação similar, naturalmente, mas o tolo do outro lado do oceano não praticava essa empreitada por causa de alguma solidariedade social e sim por lucro, grosseiro e egoísta. (Além disso o seu material era notoriamente cheio de sementes e galhos, também).

E não vamos nos esquecer de que Cohen era o mentor de Vladimir – uma posição que o próprio jamais deixava de mencionar, como, por exemplo, "amanhã vou orientar Vladimir" e "temos uma relação de aconselhamento muito satisfatória". Isso acontecia no estreito beco do Bairro Inferior onde Cohen e Vladimir pela primeira vez haviam alcançado o seu entendimento literário. As tentativas de Vladimir em favor do esplêndido parque que se erguia em curva do Bairro Inferior e aparentemente dava para o próprio castelo, isso sem mencionar a Cidade Antiga e a Cidade Nova do outro lado do rio, foram baldadas: eram lugares óbvios demais para Cohen.

– A criatividade floresce apenas em espaços pequenos, abafados: o armário de vassouras, um apartamento sem água quente, tocas de coelho...

Discutir para quê? Eles estudaram a singular obra de Cohen ("E do quarto de dormir vem o som / de dois amantes lendo Ezra Pound") como se fossem dois rabinos eruditos que finalmente haviam conseguido acesso à Cabala, até que um dia Cohen declarou:

– Vladimir, você vai ter um deleite. Vai haver uma récita.

Um deleite? Ainda se podia dizer isso em 1993? Vladimir, pelo menos, não apostaria nisso.

– Mas ainda não estou pronto – protestou.

– Sei que não está – disse Cohen com uma risada. – Sou eu quem vai ler. Ah, não faça esta cara tão triste, Gafanhoto. A sua vez chegará.

– Entendo – disse Vladimir.

Mas era estranhamente desanimador ouvir que ele não estava pronto para uma récita, mesmo que o árbitro do seu valor fosse aquele leão sarnento do interior dos Estados Unidos. Vladimir sabia não ser poeta, mas certamente não era tão ruim assim.

– Às três horas, amanhã. No Café Joy na Cidade Nova, fica a um quarteirão do Pé. Ou podíamos nos encontrar perto do dedão esquerdo. E, Vladimir... – Cohen passou o braço pelos ombros do outro, um gesto que assustou o tímido Vladimir por toda a eternidade. – Não é necessário traje especial, é claro, mas sempre faço questão de usar alguma coisa bela quando me apresento para a sociedade do Joy.

O JOY. Vladimir estava deitado de bruços em seu pequeno *boudoir* de madeira clara, meditando sobre aquele palco fabuloso e a sua oportunidade de impressionar a multidão com a sua própria poesia, carimbando a sua arte na massa de anglófonos ricos, todos investidores em potencial, e de começar (finalmente!) a Fase Dois do seu plano geral.

A Fase Um havia acontecido sem um senão sequer. Ele havia se apresentado – não, se insinuado – àquela massa bruta de ocidentais que buscavam o lucro cultural. Mas agora precisava fechar o negócio. Para provar a pessoas como o criador de cachorros Plank e o nanico do rúgbi Marcus que ele não era apenas um homem de negócios disposto a comprar alguns amigos boêmios com uma revista literária e mil drinques de graça. E se conseguisse ler o seu poema no Joy, aí então... Direto para a Fase Três! A fase de realmente "passar a perna nos otários". (Ei, talvez ele conseguisse até roubar Alexandra de Marcus em algum momento por perto da Fase Dois e Meio, digamos).

Enquanto isso, as ações da PravaInvest – ilustradas com todos os floreios e a pompa de um diploma de faixa verde de caratê para garotos de classe-média – estavam recém-impressas e prontas para serem vendidas por apenas 960 dólares americanos. Investidores espertos de toda parte, prestem atenção!

Assim, ao trabalho, pois. Vladimir pegou a sua caderneta prosaicamente cheia de anotações da orientação de Cohen e procurou o poema "Mamãe em Chinatown", que ele havia iniciado naquele dia profético no Eudora Welty's.

Leu para si mesmo as primeiras linhas do poema da Mãe. Um pequeno fio de pérolas da sua terra natal... Ridículo, sim. Mas definitivamente pertinente.

Por outro lado, e se...? E se Cohen e toda a Turma logo o enxergassem a fundo? E se estivessem atraindo Vladimir ao Joy apenas para denunciar o magnata-caçador-de-talentos-poeta-renomado-editor-internacional como o golpista sem-vergonha que ele realmente era? Vladimir cheirou o ar à sua volta, preocupado de estar soltando um cheiro fraudulento. Snif, snif... Nada além do cheiro de poeira molhada e o travo estontenante de um fogareiro elétrico no apartamento ao lado. Indo mais longe, e se Cohen se ressentisse de ver o seu lugar no palco ocupado? E se ele reunisse os seus sabujos – Marcus, Plank, aquele outro fulano macilento – e sobrepujasse Vladimir para sempre? Quem Vladimir poderia convocar em sua ajuda? Era verdade que Alexandra talvez o defendesse, aquela gracinha piradinha. Além disso, Alexandra tinha total autoridade sobre Marcus e era intensamente venerada por Maxine e por aquela outra loura, a que sempre usava botas até as coxas e carregava uma sombrinha chinesa... Mas isso iria apenas dividir a Turma ao meio. O que ele faria com meia Turma?

Se pelo menos alguém competente pudesse aconselhá-lo...

Se pelo menos a Mãe estivesse lá.

Vladimir suspirou. Não havia como fugir: sentia a falta dela. Aquela era a primeira vez que mãe e filho ficavam separados por 800 mil quilômetros, e a perda era palpável. Feliz ou infelizmente, até agora a Mãe governara Vladimir como se ele fosse um feudo seu de 1,67 de altura. Agora que Vladimir a tinha abandonado, estava por sua própria conta. Dito de outra maneira, subtraindo-se a Mãe de Vladimir, quanto restava? Um número negativo, pelos cálculos de Vladimir.

Ela sempre estivera ao lado dele, desde o amargo começo. Ele recordava a Mãe como uma professora de xilofone de 29 anos preparando zelosamente o filho asmático para o jardim-de-infância, cinco meses depois do início das aulas para as crianças mais saudáveis que ele. O primeiro dia de aula era uma ocasião de imensurável ansiedade para qualquer garotinho soviético, mas para o semimorto Vladimir ele era acompanhado pelo medo de que os seus novos coleguinhas extrovertidos fossem persegui-lo pelo pátio da escola, derrubá-lo no chão, sentar-se sobre ele, extrair o último alento do seu sofrido peito.

– Escute, Seryozha Klimov é o brigão – a Mãe o educava. – É aquele que é alto, com cabelos vermelhos. Você vai evitá-lo. Ele não vai se sentar em cima de você, mas gosta de beliscar. Se ele tentar beliscar você, conte a Maria Ivanovna ou a Ludmila Antonovna ou a qualquer outra professora, e eu vou correr lá e defender você. O seu melhor amigo vai ser Lionya Abramov. Acho que você brincou com ele uma vez em Yalta. Ele tem um galo de dar corda. Você pode brincar com o galo, mas não deixe os punhos da camisa ficarem presos nas engrenagens. Você vai estragar a sua camisa e as outras crianças vão achar que é um cretino.

No dia seguinte, segundo instruções da Mãe, Vladimir foi ao encontro de Lionya Abramov, sentado a um canto, pálido, trêmulo, uma grande veia verde pulsando ao longo da sua monumental testa judia; em outras palavras, um companheiro sofredor. Eles apertaram-se as mãos como adultos.

– Eu tenho um livro – Lionya disse com voz chiada. – Lenin está escondido e constrói uma tenda camuflada feita apenas de capim e da cauda de um cavalo.

– Eu tenho um desses também. Deixe-me ver o seu – Vladimir respondeu.

Lionya mostrou o livro em questão. Era bonito, realmente, mas, com o texto minúsculo, obviamente era dirigido a alguém com o dobro da idade deles. Mesmo assim Vladimir achou difícil resistir ao impulso de colorir o domo calvo de Lenin num pertinente tom de vermelho.

– Você precisa tomar cuidado com Seryozha Klimov. Ele belisca com tanta força que pode até sangrar – Lionya informou.

– Eu sei. Minha mãe me contou.

– A sua mãe é muito simpática – Lionya confessou com timidez. – É a única que se preocupa para que não me batam. Diz que vamos ser os maiores amigos um do outro.

Algumas horas depois, deitado num colchonete durante a hora do repouso, Vladimir abraçou a minúscula criatura encolhida ao seu lado – o seu primeiro maior amigo, exatamente como a Mãe havia prometido. Talvez no dia seguinte eles pudessem ir à sepultura coletiva de Piskaryovka com as avós e colocar flores para os mortos. Talvez pudessem entrar lado a lado para os Pioneiros Vermelhos. Que sorte que ele e Lionya fossem tão parecidos e nenhum dos dois tivesse irmãos... Agora teriam um ao outro! Era como se a Mãe houvesse criado alguém só para ele, como se ela tivesse adivinhado como ele se sentia solitário na cama de doente com a sua girafa de pelúcia, os meses desfiando-se em crepuscular melancolia até que junho chegasse de novo, a hora de descer para a ensolarada Yalta e contemplar os golfinhos do Mar Negro saltando de alegria.

Arfando juntamente com o seu novo amigo, Vladimir mal percebeu que a Mãe entrara silenciosamente no aposento e estava inclinada por cima dos dois corpos deitados.

– Ah, *druzhki* – ela sussurrou, uma palavra que significa, em termos gerais, "amiguinhos", uma palavra que Vladimir até hoje considerava uma das mais ternas da sua infância. – Alguém já agrediu vocês? – perguntou-lhes.

— Ninguém tocou em nós — eles sussurraram em resposta.

— Ótimo... Então descansem — disse ela, fingindo que os dois eram companheiros temperados pela guerra retornando da frente de batalha. Deu a cada um deles uma bala de chocolate Chapeuzinho Vermelho, um bala tão deliciosa quanto alguém poderia esperar, e enrolou-os em um cobertor.

— Gosto do cabelo da sua mãe, tão preto que quase que a gente consegue se ver nele — Lionya comentou pensativamente.

— Ela é linda — Vladimir concordou.

Com o interior da boca revestido de chocolate ele adormeceu e sonhou que os três — a Mãe, Lionya e ele — estavam escondidos com Lenin em sua tenda de cauda de cavalo. Estava bastante apertado, não havia muito lugar para valentia ou para qualquer outra coisa. Tudo o que podiam fazer era aconchegar-se uns aos outros e esperar o futuro incerto. Para passar o tempo, cada um por sua vez trançava os lustrosos cabelos da Mãe, cuidando para que eles lhe emoldurassem as têmporas delicadas de um jeitinho todo especial. Até mesmo V. I. Lenin tinha que admitir aos seus jovens amigos que "é sempre uma grande honra trançar os cabelos de Yelena Petrovna Girshkin de Leningrado".

DE VOLTA AO SEU *panelak* em Prava, Vladimir levantou-se da cama. Tentou caminhar do modo como a Mãe lhe mostrara poucos meses antes em Westchester. Aprumou a postura até sentir dor nas costas. Colocou os pés bem juntos, ao estilo gentio, quase arranhando os seus lustrosos mocassins novinhos, um presente de despedida do SoHo. Mas no final achou sem sentido todo aquele exercício. Se havia conseguido sobreviver ao jardim-de-infância soviético arrastando-se judaicamente de humilhação em humilhação, então seguramente conseguiria sobreviver ao escrutínio de um palhaço qualquer do Meio-Oeste chamado Plank.

Ainda assim, e mesmo do outro lado do planeta, ele ainda podia sentir os dedos da Mãe cutucando a sua espinha, os olhos enchendo-se de lágrimas, a histeria lírica já bem adiantada... Como ela o havia amado um dia! Como ela o adorava! Como ela havia imposto a si mesma um padrão absoluto: farei qualquer coisa no mundo por ele, jogar-me na frente de gente como Seryozha Klimov, convocar coleguinhas de cinco anos para a sua causa, deixar para trás minha mãe agonizante para emigrar para os Estados Unidos, forçar o meu marido fracassado a uma vida de lucros ilícitos, somente para ter certeza de que o pequeno Vladimir vai continuar respirando, ainda que com dificuldade, em segurança e conforto.

Como é que uma pessoa dedica toda uma vida a outra? O egocêntrico Vladimir mal conseguia começar a imaginar. No entanto, gerações de mulheres judias russas haviam feito o mesmo por seus filhos. Vladimir fazia parte de uma grandiosa tradição de sacrifício fundamental, da insanidade sem limites. Simplesmente ele havia, de algum modo, conseguido desvencilhar-se daquele cativeiro familiar e agora encontrava-se órfão e sozinho, castigado e corrigido.

Que é que faço agora?, Vladimir perguntou à mulher do outro lado do oceano. *Me ajuda, mamãe...*

Em meio ao chilrear fantasmagórico dos velhos satélites soviéticos circulando acima de Prava, a Mãe deu sua resposta. *Vá em frente, meu pequeno tesouro!*, ela disse. *Tire tudo o que conseguir destes filhos da puta sem cultura!*

Quê? Vladimir ergueu os olhos para o teto de papelão acima dele. Não estava esperando tal franqueza criminosa. *Mas como pode ter certeza? E quanto à ira de Cohen...*

Cohen é um ignorante, foi a resposta. *Não é nenhum Lionya Abramov. Só mais um americano, como aquela hipopótama no meu escritório que tentou me ferrar na semana passada. Quem é que está rindo agora, sua suka*[84] *gorda? Não, chegou a hora da Fase Dois, meu filho. Leve o seu poeminha para a récita. Não tenha medo...*

Grato pelo *imprimatur*, Vladimir ergueu as mãos para o céu, como se pudesse vencer a extensão do éter do espaço incerto e das falsas lembranças e mais uma vez trançar os cabelos da Mãe na longa viagem de trem para Yalta, massagear o couro cabeludo branco entre os cachos. *Se eu vencer amanhã*, Vladimir disse a ela, *será por sua causa. Você é a senhora da ousadia e da perseverança. Não importa como eu possa colocar os meus pés, sou dotado de tudo o que você me ensinou. Por favor não se preocupe comigo...*

A minha vida inteira é de preocupação com você, respondeu a Mãe. Nesse ponto, porém, com um grande estrondo informativo, a porta da sala de estar quase desabou sob a força das coronhadas de dois rifles.

---

[84] *Suka*: "cadela" em algumas línguas da Europa Oriental, podendo também significar "prostituta". (N. da T.)

22. NA SAUNA

— **Vladimir borisovich!** — Um dueto de vozes roucas gritou em russo do corredor, interrompendo a sessão mediúnica transatlântica de Vladimir. — Ei, você! *Opa*! Trate de acordar!

Vladimir caminhou até a porta balançando-se como um pato e, com a pressa, perdeu os dois pés dos chinelos, as orelhas ainda tinindo com a entonação celestial da Mãe.

— Qual é o significado? Eu trabalho para o Marmota!

— O Marmota quer você, gatinho. É hora do *banya*! — gritou de volta um grosseirão.

Vladimir abriu a porta.

— Que *banya*? — perguntou aos dois enormes campônios, cujos rostos eram completamente amarelados por uma vida inteira de bebida, de modo que à luz pálida do corredor eles pareciam totalmente verdes. — Já tomei banho hoje de manhã.

— O Marmota disse leve Vladimir Borisovich para o *banya*, então pegue uma toalha e vamos — eles disseram em uníssono.

— Que bobagem!

— Você vai contrariar o Marmota?

— Obedeço cegamente às ordens do Marmota — Vladimir declarou aos dois intrusos.

Ambos pareciam versões adultas de Seryozha Klimov, o valentão do jardim-de-infância. E se tentassem matá-lo a beliscões, à la Seryozha? Certamente a Mãe não estava ali para protegê-lo, e Lionya Abramov, seu ex-melhor amigo, provavelmente gerenciava uma boate barata em Haifa.

— Onde é este *banya*? — Vladimir quis saber.

— No prédio 3. Lá não tem lugar para trocar de roupa, então coloque a sua toalha agora.

— Este é o procedimento.

— Vocês sabem com quem estão falando?

— Sim — os dois responderam sem hesitação.

— Somos subordinados a Gusev! — um deles acrescentou, como se isso bastasse para explicar a impertinência deles.

ENQUANTO VLADIMIR, vestido com uma toalha, atravessava o pátio para o terceiro *panelak* flanqueado pelos seus dois acompanhantes armados, um punhado de putas do Kasino assomaram da sua toca sombria para assobiar para o rapaz quase nu, que instintivamente cobriu os seios com ambas as mãos, como havia visto garotas peitudas fazerem na literatura pornográfica. Então aquilo era uma armadilha! Gusev armando para humilhá-lo, aquele bosta. Talvez ele houvesse esquecido que Vladimir era o filho de Yelena Petrovna Girshkin, a implacável czarina dos jardins-de-infância, tanto os de Scarsdale quanto os soviéticos... Bem, pensou Vladimir, veremos quem vai foder quem, ou, como dizem na Rússia em duas sílabas simples e elegantes: *kto kovo*.

O *banya* não era uma casa de banhos russa verdadeira com suas paredes descascando-se e estufas manchadas de carvão, mas sim uma minúscula sauna sueca pré-fabricada (tão enfadonha e de madeira quanto a mobília de Vladimir), que havia sido acrescentada ao *panelak* de maneira improvisada, como um módulo espacial à Mir. Ali, o Marmota e Gusev estavam a cozinhar lentamente, ao lado de uma travessa de peixe seco e um pequeno barril de Unesko.

— O Rei dos Americanos dignou-se vir banhar-se conosco! Os meus homens me disseram que o seu carro e o motorista passaram o dia inteiro ociosos – Gusev anunciou a chegada de Vladimir, abanando-se com um grande galho incrustado de sal.

Sem roupas, o corpo de Gusev reproduzia o do Marmota curva por curva, uma previsão da aparência que Vladimir teria dali a dez anos, a não ser que sucumbisse ao regime de exercícios físicos de Kostya.

– E o que é que você tem com isto? – Vladimir respondeu em tom descuidado, enquanto pegava o tradicional apanhado de ramos com o qual o banhista russo se chicoteia, na suposição de que isso melhore a circulação. Ele moveu o galho no ar no que era para ser um gesto ameaçador, mas os raminhos molhados fizeram apenas "chuu" de um modo triste e letárgico.

– O que é que eu tenho a ver com isto? – Gusev berrou. – Segundo o nosso homem do dinheiro, só nas duas últimas semanas você gastou 500 dólares americanos com bebida, mil dólares com jantares e dois mil dólares com haxixe. Com haxixe, veja bem! E isto quando Marusya tem o seu pequeno cultivo de ópio bem aqui no conjunto. Ou talvez o nosso ópio não seja suficientemente bom para você, hein, Volodechka? Um judeu bem parcimonioso nós arranjamos, Marmota. Ele acha que é o chefe do partido de Odessa.

– Marmota... – Vladimir começou.

– Chega, vocês dois! – o Marmota gritou. – Eu venho para o *banya* para relaxar, não para ouvir essas picuinhas. – Ele estendeu-se em um banco, o estômago pendendo em ambos os lados, o suor descendo pela imensidão coberta de marcas do seu plano dorsal. – Dois mil com haxixe, dez mil com putas... e daí? Melashvili acaba de telefonar do *Sovetskaya Vlast'*, eles estão saindo de Hong Kong com 900 mil em mercadoria. Está tudo bem.

– É, está tudo bem – Gusev ecoou em tom de desprezo, arrancando com os dentes a ponta do ramo e cuspindo-a sobre os troncos fumegantes a um canto. – Melashvili, aquele pobre bunda-preta georgiano, é obrigado a trabalhar duro no mundo inteiro para manter o nosso Girshkin feliz...

Vladimir, furioso, ficou de pé em um salto, quase deixando cair a toalha que cobria a sua pequena masculinidade, um ponto fraco que ele não queria ver exposto.

– Nem mais uma palavra sua! – gritou. – Nas duas últimas semanas eu fiz amizade com quase todos os norte-americanos de Prava, comecei a trabalhar em uma nova revista literária que vai tomar de assalto o elemento ocidental, meu nome apareceu duas vezes no *Pravadence*, o jornal de notícias dos estrangeiros, e amanhã serei um convidado de honra em uma importante récita de americanos ricos. E depois de todo o trabalho que fiz, a maior parte dele estúpido e degradante, você ousa me acusar...

— Aha! Está ouvindo isto, Ganso? – perguntou o Marmota. – Ele está publicando revistas, fazendo amigos ricos, indo a recitais. Bom menino! Continue assim, e vai me deixar orgulhoso. Diga, Gusev, lembra-se daqueles recitais a que nós costumávamos ir quando éramos crianças? Aqueles concursos de poesia... Escreva um poema com o tema: "A Masculinidade Muitas Vezes Testada da Brigada do Trator Vermelho". Tão divertido! Eu trepei com uma garota em um desses concursos, trepei mesmo. Ela era morena como uma armênia. Ah, sim.

— Não questiono a sua autoridade, mas eu... – Gusev começou.

— Ah, cale a boca, Misha – o Marmota interrompeu. – Guarde as reclamações para o almoço *biznesmenski*. – Ele estendeu a mão para a travessa de peixe e jogou um pequeno espécime dentro da boca. – Vladimir, meu amigo, venha até aqui e me bata com os ramos. É preciso manter o meu sangue correndo, senão vou derreter aqui mesmo.

— Eu peço... – Vladimir começou a dizer.

— Ei, ei, companheiro! – Gusev gritou, pondo-se de pé em um pulo. – Qual é o significado? Ei! Só eu tenho permissão de chicotear o Marmota. Isto é praticamente um *diktat* por aqui. Basta perguntar a qualquer um da organização. Largue estes galhos, eu estou mandando, senão não vai ser nada agradável para você.

— Você está sendo mesquinho outra vez, Mikhail Nikolaevich – advertiu o Marmota. – Por que Vladimir não pode me dar umas chicotadas? Ele é um novilho forte e jovem. Trabalhou duro. Fez por merecer isto.

— Mas olhe só para ele! – Gusev gritou. – É flácido e tem punhos fracos. Tem metade da minha idade e os seus peitos já estão distendidos como os de uma vaca. Ah, ele vai chicoteá-lo como um pequeno pederasta, isto é certo! E você merece coisa muito melhor, Marmota.

Qualquer desconforto que Vladimir pudesse ter experimentado diante da perspectiva de chicotear o seu patrão desapareceu com as palavras de Gusev. Antes que ele próprio percebesse, sua mão fez um gesto irado cortando o ar e houve uma trovoada nas costas do Marmota.

— *Mwwwaaarff!* – o Marmota gritou. – *Uga.* Ei, é isto aí mesmo!

— Este é o chicotear de um pederasta? – Vladimir gritou, chocantemente despreocupado com a falta de lógica da sua frase, enquanto mais uma vez flagelava o Marmota.

— *Bozhe moi*, isto é que é dor – o Marmota grunhiu com prazer. – Mas bata um pouco mais no alto da próxima vez. Tenho que me sentar em cima desta coisa aí.

— Vão para' o inferno vocês dois! – Gusev resmungou em voz alta.

No caminho de saída ele aproximou-se de Vladimir, ostensivamente para lhe dirigir um olhar mortal, mas Vladimir, esperto, manteve os olhos ocupados na topografia vermelha das costas do Marmota, um desafio para qualquer cartógrafo principiante. Ainda assim ele não conseguiu evitar um vislumbre do pescoço de Gusev, uma peça de anatomia grossa e cheia de tendões, apesar da corpulenta desordem abaixo dela.

Só depois que Gusev batera a porta atrás de si foi que Vladimir lembrou-se do seu medo infantil de saunas, da sensação paranóica de que alguém ia trancar a porta e deixar que ele morresse cozido no vapor lá dentro. Pensou em si próprio preso ali com o Marmota, a pele de ambos translúcida como a de um bolinho cozido no vapor, nada no interior além de carne cozida – parecia a pior morte que se poderia imaginar.

— Ah, mas por que parou? – gemeu o Marmota.

— Não, eu vou superar aquele filho da puta pescoçudo – Vladimir murmurou para si mesmo.

E dedicou-se a isso com tanta ferocidade que ao seu primeiro golpe uma espinha vermelha-negra explodiu, e o sangue pesado do Marmota ergueu-se para o ar que recendia a peixe e era tão denso e inviolável quanto o próprio Gusev.

— Sim, sim! – berrou o Marmota. – É assim mesmo! Como você aprende depressa, Vladimir Borisovich.

PARTE V
O REI
DE PRAVA

23. A INSUPORTÁVEL BRANCURA DE SER

O JOY ERA UM RESTAURANTE VEGETARIANO, mas debaixo dele jazia uma discoteca tipo mercado de carne, onde os freqüentadores assíduos perenemente duros atraíam mochileiros ingênuos, muitos ainda envergando suas camisetas *Phi Zeta Mu*, mergulhando em noites de esquecimento e manhãs acordando num *futon* nas regiões inferiores dos subúrbios de Prava e tentando conectar-se com uma figura de autoridade nos Estados Unidos através de um telefone antiquado que mal conseguia alcançar a outra margem do Tavlata. Aos domingos, eles faziam recitais.

Vladimir desceu os degraus desgastados até a pequena pista de dança cor-de-rosa e roxa que era iluminada por uma série de lâmpadas halógenas exageradamente fortes, dando ao lugar a aparência de um ventre um tanto impessoal. No momento aquela arena acomodava três círculos de cadeiras de plástico, sofás e cadeiras reclináveis puídas; mesinhas de centro colocadas ao acaso eram o destino de drinques coloridos e de belo formato, vindos do bar; e os próprios artistas e espectadores usavam suas roupas domingueiras – o paletó era generalizado, e os cabelos presos ou penteados para trás com gel. Brincos e *piercings* reluziam pacificamente dentro dos seus ninhos carnudos energicamente esfregados, lufadas de tabaco *American Spirit*, próprio para enrolar, emergiam de lábios de cores frescas e impregnavam cavanhaques recém-aparados.

Os rapazes e as moças escolhidos para povoar essa *Belle Epoque* pós-moderna voltaram-se para encarar o recém-chegado e mantiveram os olhares fixos nele enquanto ele se encaminhava para o círculo interior de assentos, onde um lugar estava guardado para ele entre Cohen e Maxine, a mitificadora das interestaduais sulinas.

Vladimir entrou caminhando com as pernas bambas. Logo depois de sua chegada, ele havia cometido um erro terrível ao instruir Jan para deixá-lo na porta da frente do Joy, onde as hordas que entravam foram presenteadas com o espetáculo de um artista descendo de um BMW com motorista. Era bem verdade que ele dizia ser um artista rico, mas aquele espetáculo arrogante era, sem dúvida, uma gafe, o tipo do *faux pas*[85] que em poucos minutos estaria circulando até em Budapeste, espalhado por Marcus e seus amigos marxixes[86].

Para constrangimento ainda maior de Vladimir, parecia que os poucos leitores no grupo eram distinguidos por um caderno com espiral muito parecido com o seu próprio, um fato que não passou despercebido a Cohen; este, boquiaberto, fixou os olhos no caderno de Vladimir e depois virou-se para o proprietário, as pálpebras a meio-mastro, indicando desprezo.

Era, até então, uma reunião silenciosa. Plank estava adormecido em uma enorme espreguiçadeira La-Z-Boy importada, sonhando com a bacanal da noite anterior. Cohen estava furioso demais para falar. Até mesmo Alexandra encontrava-se fora do normal em seu silêncio. Estava ocupada demais estudando Vladimir e Maxine, provavelmente imaginando como ficariam se fossem um casal; Maxine, loura e vivaz, acabava de ser escolhida para companheira de Vladimir pela comissão informal de namoros da Turma. Mas, naturalmente, era a alta e esguia Alexandra que Vladimir queria. A beleza dela e o seu entusiasmo sem reservas contribuíam intensamente para a admiração dele, no entanto ainda havia mais: ele descobrira recentemente que ela vinha de uma família de classe baixa! Estivadores portugueses semi-

---

[85] *Faux pas*: expressão francesa que significa "gafe". (N. da T,)
[86] Marxixes: em inglês, "Marxish" – um trocadilho reunindo as palavras "marxista" e "haxixe". (N. da T.)

analfabetos de um lugar chamado Elizabeth, em Nova Jersey. A idéia de que ela tinha vindo para Prava deixando para trás aquele lar barulhento, mal iluminado e profundamente católico, com os seus homens abusados e as suas mulheres grávidas (de que outro modo poderia ser?), restaurava grande parte da fé perdida de Vladimir no mundo. Sim, aquilo podia ser feito: as pessoas podiam mudar as suas oportunidades na vida com umas poucas jogadas elegantes, no entanto permanecerem lindas e tranqüilas e boas e solícitas, também. O mundo de Alexandra, apesar das suas pretensões artísticas, era um mundo de possibilidades; havia tantas coisas que ela poderia ensinar a ele, ela com a meia rasgada exatamente no ponto onde uma coxa de classe mundial começava a curvar-se e adquirir forma.

Enquanto isso, o silêncio continuava, exceto pelos rabiscos de última hora de alguns dos artistas. Vladimir ficou amedrontado. Eles ainda estariam pensando no BMW? Parecia que a qualquer momento teria início um expurgo stalinista, sendo ele o expurgado.

Artista 1, um garotão alto, de cabelos sujos, usando óculos de fundo de garrafa de Coca-Cola: "O cidadão Vladimir Girshkin é acusado de atividade anti-social, de promulgação de uma *persona* odiosa e de uma revista literária inexistente e de possuir um Automóvel do Inimigo conforme definição do Códice Criminal da URSS 112/43.2".

Girshkin: "Mas sou um homem de negócios..."

Artista 2, um ruivo de orelhas grandes e lábios rachados: "Já disse o suficiente. Dez anos de trabalhos forçados no Empreendimento Popular de Extração de Calcário em Phzichtcht, na Eslováquia. Não comece com aquela bobagem de ser judeu russo, Girshkin!"

Em vez disso, um musculoso cavalheiro mais velho emergiu das sombras. Não possuía cabelos, além de dois conjuntos de cachos compridos que se erguiam acima de sua cabeça como chifres do demônio, e calças largas de veludo que poderiam esconder um rabo.

– Olá, sou Harold Green – ele se apresentou.

– Oi, Harry! – Essa foi Alexandra, naturalmente.

– Oi, Alex. Oi, Perry. Acorde, Plank.

Os olhos de Harry Green – bondosos e avunculares, mas também com o olhar vidrado que assolava todos os estrangeiros em Prava – pousou em Vladimir, onde piscaram lenta e repetidamente, como as luzes no alto de um arranha-céu.

— Ele é o proprietário deste lugar. — É filho de canadenses muito ricos — Maxine cochichou ao ouvido de Vladimir.

Instantaneamente Harold deixou de ser um mistério, uma variável a menos na fórmula de cooptação de Vladimir. Ele pensou em dar uns tapinhas no coco careca daquele bom homem, sugerir minoxidil, um novo decorador para o estabelecimento, uma nova visão do mundo para a hora do coquetel, um grande investimento na Marmota S.A...

— Então, temos aqui uma lista — disse Harold, pegando uma prancheta. — Alguém não colocou o seu John Hancock [87], ou Jan Hancock para aqueles de tendências estolovanas?

Vladimir viu sua mão erguer-se, uma criatura pequena e pálida.

— VLADIMIR — Harold leu na prancheta. — Um nome estolovano, não? Búlgaro, não? Romeno, não? Não? Então, quem temos para começar? Lawrence Litvak. Chamando o sr. Litvak. Por favor aproxime-se, Larry.

O sr. Litvak enfiou a camiseta Warhol para dentro da calça, checou rapidamente o zíper da barguilha, jogou para trás uma cacho jamaicano de cabelos louros e dirigiu-se para o local mágico de onde Harold havia falado. Vladimir reconheceu-o do Nouveau e de lugares com a mesma inclinação, onde ele sempre tivera como ajudante uma enorme marica azul, e onde ele ficava mais feliz quando regalava os passantes com histórias de guerra recolhidas de sua vida breve e padronizada.

— Este é um conto chamado "Yuri Gagarin". Yuri Gagarin foi um astronauta soviético que foi o primeiro homem no espaço. Mais tarde ele morreu num desastre de avião — disse Larry.

Ele pigarreou, um pouco exageradamente, e tornou a engolir os frutos do seu pulmão sitiado.

O pobre do finado Gagarin foi recrutado para uma história sobre a namorada estolovana de Larry, uma verdadeira Rapunzel cujos cabelos compridos e cuja inclinação para ouvir Tony Bennet em fantásticos decibéis faziam dela uma pária em seu próprio *panelak*. Isto é, até aparecer o Príncipe Larry, recém-saído do seu campo de testes no Parque da Faculdade na Universidade de Maryland: "'Prava será boa para você', meu professor de

---

[87] John Hancock: neste texto, significa "assinatura": é dele a primeira assinatura na Declaração de Independência dos Estados Unidos. (N. da T.)

literatura postulou. 'É só não se apaixonar', ele disse, esclarecendo o que aconteceria se eu fizesse o oposto, como havia acontecido com ele em 1945, um jovem recruta", etc.

O narrador instala a nossa heroína Tavlatka – uma ninfa das águas como o nome sugere e como a cena longa e detalhada na piscina comunal ilustrava amplamente – no apartamento dele, convenientemente localizado na Cidade Antiga. (Como foi que Larry conseguiu o dinheiro para morar na Cidade Antiga? Vladimir anotou mentalmente um lembrete, para fins de PravaInvest.) Eles fumam muito haxixe e fazem sexo "à maneira dos estolovanos". Significando o quê? Sob um lençol de presunto?

No final das contas, o relacionamento esbarra com uma dificuldade. Em algum ponto no meio do sexo nasce uma conversa sobre a corrida espacial e Tavlatka, conspurcada por uma década de *agitprop*, insiste que Yuri Gagarin foi o primeiro homem a chegar à lua. O nosso narrador, um boboca esquerdista, certamente, não deixa de ser norte-americano. E um norte-americano conhece os seus direitos: "'Foi Neil Armstrong', sussurrei junto à nuca da jovem. 'E ele não era um cosmonauta'. A minha Tavlatka fez meia-volta, os mamilos não mais eretos, lágrimas aflorando em ambos os olhos. 'Saia daqui', disse, naquele seu jeito engraçado, mas ao mesmo tempo trágico".

Depois disso as coisas realmente se desintegraram. Tavlatka chuta o nosso herói para fora do seu próprio apartamento e ele, sem lugar para onde ir, começa a dormir num tapetinho de *tatami* perto do Kmart da Cidade Nova, vendendo fotos de si próprio sem roupa a velhas senhoras alemãs na Ponte Emmanuel (boa, Larry!), ganhando apenas o suficiente para um *knockwurst*[88] ocasional e um pulôver do Kmart. Não há menção do que Tavlatka faz, mas permanece a esperança de que ela faça bom uso do apartamento de Larry na Cidade Antiga.

Nesse ponto Vladimir perdeu por algum tempo o fio na narrativa, pois seus olhos faziam um *tour* à Baedeker[89] do tornozelo de Alexandra, mas ele conseguiu pegar a cena em que Tavlatka e o narrador procuram a verdade em uma antiga biblioteca estolovana cheirando "azedamente a livros", e então o grande final na cama, de onde tanto Tavlatka quanto Larry emergem com os corpos "encharcados, saciados... compreendendo aquilo que a mente não consegue".

---

[88] *Knockwurst:* um tipo de lingüiça. (N. da T.)
[89] Baedeker: conhecido guia para turistas com volumes dedicados a cada país. (N. da T.)

FIN e BRAVO! BRAVO! O círculo congregou-se em torno de Litvak para cumprir a sua obrigação. Cohen teve a sua vez junto ao *wunderkind*[90] com um abraço frontal completo e um gesto despenteando os cabelos do rapaz, mas Larry tinha peixes maiores na rede: ele estava procurando um Girshkin tostado na panela, num leito de cebolinhas ao molho de vinho tinto.

— Lembra-se de mim? – ele grasnou para Vladimir de dentro do abraço esmagador de Cohen. Então semicerrou os olhos, conseguiu abrir o primeiro botão da camisa e girou a cabeça para demonstrar o seu costumeiro estado na madrugada.

— Certo – disse Vladimir. – Air Raid Shelter, Reprè, Martini Bar...

— Você nunca me contou que ia criar uma revista literária – disse Larry, desvencilhando-se dos braços de Cohen e quase desequilibrando o iowano rejeitado.

— Bem, você nunca me contou que era escritor – Vladimir retrucou. – Na verdade, estou um pouquinho magoado. O seu talento é chocante.

— Que estranho, esta é a primeira coisa que eu geralmente menciono – revelou Larry.

— Não tem importância – disse Vladimir. – Este conto definitivamente combina com o...

Ainda não haviam decidido um nome para a revista. Alguma coisa latina, francesa, mediterrânea – sim, a cozinha mediterrânea estava ganhando em popularidade global, certamente a sua literatura iria pelo mesmo caminho. Qual era mesmo o nome daquele famoso alquimista e charlatão siciliano?

— ... *Cagliostro* – Vladimir completou.

— Gosto do nome.

— Só que na verdade não posso tomar esse tipo de decisão editorial – Vladimir explicou. – Você terá que conversar com o meu editor-chefe Perry Cohen, que está ali. Eu sou apenas o diretor.

Antes, porém, que Vladimir pudesse redimir a sua popularidade decrescente com o Editor&Amigo Cohen, Harry Green, com seus modos resolutos da savana canadense, pôs-se a mugir para que todos se sentassem e calassem a boca.

— Vladimir Girshkin – ele chamou. – Quem é Vladimir Girshkin?

---

[90] *Wunderkind*: palavra alemã que significa "menino prodígio". (N. da T.)

Quem?

Vladimir Girshkin era um homem que em outros tempos movia-se instintivamente na direção errada e invariavelmente era derrubado cada vez que via alguém correndo em sua direção. Vladimir Girshkin em outros tempos dizia "obrigado" e "desculpe-me" quando não havia absolutamente necessidade disso, e freqüentemente empregava uma mesura tão profunda que teria sido excessiva na corte do Imperador Hirohito. Em outros tempos Vladimir Girshkin segurou Challah em seus braços finos como caniços e rezou para que ela nunca mais fosse magoada e, para esse fim, jurou ser o seu protetor e benfeitor.

Mas no momento ele segurava uma única folha de papel à sua frente, o braço direito desdobrando-se previsivelmente como o braço móvel de uma luminária de arquiteto... Devagar com o andor...

Ele leu:

Eis como vejo minha mãe:
em um restaurante de fórmica suja,
pérolas simples da sua terra natal
ao redor de seu pescoço diminuto e sardento.
Manchada de suor,
ela está comprando para mim um prato de três dólares de lo mein,
brilhando por causa do relógio de ouro
que encontramos por uma pechincha,
quatro horas de uma tarde de insolação em Chinatown
deixadas para trás. Ruborizando-se ao dizer:
'Para mim somente água, por favor'.

Lá estava. Um poema com pouca coisa a informar, porém com linhas limpas como um quarto de uma boa pensão: mobília simples, de madeira; uma gravura de bom gosto, de uma cena silvestre qualquer – alce-no-regato, cabana-no-meio-das-árvores, qualquer coisa – pendurada acima do sofá. Em outras palavras, Vladimir pensou, era nada de nada. O tipo de lixo que encontra o seu próprio vazio e nele desaparece silenciosamente.

Pandemônio! Aplausos de pé! Um verdadeiro tumulto! Os bolcheviques estavam invadindo o Palácio de Inverno, os vietcongues cercavam a embaixada americana, Elvis havia entrado no prédio. Aparentemente ninguém da turma do Joy havia pensado em escrever um poeminha que não fosse inteiramente autoconsciente ou auto-referencial. Os aviões da OTAN ainda não haviam sido chamados para bombardear a cidade com as obras reunidas de William Carlos Williams[91]. Foi uma grande vitória de Vladimir.

Em meio à algazarra dos aplausos e do estardalhaço de Maxine apresentando o seu beijo lábios-nos-lábios para conhecimento público, Vladimir fez uma anotação mental de outro fenômeno promissor: uma mulher de aparência profundamente norte-americana (embora não fosse loura), uma jovem mulher de pele clara, rosto cheio, cabelos castanhos, vestindo calça esportiva e blusa de linho compradas por catálogo, que provavelmente rescendia a xampu ambientalmente correto de maçãs e citros com uma subcorrente de sabonete de floresta tropical, batia palmas sem parar, o rosto ainda mais avermelhado por causa da adulação[92] simples e indisfarçada por Vladimir Girshkin. O nosso homem em Prava.

No andar superior, que era a parte vegetariana do Joy, uma mesa redonda de metal, de uma fragilidade estolovana, foi trazida para os heróis conquistadores; ela oscilava de um lado para outro sob porções de *hummus*[93] preto com a consistência de argila e terrinas de *minestrone* cor de beterraba coberta de fatias de beterraba flutuantes. Vladimir foi colocado num pequeno semicírculo masculino composto por Cohen (que se recusava a olhar para Vladimir), Larry Litvak (que não se daria ao trabalho de olhar para qualquer outra pessoa), e Plank (inconsciente). Vladimir olhava em volta nervosamente, sentindo uma oportunidade heterossexual sendo desperdiçada – a saber, a mulher americana limpa e graciosa que ele havia marcado com a sua poesia também havia feito a viagem escada acima. Ela estava sentada no "Bar da Cenoura" com o populacho, conversando com um rapaz turista. A intervalos medidos ela espichava o olhar para a mesa de Vladimir e sorria com seus lábios brilhantes como ungüento e dentes brancos como leite, como que para acabar com o boato de que não estava se divertindo.

---

[91] William Carlos Williams: poeta americano cujo 40 volumes de prosa e poesia (inclusive um longo poema em cinco livros, escrito de 1946 a 1958), influenciaram gerações de poetas. (N. da T.)
[92] Adulação: tradução literal de adulation, mal empregada no original. (N. da T.)
[93] *Hummus*: pasta feita de grão de bico com *tahine* (pasta de gergelim) e outros temperos. (N. da T.)

O Rei Vladimir fez um gesto chamando-a – era algo de novo que ele estava aprendendo a fazer com a sua mão. E estava ficando bom nisso, pois no mesmo instante ela pegou a bolsa sobre o balcão e deixou o jovem turista com sua cerveja, seus cabelos à escovinha e suas histórias do que o governador fez no casamento da sua irmã.

– Abram espaço – Vladimir disse aos rapazes, e os assentos foram movimentados, água foi derramada, queixas foram formuladas.

Ela estava constrangida, a caminho do seu lugar ("com licença, com licença, com licença"), e Vladimir não ajudou as coisas ao chegar bem perto para farejar a blusa de linho dela. Sim, sabonete de floresta tropical. Correto. Mas o que pensar do resto dela? Ela possuía o que na família Girshkin seria considerado os rudimentos de um nariz, na verdade uma saliência, um pequeno mirante dando vista para os lábios longos e finos, o queixo circular e sob ele os seios amplos que indicavam uma adolescência norte-americana bem sucedida. Vladimir tinha um único pensamento: por que os cabelos dela iam até abaixo dos ombros apesar das convenções urbanas contemporâneas, que exigiam concisão, brevidade? Seria ela, talvez, uma pessoa estranha à moda? Perguntas, perguntas.

Porém, como a maioria das pessoas bonitas, ela causou uma impressão positiva na Turma.

– Oi – disse-lhe Alexandra, e pela expressão reluzente no seu rosto podia muito bem ter sido um grito de "*forasteira!*".

– Oi! – respondeu a recém-chegada.

– Eu sou Alexandra.

– Eu sou Morgan.

– Prazer em conhecê-la, Morgan.

– Prazer em conhecê-la, Alexandra.

Então o prazer terminou e foi substituído por um tumulto universal a respeito do nada talentoso Harry Canadense e como tudo seria tão melhor, tão mais digno, se eles (a Turma) fossem donos do Joy e do seu legado literário. Nesse ponto todos os olhos voltaram-se para Vladimir. Vladimir suspirou. O Joy? A maldita revista literária não era suficiente para eles? O que viria a seguir – um parque temático de Gertrude Stein?

– Escutem, temos que colocar o *Cagliostro* andando – Vladimir declarou.

– Ca o quê? – Cohen quis saber.

— A revista — Larry Litvak explicou, erguendo os olhos para o céu numa expressão universal de impaciência.

Quando não estava drogado até o tampo, ele aparentemente achava a ignorância muito chocante.

— Nós vamos chamá-la de quê? — Cohen perguntou, voltando-se para Vladimir.

— Lembra-se que você estava lendo aquele obscuro diário meta-histórico milanês sobre aquele charlatão e alquimista siciliano, *Cagliostro*, e você disse: "Ei, nós não somos todos iguaizinhos a ele, reivindicando os nossos territórios no descampado pós-socialista?" Lembra-se?

— Ca-gli-ostro! — Alexandra exclamou enfaticamente. — Ah, eu gosto.

Ouviram-se murmúrios de aprovação.

— Certo — Cohen concordou. — Na verdade eu estava pensando em alguns nomes, como talvez Ensopado de Carne, mas... Você tem razão. Seja o que for. Vamos simplesmente seguir a minha primeira idéia.

— Então vai ser um jornal alternativo — disse Morgan.

Ela parecia muito sóbria, sentada ali com as mãos no colo, os olhos arregalados, as sobrancelhas bem pinçadas erguidas enquanto ela tentava meter a sua colher na Turma turbulenta e irritável. Para Vladimir era desconcertante ver uma pessoa bonita que não se fazia o centro das atenções de uma maneira ou de outra (Alexandra sempre conseguia isso tão bem!), e ele não melhorou as coisas ao dizer:

— Alternativo? Não estamos sequer colocando os pés no mesmo riacho que os outros.

Antes, porém, que ela pudesse ficar embaraçada, a conversa mudou instantaneamente para o tópico da matéria de capa, e L. Litvak teve o descaramento de sugerir a sua odisséia no espaço de Yuri Gagarin, quando Cohen virou-se para ele e disse:

— Mas como podemos sequer pensar em descartar o poema de Vladimir para o lugar principal?

Todos silenciaram. Vladimir estudou o rosto de Cohen procurando sarcasmo, mas o outro parecia abrandado, não tanto resignado quanto perspicaz, perceptivo. Vladimir bateu uma fotografia mental de Cohen com as garrafas de cerveja vazias à sua frente e uma mancha de *hummus* na penugem da sua pseudobarba, como havia fingido ter batido uma fotografia da Mãe no restaurante chinês inexistente. O amigo Cohen adquirindo sabedoria, ficando esperto.

— Sim, é claro, o poema de Vladimir — disse Plank, despertando.

— É claro. É o poema mais redentor que escutei desde que vim para cá — Maxine concordou.

— Sem sombra de dúvida, o poema de Vladimir! — Alexandra bradou. — E Marcus pode fazer a decoração. Você pode desenhar alguma coisa, meu bem.

— Então você pode colocar o meu conto logo depois do poema. Vai funcionar para contrabalançar — Larry sugeriu.

Vladimir pegou uma taça de absinto.

— Obrigado a todos — disse. — Eu gostaria de ficar com todo o crédito por esta obra, mas infelizmente não posso. Sem a orientação de Perry, eu jamais teria chegado ao centro da questão. Ainda estaria escrevendo bobagens de adolescente, poemas sobre o cachorro peludo. Assim, por favor, um brinde!

— A mim! — Cohen sorriu o seu sorriso idoso e paternal "Amanhecer, Anoitecer"[94]. E estendeu a mão para dar uns tapinhas na cabeça de Vladimir.

— Vocês sabem... Vocês todos, este recital... Tudo isto é muito novo para mim — Morgan estava dizendo, depois que as reverberações do brinde haviam cessado e ninguém tinha mais coisa alguma a dizer. — De onde eu venho... ninguém... Era mais ou menos assim que eu imaginava Prava. Foi mais ou menos por isto que vim para cá.

Vladimir ficou de queixo caído ao som daquela franqueza não solicitada. Que diabos ela estava fazendo? Essas coisas simplesmente não eram confessadas, por mais que fossem verdadeiras. Será que a Jovem Beldade (com os longos cabelos castanhos) precisava de um curso de introdução à pretensiosidade? A Invenção de Si Mesmo Para Iniciantes?

Mas a Turma engoliu tudinho, esmurrando os ombros uns dos outros em meio a gracejos. Sim, eles mais ou menos sabiam do que ela estava falando, aquela recém-chegada simpática e fascinante ali no meio deles.

Eles levaram Morgan consigo depois que saíram do Joy. Mais tarde, quando Alexandra teve uma oportunidade de ficar sozinha e com certa privacidade com ela em um decadente banheiro feminino no Bairro Inferior, ela ficou sabendo que Morgan havia achado a poesia de Vladimir "brilhante" e o

---

[94] Amanhecer, Anoitecer: provável referência à bandeira dos Estados Unidos, que só pode ficar hasteada entre o amanhecer e o anoitecer. (N. da T.)

próprio Vladimir "exótico". De modo que talvez houvesse esperanças para ela, afinal.

Mas Vladimir tirou-a da cabeça. Havia trabalho sério a fazer. A Fase 2 acontecera sem problemas; a má poesia havia ganhado o dia; os talões de cheques estavam abertos e a postos. Ele olhou para Harold Green, que generosamente abria caminho em meio aos suplicantes no Bar da Cenoura, cada um implorando por mais uma das ricas concessões de artista-residente do Joy. Pela aparência dele, Harold estava no meio da missão mais importante da sua vida. Destino: Girshkin.

Não havia dúvida, era chegada a hora da Fase 3.

A fase de mamar.

24. COLE PORTER E DEUS

LEVANTAR-SE, TOMAR BANHO E IR PARA IGREJA. Vladimir fez o que lhe ditava a sua consciência judaico-cristã do tamanho de uma pedrinha. Engoliu pílulas de vitaminas e bebeu copos de água. O seu despertador novo ainda estava aos uivos. Ele vestiu o seu único terno, comprado por impulso na nova loja de departamentos alemã por dezenas de milhares de coroas, e constatou que ele havia sido feito para uma pessoa com o dobro do seu tamanho.

– *Dobry* porra *den* – disse a si mesmo no espelho.

No terreno ao lado, perto da horta de ópio, o seu carro estava em ponto morto, juntamente com Jan. O céu tinha um melancólico azul desbotado com manchas de nuvens marrons-douradas, grossas como cascas de árvores, sobre as quais, pelo que parecia, podiam-se colocar cartazes de propaganda flutuando acima da cidade. Kostya estava fazendo alguma coisa agrícola com uma roseira, podando-a, talvez; as aulas de jardinagem ministradas pelo pai de Vladimir tinham perdido a sua importância havia muito tempo.

– Bom dia, Tsarevitch Vladimir – Kostya disse ao vê-lo. Nesse dia ele parecia mais posudo do que nunca: nada de náilon, apenas calça cáqui, mocassins e camisa branca de algodão.

– Tsarevitch? – Vladimir repetiu.

Kostya aproximou-se vagarosamente e brandiu diante de Vladimir as ferramentas que pareciam tesouras de tosquiar, deixando de atingi-lo por centímetros. Parecia feliz demais diante da perspectiva de um domingo ortodoxo russo.

– O cheque do canadense foi compensado! – gritou. – Qual é o nome dele? Harold Green. O dono do bar.

– Todos os 250 mil? Quer dizer... Meu Deus do Céu... Você está dizendo que...?

Ele estava mesmo dizendo que $250.000,00 dólares americanos, o equivalente a 50 anos de salários do estolovano médio, haviam jorrado para dentro da caixinha do Marmota como o Rio Neva a derreter-se na primavera? E tudo isso através da traição de livre mercado de Vladimir? Não, isso não podia ser. O mundo descansava sobre pólos mais resistentes: o norte e o sul, a Dow Jones e o Nikkei, os salários do pecado e o salário mínimo. Mas vender 260 ações da PravaInvest a $960,00 dólares americanos cada lote... Isso fazia parte da mesma Terra da Fantasia onde Jim Jones, Timothy Leary e Friedrich Engels subiam para dentro do céu rosa-arroxeado cavalgando os seus unicórnios.

Era bem verdade que Vladimir lembrava-se de Harry bêbado e alucinando no Martini Bar do Nouveau, a cabeça nas mãos, a calva nua e úmida reluzindo como as garrafas de Martini arrumadas acima do balcão. Babando, soluçando: "Não tenho talento algum, meu jovem amigo russo. Apenas contas bancárias em paraísos fiscais".

– Fora daqui! – Vladimir rugiu sem aviso, surpreendendo até a si próprio. Aquele era o tom em que a Mãe se dirigia a um dos seus subordinados nativos, algum pobre contador com uma educação de colégio público. Vladimir estaria bêbado? Ou mais sóbrio do que nunca? Parecia tratar-se de um pouquinho de cada.

– Quê? – fez Harry.

– Saia deste país. Ninguém quer você aqui.

Harry pressionou o copo de bebida contra o peito e balançou a cabeça sem compreender.

– Olhe-se bem – Vladimir continuou berrando. – Você é um garotinho branco no corpo de um homenzarrão branco. O seu pai e seus amigos capitalistas destruíram a minha nação. Sim, eles foderam com o pacífico povo soviético de uma vez por todas.

— Mas, Vladimir! — Harry exclamou. — De que é que você está falando? Qual nação? Foram os soviéticos que invadiram a Republica Estolovana em 1969...

— Não comece com os seus numerozinhos. *Nós não nos curvamos aos seus números.*

Vladimir suspendeu a sua diatribe por um minuto e respirou profundamente. Nós não nos curvamos a números? Ele não tinha visto esse slogan certa vez, quando criança, num cartaz de propaganda em Leningrado? Em que diabos ele estava se transformando? Vladimir, o *Apparatchik* Sem Coração?

— Mas você mesmo é rico — Harry protestou através das lágrimas. — Você tem motorista, um BMW, esse lindo chapéu de feltro.

— Mas este é o meu direito! — Vladimir esbravejou, ignorando os impulsos de bondade que o seu melhor órgão (o coração) bombeava através do ventrículo esquerdo juntamente com os litros de sangue tipo O espumante. Mais tarde haveria tempo de obedecer ao sr. Coração... Agora era guerra! — Nunca ouviu falar de política de identidade? — Vladimir gritou. — Você é idiota, cara? Ser rico no meu próprio meio, compartilhar do renascimento econômico da minha própria região do mundo, ora, se isto não faz parte da minha narrativa, que diabos faz?

Nesse ponto, o próprio Vladimir quase que ficou com os olhos úmidos ao imaginar Francesca, a mulher a cujos pés ele aprendera os costumes do mundo, entrando através das portas douradas do Martini Bar do Nouveau, sorrindo palidamente enquanto cortava a cabeça daquela infeliz criatura do mesmo modo que ela cadastrava as massas politicamente deficientes em Nova York. Ah, Frannie. Esta é para você, meu bem! Que a grandeza e a beleza prevaleçam sobre a calvície e a nulidade...

— A minha narrativa! — Vladimir voltou a berrar. — É sobre mim, não sobre você, seu porco imperialista americano.

— Eu sou canadense — Harry sussurrou.

— Ah, não é, não — Vladimir gritou, agarrando-o pelas dobras do suéter de rúgbi grande demais. — Nem comece, meu chapa.

E MAIS TARDE, no banheiro malcheiroso do Nouveau, onde o mijo do mundo que fala inglês misturava-se no mármore quebrado, Vladimir aplicou pessoalmente minoxidil em volta dos postos-avançados árticos dos cabelos restantes de Harry, enquanto um turista da Nova Zelândia, solitário e bêbado, observava, uma das mãos pronta para abrir a porta caso as coisas fossem longe demais.

A essa altura Vladimir estava sendo sacudido de um lado para outro por ondas de compaixão. Ah, aquele coitado do Harry Green! Ah, por que a vigarice era tão cruel? Por que as pessoas ricas não podiam dar dinheiro espontaneamente como aquele tal de Soros, tão bondoso? Vladimir chegou até a inclinar-se para beijar a têmpora molhada de Harry como um pai preocupado.

– Pronto, pronto – disse.

– Que é que você quer que eu faça? – Harry perguntou, enxugando os olhos vermelhos, assoando o minúsculo nariz torcido, tentando recuperar a calma dignidade que, antes daquela noite desgraçada, havia sido a sua assinatura. – Mesmo que meus cabelos cresçam de novo, isto é apenas metade da batalha. Vou continuar sendo velho. Vou continuar sendo um... Do que foi que você me chamou?

– Um intrometido.

– Ah, meu Deus.

– Harry, meu doce cavalheiro, que é que vou fazer com você, hein? – Vladimir perguntou, fechando o frasco de minoxidil, sua fonte da juventude portátil.

– Quê? Quê?

Vladimir contemplou o reflexo de Harry no espelho. Aqueles enormes olhos vermelhos, o queixo sardento, as gengivas retraídas. Era quase que demais.

– Que é que você vai fazer comigo, Vladimir?

E VINTE MINUTOS MAIS TARDE, serpenteando através das ruas escuras em volta das muralhas do castelo, os parapeitos entrando e saindo dos cantos dos olhos, a Sétima Sinfonia de Beethoven berrando no CD, Vladimir mantinha o talão de cheques firme no colo do canadense aos prantos. Para ser honesto, Vladimir estava tremendo um pouquinho, também. Era difícil fazer as pazes com aquilo que ele acabara de cometer. Mas esse não era o pior tipo de crime, era? Eles iam publicar uma revista literária! Uma revista com o nome do Harry proeminente! Era tudo parte do familiar golpe Ponzi cultural aplicado em todo o planeta – de coletivos de dança de terceira categoria até aqueles cursos de literatura idiotas. Os participantes davam seu tempo e seu dinheiro, freqüentavam obedientemente os recitais de *kazoo*[95] e récitas de poesia, e no final do dia o único ingrediente que faltava ao empreendimento deles era talento de verdade (exatamente como um golpe Ponzi normal carece de dinheiro de verdade.) Ainda assim, seria tão horrivelmente errado dar um pouco de esperança às pessoas...?

– A PravaInvest vai fazer por você o que o relativismo cultural fez por mim – Vladimir afirmou, dando tapinhas na cabeça macia que descansava confortavelmente no seu ombro. – Agora, 260 ações não é tanta coisa. Tenho um par de suíços que vão ficar com três mil. Mas é uma introdução ao *continuum* global. É um começo.

– Ah, se papai soubesse para onde o seu dinheiro nojento está indo! – Harry riu. – Mal posso esperar para mandar-lhe um fax com o *Cagliostro*. E fotografias daquele hospital em Sarajevo! E a clínica de Reiki, também!

– Ora, ora, não sejamos rancorosos, Harry – Vladimir protestou, enquanto os faróis do carro iluminavam um arco aberto em uma das muralhas do castelo, atrás do qual a Cidade Inferior estava a reposicionar-se, de modo que as suas torres ficaram diretamente aos pés de Vladimir.

Ele deu um abraço simpático no seu novo investidor e depois ordenou a Jan que tomasse o rumo da casa de Harry, onde o seu amigo gorgolejante, fedendo a minoxidil e amor-próprio, poderia ser depositado para passar a noite.

E pronto. A caixa registradora abriu-se, os números viraram, o sol mais uma vez ergueu-se sobre Prava.

– SIM, TODOS OS 250 MIL – Kostya respondeu, confirmando as maravilhosas notícias da véspera enquanto caía de joelhos diante do jovem tzar e lhe beijava a mão com lábios secos, rachados.

---

[95] Kazoo: instrumento musical de brinquedo parecido com uma flauta, dotado de uma membrana que amplifica a voz do instrumentista. (Um equivalente rústico é cantar através de um pente envolto em papel de seda.) (N. da T.)

— E dez por cento deles são meus — Vladimir retrucou. Não tivera a intenção de dizer isso em voz alta, mas conter um sentimento como aquele era impossível.

— O Marmota disse que vai lhe dar vinte por cento como incentivo — Kostya informou. — Pode almoçar com ele depois da igreja?

— Claro que sim! Vamos depressa, então! Jan, ligue o carro! — disse Vladimir.

— Nada de carro caro, por favor — Kostya pediu.

— Como assim?

— Nós mostramos a nossa fé a caminho da igreja usando o transporte público como o resto da congregação.

— Ah, meu Deus! Está falando sério? — Aquilo era um pouco demais. — Não podíamos pelo menos ir em um Fiat ou qualquer coisa assim?

Jan sorriu e girou as chaves do carro em volta do dedo carnudo.

— Vou levar os cavalheiros até a estação do metrô — declarou. — Agora, sejam bons cristãos e generosamente abram as suas próprias portas.

O METRÔ HAVIA SIDO PROJETADO com o tema Nave Estelar de Lenin: as paredes cromadas em tons futurísticos daquela cor tão cara aos socialistas, a cor de linho cru; as câmeras na borda da plataforma gravando as tendências reacionárias dos passageiros; os trens construídos pelos soviéticos que haviam inspirado vários exemplos de Ode Ao Metal em Movimento por perplexos eslavos em todo o bloco; a voz grave de alguma séria e robusta Heroína do Trabalho Socialista através do sistema público de alto-falantes: "Desistam de entrar ou sair! As portas estão prestes a serem fechadas."

E foram mesmo fechadas, com a rapidez de um raio produzido por alguma usina elétrica no meio do mato. Olhe! Para onde quer que Vladimir virasse, estolovanos, estolovanos, estolovanos! Estolovanos em Prava, de todos os lugares! *Dobry den'*, Milan! Como vai, Teresa? Cortou o cabelo, Bouhumil? Panko, pare de subir nos assentos!

O vagão cheio daqueles "Estolovanos em Movimento" roncava na direção do Tavlata. Na estação Castelo entraram alguns estudantes ingleses de uniforme, que rapidamente foram para um canto e comportaram-se como bons pequenos cavalheiros. Foram desovados na estação da Cidade Antiga, o último posto avançado da Prava Turística, e substituídos por adolescentes locais com acne fora do controle, ternos esportivos de poliéster e tênis de cano alto.

E eles prosseguiram viagem. As distâncias entre as estações ficavam progressivamente maiores. Os adolescentes entediados agora faziam sons com a boca para uma das amigas, uma beldade alta e sardenta numa saia de Lycra, que estava ocupada folheando as páginas de um livro, enquanto uma *babushka* brandia um punho do tamanho de um tomate gigantesco na direção dos garotos e gritava alguma coisa sobre a "educação anti-socialista" deles.

– Desordeiros! E ainda por cima em um domingo! – Kostya comentou.

Vladimir assentiu com um gesto e fingiu cochilar. Na sua atual taxa de ascensão ele podia prever uma época em que seria possível dizer ao Anjo Kostya para cair fora e permitir que a sua boemia e a sua projetada depravação assumissem a soma total das suas horas. Mas ele precisava de um amigo no circuito russo, um escudo contra Gusev e os alegres homens com os *kalashnikovs* no saguão. Todos tinham grande consideração por Kostya, isso Vladimir sabia muito bem. Quando Kostya ia à igreja, era como se fosse à igreja por todos eles. Além disso, ele sabia alguma coisa de computadores – nunca se deve subestimar esse fato.

E então, embora Vladimir jamais apreciasse as ofegantes e suarentas sessões sob o sol e a loucura daqueles halteres de cinco quilos, ele tinha consciência de uma nova vitalidade física que combinava muito bem com a sua nova imagem de o-bom-do-pedaço. Por exemplo, ele estava mais aprumado, e, em conseqüência, mais alto. Os seios, objeto das piadas de Gusev, que haviam, em certo ponto, chegado a tal estado de ruína que até o próprio Vladimir começara a achá-los ligeiramente excitantes, estavam aos poucos adquirindo a forma de dois pequenos montes rígidos que se prestavam a ser flexionados. Seus pulmões também se encontravam em melhor estado – ele não deixava uma trilha de muco depois de cada volta; quando fumava haxixe, conseguia segurar a fumaça por mais tempo e deixar que ela se filtrasse por entre os cantos recônditos das suas vilosidades marcadas pela asma.

Ainda assim ele queria libertar-se do homem de Deus em Prava, ou pelo menos uma agenda mais leve. Mais tempo para jogar água no rosto e acabar de acordar de manhã.

Quando chegou a hora de desembarcarem, eles eram os únicos passageiros que restavam no trem. Na rua, a chaminé principal de uma fábrica erguia-se teatralmente acima deles como um foguete da NASA com um grave incêndio na cápsula. Em uma direção um longínquo aglomerado de *panelaks* tremulava na translúcida neblina química. Em outra direção parecia haver uma vasta extensão de nada. Kostya olhou na direção do nada, usando a mão como viseira contra o sol do final da manhã. Vladimir olhou para o querubim e sorriu, tentando parecer ao mesmo tempo entusiasmado e confuso. Fez alguns gestos épicos com a mão, como que para indicar que o "nada" não era uma coisa boa e as torres de pólvora e os clubes de jazz da Cidade Dourada eram, na verdade, mais próximos do seu departamento.

Kostya permaneceu inabalável. Encontrou uma tabela de horário de ônibus presa numa enorme cerca eletrificada que rodeava a fábrica.

– Pronto, deve chegar um por agora.

E, por desejo de Deus (companheiro de conspiração de Kostya), um ônibus duplo inteiramente vazio, as duas enormes metades unidas por um espesso oval de borracha, rodeou a esquina, erguendo poeira em sua passagem. O ônibus parou, soltou um longo suspiro, como se estivesse deprimido pela sua solidão sem passageiros, e abriu as suas múltiplas portas.

Eles atravessaram os campos vazios, a fábrica gigantesca distanciando-se no retângulo sujo da janela traseira. Os campos desertos davam a Vladimir a impressão de terem sido torturados pela temida *Securitate* da Romênia, o solo revolvido e amontoado em morrinhos ou escavados em minidesfiladeiros.

Kostya estava pensativo, as mãos juntas como se já estivesse rezando, o que poderia mesmo estar acontecendo.

– Sabe, a minha mãe está muito doente – disse, sem o preâmbulo costumeiro.

– Que coisa terrível – Vladimir respondeu depressa.

– É. Não sei o que vai acontecer. Vou rezar por ela.

– Naturalmente. – Vladimir remexeu-se em silêncio. – Vou rezar por ela também.

Kostya agradeceu e voltou-se para a janela e a paisagem vazia. Vladimir disse:

— Se quiser, posso lhe dar o dinheiro para levá-la de avião para a Áustria, para um tratamento médico melhor. Isto é, se você precisar de dinheiro.

— Já pensei nisso. De fazer isso com o meu próprio dinheiro. Mas quero que ela esteja na Rússia se acontecer de... Quero que esteja rodeada pelo seu povo.

Vladimir assentiu como se concordasse com aquele sentimento, mas por um motivo qualquer aquela expressão "o seu povo" lembrou-lhe o fato de que aqueles médicos russos preocupados, bondosos (e míticos) eram muito diferentes dos médicos do seu próprio povo, gente que a mãe de Kostya provavelmente não gostaria de ver andando de um lado para outro em volta do seu leito de morte com os seus lendários narizes grandes e mãos sujas. Por outro lado, porém, isso era apenas uma suposição. Havia alguns russos que não eram assim. Kostya, por exemplo, sabia da ausência do prepúcio de Vladimir e jamais dissera alguma coisa depreciativa. Por outro lado, estava a levá-lo para a igreja.

Por entre os campos vazios eles depararam com "A Parceria Tecnológica Internacional – FutureTek 2000", anunciada por um cartaz recém-pintado colocado à margem da estrada. Aquilo parecia um cruzamento de uma fábrica da era vitoriana com um silo de grãos, na verdade apenas uma coleção de canos grossos e enferrujados e bulbosos contêineres de metal reunidos em ângulos estranhos. Imaginar que em algum lugar no interior daquele pastiche de decadência industrial um novo fax modem estava esperando para nascer era investir demasiadas esperanças na capacidade de recuperação do espírito humano.

Vladimir pensava: ora, basta pegar algumas paredes de gesso branco, jogá-las ao redor da fábrica, perfurar uma janela com imitação de vidro fumê ao longo de uma das laterais, colocar um par de latas de lixo para reciclagem na frente, e pronto! Por que vender ações sem valor para os estolovanos a dez coroas cada, quando se pode desová-las para os norte-americanos por dez dólares? Ele guardou isso na cabeça.

A IGREJA estava escondida atrás da fábrica, com um pequeno campo de cenouras doentias separando os dois. Parecia um tanto apalachiana[96], aquela

---

[96] Apalachiana: relativa aos Apalaches (em inglês, Apallachians), uma cadeia de montanhas nos Estados Unidos. (N. da T).

igreja – um pequeno barracão de folhas de alumínio ondulado, com uma cruz ortodoxa de metal que brilhava em meio à paisagem vazia como uma antena de televisão trazendo notícias da civilização distante.

– Por favor – disse Kostya, abrindo a porta para ele.

Os paroquianos não poderiam ser confundidos com outra coisa senão russos. Rostos cansados e graves que até no ato meditativo de rezar pareciam preparados para chutar algum traseiro em defesa da sua cota justa de beterrabas, açúcar e uma vaga para o microssedã Lada surrado. Corpos largos e pesados, com veias grossas e suor copioso, dando a impressão de terem sido de alguma forma expandidos em suas proporções por uma dieta de carne e manteiga – como era de se esperar em um mundo onde era preciso ter a aparência formidável de um tanque de guerra para fazer as rodas da distribuição começarem a girar.

Kostya cumprimentou alguns deles com uma mesura e apontou para Vladimir, fazendo surgir sorrisos difíceis e levíssimos sussurros. Vladimir torcia para que para eles a sua aparência fosse mais para Jesus do que para Trotski, mas um ícone acima do altar mostrava o protótipo de um daqueles cuja segunda vinda estava sendo esperada – um Cristo muito gentio, com cabelos castanhos claros na fronteira de louros sujos, a tradicional fisionomia meio desfocada e, naturalmente, um olhar de suprema transcendência que Vladimir não se dispôs a sequer começar a entender. É, ele estava na igreja.

Mas a cerimônia não foi muito pobre; havia uma certa incerteza na mensagem, no modo como o padre, tão barbado, tão vestido e tão enrugado quanto se pode ser (os fiéis sabiam que com aquele sujeito estavam recebendo tudo a que a sua piedade tinha direito), gritava, como se cantasse:

– Jesus ressuscitou!

E os fiéis respondiam em uníssono:

– Verdadeiramente, Ele ressuscitou.

Era interessante o modo como aquele fato essencial precisava ser constantemente afirmado. Mas, naturalmente, Ele havia ressuscitado. O que significaria tudo isso se Ele não tivesse ressuscitado, hein, Vanya?

E persignar-se também era ótimo, ajoelhar-se e persignar-se sem parar. Era agradável – rápido e eficiente. Os gentios eram bons em truques rápidos e eficientes. Colombo e a sua armada de madeira caindo sobre o Novo Mundo, levados por um vento do Atlântico e uma oração; o inglês medieval galopando através do calor e da poeira da Palestina vestindo uma tonelada de aço. Persignando-se, sempre a persignar-se. Diante do Deus judaico podia-se apenas curvar-se repetidamente e lamentar o seu lugar abaixo d'Ele, mas com Cristo era aquilo, com a nossa própria mão: em cima, depois embaixo, depois à direita, depois à esquerda. Cristo ressuscitou? Ora, sim, verdadeiramente.

Vladimir deve ter se persignado de maneira impressionante, porque várias *babushkas*, os olhos azuis brilhando dentro dos xales, obviamente percebiam aqueles gestos vigorosos e aquelas proclamações em tom alto. Kostya dirigiu-lhe um sorriso tão aberto que poderia ser usado para trocar por um lugar no Paraíso. Aquilo continuou durante algum tempo, o pequeno aposento repleto com o brilho das velas e o despropositado par de enorme tocheiros com lâmpadas halógenas como as amostras de luminárias de pé que Vladimir havia visto na loja de departamentos alemã. O cheiro de suor e incenso que o padre espalhava à sua volta estava ficando um pouco atordoante e, justamente quando Vladimir se certificava de que a porta dos fundos ainda estava presente e acessível, Cristo foi ressuscitado uma última vez e estava tudo acabado.

Eles fizeram fila diante do padre, que beijava, por sua vez, cada membro da congregação e lhe dizia alguma coisa breve. Esperando na fila, Kostya apresentou Vladimir a um par de senhoras cujas dúvidas sobre "o moreno" haviam sido dissipadas ao longo da cerimônia como a lufada de ar fedorento liberada sobre o horizonte vazio quando da abertura da porta principal. O padre beijou Vladimir na bochecha direita e na esquerda, seu hálito cheirando surpreendentemente a picles de aneto, e disse:

– Seja bem-vindo, meu caro jovem. Cristo ressuscitou.

– Sim, hum – Vladimir replicou, embora houvesse, naturalmente, uma maneira melhor de dizer isso; aliás, isso acabava de ser dito 300 vezes.

Mas Sua Santidade, de ombros largos e empertigado apesar da idade considerável, com a voz retumbante e os beijos pungentes, teria feito até os membros mais ateístas da Liga Espartacista[97] tremerem em seus Doc Martens de cano alto.

– Você deve ser grego – disse o padre.

---

[97] Liga Espartacista: grupo de revolucionários socialistas radicais alemães que se opunham à I Grande Guerra. (N. da T.)

— Meio grego, meio russo – Vladimir respondeu. Simplesmente foi isso que saiu.

— Maravilhoso. Agora você vai se juntar a nós para uma pequena refeição?

— Infelizmente não poderei. Estou sendo esperado pela minha família em Tessalônica. Estava justamente saindo para o aeroporto. Mas na semana que vem com certeza aceitarei.

— Maravilhoso – o padre repetiu.

E então foi a vez de Kostya. Ele cochichou alguma coisa no ouvido do padre que fez com que este risse escandalosamente e a sua barba, imponente e branca como a sua pessoa, adquirisse uma hirsuta vida própria. Era uma hilaridade que Vladimir não conseguia compreender, já que os negócios de Deus eram, sem dúvida, coisas sérias, especialmente quando um membro do rebanho mostrava ser um judeu em pele de grego.

Fazendo mesuras ele atravessou o grupo de fiéis e saiu pela porta; do lado de fora, uma pesada chuva de outono reunia forças e o céu parecia uma toalha de mesa de um cinzento implacável.

BEM, aquilo estava terminado, graças a Deus, e ele estava a caminho, em sua maravilha de quinquilharia bávara, disparado pela margem oriental do Tavlata, pensando: "Mais rápido! Mais rápido, Jan!", pois o Marmota e o restaurante mais caro de Prava estavam à sua espera. Ah, ele havia sido falso com o Anjo, como sempre, saltando em uma estação de metrô suburbana para "uma rápida visita a um amigo americano, um piedoso senhor de linhagem sérvia...". E ali, devido a uma combinação anterior, Jan e o pecaminoso Beamer aguardavam o patrão. Pegar o metrô para ir ao almoço – um pouco *déclassé* demais para um *gonif* de classe alta como Vladimir.

O restaurante ficava situado em frente ao castelo, com vista total para o rio que crescia sob a chuva de outono, turistas galopando pela Ponte Emanuel, seus guarda-chuvas sendo rasgados por um vento suficientemente forte para ter soprado vida em centenas de Golems[98]. Tratava-se de um restaurante que gozava de popularidade entre alemães ricos e mamães e papais norte-americanos em visita à sua progênie à deriva no mundo, e, sim, um certo "empreendedor" russo.

---

[98] Golems: seres legendários da cultura judaica, formas que recebem vida através de fórmulas mágicas. (N. da T.)

O Marmota beijou Vladimir em ambas as faces e depois apresentou-lhe as suas faces cheias de marcas. Vladimir fechou os olhos e produziu um som ridículo com cada beijo.

Terminada a introdução de amor masculino à moda da Europa Oriental, Vladimir teve permissão para tomar o seu lugar; do outro lado da mesa, o Marmota remexeu-se como um bebê pequenino e feliz em suas roupas fartas, só que ele era um mafioso grande e corpulento usando um terno marrom apertado que não lhe caía bem.

— Veja, a sua entrada já chegou!

Realmente, havia um círculo de grossos anéis de lulas dispostas por cima de — inacreditavelmente — purê de noz-manteiga, com um pó não identificado polvilhado no centro que cheirava vagamente a queijo parmesão e alho. A 20 dólares o prato, o restaurante prometia não servir carpa, a sua carta de vinhos era expurgada das safras enjoativamente doces da Morávia que faziam girar a cabeça de Prava, e os proprietários haviam trazido de avião um velho genuinamente parisiense para fazer cócegas nos marfins do Steinway[99] debaixo de uma enorme frisa Art Nouveau de ninfas saltitantes. *Bon appétit*!

O Marmota mastigava, as duas bochechas salientes.

— Belo trabalho com aquele asno canadense — disse afinal, depois que a sua lula foi finalmente despachada. — É isto mesmo, por que não começar grande? Por que não 250 mil?

— Este dinheiro é bom — Vladimir comentou. — O mundo está nos devendo há pelo menos 70 anos. Este dinheiro é muito bom.

Eles bebiam garrafas de Chardonnay, sorrindo uns para os outros na linguagem sem palavras do sucesso. Na quarta garrafa, e com a lebre cozida lentamente na gordura com molho de pimentão já a caminho, o Marmota estava extrovertido.

— Você é o máximo! — declarou. — Não faz diferença quem você é, de que tribo veio. Você é simplesmente o máximo.

— Pare com isto.

— É verdade — o Marmota insistiu, atacando com diligência o pão com pasta de raiz forte que era oferta da casa. — Você é o único com quem não preciso me preocupar. É um adulto, um homem de negócios. Sabe os problemas que tenho com os homens de Gusev?

---

[99] Steinway: famosa marca de pianos. (N. da T.)

Ele fez o gesto russo – polegar esticado entre o indicador e o dedo médio – para uma mesa perto da cozinha onde os membros de cabeleira espessa e terno de listras da sua equipe de segurança estavam debruçados sobre suas garrafas vazias de Jim Beam.

– *Oy*, conte-me – disse Vladimir, balançando a cabeça.

– Vou lhe contar. Você está sabendo dos problemas que tenho com os búlgaros, não está? Com todo o esquema de strip-tease e prostituição na Praça Estanislaus? Então esses homens de Gusev, esses cretinos de merda, vão para o bar dos búlgaros e começam a besteira de sempre sobre as namoradas, as perguntas de quem trepou com quem primeiro, e quem chupou quem onde. E quando tudo termina eles pegaram exatamente aquele sujeito, o Vladik Pudim, que é na verdade o búlgaro número dois... Penduram o sujeito pelos pés em cima do bar e cortam fora o pau e os ovos dele, e deixam o camarada sangrar até morrer! Está vendo como são os putos dos homens de Gusev! Sem miolos, sem capacidade, sem nada. Cortam fora o pau e os ovos de um sujeito. Eu disse a eles: onde é que vocês, idiotas, pensam que estão, em Moscou? Isto aqui é Prava, a sala de espera do Ocidente, e eles saem por aí cortando...

– Tem razão – disse Vladimir.

– Ficam cortando...

– É, mutilação da genitália. Eu entendi – Vladimir afirmou. – Onde é o banheiro? – perguntou.

Depois de assegurar-se da inteireza da sua própria genitália e acolchoá-la com uma camada do rígido papel higiênico estolovano (como se isso fosse impedir os búlgaros sedentos de vingança!), Vladimir sentiu a volta do alto astral crescer em sua região inferior. Quando ele voltou para a mesa, caminhando com dificuldade, estava quase em ponto de ebulição.

– Você precisa ter uma conversa com Gusev! – gritou para o outro lado da mesa. – Somos homens de negócios!

– Tenha você uma conversa com ele – replicou o Marmota, jogando as mãos para cima. – Diga a ele: é assim que fazemos negócios na América, e é assim que não fazemos negócios na América. É preciso estabelecer limites para esses tolos.

– Correto, correto, Marmota – Vladimir declarou, fazendo um brinde rápido com uma taça de *schnapps*. – Acontece que, acredite, é você quem deveria falar com eles. Eles não têm medo de mim.

— Eles vão ter medo de você, sim. Tanto quanto têm medo de Deus — afirmou o Marmota. — Isso me lembra, vamos fazer um brinde a Kostya e à saúde da mãe dele.

— A uma recuperação rápida.

De repente o Marmota ficou sério.

— Volodya, deixe-me falar de coração. Você e Kostya são o futuro desta organização. Agora entendo isto. Antes, era divertido, claro, andar por aí, explodir umas lanchonetes, cortar fora alguns paus, mas temos que trabalhar com seriedade. Estamos nos anos 90. Estamos na... "era da informática"... Precisamos de "americanismos" e "globalismos". Sabe o que estou querendo dizer?

— Ah, sim. O meu conselho é de fazermos uma reunião com toda a organização — Vladimir afirmou.

— As putas e tudo — disse o Marmota.

— Vamos ensinar-lhes América.

— Você vai ensinar-lhes América.

— Eu? — disse Vladimir, engolindo um conhaque.

— Você — repetiu o Marmota.

— Eu? — Mais uma vez Vladimir fingiu surpresa.

— Você é o melhor.

— Não, você é que é o melhor.

— Não, é você.

O que aconteceu em seguida foi um argumento a favor da sobriedade tão bom quanto qualquer outro.

— Você é o máximo — Vladimir entoou, conseguindo enfiar uma dose de conhaque de pêra entre as palavras da música[100]. — Você é o Coliseu!

Ele deve ter falado mais alto do que imaginara, pois imediatamente o pianista abandonou o seu repertório Dr. Jivago e iniciou a canção de Vladimir. O pianista, como quase todo mundo em Prava, era aberto a sugestões.

— Você é o máximo — Vladimir continuou ainda mais alto.

Os alemães ao seu redor sorriam apreciativamente, entusiasmados, como sempre, diante da perspectiva de um show estrangeiro gratuito.

---

[100] "Você é o máximo": em inglês, "*You are the top*", um clássico de Cole Porter. Nos parágrafos seguintes Vladimir continua a cantar trechos da canção. (N. da T.)

— Você é o Museu do Louvre — Vladimir arrematou.

— Levante-se e cante, Tovarisch Girshkin! — pediu o Marmota, dando-lhe um chute por baixo da mesa à guisa de incentivo.

Vladimir ficou de pé, cambaleou e caiu sentado. Outro chute do seu patrão fez com que tornasse a erguer-se.

— Você é a melodia de uma sinfonia de Strauss! Você é um chapéu Bendel, um soneto de Shakeaspeare, você é o Mickey Mouse!

O Marmota inclinou-se para a frente com expressão de perplexidade e apontou para si mesmo.

— Não, não, você é o Marmota — Vladimir cochichou-lhe em russo, em tom tranqüilizador.

O Marmota fingiu que suspirava de alívio. Ei, o Marmota era um cara divertido!

— Você é o máximo — Vladimir continuou a cantar desafinadamente. — Você é uma salada Waldorf. Você é o máximo. Você é uma balada de Berlim...

Um funcionário do restaurante esforçava-se para posicionar um microfone na sua direção.

— Você é a luz rubra de uma noite de verão na Espanha... Você é a Galeria Nacional, você é o salário da Greta Garbo, você é celofane... — Ele gostaria de poder traduzir uma das frases para o alemão, para dar uma emoção extra aos *deutsches Volk* de rosto corado, talvez pedir-lhes uma gorjeta ou um encontro. — Sou um grosseirão preguiçoso que está prestes a parar...

Ah, que canastrão você é, Vladimir Borisovich.

— Mas, *baby*, se eu sou o mínimo... Voo-cê-ê é o máximo!

O público aplaudiu de pé, uma ovação ainda maior do que no Joy na noite de poesia. O destacamento de segurança do Marmota lançava olhares indecisos para o patrão, como que esperando o código secreto para entrar em ação e espalhar balas por todo o aposento, para que não sobrassem testemunhas daquele pequeno número musical. Houve motivo para alarme quando o Marmota, quase dobrado de tanto rir, escorregou para debaixo da mesa como um surfista preso numa corrente submarina, e ali permaneceu por algum tempo, rindo e batendo com a cabeça na parte inferior do tampo da mesa. Vladimir precisou atraí-lo para fora com as patas da lagosta que, fiel ao cardápio, realmente descansava sobre uma porção verde-limão de purê de kiwi.

25. O HOMEM MAIS FELIZ DESTE MUNDO

ELE DECIDIU SAIR COM A MORGAN, a garota simpática que a turma havia recolhido no Joy.

Não foi uma decisão política, e nem tanto uma decisão erótica, embora ele se sentisse atraído por sua forma e palidez, e, talvez – quem sabe? – ela fosse uma boa Evita para o seu Juan Perón. Mas os seus anseios românticos extrapolavam até mesmo as relações-públicas. Ele sentia falta de uma companhia feminina. Quando se levantava da cama vazia, suas manhãs pareciam estranhas e desarticuladas; à noite, desmaiar debaixo do edredom, por mais macio e tolerante que este fosse, de certa forma não era suficiente. Era difícil compreender isso. Depois de todas as complicações que as mulheres americanas haviam colocado em seu caminho (e mais ainda: e ele estaria em Prava se não fosse pela sua Frannie?), ele ainda dependia da companhia delas para sentir-se um jovem mamífero – tão animado, afetuoso e cheio de esperma. Mas dessa vez ele próprio iria tomar conta do relacionamento. Já havia ultrapassado o estágio de "apêndice", de andar atrás de Fran e desmaiar à simples menção de semiótica. Era o momento para alguém inocente e maleável como aquela Morgan, fosse quem fosse que ela mostrasse ser.

Havia para ele várias opções de paquera. Grande parte delas envolvia várias permutações de encontros casuais em bares, leituras de poesia, passeios a pé pela Ponte Emanuel, ou durante as horas gastas na fila da única lavanderia automática da cidade – um eixo de atividade estrangeira. Em cada um desses cenários ele, Vladimir, mostrar-se-ia superior em intelecto, graça, convivência e capacidade de citar nomes famosos, acumulando dessa maneira suficientes pontos sociais para mais tarde servirem de moeda para um encontro marcado.

Ou poderia fazer as coisas da maneira antiga, pró-ativa, e telefonar para ela. Então decidiu (já que, segundo Alexandra, sua coordenadora social, tudo estava preparado para a Águia pousar) experimentar a segunda opção e ligar para ela do telefone do carro. Mas a ligação telefônica da era de Stalin não se dispôs a conectar os dois futuros namorados – em lugar de Morgan, ele sempre acabava falando com uma venerável *babushka* que no quinto telefonema declarou em voz rouca que ele era um "pênis estrangeiro" e deveria "ir se foder de volta na Alemanha".

E assim Vladimir em vez disso telefonou para Alexandra. Ela e Morgan tinham por duas vezes inventado uma tal de "noite das meninas" e estavam rapidamente tornando-se grandes amigas. Com Alexandra – bocejante e provavelmente nos braços de Marcus – ele conseguiu o endereço de Morgan lá no meio do mato e alguns *bon mots*[101] a respeito da virtude de uma mocinha. Ele estava doido para orientar a bússola do seu carro na direção dos subúrbios de Alexandra, e convidá-la, ela sim, para ir ao cinema ou fosse onde fosse o lugar onde as pessoas iam se encontrar. Mas ele seguiu em frente, deixando para trás o rio e a paisagem preliminar de fábricas, até um trecho de asfalto deserto e um prédio sozinho e solitário que parecia ter sido soprado para vários *klicks*[102] de distância dos seus irmãos *panelaks* por alguma tempestade burocrática.

Morgan morava no sétimo andar.

Ele pegou um elevador que cheirava confortavelmente a *kielbasa*[103] e cuja porta de ferro necessitava de todo o ser dele para ser aberta ou fechada

---

[101] *Bon mots*: expressão francesa que significa "ditos populares", "provérbios". Note-se que o autor cometeu um erro gramatical ao colocar o adjetivo no singular e o substantivo no plural; ao contrário da língua inglesa, o francês, como o português, exige concordância entre os dois. A forma correta seria "*bons mots*". (N. da T)
[102] *Klicks*: significa "quilômetros" em jargão militar, muito empregado na Guerra do Vietnã. (N. da T.)
[103] *Kielbasa*: espécie de salsichão condimentado e defumado. (N. da T.)

(os exercícios com Kostya já se mostravam úteis) e bateu na porta do apartamento 714-21G.

Houve movimento lá dentro, um leve estalido de molas tendo como fundo o tagarelar em baixo volume da TV, e Vladimir instantaneamente ficou com medo de ter sido precedido por algum garotão americano, o que explicaria tanto as molas estalando quanto a televisão estar ligada numa sexta-feira à noite.

Morgan abriu a porta sem perguntar quem era (coisa que os não-nova-iorquinos tinham uma assustadora tendência a fazer) e, para agradável surpresa de Vladimir, estava sozinha. Aliás, estava extremamente sozinha, com dois bonecos apresentadores de televisão fazendo o resumo das notícias em estolovano; na mesinha de centro, uma pizza pequena da pizzaria da Cidade Nova, onde eles empilhavam combinações ousadas, tais como maçã, queijo Edam derretido e molho de salsicha; e no peitoril da janela um gato entediado, um corpulento *blue*[104] russo, miava e arranhava a liberdade lá fora.

Morgan exibia na testa um arranhão cor-de-rosa em forma de estrela do mar (um primo distante da marca cor de vinho tinto na cabeça de Gorbatchev) que ela havia lambuzado de creme, e estava enrolada num roupão de toalha lilás de tamanho muitos números menor do que o dela, do tipo que se espera receber ao ser internado numa clínica barata.

— Ei, é você! — ela exclamou, o rosto redondo americano num sorriso perfeito. — Que é que está fazendo tão longe? Ninguém jamais vem me visitar.

Vladimir foi pego de surpresa. Constatando o estado da jovem, ele antevira vários minutos de constrangimento por parte dela por causa do seu vestuário e da sua testa. Um constrangimento que, ele esperava, o deixaria por contraste em boa situação e o ajudaria a defender a tese de que ela devia sair com ele e também se apaixonar por ele. No entanto, ali estava ela, feliz ao vê-lo, realmente disposta a admitir que não recebia muitas visitas. Vladimir lembrou-se da franqueza espontânea dela na ocasião em que ela conheceu a Turma; agora ela vinha com várias porções adicionais daquilo. *Que nova patologia era essa?*

---
[104] Blue: raça de gato doméstico originária da Rússia. (N. da T)

— Sinto muito aparecer sem avisar. Eu estava nas vizinhanças, resolvendo um assunto, e aí pensei...

— Não tem problema. Estou feliz por você ter vindo. *Entrez*, por favor. Que bagunça! Você vai ter que me desculpar.

Ela caminhou até o sofá, e, com a ajuda do roupão apertado, Vladimir agora percebia que as suas coxas e as costas, embora não fossem particularmente grandes por si mesmas, eram de certa forma maiores do que o resto dela.

Ora, por que ela não saía correndo para trocar de roupa, tirar aquele roupão de banho ridículo? Será que não queria impressionar o seu visitante? Ela não havia dito a Alexandra que achava Vladimir exótico? Naturalmente, Ravi Shankar era exótico, e quantas mulheres da geração de Vladimir dormiriam com ele? Vladimir entreteve fugazmente o pensamento de que Morgan estava confortável sendo quem era em sua própria casa, mas logo descartou tamanho disparate. Não, estava acontecendo alguma outra coisa.

Ela fechou a caixa de pizza e depois deixou cair uma revista sobre ela. Como se isso pudesse esconder a prova acusatória da sua solidão, pensou Vladimir.

— Pronto. Fique à vontade. Sente-se – ela convidou.

— Estamos modernizando uma fábrica perto daqui – Vladimir relatou, apontando vagamente para a janela onde ele imaginava que outra fábrica necessitando de uma recauchutagem estava à espera. – É um trabalho muito chato, você pode imaginar. A cada 15 dias tenho que vir discutir com o mestre de obras sobre orçamentos estourados. Mesmo assim eles são bons operários, os estolovanos.

— Já eu não estava fazendo grande coisa – ela gritou do aposento que devia ser a cozinha, pois Vladimir escutou o ruído de água correndo. Provavelmente estava cuidando da excrescência pastosa na testa. – Moro longe demais do centro. Sair daqui é muito trabalhoso.

Muito trabalhoso – expressão de gente mais velha. Mas dita com a espontaneidade de uma pessoa jovem. Vladimir recordou aquele tipo de paradoxo dos jovens nativos do centro dos Estados Unidos que ele conhecera durante o seu ano na faculdade, e aquela recordação relaxou-o. Depois que ambos estavam acomodados no sofá e ela havia trazido um triste vinhozinho local e um copo de papel para Vladimir bebê-lo (a coisa na testa continuava!), seguiu-se um período de pergunta-e-resposta, coisa que Vladimir achou tão familiar quanto a letra do "Internacional[105]".

– De onde é o seu sotaque?

– Eu sou russo – Vladimir informou, com a voz grave que aquela confissão exigia.

– Isso mesmo, Alexandra me falou alguma coisa sobre isso. Estudei um pouco de russo na faculdade, sabia?

– Qual faculdade?

– U.S.O. A Estadual de Ohio. – soava perfeitamente razoável saindo dos lábios dela, mas fazia Vladimir pensar no "universitário mauricinho" no Café Nouveau cuja camiseta da Estadual de Ohio havia feito Alexandra rir.

– Então você se formou em línguas?

– Não, em psicologia.

– Ahh...

– Mas fiz muitos cursos de ciências humanas...

– Ohh...

Silêncio.

– Você ainda se lembra de alguma coisa em russo?

Ela sorriu e fechou uma abertura que crescia no roupão e que Vladimir vinha observando cuidadosamente, sentindo-se machista e grosso em sua indiscrição.

– Lembro-me de umas poucas palavras...

Vladimir já sabia quais eram aquelas poucas palavras. Por um motivo qualquer, os americanos que enfrentavam a sua complicadíssima língua eram compelidos a dizer "Eu te amo". Talvez fosse uma herança da Guerra Fria. Toda aquela suspeita e ausência de intercâmbio cultural alimentando os desejos de rapazes e moças norte-americanos jovens e bem-intencionados de romper a barreira, desmontar aqueles malucos que defendiam armas nucleares caindo nos braços de algum marinheiro russo melancólico e enigmático, ou a sua contrapartida, a garota da roça ucraniana, carinhosa e de sabor doce. O fato de que na vida real o melancólico marinheiro russo passava metade do tempo completamente doidão e apreciava uma versão bem aproximada de estupro, ao passo que a garota de raça ucraniana passava seis dias por semana

---

[105] Internacional: tradução de Internationale, hino revolucionário socialista. (N. da T)

coberta de bosta de porco, felizmente ficava oculto por aquela entidade cinzenta e não-porosa, a Cortina de Ferro.

— *Ya vas loobloo* — ela disse, como era de se esperar.

— Ora, obrigado — Vladimir respondeu.

Os dois riram e coraram, e Vladimir sentiu-se avançar naturalmente ao longo do sofá para ficar mais perto dela, embora permanecesse entre eles uma distância bastante segura. O modo como os cabelos castanhos compridos, fora de moda, estavam enrolados em volta do pescoço, o modo como as pontas se embaraçavam por cima do lilás desbotado do roupão de banho, deixavam Vladimir com pena dela; e o excitava também. Ela podia ser muito linda, se quisesse. Então por que não era?

— Então, que é que você vai fazer hoje à noite? — ele perguntou. — Que tal pegar um cinema?

Cinema. Aquele ritual sagrado da paquera que ele jamais havia executado. Nem com sua namorada de faculdade, a garota de Chicago (diretos para a cama); nem com Frannie (diretos para um bar); nem mesmo com Challah (diretos para choro e soluços nervosos).

E que tal "pegar um cinema"? Era impossível enganar-se com um rapaz que usava uma linguagem como aquela e que provavelmente acenava entusiasticamente e dizia; "Bom, cuide-se, querido tio, está ouvindo?" quando o tio Trent partia para o Rotary Club. Que se dane o sotaque, estava-se em segurança com Vladimir Girshkin.

Ela apertou os olhos para consultar o relógio minúsculo e sacudiu-o violentamente, como se estivesse com uma agenda apertada que Vladimir grosseiramente houvesse desorganizado com os seus sonhos de cinema e talvez um dos seus braços esqueléticos rodeando os ombros dela.

— Não fui ao cinema desde que cheguei aqui — ela contou.

Pegou sobre a mesa a edição mais recente do *Prava-dence* e inclinou-se na direção de Vladimir para segurar o jornal estendido na frente dos dois. Apesar de estar desarrumada e abandonada em uma noite de sexta-feira, um cheiro de limpo emergia do cerne dos seus braços estendidos. Haveria uma única ocasião sequer em que uma mulher americana não estivesse tão extraterrestremente limpa? Ele sentiu uma vontade real de beijá-la.

Segundo o jornal, Prava estava inundada de filmes de Hollywood, cada um mais estúpido do que o outro. Finalmente escolheram um drama sobre um advogado gay com AIDS, que aparentemente era um grande sucesso nos Estados Unidos e havia sido aprovado por muitas das pessoas sensíveis daquele país.

Morgan pediu licença para ir ao banheiro trocar de roupa (finalmente!) enquanto Vladimir estudava o quarto dela, amorosamente cheio de quinquilharias fabricadas em massa, tanto do Novo Mundo quanto do Velho Mundo, que ocupavam várias prateleiras (do tipo que se compram em peças para serem montadas em casa): um desbotado desenho a carvão do Castelo de Prava, uma minúscula estátua de uma sereia verde-musgo de Copenhagen, uma caneca de cerveja rachada de um lugar chamado Fábrica de Cerveja Grandes Lagos, uma fotografia ampliada de uma mão gorducha e sem corpo segurando uma linha onde se pendurava um peixe listrado (Papai?), um panfleto emoldurado anunciando uma banda de "*industrial noise*" chamada "Marty and the Fungus" (antigo namorado?) e um exemplar de "Gato no chapéu" do Dr. Seuss. A única coisa incongruente era um grande cartaz ilustrando o Pé em toda a sua glória stalinista precariamente inclinado acima da Antiga Prefeitura. Abaixo dele, um slogan estolovano: "*Grazdanku! Otporim vsyechi Stalinski çudovisi!*". Vladimir jamais conseguia ter absoluta certeza quando se tratava da estranha linguagem estolovana, mas traduzido para o russo normal aquilo poderia ser uma exortação mais ou menos como "Cidadãos! Vamos demolir todas as monstruosidades de Stalin!". Hum... Aquilo era meio inesperado.

Ele fechou os olhos e tentou ter uma imagem dela por inteiro – o rosto alegre e redondo, o olhar sério, a boca pequena e desajeitada, o corpo macio embrulhado em pano de toalha, a errata inofensiva em sua prateleira. Sim, provavelmente haveria excentricidades e incongruências na personalidade dela que Vladimir algum dia teria que enfrentar, mas no momento ela certamente constituía um maravilhoso exemplar demográfico. Também Vladimir poderia fazer de si mesmo um exemplar demográfico bem bonzinho: sua renda mensal recente colocava-o entre os dez por cento na camada social superior entre os lares dos Estados Unidos, e ele acreditava na monogamia com uma espécie de ferocidade triste que certamente o colocava à frente da maioria dos homens nas pesquisas. Sim, os números estavam corretos; agora precisava acontecer aquela coisa de magia de amor americana, o que geralmente acontecia quando os números estavam corretos.

E então ele tomou consciência de que ela havia saído do banheiro e estava falando com ele alguma coisa sobre... O que era? O Pé? Ele estivera contemplando o cartaz. Que era que ela estava dizendo? Fora com Stalin? Viva o povo? Definitivamente estava dizendo alguma coisa a respeito do Pé e da nação estolovana durante tanto tempo subjugada. No entanto, apesar do tom insistente dela, Vladimir estava ocupado demais, pensando em uma estratégia destinada a fazer com que ela o amasse, para escutar os detalhes do que ela estava dizendo. Sim, era hora de acontecer aquela coisa do amor.

BEM, Morgan realmente ficou com uma bela aparência depois que se arrumou! Vestira uma blusinha de seda que – ela certamente tinha consciência disso – definia com precisão os seus contornos, e penteara os cabelos inteiramente presos, exceto algumas cachinhos que caíam adoravelmente do coque, segundo uma moda que ele havia visto nos anúncios contemporâneos no metrô de Nova York. Talvez mais tarde ele pudesse levá-la ao coquetel de Larry Litvak – para o qual havia sido convidado por telefone, cartão postal e vários encontros melosos com o próprio anfitrião – e, uma vez lá, mostrar a ela exatamente onde Vladimir Girshkin estava alojado no firmamento social de Prava.

O cinema ficava no Bairro Inferior, a poucos metros da Ponte Emanuel e suficientemente perto do castelo para os sinos da catedral estarem ao alcance da audição. Como todos os estabelecimentos do seu calibre, o teatro estava atulhado de jovens estrangeiros, a maioria vestindo jaquetas estofadas pretas e alaranjadas, e bonés de beisebol com logotipos de equipes esportivas americanas usados com a frente para trás. Aquele era o grito da moda de outono daquele ano para aquela massa humana horrivelmente estéril que se expandia via satélite de Laguna Beach à Província de Guandong – *a classe média internacional* – e deixava Vladimir ansioso pelo inverno, os sobretudos pesados e o fim da temporada turística – como se algum ela dia fosse chegar ao fim.

No lado positivo, todos os homens globais fixaram os olhos na acompanhante de Vladimir como se ela fosse a corporificação viva do motivo pelo qual eles trabalhavam como escravos noite e dia em seus livros de engenharia e softwares de contabilidade, e os olhares que reservaram para ele, aquele poeta que parecia um camarão com cavanhaque, eram suficientes para demonstrar para aqueles de inclinação católica o lugar da inveja entre os sete pecados capitais.

Quanto às mulheres, bah!, todas aquelas pulseiras de ouro sacolejantes e aqueles suéteres apertados com decote em V eram para nada. Ninguém, nem mesmo a herdeira de Bengali nem a advogada de Hong Kong, usava as suas preciosidades com tanta confiança e graça familiar quanto a candidata que vinha de Shaker Heights, Ohio. (Durante o ansioso percurso até o centro da cidade ele aprendera o nome do subúrbio de Cleveland onde Morgan crescera em graça e beleza.)

Certo! Não importava qual gênero – homem, mulher ou gay – ele encontrava naquela noite, certamente parecia que toda aquela empreitada, aquela noite a dois, tinha começado com o pé direito, e para comemorar Vladimir comprou no bar do cinema uma minigarrafa de Becherovka, o detestável licor checo que tinha gosto de abóbora queimada. E para a dama um pequeno frasco da birita húngara chamada Unicom, que, apesar de sua semelhança lingüística com um departamento de ajuda das Nações Unidas, era a fonte de inumeráveis atrocidades contra o estômago e a sensível membrana que o forrava.

– Saúde!

Eles tocaram as suas taças e, como era de se prever, Morgan engasgou e tossiu como faria qualquer mortal naquele lado do Danúbio, enquanto Vladimir a confortava com macheza improvisada, e até mesmo tocou de leve na mão suada dela, por preocupação, e desejou por um breve instante viver para sempre em tais circunstâncias (isto é, sendo macho/sendo invejado, tocando nela, mesmo que apenas nas extremidades). Mas então as luzes se apagaram e o ritual de acasalamento, tal como era, tornou-se um pouco turvo para Vladimir, já que havia pouca oportunidade para ele experimentar com ela as suas tiradas inteligentes e ainda menos ocasião para tomar iniciativas. Como poderia, afinal, com metade da platéia fungando e chorando enquanto o atraente herói na tela tornava-se cada vez mais abatido com o progresso da doença horrível, para finalmente perder os cabelos e então expirar na hora dos créditos finais?

Que cena houve então! Quando as cortinas desceram, em todo o cinema narizes trombeteavam como se os muros do castelo lá fora pertencessem à antiga Jericó. Mas o rosto de Morgan mantinha-se plácido, embora um pouco vazio, e eles se dirigiram aos tropeços e em silêncio para o cartaz de saída e para a rua. Ficaram parados, ainda silenciosos, observando os táxis Fiat sendo chamados pelos espectadores que partiam, enquanto as primeiras procissões de universitários italianos bêbados abriam caminho ruidosamente pela sinistra sombra de uma torre de pólvora adjacente para alguma terra das maravilhas em forma de discoteca.

Vladimir não conseguiu esperar para desabafar.

– Eu odiei! – bradou. – Odiei! Odiei!

Ele executou uma pequena dança na sombra das luzes tremeluzentes dos postes da rua, como que para demonstrar a força primordial do seu ódio. Mas era hora de alguma espécie de detalhamento intelectual, de modo que ele disse:

– Como é banal! Como é revoltantemente palerma! Transformar a AIDS em mais um drama de tribunal. Como se a única maneira pela qual os americanos conseguem expressar qualquer coisa fosse através de procedimentos legais. Estou totalmente subjugado.

– Não sei, não – disse ela. – Acho que o fato de fazer este filme foi uma coisa boa. Tantas pessoas têm preconceitos. Especialmente lá de onde eu vim. Meu irmãozinho e os amigos dele são grandes homófobos. Simplesmente não sabem das coisas. Pelo menos este filme fala da AIDS. Você não acha que isso é importante?

Quê? Que diabos ela estava grasnando? Quem dava a mínima para o que o irmão dela pensava sobre os boiolas? O caso era que o filme fracassara como obra de arte! Arte! Arte! Os americanos não estavam em Prava por causa da arte? Por que diabos ela própria estava ali? Uma pequena rebelião justificada antes da faculdade? Uma oportunidade de se exibir para os fracassados suburbanos de Shaker Heights: "Esta sou eu e o meu ex-namorado russo na frente do hotel onde Kafka fez um importante cocô em 1921. Está vendo aquela placa ao lado da porta? Bem bacana, não é mesmo?" Ele sequer havia se dado ao trabalho de perguntar a Morgan o que ela estava fazendo ali em Prava, mas as tristes alternativas – ensinando inglês americano a empresários locais ou trabalhando como garçonete no turno do café da manhã no Eudora – eram todas demasiadamente óbvias. Ah, havia tanta coisa que ele precisava mostrar a ela! Tanta coisa que ela precisava aprender sobre a sociedade na qual aterrissara! Sim, ele faria um esforço extra por aquela doce beldade de Cleveland. Aquelas bochechinhas cheias de saúde. Aquele nariz.

Depois que algum tempo se passou e uma vacilante rajada de chuva os deixara um pouco molhados, ele disse:

— Bom, eu certamente preciso de uma bebida depois desse fiasco.

— Que tal o coquetel de Larry Litvak? — ela sugeriu.

Então ela também havia sido convidada, droga! Agora a pergunta que não queria calar era: por que, mais cedo, ela estava sozinha em seu *panelak* vendo televisão com o gato? Talvez estivesse se aprontando – o chuveiro, o roupão de banho, a pomada na testa. Ou, pior ainda, ela nem se importava com a festa de Larry Litvak. Para o inferno com tudo isso!, pensou Vladimir consigo mesmo em russo, uma frase que surgia flutuando e sem se fazer anunciar cada vez que o desequilíbrio mundano dele ascendia a proporções verdadeiramente dostoievskianas.

— Conheço também um barzinho retirado — ele arriscou. — Ninguém jamais ouviu falar dele, e há muitos estolovanos de verdade.

Mas ela insistiu no coquetel, e agora nada mais restava a fazer senão ir. Como se para sublinhar a situação, Jan e o Beamer surgiram sorrateiramente atrás deles e começaram a piscar seus faróis para atrair a atenção dele. A noite estava decidida.

MAS NEM TUDO ESTAVA PERDIDO, de maneira alguma. Quando abriram a porta do apartamento de Larry, a multidão soltou um "VLAAAAD!" — de fazer estremecerem as coqueteleiras e, naturalmente, nada gritaram para a quase desconhecida Morgan, não obstante ela ter sido sem dúvida admirada de maneira silenciosa.

Larry Litvak, segundo a sua história astronáutica, morava na Cidade Antiga – na realidade, na periferia da Cidade, à margem do vasto terminal rodoviário de Prava, que, como todos os terminais rodoviários, exsudava apenas grosseria e insalubridade, e era habitado por um elenco de personagens perfeitos para um programa de denúncias na televisão.

As luzes eram fracas, muito fracas, lembrando a Vladimir as festinhas na universidade, onde quanto menos se pudesse discernir das companhias, mais leitos distantes vibrariam à luz da madrugada. Ainda assim, Vladimir conseguiu perceber que se tratava de um apartamento espaçoso, construído no progressivo período do entre-guerras, quando os estolovanos ainda tinham a expectativa de morar em apartamentos maiores do que a casa dos seus *dachshunds*. Aliás, o teto era tão alto que o lugar poderia ser confundido com um *loft* no SoHo, mas a realidade se impunha na mobília socialista de meter medo – os atarracados sofás e poltronas utilitários, forrados numa espécie de tecido de lã peluda que as *babushkas* gostavam de vestir nos dias frios. Como se para acentuar a qualidade espinhenta da sua mobília, Larry havia instalado três pés de tangerina no centro do aposento principal e colocado miniaturas de holofotes debaixo delas, de modo que os ramos ásperos espalhavam sombras perturbadoras nas paredes e no teto.

– Belo lugar – Vladimir gritou para Morgan acima do burburinho, com o conhecimento insinuado de ter estado ali muitas vezes antes.

Morgan olhou para ele sem compreender. As coisas estavam acontecendo depressa demais; de todos os lados havia mãos estendidas para Vladimir, algumas já molhadas e fedendo a gim, para não mencionar os freqüentes abraços e beijos nos lábios que Vladimir recebia de simpatizantes entusiasmados. Era óbvio que a jovem não estava acostumada com uma *persona* social da estatura de Girshkin. Será que agora ela teria outra escolha senão amá-lo?

Eles foram carregados pelo aperto da multidão para dentro de uma cozinha suavemente iluminada por velas, onde Larry estava situado, sua marica funcionando a todo vapor, e vários dos cidadãos mais hippies balançando-se ao som de Jerry Garcia, rostos vazios de expressão, os corpos soltos e rechonchudos como palmeiras ao vento.

– Aí, cara – cumprimentou Larry, que usava um quimono preto transparente que revelava em sua inteireza o corpo magro, porém musculoso. Aquele exibido. Ele abraçou Vladimir com força, até este ter sentido cada parte do outro.

– Aí, cara – ele ficava repetindo.

E Vladimir relembrou com carinho os seus dias de segundo grau, quando ele e Baobab e o resto da turma estavam sempre doidões e passavam o dia resmungando: "Aí, cara... não come esta coisa, cara... esta coisa é pra depois, cara...". Ah, a inocência daqueles dias, aquele breve período durante a era Reagan/Bush em que os anos 60 haviam retornado com força total às escolas de 2º. Grau. A postura curvada, os olhos semicerrados, o vocabulário de cem palavras. Ah.

Os hippies foram apresentados, os nomes deslizando para dentro e para fora da memória. A *piéce de résistance*, um cachimbo com quase um metro de comprimento, foi passada até o convidado de honra. Larry debruçou-se para acendê-lo enquanto Vladimir sugava o bocal rançoso. Em seguida passou-o a Morgan, que o recebeu com espírito esportivo.

SATISFEITO, Vladimir pegou-lhe o braço e eles flutuaram de volta ao salão principal, mal se lembrando de pregar a mentira social "voltamos logo" a Larry Litvak e companhia. Ali houve outro ajuntamento em volta de Vladimir e a sua acompanhante, dessa vez consistindo inteiramente de homens altos e elegantes usando calças de algodão, óculos com armação de arame, e argolas no nariz, que enfiavam copos de bebida nas mãos de Vladimir mencionando o *Cagliostro* pelo título e (surpreendentemente) a PravaInvest, depois empurrando as suas amigas para a frente com entusiasmo para breves apresentações. Tudo aquilo lembrava um baile nas províncias russas no século XIX, quando os homens da sociedade local avistavam o general recém-chegado de Petersburgo e então o cercavam, cheios de lugares-comuns e conversas de negócios, puxando suas lindas esposas atrás de si como sinal de sua própria posição e boa educação.

O ano de 1993? Bem, tais anacronismos poderiam ter sido um sinal do tão debatido renascimento da era vitoriana. E embora fosse chocante para Vladimir conhecer aqueles não-boêmios[106] que usavam argola no nariz para seguir a moda e não por rebeldia, aquilo repercutia em algum lugar antigo e aristocrático dentro dele (pois no início do século XX os Girshkin eram proprietários de três hotéis na Ucrânia) e ele reagia com um senso crescente de *noblesse oblige*:

– Sim, prazer em conhecê-lo... Claro, já ouvi falar de você... Nós nos esbarramos no Martini Bar do Nouveau... Circunstâncias tão agradáveis... Esta é Morgan, sim... E você quem é?... E este é...

Naturalmente, o fato de estar sob a influência liberadora do equivalente a um metro de fumo logo acrescentou hilaridade aos acontecimentos, deixando a mente de Vladimir à vontade enquanto ele flutuava acima das massas e sua tagarelice, seus guinchos e cacarejos.

---

[106] Não-boêmios: tradução literal de non-Bohemian no sentido de não-originários do antigo reino da Boêmia, região atualmente incorporada à República Checa. (N. da T.)

Logo o seu sotaque russo emergiu com força total, conferindo ao Conde Girshkin uma aura de autenticidade que deixou os sensíveis representantes de Houston e Boulder e Cincinnati duplamente apaixonados pelo pequeno poeta e homem de negócios em torno de quem, ao que parecia, o mundo expatriado de Prava iria passar a girar.

Ele sentiu Morgan puxar-lhe a manga, não achando mais graça em ser marginalizada.

– Vamos procurar Alexandra – ela sussurrou e, propositalmente ou não, encostou o nariz cheiroso na orelha de Vladimir.

– Vamos – ele respondeu; colocou o braço em torno dela e apertou os largos ombros de Ohio, tão saudáveis e confortáveis de apertar.

Eles romperam o cordão de simpatizantes e chegaram às tangerineiras que, balançando-se ao vento de um ventilador distante, arranharam o rosto de Vladimir até que ele parou e ficou olhando estupidamente para os seus agressores arbóreos como se dissesse: "Vocês sabem quem eu sou?"

Atrás das arvorezinhas eles viram um comprido sofá de cetim flanqueado por espreguiçadeiras semelhantes sobre os quais a Turma havia acampado, juntamente com várias garrafas de Martini e jarras inteiras de Curaçao. Ali sentados, eles riam e emitiam opiniões sem cessar sobre as pessoas à sua volta, como se fossem um Conselho de Estilo reunido às pressas. Ocasionalmente eles entretinham convidados que os abordavam com pequenos maços de papel contendo palavras ou desenhos, e às vezes com disquetes de computador. Parecia que a futura primeira edição da *Cagliostro* havia lhes subido à cabeça lindamente; ao que parecia, o efeito da bebida era supérfluo.

Cohen avistou-os em meio à folhagem:

– Lá está ele! Vladimir!

– Morgan! – Alexandra gritou, com alguma coisa parecida com respeito, determinada a elevar o status da sua amiga recém-encontrada.

O casal aproximou-se e um divã azul-celeste brilhante foi rolado até eles como se por ordem do Demônio. Alexandra beijou Morgan nas duas faces, enquanto Vladimir apertava as mãos dos rapazes e beijava Alexandra docemente apenas uma vez, e por sua vez era beijado duas vezes.

Os rapazes haviam se superado, canalizando o estilo babaca-glamuroso em uma direção formal: paletós esportivos marrons-acinzentados e camisas em tons enlutados com gravatinhas impertinentes que serpenteavam barriga abaixo.

Alexandra usava uma jaqueta de equitação cinzenta nova, evidentemente de um dos antiquários mais bem-sucedidos de Prava, sob a qual via-se o seu traje costumeiro: suéter preto de gola rulê e calça colante preta.

Mas estava faltando alguém no grupo.

– E onde está a Maxine? – Vladimir perguntou, mordendo a língua ao lembrar-se que o Comitê de Namoros entre Estrangeiros já tinha marcado as núpcias Girshkin-Maxine para o início da primavera seguinte, e ali estava ele, pulando a cerca com Morgan.

Com efeito, assim que ele mencionou Maxine uma expressão cruzou o rosto de Morgan, a expressão de uma criança perdida em uma estação ferroviária repleta de gente, e a festa de Larry era, naturalmente, infinitamente mais estranha do que quaisquer estações ferroviárias do mundo e igualmente repleta de gente.

– Maxine adoeceu – Alexandra informou. – Nada sério. Amanhã estará de pé.

O pedaço "estará de pé" evidentemente destinava-se a desencorajar Vladimir de tentar qualquer mudança na verticalidade da moça. Obviamente Alexandra havia contado a Morgan tudo o que ela precisava saber sobre o tórrido não-romance de Vladimir com Maxine.

A situação foi desarmada sem querer pelo excitado Cohen, que não se encontrara com Vladimir nos últimos dias e praticamente pulou sobre ele.

– O meu amigo precisa ir até o bar – ele gritou, completamente bêbado. – Vocês, meninas, conversem entre si.

Vladimir olhou para Morgan, preocupado em deixá-la para trás. Felizmente a visão de duas mulheres atraentes, Morgan e Alexandra, conversando com entusiasmo, tinha o efeito de manter à distância os paqueradores em potencial. Os jovens predadores de Prava eram facilmente confundidos pelo fenômeno de mulheres se saindo bem sem eles.

No bar, uma tabuinha ressaltando de uma estante de carvalho cheia das obras de Papa Hemingway, o santo patrono do cenário estrangeiro no local, o irreprimível Cohen tentou fazer para Vladimir um gim tônica derramando vodca em seus novos mocassins importados. Quando informado por um risonho Vladimir que gim, e não vodca, era usado para fazer gim tônica, Cohen jogou gim nele também.

– Então, você está amarrando um porre – Vladimir comentou.

— Estou amarrando um porre nos últimos cinco anos — Cohen respondeu. — Sou o que na indústria de bebidas se chama um alcoólatra.

— Eu também — Vladimir declarou.

Ele jamais havia pensado no assunto, mas aquelas palavras certamente soavam como verdadeiras.

— Bom, então vamos brindar a isto! — Vladimir exclamou, em um esforço para expulsar o desconforto iminente, e os dois tocaram as taças.

— Por falar em amarrar um porre, Plank e eu estamos prontos para um grande embate com as garrafas amanhã. Até o final! — disse Cohen, e piscou o olho na direção do bar.

— Entendo — disse Vladimir.

Ele imaginou Cohen e Plank como dois pugilistas em um show performático, esmurrando-se em câmera lenta com uma garrafa de Stoli suada.

— Gostaria de se juntar a nós? Nada desta merda. Só nós três. Os homens.

Então, sem aviso — e quando foi que ele alguma vez avisou? — Cohen jogou os braços em volta de Vladimir e apertou com força. A essa altura as luzes haviam baixado para um nível que deixava os dois com a aparência de qualquer outro casal na fila expressa para a cama. O assustado Vladimir espiou por entre os braços do amigo e tentou manobrar um braço para desvencilhá-lo e sinalizar para a turma e Morgan que aquela não era a sua idéia de divertimento, mas não tinha a tranquilidade necessária para pensar em um sinal apropriado. De qualquer maneira, Cohen logo o soltou, e Vladimir constatou, para seu bem-vindo alívio, que uma massa crítica havia sido atingida no aposento e ninguém prestava a menor atenção em qualquer outra pessoa, na verdade. Até mesmo sexo homossexual descarado, com o acompanhamento de gemidos transmitidos pelos alto-falantes, provavelmente passaria despercebido durante vários minutos.

— Ah, nós sentimos a sua falta, cara – disse Cohen. — Você é tão ocupado com o trabalho e... — Ele silenciou, parecendo um namorado rejeitado.

Vladimir viu Plank do outro lado da sala olhando com repugnância para o seu copo como se lhe tivessem dado um diurético, ao passo que no sofá perto dele Alexandra e Morgan gesticulavam numa tempestade de palavras. O que acontecia com aqueles rapazes desconsolados? Ser a pedra fundamental da elite de Prava não era suficiente para eles? Será que esperavam ter também uma vida significante?

— Está certo. Vamos sair só nós — Vladimir decidiu. — Vamos nos divertir. Vamos beber. Vamos ficar bêbados. Certo?

— Certo! — Cohen gritou.

Entusiasmando-se, ele estendeu a mão para a garrafa exatamente quando Vladimir percebeu que Morgan olhava de relance para ele e apontava discretamente para o relógio. Será que ela já queria ir embora? Rebocando Vladimir? Ela não estava se divertindo. Ninguém fugia com o namorado de uma festa de Larry Litvak antes que o relógio soasse as três horas da manhã. Era uma simples questão de boa educação.

— E então, como vão os seus escritos? — Vladimir perguntou a Cohen.

— Terríveis — Cohen declarou, os lábios volumosos tremendo de maneira característica. — Estou apaixonado demais por Alexandra para até mesmo continuar escrevendo sobre ela...

E ali estava o cerne do problema — o amor tinha chegado à cidade e Plank e Cohen haviam alugado pela temporada aquele empreendimento sempre em expansão. A julgar pelos lábios trêmulos e os olhos úmidos de Cohen, ele já estava na Fase III, perto da piscina de exercícios e do campo de golfe desenhado por Jack Nicklaus.

— Então não escreva sobre ela — disse uma voz grave, séria.

A princípio Vladimir imaginou que ela pertencia ao avô de Cohen pelo lado judeu, chegado a Prava para os feriados religiosos que se aproximavam. Olhou em volta procurando o dono da voz até que Cohen apontou para baixo e disse:

— Quero lhe apresentar o poeta Fish, também de Nova York.

O poeta Fish não era anão, mas escapava dessa categoria por milímetros. Parecia um garoto sujo de doze anos de idade, e os cabelos eram grossos e sem brilho, uma terrina de macarrão; apesar disso tudo, ele possuía a voz de Milton Berle.

— Encantado — disse o poeta, estendendo a mão para Vladimir como se esperasse que este fosse beijá-la. — Todos estão falando de Vladimir Girshkin. Foi a primeira coisa que ouvi no carrossel de bagagem.

— Que exagero! — Vladimir respondeu. E pensou consigo mesmo: *e que é que estão dizendo?*

— Fish vai ficar alguns dias na casa de Plank. Ele foi publicado por uma revista literária do Alasca — Cohen comentou.

E então empalideceu instantaneamente, como se acabasse de ver alguém atravessando o aposento, alguém que lhe cutucava a memória de uma maneira totalmente inoportuna. Vladimir chegou a seguir a luz baça dos olhos dele, para ver quem poderia ser, mas então Cohen limitou-se a dizer:

— Tenho que ir vomitar.

E o mistério foi solucionado.

— Então... Poeta, hein? — Vladimir começou, agora que Cohen havia deixado o anão nas suas mãos (torcendo para que o sujeitinho pelo menos desse aos outros a impressão de exótico).

— Escute aqui — disse o poeta, erguendo-se na pontinha dos pés para respirar no queixo de Vladimir. — Ouvi dizer que você está fazendo uns pequenos negócios por aqui, essa merda de PravaInvest.

— Pequenos? — Vladimir cresceu como um pavão reconhecendo o seu futuro par. — O nosso capital é de mais de 35 bilhões de dólares americanos...

— Tá, tá, tá — disse o poeta Fish. — Tenho uma proposta para você. Alguma vez já cheirou tranqüilizante de cavalos?

— Perdão?

— Tranqüilizante de cavalos. Há quanto tempo, exatamente, está fora de A Cidade?

Vladimir presumiu que ele estava aludindo à Cidade de Nova York e ficou chocado ao lembrar-se que, não importava o que faziam ali em Prava ou Budapeste ou na Cracóvia, A Cidade — aquela grade comprida de ruas amaldiçoadas e nenhum pedido de desculpas — ainda continuava sendo a mosca do alvo da galáxia.

— Dois meses — respondeu.

— Está por toda parte, lá. Em todas as casas noturnas. Não se pode ser artista em Nova York e não cheirar tranquilizante de cavalos. Pode acreditar, sei o que estou dizendo.

— Como assim?

— É como uma lobotomia frontal. Ele limpa completamente a nossa cabeça quando existe um engarrafamento. A gente não pensa em coisa alguma. E a melhor parte; dura só quinze minutos por cafungada. Depois disso você volta ao seu normal. Alguns dizem até que experimentam um senso de si mesmo renovado. É claro que os que dizem isto são principalmente os escritores de prosa. Aqueles lá dizem qualquer coisa.

– Existe algum efeito colateral? – Vladimir quis saber.
– Nenhum. Vamos para a sacada, vou lhe mostrar.
– Preciso pensar...
– Isto é exatamente o que você não vai querer fazer. Escute, conheço um veterinário perto de Lyon, ele faz parte do conselho de um grande laboratório farmacêutico de lá. Podemos dominar o mercado da Europa Oriental com a sua PravaInvest. E que lugar melhor do que Prava como centro de distribuição?
– É, está bem, mas é legal?
– Claro – Fish afirmou. – Por que não seria? – acrescentou, vendo que o assunto ainda não estava esclarecido. – Bom, se você tiver um cavalo, isso ajuda – disse finalmente. – Acabei de comprar um par de pangarés lá no Kentucky. Vamos até a sacada.

E levou-o para fora da sala, enquanto Morgan e Alexandra assistiam do sofá, assustadas com o estranho espetáculo do vice-presidente executivo da PravaInvest seguindo resolutamente nos calcanhares de um duende.

A sacada dava para o terminal rodoviário, que, apesar do brilho majestoso da lua cheia, continuava sendo uma torturada colcha de retalhos de cimento e metal ondulado.

E havia também os ônibus:

Do Ocidente vinham os modelos de luxo, com dois andares, telas de televisão tremeluzindo e aparelhos de ar-condicionado soltando sua fumaça verde contra o asfalto. Esses ônibus vomitavam jorros de mochileiros jovens e saudáveis de Frankfurt, Bruxelas e Turim, que imediatamente se punham a comemorar a sua recém-encontrada liberdade no Bloco Oriental encharcando-se uns aos outros com Uneskos de beira da estrada e exibindo cartazes de paz aos táxis que esperavam na fila.

Do Oriente vinham ônibus muito apropriadamente chamados IKARUS: mortalmente enfermos, os trêmulos corpos cinzentos e baixos arrastando-se para a linha de chegada; as portas abrindo-se devagar e obstinadamente, para deixar passar as famílias exaustas que vinham de Braislava e Koside, ou os profissionais de meia-idade de Sofia e Kishinev segurando as suas maletas de encontro aos seus lampejantes ternos de poliéster enquanto seguiam para a estação de metrô mais próxima. E Vladimir quase que conseguia sentir o cheiro daquelas maletas, que, como a do seu pai, provavelmente continham os restos de um almoço recheado preparado para viagem, restos que agora poderiam servir para o jantar – a Prava Dourada estava ficando cara para o búlgaro médio.

Mas o exame que Vladimir fazia daquela infeliz dicotomia, uma dicotomia que em certos aspectos era a história da sua vida – o que lhe trazia sentimentos tanto de alegria quanto de remorso: a alegria de ter um conhecimento especial, privilegiado, tanto do Oriente quanto do Ocidente, o remorso de afinal não se encaixar em qualquer dos dois – foi interrompido pelo pó para cavalos, cristalino e picante, que o poeta Fish administrou-lhe nasalmente e então nada demais aconteceu.

Talvez isto fosse exagero. Alguma coisa, é claro, aconteceu, exatamente enquanto Vladimir retrocedia para os andares superiores do seu cérebro onde o rarefeito ar de montanha não conduzia ao processo cognitivo. Os ônibus continuavam chegando e partindo, mas agora eram apenas ônibus (ônibus, sabe, transporte, do ponto A ao ponto B) e Fish pelado, rolando de um lado para outro na sacada, aos uivos, acenando com o seu minúsculo pênis roxo. *Não estava acontecendo nada que fosse grande coisa.* Aliás, a não-existência já não era tão inimaginável (e quantas vezes ele, uma criança lenta, havia fechado os olhos e tapado os ouvidos com algodão, tentando imaginar O Vazio), mas sim uma progressão bastante natural dessa felicidade pateta. Uma anestesia, a sensação deliciosa de flutuar na imensidão.

E então os 15 minutos acabaram e, como um relógio, Vladimir foi silenciosamente erguido no ar para dentro do próprio corpo; Fish estava vestindo as roupas.

Vladimir ficou de pé. Sentou-se. Tornou a levantar-se. Qualquer coisa pela experiência sensorial. Ficou batendo nos dedos com o seu cartão de visitas por algum tempo, antes de apresentá-lo ao poeta. Muito agradável. Ele estava pronto para mergulhar no Tavlata.

– Vou lhe mandar um *kit* para principiantes com as instruções – Fish estava dizendo. – E também alguns poemas meus. – Estou sob a influência de John Donne – ele acrescentou, abotoando a sua excêntrica túnica de elfo.

— Então, você é uma boa pessoa? — Morgan perguntou. Eram cinco horas da manhã. Depois da festa. Uma ilha no meio do Tavlata, ligada ao Bairro Inferior por uma única ponte para pedestres de origem incerta; uma ilha que parecia quase que abandonada pelos vagos serviços da administração municipal; uma misturada de árvores gigantescas e os pequenos arbustos que se agarravam a elas como elefantes bebês esfregando-se contra os pés da mãe. Os dois estavam sentados na grama atrás de um carvalho colossal com os ramos cobertos de folhas apesar do outono avançado; aquele veterano formidável recebia a seu bel-prazer as estações que passavam. Do outro lado da ponte, bem acima deles, o luar caía sobre os contrafortes delgados da catedral do castelo, dando à Santo Estanislaus[107] a aparência de uma aranha gigantesca que de um modo qualquer houvesse fugido para cima das muralhas do castelo e ali se acomodasse para passar a noite.

A pergunta era se ele era ou não era uma boa pessoa.

– Tenho que iniciar dizendo que estou bêbado – ele declarou.

– Eu também. Diga simplesmente a verdade.

A verdade. Como é que o assunto tinha chegado até ali? Um minuto antes ele estava a beijar-lhe a boca encharcada de álcool, tateando em suas axilas em busca da umidade que ele amava, esfregando-se contra a sua coxa, sendo possuído de uma excitação voyeurística pela passagem do facho de luz dos faróis do seu carro – da margem o dedicado Jan mantinha-se de olhos neles.

– Comparativamente falando, sou uma pessoa melhor do que a maioria que conheço. – Aquilo era mentira. Bastava-lhe pensar em Cohen para saber que estava mentindo. – Está bem. Não sou uma grande pessoa *per se*, mas quero ser uma boa pessoa para você. No passado fui bom para outras pessoas.

Que diabo de conversa era aquela? Ela estava recostada num tronco podre ao lado de uma espécie de monte sacrificial de latas de Fanta e embalagens de camisinha usadas; seus cabelos estavam emaranhados de ervas; havia uma mancha de batom na ponta arrebitada do seu nariz; e a saliva de Vladimir pendia do seu queixo.

Vladimir era uma boa pessoa? Não. Mas só maltratava os outros porque o mundo o maltratara. A justiça moderna para a turma da pós-moralidade.

– Você quer ser bom para mim – ela estava dizendo, a voz surpreendentemente firme, mesmo que o pileque a fizesse oscilar para frente e para trás com a mais leve brisa.

– É, sim. E gostaria de conhecê-la melhor. Inquestionavelmente – declarou.

---

[107] Fica aí subentendido: "...dando à (Igreja de) Santo Estanislaus", justificando a crase. (N. da T.)

— Você quer mesmo me ouvir contar como foi crescer em Cleveland? Num subúrbio? Na minha família? Sendo a filha mais velha? A única mulher? Hum... A colônia de férias para praticar basquete? Pode imaginar uma colônia de férias de basquete para meninas, Vladimir? No Condado de Medina, em Ohio? E mais ainda, você sequer se importa? Quer saber por que às vezes eu preferia estar acampando no mato do que num café? Como eu odeio ler poemas dos outros só porque sou obrigada? E como odeio escutar todas as pessoas o tempo todo como o seu amigo Cohen quando ele começa com a lengalenga da porcaria dos anos 20 em Paris?

— É — Vladimir concordou. — Quero saber tudo. Completamente.

— Por que?

Não era uma pergunta fácil. Não havia respostas tangíveis. Ele teria que inventar alguma coisa.

Enquanto estava pensando, um vento forte começou a soprar e as nuvens deslizaram para o norte, de modo que quando ele erguia a cabeça bem para o céu e ignorava o fato de estar no epicentro da cidade, era possível imaginar a ilha flutuando para o sul, vencendo as voltas e curvas do Tavlata até finalmente emergir no mar Adriático. Com mais um pouco poderiam encostar o seu navio-ilha nas costas de Corfu; farrear em meio ao sussurro das oliveiras minúsculas, às harmonias dos pintassilgos. Qualquer coisa para sobreviver àquele interrogatório.

— Ouça, você odeia quando Cohen começa a falar de Paris e de todo o culto ao expatriado, mas sou obrigado a dizer: há alguma coisa de verdade nisso. As três frases mais belas que conheço da literatura são as três últimas do Trópico de Câncer. Primeiro quero deixar uma coisa bem clara: dizendo o que estou dizendo, não estou aprovando Henry Miller, o misógino provocador racial, como ser humano, e continuo a entreter sérias dúvidas sobre a capacidade dele como escritor. Estou apenas exprimindo a minha admiração pelas últimas linhas deste romance especificamente... Seja como for: Henry Miller está parado na margem do Sena. Ele passou por todo tipo de pobreza e humilhação. E escreve algo como, desculpe-me se eu errar, "O sol se põe. Consigo sentir este rio fluindo através de mim – o seu solo, seu clima mutável, o seu passado antigo. As colinas o contêm, dirigindo-o suavemente: o seu curso é fixo".

Vladimir remexeu os dedos da mão entre as palmas cálidas das dela.

— Não sei se sou uma boa pessoa ou uma má pessoa — afirmou. — Talvez não seja possível saber. Mas neste momento sou o homem mais feliz desta vida. Este rio, o seu solo, o seu clima, o seu passado antigo, estar com você às cinco da manhã no meio deste rio, no meio desta cidade. Me faz sentir...

Ela tapou-lhe a boca com a própria mão dele.

— Cale a boca — disse. — Se não quer responder à minha pergunta, não responda. Mas é uma coisa que quero que você pense. Ah, Vladimir! Se você se ouvisse... Não aprova o coitado de um tal de Henry Miller como ser humano? Nem sei se sei direito o que você quer dizer, mas sei que não é legal...

Ela lhe deu as costas e a ele restou contemplar o coque severo que lhe prendia os cabelos.

— Escuta, eu gosto de você — ela disse de repente. — Gosto mesmo. Você é elegante, delicado, inteligente. Realmente conseguiu juntar a comunidade estrangeira com a *Cagliostro*, sabia? Deu a primeira oportunidade a muita gente. Mas eu sinto que... a longo prazo... que você nunca vai me deixar entrar de verdade na sua vida. Sinto isto depois de sair só uma vez com você. E fico pensando se é porque você acha que eu sou só aquela idiota de Shaker Heights, ou se há alguma coisa horrível que você não quer que eu saiba.

— Estou entendendo — Vladimir declarou.

Sua mente estava disparada procurando uma resposta, mas havia pouco que ele pudesse dizer que a faria acreditar. Pela primeira vez em muito tempo, talvez fosse melhor não dizer coisa alguma.

Na margem oposta ao castelo, os primeiros toques do amanhecer estavam acendendo o domo dourado do Teatro Nacional, que lampejava acima dos dedos negros do Pé de Stalin como um calo sagrado; um bonde cheio de operários madrugadores atravessava uma ponte próxima com um fragor suficiente para enviar tremores através da pequena ilha dos dois. E justamente nesse momento o vento ficou hostil, conspirando com o plano de Vladimir de envolvê-la com os seus braços. A blusa de seda oferecia pouca tração para o abraço, mas ele conseguia senti-la, infinitamente morna e sólida e cheirando a suor e a beijos perdidos.

— Psiu — ela sussurrou, adivinhando corretamente que ele estava prestes a falar.

Por que ela não podia tornar aquilo fácil para ele? As mentiras e evasões dele não eram suficientemente válidas? No entanto, ali estava ela, Morgan

Jenson, uma perspectiva terna, porém perturbadora, lembrando a Vladimir alguém que ele costumava ser antes que o sr. Rybakov desabasse em sua vida com notícias de um mundo exterior à prisão dos braços desesperados de Challah. Um Vladimir suave e de passos vacilantes, cujas manhãs eram coroadas com um sanduíche de *sopressata* picante duas vezes curada e abacate. O Pequeno Fracasso da Mamãe. O homem com o pé na estrada.

PARTE VI
O PROBLEMA DA MORGAN

26. A LONGA MARCHA

ELE NUNCA TINHA VISTO PERNAS TÃO FORTES. Um mês havia passado desde a festa de Larry Litvak, mas aquelas pernas – a carne branca e firme, pintalgada de jovens veias azuis, cada coxa uma *stanza*[108] de realismo socialista – continuava a impressionar e seduzir o jovem Vladimir. Acordando no apartamento do *panelak* de Morgan no indecente horário de sete da manhã, Vladimir deparou com as supramencionadas pernas, grossas musculosas, talvez um pouquinho masculinas para os seus olhos desinformados e... qual era a palavra... elástica? Ela saltou da cama com elasticidade em cima daquelas pernas e correu para o banheiro onde ensaboou-se, enxaguou-se e preparou-se para um longo dia de trabalho. Aquelas eram pernas que haviam sido arduamente usadas desde tenra idade, e cada dia na colônia de férias de basquetebol havia apenas aumentado a sua agilidade e o peso muscular. E agora aquelas pernas, se alguma vez isso se fizesse necessário, poderiam facilmente atravessar o Monte Elbrus carregando Vladimir.

Em lugar do Monte Elbrus, no entanto, as pernas de que falamos, firmes como berinjelas em um par de calças de brim e botas de caminhada, logo foram colocadas em uso em um parque nacional estolovano, uma bacia verde entre

---
[108] *Stanza*: italianismo significando "estrofe". (N. da T.)

dois penhascos rochosos dois quilômetros ao norte de Prava. Surpreendentemente, Vladimir, o amante do lar, foi chamado para visitar em sua companhia aquela área de vegetação. Ele mandou que Jan os deixasse na boca do parque e então, com as pernas robustas de Morgan agüentando o peso de uma barraca desmontada presa às suas costas, eles atravessaram uma paisagem interminável de floresta de solo coberto de arbustos, cursos d'água que se expandiam em riachos de verdade coroados por quedas d'água espumantes, uma campina que servia de lar para um imprevisível animal parecido com um cervo que espiava de dentro do capim alto com seus olhos escuros e líquidos. Finalmente, Vladimir, transpirando e gemendo, agarrado a uma bengala com uma das mãos e carregando um saquinho de maçãs chinesas na outra, encontrou-se sobre uma plataforma de granito acima de um laguinho minúsculo onde peixes, sapos e libélulas viajavam de uma para outra das várias praias cobertas de musgo. Vladimir inspirou o ar puro, sentiu a alma de Kostya sorrir com aprovação de uma árvore próxima e observou Morgan tirar das costas a bolsa da barraca e começar a montar a maldita coisa.

– Olá, criação! – ele berrou, cuspindo sobre uma folha de nenúfar que flutuava com indiferença.

Apesar do regime ditatorial da natureza, o seu culto ao verde, ele havia constatado que estava apreciando a caminhada de duas horas, o modo como a paisagem estremecia diante dele, animais batendo em retirada, galhos de árvores cedendo passagem, e agora chegava a verdadeira recompensa – uma rara oportunidade de ficar completamente a sós com a sua nova amiga em um lugar estranho e belo.

Já não era sem tempo. Eles mal haviam passado uma hora do dia juntos nas semanas que se seguiram à festa de Larry. Exatamente como Vladimir suspeitara, Morgan trabalhava com professora de inglês. Tinha um trabalho de dez horas por dia ensinando a língua para uma audiência em sua maior parte proletária nos subúrbios, aspirantes à florescente indústria de serviços em Prava que queriam aprender a dizer: "Aqui está uma toalha de banho limpa" e "Gostaria que eu chamasse a polícia agora, senhor?".

Ensinar inglês era o trabalho padrão para aqueles americanos em Prava que não tinham um patrocínio integral dos pais, e Morgan fazia isso à sua própria maneira metódica – a responsabilidade *über alles*[109] – ignorando

---

[109] *Über alles*: expressão da língua alemã significando "acima de tudo". (N. da T.)

cada uma das tentativas de Vladimir de induzi-la a matar o trabalho e passar o dia para cima e para baixo com ele. Vladimir estava convencido de que todos os alunos masculinos estavam apaixonados por ela e muitas vezes a tinham convidado para ir tomar um café ou beber alguma coisa, à maneira direta e automática dos homens europeus tentando seduzir as mulheres norte-americanas. Ele tinha certeza também de que ela imediatamente ficava suficientemente ruborizada para levar todos os don-Juans – exceto os mais incorrigíveis – a reconsiderar o seu ataque, e diria, a seu modo lento e didático: "Eu tenho namorado".

ELE OBSERVOU-A FIRMAR os calcanhares no solo seco de outono e então começar a prender a lona da barraca sobre um par de estacas. As pernas dela nunca pareciam tão belas a Vladimir como quando estavam dobradas sob o seu amplo traseiro, como estavam naquele momento. Ele sentiu os estremecimentos da excitação e pressionou a palma da mão sobre a virilha, quando foi distraído por aquela coisa com penas: um pássaro.

– Um abutre! – ele gritou, enquanto o predador voava em círculos lá em cima, o bico aterrorizante apontado para a pessoa dele.

Morgan estava batendo com uma pedra sobre outra estaca para fincá-la no chão. Ela enxugou a testa e soltou uma expiração quente para dentro da camisa.

– Uma perdiz – declarou. – Por que você não me ajuda a montar isto? Não gosta muito de fazer esforço, não é? Você é uma espécie de... Não sei como descrevê-lo... Um mastigador de mingau.

– Sou uma perda de capital – confirmou. *Mastigador de mingau*: aquilo foi inteligente! Ela estava aprendendo; a magia da Turma estava agindo.

Ele segurou no lugar a lona da barraca enquanto ela trabalhava com a pedra e as estacas. Ele observava-a com silenciosa admiração, tentando imaginar uma garota de cabelos castanhos, bonitinha, mas não a mais bonita da sexta série, esmagando mosquitos contra a testa numa varanda de fundos; a seus pés, um brinquedo de borracha parcialmente esvaziado deitado de lado, um dinossauro de um programa infantil da televisão; um baralho sobre a mesa do terraço, as cartas encharcadas, pegajosas ao toque, seus vermelhos e verdes misturando-se, um valete de ouros sem cabeça; no andar de cima, no quarto principal, os últimos tremores de uma briga sem conseqüências entre a mãe e o pai a respeito de algum exemplo de ciúme, uma pequena humilhação, ou talvez simplesmente o tédio daquela vida específica sem os seus cachorros quentes do verão, as flâmulas de equipes esportivas, os ventos que esfriavam ao passar por cima do lago, a democracia de novembro, a criação de três filhos com pernas fortes e flexíveis e mãos grandes que se estendiam para tocar e consolar, que erguiam os corpinhos gordos para cima dos olmos para espantar os esquilos dos ninhos, ofereciam bolas de basquete a céus permanentemente cinzentos, enfiavam dez estacas no chão...

Nesse ponto Vladimir interrompeu os pensamentos. Que é que ele sabia? Como poderia conhecer a infância dela? Era pura falta de sorte, uma cegonha cega pelo sol, que o havia deixado na Maternidade em Tchaikovsky Prospekt e não na famosa Clínica de Cleveland. Ah, as velhas perguntas do imigrante beta: como se fazia para mudar a língua chilreante, os pais semidestruídos, o próprio fedor do corpo? Ou, mais pessoalmente: como foi que ele, Vladimir, havia terminado ali, um criminoso de terceira categoria no meio de uma floresta européia seca e galhuda, contemplando uma barraca sendo montada na margem do lago, uma mulher forte, bonita e no entanto inteiramente comum construindo em silêncio um lar temporário para eles dois?

— Está ficando cansada? — ele perguntou, com o que pensava ser um afeto verdadeiro, segurando a lona com uma das mãos e estendendo a outra para dar uns tapinhas nos cabelos úmidos dela.

Ela estava ocupada com uma estaca, um gancho e outro implemento, e ele comoveu-se com a visão de um corpo mais plausível do que o dele, o corpo de uma mulher que abordava a terra em termos iguais; toda ela – pés, bíceps, joelhos, coluna vertebral, toda ela – servindo a um propósito, fosse pegar três bondes para chegar às lonjuras de Prava, fosse barganhar o preço de um legume no mercado cigano ou abrir caminho a facão através da folhagem cor de palha.

Fran, Challah, a Mãe, o dr. Girshkin, o sr. Rybakov, Vladimir Girshkin, cada um deles havia investido uma vida inteira na construção de um refúgio contra o mundo, fosse ele uma cama de dinheiro, um ventilador falante, um cordão de isolamento feito de livros, uma *izba* raquítica no porão, uma prateleira cheia de frascos de vaselina vazios, um instável golpe da pirâmide... Aquela mulher, porém, ali presente, segurando um objeto parecido com um furador acima de uma estaca difícil, não tinha coisa alguma da qual fugir. Ela estava de férias. Podia muito bem estar puxando fumo na Tailândia, viajando de bicicleta em Gana ou mergulhando naquela infernal Barreira de Coral, mas aconteceu de estar ali, dançando ao compasso da música cultural de um império falido com as suas pernas poderosas e a sua boa disposição. Em um ponto qualquer as suas férias chegariam ao fim e ela iria para casa. E ele estaria na pista acenando em despedida.

– Está quase terminado – ela disse.

Estava quase terminado, o que deixou Vladimir triste, prematuramente abandonado, zangado, atemorizado, perdido – muitas coisas que de um modo qualquer aglutinavam-se e se expressavam como excitação sexual. Aquelas pernas grossas de novo. Brim coberto de terra. Era um sentimento esquisito, porém estranhamente natural, elementar.

– Ótimo. Isto é ótimo – ele respondeu, estendendo a mão para tocar de leve num ombro morno.

Ela olhou para ele. Precisou de uns segundos para avaliar o modo como ele se movia de um pé para o outro, o olhar inquieto, a respiração difícil, mas então ficou instantaneamente embaraçada, uma espécie de vergonha jovem.

– Opa! – exclamou, e desviou os olhos, sorrindo.

Os dois entraram na barraca pequena e perfeita, e ele depressa apertou o corpo contra o dela, as mãos mergulhadas nos arredondados da carne dela, e apertava sem parar, ofegando de alegria, rezando para que ele correspondesse a todo aquele ardor. E então ocorreu-lhe... Uma palavra.

Normalidade. O que estavam fazendo era inerentemente normal e direito. A barraca era uma zona especial na qual o desejo existia como um impulso normal. Ali a pessoa tirava a roupa, o parceiro fazia o mesmo e haveria, assim se esperava, uma excitação muito grande misturada com ternura. Essa idéia, clara como o lago que reluzia do lado de fora da tenda, assustou Vladimir quase que ao ponto da impotência. Ele apertou Morgan com mais força ainda e sentiu a secura em sua garganta, uma necessidade súbita de urinar.

– Ei, você aí – disse, constrangido. Aquela estava se tornando uma expressão favorita. Fazia com que ele se sentisse romântico de um modo informal, como se já fossem ótimos amigos como também quase desconhecidos na iminência de ficarem pelados.

– Ei, você aí – ela respondeu igual.

Ele apalpou mecanicamente os seios dela por alguns minutos enquanto ela acariciava-lhe o pescoço e a garganta trêmula, erguia a camisa dele, de náilon cintilante, e apertava o seu estômago pálido, o tempo todo olhando para ele com uma expressão que era, se era alguma coisa, tolerante, atenta, ocupada com o problema de Vladimir Girshkin. À luz rasa do sol estolovano que preenchia a barraca com um amarelo-amarronzado, ela parecia mais velha, a pele no rosto grossa e marcada, os olhos estreitando-se gradualmente no que poderia ser uma onda de cansaço disfarçado de excitação (Vladimir estava louco para interpretar aquilo como bondade, até mesmo um estado de graça). Houve um choque de eletricidade estática quando ele tocou na testa dela e ela sorriu com tristeza por ele, pelo modo como o corpo dela estava carregado de eletricidade contra o dele, e sussurrou "Ai!" por ele.

A carícia repetitiva deixava-a indiferente. Ela descansou a cabeça em uma das mãos, varreu com os dedos algumas folhas da roupa de Vladimir, analisou a situação, tomou consciência de que seria obrigada a entrar em ação, abriu o zíper e baixou as calças de Vladimir, espremeu-se para fora do seu jeans, a pele sardenta e macia colorindo o ar com o aroma silvestre do adepto de caminhadas, e ajudou Vladimir a subir em cima dela.

– Ei, você aí – disse Vladimir.

Ela tocou-lhe a face distraidamente e desviou o olhar. O que estava pensando? Ainda na véspera ela havia visto Vladimir e Cohen praticamente chicoteando o infeliz do canadense proprietário do bar, aquele coitado do Harry Green, por causa de um aspecto qualquer da embrionária guerra iugoslava, e agora ali estava ele, Vladimir, o conquistador, estremecendo no frio outonal da barraca, esfregando-se no estômago dela como se não soubesse direito como unir-se com uma mulher, aquele homem que não conseguia montar uma barraca, e que, segundo sua própria confissão, não conseguia fazer muita coisa, na verdade, além de falar e rir e acenar com as mãos diminutas e tentar ser amado pelos outros. Ela segurou-o e lhe impôs o familiar movimento para cima e para baixo, de vez em quando uma pequena torção que ele parecia apreciar. Ele fechou os olhos, tossiu teatralmente, o ronco profundo do catarro ecoando através da barraca, depois soltou uma espécie de gemido.

– Ma-hum – fez Vladimir. – Aaf – concluiu.

— Ei, você aí, sujeito estranho — ela disse.

Simplesmente saiu daquela maneira, e pelo sorriso constrangido dela Vladimir ficou sabendo que ela na mesma hora teve vontade de retirar o que dissera, pois devia estar sentindo pena, uma aura de solidariedade que também poderia ter sido um longo raio do sol voyeurístico abrindo com o seu calor o caminho entre eles; mas não, definitivamente havia sido solidariedade... Ah, se pelo menos pudesse contar a ela... A querida Morgan... Ela estivera fazendo as perguntas erradas naquela noite no meio do Tavlata. Ele era uma pessoa nem boa nem má. O homem deitado em cima dela, a pele do peito arrepiada, pequenos chumaços de pêlo facial apontando nas quatro principais direções, olhos implorando alguma forma de liberação, mãos úmidas e trêmulas envolvendo os ombros dela — aquela era uma pessoa destruída. De que outra maneira alguém conseguiria ser tão inteligente e ao mesmo tempo tão reprimido? De que outra maneira uma pessoa podia tremer tão terrivelmente, tão sinceramente, diante de uma mulher despretensiosa como ela?

Ele estava se preparando para fazer-lhe um longo discurso, mas exatamente então ela ergueu-o de cima de si, afastou o membro dele do seu estômago e guiou-o para onde ele precisava ir. Ele abriu a boca e ela deve ter visto as bolhas que se formavam no fundo da garganta dele, como se ele estivesse lutando para respirar debaixo d'água. Ele a encarou com incredulidade. Parecia prestes a sussurrar as palavras "ei, você aí" mais uma vez. Talvez para afastar essa eventualidade, ela agarrou-lhe o traseiro e mergulhou-o com um puxão, enchendo a barraca com o rugido feliz dele.

27. E SE TOLSTOI ESTIVESSE ERRADO?

ELES ESTAVAM INDO BEM. Desde o início Alexandra havia se encarregado do relacionamento deles. Uma espécie de alcoviteira moderna e sem freios, ela telefonava tanto para Vladimir quanto para Morgan todos os dias para certificar-se de que o passaporte emocional de todos estava em ordem. "A situação parece positiva", ela escreveu para Cohen em um *communiqué* confidencial. "Vladimir está ampliando o âmbito de referências de Morgan, o cinismo dela está subindo lentamente, ela já não olha para o mundo de uma posição de privilégio do americano do interior, mas pelo menos parcialmente através dos olhos de Vladimir, um imigrante oprimido enfrentando barreiras sistêmicas ao acesso.

"Vladimir, por sua vez, está aprendendo a apreciar a necessidade de um diálogo ativo com o mundo físico. Seja namorando Morgan na Ponte Emanuel de madrugada ou discretamente passando a mão nela na estréia da extravaganza[110] *cinema-verité* de Plank, este é um lado de Vladimir que ficamos

---

[110] *Extravaganza:* um italianismo da língua inglesa significando uma obra artística elaborada e espetacular. (N. da T.)

mais do que felizes em conhecer! Que será que vem em seguida para eles, Cohey? Viverem em pecado?".

O apartamento de Morgan certamente tinha espaço suficiente para a coabitação: dois quartinhos minúsculos e um aposento misterioso, que era vedado com fita adesiva e barricado com um sofá. Uma fotografia de Jan Zhopa, o primeiro "presidente da classe operária" estolovano sob os comunistas, estava pendurada acima da porta do quarto proibido. O rosto de Zhopa, uma grande beterraba roxa com vários orifícios funcionais para farejar o sentimentalismo burguês e cantar cantigas *agit-prop*, era ainda mais insultada por um bigodinho a la Hitler toscamente rabiscado.

Vladimir sempre tivera vontade de perguntar as opiniões de Morgan sobre os estranhos tempos em que eles viviam, o colapso do comunismo depois do ataque inesperado de Reagan em meados da década de 1980, mas temia que a resposta dela fosse demasiado típica, reacionária, interiorana. Por que ter na parede um pôster anti-Zhopa quando todos os jovens legais estavam indo atrás do Banco Mundial? Ele resolveu em vez disso perguntar a respeito do quarto vedado.– O telhado tem goteiras demais lá – Morgan explicou a situação em seu inglês informal.

Eles estavam no sofá da sala, Morgan sentada em cima dele como uma galinha no choco, tentando mantê-lo aquecido (como a maioria dos russos de uma certa classe, Vladimir tinha um medo anormal do vento frio).

– O senhorio de vez em quando manda um sujeito vir consertar as coisas, mas esse quarto ainda está interditado – ela prosseguiu.

– Europa, Europa – Vladimir resmungou, movendo Morgan de uma coxa para outra para manter o calor dela circulando. – Metade do continente está em reparos. Por falar nisso, ontem um sujeito estolovano, Tomash, eu acho, tocou o interfone. Ele ficava gritando "To-mash está aqui! To-mash está aqui!". Eu disse a ele que não estava interessado em tomashes, obrigado. Aliás, este bairro é cheio de gente esquisita. Você não devia ficar aqui sozinha. Por que eu não posso pedir a Jan para levar você de carro aos lugares?

– Vladimir, escute-me. – Morgan virou-se e agarrou-o pelas orelhas. – Jamais deixe alguém entrar neste apartamento! E não chegue perto daquele quarto!

– Ai, por favor, as minhas orelhas! – Vladimir guinchou. – Vão ficar vermelhas durante horas. Eu tenho que oficiar nas Olimpíadas Vegetarianas esta noite. Que foi que deu em você?

— Promete?

— Ai, solte... Sim, claro, eu juro, pode deixar. Ah, você é um grande animal alimentado a milho!

— Pare de me chamar disto.

— Estou sendo carinhoso. E você é mesmo maior do que eu. E comeu mais milho. É a política de iden...

— Eu sei, a política de identidade – Morgan interrompeu-o. – De qualquer maneira, seu babaca, você me disse que finalmente iríamos para o seu apartamento neste final de semana. Você disse que finalmente ia me apresentar aos seus amigos russos. Aquele sujeito que telefonou ontem era tão engraçadinho e assustado. E eu nunca tinha ouvido um nome tão exótico: Surok. Parece meio indígena. Procurei no dicionário, e acho que em estolovano significa "marmota", ou coisa assim. O que significa em russo? E quando é que vou conhecê-lo? E quando é que você vai me levar à sua casa? Hein, seu babaca?

Ela puxou o nariz dele, mas com delicadeza.

Vladimir imaginou Morgan e o Marmota compartilhando do almoço *biznesmenski* semanal, com a sua costumeira salva de tiros pós-prandial, garotas defloradas do Kasino fazendo sexo oral no Marmota ao som de *"Take a Chance on Me"* do ABBA, Gusev bêbado discursando contra a conspiração global judaico-maçônica.

— Isto está fora de questão – Vladimir respondeu. – Não existe água quente em todo o *panelak* até dezembro, a caldeira vaza sulfitos[111], existe o contágio de hepatite no ar dentro do elevador...

E o lugar inteiro é uma reserva de proteção para ladrões e bandidos armados, na maioria torturadores entusiasmados, vindos das fileiras dos órgãos de segurança da URSS.

— Sabe, eu preciso sair daquele lugar – Vladimir continuou. – Talvez fosse bom eu me mudar para cá, assim economizamos no aluguel. Quanto é que você paga? Cinqüenta dólares por mês? Podíamos rachar, 25 para cada um. Que é que você acha?

— Bem, seria bom, eu acho – Morgan respondeu. Retirou um fiapo de linha dos cabelos do peito de Vladimir, examinou-o atentamente, depois

---

[111] Sulfitos: combinação de ácido sulfuroso com um radical mineral ou orgânico. (N. da T.)

colocou-o no próprio colo, de onde ele deslizou sonhadoramente ao longo da bainha interna do jeans. – Acontece que...

Passaram-se alguns minutos. Vladimir cutucou-lhe o estômago. O relacionamento deles era mais silencioso do que a maioria dos que ele havia conhecido, e Vladimir achava isso muito bom – uma ausência de palavras que significava falta de conflito, os abraços sonolentos e o gargarejo mútuo pela manhã articulando um tipo de amor simples, amor de classe operária. No entanto, havia ocasiões em que o silêncio dela parecia deslocado, em que ela encarava Vladimir com a mesma incerteza que reservava para o gato – um maltratado animal de rua que, sob os cuidados de Morgan, crescera até atingir proporções ocidentais e agora levava uma vida sombria e secreta no peitoril da janela.

– Acontece que... – Vladimir ecoou.

– Sinto muito... Eu...

– Não quer que eu venha morar com você?

Então ela não queria Vladimir numa base de 24 horas por dia? Não queria ensinar-lhe como raspar o mofo da cortina do chuveiro? Não queria tornar-se lenta e gorda ao lado dele, como os outros casais em seus *panelaks*?

– Do jeito que está, eu praticamente moro aqui – Vladimir sussurrou, assustando a si próprio com a tristeza em sua voz.

Ela ergueu-se do ninho, expondo Vladimir ao vento assassino.

– Tenho que ir trabalhar – declarou.

– Hoje é sábado – Vladimir protestou.

– Tenho que dar aula para o tal cara rico na Margem Brezhnevska.

– Qual é o nome dele? Outro To-mash? – Vladimir quis saber.

– Imagino que sim. Metade dos homens neste país se chamam Tomaš. É um nome bem feio, não acha?

– É – Vladimir concordou, puxando para cima do corpo um enorme edredom de pluma de ganso. – É, sim, em qualquer língua.

Ele ficou a observá-la vestir uma roupa de baixo comprida. Tentou ficar zangado com ela, mas o ruído do elástico da roupa contra a barriguinha redonda encheu-o de sentimentos ao mesmo tempo de anseio e de domesticidade. Barriga. Roupa de baixo comprida. Edredom de pluma de ganso. Ele bocejou e observou o gato de Morgan bocejar em uníssono do outro lado da sala.

Ele teria que arrombar o quarto vedado em outra ocasião, quando não estivesse com tanto sono. Ninguém guardava segredos de Vladimir Girshkin. Ele pediria a Jan que o ajudasse: Jan adorava arrebentar coisas com o ombro. Eles estavam sempre substituindo as janelas dos carros e coisas assim.

E mais cedo ou mais tarde ele viria morar com ela, também. Cohen lhe mostrara o relatório confidencial de Alexandra. Não havia outro jeito.

DEPOIS DO TRABALHO, Vladimir e Morgan costumavam ir ao centro da cidade para almoçar dois tipos de repolho no novo restaurante Hare Krishna, ou seguir para o Nouveau onde bebiam café turco e ficavam despertos e ligados, bolinando-se ao ritmo rápido do jazz Dixieland. Mas passavam a maior parte do tempo caminhando, andando depressa, pois o frio de novembro os tornava ágeis. Lutando contra o vento, eles subiam até o pico mais elevado do Monte Repin, a montanha mais alta de Prava, uma acrópole verde onde era gritante a falta de um Pártenon. Naquela altitude, a Cidade Antiga do outro lado do rio parecia um estoque de bricabraques de um brechó, as torres de pólvora parecendo recipientes de pimenta-do-reino pretos, e as mansões Art Nouveau, uma coleção de caixinhas de música douradas.

– É mesmo impressionante – Morgan comentara certa ocasião. – Veja só aqueles guindastes de construção perto do Kmart. Daqui a vinte anos as pessoas virão até aqui e nunca saberão como era quando tudo isto aconteceu. Serão obrigados a ler os seus poemas ou os de Cohen, ou os meta-ensaios de Maxine...

Vladimir não estava olhando para a cidade dourada e sim na direção oposta, para uma barraquinha improvisada para vender salsicha – um *Imbiss* de linguiça de porco pequena e gordurosa – que os moradores haviam montado rapidamente para alimentar os alemães famintos.

– Realmente, é uma época especial, mas precisamos tomar cuidado com a invasão do... hum... você sabe... das multinacionais – ele disse, contemplando uma salsichinha gorducha ondulando sobre uma fatia de pão de centeio.

– Sinto-me tão incrivelmente bem neste lugar – Morgan prosseguiu, ignorando-o. – Tão livre de ansiedade. No ano passado, na faculdade, havia ocasiões em que eu ficava parada na sala de correspondência e sentia um pânico horrível. Simplesmente um tipo de... loucura inexplicável. Alguma vez já sentiu isso, Vladimir?

— Claro que sim — ele respondeu.

E olhou para ela com descrença. Pânico? Que é que Morgan poderia saber sobre pânico? O mundo jazia prostrado aos pés dela. Quando um pássaro dos grandes, uma coruja, talvez, tentara devorar Vladimir na floresta, ela precisou apenas dizer "Malvado!" para a criatura, com o seu tom de voz firme, do tipo o-freguês-tem-sempre-razão, e o pássaro fugiu para ir cantar melancolicamente na fronde das árvores. Pânico? Muito pouco provável.

— O sangue começa a sumir das mãos e dos pés — Morgan estava dizendo — e depois, da cabeça também, de modo que a pessoa fica tonta. O psiquiatra do campus me disse que era um típico acesso de pânico. Você já consultou um psiquiatra, Vlad?

— Os russos não gostam muito da psiquiatria. Para nós, a vida é triste e temos que suportá-la.

— Perguntei por perguntar. De qualquer modo, eu tinha esses ataques de pânico no meio do dia, quando nada demais estava acontecendo. Era estranho. Eu sabia que ia me formar, as minhas notas não eram tão ruins, eu tinha amigos bem legais, estava saindo com um cara, não a pessoa mais inteligente do mundo, mas você sabe... Faculdade.

— Ohio — Vladimir disse, tentando criar uma sensação de lugar para si mesmo.

Ele pensou na moderna faculdade do Meio-Oeste que havia freqüentado por um curto tempo: corridas de revezamento sem roupa no festival da solidariedade dos trabalhadores, vaporentos banhos de chuveiro Vamos-nos-Conhecer-Melhor no dormitório, a gigantesca crise de identidade sexual nas férias da primavera. Naquela faculdade eles haviam praticamente inventado os ataques de pânico.

— É, Ohio — Morgan confirmou. — O que estou dizendo é que a minha vida era boa. Nada havia de errado com ela. Eu estava me dando muito bem com os meus pais. Mamãe vinha dirigindo de Cleveland e às vezes, quando eu ia levá-la até o carro ela começava a chorar e me dizer que eu tinha muita sorte, eu era linda, eu era perfeita. Era uma coisa carinhosa, mas também meio estranha. Às vezes ela dirigia 250 quilômetros até Columbus só para me dar um novo cartão de crédito da Nordstrom ou seis latas de refrigerante, e então fazia meia-volta e dirigia direto para casa. Não sei. Acho que ela sentia mesmo a minha falta. No ano anterior eles realmente foderam com o meu irmão. Papai mais ou menos obrigou-o a trabalhar na empresa durante as férias de verão e aquilo foi simplesmente o fim... Acho que ele está em Belize agora. Não temos notícias dele desde o Natal. Está quase fazendo um ano.

– Mães! – Vladimir exclamou, balançando a cabeça.

Estendeu a mão e fechou o zíper da jaqueta de Morgan por causa do vento que aumentava.

– Obrigada – disse ela. – De modo que o psiquiatra me perguntava: você está deprimida por algum motivo qualquer? Preocupada com as suas notas? Está em época de provas finais? Está grávida? E, naturalmente, não era nada disso... Eu simplesmente era aquela garota boazinha.

– Hum. – Vladimir agora quase não estava prestando atenção. – Que é que você acha que era? – quis saber.

– Bem, ele me disse, basicamente, que os ataques de pânico eram uma espécie de disfarce. Que o que eu realmente sentia era uma raiva incrível e que os ataques de pânico simplesmente me impediam de realmente agredir alguém com palavras. Eram como um sinal de aviso, e se eu não tivesse esses ataques acabaria fazendo alguma coisa inconveniente. Talvez até, sei lá, vingativa.

– Mas você não é assim! Vladimir protestou, agora genuinamente confuso. – Que diabos você teria para vingar? Escute, não sei muita coisa sobre a mente, mas sei o que a modernidade nos ensina: sempre que existe esse tipo de problema, em geral a culpa é dos pais. Mas no seu caso, mamãe e papai parecem pessoas perfeitamente razoáveis.

Realmente: pelo que ela lhe havia contado, eles moravam em uma casa de dois andares no South Woodland Boulevard, onde criaram Morgan e mais duas outras crianças do Meio-Oeste.

– Eles também me parecem pessoas legais – Morgan concordou. – Faziam pressão somente com os rapazes da família, mesmo eu sendo a mais velha.

– Aha! E o seu outro irmão também está se escondendo em Belize?

– Ele está em Indiana. Vai se diplomar em marketing.

– Perfeito, então! Não existe qualquer tipo de padrão que possamos distinguir.

Vladimir soltou um suspiro feliz. Ele próprio estava ficando com um pouco de pânico; se havia alguma coisa errada com Morgan, que esperança haveria para uma criança judia soviética como Vladimir Girshkin? Ela podia muito bem estar dizendo que Tolstoi estava errado, que nem todas as famílias felizes eram parecidas.

– Escute, Morgan, esses ataques de pânico, você diria que recentemente eles melhoraram ou pioraram?

– Na verdade, ainda não aconteceu depois que cheguei a Prava.

– Entendo... Entendo...

Vladimir uniu as mãos à moda do dr. Girshkin quando este ficava pensando na possibilidade de um inquérito do Departamento de Serviços de Saúde. Aquele era por si só um momento difícil, embora fosse difícil dizer o motivo. Eles estavam apenas conversando. Dois namorados no estrangeiro. Sem grilo.

– Então vamos agora recordar o que o seu psiquiatra disse... – Vladimir insistiu no assunto. – Ele disse que os seus pequenos ataques de pânico eram um tipo de disfarce, que eles impediam que você, nas suas próprias palavras, acho que foram: "agredisse alguém com palavras". Diga-me, desde que você chegou a Prava já fez alguma coisa, hum... Pedindo emprestadas as suas palavras: "inconveniente" ou "vingativa"?

Morgan pensou no assunto. Olhou para longe, por cima do horizonte mítico da cidade, e depois para a terra nua. Outros dos seus momentos de silêncio, ao que parecia, caíra sobre eles. Ela estava brincando com o zíper da jaqueta, lembrando a Vladimir a palavra russa para zíper, *molnya*, que também significava "relâmpago". Uma bela palavra.

– Você andou agredindo alguém? – Vladimir provocou-a.

– Não – ela disse finalmente. – Não andei, não.

De repente ela o abraçou, e quando o seu rosto roçou na face áspera de Vladimir ele sentiu a familiar covinha em seu queixo, uma depressão quase do tamanho de uma moeda que Vladimir de alguma forma percebia como sendo inerentemente sexual, mas agora considerava uma imperfeição delatora, uma pequena concavidade que ele poderia preencher com o seu amor e a sua postura analítica.

– Pronto, doçura – ele disse, beijando a covinha. – Então o que você aprendeu hoje foi que o seu psiquiatra, provavelmente de segunda categoria, aliás... Quer dizer, sem querer ofender, mas que tipo de psiquiatra clinica em Ohio? É, hoje nós aprendemos que o seu psiquiatra estava inteiramente errado a respeito de tudo. Os ataques de pânico não continham a sua raiva, não impediam que você agisse de maneira irracional. Senão, como explicar o súbito desaparecimento deles aqui em Prava? Talvez, se me permite deduzir, o que você precisava era de ar fresco, por assim dizer, um tempo longe do lar, da *alma mater*, e, se não for presunção minha sugerir, um novo romance. Eu não tenho razão? Hein? Tenho? É claro que tenho razão.

Ele estremeceu inteiro com a sensação maluca de ter razão. Lançou os braços para o alto, como em um gesto de fervoroso alívio.

– Bom, graças a Deus por isto! Graças a Deus! – exclamou. – Então agora vamos comemorar no Arquivo Estolovano de Vinhos o seu completo restabelecimento. Sim, no Blue Room, é claro. Não, pessoas como nós não precisam de reserva... Que idéia! Vamos!

Agarrou-a pelo braço e pôs-se a arrastá-la pelo Monte Repin abaixo, onde Jan esperava no carro.

Ela no princípio parecia relutante, como se a transição entre a sessão de psicologia amadora e uma noitada de bebedeira no Arquivo de Vinhos fosse, por um motivo qualquer, imprópria. Mas Vladimir não conseguia imaginar alguma coisa que ele quisesse mais. Uma ou duas doses! Chega de conversa. Ataques de pânico, agredir com palavras... A mente era soberana, e ao enfrentar as piores circunstâncias ela poderia dizer: "Não, aqui mando eu!". E quais eram as horríveis circunstâncias, no caso de Morgan? A angústia de uma jovem diante da perspectiva de terminar a faculdade? A saudade de uma mãe pela filha? Um pai que queria o melhor para os seus meninos? Ah, os americanos eram mestres em criar os seus próprios problemas. Parafraseando uma antiga expressão russa, eles tropeçavam nos próprios pés.

Sim, aquilo era meio repugnante. Durante todo o percurso até o Arquivo de Vinhos, Vladimir desenvolvia um distinto sentimento de raiva de Morgan. Como ela podia ter feito isso com ele? Ele pensou na barraca na floresta como se aquilo houvesse acontecido meio século antes. Normalidade, excitação, carinho – era essa a promessa implícita feita por ela. E agora vinha com aquela conversa inquietante, e agora não queria deixar que Vladimir mudasse para o seu apartamento. Bom, que se danasse. A normalidade estava a caminho, as familiares banquetas do Arquivo de Vinhos, aveludadas e quase pneumáticas, logo estariam suspirando significativamente debaixo do traseiro dele. Grant Green tocando mal no estéreo. Uma garrafa de porto seria trazida por algum estolovano de rabo-de-cavalo. Vladimir faria a Morgan um belo discursozinho sobre quanto a amava. Eles iriam para casa e dormiriam juntos, pois o sexo bêbado impotente tinha um encanto próprio. Estava decidido.

Porém, Morgan ainda não havia terminado o seu assunto com ele.

28. EMBOSCADA NO DEDÃO

O ARQUIVO ESTOLOVANO DE VINHOS ficava bem ao lado do pé, nas sombras do popularmente chamado Dedão. O Dedão era o local dos protestos diários das *babushkas* revoltadas, que brandiam retratos de Stalin e urinóis com gasolina, ameaçando imolar-se ali mesmo se alguém alguma vez tentasse demolir o Pé ou cancelar a sua amada novela mexicana "Os Ricos Também Choram".

Nu, no que concernia a Vladimir, as cidadãs idosas do país precisavam manter-se ocupadas, e a sua disciplina e dedicação eram até bonitas. As autoproclamadas Guardiãs do Pé agrupavam-se em várias divisões. As vovós mais brigonas ficavam na frente, acenando com os seus cartazes conceituais ("Sionismo = Onanismo = AIDS") para os fregueses do Arquivo Estolovano de Vinhos e a filial local da loja Hugo Boss, as duas instituições que ironicamente floresciam enganchadas no Pé. Olhando para o rosto quadrado e vermelho das *babushkas* e subtraindo uma certa raiva frouxa e residual, quase que se podia vê-las como jovens pioneiras nos anos 40, de pele queimada de sol, enchendo os seus professores de bolinhos de batata e exemplares dos poemas de amor do presidente operário Jan Zhopa, "O Camarada Jan olha para a lua". Ah, para onde foram os anos, senhoras? Como se chegou a isto?

Atrás daquelas vovós que entoavam hinos, um quadro do segundo escalão ficava encarregado da tarefa de cuidar dos cãezinhos *dachshunds* das agitadoras, e aquelas vovós também trabalhavam admiravelmente, mimando os diminutos *agit*-filhotes com água mineral engarrafada e terrinas das tripas mais finas. Finalmente, na terceira e última fileira, as *babushkas* artistas estavam construindo em papel machê uma gigantesca boneca de Margaret Thatcher, que a cada domingo elas queimavam vorazmente enquanto uivavam o antigo hino nacional estolovano: "A Nossa Locomotiva Avança, Avança em Direção ao Futuro".

É DESNECESSÁRIO DIZER QUE descer de um BMW com motorista na frente do Arquivo de Vinhos era algo garantido para esquentar as cabeças duras e confusas daquelas velhotas, mas Vladimir sempre gostava de deixá-las um pouquinho irritadas antes de subir os degraus até o Blue Room para degustar ostras com vinho branco doce.

Eles atravessaram em silêncio a Cidade Antiga, Morgan ainda brincando com o zíper da jaqueta, reposicionando várias vezes as pernas, esfregando as ancas contra o macio couro Montana do carro. Talvez estivesse pensando no que havia dito no alto do Monte Repin, toda aquela bobajada sobre o pânico que atingira os seus dias de universitária; talvez ela finalmente estivesse reconhecendo o quanto a vida de Vladimir havia sido muito pior do que a dela. Ele certamente poderia contar-lhe algumas passagens; seria um interessante assunto para o jantar ali. Será que deveria começar com as Maravilhas do Jardim-de-Infância Soviético ou ir direto para as suas aventuras com Jordi na Flórida? "O triunfo sobre a adversidade. Esta é a história de Vladimir Girshkin, senão ele não estaria aqui limpando maionese sabor *chutney* deste seu narizinho arrebitado", ele concluiria.

MAS AQUELA CONVERSA estava destinada a não acontecer. Eis o que aconteceu em vez disso:

Assim que pararam na frente do Arquivo, o carro foi cercado pelas vovós clamando por sangue. Nesse dia as *babushkas* estavam mais animadas do que normalmente, levadas pela recente mudança no tempo, a necessidade de manter-se aquecidas durante a agitação. Vladimir conseguia distinguir alguns dos slogans que elas entoavam, inclusive aquele velho e cansado "Morte aos pós-estruturalistas!" e um que sempre agradava à multidão; "Fora Epicuros!". Era notável que tantas palavras difíceis haviam encontrado um lar na boca dos camponeses, e como os slogans comunistas soavam perfeitamente iguais em qualquer língua eslava.

Morgan abriu a porta do seu lado. Houve um momento de relativa calma enquanto ela saía do carro, um momento que Vladimir utilizou para tomar consciência de que Morgan, apesar de toda a sua conversa absurda de ataques de pânico e agredir com palavras, era na realidade simplesmente uma mulher calma e estável com sapatos de festa baratos. Esta percepção deixou-o de coração mole e protetoral. Ele lembrou-se da carteira de motorista de Ohio que havia encontrado na bolsa dela: o retrato de uma mocinha com uma constelação de acne fazendo um arco por cima do nariz, a coloração soturna de uma adolescente, os ombros curvados para a frente para esconder o constrangedor conteúdo de uma suéter suburbana larga demais. Ele sentiu nascer dentro de si uma nova fonte de ternura por ela.

"Vamos para casa, Morgan. Você parece cansada. Vamos, para você poder dormir. Vamos esquecer tudo isto", ele tinha vontade de dizer.

Tarde demais.

Assim que Vladimir bateu a porta do carro atrás deles, uma das vovós, a mais alta das Guardiãs do Pé, de rosto comprido e canino, um chumaço de pêlos no queixo, uma medalha vermelha do tamanho de um disco em volta do pescoço, abriu caminho aos empurrões por entre as suas colegas, pigarreou e cuspiu em cima de Morgan os resultados mornos; o escarro de bom tamanho passou voando por cima do ombro direito dela para pousar na vidraça fumê do Beamer.

Um arquejo de espanto. Um carro alemão que valia dois milhões de coroas havia sido tão inteligentemente conspurcado! A contra-revolução havia começado com garra! A História, aquela prostituta, finalmente estava do lado delas. As Guardiãs do Pé puseram-se na ponta dos pés, as inválidas de guerra inclinavam-se para a frente sobre as suas muletas.

– Discurso, *Baba* Véra! – a multidão incentivou a cuspidora. – Fale, ovelha de Lenin!

A Ovelha Vermelha falou. Disse apenas uma palavra. Uma palavra totalmente inesperada, descabida e decididamente anticomunista.

— Morgan — disse Baba Véra, o nome inglês saindo de sua boca bastante naturalmente, ambas as sílabas intactas. Mor. Gã.

— Morgan *na gulag*[112]! — gritou outra mulher.

— Morgan *na gulag*! Morgan *na gulag*! — gritou o resto das vovós, juntando-se ao grito de guerra.

Elas agora pulavam como mocinhas num desfile de Primeiro de Maio — dias felizes! — e cuspiam à vontade sobre o carro, puxando os próprios cabelos esparsos, acenando com suas belas toucas de lã. Exceto uma *babushka* maltratada e de olhar triste, que tentava aos cochichos vender um suéter a Vladimir.

Que diabos era aquilo? Que era que estavam dizendo? Morgan para o Gulag? Não podia ser. Devia estar havendo um terrível mal-entendido.

— Camaradas Pensionistas! — Vladimir começou a dizer em russo. — Em nome do fraterno povo soviético...

Morgan empurrou-o para trás.

— Fique fora disso — ordenou.

— Benzinho... — Vladimir resmungou. Nunca a vira daquela maneira. Aqueles olhos cinzentos mortos!

— Isto não é com você — ela retrucou.

Tudo era com ele. Ele era o rei de Prava, e ela era, por extensão, a sua rainha vestida de brim.

— Acho que devíamos ir para casa e alugar...

Mas nessa noite não haveria Kurosawa. Num clarão de lábios arreganhados, Morgan virara-se para as suas agressoras. Tudo aconteceu muito depressa. A língua estava firmemente pressionada contra o palato superior... A letra R foi perfeitamente trinada... Seguiram-se várias explosões espumantes sob a aparência de Š e •...

As vovós recuaram, aterrorizadas.

Era como se algum demônio, algum tipo de demônio eslavo com um horrível sotaque americano, estivesse falando pela boca de Morgan.

— Shaker Heights — Vladimir cochichou, tentando consolar-se com geografia. *South Woodland Boulevard.*

Mas ele estava pensando em alguma outra pessoa, outra Morgan, pois em lugar daquela criatura carinhosa, amante da natureza, uma Morgan

---

[112] Gulag: Campo de concentração, na antiga União Soviética. (N. da T.)

absurda, profana, estava agora gritando com as vovós em um estolovano notavelmente fluente, cuspindo a palavra "polêmico" com a mesma facilidade com que a Morgan real enfiava na terra as estacas da barraca.

— *Šmertí Kostya nogù!* — berrava a falsa Morgan, o rosto contorcido por uma raiva improvável, a mão cerrada, com os nós dos dedos brancos, erguida em solidariedade a alguma misteriosa força vital não-ohioana. *Morte ao Pé!*

— Ei — fez Vladimir, instintivamente abrindo caminho de volta para o carro.

Enquanto isso, *Baba* Véra, toda dentes podres e veneno, sua condecoração vermelha — a Medalha do Trabalho Socialista — balançando ao vento, havia ficado focinho a focinho com Morgan e dedicava-se a expressar um grande número de sentimentos que Vladimir não conseguia entender direito. A todo momento aparecia o nome Tomaš. E Vladimir deduziu que, assim como na sua língua natal, em estolovano *blyat'* significava "puta".

— Morgan! — ele gritou, exasperado.

Estava prestes a pedir a Jan para ligar o Beamer e levá-lo depressa para o Joy ou o Repré, algum lugar cheio de almofadas aveludadas e americanos peludos, algum lugar onde o fator entrópico fosse nulo e todas as coisas fossem preparadas para funcionar como Vladimir gostava.

Porque, falando francamente, ele já não conseguia suportar aquela impostora que dominava uma obscura língua da Europa Oriental, que duelava até a morte com vovós comunistas por causa de uma galocha de 100 metros, que mantinha relações (sexuais?) com um misterioso Tomaš qualquer, que mantinha um quarto secreto, trancado, em seu apartamento de *panelak*, e cuja vida claramente se estendia além de namorar Vladimir e ensinar inglês a funcionários de hotel.

— Morgan! — ele tornou a berrar, dessa vez sem qualquer convicção.

E então, exatamente quando Morgan estava virando o rosto para o seu perplexo Vladimir, *Baba* Véra chegou mais perto e empurrou-a com uma pata engelhada.

Morgan retrocedeu tropeçando de leve, houve um momento em que o seu equilíbrio parecia perdido, mas no final aquelas pernas poderosas de 23 anos de idade mantiveram-na de pé. Vladimir percebeu em seguida que, de um modo qualquer, Jan conseguira enfiar-se entre Morgan e a anciã. Ouviu-se o som de alguma coisa dura de encontro a alguma coisa mole. Um guincho.

Os olhos de Vladimir não reagiram tão rapidamente quanto os seus ouvidos; ele levou algum tempo para registrar a situação no solo.

Baba Véra estava de joelhos.

Houve um rumor coletivo de incredulidade.

Um objeto preto e brilhante.

Baba Véra tocou na própria testa. Não havia sangue. Apenas um círculo vermelho, uma versão menor da medalha aninhada entre os seus seios.

As Guardiãs do Pé recuavam sem silêncio, afastando-se da sua camarada tombada. Os pequenos cães-salsichas estouravam os seus pulmões minúsculos de tanto latir.

Jan ergueu na mão o objeto preto e brilhante como se fosse golpeá-la novamente, mas *Baba* Véra estava atordoada demais para sequer sentir medo.

– Jan! – Vladimir gritou. Só conseguia pensar em sua própria avó amarrando um lenço vermelho em volta do pescoço dele, dando-lhe para comer uma caríssima banana cubana no café da manhã. – Não, Jan!

Jan havia atingido a velha com o seu detector de radar.

Nos minutos que se seguiram, a terra continuou a girar em volta do sol. Jan continuou a altear-se acima da vovó caída. *Baba* Véra continuou ajoelhada diante dele. Vladimir continuou a recuar para a segurança do BMW, embora seu carro estivesse agora perdido em uma dimensão diferente, não-bávara. E Morgan... Morgan estava ali parada, queixo erguido, punhos cerrados, com o seu rancor vasto e incompreensível, momentaneamente silenciosa, porém preparada para mais.

Todos estavam agora presos em um único gesto.

Poucos minutos mais tarde, Vladimir comia melancolicamente as suas ostras e Morgan servia-se de uma grande jarra de sangria sem gelo. A mesa especial de Vladimir ficava localizada sob a clarabóia do Blue Room, de modo que quando ele olhava para cima conseguia ver uma gorda nuvem de carvão assentando-se sobre o Pé como uma perna de calça de boca larga. Era estranho: o maldito Pé estava decidido a segui-lo aonde quer que ele fosse; ele tinha a sensação de ser um daqueles camponeses atrasados que ficavam imaginando helicópteros negros das Nações Unidas a persegui-los durante as suas intermináveis caçadas aos gambás.

O *maître*, um homem moderno e astuto com a mesma idade de Vladimir, não cessava de vir até a mesa para pedir desculpas a Morgan e a Vladimir "em nome de todos os estolovanos jovens". Havia sido ele a acabar com a cena junto ao Dedão, irrompendo velozmente do Arquivo de Vinhos com uma corda cheia de nós e pondo-se sem delongas a fustigar as vovós que, em pânico, bateram em retirada.

– Ah, os velhos... Os velhos são a nossa desgraça – declarou, balançando a cabeça, fazendo uma pausa para verificar o telefone celular preso num coldre em seu cinto. – As queridas vovós! Não é suficiente que tenham roubado a nossa infância. Não chega para elas... Só o chicote elas entendem.

Logo um leitão assado, oferta da casa, foi colocado entre Vladimir e Morgan, mas o perturbado Vladimir passou toda a primeira parte da refeição palitando os seus dentes encapados, deixando a pequena carcaça do leitão sufocar lentamente em óleo de zimbro e mousse de trufas. Estava tentando modular a sua raiva, orientá-la na direção do reino da tristeza, perguntando-se até que ponto um desabafo escandaloso seria tolerado no solene *sanctum* do Blue Room.

Somente pela hora da sobremesa, quando o silêncio profundo do casal havia ficado mais inconfortável, foi que Vladimir abriu a boca, foi que ele lhe perguntou o que aquilo significava. *Morgan para o Gulag?*

Ela falou sem olhar para ele. Falou em um tom contrafeito não inteiramente diferente do tom que ela empregara com as Guardiãs do Pé. Falou disfarçada da Outra Morgan, a Morgan que evidentemente achava Vladimir não-confiável, não-solidário ou, ainda pior, positivamente irrelevante. Eis o que ela disse a Vladimir: ela lhe disse que tinha um amigo estolovano, os pais dele aprisionados sob o antigo regime, os avós executados no início da década de 50. Certa vez o seu bom amigo a levara até o Pé, e eles tiveram uma briga terrível com as vovós. Desde então as *babushkas* estavam ansiosas para castigá-la.

Por acaso o nome do amigo era Tomaš?

Ela respondeu à pergunta dele com mais perguntas: Vladimir estava insinuando que ela não podia ter amigos próprios? Ela agora precisava da aprovação dele? Ou era obrigada a passar todo o seu tempo escutando Cohen e Plank lamuriando-se das suas vidinhas gordas?

Vladimir ficou boquiaberto. Ela tinha razão, naturalmente, mas ainda assim ele sentiu-se estranhamente defensivo em relação à Turma. Pelo menos um sujeito mole e sem rumo como Cohen não era capaz de uma traição. Cohen era Cohen e nada mais. Ele havia dominado a arte norte-americana de ser inteiramente ele mesmo. E, por falar em traição, *onde ela havia aprendido a falar estolovano tão bem?*

Ela permitiu-se um minúsculo sorriso vitorioso e informou que havia tomado muitas aulas de estolovano naquela universidade poliglota em Ohio. Vladimir estava surpreso por ela conseguir dominar uma língua estrangeira? Ele tinha o monopólio de ser estrangeiro? Achava que ela era uma idiota?

Vladimir estremeceu. *Não, não. Não era nada disso. Ele só estava perguntando...*

Mas o que Vladimir estava fazendo era o seguinte: estava perdendo Morgan. Estava a arrastar-se aos pés dela implorando com voz de amante rejeitado um sinal de "tudo bem" por parte dela. O conhecido aforismo: "no amor sempre existe alguém que beija e alguém que é beijado" lhe veio à mente.

Sim, ele imaginava que estava tudo acabado. Era hora de esquecer a santíssima trindade de Excitação, Afeto e Normalidade, esquecer a curta estada deles na barraca, o modo como ela varrera as folhas de cima da pessoa dele, abrira o zíper da calça dele, puxara-o para cima de si, empurrara-o para a frente. Esquecer o modo como ela lidara com as fraquezas dele, com bondade e cumplicidade ao mesmo tempo.

Em vez disso, restava a ele agora meditar sobre um mundo novo, um mundo que praticamente anulava os três últimos meses com aquela mulher. A palavra era "distanciamento", e, enquanto mexia o seu *espresso* e cutucava o seu *strudel* de pêra, ele pensava em maneiras de usar isso em uma frase. *Estou me tornando cada vez mais cônscio de um distanciamento...* Não, isso não servia.

Existe um distanciamento entre nós, Morgan.

Sim, realmente existia. Mas até mesmo isso era pouco.

E finalmente lhe ocorreu. As palavras que ele não conseguia dizer.

Quem é você, Morgan Jenson? Porque estou achando que cometi um engano.

Sim. Certo. Mais uma vez. Em um continente diferente, mas com o mesmo vigor cego, estúpido, com a mesma fé debilitante do imigrante beta que caminhava como judeu.

Um engano.

29. A NOITE DOS RAPAZES

ANTES QUE AS COISAS MELHORASSEM, elas precisaram piorar. No dia seguinte à derrota no Pé, eis que era chegada a hora de uma noite de dor e incerteza, a muito aguardada Noite dos Rapazes – Plank, Cohen e Vladimir à solta na cidade com seus cromossomos Y, suas barbas por fazer e seu tédio do início dos anos 90. Procurando cerveja.

Na realidade, Vladimir não era contrário àquela empreitada masculina. Depois de uma noite, como a anterior, de beijar e não ser beijado, ele novamente sentia necessidade de abraçar qualquer coisa que lhe retribuísse o abraço, e a essa altura a Turma era essa coisa – o último bastião da ausência de surpresas. Naquela manhã, entretanto, houvera um sinal de esperança no *front* Morgan: depois de passar fio dental e gargarejar para ir para o trabalho, ela se aproximara de Vladimir (ele estava sentado melancolicamente na banheira, borrifando o peito com água ensaboada) e beijou-o na minúscula região de calvície, sussurrando "Sinto muito por ontem à noite" e ajudou-o a esfregar a sua dose diária de minoxidil no centro pelado da cabeça. Vladimir, chocado por aquele afeto inesperado, apertou-lhe de leve a coxa, e até mesmo puxou, com certo desânimo, um chumaço de pêlos púbicos que assomavam do roupão dela, mas não disse uma só palavra em resposta. Ainda não era hora disso. Sinto muito... Ora, francamente!

QUANTO À NOITE DOS RAPAZES, o local escolhido, um bar, foi sugestão de Jan, e uma boa sugestão. Tão estolovano quanto a nova, melhorada e euro-pronta Prava poderia ser naqueles dias, com mesas de recrutas magros e sardentos e policiais de folga formando a maior parte da clientela. Todos ainda estavam fardados, bebendo boa cerveja que saía de uma fila de torneiras, estas tão bem treinadas na arte de servir que até mesmo na posição "desligada" continuavam a jorrar. Não havia decoração – apenas paredes, um teto, um jardim externo mínimo onde espalhavam-se cadeiras dobráveis, estalando sob o peso dos órgãos militares e de segurança que as ocupavam. A estátua de um flamingo cor-de-rosa de plástico trazido pelo "primeiro estolovano moderno a visitar a Flórida", segundo a garçonete, montava guarda em uma só perna acima do ruído das canecas e do alegre diálogo de insultos.

No princípio, Cohen e Plank pareciam inquietos com o ambiente local. Vladimir podia vê-los agarrando os seus cartões do *American Express* dentro do bolso da calça, como se temessem ser comidos vivos pelos nativos quando não conseguissem pagar a conta. Um medo compreensível, pois os soldados pareciam famintos e a cozinha estava fechada. À medida que a conta crescia, porém, os rapazes deixaram-se ficar com os ombros curvados. Tiraram do bolso a mão sem uso – aquela que não estava segurando a caneca – e a colocaram sobre o bar ao lado da cerveja, onde ela ficou a batucar ao ritmo da obra inteira de Michael Jackson que saía do sistema de som. Ele ainda era bom de escutar, depois de tantos anos – aquela criatura estranha.

Sozinhos, eles não iam além de alguns resmungos e "Cara, esta cerveja é boa", mas então os recrutas perto deles, um Jan e um Voichek, começaram a distribuir pornografia alemã e a praticar inglês. Depressa as mulheres nuas chegaram a Cohen e Plank; eles suspiravam em uníssono cada vez que Jan, com um sorriso sacana, ou seu jovem companheiro a dar risadinhas, viravam uma página.

– Ela é igualzinha a Alexandra – eles disseram.

E então tentaram explicar aos recrutas, em uma combinação de inglês, estolovano e machismo, que conheciam uma mulher tão linda e desejável quanto aquela. Jan e Voichek ficaram muito impressionados.

— Assim mesmo? — eles disseram, apontando para os seios e os lábios da vagina, e depois olhando de volta com respeito para os americanos que, pelo menos pela sua companhia feminina, ainda pareciam cidadãos de uma grande potência mundial.

O fato que espantou Vladimir — que, aliás, pouco contribuiu para a conversa além de algumas baboseiras desanimadas — foi que as valquírias alemãs na revista não se pareciam o mínimo com Alexandra. As modelos eram louras e impossivelmente altas, com as pernas escancaradas como pinças para expor a listra cor-de-rosa uniformemente depilada, descerrada por vários dedos. Alexandra, embora nem baixa, nem pesada, não podia ser chamada de alta, ou loura, ou magra como um palito. Suas antepassadas portuguesas lhe haviam legado uma saudável robustez mediterrânea de quadris, lábios e seios. O único critério satisfeito tanto por ela quanto pelas mulheres na revista era que todas eram desejáveis.

Para Plank e Cohen aquilo era o suficiente. Qualquer coisa teria sido suficiente para deixá-los excitados e preocupados. Logo os recrutas tomaram consciência dos detalhes do mal-estar de Plank e Cohen e pediram licença para retirar-se, alegando que precisavam ir buscar as namoradas "para a ação profilática".

— Certo, cavalheiros. Outra rodada, que acham? — Vladimir sugeriu, quando o inglês padrão voltou ao canto deles.

Resmungos de aprovação tão entusiásticos quanto o mugido de uma vaca.

— Está bem. Escutem, eu também sinto uma coisa pela Alexandra — Vladimir declarou.

Um espanto cheio de felicidade. Ele também! Um dilema universal!

— Mas e a Morgan? — Plank perguntou, coçando a enorme cabeça raspada.

Vladimir deu de ombros. E a Morgan? Será que ele poderia desabafar com os rapazes? Não, isso estava fora de questão. Eles era frágeis e atrasados demais. A notícia da vida dupla de Morgan poderia facilmente provocar um enfarte em cada um deles.

— É possível amar duas mulheres. Especialmente quando a gente dorme só com uma delas — Vladimir afirmou, respondendo à pergunta de Plank.

— É, acho que isto é verdade — comentou o erudito Cohen, como se aquelas leis fossem codificadas e estivessem disponíveis para pesquisa no

Instituto de Desejo Rimbaud. – Apesar de que mais cedo ou mais tarde as coisas começam a não dar certo.

Vladimir ignorou isso, seguindo em frente, soando como uma mãe preocupada:

– O que vocês, rapazes, precisam, é de correr atrás de outra pessoa. E estou falando em realmente correr atrás, e não simplesmente esperar e reclamar. – Houve risos. – Estou falando a sério. Vejam a posição em que vocês dois se encontram: estão no topo do mundo, aqui. São mais respeitados do que jamais serão...

Ele não pretendia dizer aquilo com tanta franqueza.

– Mais respeitados no contexto de serem jovens e ainda não conscientes da amplidão total da suas inclinações artísticas – esclareceu, embora desnecessariamente: eles sabiam que eram ótimos. – Vocês podem ficar com quase qualquer garota que quiserem nesta cidade! – bradou.

– Quase qualquer – Cohen repetiu, ruminando melancolicamente a sua cerveja.

– Falou e disse, mano – Plank murmurou para Cohen.

Os rapazes tentaram sorrir e dar de ombros com bom humor, como os cidadãos idosos do Mundo Antigo costumam fazer quando são informados de que a sua refeição diária de *fondue* e chouriço pode ter repercussões.

Vladimir, por sua parte, estava preparado para passar a noite inteira martelando a sua mensagem e enxugando as prodigiosas torneiras. Sem que ele soubesse, no entanto, havia boatos, irradiados para toda a vizinhança por clientes que cambaleavam de volta para casa, de um grupo de rapazes elegantes, estranhamente vestidos, vadiando no botequim local, e aqueles boatos logo produziram um visitante.

TRATAVA-SE DE UM ESTOLOVANO bastante impressionante – alto e, ao que parecia, fabricado com os mesmos tijolos milenares que haviam construído a Ponte Emanuel. Os cabelos eram curtos, repicados e adornados com um topete, como era a moda emergente nas capitais do Ocidente; e as roupas, uma suéter cinzenta de gola rulê e um colete de veludo preto, também estavam próximas da última moda. Para não mencionar que ele estava no início da casa dos 40 anos e os homens dessa faixa etária poderiam gozar de uma certa indulgência no que se referia ao guarda-roupa; isto é, o próprio esforço já poderia ganhar pontos.

— Olá, caros visitantes — ele começou, com um sotaque tão leve que se aproximava do de Vladimir. — Os seus copos estão quase vazios. Permitam-me!

Ele gritou ordens à garçonete. Os copos foram enchidos.

— O meu nome é František e sou morador antigo desta cidade e deste bairro. Agora permitam-me adivinhar de onde vocês vêm. Tenho um dom natural para a geografia. Detroit?

Ele não estava totalmente errado. Plank, como já havia sido declarado, era mesmo de um subúrbio da Cidade-Motor.

— Mas o que há em mim que diz Detroit? — quis saber o criador de cães, com indisfarçada indignação.

— Percebo a sua altura, magreza e pele — František explicou, bebericando sem pressa a sua cerveja. — Deduzo desses atributos que os seus ancestrais são daquela parte do mundo. Não exatamente estolovano, mas você é, por algum acaso, moraviano?

— Em parte, eu creio. Gosto de me considerar mais um boêmio.

O trocadilho passou em branco. František continuou:

— Então eu penso em partes dos Estados Unidos com grandes concentrações de europeus orientais e imediatamente penso nas grandes cidades do Meio-Oeste, mas, por um motivo qualquer, nada de Chicago quando olho para você. Assim... Detroit.

— Muito bom — disse Vladimir, já tentando desenhar um mapa da textura social do novo conhecido deles para melhor compreender a sua notável sagacidade. — Mas no meu caso, como você vê com clareza, meus ancestrais não são desta parte do mundo, e assim, é pouco provável que eu venha de Detroit.

— Sim, talvez você não seja de Detroit — František concordou, mantendo a boa forma. — Porém, a não ser que eu seja um idiota completo, o que certamente é possível, acredito que os seus ancestrais sejam mesmo desta parte do mundo, porque você me parece ser judeu!

Cohen crispou-se ao ouvir essa última palavra, mas František prosseguiu:

— E mais ainda, o seu sotaque me diz que foi você, e não os seus ancestrais, quem foi embora desta parte do mundo ou, para ser mais preciso, da Rússia, ou da Ucrânia, pois infelizmente não nos restam judeus aqui exceto nos cemitérios, onde estão empilhados dez em cada cova. Assim, então, Nova York foi onde você se estabeleceu, e o seu pai é médico ou engenheiro; e, pela aparência do seu cavanhaque e dos cabelos compridos, você é artista ou, mais provavelmente, escritor; e os seus pais estão horrorizados, porque não consideram isso uma profissão; e a universidade é tão cara nos Estados Unidos, mas ainda assim é duvidoso que eles fossem aceitar qualquer coisa além da universidade mais cara, já que você provavelmente é filho único, obviamente, pois a maior parte dos moscovitas ou de S. Petersburgo (é de lá que você vem?) cosmopolitas têm um filho ou dois, no máximo, em um esforço para concentrar os parcos recursos.

– Você é professor, ou então viajante e leitor voraz de revistas e jornais – disse Vladimir. Não estava surpreso ao encontrar-se replicando facilmente a voz e o tom do estolovano, a tal ponto o homem era contagioso.

– Bom, não sou professor. Não – disse František.

– Bom, então. Vou pegar as próximas cervejas se você nos distrair com a história da sua vida – interveio Cohen, aparentemente convencido de que o homem não era anti-semita.

– Você pega a cerveja e eu vou comprar doses de vodca – František recomendou. – Elas se complementam perfeitamente, vocês vão ver.

Então assim foi feito, e embora a vodca não descesse tão suavemente no início, o sensível paladar americano logo se adaptou, ou, melhor, foi contornado, e a embriaguez se estabeleceu. Enquanto isso, o cavalheiro estolovano relatou a sua história com muita boa vontade – era óbvio que ele adorava essa oportunidade de contá-la a jovens e destemidos norte-americanos; os norte-americanos mais velhos, particularmente aqueles que não eram escolados em ironia moderna, decerto teriam apreciado menos.

Quando jovem, o bonitão František estudou na faculdade de lingüística, onde foi um aluno modelo, como era de se esperar. Isso aconteceu quase meia década depois da invasão soviética de 1969, quando a suposta normalização já havia se estabelecido direitinho e Brezhnev ainda estava acenando para tratores do alto do mausoléu.

O pai de František era importante no Ministério do Interior, o tipo de lugar movimentado, onde burocratas sem rosto e sem cabelos enviavam helicópteros para pairarem poucos metros acima das sepulturas abertas durante o enterro de dissidentes. O pai de František era particularmente apreciador dessa manobra. Seu filho, no entanto, recolhera aqui e acolá um certo senso de inquietação moral, mais provavelmente na universidade, onde em geral essas coisas se emboscam. Mas era um senso de inquietação calmo, no sentido de que, embora František recusasse uma carreira de rápida ascensão no Ministério do Interior, ainda assim não conseguia obrigar-se a esgueirar-se pelas ruas com panfletos *samizdat*[113], freqüentar reuniões clandestinas em porões cheirando a enxofre ou ser reduzido a um emprego de, digamos, zelador do mictório municipal – o básico da atividade dissidente.

Em vez disso, ele conseguiu um emprego de assessor do sub-editor do jornal favorito do regime, o apropriadamente chamado *Red Justice* – Justiça Vermelha. Havia um bom número de assessores de sub-editores, mas isso não fazia diferença: com o seu talento, sua altura e beleza, e um pai no Ministério do Interior, František logo arrebatou a invejável posição de responsável por cobrir a "cultura", o que significava viajar para o estrangeiro nos calcanhares da Filarmônica Estolovana, a ópera, o balé e qualquer outra exibição artística que conseguisse sair do Aeroporto Maiakovski.

O estrangeiro!

– A minha vida girava em torno dos calendários de exportação das melhores instituições de Prava – František contou, virando-se para olhar com nostalgia na direção daquilo que costumava ser o mundo livre, ou pelo menos era o que se imaginava. – E de vez em quando até mesmo as províncias apareciam com alguma coisa que valia a pena mandar para Londres, embora (suspiro) mais comumente para Moscou, ou, que Deus me livre, para Bucareste.

František amava o Ocidente como a amante que só se consegue ver depois que o diligente marido dela é enviado para fazer a contabilidade dos livros da filial de Milwaukee. Ele amava especialmente Paris, um amor que não era incomum entre os estolovanos, cujos artistas do início do século XX haviam regularmente procurado inspiração na Gália. Uma vez livre dos tolos compromissos na embaixada local e das apresentações artísticas, ele saía a vagar sem um destino específico em mente, trocando os táxis pelo metrô, fazendo caminhadas sem rumo ao longo do Sena para se acabar em Montparnasse, o tempo todo evitando a significativa comunidade estolovana, que provavelmente o assaria juntamente com as suas carpas e almôndegas.

---

[113] *Samizdat*: na língua russa, literatura de circulação clandestina. (N. da T.)

Mas com os ocidentais de verdade ele fazia um grande sucesso. Depois da invasão soviética, não havia carência de solidariedade por um "estolovano jovem e oprimido, a quem permitiram sair para ter apenas um vislumbre da liberdade, para logo ser tangido de volta para o seu chiqueiro stalinista."

E quando graciosas mulheres francesas imploravam, e sujeitos ingleses indignados exigiam, que ele desertasse, ele enxugava as lágrimas e lhes falava de seus pobres papai e mamãe, limpadores de chaminés oprimidos e sujos de fuligem, que certamente passariam os anos de vida que lhes restavam no *gulag* se ele perdesse o vôo das duas horas.

– Se vocês lerem escritores como Hrabal ou Kundera, verão que o sexo não deixa de ser importante para um homem do Leste Europeu – František afirmou, enquanto fazia um brinde sem palavras em conjunção com uma recém-chegada rodada de Wybornaya polonesa.

Em seguida passou a falar sobre parte desse sexo que aconteceu em casas de estilo Tudor em Hempstead[114] e *lofts* em TriBeCa; e só de olhar para aquele rapagão saudável, de rosto largo, podia-se imaginá-lo, sem muitas acrobacias da imaginação, com quase qualquer mulher e em quase qualquer posição, mas sempre exibindo a mesma expressão cativada e decidida, o corpo adequadamente encharcado e arranhado.

Nesse ponto, Plank e Cohen mergulharam em um devaneio, o olhar satisfeito fixo nas profundezas do copinho de vodca enquanto František enumerava os seus encontros amorosos. Vladimir alegrou-se por eles terem tomado parte naquilo tudo com um sentimento de saudável deslumbramento. Talvez não estivessem sobrepondo o molde Alexandra – do modo como haviam feito com a ridícula pornografia alemã – em Cherice, a ativista política, e Marta, a artista performática, ambas as quais haviam compartilhado um quarto no distrito Jordaan de Amsterdã simplesmente para compartilharem František durante a turnê mundial do Teatro Infantil de Marionetes de Prava. Quem sabia o que explicava o nascente interesse deles: talvez a conversa animadora que Vladimir tivera com eles antes, ou a cerveja misturada com a vodca, ou a simpatia do antigo *apparatchik*[115] despejando os seus deleites internacionais com, ainda, uma sensação de ilimitada possibilidade?

---

[114] Hempstead: o autor provavelmente se refere a Hampstead, um bairro londrino, fazendo um trocadilho com "*hemp*", maconha. (N. da T.)
[115] *Apparatchik*: palavra da língua russa que significa "membro do Partido Comunista Soviético". (N. da T.)

No entanto, e naturalmente, o cenário cultural não era todo feito de tulipas holandesas e Godiva.[116.] Havia também o *front* doméstico, e eles observaram František tomar um alentado gole de cerveja em preparação para esse trecho da história.

— Ah, como elas vinham! De cada região de cada distrito de cada maldito país eslavo... "Cidadãos, agora temos o prazer de apresentar o Coral Camponês Stavropol Krai!". Todos aqueles malditos corais camponeses! Todas aquelas balalaicas de merda! E sempre cantando canções sobre alguma Katyusha colhendo amoras na margem do rio e então os garotos locais a avistam e fazem com que ela enrubesça. Realmente, imaginem! Tentem escrever uma crítica disso sem cinismo: "Ontem à noite, no Palácio da Cultura, os nossos irmãos socialistas de Minsk demonstraram mais uma vez a progressista cultura camponesa que tem mantido os etnógrafos locais encantados desde os emocionantes dias da Revolução".

Ele enfiou os dedos no copo e borrifou vodca no rosto.

— Que mais posso lhes contar? — indagou, apertando os olhos. — Aquela era a parte infernal, mas então de qualquer maneira tudo desmoronou...

— O *Justiça Vermelha* acabou? — Vladimir quis saber.

— Ah, não, ele ainda está firme. Algumas das pessoas de mais idade ainda o lêem, aquelas com renda fixa que não têm dinheiro para comprar salsichas e estão ficando realmente furiosas por causa disso, as pretensas Guardiãs do Pé, vocês já devem tê-las ouvido aos brados junto ao Dedão. Sim, de vez em quando me pagam para escrever alguma coisa. Ou eu faço uma palestra para os coroas no Grande Salão da Amizade do Povo sobre os dias de glória cultural de Brezhnev e o nosso primeiro presidente operário Jan Zhopka. Sabem, aquele lugar imenso com uma velha bandeira socialista pendurada na janela como se fosse a roupa suja de alguém.

— Onde é mesmo que fica isso? Me parece familiar — Vladimir perguntou.

— Fica na margem defronte ao castelo, perto do restaurante mais caro de Prava.

— Ah, sim, já estive nesse restaurante — Vladimir contou, ruborizando-se ao pensar em sua interpretação de Cole Porter para o Marmota.

---

[116] Godiva: marca prestigiosa e cara de bombons de chocolate. (N. da T.)

— Mas isso não é justo. Você é tão esperto e viajado. Devia escrever para um dos novos jornais — Plank declarou.

— Infelizmente isto é impossível. Depois da nossa revolução mais recente, eles publicaram uma lista enorme de quem fazia o quê durante os anos perdidos, e parece que a minha família tem um capítulo inteirinho dedicado a ela.

— Talvez você pudesse escrever para o *Prava-dence* — Cohen sugeriu.

— Ah, mas é uma porcaria tão grande — František objetou. (E felizmente Cohen estava chumbado demais para se ofender.)

— O que eu quero mesmo é abrir uma casa noturna.

— Que idéia maravilhosa! — Plank exclamou. — De vez em quando a vida noturna daqui realmente me causa ojeriza. — Ele se interrompeu. — Com licença, não me sinto muito bem — disse.

Deixaram que ele se fosse, sem grandes preocupações.

— Sim, o seu amigo de estômago fraco tem razão — František declarou. — No momento, aqui só temos o ABBA. O ABBA e algumas tristes tentativas de modernidade. Quando eu estava... — Mais uma vez ele olhou nostalgicamente em alguma direção inespecífica, dessa vez, quem sabe, para o aeroporto. — Quando eu viajava por aí, sabem, sempre era levado às discotecas mais modernas com os homens e mulheres mais atraentes, tais como vocês, naturalmente. Agora a minha boca fica cheia d'água quando penso em uma boa... Como é que se chama hoje em dia?

— *Rave* — Cohen informou.

— Mas *rave* de qualidade. Ah, até conheço um DJ finlandês maravilhoso. MC Paavo. Já ouviram falar nele? Não? Ele faz sucesso em Helsinki, mas não está muito feliz lá. É limpo demais, ele diz, mas eu não sei, nunca estive lá.

— Ele deveria vir para cá! — Cohen exclamou, despedaçando o seu copo contra o balcão do bar.

Vladimir apressou-se a oferecer uma nota de cem coroas pelo estrago.

— Acho que ele gostaria, mas precisa de uma coisa certa, um contrato. Ele tem ex-esposas gulosas e também pequenos MCs na Lapônia. Os finlandeses são todos muito família, o que talvez seja o motivo pelo qual eles apresentam a mais alta taxa de suicídios.

Ele deu uma risadinha e acenou pedindo uma nova rodada, apontando para o banco vazio de Plank e sacudindo o dedo como se dissesse "menos um".

— Bem, você sabia que Vladimir é o vice-presidente da PravaInvest?

— Hum — fez Vladimir.

— Existe mesmo uma coisa chamada PravaInvest? — O estolovano conteve o seu sorriso irônico, mas obviamente com esforço e muito pestanejar. — Me mandem um prospecto imediatamente, cavalheiros.

— Ah, sim! A PravaInvest é gigantesca. Pelo que entendo, ela tem mais de 35 bilhões de dólares de capital — Cohen informou, sem perceber o tom sarcástico do *apparatchik*.

František lançou a Vladimir um olhar longo e direto, como quem dizia: "Uma *daquelas*, hein?".

— Hum — Vladimir repetiu. — Não é grande coisa, na verdade.

— Bom, não está entendendo? — Cohen estava exasperado. — Ele vai financiar a sua casa noturna! Basta trazer o finlandês e estaremos preparados.

Vladimir suspirou diante da precipitação do seu colega.

— É claro que nada é tão fácil assim — disse. — No mundo real existem impedimentos. Por exemplo, o preço astronômico dos imóveis no centro de Prava.

— Eu não consideraria isso um problema — František replicou. — Sabe, se você o abrisse no centro da cidade, atrairia basicamente os turistas alemães ricos. Mas se operar nos subúrbios, então conseguirá uma clientela mais exclusiva, sofisticada, e ao mesmo tempo é conveniente para o transporte público ou um percurso rápido de táxi a partir do centro. Quer dizer, quantas casas verdadeiramente na moda existem no Champs-Élisées? Ou na Quinta Avenida na parte central da ilha? Simplesmente é assim.

— Ele tem razão! Ele tem razão! — exclamou o incontrolável Cohen. — Por que você simplesmente não investe nesta coisa, hein? Vamos, faça um favor para todos nós. Você sabe que não sobrou divertimento no Nouveau ou no Joy em um sábado com todos aqueles filhinhos da mamãe e filhinhas do papai e aquela merda que eles tocam... Aquela merda! Como podem tocar aquela merda e mesmo assim cobrar 15 coroas de entrada?

— Isso são 50 centavos — Vladimir observou.

— Bom, seja quanto for, mas isso não é motivo para não começar essa coisa, especialmente com MC Pavel[117] a bordo — Cohen declarou, agora

---

[117] MC Pavel: sic (o nome correto é MC Paavo). (N. da T.)

falando quase que exclusivamente com František, do modo como uma criança volta-se para um dos pais depois de receber uma recusa do outro.

Vladimir levantou a caneca de cerveja até o seu rosto crispado.

– É, mas entenda, sr. František, a PravaInvest é uma multinacional muito preocupada, socialmente consciente. Sua filosofia é concentrar-se nas necessidades essenciais com fundamento nas condições básicas de um país, no sentido cartesiano, é claro, naquilo que chamamos de "ponto de entrada". E, pode acreditar, este país precisa de um bom fax modem produzido localmente, mais do que precisa de outra danceteria ou outro cassino.

– Não sei disso, não – František contestou. – Talvez não de cassinos, que são, em geral, lugares bem desesperados, mas uma nova e boa danceteria poderia ser... Como é que dizem na América? Um "levanta-moral"?

Talvez fosse o sotaque de František retornando depois de tanto álcool, como o de Vladimir costumava fazer, mas quando o novo amigo estolovano disse a palavra "cassino", Vladimir só conseguia imaginá-lo como "Kasino", o que naturalmente conduziu ao Kasino do seu *panelak* e, por extensão, às amistosas mulheres russas que trabalhavam ali, e, por uma extensão ainda maior, ao tremendo desperdício de espaço potencial no seu interior. Uma casa noturna.

Ele aceitou mais uma dose da garçonete que, à luz fraca e na escuridão reinante havia muito tempo, mostrava uma expressão que não podia ser analisada; podia-se apenas supor que ela tivesse dito alguma coisa expressiva.

– Esta rodada é gratuita – František traduziu, sorrindo de orgulho pela generosidade da sua compatriota.

– Levanta-moral – disse Vladimir, depois que a vodca havia descido e queimado as suas entranhas com a fúria comprimida das mil plantações de batatas polonesas que haviam sido desbatatadas para produzir aquela safra. – Então, que tal é esse MC Paavo em comparação com os que existem em Londres e Nova York?

– Ele é melhor do que Tóquio – František afirmou com a autoridade de um conhecedor, e inclinou na direção de Vladimir o banco onde estava sentado, de modo que os olhos dos dois, vermelhos e úmidos por causa das festividades, ficaram tão próximos quanto o permitia a etiqueta. – Gosto do modo como você fala, Sr. Condições Básicas – disse. – E conheço o seu pequeno negócio com Harry Green. Talvez a gente possa se encontrar e discutir outras possibilidades.

Enquanto isso, o estéreo estava ficando sem Michael Jackson. Do lado de fora, no ar frígido e à luz da lua, os soldados estavam cantando uma canção local com um ritmo hum-pa-pa que flagrantemente poderia ser beneficiado com o acréscimo de uma banda de verdade. Do banheiro vinha o som de Plank produzindo ruídos perturbadores.

— Ah — František exclamou, afastando-se ligeiramente de Vladimir, pois sabia que os ocidentais não gostavam de hálitos compartilhados. — Por falar em coral de camponeses, aí está um deles. É sobre uma egüinha que está muito brava com o seu dono porque ele a mandou ao ferreiro para ser ferrada. E agora ela se recusa a lhe dar um beijo.

Cohen assentiu para Vladimir, os olhos apertados de compreensão, como se houvesse ali uma lição para todo mundo. Eles ouviram Plank lutando com a fechadura da porta do banheiro e xingando a si mesmo, mas continuaram sentados, bêbados e imóveis, até que a garçonete foi em socorro dele.

30. UM POUCO DE MÚSICA NOTURNA

O MODO COMO ACONTECEU DE PERDEREM Jan e o carro foi para Vladimir uma amarga lição sobre o lado ruim do alcoolismo. Aparentemente ele e Cohen haviam cambaleado para o jardim e de lá pegaram o caminho errado para sair; quer dizer, em vez de depararem com Jan e o carro eles depararam com uma rua silenciosa e manchada de carvão, cujo silêncio foi rompido pelo ruído da campainha de um bonde e o ranger das rodas nos trilhos.

– Ah! – eles exclamaram, confundindo o bonde que passava com alguma espécie de sinal celestial, e saíram cambaleando atrás dele, acenando com os braços como se estivessem dando adeus a um navio transatlântico. Logo a calidez iluminada de amarelo chegou perto e eles subiram a bordo apoiados nas mãos e nos joelhos, gritando "*dobry den!*" para os empoeirados operários de fábrica que cochilavam nos fundos.

Foi só depois de terem atravessado vários bairros na direção de um lugar qualquer que Vladimir lembrou-se de Jan e do BMW.

– Ei – exclamou, cutucando o flanco de Cohen.

Este, em resposta, mostrou uma brilhante garrafa de vodca. Aquele havia sido um presente que František lhes dera, juntamente com os números do seu telefone e fax, antes de partir do bar arrastando consigo o incapacitado Plank para um apartamento próximo para lhe dar uma aula de recuperação em sobriedade. Vladimir ficara indeciso a respeito dessa última parte. Ele tinha uma opinião conspurcada a respeito de visitar homens mais velhos e seus alojamentos, especialmente quando a cena toda havia sido mexida com álcool. Mas o que fazer?

– Nos bebimos – disse Cohen, fracassando no sotaque russo.

– Já estamos bêbados – Vladimir objetou, mesmo assim destapando a garrafa.

– Onde é que estamos? – perguntou, pressionando o nariz contra a vidraça fria, contemplando as tílias desanimadas, os pequenos apartamentos espiando por cima de cercas-vivas podadas. – Que é que estamos fazendo aqui?

Eles se viraram para olhar um para o outro. Era uma pergunta séria às três da manhã, e eles disputaram a garrafa, exasperados, em um combate que, para motivos de esclarecimento, não era conduzido com a energia de, digamos, dois rapazes da roça entrando em sua força pubescente.

O bonde havia cruzado o rio e começado a subir o monte. Eles mal haviam atingido o platô do meio do Monte Repin, onde os austríacos estavam construindo um complexo de lazer familiar com o tema de um personagem de história em quadrinhos chamado Ganso Günter, quando o bonde repentinamente estacou com um grande estremecimento.

Do lado de fora da janela do bonde duas cabeças mostravam-se na noite, o couro cabeludo branco como a lua, os poucos cabelos que nasciam irregularmente passáveis pelo contorno de crateras e outros acidentes geográficos lunares semelhantes. Dois *skinheads*[118], seu peso e tamanho relativos formando aproximadamente a mesma proporção que havia entre o Gordo e o Magro, subiram a bordo, suas muitas correntes tilintando contra a fivela do cinto, que era uma réplica da bandeira confederada. Eles estavam rindo e fingindo esmurrar um ao outro, dando um jeito de, no meio da brincadeira, beber goles das garrafas de Becherovka, de modo que Vladimir a princípio imaginou que eram *gays* estolovanos que haviam confundido a bandeira confederada com qualquer outro símbolo histórico norte-americano. Afinal, a cabeça raspada já era, havia muito tempo, *de rigueur* na *Christopher Street*[119].

---
[118] *Skinheads*: gangues juvenis urbanas de inspiração nazista cujos membros usam a cabeça raspada e botas do Exército, andam em grupo e agridem membros de minorias raciais e sexuais. (N. da T.)
[119] *Christopher Street*: publicação norte-americana, de circulação nacional, dedicada ao público *gay*. (N. da T.)

Mas quando eles avistaram Vladimir e depois viraram-se para Cohen, as risadas cessaram. Dois pares de punhos apareceram, e na intensa iluminação do bonde as cabeças peladas, a acne, as cicatrizes de batalha e as caras de nojo formavam um distinto mapa rodoviário de ódio adolescente.

Ouviu-se um estrondo contra a janela à direita de Vladimir e imediatamente havia álcool nos olhos dele, cacos de vidro picando-lhe a pele como se fossem pequenos acidentes do barbear, e o inconfundível cheiro de licor de abóbora; o baixinho gordo decerto jogara a sua garrafa. Vladimir não conseguia abrir os olhos. Quanto tentou, só havia o borrão indistinto de colírio recém-aplicado e, de qualquer maneira, na verdade ele não queria ver. Na escuridão, uma série amorfa de pensamentos estavam a aglutinar-se ao redor dos conceitos de dor, injustiça e vingança, mas tudo o que resultava disso eram as qualidades terapêuticas do velho e áspero travesseiro da sua avó – duro, porém maleável – no qual ele havia começado a praticar as suas lidas amorosas. Aquele foi o pensamento da ocasião. Com o pânico instintivo, de afirmação vital, submerso em vodca e cerveja Unesko, apenas a tristeza relativa à iminente perda da vida e da saúde – aquela tristeza que só deveria ter emergido como uma lembrança tardia – subiu à superfície. Teria de ter sido assim, porque Vladimir disse apenas uma palavra em resposta ao ataque garrafal: "Morgan". E disse isso em tom baixo demais para que alguém escutasse. Ele conseguia vê-la, por um motivo qualquer, atravessando o pátio carregando no colo o gato fugitivo, ninando o animal rebelde como uma mãe sempre pronta a perdoar.

– *Auslande raus!* – gritou o baixinho. – *Raus! Raus!*

Cohen segurava a mão de Vladimir; a sua própria palma estava fria e úmida. Vladimir foi colocado de pé à força, e então bateu no que devia ser a borda afiada de um assento do bonde, mas fez o máximo esforço para não perder o equilíbrio, pois, naquele momento, a realidade de que ele era o único filho dos seus pais, e que a mãe e o pai não conseguiriam seguir com ele morto, caiu sobre Vladimir. E assim, finalmente, ele entrou em pânico – um pânico que lhe abriu os olhos e mostrou-lhe com bastante clareza os degraus do bonde, a porta ainda aberta e o asfalto negro lá fora.

– Estrangeiro fora! – gritou o outro punk em inglês; entre os dois, eles havia claramente dominado as palavras corretas nas línguas européias corretas.

– Voltem para a terra dos turcos!

O vento que soprava do rio esmurrava-lhes as costas como um amigo preocupado mostrando o caminho. Ouviam atrás deles as risadas dos seus agressores, assim como as dos operários recém-despertos, e a voz paciente e abafada da gravação do bonde; "Por favor desistam de entrar e sair, as portas estão prestes a serem fechadas".

Eles passaram correndo em ziguezague pelos Fiats estacionados e os postes de fraca iluminação em direção ao familiar vulto escurecido do castelo à distância. Corriam sem olhar um para o outro. Vários quarteirões depois, a sensação de pânico de Vladimir diminuiu e a tristeza retornou, manifestando-se fisicamente na forma de uma gigantesca bola de catarro que ergueu-se através do estômago e dos pulmões, passando pelo seu coração disparado. Seus pés dobraram-se sob o corpo, até que com certa graciosidade, e ele acabou primeiro de joelhos, depois de quatro, e então deitado com as costas contorcidas.

VLADIMIR RECUPEROU-SE ao som de um grande rugido automotivo. Dois carros de polícia piscando em azul-elétrico e vermelho de encontro ao vale de barroco cor-de-rosa onde Cohen e Vladimir haviam parado para descansar estacionaram a poucos centímetros do nariz de Vladimir, e os rapazes foram imediatamente cercados por gigantes suados. Conseguiam ver o contorno dos cassetetes batendo nas pernas dos policiais, sentir o cheiro do bafo de cerveja e lombo de porco dominando o fedor de carvão e diesel da rua, e escutar as risadas, a grande farra de policiais eslavos às três da manhã.

Sim, eram uma turma alegre, erguendo-se acima dos nossos heróis caídos enquanto as luzes estroboscópicas das viaturas reforçavam a atmosfera carnavalesca – parecia que uma *rave*, aquela mesma que František tinha esperanças de conjurar algumas horas antes, estava em curso.

Vladimir jazia enrodilhado em um ninho que ele instintivamente confeccionara com a sua parca e o suéter pesado.

– *Budu Jasem Americanko* – implorou desanimadamente com as únicas palavras que conhecia em estolovano. – Sou americano.

Isso serviu apenas para contribuir para a alegria geral. Outro esquadrão de Trabants da polícia surgiu das ruas laterais e mais uma dúzia de policiais juntaram-se às fileiras. Rapidamente os recém-chegados estavam cantando o mantra dos expatriados:

— *Budu Jasem Americanko! Budu Jasem Americanko!*
Alguns deles haviam retirado os quepes e começado a cantarolar os compassos de abertura do hino nacional dos Estados Unidos, aprendido ao longo de anos assistindo às Olimpíadas.
— Empresário americano — Vladimir esclareceu.
Mas nem sequer esse fato melhorou a sua posição aos olhos da lei. O baile dos policiais continuou, com reforços chegando a cada minuto, até ficar parecendo que todos os membros das forças municipais designadas para o plantão noturno estavam envolvidos. Alguns traziam até mesmo câmeras fotográficas, e Vladimir e Cohen logo se encontraram sob um tiroteio de flashes; uma garrafa de Stoli foi jogada nas mãos inertes de Cohen e ele a segurou semiconscientemente enquanto murmurava todo o estolovano que já chegara a aprender:
— Sou americano... Escrevo poesia... Gosto daqui... Duas cervejas, por favor, e vamos dividir a truta...
...E então muito depressa houve os guinchos de *walkie-talkies*, superiores berrando ordens e portas de carro batendo. Alguma coisa estava acontecendo em outro lugar qualquer e a rua começou a esvaziar-se. O último a sair, um jovem recruta usando um quepe vermelho e dourado grande demais para ele, com o desenho do assustador leão estolovano, aproximou-se para despentear os cabelos de Cohen e arrancar-lhe a garrafa dos braços.
— Desculpe, amigo americano. Stoli custa dinheiro — declarou.
Ele fez também uma coisa boa: ergueu os rapazes, um em cada braço, arrastou-os para fora dos trilhos do bonde (ah, então aquilo era a dor aguda nas costas de Vladimir) e levou-os para cima da calçada.
— Até logo, empresário — disse a Vladimir, seu bigodinho sincero estremecendo enquanto ele falava.
Depois entrou em seu Trabant e foi embora, a sirene berrando na noite mortalmente perturbada.

SE A NOITE TIVESSE TERMINADO ALI, era uma coisa; mas tão logo a *Politzia* partiu e Vladimir e Cohen começaram a respirar novamente, um outro comboio de automóveis pareceu tomar o espaço da polícia, dessa vez uma fila de BMWs flanqueada em ambos os lados por jipes americanos.
Gusev.

Ele saiu do carro-madrinha usando roupas demais para a temperatura ambiente, com o seu brilhante casaco longo de nútria, parecendo um rei deposto fugindo do ataque de camponeses com espingardas, ou como um relações-públicas de discoteca calvo e já longe da sua juventude.

– Vergonha! – ele gritou.

Atrás deles havia vários homens, todos ex-soldados do Ministério do Interior, fardados para a ocasião e com óculos de visão noturna. Devia ter sido uma noite dura para eles.

– Psh, psh – os soldados faziam lá atrás, as cabeças erguidas para o céu, como se achassem demasiado constrangedor baixar os olhos para Vladimir e Cohen, este último com a cabeça enfiada no estômago como um feto, com a aparência de um saco de dormir enrolado até a metade.

– Nós escutamos! – Gusev gritou. – A conversa no rádio! Dois americanos rastejando pela Rua Ujezd, um deles de cabelos escuros e nariz em gancho... Imediatamente soubemos quem era!

– Olhem pra eles... Como estão bêbados! – um dos soldados comentou, sacudindo a cabeça como se aquilo fosse um espetáculo fantástico.

Vladimir, sob vários aspectos um jovem cavalheiro e criado para valorizar a conduta apropriada e a importância de parecer sóbrio, pensou genuinamente se devia, ou não, ficar envergonhado. O seu companheiro Cohen, em particular, a essa altura fazia uma triste figura, todo enrodilhado e gemendo alguma coisa a respeito de "odiando isto, odiando totalmente". Apesar de tudo, que Gusev e os seus homens castigassem Vladimir depois de provavelmente estarem voltando de ter castrado alguns búlgaros ou coisa semelhante, parecia a Vladimir uma injustiça.

– Gusev! – disse ele, esforçando-se para conseguir um tom de voz que mostrasse ao mesmo tempo controle e condescendência. – Pare com isto! Arranje-me um táxi imediatamente.

– Você não está em posição de ditar ordens – Gusev replicou.

Fez um gesto com o punho que significava que o assunto estava encerrado; pelo jeito, a sua equipe de assessores jamais o informara de que aquela particular expressão de poder absoluto havia saído de moda havia mais ou menos um século.

– Entre no meu carro imediatamente, Girshkin – ele ordenou, sacudindo as golas do casaco de modo que os restos indistintos de nutrias mortas cintilaram à luz do poste.

Estava claro que em um mundo diferente, sob um regime diferente mas com os mesmos homens armados à sua disposição, Mikhail Gusev teria sido um homem muito importante.

— Eu e o meu colega americano nos recusamos! — Vladimir respondeu em russo.

Ele sentia um espasmo no estômago, a ondulação da sua ingestão diária de *gulash*, bolinhos de batata e birita, e pediu a Deus que não fosse vomitar ali mesmo, pois isso certamente significaria perder a discussão.

— Você já me embaraçou o suficiente — continuou. — O meu colega americano e eu estávamos a caminho de uma reunião. Quem sabe o que ele está pensando de nós, russos, agora.

— É você, Girshkin, quem fez de nós os palhaços de Prava. E justamente quando cimentamos o nosso entendimento com a polícia desta cidade. Ah, não, não, amigo. Esta noite você vai para casa conosco. E aí veremos quem vai chicotear o Marmota no *banya*...

Cohen deve ter sentido a maldade na voz dele, pois apesar da sua total ignorância do idioma russo ele soltou um mugido de dentro da sua bola fetal.

— Não! — Vladimir traduziu para o russo o mugido de Cohen para que Gusev compreendesse. Ele próprio estava ficando cada vez mais assustado: exatamente o que Gusev estava planejando fazer com ele? — A sua insubordinação está anotada, Gusev. Se vai se recusar a chamar um táxi, me dê o celular e eu mesmo farei isto.

Gusev voltou-se para os seus homens, que ainda estavam inseguros se deveriam rir ou levar a sério aquele pequeno bêbado, mas depois que Gusev lhes fez um sinal as gargalhadas estouraram. Sorrindo solicitamente, Gusev iniciou a sua abordagem.

— Sabe o que vou fazer com você, meu ganso? — ele cochichou para Vladimir, embora as suas arrastadas sibilantes russas fossem suficientemente altas para o quarteirão inteiro escutar. — Sabe quanto tempo leva para solucionar um crime nesta cidade quando a gente tem amigos na Casa Municipal? Lembra-se daquela perna que encontraram no balcão de meias no Kmart? Não me lembro quem foi que desmembramos naquele dia. Terá sido sua excelência o embaixador da Ucrânia? Ou foi naquele dia que circuncidamos o ministro da pesca e criação de peixes? Gostaria que eu lhe contasse? E se eu fosse olhar no meu livro de registros? Melhor ainda, que tal se eu acabasse com você e o seu amiguinho? Para que desperdiçar cem palavras quando uma bala servirá para matar vocês dois, seus pederastas?

Ele estava suficientemente perto de Vladimir para que esse sentisse o forte cheiro de graxa de sapatos que saía das botas de motociclista. Vladimir abriu a boca... Que era que iria fazer? Recitar Pushkin? Morder a perna de Gusev? Ele, Vladimir, havia feito alguma coisa com Jordi naquele quarto de hotel na Flórida... Ele tinha...

— *Opa*, rapazes! — Gusev gritou para os homens. — Vocês conseguem imaginar o artigo no *Expresso Estolovano* amanhã? "Dois Americanos Morrem em Pacto de Suicídio pelo Aumento do Preço da Cerveja". Que é que acham, meus irmãos? Não me digam que esta noite não estou piadista!

Então iniciou-se um debate entre Gusev e um membro do seu bando, que segurava uma arma, por causa de uma proposta de jogar os dois estrangeiros do alto do Pé. De repente Vladimir sentiu-se estranhamente exausto. Suas pálpebras aquosas começaram a fechar-se...

Com o passar dos minutos as vozes dos homens tornaram-se gradualmente indistintas, parecendo mais o insistente grasnar de gansos do que o rápido russo de ignorantes que os companheiros de Gusev falavam. E então...

OUVIU-SE UM INESPERADO: o som de mentirinha de um conto de fadas de Hollywood. O som de um carro de fuga rinchando pneus ao dobrar uma esquina e enfiar-se no estreito espaço entre Gusev e a sua tropa.

Jan saltou do Beamer de Vladimir parecendo um leão domesticado, num conjunto de pijama de inverno de lã áspera.

— Tenho ordens! — ele gritou para Gusev e depois para os ex-soldados do Ministério do Interior. — Ordens diretamente do Marmota. Estou exclusivamente autorizado a levar Girshkin para casa!

Gusev calmamente empunhou sua arma.

— Afaste-se para o lado, senhor. Deixe-me ajudar o sr. Girshkin a levantar-se — ele disse a Gusev. — Como já informei, tenho ordens...

Gusev agarrou o jovem estolovano pelos ombros. Girou-o, depois agarrou-lhe a gola do pijama com um braço, enfiando a arma nas dobras do pescoço do rapaz como outro.

– Que ordens? – perguntou.

Então, por algum tempo, apenas o movimento em seu estômago lembrava Vladimir da passagem do tempo, cada revolução indicando ainda outra unidade temporal durante a qual ele continuava vivo enquanto Jan continuava nas garras de Gusev. Finalmente o seu motorista, que não era um homem pequeno mas ficava pequeno junto ao rosto inflado de Gusev, enfiou a mão em um coldre de couro preso sob o pijama e, a mão tremendo apenas de leve, pegou um telefone celular.

– O Marmota está acompanhando o seu paradeiro pelo rádio – Jan disse a Gusev; o seu russo, geralmente vacilante, agora estava fluente e preciso. – Para falar a verdade, ele está preocupado com a segurança do sr. Girshkin nas suas mãos. Se assim desejar, ligarei diretamente para o Marmota.

O silêncio persistiu, quebrado apenas pelo estalido metálico de uma arma sendo novamente travada ou sendo preparada para entrar em combate. Então Gusev soltou Jan. Deu-lhe as costas depressa, deixando para a imaginação de Vladimir a derrota em seu rosto. A coisa seguinte que Vladimir registrou foi uma porta de carro batendo. Uma dúzia de motores foram ligados, quase todos ao mesmo tempo. Uma *babushka* solitária, a voz frágil por causa do sono e da idade, abrira a janela do outro lado da rua e começara a gritar pedindo silêncio, senão ela chamaria a polícia de novo.

Arrumado horizontalmente no banco traseiro do seu carro, enquanto Cohen, apoiado no encosto, viajava no banco do carona, Vladimir obrigou-se a desmaiar, se não para o sono eterno, então pelo menos para um subsistema da eternidade. Não foi possível. Sua cabeça era como uma agência de artistas de cinema cheia de *skinheads* com acne, policiais histéricos, guerreiros do Ministério do Interior fardados e, naturalmente, o agente da alfândega soviética com hálito de esturjão.

– Você vai voltar, judia – o agente alfandegário dissera à Mãe.

PARTE VII
OCIDENTALIZANDO OS BOIARDOS[120]

---

[120] Boiardo: em russo, *boyar*. Designação dada aos membros da aristocracia russa cujos vários privilégios, que foram drasticamente reduzidos por Ivã IV, o Terrível no século XVI. (N. da T.)

31. ESTRELANDO VLADIMIR COMO PEDRO, O GRANDE

ELE VOLTOU. Claro que pensara vagamente nisso. E por que não? A sua conta no Banco Holandês continha cerca de 50 mil dólares, a sua comissão do golpe aplicado em Harold Green, que duraria por algum tempo em algum lugar parecido com Vancouver. Mas não, isso seria uma reação exagerada. Para não dizer covarde.

Um russo instruído, ocioso no seu quintal, pega um trevo para cheirar e mastiga cerejas enquanto espera que a qualquer minuto as forças da História apareçam e discretamente lhe apliquem um pontapé no traseiro.

Um judeu instruído, em situação semelhante, espera que a História vá poupá-lo de qualquer fingimento e chutá-lo diretamente no rosto.

Um *judeu russo* (instruído ou não), no entanto, espera que tanto a História quanto um russo o chutem no traseiro, no rosto e em qualquer outro lugar que um chute possa razoavelmente atingir. Vladimir compreendia isso. A sua maneira de ver a coisa era: vítima, pare de ficar aí à toa na grama.

Ele despertou no dia seguinte e encontrou-se deitado ao lado das costas etereamente pálidas de Morgan, as laterais dos seios assomando redondas por baixo do corpo como pequenas porções de massa de pão posta para crescer. A sua amada desconhecia inteiramente a noite curiosa do seu Volodechka.

A sua amada desconhecia inteiramente uma porção de coisas. Isso porque, não importava quais atos de idiotice política ou romântica ela estivesse praticando com o seu Tomaš (provavelmente algum jovem estolovano empobrecido cheirando a sapatos molhados e alho), não importava o leão alado ou minotauro ou grifo que morasse dentro do quarto trancado, e não importava aqueles elegantes ataques de pânico americanos que lhe concediam a licença de se comportar mal – em última análise, seria o mundo de Vladimir, com o seu relativismo moral, o seu culto animalístico à sobrevivência, que deixaria Morgan sem fôlego.

De certa maneira, era a repetição da grande batalha de Vladimir com Fran, uma batalha entre o luxo de idéias e a principal responsabilidade de um imigrante, sobreviver, uma batalha entre nebulosas noções históricas (Morte ao Pé) e as complicadas condições básicas – os Gusevs e os seus Kalashnikovs, os homens de cabeça raspada percorrendo as ruas do continente. E era precisamente o realismo de Vladimir que fazia dele uma pessoa melhor do que Morgan, revestindo-o com a pátina da tragédia, desculpando os seus desvios da Normalidade e condenando em Morgan os desvios da mesma coisa.

Ele era uma pessoa boa ou má?

Que pergunta infantil!

ELE SE MEXEU. Meia hora depois de acordar, cinco horas depois de quase ter sido morto, Vladimir estava na casa do Marmota. Não chamou, não bateu, simplesmente chegou e se fez ouvir – que o mundo inteiro ficasse sabendo quem era esse Girshkin que não precisava chamar ou bater à porta.

Visitar o seu chefe era agora uma experiência multicultural. O Marmota havia deixado o condomínio *"gangsta"*[121], juntamente com a sua namorada mais recente e as consortes secundária e terciária, indo para um novo condomínio que crescia abominavelmente em um canto verde da região metropolitana de Prava: os Jardins Brookline. As pessoas que são familiarizadas com o Brookline real, aquele que fica em Massachusetts, não ficariam

---

[121] *Gangsta*: palavra surgida no final da década de 1980 com o advento de um subgênero do *rap*, chamado "gangsta rap", que tinha conotações de marginalidade. (N. da T.)

decepcionadas. A versão de Prava era a apoteose da classe média-alta norte-americana destilada em dez fileiras de mansões de tijolinhos escuros e arcos com treliças de trepadeiras. Um enorme gramado em declive na entrada havia recebido peônias cor-de-rosa, vermelhas e brancas, plantadas de modo a escrever "*Welcome*", em inglês; ao passo que em um canto distante uma Praça de Alimentação auto-suficiente já estava em construção, estendendo os seus tentáculos para o resto do hipotético *shopping-center*. A única concessão à realidade local era o fato de que todo aquele lugar ia desmoronar antes da virada do milênio.

Naquele habitat rarefeito Vladimir entrou de braços cruzados e uma cara feia preparada. O Inigualável Jan (cavalheiro do rei, beato, receptor de um doce bônus) deixou-o na unidade do Marmota, na esquina da Rua Glendale com a Praça MacArthur. Os guarda-costas do empresário estavam adormecidos em uma caminhonete estacionada na alameda de entrada, os braços pendendo das janelas de vidraças abaixadas como tentáculos com listrinhas. Como prometido, Vladimir não bateu; entrou e atravessou direto a sala vazia, telefone celular preparado na mão, a antena inteiramente estendida, como uma espada contemporânea, para encontrar o Marmota tomando o café da manhã no recanto da cozinha destinado a isso.

O Marmota ergueu os olhos dos seus flocos de milho.

– Ah! Surpresa! – bradou, embora fosse evidente que não era isso que ele queria dizer, a não ser que estivesse descrevendo a sua própria situação. – *Bozhe moi!* – exclamou, o que era mais próximo da verdade. – Que é que você está fazendo aqui?

– Isto vai ter que parar – Vladimir declarou. Ele apontou a antena do celular para o triângulo de pele e pêlos que o roupão de banho do Marmota deixava de fora. – Posso pegar um avião para Hong Kong amanhã. Ou para Malta. Tenho mil projetos. Tenho um milhão de conexões.

O Marmota tentou parecer incrédulo. Chegou pertíssimo da expressão do sr. Rybakov no retrato diretamente acima dele. O Homem do Ventilador de meia-idade, usando uma farda militar, tentava parecer solene para o fotógrafo, mas a loucura da vida soviética já era evidente no brilho animalesco nos olhos, como se ele estivesse tentando dizer: "Guarde a sua câmera, civil! Vou lhe dar uma coisa para você se lembrar de mim!"

– Vladimir, pare. Que loucura é esta? – disse o Marmota.

— Loucura! Gostaria de ouvir falar de loucura? Um comboio de ex-soldados do Ministério do Interior armados, em jipes, correndo pelas ruas de uma cidade quase ocidental, isto é que é loucura para mim. O oficial comandante deles ameaçando a vida do vice-presidente de uma grande empresa de investimentos, isto também é loucura para mim.

O Marmota grunhiu e remexeu os flocos de milho. Por um motivo qualquer ele estava comendo com uma pesada colher de pau, o tipo mais apropriado para uma terrina do espesso mingau russo do que para flocos de milho americanos. Através de um par de portas-janelas ligeiramente entreabertas viam-se as costas rosadas de uma mulher entretendo-se na cozinha de madeira e cromados contígua ao recanto do café da manhã.

— Está certo – o Marmota concedeu, depois de mexer os flocos de milho até presumivelmente deixá-los arrumados exatamente da maneira que desejava. – Que é que você quer de mim? Quer esses americanismos e globalismos? Quer tomar o controle? Então faça isto! Gusev não vai lhe causar qualquer problema. Posso tirar dele os jipes e as armas assim...

Ele esqueceu-se de estalar os dedos. Tinha os olhos grudados à extremidade da antena do celular de Vladimir e eles pareciam cansados e baços, como se a única coisa que ainda mantivesse o Marmota acordado fosse a possibilidade de a antena cutucar o seu olho.

— Quero sessões de treinamento em como se tornar um empresário americano para todo mundo na organização. Começando amanhã – disse Vladimir.

— Exatamente como você quer, é assim que será.

Vladimir bateu de leve com a antena sobre a mesa de refeições, uma meia-lua feita de madeira com o desenho aperfeiçoado por computador. Parecia-lhe que alguma coisa permanecia por resolver, e, perdido como ele estava no alvoroço de concessões do Marmota, Vladimir não conseguia lembrar-se do que era exatamente.

— Ah, vamos abrir uma casa noturna – lembrou-se afinal.

— Maravilhoso. Estamos mesmo precisando de uma boa discoteca. – Por um minuto ele pareceu pensativo. – Vladimir, por favor não me odeie, mas, se vamos falar francamente, então preciso falar de coração – disse. – Vladimir, meu amigo, por que você é tão distanciado de nós? Por que nunca passa algum tempo com os seus irmãos russos? Não estou falando de Gusev e os do tipo dele, mas e quanto a mim, e quanto ao Marmota? Por exemplo, me disseram que você tem uma linda namorada americana. Por que ainda não a conheci? Adoro ver moças bonitas. E por que ainda não saímos juntos, você e a sua namorada, e eu e a Lena? Há um novo restaurante com sabor americano que vai abrir na Praça de Alimentação daqui no mês que vem. Chama-se Road 66 ou qualquer coisa assim. Certamente a sua namorada vai se sentir em casa num lugar assim, e a minha Lenochka adora *milk-shake*.

Aquela proposta indecente flutuou no ar entre eles, finalmente acomodando-se sobre a mesa ergonômica entre os flocos de milho e o bule da Air France. Um encontro a quatro. Com o Marmota. E a Morgan. E uma criatura chamada Lenochka. Antes, porém, que Vladimir pudesse recusar educadamente o convite do Marmota, uma segunda consideração apresentou-se: Morgan para o Gulag! Ele estava pensando, naturalmente, em vingança. Vingança por Morgan e o seu fetiche do Pé, vingança pelas suas *babushkas* homicidas, vingança pelo seu escorregadio Tomaš. Sim, era chegada a hora de ensinar àquela agitadorazinha mimada alguns fatos úteis sobre o universo cruel e vazio à volta dela. E assim... um encontro a quatro! Uma pequena amostra do Mundo de Girshkin. Uma antídoto adequado à formanda da Escola de Shaker Heights. Meu Jantar com o Marmota.

– Sabe, a minha namorada até que tem muita curiosidade a respeito dos meus amigos russos – Vladimir contou.

– Então estamos combinados! – O Marmota, feliz, deu-lhe um tapa no ombro. – Vamos brindar juntos à Beleza Americana. – Virou-se para a porta dupla que dava para a cozinha e afastou as duas folhas para os lados com os dois pés, ambos calçados em chinelos do Godzilla verde-floresta. – Você já conhece a minha Lena? – perguntou, à medida que uma parte maior das costas da sua namorada ficava visível. – Gostaria que ela lhe fizesse um mingau?

DE VOLTA AO SEU PANELAK, Vladimir pôs-se a andar de um lado para outro na sala do seu apartamento, mergulhado em uma espécie de estupor irritado. Globalismos? Americanismos? De que diabos ele estava falando? Será que pensava mesmo que ia apresentar a Gusev os detalhes de marketing empresa-a-empresa e relações públicas? Que insanidade!

Do modo como as coisas estavam, somente um homem em Prava poderia ajudá-lo. František. O *apparatchik* feliz que Vladimir conhecera durante a Noite dos Rapazes.

— Alô — František atendeu. — Vladimir? Eu estava mesmo para lhe telefonar. Escute, preciso descarregar 300 jaquetas impermeáveis Perry Ellis. Pretas, com debrum cor-de-laranja. Praticamente novas. O meu primo Stanka fez um negócio idiota com um turco... Você tem alguma idéia?

— Hã, não. Na verdade, eu mesmo estou com um probleminha aqui — Vladimir respondeu, e explicou a natureza da sua situação desagradável em voz alta e assustada.

— Entendo. Vou lhe dar uma orientação — disse František. — E lembre-se, passei toda a minha vida adulta negociando com Moscou, de modo que conheço muito bem Gusev e os amigos dele.

— Diga-me — Vladimir pediu.

— Os russos desse calibre, eles só compreendem uma coisa: a crueldade. Para eles, a bondade é vista como fraqueza; a bondade deve ser castigada. Está entendendo? Você não está lidando com acadêmicos de Petersburgo ou membros esclarecidos do quarto poder[122]. Estas daqui são as pessoas que em certo momento deixaram metade deste continente de joelhos. São assassinos e ladrões. Agora me diga: até que ponto você consegue ser cruel?

— Tenho muita raiva armazenada, mas não sei muito bem como expressá-la — Vladimir confessou. — Hoje, no entanto, estourei com o Marmota, o meu patrão...

— Bom, isto é um bom começo — disse František. — Ah, Vladimir, não somos tão diferentes assim, você e eu. Nós dois somos homens de bom gosto em um mundo sem gosto. Sabe quantas vezes na minha vida precisei fazer concessões? Sabe as coisas que andei fazendo...

— Sei, sim. Eu não o julgo — Vladimir afirmou ao *apparatchik*.

— Eu digo o mesmo de você — František retribuiu. — Agora lembre-se: crueldade, raiva, vingança, humilhação. Essas são as quatro pedras fundamentais da sociedade soviética. Domine-as, e você se dará bem. Diga a essas pessoas o quanto você as despreza, e elas lhe construirão estátuas e mausoléus.

— Muito obrigado pela instrução. Vou estourar com os russos até as minhas últimas forças, František.

— De nada. Agora, Vladimir... Por favor me diga... Que diabos devo fazer com essas malditas jaquetas impermeáveis?

---

[122] Quarto poder: a imprensa. (N. da T.)

AS AULAS DE AMERICANO começaram no dia seguinte. No Kasino foi montado um auditório com várias fileiras de cadeiras de plástico dobráveis. Quando todos os lugares estavam ocupados, Vladimir mal conseguiu acreditar: o pessoal do Marmota era tão numeroso quanto os parlamentares de uma república de bom tamanho.

A metade deles Vladimir jamais chegara a conhecer. Além dos grupos centrais de soldados e pistoleiros, havia os motoristas da armada de BMWs; as dançarinas de strip-tease que forneciam mão-de-obra para as casas noturnas mais ilícitas da cidade; as prostitutas que trabalhavam no Kasino e, nas épocas de entressafra, cobriam o plantão noturno na Praça Stanislaus; as cozinheiras do refeitório comunitário que como bico dirigiam uma operação internacional de contrabando de caviar; os rapazes da Ponte Emanuel que vendiam enormes gorros de pele com a insígnia da Marinha Soviética para os saudosistas da Guerra Fria; os ladrõezinhos que atacavam alemães idosos desgarrados dos seus grupos de excursão – e aquele era apenas o pessoal que Vladimir conseguia identificar pelas diferentes combinações de idade, sexo, postura, modo de andar. Para ele, a maioria das pessoas ali reunidas continuavam sendo simplesmente outras tantas unidades de refugo do Leste Europeu em seus ternos de corte barato, suas jaquetas de náilon, seus penteados de gangue e dentes escurecidos pelos Sparta sem filtro, três maços *per diem* conforme prescrito pela vida.

Gusev já era. O Marmota já era. De agora em diante eles todos pertenceriam a Vladimir.

Vladimir pegou-os de surpresa. Saiu correndo dos bastidores e chutou o púlpito que havia sido roubado do Sheraton e que ainda ostentava o símbolo ilustre.

– Que o diabo os carregue! Olhem só para vocês! – gritou em russo.

A incredulidade e a alegria gerais que haviam permeado a reunião acabaram-se ali mesmo. Nada de risinhos, nada de sorver ruidosamente o último gole imaginário de uma latinha de Coca-Cola vazia. Até mesmo a velha Marusya despertou do seu estupor de ópio. Gusev, sentado sozinho na última fileira, olhava para Vladimir com ódio enquanto brincava com o coldre. Os seus soldados, no entanto, haviam sido dispostos na frente, com o Marmota. *Sim*, Vladimir pensou, sorrindo arrogantemente para Gusev. *Agora veremos quem vai chicotear o Marmota no* banya...

– Nós conseguimos mesmo, amados compatriotas – Vladimir gritou, seu corpo inteiro estremecendo pelo efeito da adrenalina que aumentava dentro dele desde que o primeiro raio de sol penetrou através das persianas e o acordou, irrevogavelmente, às 7:30 da manhã. – Nós nos envergonhamos diante de toda a Europa, verdadeiramente mostramos a nossa natureza simples... Durante 70 anos estivemos diligentemente limpando um cu com a língua, e no fim das contas foi o cu errado! – Silêncio, exceto por uma risada, que foi rapidamente cortada na raiz pelos colegas vizinhos. – O que é que pode explicar tamanha gafe, eu lhes pergunto? Nós demos ao mundo Pushkin e Lermontov, Tchaikovski e Chekhov. Embarcamos milhares de jovens ocidentais imbecis no Método Stanislavski, e, verdade seja dita, até mesmo aquele maldito Circo de Moscou não tem nada de ruim... Então, como foi que viemos nos encontrar agora nesta situação? Vestidos de maneira tão ridícula, um provinciano de Nebraska teria motivos para rir de nós, que gastamos todo o nosso dinheiro em carros elegantes somente para poder cometer uma carnificina no interior deles com o nosso mau gosto, as nossas mulheres usando pele de quati passeando pela Praça Stanislaus dando tudo o que as mocinhas podem dar, a sua própria juventude, aos mesmos alemães em cujas mãos os nossos pais e avós pereceram defendendo a nossa Mãe Pátria...

A essa menção houve um previsível fervor patriótico entre as fileiras: grunhidos de descontentamento, saliva cuspida no chão de concreto e, aqui e ali, murmúrios de "vergonha".

Vladimir pegou essa palavra.

– Vergonha! – berrou.

Sua mente ainda estava vibrando com a palestra de František a respeito das quatro pedras fundamentais da sociedade soviética. Crueldade. Raiva. Vingança. Humilhação. Tirou de um bolso um invólucro de lenços de papel, o único objeto do bolso do colete, e jogou-o no chão, para causar efeito. Cuspiu nele, também, depois chutou-o para o outro lado do palco.

– Vergonha! – repetiu. – Que é que nós estamos fazendo, amigos? Enquanto os estolovanos, os mesmíssimos estolovanos que arrasamos em 69, estão por aí construindo condomínios e fábricas modernas que funcionam, nós estávamos cortando os ovos dos búlgaros como se fossem rabanetes! – (risos) – E o que foi que os búlgaros alguma vez fizeram para merecer isto, posso perguntar? Eles são eslavos como nós...

(*Eslavos como nós: A História de Vladimir Girshkin*. Ainda bem que a multidão estava agitada demais para fazer pouco caso da ausência de eslavicidade de Vladimir.)

– Bem, vocês vão aprender o que significa ser ocidental, e vão aprender da maneira mais difícil. Lembram-se de Pedro, o Grande raspando barbas orientais e desonrando os boiares? – Nesse ponto ele olhou, apenas de relance, para Gusev e os seus homens mais próximos, que mal tiveram tempo de reagir. – Sim, sugiro que vocês leiam novamente os seus livros de História, pois será exatamente assim que será feito. "Aqueles que não estão conosco estão contra nós!" E agora, meus pobres amigos, meus simples amigos, vou lhes dizer o que vocês vão fazer primeiro... – falou.

E disse.

ERA UM DIA que comemorava a transição de novembro para dezembro, com as árvores locais agarrando-se ao que restava do amarelo, o céu cinzento cortado por linhas de azul etéreo onde os ventos cortantes haviam limpado um caminho através da poluição. Os russos, vestindo a jaqueta impermeável Perry Ellis preta e cor-de-laranja que Vladimir agora exigia de todos os empregados, estavam sentados em círculo na clareira (a mesma clareira onde Vladimir e Kostya realizavam os seus treinamentos atléticos) como um anel de borboletas escuras. No fundo, uma armada de 20 BMWs e uma dúzia de jipes estavam sendo canibalizados por uma equipe de mecânicos alemães usando jalecos.

Foram descartados os assentos com listras de zebra, os porta-xícaras lanudos, os chocantes objetos decorativos pêssego-neón – tudo isso passado de um para o outro, à maneira de uma brigada antiincêndio passando baldes de água, ao longo de uma fila de cabeças louras e para dentro do círculo da clareira. Ali, as oferendas pessoais ao Deus do Kitsch já estavam reunidas: os trajes de ginástica de náilon, as coleções de Rod Stewart, os tênis romenos gastos pelo uso, tudo o que costumava qualificar a enorme equipe do Marmota como orientais, soviéticos, perdedores da Guerra-Fria – seriam lenha para as labaredas.

Enquanto aqueles na base do totem jogavam gasolina naquele cemitério de bonecas russas de bochechas rosadas e gigantescas conchas de sopa laqueadas, algumas das mulheres mais velhas – particularmente Marusya, a dama do ópio, e a sua turma – começaram a gemer e a soltar suspiros de objeção. Enxugavam os olhos e ajeitavam os lenços de cabeça umas das outras, muitas vezes desmoronando em abraços tristes.

Em questão de segundos o fogo começou os seus sussurros estralejantes. Então alguma coisa instável (talvez fosse a gigantesca lata de brilhantina com a qual os homens de Gusev alisavam para trás as cabeleiras começando a ralear) explodiu com um traço de alaranjado no céu que escurecia, e a multidão contemplava boquiaberta a pirotecnia, os rapazes mais aventureiros estendendo as mãos para o calor.

O Marmota, suspirando com todo o seu peito macio, deu um gole impressionante no seu frasco de vodca, depois enfiou a mão no bolso da jaqueta impermeável e tirou os dois dados peludos que anteriormente balançavam-se um contra o outro, pendurados no espelho retrovisor da sua BMW, como dois filhotinhos que só tinham um ao outro para distrair-se. Ele esfregou um no outro como se quisesse produzir outra fogueira, depois enfiou o nariz dentro de um deles. Depois de alguns minutos dessa melancolia, o Marmota recostou-se para trás, sorriu, fechou os olhos e jogou ambos os dados na fogueira.

Durante todos os acontecimentos no auditório e no bosque, as pessoas de natureza investigativa poderiam virar-se e ver um atraente cavalheiro de meia-idade com um crachá de visitante da PravaInvest sentando-se distante do rebanho e rabiscando em seu bloquinho. Usando uma camisa branca e um colete de veludo, com uma expressão educada e divertida no rosto, ele parecia bastante inofensivo. No entanto, apesar do axioma da organização, respeitado por todos, segundo o qual as pessoas inofensivas deveriam sempre ser enviadas para o hospital, ninguém ousara abordar aquele estranho homem professoral que mastigava a ponta da caneta e sorria sem motivo. Ele era mais do que inofensivo. Ele era František.

E estava impressionado.

– Brilhante! – disse a Vladimir, levando-o para longe da clareira e em direção a uma rodovia suburbana em péssimo estado de conservação onde Jan e o carro estavam esperando. – Você é realmente um Homem Pós-

Moderno, meu amigo. A fogueira e o concurso de auto-denúncia... Devo dizer, você é ao mesmo tempo o palhaço e o dono do circo! E obrigado por me ajudar a me livrar daquelas jaquetas infernais.

– Ah, você não sabe como está me deixando feliz, František – Vladimir declarou, com as mãos no peito. – Não consigo lhe dizer como eu era incompleto sem você. Estive trabalhando neste golpe idiota da pirâmide durante quatro meses, e tudo o que consegui foi a ninharia de 250 mil dólares de um canadense idiota.

Jan abriu a porta do carro e os dois deslizaram para o cálido banco traseiro.

– Bom, tudo isto logo vai mudar, meu rapaz – František afirmou. – Só tenho um pequeno e curioso problema...

– Você tem um problema?

– Tenho, sim. O meu problema é que sou um sofredor de visões.

– Você sofre de visões – Vladimir repetiu. – Posso lhe recomendar um médico nos Estados Unidos...

– Não, não, não! – František riu. – Sou um sofredor de visões boas! Por exemplo, ontem à noite tive um sonho... Vi um salão de reuniões local sendo alugado para um *brunch* de caviar... Vi um filme promocional sobre a PravaInvest em uma tela de enormes proporções... De manhã, sonhei com vinte desses *brunches* com 500 pessoas por *brunch*. Dez mil pessoas de língua inglesa, mais ou menos um terço da atual população de estrangeiros. Todos os filhinhos da mamãe e do papai vindos de terras mais felizes. Todos investidores em potencial.

– Aha, também vejo essas maravilhas, mas não entendo muito bem como esse filme será financiado – Vladimir declarou.

– Ora, você tem muita sorte por eu ter amigos nesta vasta e subempregada indústria cinematográfica desta nação – František informou. – Além disso, o meu amigo Jitomir é gerente de um centro de convenções gigantesco no bairro Goragrad. Quanto ao caviar, bem, infelizmente no que se refere ao caviar você está sozinho.

– Já isto não é problema! – Vladimir respondeu.

Ele informou František do empreendimento de contrabando internacional de caviar que o pessoal de Girshkin haviam montado. Enquanto informava os detalhes sombrios e multifacetados, o tempo do lado de fora do carro tornou-se instável, primeiro brincando com uma paleta de nuvens soltas rosa-bebê, depois limpando a tela para chamuscar a Cidade Dourada que se aproximava com brilhantes raios de sol. Cada clarear e escurecer deixava Vladimir ainda mais excitado, pois confirmava que havia mudanças a caminho.

– Meu Deus! Acredito que estamos prontos para prosseguir! – exclamou.

– Não, espere – František objetou. – Este não é o total das minhas visões. Estou vendo mais coisas. Estou vendo nós dois comprando as instalações de uma indústria. Falida, é claro.

– Existe uma que eu vi na periferia da cidade. A FutureTek 2000. Aquilo parece que faliu há um século – Vladimir informou.

– Sim, sim. O meu primo Stanka comprou uma parte da FutureTek. É uma indústria química que não apenas faliu há um século, mas literalmente explodiu no ano passado. Perfeito. Preciso marcar um jantar com Stanka. Mas estou vendo ainda mais coisas. Estou vendo aquela casa noturna de que falamos...

– Eu também vejo isso – Vladimir interrompeu. – Nós vamos chamar o lugar de Metamorphosis Lounge, em homenagem a Kafka e ao seu imenso poder sobre a imaginação dos estrangeiros. "Lounge" também é uma palavra popular estes dias.

– Estou escutando música drumn' bass. Vejo um tipo de prostituição leve, intelectual. Estou sentindo alguma coisa entrando no meu nariz. Cocaína?

– Melhor ainda – Vladimir respondeu. – Fiquei sabendo de um novo narcótico revolucionário, um tranqüilizante para cavalos, que posso conseguir em grande quantidade através de um veterinário francês.

– Vladimir!

– Que foi? O tranqüilizante eqüino é bizarro demais?

– Não, não... – František ainda tinha os olhos fechados; as veias em sua testa estavam inchadas de altos conceitos. – Estou vendo nós dois listados na Bolsa de Valores de Frankfurt!

– *Boshe* moi!

– Vejo NASDAQ.

– Que Deus nos proteja!

– Vladimir, precisamos agir depressa. Não, esqueça o depressa. Hoje. Agora. Este é um momento mágico para aqueles de nós suficientemente sortudos para estar nesta parte do mundo, porém não é mais do que um momento. O bando de estrangeiros vai embora, a nação estolovana vai ser tornar uma Alemanha em miniatura. Agora é a hora de estar vivo, meu jovem amigo!

— Ei, aonde é que você está me levando? Vladimir perguntou, subitamente cônscio de que haviam atravessado a Cidade Nova e estavam indo em direção a algum misterioso bairro distante e arrasado.

— Vamos fazer um filme! — František bradou.

A COINCIDÊNCIA DA GUERRA FRIA que era a favorita de Vladimir? As misteriosas semelhanças entre o estilo arquitetônico soviético da década de 80 e os cenários de papelão de Jornada nas Estrelas, o grandioso programa *kitsch* americano dos anos 60. Por exemplo, o Palácio do Comércio e da Cultura do Distrito de Gorograd que František havia conseguido para os seus *brunches* de caviar semanais e para as projeções de "PravaInvest — O Filme": o próprio Capitão Kirk teria se sentido em casa naquela gigantesca imitação de um radiador do século XXI. Ele cairia imediatamente em uma das cadeiras espaciais de plástico alaranjado que enchiam o interior estrelado do auditório, depois contemplaria com horror exagerado a enorme tela que ganhava vida em meio a estalidos enquanto a voz de uma assustadora criatura espacial inimiga anunciava o seguinte:

"Em seus seis anos de existência, a PravaInvest tornou-se a primeira entidade corporativa, muito antes do que qualquer outra, a erguer-se das ruínas do antigo Bloco Soviético. Como conseguimos fazer isto? Boa pergunta."

Então agora a verdade seria revelada!

"**Talento**. Nós reunimos profissionais experientes, vindo das nações industrializadas ocidentais, e jovens especialistas inteligentes e dispostos, vindos do Leste Europeu."

Ali estavam eles: Vladimir e um ator africano em um carrinho de golfe, serpenteando ao longo de uma imensa parede branca nas quais as palavras

FutureTek 2000 estavam impressas em letras do tipo empresarial futurístico. A parede terminava e o carrinho de golfe passava para um campo gramado onde trabalhadores felizes de diversas etnias e orientações sexuais divertiam-se debaixo de um balão inflável que não parava de crescer, em forma de uma fênix, o símbolo algo desavergonhado da empresa PravaInvest.

"**Diversidade de interesses**: Desde estúdios cinematográficos em fase de modernização no Usbequistão até o nosso novíssimo parque industrial de alta tecnologia e centro de convenções – o FutureTek 2000 – chegando em breve à capital estolovana, PravaInvest não deixou campo algum inexplorado."

Que tal aquela de estúdios cinematográficos em Usbek! E a maquete em escala do campus da FutureTek cercado de árvores, aquele Taj Mahal pós-industrial!

"**Mentalidade Voltada para o Futuro.** Já mencionamos a FutureTek 2000? É claro que sim! A vanguarda da tecnologia é o lugar onde se deve estar, esteja você dirigindo um hotel em um moderno arranha-céu na capital albanesa, Tirana, ou uma escola vocacional para os esquimós iúpiques na Sibéria ou uma pequena, porém importante revista literária em Prava. E os ideais da PravaInvest são tão sólidos quanto a nossa reputação de prudência nos investimentos. Assumimos o compromisso de construir a paz duradoura nos Bálcãs, limpar o rio Danúbio e ainda por cima fornecer dividendos excepcionais para os nossos clientes investidores. Nós guardamos o bolo e comemos o bolo, todo santo dia."

Antes de mostrarem um bósnio comendo a sua torta e depois que os esquimós iúpiques acenaram para a câmera com suas réguas-tês e seus transferidores, Cohen e Alexandra foram flagrados debruçados sobre as provas da *Cagliostro*, envolvidos em uma acalorada (e, felizmente, silenciosa) discussão. A câmera fez Cohen parecer gordo e trintão, ao passo que Alexandra, com seu rosto redondo e pestanas escuras e curvas, parecia positivamente persa. Um grande clamor recebeu o casal literário, um clamor que se estendia bem mais além da Turma (empanturrando-se de caviar na primeira fila), abarcando todos os enclaves jovens do auditório. Até mesmo Morgan – cujo relacionamento com Vladimir ainda andava agitado e incerto – que nessa noite parecia a esposa jovem e entediada de um funcionário de embaixada, enterrada em algum Kinshasa ou Phnom Penh, foi obrigada a levantar as mãos e bater palmas para a imagem da sua querida amiga Alexandra. Sim, a *Cagliostro* havia sido uma idéia brilhante, uma ferramenta de marketing a ser estudada em Wharton. Pena que a maldita coisa ainda não existisse.

"Então, que é que você está esperando? As ações da PravaInvest estão circulando na Bolsa de Valores da Tanzânia a aproximadamente 920 dólares americanos cada. Agora temos o prazer de oferecê-las por quase a metade do preço, em um esforço para "retribuir com alguma coisa" àqueles que tornaram possível a nossa ascensão meteórica: os habitantes do antigo Pacto de Varsóvia. Para informações sobre a nossa atual agenda de dividendos por favor procurem Vladimir Girshkin, Vice-Presidente-Executivo, no nosso Centro Prava: tel. (0789) 0236 2159 / fax 0236 2160. Ou procurem František Kral em (0789) 0233 6512. Ambos são fluentes em inglês e inteiramente à sua disposição.

"Agora é a sua vez de RETRIBUIR! *PravaInvest*."

ENQUANTO ISSO, por cortesia do poeta Fish, chegou um pacote do Lyon contendo vinte ampolas de tranqüilizante eqüino líquido, instruções de cozimento para transformação do mesmo em pó de cheirar e o poema mais horroroso que já apareceu em uma revista literária do Alasca. Vladimir levou o material para Marusya e explicou-lhe a situação. Ela balançou a cabeça que começava a fica calva, como quem dissesse "*Nu*, o que é que eu levo nisso?". Vladimir sabia que não se tratava de uma questão de princípios antidrogas por parte dela. Ela cuidava da horta de ópio com amor e carinho e certamente desviava algum dinheiro, tanto da horta de ópio quanto do seu pequeno balcão de comércio. Ora, às nove da manhã, quando Vladimir partiu para a sua corrida matinal com Kostya (Vladimir com a aparência tão triste quanto a de um prisioneiro em uma brigada de trabalhos forçados), a velha Marusya já estava suficientemente chumbada para ter dificuldades com o "*dobry den*" tradicional.

Assim, chegou-se a um acordo financeiro e Marusya, manquejando à frente como um *hobbit*[123] envelhecido, levou-o até o porão do prédio principal,

---

[123] Hobbit: indivíduos pequeninos, personagens da obra de Tolkien *O senhor dos anéis*. (N. da T.)

onde várias estufas a gás estavam alinhadas em fila aguardando algum propósito tortuoso. Não precisaram esperar muito tempo. Dentro do seu interior de cerâmica lascada, o tranqüilizante eqüino foi cozido a uma temperatura tremenda em uma variedade de panelas e caldeirões. Uma vez terminada essa etapa, Marusya virou cada hóstia resultante com o maior cuidado, como se fosse um *blin*[124], e deixou-a esfriar sobre uma bandeja de metal. Depois, atacou-a com um martelo de madeira até cada hóstia ficar reduzida a uma pequena montanha de pó aspirável, que ela colocou dentro de um pequeno envelope de celofane e ofereceu a Vladimir para sua inspeção. Isso ela fez inchada de orgulho pela própria habilidade, a boca cheia de dentes de ouro brilhando no ar empoeirado do porão.

Vladimir reuniu uma boa pilha de pequenos envelopes do tranqüilizante, embora no momento não soubesse onde vendê-los nem qual seria o procedimento correto para oferecer os 15 minutos de lobotomia à Turma e além. Para isso ele precisaria da sua casa noturna, a Metamorphosis Lounge.

Mc Paavo chegou alguns dias depois, em um pequeno turboélice que exibia na cauda a cruz finlandesa. Ele não conseguia parar de falar, até mesmo antes de sair do avião. Enquanto esperavam na pista, eles ouviam a sua voz profunda retumbando na cabine:

– Mc Paavo no pedaço! Na área pan-européia! Com o ritmo de Helsinki todos podem descaralhar!

Não era mais velho do que František, só que não estava tão bem conservado: rugas tão profundas quanto a Falha de San Andreas[125], cabelos em recessão – e não no arco gracioso da calvície masculina, mas em vez disso em um traçado irregular, como soldados desorganizados batendo em retirada do *front*. Pra manter a juventude ele tagarelava sem parar, como um garoto de 15 anos fumando *crack*, e cheirava as axilas como se de cada uma delas fluísse um fantástico elixir da juventude. O finlandês, que era medianamente alto, abraçou František, despenteou-lhe os cabelos e chamou-o de "Meu garoooto!", ao passo que o ex-viajante internacional assíduo, pouco familiarizado com

---

[124] *Blin, blinis*: as afamadas panquecas típicas da culinária russa. (N. da T.)
[125] Falha San Andreas: a profunda fissura na placa tectônica sob a Califórnia que um dia causará um terremoto devastador na região. (N. da T.)

expressões *hip-hop* porém não querendo ser deixado de fora, respondeu com "Minha garota", e nesse momento a hilaridade dominou por algum tempo.

Eles levaram Paavo ao Kasino, onde ele caiu de joelhos e rastejou um pouco, citando amperagens e watts e outras especificações técnicas fora do alcance dos nossos amigos do bloco soviético.

– Ótimo. É só derrubar os dois andares de cima e estamos prontos para começar a bombar.

Aquele pedido serviu para dar aos homens de Gusev alguma coisa construtiva para fazer. Eles partiram para cima dos pisos de cola e papelão com grampeadores elétricos e facões, com machados e lançadores de granadas, com máscaras de proteção e a esperança inamovível dos russos de que da destruição o Senhor tornará a criar. Quando terminaram, não apenas os dois andares acima do Kasino haviam sido removidos como também uma clarabóia havia sido cortada no teto do sexto andar. Vladimir, morador do prédio do Kasino, achou-se temporariamente sem casa, forçado a acampar no apê de Morgan ou alugar um quarto no Intercontinental. Apesar dos seus problemas com Morgan, ele resignou-se à primeira alternativa.

As esperanças na Providência dos russos, no entanto, não eram inteiramente infundadas. O Senhor não proveu, mas Harold Green, sim. Os fundos do canadense financiaram uma bela projeção contínua em uma tela na parede, flanqueada por *lounges* temáticos em número suficiente para manter feliz o mais triste dos bêbados. O lugar foi batizado, como já sabemos, de Metamorphosis Lounge.

UMA NOITE INESQUECÍVEL no Metamorphosis Lounge? Boa sorte. Você precisará de pelo menos três narradores oniscientes para juntar alguns pedaços de metade da narrativa. Mas, droga, vamos tentar manter alguma dignidade e recordar o que aconteceu na noite X, hora Y, no salão principal, o Kafka Insecuritorium.

Naquela noite específica, a pista de dança é invadida pela nova turma *arriviste*, a coisa temporariamente *in* em Prava, por causa do número impressionante dos seus componentes e de alguma espécie de conexão coletiva com a mídia impressa que ela compartilha em Nova York-Los Angeles, com uma escala em Londres-Berlim. Ali estão eles: pessoas brancas usando ternos de camurça e óculos escuros grandes e redondos, desmanchando-se na pista de dança ao som do tumpa-tumpa do Mc Paavo e os redemoinhos da sua neblina *techno*. Um se levanta, outro cai. Um tira a camisa para revelar-se flácido e velho, justo quando a sua namorada, suada e jovem, está acordando e vestindo o sutiã – uma falha na comunicação. Agora os dois estão chorando abraçados. Logo estarão acenando para a Mesa do Capitão, gritando: "Vladimir! Alexandra!".

Da Mesa do Capitão o aceno é retribuído.

– Claro que eu não ia querer arriscar mandar algum dos nossos homens para Sarajevo agora – Harold Green está gritando para Vladimir acima das 20 batidas por segundo do McPaavo. O rosto vincado de Harry está ainda mais enrugado pela preocupação, pois ele provavelmente está pensando nos "jovens especialistas inteligentes e dispostos" refugiando-se do fogo inimigo na traseira de um transporte pessoal blindado das Nações Unidas.

– Tome outra bebida, Harold. Amanhã conversamos sobre a Bósnia.

E por falar em Bósnia, ali está a Nadija. Ela vem de Mostar ou redondezas, o rosto tão cinzelado quanto um busto construtivista de Tito, o corpo longo e cheio de intenção como o daquela heroína operária-socialista, a mãe de uma nação. Lá vai ela, puxando pelo queixo um pequeno e barbado espécime das artes liberais de expressão ansiosa como a de um porquinho-da-índia, um tufo de cabelos vermelhos e uma trágica manqueira. Ela não o está levando para o Ministério do Amor, porém. As suas 20 camas de campanha, cassetetes e o caríssimo canhão de água israelense são para uma parte diferente, posterior, da noite. Não, primeiro o pálido cavalheiro precisa acabar com o mal-estar moderno: é hora de uma visita à Enfermaria da Vovó Marusya, onde há *borscht* para resfriados, ópio para dores de cabeça e tranqüilizante eqüino para imaginações hiperativas.

DE VOLTA AO INSECURITORIUM... Na Mesa do Capitão, aquilo ali é... Será que pode ser? Alexandra e Cohen tirando um sarro? Sim! Marcus, o desprezível do rúgbi, ex-namorado de Alexandra, foi-se embora – papai parou de mandar dinheiro, de modo que "volto pra m. da Inglaterra, companheiro". Um olhar mais atento revela Alexandra com linda aparência hoje, formal em um vestido de alcinhas e os cabelos presos. Mas as bolsas sob os seus olhos têm a textura de couro, e há também a inchação vermelha ao redor das narinas, uma inchação da qual brotam pequenos pêlos escuros, grossos como capim seco. Alguém andou pastando demais nos estábulos dos cavalos.

Mas vejam só o novo namorado dela. Cohen pegou um lindo paletó esporte Armani antigo e estragou-o de tal maneira que a peça deixou de ser um instrumento de opressão. Ele aparou a barba e os cabelos, de modo que parece cinco anos mais velho, com uma tese de doutorado na algibeira. E agora passou os braços enormes em volta de Alexandra e está dizendo a ela pra acalmar-se, que está tudo bem, que ela pode jogar a dose noturna na privada, na semana seguinte eles irão para Creta para dançar entre os carneiros, beber água mineral e conversar sobre eles próprios até tudo fazer sentido. É difícil escutá-lo acima dos guinchos de pássaro e roncos de britadeira que saltam da vitrola do MC Paavo, mas pode-se ter certeza de que Cohen está dizendo que a ama e sempre amou.

E QUANTO A VLADIMIR? Na outra ponta da Mesa do Capitão, ali está ele, observando Cohen tirar sarro com Alexandra, enquanto Harold Green dá início à sua mais recente série de atordoantes discursos sobre a sua Fundação Soros no céu. Vladimir dá uma boa olhada pelo Metamorphosis, aquela terra incógnita que ele e František e o MC Paavo forjaram no bíblico espaço de 40 dias. É tarde da noite, tarde demais para uma segunda-feira – e é geralmente por volta desta hora que Vladimir começa a se fazer as perguntas que não podem ser respondidas com uma saudável aplicação de tranqüilizante de cavalos ou um gole de uma das *lagers*[126] de 5,50 dólares americanos que vinham fazendo o Metamorphosis tão *in* e bem-sucedido.

Por exemplo: o que a Mãe diria desse seu novo empreendimento tão esperto? Ela ficaria orgulhosa? Ela consideraria o seu pequeno golpe da Pirâmide uma alternativa barata a um MBA? Teria ele sem perceber criado alguma coisa que irá agradar a ela? Pensando bem, existia realmente alguma diferença entre o colosso empresarial da Mãe e a sua remendada PravaInvest? E seria verdade o que diziam, que infância é destino? Que não havia escapatória?

---

[126] *Lager*: cerveja envelhecida, mais leve, comumente consumida. (N. da T.)

Finalmente, aquela pergunta que Vladimir Girshkin vinha tentando evitar a noite inteira, para isso tornando-se nostálgico a respeito da mãe e do destino e da ambição e do seu próprio caminho estranho e inglório de vítima a agressor:

Onde estaria Morgan?

32. MORTE AO PÉ

MORGAN ESTAVA EM CASA. Morgan estava sempre em casa. Ou estava dando aulas. Ou estava lutando com velhinhas loucas. Ou estava trepando com Tomaš. Era difícil dizer. Eles não conversavam muito, Morgan e Vladimir. O relacionamento deles entrara no estágio estável, mutuamente insatisfatório, de um casamento longo. Eles eram um pouco como os Girshkin, cada um mais dedicado às suas minúsculas alegrias pessoais e aos seus enormes terrores particulares do que ao outro.

Como podiam viver dessa maneira?

Bem, como já vimos, no último mês Vladimir andou fazendo serão no trabalho com o objetivo de montar para a PravaInvest o golpe da pirâmide que iria acabar para sempre com todos os outros golpes da pirâmide. Quanto a Morgan, ela fazia poucas perguntas a respeito do florescente negócio de Vladimir e nunca chegou a ir ao Metamorphosis, alegando que não gostava de drum n' bass ensurdecedor e além disso achava o novo amigo de Vladimir, František, "um pouco horripilante" e toda a história do tranqüilizante eqüino profundamente perturbadora.

Muito justo. Era mesmo perturbadora.

Agora, quanto à intimidade deles, isso continuava. Prava é um lugar bastante quente durante o outono e a primavera, mas em meados de dezembro a temperatura cai inexplicavelmente para níveis siberianos, e membros do populacho tendem a "ir à luta" uns com os outros – gente de idade avançada tirando sarro destemidamente no metrô, adolescentes esfregando os traseiros na Praça da Cidade Antiga, e, nos *panelaks* congelantes, estar sem um parceiro soprando em nossas reentrâncias um hálito quente e acervejado bem poderia significar morte certa.

De modo que eles se aconchegavam um contra o outro. Enquanto estavam assistindo ao noticiário, o nariz de Morgan às vezes ficava estacionado entre o nariz e a bochecha de Vladimir, um lugar particularmente tropical, pois o corpo febril de Vladimir tinha uma temperatura média de 37,5 na escala Celsius. E de vez em quando, em uma manhã gelada, ele aquecia as mãos entre as coxas dela, que, ao contrário das faces frias e orelhas geladas de Morgan, pareciam reter a maior parte do calor do corpo dela; pelos cálculos de Vladimir, poderia passar um inverno polar bem confortavelmente com as suas várias extremidades alojadas entre as coxas dela.

Quanto às bobagens açucaradas, as palavras "eu te amo" foram pronunciadas exatamente duas vezes no decurso de cinco semanas. Uma vez, inconscientemente, por Vladimir, depois de ter gozado na mão dela e ela estar limpando-se distraidamente com um papel higiênico estolovano que parecia uma lixa, a expressão do rosto pacífica e generosa (lembrem-se da barraca!). E uma vez por Morgan, depois que ela desembrulhara o carinhoso presente de Natal de Vladimir: as obras reunidas de Vaclav Havel em estolovano, com uma introdução de Borik Hrad, o suposto Lou Reed estolovano. "Acho que é importante acreditar em alguma coisa", Vladimir escrevera na página do título, embora a sua própria caligrafia trêmula o deixasse incerto quanto a esse sentimento.

Assim, conforme insinuado, juntamente com o ciúme havia o coito. Por que? Porque para Vladimir a possibilidade de que Morgan poderia estar compartilhando as suas tardes com Tomaš, embora fosse irritante por si só, apenas aumentava o vigor dele na cama. Como com Challah durante os dias do Calabouço, ele ficava inspirado pela idéia de que a mulher que ele desejava era desejada por outros também. É uma equação simples que existe entre muitos namorados: ele não podia tê-la, portanto a desejava.

Porém, fora do âmbito das necessidades íntimas de Vladimir, a sua raiva contra Morgan continuava a crescer rapidamente, o tesão e a mágoa às vezes agindo em sentidos contrários e às vezes, como quando ele tinha que desempenhar na cama, trabalhando em conjunto. Ele se sentia incapaz. O que poderia fazer para convencê-la de que ela o amava e não a Tomaš, de que ela devia renunciar à sua turva vida secreta em favor da normalidade, do afeto e da excitação sexual, de que é preciso estar sempre do lado correto da História, comendo javali assado no Arquivo de Vinhos, em vez de morrer de frio no Gulag?

Mas ela não queria compreender, aquela garota teimosa do Meio-Oeste. Portanto ele trabalhava em duas frentes: para aliviar o seu tesão caía na cama ao lado dela, mas para aliviar a sua mágoa o melhor que ele poderia esperar era a vingança. O melhor que ele podia esperar era um certo jantar a quatro. Assim, quando o Marmota telefonou para anunciar que Road 66, o restaurante na Praça de Alimentação do seu condomínio, estava pronta para fornecer batatas fritas quentinhas em troca de dólares americanos, Vladimir aceitou alegremente, por ele e por Morgan.

HAVIA UMA COISA muito engraçadinha com a Morgan: apesar de nominalmente pertencer à classe média alta, ela possuía apenas um traje formal, a blusa de seda apertada que usara em seu primeiro encontro com Vladimir. Tudo mais no guarda-roupa dela era "feito para durar", como dizem nos Estados Unidos, pois, ao contrário de Vladimir, ela não viera para Prava com a intenção de ser a bela do baile.

Quando eles estacionaram no Road 66, Morgan puxou nervosamente as mangas daquela importante blusa para certificar-se de que ela lhe cobria o corpo de maneira adequada. Retocou o batom pela terceira vez e raspou com a unha um dente da frente sem qualquer motivo aparente.

– Não devia se chamar Route 66[127]? – ela perguntou, depois de estudar o letreiro em neón do restaurante.

---

[127] Route 66: antigo nome da rodovia entre Chicago e a Califórnia, celebrizada, principalmente entre motociclistas, pelo filme *Easy Rider* (Sem Destino), e, ainda, nome de uma canção também famosa, que nesta cena Vladimir cantarola. O nome "Road 66" insinua a falta de conhecimento dos russos ou estolovanos que batizaram o restaurante (N. do T.)

Vladimir piscou misteriosamente e beijou-lhe a bochecha.

– Ei, pare com isso. Eu passei *blush*. Veja o que você fez! – disse ela, tornando a pegar a bolsa.

Vladimir precisou lutar contra aqueles improdutivos sentimentos de ternura enquanto ela assoava o nariz e tornava a empoar as faces.

– Bom, se você, Morgan Jenson... algum dia planejar... ir dirigindo para o Oeste, vá pelo meu caminho... esta é a rodovia... que é a melhor – Vladimir cantarolava enquanto os dois atravessavam de braços dados o campo de cascalho de 10 acres (que em breve se transformaria em um *shopping-center* ao estilo americano) em direção à gigantesca pimenta de néon do restaurante.

– Como é que você consegue cantar? – Morgan perguntou, mais uma vez tirando o excesso de batom com um guardanapo. – Poxa, vamos jantar com o seu patrão. Você não está, tipo assim, com medo?

– Curta o seu barato na Route... 66! – Vladimir entoou, enquanto puxava as maçanetas da porta, que eram duas cascavéis de plástico.

Uma paisagem tenebrosa de mogno barato e cafonice temática americana os saudou, à medida que o restaurante, assim como a canção, serpenteava o seu caminho "de Chicago a L.A. ... mais de duas mil milhas ao todo", com mesas marcadas St. Louis, Oklahoma City, Flagstaff, "não esqueça Winona... Kingsman, Barstow, San Bernardino..."

Nessa noite o Marmota e a sua namorada estavam homiziados em Flagstaff.

– Volodya, consegui a mesa do cacto! – o Marmota gritou para Vladimir do outro lado do vasto restaurante.

A mesa Flagstaff estava realmente enfeitada por um enorme e brilhante cacto artificial, muito mais imponente do que, por exemplo, o ridículo Arco Gateway da mesa St. Louis, com seus dois metros de altura, ou o Posto de Comércio Gerônimo, às moscas, várias mesas depois em direção ao interior do Arizona.

– Eles me disseram que existe sempre uma fila de espera para o cacto – o Marmota informou sobriamente em inglês, enquanto as apresentações eram feitas e os *milk-shakes* de chocolate eram pedidos.

Como parte do treinamento ocidental do Marmota, Vladimir o havia forçado a comprar dez suéteres pretas de gola rulê e dez calças de uma empresa no Maine especializada em calças, e essa noite o Marmota parecia estar indo para um jantar do dia de Ação de Graças em uma casa de mentalidade liberal num bairro chique de Nova York. Quanto ao amor da sua vida, Lenochka, bem, um romance inteiro poderia ser escrito a respeito dela, de modo que só há tempo para discutir os seus cabelos.

Vamos dizer o seguinte: no início da década de 1990, as Mulheres do Oeste estavam preferindo cabelos curtos, à pajem, e pequenos cachinhos, mas Lena continuava a celebrar os seus penteados ao velho estilo russo. Ela se recusava a usar um penteado que definisse cabelos presos ou soltos, de modo que fazia as duas coisas: uma grande cabeleira lhe coroava os ombros, ao passo que mais uns 6 quilos de cabelos violentamente cor de morango estavam presos por um enorme laço de fita branca. Sob as cascatas de cabelos havia um *mil' en'koe russkoe lichiko*, um rosto russo engraçadinho, com maçãs do rosto mongóis, bem marcadas, e nariz pontudo. Ela usava exatamente o mesmo conjunto de suéter e calça comprida que o Marmota, o que lhes dava a aparência de turistas em lua-de-mel.

O Marmota beijou a mão de Morgan.

– Grande prazer – disse. – Esta noite Lenochka e eu praticando inglês, então por favor corrija expressão Marmota. Acho em inglês sou chamado de, há, Marmota, mas dicionário diz também marmotim. Vocês tem tal pequeno animal em seu país? Vladimir diz que agora todo mundo deve falar inglês!

– Eu queria me lembrar do russo que aprendi na faculdade – Morgan disse, e deu um sorriso de incentivo, como se o russo ainda fosse uma língua global que valesse a pena aprender. – Sei um pouco de estolovano, mas não é a mesma coisa.

Eles se sentaram, os casais de frente um para o outro, e o Marmota fez com que ele próprio parecesse másculo escolhendo a comida pra todos: hambúrgueres comuns para as damas e hambúrgueres de avestruz para os homens.

– Além disso, três porções de batatas fritas com molho picante – ele pediu à garçonete. – Adoro esta merda – completou, e sorriu largamente para os companheiros de mesa.

– Então... – Vladimir começou, indeciso sobre como iniciar aquele pequeno Jantar da Vingança.

– Sim – disse o Marmota, e assentiu para Vladimir. – Então.

– Então... – Morgan sorriu para Lena e o Marmota. Já estava estalando os nós dos dedos por debaixo da mesa, coitadinha. – Então, como foi que vocês dois se conheceram? – ela perguntou.

Uma excelente pergunta para um programa a quatro.

– Hum... – O Marmota sorriu nostalgicamente. – Ei, é história grande – disse em seu inglês capenga, porém estranhamente adorável. – Eu conto? Sim? Bom? Está bem. História grande. Então um dia Marmota está em Dnepropetrovsk, de modo que ele está na Ucrânia Oriental, e muitas pessoas estão fazendo a ele coisa ruim e então Marmota está fazendo a eles também coisa muito ruim, e, o tempo faz tique tique tique no relógio, e depois dois revolvimentos da agulha do relógio, depois 48 horas indo, é Marmota quem está vivo e é inimigos dele quem estão ... há... mortos.

– Espere. Está querendo dizer que... – disse Morgan.

– Metaforicamente falando, eles estão mortos – Vladimir interveio um tanto desanimadamente.

– Então acabou negócio ruim, mas Marmota ainda está muito só e muito triste... – continuou o Marmota.

– *Ai*, meu Tolya... – disse Lena, arrumando o laço com uma das mãos e manejando o canudo do *milk-shake* com a outra. – Sabe, Morgan, ele tem alma russa... Entende o que é isso, alma russa?

– Vladimir já falou sobre isso. É como... – Morgan começou.

– É muito bonita – Vladimir interrompeu.

E pediu com um gesto que o Marmota prosseguisse, sabendo muito bem aonde a historinha do seu patrão acabaria chegando. Muito bonita, realmente...

– Então, muito bem, solitário Marmota está sozinho em Dnepropetrovsk. O primo dele se matou no ano passado e Dyadya Lyosha, parente distante, ele morre de bebida. Então é acabado! Não família, não amigo, nada.

– *Bedny moi surok* – disse Lena. – Como se diz em inglês... Coitado do meu Marmota...

– Sabe, eu consigo entender você perfeitamente – Morgan disse. – É tão difícil chegar a uma cidade desconhecida, mesmo na América. Uma vez fui para Dayton, fiquei em uma colônia de férias de basquete...

– Bom – interrompeu o Marmota. – Então Marmota está sozinho em Dnepropetrovsk e sua cama é muito fria e não tem uma garota para ele deitar em cima, e então ele está indo para a, como é que se diz *publichni dom*? A Casa do Público? Sabe o que é isto...?

Lena mergulhou a ponta de uma batata frita em uma poça de molho picante.

— Casa de Garota, pode ser?

— É, é. Exatamente essa casa. Então ele está sentado e Madame está chegando e está apresentando Marmota a tal e tal garota e Marmota está como Tfuu! Tfuu! Ele está cuspindo no chão, porque é tão feia. Uma, talvez, com cara preta como cigana, outra tendo nariz grande, outra falando uma língua de pigmeu, não russo... E Marmota está procurando, sabe, garota especial.

— Ele é muito culto — Lena comentou, dando tapinhas na enorme mão do Marmota. — Tolya, você devia declamar para Morgan famoso *poema*[128] de Alexander Sergeyvich Pushkin, chamado, hã...

Ela lançou a Vladimir um olhar implorante.

— O Cavaleiro de Bronze? — Vladimir adivinhou.

— Sim, correto. Cavaleiro de Bronze. Muito lindo *poema*. Todo mundo conhece tal *poema*. É sobre famosa história de homem no cavalo.

— Lena! Por favor! Estou contando uma história interessante! — o Marmota berrou. — Então Marmota está saindo da Casa de Garota, mas então ele escutando lindo som do quarto de amor. "Okh! Okh! Okh!", é como maravilhoso anjo eslavo. "Okh! Okh! Okh!", voz carinhosa como moça. "Okh! Okh! Okh!". Ele está perguntando Madame: "Diga-me, quem está fazendo Okh?". Madame está dizendo, ah, é a nossa Lenochka fazendo esse Okh, mas ela é só com *valuta*, entende, dinheiro vivo. Marmota diz, tipo "Eu tenho dólar, marco holandês, marca finlandesa, *nu*, o que você quer?" Então madame está dizendo, está bem, sente no sofá por vinte minutos e logo você vai ter essa Lena". Então Marmota sentado e sentado e ele está escutando esse lindo som, "okh", como pássaro cantando para outro pássaro, e ele de repente está ficando, hã... Como é que se diz, Vladimir?

Ele cochichou uma palavra em russo.

— Bem...

Vladimir olhou para Morgan. O rosto dela estava cinzento e ela torcia nervosamente o canudo do *milk-shake* em volta de um dedo branco como se estivesse aplicando um torniquete.

— Intumescido, eu acho — Vladimir traduziu, suavizando um pouco o significado grosseiro.

---

[128] *Poema*: escrito assim no original (N. da T.)

— Sim! Marmota está ficando intumesce na sala e ele gritando "Lena! Lena! Lenochka!". E no quarto de amor ela está gritando "Okh! Okh! Okh!". E é como dueto. E como ópera Bolshoi. Puta merda! E então ele levanta, ainda tumexido, e ele corre depressa para *laryok* local e está comprando lindas flores...

— Sim! — Lena exclamou. — Ele está comprando rosas rubras, igualzinho à minha música predileta, "Um Milhão de Rosas Rubras" de Alla Pugacheva. Então eu sei que Deus está nos vendo!

— E também eu estou comprando caro bombom de chocolate em forma de bola!

— É, eu me lembro, da Áustria — disse Lena. — E cada bola tendo retrato de Wolfgang Amadeus Mozart. Eu estudava música em conservatório de Kiev.

Eles se entreolharam e sorriram brevemente, murmurando algumas palavras em russo. Vladimir pensou ter ouvido o carinhoso "*lastochka ti moya*", que significava, a grosso modo, "você é a minha pequena andorinha". O Marmota deu um beijo rápido e ruidoso em Lena e depois tornou a olhar para os companheiros de mesa, um pouco embaraçado.

— Aaah — fez ele, perdendo por um momento o fio da narrativa. — Sim. Linda história. Então eu corro para Casa de Garota e Lena já terminou com o trabalho ruim dela, e está lavando, mas não me importo, eu abro a porta do quarto dela e ela está parada ali, enxugando a toalha, e eu nunca vi isso... Oh! Branca pele! Vermelhos cabelos! *Bozhe moi! Bozhe moi!* Ah, meu Deus! Beleza russa! Estou caindo sobre o meu pé e dou ela flor e bola de Mozart, e, e... — Ele olhou para Lena, depois para Vladimir, e então novamente para a sua amada. Levou a mão ao coração. — E... — sussurrou.

— E então, quatro meses depois, estamos aqui com vocês na mesa — a prática Lena resumiu para ele. — Então me conta, como conheceu Vladimir? — ela perguntou à quase-catatônica Morgan.

— Em um recital de poesia — Morgan respondeu entredentes.

Enquanto falava, ela olhava ao redor do aposento, talvez tentando encontrar um conterrâneo cidadão americano respeitador da Lei com quem se conectar. Não teve essa sorte: de cada dois fregueses, um era um brutamontes *biznesman* estolovano usando paletó vermelho de lapela dupla e tendo pendurada no braço uma agradável companhia de vinte anos de idade.

— Vladimir é um poeta muito bom — Morgan afirmou.

— É, ele talvez seja poeta laureado — riu Lena.

– Ele leu um poema sobre a mãe, no Joy – Morgan continuou, tentando permanecer dentro do assunto. – Era sobre quando ele foi a Chinatown com a mãe. É muito bonito, eu achei.

– Homem russo ama sua mãe. – O Marmota suspirou. – A minha mamãe morreu em Odessa, ano 1957, de morte de rim. Eu era só criança pequena. Ela era mulher dura, mas como eu queria poder dar nela beijo de boa noite mais uma vez. Eu tenho no mundo inteiro agora é papai em Nova York, ele marinheiro inválido. É como eu escuto de Vladimir. Ele ajuda meu papai conseguir cidadania americana fazendo crime contra serviço de imigração americano. Então ele é também criminoso laureado, o meu Volodechka!

Morgan pousou o seu hambúrguer Road 66 e olhou com ódio para Vladimir, uma gota de ketchup em seu lábio superior.

– Sim, que é que posso dizer? – falou Vladimir, referindo-se timidamente à acusação de criminalidade por parte do Marmota. – Houve uma confusão qualquer com o Serviço de Imigração. Eu ajudei da melhor maneira que pude. Ah, que viagem longa e estranha foi aquela.

– Marmota um dia me conta história engraçada de como Vladimir tira dinheiro de canadense rico e então vende droga de cavalo para americanos na boate – conta Lenochka. – Você tem amigo muito inteligente, Morgan.

Morgan deu um cutucão doloroso no ombro de Vladimir.

– Ele é um investidor – disse. – Investiu o dinheiro de Harold Green em uma casa noturna. E não está vendendo droga. É aquele finlandês. O MC Paavo.

– Tirar, investir, qual é a diferença? – Vladimir interveio.

Mas ele decidiu pegar leve na alegre ingenuidade, para que isso não pusesse em perigo o seu golpe da pirâmide. Afinal, Morgan continuava amiga de Alexandra e, por extensão, da Turma, a pedra fundamental da PravaInvest. Ainda assim, quando se inclinou para limpar o ketchup do trêmulo lábio superior de Morgan, ele conseguiu também cochichar no ouvido dela:

– "Morgan para o Gulag!" e "Morte ao Pé!", querida!

Ele desejava apenas que ela soubesse em que pé estavam as coisas.

A BRIGA COMEÇOU no carro, logo depois do aceno final de Vladimir para Lena e o Marmota. Jan estava passando devagar pelas casas às escuras do Brookline Gardens (algumas casas ainda ostentando os seus enfeites de Natal), tentando encontrar a Rua Westoreland, a artéria lisa e pavimentada que ligava o conto de fadas suburbano do Marmota à esburacada rodovia municipal com as suas fábricas moribundas e os seus *panelaks* em processo de desmoronamento. Enquanto isso, Morgan estava explorando barulhentamente os seus sentimentos.

– Ele conheceu a namorada em um bordel! – ela gritava, como se aquela fosse a notícia mais importante da noite. – Ele é uma porra de um gângster... E você! E VOCÊ!

– Que bela surpresa, hein? – Vladimir comentou, em tom ambiguamente baixo. – É terrível quando as pessoas não são honestas umas com as outras.

– Que é que significa isto?

– Não sei, Morgie... Vamos ver. Tomaš. Morte ao Pé. Que é que você acha?

– Que é que Tomaš tem a ver com isto? – ela gritou.

– Você está trepando com ele.

– Ele quem?

– Tomaš.

– Ora, por favor!

– Então é o quê?

– Nós estamos fazendo um projeto juntos.

Ela puxou de dentro do porta-copos uma latinha de refrigerante vazia e pôs-se a esmagá-la com toda a sua considerável força.

– Um projeto! Me conte mais...

– É um projeto político, Vladi. Você não vai se interessar. Está mais para roubar dinheiro de pobres canadenses e deixar os seus amigos viciados naquela merda de cavalo.

– Hum... um projeto político. Que coisa fascinante. Talvez eu possa ajudar. Sou um cidadão bastante consciente, sabia? Li "Estado e revolução" de Lenin pelo menos duas vezes na faculdade.

– Você é um lindo homem, Vladimir – disse Morgan.

– Ora, vá se foder, Morgie. Qual é o projeto? Você vai explodir o Pé ou coisa assim? Aquele seu quarto trancado está cheio de dinamite? Você e Tommy vão acender o pavio durante o desfile de Primeiro de Maio? *Babushkas* mortas até onde a vista alcança...

Morgan jogou a latinha de refrigerante em cima de Vladimir, e ela por um instante picou-lhe a orelha esquerda e bateu na vidraça fumê.

— Garoto e garota, por favor sejam bons para carro caro — Jan pediu do banco da frente.

— Que diabos foi isso? — Vladimir sibilou. — Por que inferno você fez isso?

Morgan ficou em silêncio. Voltou os olhos para a janela e fixou-os na pirotecnia de um caminhão de óleo tombado no meio da rodovia, bombeiros usando coletes refletores gesticulando para Jan pegar uma rua lateral.

— Está doida? — Vladimir perguntou.

Morgan permaneceu em silêncio, e esse silêncio deixou Vladimir ao mesmo tempo irritado e um pouco atordoado.

— Ah, eu tinha razão? — ele provocou, coçando a orelha magoada. — Você vai explodir o Pé, não é? A pequena Morgan e o seu platônico companheiro Tommy vão explodir o Pé!

— Não — disse Morgan.

— Como disse?

— Não — ela repetiu. Mas o "não" repetido seria a sua desgraça.

Não, pensou Vladimir. Que diabos aquilo significava? Ele tomou o primeiro "não" dela como literal, depois acrescentou o segundo "não" e então acrescentou o longo silêncio dela e também o ataque brutal com a latinha de refrigerante. Que era que ele estava pensando agora? Mas não podia ser. Morte ao Pé? Não. Sim? Não. Mas como?

— Morgan, você não vai explodir o Pé, vai? — disse Vladimir, subitamente sério. — Quer dizer, isso seria simplesmente...

— Não — Morgan disse pela terceira vez, ainda desviando os olhos. — Não é nada disso.

— Puta merda, Morgan — Vladimir disse finalmente.

Quarto trancado. *Babushkas* enlouquecidas. Semtex? Essa palavra lugar-comum anunciou-se sem ser convidada.

— Semtex? — perguntou ele.

— Não — Morgan sussurrou.

Ainda contemplava pela janela a sujeira urbana de Prava, uma estação ferroviária abandonada, uma torre de televisão deitada de lado, uma piscina de era socialista cheia de tratores desmantelados.

— Morgan! — Vladimir chamou, estendendo a mão para tocar nela, mas mudando de idéia.

— Você não entende nada — Morgan falou. Ela cobriu o rosto com as mãos. — Você é só um menininho — disse. — Um imigrante oprimido. É assim que Alexandra chama você. Que diabos você sabe de opressão? Que é que você sabe sobre qualquer coisa?

— Ah, Morgan. — Vladimir não conseguia deixar de sentir uma tristeza breve e ambígua. — Ah, Morgan — repetiu. — Em que foi que você se meteu, querida?

— Me empreste o seu celular... — ela pediu.

— O quê?

— Você quer conhecê-lo? É isso que você quer? O sr. Vladimir Girshkin. Criminoso laureado. Não consigo acreditar no que você me fez passar naquele jantar. A coitada daquela mulher idiota. "Okh! Okh! Okh!". Não consigo acreditar em nenhum de vocês... Me dê o seu telefone!

E ASSIM ACONTECEU. Foi feita uma ligação telefônica. Duas horas depois. Meianoite e meia. De volta ao *panelak* de Morgan. Ele veio com um parceiro.

— Este é o meu amigo. Nós o chamamos de Alpha — Tomaš anunciou.

Esperando os estolovanos, Vladimir servira-se de várias doses de vodca e estava à beira de ficar exaltado.

— Olá, Alpha! — gritou. — Você faz parte de um time? Como Equipe Alpha? Aaah... Já estou amando vocês, meus chapas.

— Eu não tenho dinheiro. Táxi está esperando lá fora — Tomaš disse a Morgan. — Você poderia...

Sem uma palavra, Morgan saiu correndo para pagar o táxi.

— Que tal se eu lhe preparar uma bebida, Tommy? — disse Vladimir. — Alpha, que é que você vai querer?

Vladimir estava estendido no seu lugar costumeiro no sofá, ao passo que os dois estolovanos continuavam parados no outro lado da sala, com postura alerta e curvada para a frente como se Vladimir fosse um jaguar enraivecido que poderia atacar a qualquer momento.

— Não sou bebedor — Tomaš declarou.

Pela avaliação de Vladimir, ele não era muita coisa além disso. Um homem esguio, com manchas rosadas e descamadas de psoríase nas bochechas e uma bucha de cabelos amarelos que formavam um corte *punk* natural, vestia uma velha capa de chuva com óculos espessos que beiravam uns óculos de segurança, e uma camisa berrante, possivelmente de origem chinesa, que espiava para fora da capa de chuva. Alpha tinha aparência bem similar (ambos tinham as mãos enfiadas nos bolsos dos sobretudos e piscavam muito), com a diferença de que ao companheiro de Tomaš faltavam as sobrancelhas (um acidente industrial?) e ele tinha um fio de telefone amarrado em volta da cintura da sua capa. Sem saberem, os dois cavalheiros estavam, na realidade, na vanguarda da moda, usando aquilo que em Nova York logo seria chamado de "Imigrante Chique".

– Eu pensei, ou melhor, estou pensando agora, que eu tenho a culpa dos problemas aqui – Tomaš declarou. – Devia ter vindo a você avantemente. Sim? Avantemente? Perdoe o meu inglês. Em casos entre homem e mulher, a honestidade tem que ser a estrela-guia pela qual nos orientamos.

– Sim – fez Vladimir, enquanto chupava ruidosamente um limão. – A estrela-guia. Você disse tudo, Tommy.

Ora, por que ele estava sendo tão cruel com aquele infeliz? Não era exatamente ciúme pelo caso de Tomaš com Morgan. Era... O quê? Uma sensação de familiaridade exagerada? Sim, de alguma forma, aquele Tomaš de cara furada era como um homem há muito tempo extraviado. Que pensamento: apesar de toda a sua postura, muito pouca coisa separava Vladimir dos seus irmãos ex-soviéticos, desde a infância passada em adoração ao cosmonauta Yuri Gagarin, bebendo infinitas xícaras de iogurte caseiro por duvidosas razões de saúde e sonhando em algum dia bombardear os americanos até a submissão.

Tomaš, de sua parte, ignorou os comentários de Vladimir.

– Tive o privilégio de ser o companheiro de Morgan de 12 maio até 6 de setembro de 1993 – declarou. – Na manhã de 7 de setembro ela terminou o nosso relacionamento amoroso e desde então temos sido amigos leais.

Ele lançou um olhar implorante à garrafa de vodca de Vladimir e então baixou os olhos para o par de mocassins arrebentados que calçava. Assim que falou com aqueles lábios desajeitados e sentimentais, as orelhas vermelhas balançando-se ao som de cada consoante, Vladimir sentiu que era verdade: Tomaš já não estava no páreo. Coitado do sujeito. Havia alguma coisa indubitavelmente perturbadora em confessar o próprio fracasso como namorado. Por outro lado, Vladimir tentou imaginar o pequeno estolovano, com o seu grande nariz achatado e a pele estragada, em cima de Morgan, e imediatamente sentiu mais pena ainda dela. Que diabos ela estava pensando? Teria algum tipo de fetiche por pobres diabos do Leste Europeu? Se assim era, onde isso deixava Vladimir?

— Que é que você pensa de tudo isto, Alpha? — Vladimir perguntou ao parceiro de Tomaš.
— Nunca conheci o amor — Alpha confessou, dando puxões no seu fio de telefone. — As mulheres não pensam em mim como esse tipo de homem. Sim, sou sozinho, mas faço muitas coisas para me manter ocupado... Sou muito ocupado comigo mesmo.
— Uau! — Vladimir exclamou com tristeza. Estar com aqueles dois fazia com que ele se sentisse perdido e desorientado, como se o seu tradicional lugar de forasteiro na hierarquia social houvesse sido inteiramente usurpado.
— Uau — repetiu, tentando imbuir a exclamação de uma espécie de inflexão vazia californiana.
Morgan voltou ao apartamento, evitou os olhos do namorado e do ex-namorado e ocupou-se retirando as galochas cobertas de neve.
— Sabe, na verdade estou começando a gostar dos seus amigos — Vladimir lhe disse. — Mas ainda não consigo acreditar que você e o Tomaš aqui já dividiram uma cama... Ele não é exatamente...
— Para você eu sou encucado — Tomaš disse com todas as letras. — Ou talvez bobo ou chato.
Ele faz uma pequena mesura para mostrar como estava confortável com a sua identidade.
— Tomaš é um homem maravilhoso — Morgan declarou, despindo o suéter e ficando vestida apenas com a famosa blusa de seda.
Os três europeus orientais pararam para examinar a sua silhueta.
— Existe muita coisa que você poderia aprender com ele — Morgan continuou. — Ele não é egoísta como você, Vladimir. Não é sequer um criminoso. Que tal isso?
— Talvez eu tenha perdido um pedaço do enredo, mas pensei que explodir uma estátua de cem metros no meio da Cidade Antiga constituísse um crime — Vladimir declarou.
— Ele sabe sobre a destruição do Pé! — Tomaš gritou. — Morgan, como você pôde contar? Fizemos um juramento de sangue!
Também Alpha parecia chocado com aquela notícia. Ele pressionou a mão contra o bolso superior da capa, onde provavelmente residiam um dicionário estolovano-inglês e alguns disquetes de computador.
— Ele vai ficar de bico fechado — Morgan afirmou, num tom tão *blasé* que chegava a ser assustador. — Estou por dentro de uns segredos da PiramidInvest dele...

Bico fechado?... Por dentro?... Ah, aquela Morgan era casca grossa! Vladimir perguntou a ela:

— Diga-me, não é um pouquinho perigoso nós morarmos aqui neste *panelak* barato, onde a própria terra treme com os sacolejos das nossas trepadas (leve ar de desconforto por parte de Tomaš), com centenas de quilos de Semtex guardados no quarto ao lado?

— Não é Semtex — Alpha interveio. — Nós preferimos C4, explosivo americano. Só confiamos no americano. Nada de bom sobrou no nosso mundo.

— Vocês estão prontos para o Jovens Republicanos, eu realmente acho — Vladimir comentou.

— C4 é um explosivo muito bom para controlar, e também forte, com equivalência ao TNT de 118 por cento — Alpha prosseguiu. — Colocado em, humm, tais e tais intervalos dentro do Pé e ativado por fonte externa, acho que o resultado será que o topo do Pé implode... O que estou querendo dizer é que o topo do Pé vai desmoronar dentro do oco do próprio Pé. A coisa mais importante: ninguém ficar ferido.

— Pelo que entendo, você é o especialista em munição — disse Vladimir.

— Nós dois somos alunos na Universidade Estatal de Prava. Estou estudando em faculdade de filologia e Alpha estudando em faculdade de ciência aplicada — Tomaš explicou. — Assim, estou montando teoria para destruição do Pé e Alpha desenhando materiais de explosão.

— Exatamente — Alpha apoiou, sacudindo as mãos dentro dos bolsos da capa como um pássaro ansioso. — Como se diz? Ele é o intelectual e eu sou o materialista.

— Não entendo. Por que vocês dois simplesmente não conseguem um emprego em uma daquelas boas multinacionais alemãs na Praça Stanislaus? Tenho certeza de que ambos são bastante eficientes com computadores, e o inglês de vocês é *primo*. Se aprenderem a falar um pouco de *Deutsche*[129] burocrático e talvez comprarem tênis novos no Kmart, tenho certeza de que vão ganhar rios de dinheiro.

— Não somos avessos a trabalhar para essa empresa que você menciona — Tomaš respondeu, como se Vladimir tivesse acabado de lhe oferecer um

---

[129] *Deutsche*: a língua alemã. (N. da T.)

emprego. – Gostaríamos de viver vida boa e fazer bebês também, mas antes de podermos fazer este futuro precisamos cuidar de História triste.

Ele lançou um olhar significativo para Morgan.

– Entendo – Vladimir afirmou. – E explodindo o Pé vocês estão... cuidando daquela... Ah, daquela História importuna!

– Você não tem idéia de como as famílias deles sofreram! – Morgan disse de repente. Ela olhava fixamente para Vladimir com aqueles olhos cinzentos mortos, os seus olhos políticos, ou talvez os olhos de alguma infelicidade maior.

– Ah, sim. Você está certa, Morgan. Que é que eu sei? – disse Vladimir. – Sabe, eu na realidade fui criado por Rob e Wanda Henckel em San Diego, Califórnia. Sim, uma infância saudável passada contemplando as ondas do Pacífico quebrando-se junto aos meus grandes pés bronzeados, quatro anos na Universidade de San Diego, e agora aqui estou, Bobby Henckel, gerente de marca dos Laxativos Flui-Fácil para a região oriental... Isto mesmo, Morgan, por favor me conta mais sobre como é ser desta parte do mundo. Tudo me parece tão malditamente exótico e, bah, meio triste, também... Stalinismo, você disse? Repressão, é? Julgamentos de fachada, hã? Carolas preconceituosos.

– Para você é diferente. Você é da União Soviética. O seu povo invadiu este país em 1969 – Morgan resmungou, olhando para Tomaš em busca de apoio.

– Ah, para mim é diferente. O meu povo – Vladimir repetiu. – É isto que você anda contando a ela, Tom? É este o mundo segundo Alpha? Ah, meus caros camaradas burros... Vocês sabem como somos semelhantes, nós três? Ora, somos o mesmo modelo proto-soviético. Somos como Ladas ou Trabants humanos. Estamos arruinados, companheiros. Vocês podem explodir todos os Pés do mundo, podem gritar e discursar à vontade na Praça da Cidade Antiga, podem emigrar para a ensolarada Brisbane ou para a Costa Dourada de Chicago, mas se tiverem crescido sob aquele sistema, aquele precioso planeta cinzento dos nossos pais e antepassados, estarão marcados para toda a vida. Não há saída, Tommy. Vá em frente, ganhe todo o dinheiro que quiser, tenha aqueles bebês americanos, mas depois de 30 anos você ainda vai olhar para trás, para a sua juventude, e se perguntar: o que foi que aconteceu? Como as pessoas podiam viver daquela maneira?

Como podiam falar uns com os outros com tanta maldade e rancor, do jeito que estou falando com vocês agora mesmo? E o que é esta estranha crosta como carvão na minha pele que entope o ralo do chuveiro todas as manhãs? Será que fiz parte de uma experiência? Será que tenho uma turbina soviética em lugar do coração? E por que meus pais ainda tremem cada vez que se aproximam do controle de passaportes? E quem diabos são esses meus filhos com aquelas roupas do Walt Disney World correndo e fazendo barulho como se nada pudesse impedi-los?

Ele se levantou e caminhou até Morgan, que afastou o olhar.

— E você, que é que está fazendo aqui? — ele perguntou, recuperando parte da raiva que havia perdido durante o seu discurso ao duo do Pacto de Varsóvia. — Esta batalha não é sua, Morgan. Você não tem inimigos aqui, nem mesmo eu. Aquele belo subúrbio em Cleveland, isso é que é para você, querida. Esta aqui é a nossa terra. Não podemos ajudar você aqui. Nenhum de nós pode.

Ele terminou a bebida, sentiu o travo do calor e do limão e, completamente inseguro do que estava fazendo, retirou-se do apartamento.

AS CORTANTES RAJADAS DE VENTO empurravam para a frente o congelado Vladimir, enfiando em suas costas dedos de garras afiadas. Ele vestia apenas um suéter, calça de lã e ceroulas compridas. No entanto, as circunstâncias mortais de ser pego sem agasalho em uma gelada noite de janeiro não incomodava Vladimir. Um vaporento rio de álcool corria através do seu corpo.

Ele avançou, aos tropeços.

O prédio de Morgan era uma estrutura isolada; porém à distância, depois de um barranco que escondia uma velha fábrica de pneus, havia um regimento de *panelaks* condenados, que, com suas fileiras de janelas quebradas, pareciam soldados baixos e desdentados vigiando alguma fortaleza saqueada muito tempo antes. Ora, que paisagem! As lápides de concreto com cinco andares de altura, empoleiradas em uma colina, tombavam na direção do barranco, e um dos prédios, tendo perdido a fachada inteira, expunha aos elementos os diminutos retângulos dos seus aposentos como um gigantesco labirinto de ratos. Chamas químicas emanando da fábrica de pneus na parte inferior do barranco iluminavam os recessos fantasmagóricos do prédio, lembrando a Vladimir as sorridentes abóboras de Halloween.

E, mais uma vez, a sensação inegável de estar em casa, de que aqueles ingredientes – *panelak*, fábrica de pneus, as chamas corrompidas da indústria – eram, para Vladimir, primordiais, essenciais, reveladores. A verdade era que ele teria acabado ali de qualquer maneira, tendo Jordi tirado ou não tirado o seu membro para fora naquele quarto de hotel na Flórida; a verdade era que durante os últimos vinte anos, do jardim-de-infância soviético à Sociedade Emma Lazarus de Adaptação de Imigrantes, todos os sinais haviam apontado para aquele barranco, aqueles *panelaks*, aquela lua verde que afundava.

Ele ouviu chamarem o seu nome. Atrás dele uma pequena criatura avançava com firmeza, carregando nos braços o que parecia ser outra criatura e que um exame mais próximo revelou ser apenas um sobretudo morto.

Morgan. Ela estava usando o seu feio casaco de marinheiro. Ele escutou o ruído dos passos dela na neve e viu as nuvens do hálito dela erguendo-se para o céu a intervalos regulares, como as efusões de uma locomotiva laboriosa. Além das passadas dela havia total silêncio, o silêncio invernal de um esquecido subúrbio da Europa Oriental. Os dois ficaram a encarar-se. Ela lhe estendeu o sobretudo e um par de seus protetores de orelhas vermelhos. Ele imaginou que devia ser o frio brutal que enchia os olhos dela de lágrimas incessantes, porque quando ela falou, foi com sua calma costumeira.

– Você devia voltar para casa. Tomaš e Alpha vão pegar um táxi. Ficaremos sozinhos. Poderemos conversar.

– Aqui está ótimo – Vladimir disse, colocando os protetores de orelhas e indicando com um gesto os prédios arruinados e o barranco enfumaçado atrás de si. – Estou contente por ter saído para dar um passeio. Estou me sentindo muito melhor.

Ele não tinha certeza do que estava tentando dizer, mas a sua voz já não continha raiva. Era difícil pensar em um motivo para odiá-la. Ela havia mentido para ele, sim. Não havia confiado nele do modo como os namorados às vezes confiam um no outro. E daí?

– Peço desculpas pelo que eu disse. Conversei com Tomaš – Morgan falou.

– Não se preocupe com isto – Vladimir respondeu.

– Mesmo assim quero pedir perdão...

De repente Vladimir estendeu os braços e esfregou as mãos nas faces frias dela. Foi o primeiro contato que eles tinham em muitas horas. Ele sorriu e ouviu os lábios racharem. A situação era clara: eles eram dois astronautas em um planeta frio. Ele, de sua parte, era um hipócrita gentil, um guru de investimentos desertor com as mãos em muitos bolsos. Ela era uma terrorista que enfiava estacas de barraca no chão, que segurava no colo gatos perdidos miando sem parar, para não mencionar o coitado do Tomaš. Vladimir estava medindo as suas palavras para descrever melhor esse arranjo, mas logo encontrou-se falando de maneira bastante indiscriminada.

– Ei, sabe, tenho orgulho de você, Morgan – afirmou. – Esta coisa de explodir o Pé, não concordo com o que você está fazendo, mas fico feliz por você não ser simplesmente outra Alexandra editando uma estúpida revista literária com um endereço esquisito em Prava. Você é como se estivesse em uma... não sei... algum tipo de missão do Corpo da Paz... A não ser pelo Semtex.

– C4 – Morgan corrigiu-o. – E ninguém vai sair ferido, você sabe. O Pé vai...

– Eu sei, implodir. Estou só um pouquinho preocupado com você. Quer dizer, e se a pegarem? Pode se imaginar em uma prisão estolovana? Você ouviu o grito de guerra das *babushkas*. Eles vão mandar você para o *gulag*.

Morgan apertou os olhos, pensativa. Esfregou uma luva na outra.

– Mas sou americana – disse. Abriu a boca novamente, mas nada mais havia a ser dito sobre o assunto.

Vladimir absorveu a arrogância dela e até mesmo riu um pouco. Ela era americana. Era o seu direito de nascença fazer o que quisesse.

– Além disso, todo o mundo odeia o Pé – ela continuou. – O único motivo por que ele não foi demolido é a corrupção oficial. Estamos simplesmente fazendo o que todo o mundo quer. Só isso.

Sim, explodir o Pé era na verdade um ato democrático. Uma manifestação da vontade do povo. Ela era realmente uma emissária daquela grande e orgulhosa terra dos *habeas corpus* e das máquinas de descaroçar algodão. Ele recordou o primeiro encontro dos dois havia tantos meses, o erotismo do roupão de banho apertado e dos modos despreocupados dela; mais uma vez ele teve vontade de beijar-lhe a boca, lamber os brilhantes pilares brancos que eram os dentes dela.

– Mas e se pegarem mesmo você? – Vladimir insistiu.

– Não sou eu quem vai agir – Morgan respondeu, enxugando os olhos lacrimejantes. – Tudo o que estou fazendo é guardar o C4, porque o meu apartamento é o último lugar onde alguém iria procurar. – Ela estendeu a mão e ajeitou os protetores de orelha na cabeça dele para que cada um ficasse exatamente sobre as orelhas. – E se pegarem você?

– Como assim? – Vladimir perguntou. Pegarem ele? – Você está falando daquela merda da PravaInvest? Ah, aquilo não é nada. Só estamos depenando umas pessoas ricas.

– Uma coisa é roubar daquele mimado do Harry Green, mas deixar Alexandra e Cohen se viciarem numa porcaria de droga de cavalo... Isto é foda – Morgan retrucou.

– É tão viciante assim, hein?

Vladimir ficou mais tranqüilo porque ela estava atribuindo valores relativos aos crimes dele – tráfico de drogas, ruim; fraudador financeiro, menos ruim.

– Bom, talvez seja melhor eu acabar com esse negócio – disse. Olhou para os céus encobertos calculando a sua imensa margem de lucro com o tranqüilizante eqüino, substituindo as estrelas por pó de cavalo.

– E aquele Marmota, não consigo acreditar que você aceite trabalhar para alguém assim. – Morgan continuou. – Não há nada que preste nele.

– São o meu povo – Vladimir explicou a ela, erguendo as mãos para demonstrar o conceito messiânico de "meu povo". – Você precisa entender a situação difícil deles, Morgan. O Marmota e Lena, e o resto deles, é como se a História os tivesse deixado inteiramente de lado. Tudo aquilo com que eles cresceram desapareceu. Então, quais são as opções deles agora? Podem abrir caminho a bala através do mercado negro ou ganhar 20 dólares por mês dirigindo um ônibus em Dnepropetrovsk.

– Mas você não acha perigoso ficar cercado de maníacos como eles? – Morgan perguntou.

– Acho – ele confirmou, satisfeito com a expressão de preocupação no rosto dela. – Quer dizer, é só um deles, um sujeito chamado Gusev, que fica tentando me matar, mas acho que por enquanto eu dei um jeito nele... Sabe, geralmente eu chicoteio o Marmota na casa de banhos com ramos de bétula... é como se fosse uma coisa cerimonial que eu faço... e Gusev era quem fazia isso... Bom, para começar, Gusev é um matador anti-semita...

Vladimir interrompeu-se. Por alguns minutos congelados era como se a carga e as limitações da vida de Vladimir flutuassem em seu hálito como balões de história em quadrinhos. A essa altura eles estavam parados na superfície extraterrestre do Planeta Estolovaia por mais de dez minutos, tendo apenas as luvas e os protetores de orelhas como suporte vital. A paisagem invernal e a solidão natural que ela provocava estava cobrando o seu preço; de repente, sem incitação alguma, Vladimir e Morgan abraçaram-se, o feio casaco de marinheiro dela de encontro ao sobretudo com gola de pele falsa dele, protetor de orelhas contra protetor de orelhas.

– Ah, Vladimir, que é que nós vamos fazer? – Morgan perguntou.

Uma lufada de fumaça da fábrica de pneus desprendeu-se do barranco e tomou a forma de um gênio recém-liberto da sua prisão de vidro. Vladimir meditou sobre a pergunta razoável que ela lhe fizera, e ocorreu-lhe uma pergunta própria.

– Diga-me, porque você gostou do Tomaš?

Ela tocou no rosto dele com o seu nariz ártico; ele percebeu que a probóscide dela sempre parecia mais globular e cheia à noite, talvez obra das sombras e da visão decrescente dele.

– Ah, por onde começar? – ela perguntou. – Primeiro, ele me ensinou tudo o que eu sei sobre não ser americano. Éramos correspondentes na faculdade, e eu me lembro que ele me mandava aquelas cartas infindáveis que eu nunca conseguia entender completamente, sobre assuntos dos quais eu não sabia nada. Ele me escreveu poemas com títulos como "Sobre a desfiguração do Mural dos Operários de Ferrovia Soviéticos na Estação de Metrô Brezhnevska". Acho que tomei aulas de estolovano e História só para decifrar sobre que diabos ele estava falando. E então vim parar em Prava e ele foi me encontrar no aeroporto. Ainda consigo me lembrar daquele dia. Ele parecia totalmente carente, com aquele rosto triste que ele tem. Carente e querido, e também ele desesperadamente precisava que eu tocasse nele e ter intimidade com uma mulher... Sabe, às vezes é uma boa coisa, Vladimir, estar com uma pessoa assim.

– Hum... – Vladimir decidiu que já tinha ouvido o suficiente sobre Tomaš. – E quanto a mim... – começou a dizer.

– Eu gostei daquele poema que você leu no Joy – Morgan respondeu, beijando o pescoço dele com seus lábios glaciais. – Sobre a sua mãe em Chinatown. Sabe qual foi o meu verso favorito? "Pérolas simples da sua terra natal... Ao redor do seu pescoço pequenino e sardento". Foi impressionante! Eu consigo ver a sua mãe inteirinha. Ela é tipo a mulher russa cansada e você a ama mesmo sendo tão diferente dela.

— Foi um poema estúpido. Um poema para jogar fora. Os meus sentimentos pela minha mãe são muito complicados. Aquele poema era só bobagem. Você precisa ter cuidado, Morgan, para não se apaixonar por homens que lêem seus poemas para você.

— Não seja tão duro consigo mesmo. Foi bonito — Morgan disse. — E você tinha razão quando disse que você, o Tomaš e o Alpha têm muita coisa em comum. Porque têm mesmo.

— Eu estava falando no sentido abstrato — Vladimir especificou, pensando na cara de Tomaš, marcada pela psoríase.

— Sabe, o seu negócio é o seguinte, Vladimir: gosto de você porque você não tem nada dos meus namorados lá nos Estados Unidos e também não tem nada do Tomaš... Você é importante e interessante, mas ao mesmo tempo é... É parcialmente americano, também. É isso aí! Você é carente de um jeito estrangeiro, mas tem também umas... qualidades americanas. Assim, nós temos vários pontos em comum. Você não pode imaginar alguns dos problemas que tive com Tomaš... Ele era simplesmente...

Bom demais, Vladimir pensou. Bom, eis o placar: Vladimir era 50% americano funcional e 50% europeu oriental culto precisando cortar os cabelos e tomar banho. Era o melhor de ambos os mundos. Historicamente um pouco perigoso, mas, em sua maior parte, lindamente domado por Coca-Cola, promoções-relâmpago e a perspectiva de uma mijadinha rápida durante os intervalos comerciais.

— E podemos voltar para os Estados Unidos quando tudo isto acabar — Morgan declarou, agarrando-o pela mão e começando a puxá-lo de volta para o seu *panelak* com a promessa de salame húngaro passado e um aquecedor de ambientes incandescente.

— Podemos ir para casa! – disse.

Casa! Era hora de ir para casa! Ela havia escolhido o seu companheiro quase-estrangeiro em uma fila de candidatos duvidosos, e logo seria hora de voltar para Shaker Heights. Além disso, como bônus adicional, ela não precisaria sequer declará-lo na alfândega; o cidadão Vladimir possuía o seu próprio passaporte azul brilhante gravado com uma águia dourada. Sim, tudo estava se encaixando.

Mas como Vladimir poderia abandonar tudo o que conseguira? Ele era o Rei de Prava. Tinha o seu próprio golpe da pirâmide. Estava tirando a sua vingança de toda a sua infância podre, roubando centenas de pessoas que muito provavelmente mereciam a vingança dele. Ele ia deixar a Mãe orgulhosa. Não, ele não iria para casa!

– Mas estou ganhando dinheiro aqui – Vladimir protestou.

– Ganhar algum dinheiro é correto. Dinheiro é sempre útil – Morgan concordou. – Mas Tomaš e eu logo vamos arrematar o negócio do Pé. Estamos pensando em talvez abril, por aí, para a detonação. Sabe, já não agüento esperar que aquela maldita coisa exploda!

– Eh...

Vladimir silenciou. Estava tentando, momentaneamente, organizar e catalogar toda a psicologia dela. Vejamos. Explodir o Pé era um ato de agressão contra o pai, certo? Portanto, o Pé de Stalin representava a repressão autoritária de uma família média americana, *ja*? "Um Dia na Vida de Morgan Jenson", esse tipo de coisa. Assim, os ataques de pânico haviam sumido porque, segundo o psicanalista do campus, Morgan estava reagindo agressivamente. Contra o Pé. Com Semtex. Ou melhor, C4.

– Morgan... – Vladimir começou a dizer.

– Vamos. Ande mais depressa – ela disse. – Vou preparar um banho para nós. Um bom banho quente.

Vladimir obedientemente aumentou a velocidade dos seus passos. Olhou mais uma vez para trás, para os *panelaks* condenados e o barranco em chamas, e percebeu o vulto quadrúpede de um cão vadio escavando a borda da ribanceira, tentando ver se conseguia deslizar para o calor da fábrica de pneus sem perder o seu equilíbrio canino.

– Mas Morgan! – Vladimir gritou, puxando-a pela manga do casaco, subitamente preocupado com a coisa mais elementar de todas.

Ela virou-se e apresentou a ele o Rosto da Barraca, o halo de solidariedade que ele havia encontrado em seus olhos depois que subira em cima dela. Ah, ela sabia o que queria aquele trêmulo homem russo sem lar usando um par de protetores de orelha vermelhos do Kmart-Prava. Agarrou as mãos dele e pressionou-as contra o próprio coração, enterrado profundamente sob o casaco de marinheiro.

– Sim, sim, é claro que amo você – disse, pulando de um pé para o outro para aquecer-se. – Por favor não se preocupe com isso.

33. LONDRES E RUMO AO OCIDENTE

ELE APRENDEU A NÃO SE PREOCUPAR COM ISSO. Colocou os braços em volta dela. Fechou os olhos e respirou profundamente. Ela deve ter feito a mesma coisa.

A devoção deles para com os seus estranhos projetos era inspiradora. Eram tão ocupados quanto os burocratas de Nova York, e Vladimir, da sua parte, igualmente produtivo. No final do ano o *juggernaut*[130] da PravaInvest havia percorrido ruidosamente a paisagem estrangeira para reunir mais de cinco milhões de dólares americanos através de vendas das suas ações incomuns, do seu movimentado negócio em suprimentos veterinários e do rápido retorno que vinha do Metamorphosis Lounge. A FutureTex 2000 chegou até mesmo a presentear o público com uma caixa de plástico brilhante com uma etiqueta dizendo "fax modem".

A dedicada equipe foi mobilizada. Kostya tomou as rédeas financeiras, František dirigia a florescente máquina *agit-prop*, Marusya fazia milagres cotidianos nas plantações de ópio, Paavo soltava ritmos "quentes" com

---

[130] *Juggernaut*: nome de uma encarnação do deus hindu Vishnu que despertava em seus devotos uma fé cega e avassaladora; na língua inglesa esta palavra significa uma força irresistível. Esta acepção existe em português na expressão "rolo compressor". (N. da T.)

distinção, e Cohen conseguiu até mesmo produzir uma bem-apresentada revistinha literária.

Sim, muita coisa havia acontecido com Cohen depois do incidente com Gusev e os *skinheads*, sua assaz apregoada ligação com Alexandra sendo apenas uma longa pena de avestruz em seu poderoso gorro de pele de coelho[131]. Recentemente, por exemplo, o amigo de Vladimir havia mergulhado na *Cagliostro* de um modo que flagrantemente ele jamais mergulhara em qualquer outra coisa. A cada semana conseguia gastar pelo menos 50 horas no computador, surpreendendo-se com o que o seu poder de concentração e a sua capacidade de organização conseguiam produzir, mesmo quando a criatividade falhava.

Satisfeito com o zelo empresarial dos seus subordinados, Vladimir permitiu-se um mês no Ocidente com Morgan. A primeira semana de março encontrou-os em Madri, correndo de uma casa noturna para outra com um grupo de madrilenhos amistosos que perseguiam os prazeres da noite com o entusiasmo dos americanos que corriam atrás dos touros de Pamplona. As semanas dois e três foram passadas em Paris, particularmente em uma alegre boate no Marais onde um tipo de jazz *fusion* era servido com uma tábua de queijos e muito champanhe foi consumido. Na quarta semana Vladimir acordou no Savoy Hotel de Londres, como se tivesse a esperança de que a proximidade dos agitos financeiros de Londres curassem a sua ressaca com uma dose do mercantilismo inglês. Era desesperadamente necessário ficar sóbrio: Cohen o havia convencido a fazer uma viagem a Auschwitz cerca de 30 horas depois.

– Para os meus ensaios – ele havia dito.

Vladimir passou o dia na banheira, alternadamente deitado, de molho, e de pé tomando uma chuveirada. Era uma verdadeira engenhoca, aquele chuveiro – quatro chuveiros separados que atacavam de todos os ângulos: um chuvisco normal que vinha de cima, uma goteira à altura dos ombros, um chafariz direto ao quadril e um gêiser *risqué* que massacrava a área genital de Vladimir (para ser usado com moderação, aquele). Quando ficava tonto do chuveiro, Vladimir mergulhava novamente na banheira e folheava o *Herald Tribune*, que felizmente tinha pouco a dizer naquele dia, como o próprio Vladimir.

---

[131] Uma pena de pavão em seu gorro: alusão à expressão inglesa "a feather in the cap" (uma pena no chapéu), que significa uma façanha digna de orgulho. (N. da T.)

Faltando apenas algumas poucas horas para a escuridão, Vladimir enxugou o seu corpinho recém-rechonchudo e começou a vestir-se para a noite. Morgan ainda estava desmaiada, o traseiro erguendo-se e baixando lentamente sob os lençóis ao ritmo da sua respiração amortecida; estava sonhando talvez com o seu terrorismo ou algum bichinho de estimação morto muito tempo antes. Depois de admirar essa paisagem por algum tempo, Vladimir contemplou a vista da janela, onde podia ver uma lasca do Tâmisa e um ombro encharcado de chuva de St. James. Parte da paisagem era ocupada por um arranha-céu solitário à distância, que, Vladimir havia lido nos ricos panfletos do hotel, era um novo empreendimento chamado Canary Wharf, aclamado como o prédio mais alto da Europa. Sendo um nostálgico da arquitetura, Vladimir lembrou-se de uma das últimas ocasiões que passara com Baobab, sentado no terraço do prédio do amigo, olhando para a torre solitária que estavam construindo em Queens, do outro lado do Rio East.

Ele contemplou o Wharf por um tempo indeterminado, deixando-se levar de volta aos dias em que Challah e Baobab ainda podiam ser contados como a soma total das suas afeições; quando, através do fracasso deles, ele conseguia uma força relativa; quando aquele sentimento infantil de superioridade havia sido suficiente para sustentá-lo. No final desse devaneio ele constatou que o seu telefone celular havia ido parar na sua mão. O tom de discar indicava que o telefone havia sido ligado.

Ele havia esquecido o número de Baobab, embora antigamente esse número estivesse gravado em sua memória juntamente com o número do seu seguro social – ambos agora abatidos pela passagem do tempo e a eficácia das bebidas alcoólicas estolovanas. A única ligação que ele ainda era capaz de fazer para o outro lado do Atlântico era para Westchester, e também para isso era chegada a ocasião.

A Mãe, despertada do seu profundo cochilo de final de semana, conseguiu apenas conjurar o seu indispensável "*Bozhe moi!*"

— Mamãe — disse Vladimir, espantando-se ao perceber como aquela palavra havia se tornado supérflua na sua vida insana, quando apenas três anos antes ela havia sido o prefácio de quase todas as suas falas.

— Vladimir, saia de Prava agora!

Como ela sabia que ele havia se mudado para Prava?

— Como assim?..

– O seu amigo Baobab ligou. O rapaz italiano. Não consegui entendê-lo, ele está além da compreensão, mas obviamente você está em perigo... – Ela parou para recuperar o fôlego. – Alguma coisa sobre um ventilador, um homem com um ventilador, ele está decidido a assassinar você e há russos envolvidos. O seu amigo débil mental tem tentado freneticamente falar com você, e eu também tenho, mas a telefonista de Prava não sabe nada de você, como era de se esperar...

– Um homem com um ventilador – Vladimir repetiu. Ele estava se referindo ao Homem do Ventilador, mas não era possível dizer isso em russo literalmente. – Rybakov?

– É isto que acho que ele disse. Você tem que telefonar para ele agora mesmo. Ou, melhor ainda, entre no próximo vôo que sai de Prava. Pode até pagar a passagem com a minha conta do American Express. Para você ver como isto é importante!

– Não estou em Prava, estou em Londres – Vladimir explicou.

– Em Londres! *Bozhe moi*! Hoje em dia, todo mafioso russo tem um apartamento em Londres! Então é exatamente como eu suspeitava... Ah, Vladimir, por favor, volte para casa, nós não vamos obrigar você a ir para a faculdade de Direito, eu prometo. Você pode morar com a gente e fazer o que quiser, eu posso conseguir uma promoção para você naquela agência de imigrantes, agora que faço parte do Conselho. E, isto talvez seja uma surpresa agradável para você, mas nos últimos dez anos economizamos uma boa quantia de dinheiro. Devemos ter... não sei... Dois, três, quatorze milhões de dólares. Temos condições de lhe dar um pequeno estipêndio, Vladimir. Talvez cinco mil por ano, e tíquetes do metrô. Você pode morar com a gente e fazer o que quer que vocês, jovens e desinteressados, façam. Fumar maconha, pintar, escrever, o que quer que tenham lhe ensinado naquela porcaria de escola de artes liberais, que o diabo leve todos aqueles hippies. Por favor, volte para casa, Vladimir. Eles vão matar você, aqueles animais russos! Você é um menino tão fraco e indefeso, eles vão embrulhar você num *blin* e comê-lo no jantar...

– Está bem, fique calma, pare de chorar. Está tudo bem. Estou seguro em Londres.

– Não estou chorando. Estou nervosa demais para chorar – a Mãe declarou.

Então ela descontrolou-se e começou a chorar com tamanha força que Vladimir largou o telefone e voltou-se para Morgan, cuja vulto remexeu-se sob as cobertas em resposta ao tom alto e urgente da voz dele.

— Vou ligar para Baobab agora — ele disse baixinho. — E se houver realmente perigo, então pegarei o próximo avião para os Estados Unidos. Sei o que fazer, mamãe. Não sou burro. Em Prava eu me tornei um empresário muito bem-sucedido. Estava mesmo para lhe mandar um folheto do meu novo grupo de investimentos.

— Um empresário sem um M.B.A. Nós todos sabemos muito bem que tipo de empresário é esse — a Mãe disse, fungando.

— Você escutou o que eu falei, mamãe?

— Estou escutando, Vladimir. Você vai telefonar para Baobab...

— E vou ficar em total segurança. Esqueça esse negócio de ser comido dentro de um *blin*. Que bobajada! Está bem? Vou ligar para Baobab agora. Adeus...

— Vladimir!

— Que é?

— Nós ainda amamos você, Vladimir... E...

— E?

— ... E a sua avó morreu há duas semanas.

— *Babushka*?

— O seu pai quase teve um colapso nervoso, com a morte dela e a sua estupidez. Ele está viajando agora, pescando para se recuperar. O consultório médico está perdendo dinheiro, mas o que é que se pode fazer em uma situação como esta? Eu tinha que deixar que ele viajasse.

— Vovó... — disse Vladimir.

— ... partiu para o outro mundo — a Mãe completou. — Eles a mantiveram cheia de tubos por algumas semanas, mas então ela morreu depressa. Pela expressão do rosto dela, parecia que estava sentindo dor quando entrou em coma, mas os médicos disseram que isso não significava necessariamente que ela estivesse sofrendo.

Vladimir recostou-se na janela fria. Vovó. Correndo atrás dele com sua fruta e seu queijo rústico na antiga *dacha* na montanha. "Volodechka! *Essen!*". Aquela mulher enlouquecida, querida. E pensar que agora o retângulo que havia sido a sua família repentinamente, com a subtração de uma única linha plana de um eletrocardiograma, havia sido reconfigurado em um minúsculo triângulo. E pensar que agora só haviam sobrado três Girshkin...

— O enterro? — Vladimir quis saber.

— Muito bonito, o seu pai chorou um oceano de lágrimas. Escute, Vladimir ligue já para Baobab. A sua avó era idosa, a vida para ela não era mais vida, especialmente com você fora dela. Ah, como ela amava você... Assim, faça uma pequena oração pela alma dela, e pelo seu pai, também, e pelo meu coração sofredor, e por toda essa nossa família desgraçada sobre qual o Senhor escolheu derramar apenas calamidades nesses dois últimos quartos... Agora ligue!

O TELEFONE PRECISOU TOCAR DOZE VEZES, mas finalmente ouviu-se a voz cansada e rouca, soando tão infeliz quanto um funcionário do governo preso em sua escrivaninha logo depois de soarem as cinco horas:
— Residência de Baobab.
— Existe aí algum Baobab com quem eu possa falar? – Vladimir perguntou. A saudação demente do seu amigo o fez sorrir. Baobab continuava sendo Baobab!
— É você! Onde é que você está? Não tem importância! Ligue a TV na CNN! Ligue na CNN! Já está começando! Puta que pariu!
— Que diabos você está berrando? Por que sempre tem que ser histérico? Por que não conseguimos ter uma conversa normal...
— Aquele seu amigo dos ventiladores, aquele para quem fizemos a cidadania...
— Que foi?
— Ele invadiu a casa de Challah, o seu antigo apartamento, na semana passada. Nos acordou...
— Como é?
Baobab soltou um suspiro longo e com muita pressão.
— Depois que você foi embora, Roberta casou-se com Laszlo – ele explicou, com paciência ofendida. – Eles foram para Utah para sindicalizar os mórmons. Assim... eu acho... Tanto Challah quanto eu estávamos solitários...
— Isto é ótimo! – Vladimir declarou.
Vladimir desejava com todo o seu coraçãozinho egoísta que eles fossem felizes. Mesmo a idéia dos dois fazendo sexo, o tremor dos dois corpanzis sacudindo os alicerces já sacolejantes da Cidade do Alfabeto, inspirava apenas alegria a Vladimir. Que bom para eles!
— Mas o que é que Rybakov queria? – ele perguntou.
— Ah, está começando! Está começando! Ligue! Ligue!

– Que é que está começando?

– A CNN, idiota!

Vladimir foi pé ante pé para a sala de estar, onde o enorme monolito preto que era o aparelho de TV já estava sintonizado no canal de notícias. Ele ouviu a repórter antes mesmo que a imagem dela se materializasse, as palavras "Informando: A Prefeitura de Nova York em Crise" flutuando ao longo da parte inferior da tela.

– ... Aleksander Rybakov – a repórter estava dizendo. – Mas, para a maioria das pessoas, ele é simplesmente... O Homem do Ventilador.

A repórter era uma jovem de fisionomia séria, que usava um provinciano costume de *tweed*, cabelos presos em um coque doloroso, dentes polidos até produzirem reflexos.

– Fomos apresentados ao Homem do Ventilador há três meses, quando as suas muitas cartas para o *New York Times* reprovando a decadência urbana de Nova York chamou a atenção do prefeito da cidade – ela prosseguiu.

– Aah! – Vladimir gritou.

Então ele tinha conseguido! Ele finalmente tinha conseguido, aquele velho maluco.

Tomada de um salão de banquetes dourado, o prefeito – um homem alto, com um rosto quadrado que nem mesmo as duas mandíbulas poderosas conseguiriam esticar em um sorriso – de pé ao lado de um Rybakov sorrindo histericamente, de aparência esguia e bem-arrumada em um terno com colete. Acima deles uma faixa dizia: Nova York saúda os mais recentes Nova-Iorquinos.

Prefeito: E quando olho para este homem, que sofreu tanta perseguição em sua terra natal e viajou quase cinco mil quilômetros apenas para expressar exatamente as mesmas opiniões que eu próprio tenho – sobre o crime, sobre o salário-desemprego, sobre o declínio da sociedade civil – bem, eu simplesmente sou obrigado a pensar que, apesar de todos os que objetam, graças a Deus pelo...

Rybakov (cuspindo à vontade): Crime pfuu! Salário-desemprego pfuu! Sociedade civil pfuu!

Repórter: A franqueza ousada e a postura conservadora do sr. Rybakov certamente rendeu-lhe muitos inimigos entre a elite liberal da cidade.

LIBERAL GRISALHO DE GRAVATA BORBOLETA (parecendo mais cansado do que raivoso): As minhas objeções não são tanto pelas opiniões simplistas deste senhor chamado de Homem do Ventilador em relação a raça, classe e gênero, mas pela totalidade do espetáculo de fazer desfilar um ser humano que obviamente está em grande necessidade de ajuda, apenas para servir a um propósito político equivocado. Se esta é a idéia do prefeito sobre pão e circo[132,] os nova-iorquinos não estão achando graça.

RYBAKOV mostrado atrás de um púlpito, segurando no colo um pequeno ventilador e sorrindo, os olhos nublados de prazer, enquanto cantarola amorosamente: "Ventiladoor... Queridinho. Cante "Noites de Moscou" para o Kanal Sete, por favor".

REPÓRTER: Mas o final chegou depressa, quando o prefeito convidou o sr. Rybakov para registrar-se como eleitor em uma cerimônia oficial na Prefeitura. As equipes de televisão de todo o país reuniram-se para testemunhar o apregoadíssimo "primeiro voto" da vida do Homem do Ventilador. As ruas em volta da Prefeitura deveriam ser fechadas durante o dia inteiro para uma "Festa do Final do Bloqueio ao Voto do Homem do Ventilador", completa, com barraquinhas de esturjão e de arenque, que são os principais ingredientes da dieta cotidiana do Homem do Ventilador, cortesia do bufê Russ & Daughters Appetizing.

PREFEITO (segurando um pedaço de esturjão entre o polegar e o indicador): Sou neto de imigrantes. E o meu filho é bisneto de imigrantes. E sempre tive orgulho disto. Agora quero que todos vocês, imigrantes naturalizados, saiam e votem hoje. Se o sr. Rybakov pode fazer isso, vocês também podem!

REPÓRTER: No entanto, uma hora antes do início da cerimônia algumas informações vazaram da Prefeitura segundo as quais o sr. Rybakov na verdade não é cidadão dos Estados Unidos. Os arquivos do Serviço Nacional de Imigração indicam que, em uma cerimônia de naturalização que teve lugar em janeiro último, ele atacou o sr. Jamal Bin Rashid, de Kew Gardens, no Queens, enquanto o cobria de insultos racistas.

SR. RASHID (que envergava um *kaffiyeh*, excitado, falando defronte ao seu prédio baixo, circundado por um gramado): Ele está gritando comigo, Turco! Turco, volta para a sua terra! E ele está me batendo na cabeça, baf! baf! com

---

[132] Pão e circo: expressão originária do latim – *panis et circensis* – que significa aquilo que o governo dava ao povo: alimento e diversão. (N. da T.)

a, você sabe, com a muleta dele. Pergunte à minha mulher, eu ainda não estou dormindo de noite. O meu advogado diz: processa! Mas eu não vou processar. Alá a tudo perdoa, e eu também.

Corte para Rybakov em uma entrevista coletiva, rodeado por assessores do prefeito, um REPÓRTER gritando: "Sr. Rybakov, é verdade? O senhor é mentiroso e psicopata?".

Tomada em câmera lenta de Rybakov pegando a muleta e arremessando-a para o outro lado da sala, onde ela quase racha a cabeça do repórter transgressor. Tomadas silenciosas da confusão, Rybakov sendo contido pela equipe do Prefeito enquanto o câmera forçava passagem para conseguir filmar tudo. Finalmente o áudio entra e podemos ouvir RYBAKOV gritando: "Eu sou cidadão!" "Eu sou América! Girshkin! Girshkin! Mentiroso! Ladrão!"

REPÓRTER: Os peritos da polícia não conseguiram identificar o termo "Girshkin", mas fontes de confiança nos dizem que tal palavra não existe na língua russa. O sr. Rybakov passou duas semanas em observação no centro psiquiátrico de Bellevue, enquanto a equipe do prefeito tentava controlar o estrago.

ASSESSOR DO PREFEITO (jovem, agoniado): O prefeito estendeu a mão para aquele homem. Ele só queria ajudar. O prefeito está profundamente preocupado com a situação dos veteranos da Segunda Guerra Mundial refugiados da antiga União Soviética.

REPÓRTER: Porém uma reportagem investigativa publicada no *Daily News* de hoje documentando o fato de que o sr. Rybakov, aqui visto ao timão do seu barco de corrida de 30 pés, recebe benefícios do seguro social morando em um apartamento de luxo na Quinta Avenida, finalmente ameaça derrubar a atual administração da Prefeitura... Vamos agora ao vivo para a entrevista coletiva do prefeito...

— ESTÁ VENDO? ESTÁ VENDO? — gritava Baobab do outro lado da linha. — Veja o que você me fez passar! Estou tentando tirar uma soneca quando Rybakov e aquele sérvio maluco derrubam a porta, Rybakov gritando "Girshkin! Girshkin! Mentiroso! Ladrão!". Ele está com as muletas, igualzinho na TV. E Challah na cozinha discando para Emergência. Comparado com esse tal de Homem do Ventilador, Jordi é uma pessoa inteiramente razoável. Ei, como é que você vai?

– Hum?

– Como é que você vai?

– Ah – fez Vladimir.

– Ah?

– Ah – Vladimir repetiu. – Acabou. Acabou, Baobab. – Ele pensou em Jordi. E Gusev. E no Marmota. – Para quê tentar resistir? Acabou.

– Resistir? De que é que você está falando? Está a cinco mil quilômetros de casa! Tudo são rosas. Só achei que você devia ser avisado. Só no caso de ele resolver procurar você em Prava.

– O Marmota – Vladimir sussurrou.

– O quê?

– Filho dele.

– Que é que tem ele?

– Nada. Deixa para lá[133] – ele disse a Baobab.

– Se você está tentando citar Paul McCartney, a expressão correta é "*Let it Be*".

Vladimir recuperou-se.

– Tenho que ir. Diga adeus a Challah – falou.

– Ei! Não falo com você há seis meses! Para onde vai agora?

– Para o campo de concentração – foi a resposta de Vladimir.

---

[133] "Deixa para lá": em inglês, *Let it go*. (N. da T.)

34. COMO VOVÓ
SALVOU OS GIRSHKIN

Um comboio de BMW, o meio de transporte preferido por Vladimir nesses dias, parou no estacionamento do Stadtkamp Auschwitz II – Birkenau. O estacionamento estava vazio, com exceção de um ônibus de turismo, os seus turistas tendo desembarcado muito tempo antes, o seu motorista polonês passando o tempo limpando amorosamente as suas botas. Vladimir e Morgan acabavam de chegar de Londres de avião, e Cohen pegara o trem em Prava. As tentativas de Cohen de substituir as BMWs por carros americanos havia dado em nada e os jipes da PravaInvest estavam tomando parte em um dos supostos exercícios de prontidão de Gusev, dos quais presumivelmente tanto a OTAN quanto o remanescente do Pacto de Varsóvia não haviam sido informados. Assim, só restava a Vladimir e seus amigos vencer a distância de três quilômetros entre Auschwitz propriamente dito e o seu campo gêmeo nos carros dos criminosos.

Eles subiram os degraus da torre de observação principal, sob a qual corriam os trilhos ferroviários que mantinham os fornos supridos. Aquela era a famosa torre cuja foto é obrigatória em qualquer filme a respeito dos campos de concentração. Para obter uma escala exagerada, parecia, muitos diretores haviam filmado a estrutura a partir do solo. Na verdade, a torre era tão baixa e pouco imponente quanto uma estação da ferrovia Metro-Norte.

Do alto da torre, no entanto, toda a extensão de Birkenau estava exposta para inspeção. Filas e mais filas de chaminés sem os prédios que elas supostamente aqueceriam estendiam-se até o horizonte como uma coleção de chaminés de fábricas, dividindo ao meio a ferrovia antigamente movimentada. As chaminés eram tudo o que restava depois que os alemães em retirada, em seu último gesto de relações públicas, dinamitaram o resto. Em alguns quadrantes, porém, fileiras de barracões retangulares e acachapados ainda estavam de pé, e era fácil multiplicá-los pelo número de chaminés órfãs e dessa maneira preencher as lacunas do que era antigamente.

Cohen, consultando o seu muito usado guia de campos de concentração europeus, percorreu o horizonte com o dedo e disse em tom casual:

— Ali. Os reservatórios de cinzas humanas.

Aquilo ficava na borda do campo de chaminés, antes do início de uma floresta de árvores nuas. Avistavam-se vultos vivos caminhando com dificuldade contra o pano de fundo da floresta; talvez aquele fosse o grupo de turistas cujo ônibus estava abandonado no estacionamento.

Uma nuvem comprida passou — o sol de final de inverno redobrou os seus esforços e Vladimir apertou os olhos, erguendo a mão para servir de viseira.

— Que é que está pensando? — Cohen perguntou, confundindo aquele gesto com um sinal de trauma por parte de Vladimir.

— Vladimir está cansado. Você passou o dia inteiro cansado, não é, Vladimir? — disse Morgan. Ela entendia que alguma coisa estava errada, mas não tinha certeza de que a responsabilidade disso fosse toda de Auschwitz.

— É, sim, obrigado — Vladimir respondeu

Ele quase fez uma reverência em gratidão à intervenção dela. A última coisa que desejava era falar com eles. Queria ficar sozinho. Sorriu e ergueu o dedo, como que para demonstrar iniciativa, depois tomou à frente para descer a escada e emergir dentro da floresta de chaminés e barracões sobreviventes.

Cohen e Morgan caminhavam lado a lado ao longo dos trilhos, Cohen parando a cada poucos metros para tirar uma fotografia acusatória. Periodicamente enfiavam-se nos barracões para ver as tenebrosas condições dos habitantes do campo, que, naturalmente, sem o elemento humano, deixavam muita coisa por conta da imaginação. Vladimir caminhava sozinho, ficando a meio caminho entre a principal torre de vigia e a floresta. Era ali que a rampa estaria localizada, a rampa onde os recém-chegados eram separados para morrer, ou instantaneamente com o Zyklon B ou de maneira prolongada nos trabalhos forçados.

Era difícil recriar aquela parte do processo, já que apenas uma estreita faixa de terra se afastava dos trilhos para indicar que já houvera alguma coisa ali. Do outro lado dos trilhos erguia-se uma única estrutura – um raquítico posto de vigia feito de madeira sobre colunas, que lembraram a Vladimir a casa da Baba Yaga, a bruxa dos contos de fadas russos. A casa dela era construída sobre pernas de galinhas, que levavam a Baba aonde quer que ela achasse que estava precisando de destruição. A casa conseguia também agir por conta própria, galopando através da aldeia e esmagando propositalmente os pobres cristãos.

A avó de Vladimir havia cumprido o dever das avós russas, contando-lhe as histórias de *Baba Yaga* como uma persuasão para que ele comesse o seu queijo rústico, a *kasha* de trigo sarraceno e outra insípidas iguarias da cozinha do seu país. No entanto, sendo aquelas histórias realmente muito assustadoras, a avó temperava a carnificina com desculpas tais como : "Espero que você saiba que nenhum dos nossos parentes foi morto pela *Baba Yaga*!". Se Vovó tinha consciência do significado mais profundo dessas desculpas, Vladimir jamais saberia. Mas era verdade que praticamente a sua família inteira escapou do avanço de Hitler na União Soviética. Na verdade, havia sido a própria Vovó a responsável por salvar os Girshkin de Hitler, embora Stalin, de procedência caseira, tenha se mostrado acima da capacidade dela.

Originalmente os Girshkin estavam situados perto da cidade ucraniana de Kamenets-Podolsk, uma cidade cujos judeus foram quase que totalmente exterminados na fase inicial da Operação Barbarossa. Os Girshkin já nessa época eram prósperos. Possuíam não apenas um hotel, mas três, todos hospedando as pessoas que viajavam nas diligências e assim constituindo talvez um dos primeiros exemplos conhecidos de uma cadeia de motéis[134]. Bem, pelo menos na Ucrânia.

---

[134] Motéis: na língua inglesa, a palavra "motel" não tem o significado de hotel de encontros como no Brasil, significando apenas um hotel à beira de uma estrada destinado a viajantes – daí o nome: motel = "motor" + "hotel". (N. da T.)

Um clã prático, os Girshkin mantiveram-se bem à frente do seu tempo. Quando o desfecho da Revolução Bolchevique parecia uma certeza, a família reuniu todo o seu ouro, jogou-o em um carrinho de mão (que, pelo que a avó contava, ficou praticamente cheio) e depois esvaziou o carrinho de mão dentro do riacho local e resolutamente marchou de volta para casa, para comer o que restara do seu esturjão e caviar. Tendo assim evitado quaisquer calúnias de que fossem da *bourgeoisie*, os Girshkin colocaram o seu melhor pé proletário para a frente, e esse membro específico – como a canela de cordeiro na Páscoa representando a força do antebraço do Senhor – era corporificado pela Vovó.

Vovó juntou-se aos Pioneiros Vermelhos, depois à Liga da Juventude do Komsomol, e finalmente ao próprio Partido. Havia retratos dela atuando em cada uma dessas casas com os olhos em brasa e a boca enrugada dolorosamente em um sorriso, parecendo uma viciada em heroína que recebeu a sua dose. Parecendo, em outras palavras, o paradigma do *agit-prop* soviético, especialmente com o seu busto pendular de camponesa e os ombros mais largos da sua província, os ditos ombros mantidos eretos através de uma postura que, por si mesma, teria lhe granjeado um prêmio na escola. E assim, com estes atributos a reboque, a Vovó partiu para Leningrado. Ela conseguiu ser admitida no infame Instituto de Pedagogia, onde a maioria dos camaradas partidários eram instruídos na ciência de doutrinar a primeira geração de crianças revolucionárias.

Após diplomar-se no instituto com menção honrosa, a avó de Vladimir tornou-se um sucesso retumbante em um orfanato para crianças emocionalmente perturbadas. Enquanto as dondocas de Petersburgo evitavam os aspectos disciplinares tradicionais da educação infantil, Vovó sozinha educou na base da porrada centenas de garotos e garotas rebeldes, que em questão de dias estavam de joelhos cantando "Lenin Vive para Sempre". Isto quando não estavam relustrando as balaustradas, encerando os pisos ou rebuscando as calçadas da vizinhança em busca de pedaços de metal, que, Vovó os convencera, de um modo qualquer seriam reciclados para a fabricação de um tanque de guerra no qual todos eles poderiam passear pela cidade. No espaço de um ano, aquela abordagem sem frescura, recém-saída das províncias onde se batia com a vara e se chicoteava com o cinto, havia obtido resultados tão espetaculares que quase todas as crianças deixaram de ser consideradas emocionalmente perturbadas. Realmente, muitas delas conseguiram proeminência em todas as camadas da vida soviética, a maioria com órgãos militares e de segurança.

Depois da sua passagem pelo orfanato, Vovó ganhou uma medalha de plástico barata e toda uma escola de 1º. Grau para dirigir. Porém o aspecto mais duradouro do seu sucesso foi a capacidade de tirar os Girshkin da melancólica Kamenets-Podolsk, com sua industrialização incipiente, e levá-los para uma espaçosa casa de tábuas na periferia de Leningrado. Esta primeira mudança poupou à família um confronto com a SS e o seu alegre bando de ucranianos, ao passo que a segunda mudança de Vovó, a evacuação da família antes de Leningrado cair sob o cerco, salvou os Girshkin da inanição e das bombas da Wehrmacht. Como Vovó conseguiu mexer os pauzinhos certos e colocar todos os trinta Girshkin no trem para os Urais, onde um primo meio judeu, de terceiro grau, pastoreava ovelhas pacificamente na sombra de uma usina que fundia minério, ninguém sabia ao certo. A velha escondia a verdade como um arquivo do NKVD, mas no fundo não era um mistério. Qualquer pessoa que conseguia reformar um orfanato inteiro, ou, mais significativamente, empurrar o pai de Vladimir, sonhador e distraído, através de dez anos de uma escola de medicina soviética (é verdade que geralmente levava-se cinco anos), poderia facilmente conseguir passagem através das congestionadas artérias ferroviárias da Rússia em tempo de guerra.

E ESSA, Vladimir meditava, era a mulher que havia mantido a família dele fora do Stadkamp Auschwitz II-Birkenau. Se ele possuísse um traço sequer da dúvida de um agnóstico, agora seria a hora de balbuciar o que ele se lembrava do Kaddish do Enlutado. Mas tendo a escola hebraica desvendado os últimos enigmas dos céus vazios lá nas alturas, Vladimir conseguia apenas sorrir e recordar a mal-humorada Vovó que ele conhecera quando criança.

Ele baixou os olhos para os trilhos, onde Cohen estava de joelhos tirando uma foto de uma nuvem que passava, um cirro corriqueiro, com o formato de um desenho feito especialmente para um livro escolar sobre meteorologia, a sua imortalidade assegurada apenas através da enorme sorte polonesa de ter passado acima do antigo campo de concentração no dia da visita de Cohen. A essa altura o grupo de turistas havia chegado à linha férrea e vinha na direção deles a passo lento – talvez o depósito de cinzas humanas tivesse exercido um efeito debilitante e o mundano grupo de turistas estivesse batendo em retirada para os barracões.

Talvez ele estivesse prejulgando.

Ah, era mais do que hora de sair dali! Todo pensamento era inadequado; todo gesto, uma heresia. Basta! Vejam como a avó dele havia escapado do gás e das bombas, investindo corpo e alma no sistema soviético que no final tirou tantas vidas quanto o mal teutônico jorrando através das fronteiras em colunas blindadas e bombardeios de precisão vindos de cima. A lição dela para Vladimir era tão clara quanto deveria ter sido para os seus companheiros judeus que compunham o depósito de cinzas além dos trilhos: *Saia enquanto pode e use quaisquer meios necessários.* Corra, antes que os *goyim* o peguem, e eles bem vão pegar você, não importa quantas voltas você dê fazendo cooper com Kostya e quantas vezes eles declarem que amam você enquanto o absinto rola.

Vladimir virou-se para olhar para a principal torre de vigia, na direção de onde os trens chegavam com tanto da sua carga humana já perecida, de Bucareste e Budapeste, Amsterdã e Roterdã, Varsóvia e Cracóvia, Bratislava e... poderia ser?.. Prava. A sua Prava dourada. A cidade que tratara do seu ego doente com a bondade com que as fontes de Karlsbad antigamente tratavam a gota. *Saia*! Mas como? E para qual salvação? Ele pensou na avó, quarenta anos depois da morte de Stalin, debruçada sobre o volume 7 do Regulamento do Seguro Social com olhos insones, a lente de aumento a postos, tentando decifrar o significado de "capacidade funcional residual".

Ah, ao inferno com aquele século XX que estava quase no final com todos os seus problemas ainda intactos e florescendo, e os Girshkin, mais uma vez, o alvo da piada, o epicentro da tempestade, a câmara de compensação da confusão e incerteza globais. Para o inferno com... Vladimir escutou o som singular de uma lente sendo estendida em zoom atrás de si, e então o estalido de um obturador. Ele virou-se. Atrás dele o grupo de turistas estava a poucos passos. Uma mulher de meia-idade e bochechas vermelhas, tão alta, magra e bem arrumada quanto os choupos que circundavam Birkenau, esforçava-se para depositar a sua câmera na bolsa entulhada, os olhos dardejando para todos os lados, exceto na direção de Vladimir. Ela havia tirado uma fotografia dele!

O resto dos alemães também percorriam o terreno em volta com seus olhos de tons claros, alguns olhando de soslaio para a fotógrafa transgressora com provável malícia. Espantosamente, a maioria deles dava a impressão de estar com seus setenta anos – grandes e saudáveis, com rugas que lhes ficavam bem e suéteres brancos simplesmente perfeitos para uma tarde informal – isto é, eram suficientemente velhos para terem estado em Birkenau em outra situação meio século antes. Vladimir deveria então ter inchado o peito, erguido a cabeça bem alto para destacar os seus cachos semíticos e então ter dito a eles com um sorriso sardônico: "Olha o passarinho!"?

Não, melhor deixar tais gestos para os israelenses. Enquanto os alemães se aproximavam, o nosso Vladimir pôde apenas sorrir timidamente, os ombros curvados para a frente em submissão, como os seus pais certa vez se aproximaram dos azedos funcionários da imigração no JFK.

O guia da excursão era um rapaz bonitão, não muito mais velho do que Vladimir, embora certamente com a aparência de mais jovem. Usava cabelos compridos e os óculos pequeninos perdidos no meio do seu rosto quadrado e salubre provavelmente continham lentes sem grau. Havia bolsas de pele solta ao redor do peito e do estômago ainda musculosos, dando a impressão de um robusto rapagão, um camponês ocioso por causa de uma série de colheitas fracas. Aquela era, aliás, a impressão que ele dava a Vladimir: um sensível homem provinciano que ficara sabendo do liberalismo e da dívida alemã através de um professor local estimulante, um hippie do tempo em que os hippies tinham poder naquela terra, e agora ele próprio juntara-se às fileiras progressistas e levava as sofridas gerações mais idosas para ver a obra do tempo delas. Que conceito!, pensou Vladimir, nem impressionado, nem assustado.

Seus olhos encontraram-se com os do guia da excursão, que sorriu e assentiu como se aquele encontro houvesse sido combinado.

– Oi – disse a Vladimir, a voz trêmula mesmo durante a duração daquela sílaba minúscula.

– Olá – respondeu Vladimir.

Ergueu a mão em um gesto formal de saudação. Tentou recordar instantaneamente o que significa parecer "circunspecto", mas sabia que não conseguiria fazer isso ali, ainda por cima carregando nas costas o tumulto dos dias anteriores. Ele continuava com o seu sorriso de quem está comendo merda.

— Olá — retribuiu o guia da excursão ao passar perto de Vladimir.

Os seus comandados idosos o acompanharam. Com o gelo aparentemente quebrado pelo seu líder, eles agora tinham condições de olhar Vladimir rapidamente nos olhos e até mesmo produzir um pequeno sorriso solidário. Apenas a mulher de meia-idade, aquela que ousara fotografar Vladimir, o Judeu Vivo de Birkenau, havia aumentado o passo, sempre olhando resolutamente para a frente.

Obrigado, voltem sempre, Vladimir pensou em dizer, mas em vez disso suspirou, olhou mais uma vez para a cabeleira do simpático jovem guia da excursão, que agora se afastava — e que era melhor que ele em todos os aspectos, apesar dos galhos podres da árvore genealógica alemã — e pensou mais uma vez na sua própria relativa perda de lugar nesse mundo — a sua irrevogável perdição.

Ah, e para onde agora, Vladimir Borisovich?

Ele iniciou a sua caminhada penosa, longa e pensativa até o depósito de cinzas humanas onde os seus amigos já estavam à sua espera, Cohen horrorizado tanto pelos excursionistas quanto pelas cinzas, Morgan apenas pelas cinzas. Talvez ela devesse trazer Tomaš e Alpha para explodir o remanescente de Birkenau também. Só mais uns poucos quilos de C4 e eles realmente cuidariam da História.

E então o seu telefone celular tocou.

— Ora, ora — disse o Marmota.

— Por favor não me mate — Vladimir explodiu.

— Matar você? — O Marmota deu uma gargalhada. — Matar o meu ganso esperto? Ora, por favor, amigo. Todos nós sabíamos que tipo de caráter você tinha, desde o princípio. Qualquer pessoa que consegue enganar metade da América certamente consegue foder com o meu velho.

— Eu não pretendia — Vladimir choramingou. — Eu amo o seu pai. Eu amo...

— Está bem, pode, por favor, calar a boca! — o Marmota gemeu. — Está tudo esquecido, pode parar de chorar. Agora, preciso de você aqui em Prava. Temos um estranho golpe novo acontecendo aqui.

— Golpe? — Vladimir murmurou. Que diabos se passava no pequeno cérebro do Marmota? — Um estranho golpe novo...

— É estranho exatamente porque não é um golpe. É um empreendimento legal — o Marmota explicou. — Uma fábrica de cerveja no sul de Estolovaia que parece pronta para expandir para os mercados da Europa Oriental e da América.

– Empreendimento legal – Vladimir repetiu. Sua mente mal dava sinais de vida. – Foi Kostya quem lhe informou sobre isso?

– Não, não, foi tudo eu – o Marmota afirmou. – E você não pode deixar ninguém saber disso, nem mesmo Kostya. Especialmente sobre o fato de ser legal. Não quero ser alvo de piadas. – Ele então convidou Vladimir para viajar na semana seguinte e dar uma olhada na fábrica de cerveja. – Sem a sua opinião profissional nenhum empreendimento pode ser consumado. Legal ou não.

– Nunca mais vou trair você – Vladimir sussurrou.

O Marmota riu mais uma vez, um risinho manso, completamente diferente das suas costumeiras gargalhadas exaltadas. Então desligou.

PARTE VIII

O FIM DE GIRSHKIN

35. ESSA GENTE DA ROÇA

A CAMINHO DA FÁBRICA DE CERVEJA SULINA, a caravana deles havia passado, aparentemente, por toda a enfadonha obra de arte da paisagem estolovana. Somente uma montanha, um trapezóide compacto indistinguível dos seus vizinhos, chamou a atenção de Vladimir, pois Jan anunciou, em tom orgulhoso e didático, que aquela era a montanha onde a nação estolovana tivera a sua origem. Vladimir ficou impressionado. Que conforto conhecer a montanha da qual certa vez a sua espécie desceu aos gritos! Ele imaginou que, se os russos tivessem uma montanha como aquela, seria um enorme e espraiado Everest nos Urais no qual uma base de vigilância militar seria prontamente construída, suas antenas ao estilo RKO[135] arqueando-se para os céus, anunciando que os filhos e as filhas do Rus de Kiev haviam reivindicado os seus direitos sobre a *taiga* e os seus ursos pardos, o Baikal e os seus esturjões, o *shtetl* e os seus judeus.

O outro único ponto de interesse no percurso deles até a fábrica de cerveja foi uma usina de energia nuclear semiconstruída nas redondezas da cidade,

---
[135] RKO – antigo estúdio cinematográfico de Hollywood. (N. da T.)

suas torres de resfriamento erguendo-se acima de um vasto campo de cenouras doentias em longas espirais de esqueletos de redes inacabadas, como se a fusão do núcleo já houvesse acontecido.

A cidade onde ficava a fábrica de cerveja era um burgozinho sem graça onde as torres das igrejas góticas, as mansões dos mercadores mais importantes, até mesmo a própria praça da cidade, tinham sido derrubadas havia muito tempo para dar lugar a um claustrofóbico quadrante de prédios que se acinzentavam, cada um quase idêntico ao outro, mesmo sendo um deles um hotel, outro, um centro administrativo e o terceiro, um hospital. Eles foram diretamente para o hotel, com seu saguão dos anos 70 onde a pelúcia abundava, apinhado de espreguiçadeiras, ar parado, pernas nuas e, em homenagem ao principal empregador da localidade, um cintilante barril da cerveja local erguendo-se do carpete como uma solitária estátua da Ilha de Páscoa. No andar superior, porém, na Ala Executiva (como eram designados os quartos com maçanetas de bronze), Vladimir sentiu um arrepio de camaradagem *apparatchik* – aqueles alojamentos cor de ferrugem, sem enfeites, decerto deveriam ter abrigado a sua cota de diretores da Fábrica de Lâmpadas Elétricas nº. 27 e despreocupados oficiais comunistas. Se ao menos František estivesse ali!

Não que Vladimir carecesse de um resíduo soviético entre os seus companheiros de viagem: ele estava acompanhado pelo Marmota, Gusev e dois sujeitos que rotineiramente apagavam antes que a carne fosse servida nos almoços *biznesmenski* e de quem se dizia serem os maiores amigos do Marmota na sua época em Odessa. Um era um sujeito pequeno e careca que vivia enchendo o saco de Vladimir a respeito da eficácia do minoxidil. O nome dele era Shurik. O outro era chamado o Tronco, e, contemplando o seu rosto enrugado e combativo – nove décimos carranca, um décimo sobrancelhas – podia-se facilmente vê-lo flutuando rio abaixo, barriga para cima, o sangue escorrendo de uma fenda, fina como uma unha, na nuca.

Talvez melhor companhia pudesse ser encontrada se a pessoa soubesse onde procurar, mas Vladimir, recém-feliz e seguro, estava tão excitado quanto a garota de colégio que pela primeira vez vai receber as coleguinhas para dormirem em sua casa. Ora, até mesmo Gusev, que certa vez quase o matara, ultimamente parecia até um leão domado. Na viagem de ida, por exemplo, ele comprara um salgadinho para Vladimir em um restaurante da beira da estrada. Depois, com toda a grandeza e a civilidade dignas da Corte de Habsburg, ele permitiu que Vladimir entrasse em sua frente na fila para o toalete.

E assim, com o mundo mais uma vez girando em sua direção, Vladimir foi visto correndo pelos corredores do hotel como se estivesse em férias, gritando em um russo cintilante:

– Venham ver, cavalheiros... Uma máquina automática de Coca-Cola que vende rum também!

O quarto dele vinha com um par de camas de solteiro e Vladimir tinha certa esperança de que o Marmota fosse compartilhá-lo com ele, de modo que os dois pudessem ficar acordados até tarde fumando nocivos cigarros Mars-20, bebendo da mesma garrafa, conversando fiado sobre a expansão da OTAN e os amores perdidos. E realmente, com um entusiasmo de universitário, logo o Marmota enfiou a cabeça pela porta aberta e disse:

– Ei, vá se lavar, seu judeuzinho, e vamos para aquele bar do outro lado da praça. Vamos saquear e estuprar, hein?

– Estou nessa! – Vladimir exclamou.

ERA UM BAR BEM DIFERENTE. Era dirigido pelo sindicato local no porão do ex-Palácio da Cultura e os seus *habitués* eram os operários que trabalhavam na usina de energia nuclear e provavelmente vinham fazendo isto desde mais ou menos a época em que Vladimir nascera. Sete horas da noite, e já a embriaguez louca e alucinatória era geral. E então, como se os limites da resistência humana ainda não houvessem sido considerados exauridos, as putas foram chamadas.

As *prostitutki* dessa parte do mundo formavam uma brigada de trabalho estilizada. Cada uma delas com cerca de 1,75 de altura, como se aquele tamanho específico houve sido julgado o mais conveniente para os rapazes locais; cabelos que a excessiva aplicação de henna dava a consistência de um pano de chão muito usado; seios e estômagos distendidos por partos esticando espartilhos de um roxo sujo. Elas foram sacudir-se na pista de dança sem muito entusiasmo e então, em uma tradição que se tornara *diktat* nos oito fusos horários ex-soviéticos... Luzes! Globo espelhado! ABBA!

A equipe de Vladimir acabava de abrir a sua primeira garrafa de cerveja quando as putas chegaram e a febre de discoteca atacou. O Marmota e os seus rapazes imediatamente passaram a achar graça na cena, deslizando os dedos no logotipo Polo das camisas, murmurando "Ah, essa gente do campo" como se estivessem tendo cada um o seu momento de Chekov.

— Essas mulheres têm coxas que podem estrangular uma pessoa – observou o pequeno Shurik, não sem admiração.

— Mas esta cerveja, o gosto dela é de que colocaram um prego enferrujado na garrafa – Vladimir comentou. – É esta a cerveja que vai ser exportada para o Ocidente? – ele quis saber.

— Misture um pouco de vodca nela. Veja, isto está até sugerido no rótulo – disse o Marmota.

Vladimir examinou o rótulo. Parte dele parecia mesmo dizer: "para melhores resultados, acrescente vodca, 6 ml.". Ou talvez aquele fosse o nome complicado da fábrica de cerveja, nunca se sabia quando se tratava de estolovanos.

— Ótimo – Vladimir declarou, e foi buscar uma garrafa de Kristal no bar.

Uma hora depois ele estava dançando *Dancing Queen* com a mais bonita *fille de nuit* da casa. Ela era a única que não era muito mais alta do que Vladimir, e isso não era tudo o que a diferenciava das colegas; era jovem (embora não com "apenas 19 anos" como a Rainha do Baile que era o título da canção), esbelta e especialmente magra no peito e, o mais significativo, seus olhos não mostravam a expressão de bom-humor teatral que tinham os olhos das outras putas. Não, eles eram os olhos claros e desinteressados de uma debutante nova-iorquina com notas baixas enviada para uma universidade em West Virginia, ou então de uma adolescente num anúncio contemporâneo de *jeans*. Mesmo através da sua considerável embriaguez – pois não pensem que a vodca, quando depositada na cerveja, cria uma reação neutralizante – Vladimir sentiu uma afinidade com aquela jovem e danificada aprendiz da profissão.

— Qual é o seu nome? – ele gritou.

— Teresa – ela respondeu em um sussurro rouco e raivoso, como se estivesse cuspindo aquele nome de sua boca para sempre.

— Vladimir – ele disse, e inclinou-se para beijar-lhe o pescoço sardento, mirando um local entre os chupões cuidadosamente espaçados deixados por outros.

Mas ele não teve uma chance da dar o bote: com um gesto simiesco o Marmota o arrastou e o prendeu à tríade dançante formada pelo próprio Marmota, Gusev e o Tronco. Eles haviam deixado para trás as três prostitutas (todas damas de meia-idade afogando-se em rubor) e estavam expressando a sua russianidade com uma espécie de dança cossaca simplificada. Agachavam-se juntos, erguiam-se juntos, chutavam com uma perna, chutavam com a outra...

— *Opa*! — gritavam as prostitutas. — Mais depressa, pombinho! — elas incentivavam Vladimir.

Mas aquilo estava fora do controle de Vladimir. A força do Marmota bêbado, puxando, empurrando, balançando, agachando, era inteiramente responsável pelos movimentos patéticos de Vladimir. O Marmota era uma massa corada, com uma coerência toda própria, contribuindo generosamente para a bagunça à sua volta, gritando:

— Mais uma vez, irmãos! Pela nossa terra natal!

Na primeira oportunidade Vladimir berrou:

— Banheiro!

E correu para esconder-se.

No mictório, o sindicato recém instalara descargas automáticas da Alemanha e espelho acima dos mictórios. Aproveitando-se deste avanço do progresso, Vladimir ajeitou-se: empurrou para baixo a cabeleira revolta e tentou juntar atrás das orelhas os cachos mais rebeldes; abriu a boca e examinou os dentes brilhantes, dentes de marfim; examinou a linha de nascimento dos cabelos e prometeu a si mesmo sacrificar um bode aos fabricantes do tônico capilar com minoxidil. Disse a si mesmo *É claro que não vou me apaixonar por uma prostituta*, e saiu.

A essa altura, a seleção do ABBA havia recaído em "*Chiquitita*", que, bêbado ou não, é uma canção muito difícil para se dançar. Conseqüentemente, as fileiras dos dançarinos estavam diminuindo; as mesas que pareciam de piquenique ao redor da pista de dança começaram a encher-se de *prostitutki* e os seus homens. Mas em lugar algum Vladimir conseguia avistar o Marmota e a sua equipe, para não mencionar a sua jovem prostituta. Sentindo-se abandonado e sem lugar onde investir a sua excitação, Vladimir foi reencher a bexiga no bar.

— *Dobry den* — disse ao *barman* jovem e bronzeado que usava uma camiseta sem mangas ostentando um jacaré brincando com uma bola de futebol americano.

— Oi, amigo — respondeu o barman em inglês quase perfeito, como se do lado de fora as ondas do Pacífico estivessem acariciando as areias de Malibu. — Que é que posso fazer por você?

Vladimir enumerou uma longa lista de biritas enquanto o barman o estudava cuidadosamente.

– Diga-me, de onde você veio? – perguntou finalmente.

Vladimir contou-lhe.

– Já estive lá – o outro respondeu e deu de ombros, obviamente sem se impressionar com a Cidade no Hudson[136]. E passou a atender outro freguês, um operário que usava apenas um sorriso de desespero e um boné de um azul berrante.

Quando ele voltou com a cerveja que era parte do pedido de Vladimir, este perguntou-lhe sobre os seus amigos.

– Foram fumar lá fora – respondeu o misturologista viajado. Ele inclinou-se até o nível de Vladimir e com isso um odor muitíssimo não-californiano pôde ser detectado sob os seus braços esguios. Ele disse.

– Tenho um bilhete para você. Mas não é de mim, você compreende?

Ele disse isso em um tom suficientemente sisudo para indicar que seria necessária uma resposta de Vladimir antes que o bilhete lhe fosse entregue.

– Compreendo – Vladimir respondeu com a mesma gravidade.

Só que por dentro ele estava excitado, pois acreditava ser um bilhete de amor da sua prostituta, e estava profundamente interessado no tipo de seduções que ela iria desenvolver e em qual forma e linguagem. Pegou a pequena tira dobrada de papel vermelho da mão do barman, que imediatamente galopou para o outro extremo do balcão, e desdobrou-a. Um revólver cuidadosamente desenhado encarou Vladimir, e sob ele, em letras quadradas, a familiar legenda bilíngüe:

AUSLANDER RAUS! FORA ESTRANGEIROS!

Era assinado coletivamente "Os *Skinheads* Estolovanos".

Vladimir não disse "Ah...". Ele ficou de pé e se encaminhou para a saída. A carne macia de prostitutas, a pungência do perfume e dos cabelos delas, era uma corrida de obstáculos que ele venceu com sucesso parcial, dizendo ao longo do caminho: "com licença, com licença, com licença...". Mas ele pensava: *Skinheads? Onde? Quem? Os operários? Mas eles têm cabelos!* A um

---

[136] Cidade no (rio) Hudson: Nova York. (N. da T.)

passo ou dois da porta, ele finalmente os viu pelo canto do olho – as jaquetas militares pretas, as calças de camuflagem, as botas de cano alto; os rostos ele nem chegou a registrar.

Do lado de fora, a escuridão familiar perturbada pela neblina contaminada pela poluição e o ronco distante de Trabants mal regulados, um pátio cheio de sujeira dando para os fundos de um prédio público baixo e cinzento, a única iluminação era fornecida pela luz que saía de dentro do bar pela porta aberta. Na frente dele apareceram dois *skinheads* de direções diferentes, ambos vindo de fora da sua linha de visão, reunindo-se como se fossem fundir-se em uma só unidade, como se ele estivesse sofrendo de visão dupla e houvesse na verdade apenas um conjunto de dentes rilhando, um par de lábios machucados e apenas uma suástica preta pintada em uma camiseta cor-de-laranja.

Vladimir virou-se. O espaço entre ele e a porta do bar enchia-se rapidamente de rapazes e expressões decididas; era evidente que os operários e as prostitutas naquela cidade não eram os únicos que formavam equipes idênticas, pois os defensores da pureza da etnia local assemelhavam-se uns aos outros até os mínimos detalhes. Talvez eles todos fossem filhos do mesmo homem calvo e ligeiramente gordo com os punhos sempre cerrados ao lado do corpo e um olho permanentemente apertado, como que contra o brilho iminente do sol africano.

Então as fileiras se desmancharam para admitir alguém que decerto era o líder deles – bem mais alto, de ombros largos, porém magro, com um par de óculos modernos com armação de metal, e o olhar urgente e penetrante de um jovem intelectual alemão solto em um programa de graduação americano. O mais alto baixou os olhos para a cabeça de Vladimir como se ela fosse um local de alimentação de filhotes de hidras, e disse:

– Passaporte!

Vladimir exalou pela primeira vez. Por um motivo qualquer, ele lembrou-se de que não possuía um passaporte soviético onde a sua nacionalidade seria descrita como "judaica", e a partir desse fato específico ele se permitiu a idéia de uma escapatória. Não, aquilo não ia terminar dessa maneira. Uma vida inteira, uma criaturinha, uma existência cuja precariedade era o seu fio condutor, extinta nas mãos de imbecis!

– Não! Não passaporte! – ele declarou. – Marmota! – gritou em russo na direção do bar.

O líder olhou para os seus homens.

– *Jaky jazyk?* – latiu.

Aquilo era suficientemente semelhante ao russo para que Vladimir entendesse: "Qual língua?".

– *Turetsky* – respondeu com alegria um dos *skinheads*, esmurrando a palma da mão com um punho cerrado. Turco.

O intelectual mais uma vez fixou o olhar em Vladimir. Estava começando a mostrar um sorriso desdenhoso próprio, que aproximava consideravelmente a sua aparência da dos seus companheiros.

– Você é da Arábia!

Arábia. *Arábia!* Será que estavam procurando um tipo diferente de semita?

– Não Arábia! – Vladimir gritou, sacudindo as mãos perigosamente perto na direção do líder. – América! Eu sou América! – Ele lembrou-se com alegria do fervor extremista de alguns dos seus colegas de classe sionistas na escola hebraica. – Arábia, pfuuu! – ele cuspiu, infelizmente em seu próprio sapato. – Mulçumanos... – Ele encostou um gatilho imaginário na cabeça e atirou em si mesmo. – Bum!

Embora na realidade ele devesse estar atirando em outra direção qualquer, na direção do árabe imaginário, talvez. As risadas irromperam entre as fileiras diante daquele gesto de auto-acusação, mas rapidamente perderam-se no meio de uma rajada de bufidos hostis e um aperto no *cordon sanitaire* de limpeza étnica em volta de Vladimir. Alguns dos brigões já estavam separando as pernas para melhor manterem o equilíbrio durante a iminente carnificina de um só.

– Escutem... Me dêem um minuto... – Vladimir pediu e, com as mãos trêmulas e a visão turvada pelas lágrimas que ele já não conseguia controlar, tentou retirar a carteira de um bolso do jeans. – Por favor, que é que vai lhes custar? Olhem... American Express... American... E esta é uma carteira de motorista do Estado de Nova York. Vocês, cavalheiros, já estiveram em Nova York? Conheço muitos *skinheads* lá. De vez em quando vamos barbarizar em Chinatown...

O líder examinou os artigos que Vladimir lhe oferecia e então, no que Vladimir interpretou, através das suas lágrimas traiçoeiras, como um gesto de mau presságio, colocou-os em sua própria carteira, recuou três centímetros e assentiu para o solo onde antes estava pisando.

— Por favor — Vladimir disse em estolovano. Estava pronto para dizer isso de novo.

Um punho aterrissou acima do olho direito de Vladimir, mas antes que a dor fosse inteiramente registrada houve a sensação de vôo e então a sensação do seu corpo despedaçando-se de encontro ao solo, o seu cóccix emitindo um estalo enquanto a dor irradiava-se para fora, partindo de uma centena de terminais, e então houve muitos gritos de aclamação, embora ele não entendesse a palavra exata (hurra?), depois, ao que parecia, uma viga mestra caiu sobre as suas costelas e então mais uma, duas, do outro lado, reluzindo em brilhantes amarelos de infância e depois recuando para a escuridão e para os choques posteriores de pura dor, e então alguém havia pulado sobre a sua mão fechada e — *bozhe moi, bozhe moi* — houve outra vez aquele estalo, o estalo que se podia sentir no fundo da boca, os gritos de aclamação novamente (hurra?), Morgan... acordar em Prava, *shto takoie*? qual língua? *Pochemu nado tak*? Meu Deus, assim não, *svolochi!* você tem que respirar, *nado dyshat'*, respire, Vladimir, e a sua mamãe vai lhe trazer...*zhirafa prinesyot*... uma girafa de pelúcia... *ya hochu zhit'!* Eu quero viver! Continuar a existir, abrir os olhos, correr, dizer a eles "Não!".

— Não!

Vladimir ergueu no ar o punho fraturado e golpeou alguma coisa que não se apresentava. Simultaneamente abriu os olhos e viu dois vultos parados na luz direta do bar. Durante um segundo os seus olhos entraram em foco, depois saíram de foco, e então, através de um extraordinário estremecimento de dor que disparava pela sua espinha como uma corrente, entraram em foco mais uma vez. Ele não conseguia distinguir exatamente as expressões deles, só que Gusev estava assentindo enquanto o Marmota olhava diretamente para a frente. E então Vladimir deixou cair o punho. Viu a biqueira de aço de uma bota avançando expressamente em direção ao seu rosto e disse, em duas línguas ao mesmo tempo:

— Venha.
— *Davai.*

36. EM ÉPOCAS MAIS FELIZES

Ele está saindo do dormitório dela; é a primeira vez que eles deslizaram as mãos para dentro da calça um do outro. Ele está atravessando a pé a praça da cidade, um conglomerado meticulosamente plantado de árvores, gramados e canteiros, que a universidade do Meio-Oeste mantém para lembrar a si mesma dos seus irmãos orientais menos progressistas. É de manhã. As nuvens estendem-se praticamente em cima dos carvalhos desfolhados e uma garoa leve surge de lugar nenhum, como que para lembrar aos pedestres de que se tratam as nuvens. No entanto, em um dos caprichos do tempo no Meio-Oeste, aquela manhã nublada de fevereiro atinge de repente uma improvável temperatura semelhante à primavera, trazida por um vento tão quente quanto a rajada de um secador de cabelos.

Ele está usando um pesado sobretudo marrom comprado pela mãe em uma previsão desse clima desagradável. Nesse dia, ao contrário da véspera frígida, ele desabotoou-o por inteiro e enfiou o cachecol no bolso, ignorando as décadas de conselhos da Mãe: "Nunca baixe a guarda quando o tempo quente aparecer de repente, Vladimir. Ele é um assassino silencioso, como doença venérea". Mas a Mãe não está à vista, e ele está livre para pegar tanto um resfriado quanto uma gonorréia.

Esse pensamento, em particular, o faz sorrir, e ele estaca no meio da praça e leva a mão ao nariz, aquela que recentemente penetrara na calcinha de algodão da sua nova namorada e chegara a ficar dolorida de tanto esfregar contra o elástico áspero da lingerie utilitária, depois cheira a outra mão para comparar. Que cheiros animais ela guarda, aquela garota esguia e sofisticada de Chicago com o seu cabelos cortados à pajem, bem na moda, e fortes opiniões marxistas.

Ave Maria! é a primeira vez que ele coloca a mão lá dentro. Sempre imaginara que a primeira vez seria com alguma rejeitada, uma garota gorda e insípida, mais assustada até do que ele próprio. Agora tudo mudou. Agora ele está parado no meio da praça, repensando tudo aquilo, calculando o seu prêmio com diferentes funções: subtraindo Leningrado, dividindo por Baobab, acrescentando a garota de Chicago e multiplicando tudo pela sua capacidade nascente de livrar-se do seu passado e tornar-se um Homem Americano Educado, um super-herói entediado, porém no final das contas feliz.

Aquele momento agradável na praça da cidade dura tanto tempo que ele vai recordá-lo mesmo quando os detalhes do seu primeiro embate com a genitália de outra pessoa tenha perdido a sua nitidez. Ele o recordará exatamente assim: os pássaros, confundidos pela temperatura, cantando, agarrados às árvores desfolhadas cujos ramos estalam e estremecem sob o peso das aves como se eles, também, estivessem sendo reanimados pelo calor; os bosques nus, régios e longos, estendendo-se pelo comprimento da catedral de granito cor-de-rosa coberta de hera, recentemente reformada para tornar-se um ateu sindicato estudantil; as pequenas torres neovitorianas do prédio de humanidades, antigamente apinhado de pinchonitas e achebianos[137], agora abandonado ao tédio intelectual que se estabelece na altura do período letivo da primavera. Sim, aquela aparição, aquela flora e fauna belas e improváveis são finalmente suas. A Faculdade Vladimir, fundada em 1981 pela última onda de esperançosos judeus de Leningrado desembarcando no JFK e percorrendo mil verstas[138] interior adentro para misturar os seus filhos

---

[137] Pinchonitas e achebianos: admiradores, defensores ou imitadores de, respectivamente, Thomas Pynchon, romancista norte-americano, e Achebe Chinua, poeta e romancista nigeriano. (N. da T.)
[138] Versta: antiga medida itinerária russa equivalente a 1.067 metros. (N. da T.)

e filhas com a elite liberal frágil e confusa. Obrigado, Mamãe e Papai Girshkin, pelos 25 mil dólares anuais em ensino e custos. No fim tudo vai dar certo. Eu não serei uma decepção.

 Ele se certifica de ser a única pessoa parada na breve luz matinal da praça, depois abraça-se com força, do jeito como ele imagina que a garota de Chicago fará durante toda a noite quando se apaixonar perdidamente por ele, quando eles começarem a forjar os seus planos de casamento depois da formatura. Até então, eles passaram a sua primeira noite em posição supina, principalmente pelo constrangimento de encarar-se na cama, e ele desenvolveu todo tipo de dores por causa da pouca familiaridade com o colchão velho dela. Mas aceita a dor como evidência da sua aventura, e, por enquanto, não consegue imaginar outras dores malevolentes do amor, as vastas penalidades por infrações casuais e confiança imerecida. Embora, para falar a verdade, aquela dor específica também doa como o diabo. E assim ele decide dirigir-se para o seu próprio dormitório, para o seu bondoso e aplicado colega de quarto judeu de Pittsburgh que não vai se recusar a apertar um baseado em uma ocasião especial como aquela. E então dormir um pouco, finalmente.

ELE ABRIU OS OLHOS por um instante de incalculável brevidade, depois fechou-os quando o peso das pálpebras ficou opressivo. Na escuridão a dor parecia disseminada, uma condição comum a toda as partes do seu corpo, em oposição aos vários locais que através de gesso e curativos haviam sido designados zona de maior impacto. Mas o que ele viu, naquele clarão de luz e consciência, foi mais do que precisava ver. Um azulejo rachado e cheio de bolor, de um tom verde que questionava todo o verdor. Imaginem uma planta que foi levada para um úmido porão de fábrica e ali ensinada a rejeitar tudo que ela antes achava precioso – o ar, o orvalho, a luz e a clorofila – até que aquela coisa murcha resigna-se a fazer amizade com a caldeira de calefação do porão. E então, naquele instante, acima daquele azulejo rachado e mal feito, o contorno de uma lâmina de ventilador passou com um sussurro angustiado. Um ventilador lento e antigo, seus contornos bulbosos como a traseira de um Studebaker.

 Ele então conheceu a realidade da matéria. Não era o céu cinzento do Meio-Oeste acima dele, mas o de Estolovaia. E ele recordou o seu último pensamento antes de ter perdido a consciência, a grosseira opção final de um homem sem país: fugir. Ele já conseguia imaginar o seu avião de fuga, que, sob a influência do antigo ventilador de teto, tornara-se um Stratoliner Transglobal prateado, as suas quatro hélices zumbindo ao passarem pelas nuvens coloridas de sépia com trinta passageiros e cinco membros da tripulação, com destino ao Campo La Guardia.

Ele acordou para encontrar o seu pulso quente, como se uma febre localizada o dominasse. Aquela sensação era particularmente desconcertante porque ao sul do pulso jazia um vazio pesadamente anestesiado: a sua mão, como uma confusão de coisas retas contorcidas e frágeis áreas cercadas destruídas, nada de estratoplano Transglobal, mas sim os restos de um Boeing caído em um campo de pequenos arbustos, cadáveres espalhados ao redor.

Morgan havia deslizado a mão em volta do pulso dele. Ela estava pressionando com o seu dedo indicador, medindo a pulsação. Usava um chapéu de palha com uma margarida, abaixo do qual o rosto não estava apenas triste, mas de uma tristeza... isto é, triste e luminoso. Os lábios sem pintura estavam rachados pelo ato nervoso de roer as unhas, uma aproximação distante dos lábios de Vladimir rachados por uma bota. De imediato Vladimir deduziu que o chapéu com a margarida era tanto um esforço para parecer não-envelhecida por essa experiência quanto uma tentativa de frivolidade para alegrá-lo.

– Morgie – ele disse. E então lembrou-se do que se tratava tudo aquilo. – Estou vivo.

– Você vai viver muito tempo. Nós dois vamos viver muito tempo. E vamos ser felizes, também – ela respondeu, manobrando por entre os curativos para beijar-lhe o nariz.

E felizes, também. Vladimir fechou os olhos e meditou sobre isso. Quase que não tinha importância se ela estava certa ou errada. Ele respirou profundamente, tão profundamente quanto conseguia com os seus pulmões roçando contra superfícies rompidas e órgãos prejudicados. Ela tinha um cheiro salgado e vital. O chapéu caiu quando ela se inclinou acima dele e uma cortina de cabelos roçou o rosto dele, alguns pêlos ficaram presos em seu nariz faminto.

– Estou vivo – disse Vladimir, apertando com força o punho que havia sobrevivido.

Depois de vinte minutos da sua visita, Kostya ainda estava tirando abricós e bananas, juntamente com dúzias de violetas locais feridas mortalmente e gardênias do mercado ao ar livre. Ele arrumou essa colheita no peitoril das janelas gêmeas do quarto de Vladimir, que davam para uma silenciosa ruela da Cidade Nova, fazendo mesuras durante todo o tempo, como se estivesse oferecendo sacrifícios a um Buda dourado.

Kostya já havia pedido desculpas, professado a sua inocência e feito o sinal da cruz milhares de vezes. Ele havia lido para Vladimir uma carta do Marmota, escrita em um russo semi-analfabeto, uma carta cuja essência era: "Nós, homens, se devemos ser chamados de homens, não podemos deixar que as ofensas passem impunes".

A ofensa era especificada: "Meu pobre pai doente... Como você pôde atraiçoá-lo? E depois de tudo o que ele teve que passar na vida: casamento e imigração, a marinha soviética e os projetos americanos, os anos de Stalin e a recessão do início dos anos 90. E eu não fui uma bênção quando criança, também, como você pode imaginar".

Um acordo era oferecido: "Nós encrencamos muito um ao outro, Vladimir. Mas agora tudo está resolvido e terminado. Agora temos trabalho a fazer. Não deve haver mais traições e surras, apenas amizade e respeito. Você vai ficar bem e então iremos ao restaurante onde você cantou tão bem e eu pagarei pelo jantar e o vinho".

E finalmente um P.S.: "Eu podia ordenar que eles o matassem".

Kostya removeu a última fruta da sua bolsa de ginástica. Poliu a maçã com o seu lenço e colocou-a cuidadosamente sobre o estômago de Vladimir.

– Coma imediatamente. Este tipo de maçã fica marrom por dentro – disse.

Ele deve ter visto nisso uma adequada analogia para si próprio, pois juntou as mãos sobre o estômago poderoso, como que para apoiar as entranhas, e disse:

– Meu Deus, que animais! Eles sofrerão dez vezes mais por isto quando chegar a hora da prestação de contas. E sofrerão eternamente. Embora deva ser dito, se quisermos falar a verdade, que você também pecou contra eles, Vladimir. Você traiu a confiança de um ancião. De um inválido! E quando ao Marmota... ele nos paga direitinho, não é? Apesar de todas as patologias, ele é um homem bom. E na maior parte do tempo nos trata como irmãos.

Vladimir moveu-se uma fração de centímetros de modo que a maçã rolou pelo lado da cama e obrigou Kostya a agachar-se para resgatá-la. Ele queria estar rodeado de amigos, não do homem que treinara o seu corpo durante oito meses só para permitir a sua destruição em poucos minutos.

— Diga ao Marmota para esquecer. Não quero ter mais nada a ver com esta organização — Vladimir declarou. — Vou embora deste país. E é melhor você sair deste negócio também, antes que eles o preguem na cruz como fizeram com este seu amigo aqui.

— Por favor, não fale assim, Vladimir — Kostya pediu, polindo a maçã com renovado vigor.

Ele parecia muito ocidental nesses dias, em sua camisa de marca Brooks Brothers e calça esportiva de cor bege, mas os olhos amedrontados lembravam a Vladimir um camponês velho e desdentado, do tipo que ele só havia visto em livros com fotos da Rússia.

— Agora é hora de renovar a fé, e não de negá-la — Kostya estava dizendo. — E eu não pensaria em sair do país, se fosse você. O Marmota certamente não vai permitir. Há um guarda do lado de fora do quarto e as saídas da frente e dos fundos do hospital também estão vigiadas. Eu mesmo vi, Vladimir. Eles não vão deixar você ir. Aceite um abricó, por favor...

— Vou telefonar para a embaixada americana! Ainda sou cidadão dos Estados Unidos. Conheço os meus direitos — Vladimir declarou.

Kostya lançou-lhe um olhar desconfiado.

— Isto só vai criar problemas, não acha? — Ele disse isto em tom um pouco forte demais, sem o seu costumeiro comedimento piedoso, deixando Vladimir, pela primeira vez, inseguro das suas alianças. — Além disso, não há telefone neste quarto. Agora, vou abrir as cortinas. Que dia espantosamente lindo está lá fora! Se ao menos você pudesse dar uma volta...

— Por favor, saia — Vladimir pediu. — Você e a porra da sua religião, e estas frutas... Que é que eu devo fazer com todas estas frutas?

— Vladimir! — Kostya pressionou a maçã sobre o coração. — Não diga mais nada! Deus só perdoa até certo ponto! Faça o sinal da cruz!

— Os judeus não fazem o sinal da cruz — Vladimir replicou. — Fomos nós que O colocamos nela, lembra-se? — Com apenas uma das mãos ele puxou as cobertas grosseiras por cima da cabeça, uma manobra dolorosa que trouxe à tona o total dos seus ferimentos. — Agora saia! — disse, de dentro da sua fortaleza de lençóis.

O DIA VIROU noite, e então a situação se reverteu. Uma jovem enfermeira eslovaca, de olhos e cabelos escuros como os de uma cigana, vinha administrar-lhe sedativos a cada duas horas; assim, para retribuir o favor, Vladimir permitiu que ela comesse as frutas de Kostya. Aquela enfermeira era robusta como uma salsicha. Virava Vladimir na cama sem um suspiro, tomando cuidado com as fraturas dele, depois enfiava profundamente a agulha no traseiro dele, uma dor que Vladimir passara a apreciar, pois significava o estabelecimento de uma doce tontura.

Com toda uma farmacopéia socialista a correr-lhe nas veias, Vladimir passava os dias rindo como um louco enquanto tentava construir um avião de papel parafinado institucional, ou, quando os efeitos da droga estavam em seu nadir, mugindo melancolicamente para uma fotografia de Morgan sobre a mesa de cabeceira, cujas visitas diárias de quatro horas que ela lhe fazia obviamente não eram suficientes. Os intervalos ele passava tagarelando consigo mesmo, tanto em russo quanto em inglês, fazendo a crônica da sua infância e do final da sua infância, muitas vezes fingindo que havia um bando de crianças, pequenas e peludas, cercando o seu leito.

— E quando eu tinha a sua idade, Sari, eu morava com uma dominadora em um apartamento condenado na Cidade do Alfabeto. Mais tarde ela ficou com o meu melhor amigo Baobab, mas a essa altura eu já era um mafioso em Prava. Que vida!

Mas logo — em uma semana, digamos — os netos de Vladimir tornaram-se altos e musculosos, as suas feições clearearam, a ponta do nariz curvou-se para cima e camisetas com os nomes de times americanos apareceram de repente. Vladimir adivinhou a linhagem deles. Ele sabia que estava chegando a uma espécie de decisão.

— Será o lugar perfeito para você se recuperar. Você vai ver onde eu fui criada, a América real — disse Morgan. — E Cleveland é tão gostosa no verão! E já não fede, eles limparam o rio Cuyahoga. E, se você quiser, o meu pai pode lhe arranjar um emprego. E se não gostarmos de lá, podemos nos mudar para outro lugar qualquer. — Ela baixou a voz. — Aliás, Tomaš e eu estamos quase terminando o nosso trabalho aqui. Só para você ficar sabendo...

— Deixe-me pensar sobre isso — Vladimir pediu, enquanto uma lufada de ar do Meio-Oeste esgueirava-se através das janelas fechadas.

E se não gostarmos de lá, podemos nos mudar para outro lugar qualquer.

No dia seguinte, um aventureiro Vladimir comeu um prato de bolinhos empapados juntamente com um resquício de *gulash* sem a páprica (por motivos de saúde, segundo o seu médico). Ele conseguiu virar-se sozinho na cama para a enfermeira, que disse várias palavras de incentivo em sua língua, depois deu-lhe um amável tapinha no traseiro.

A enfermeira trouxe exemplares do *Prava-dence*, e ali Vladimir não conseguiu fugir dos comentários encolerizados de Cohen a respeito do anti-semitismo e do racismo na *Mittel Europa*, em resposta ao qual Cohen estava prontamente organizando uma marcha para a Praça da Cidade Antiga sob a faixa: ESTRANGEIROS, MANIFESTEM O SEU REPÚDIO! Suásticas seriam queimadas, música folclórica tocada, e o Kaddish do Enlutado recitado por um dignitário visitante para "um certo amigo derrubado".

— Mas eu não estou morto — Vladimir lembrou-lhe, quando Cohen chegou, juntamente com František.

— Não, não — Cohen balbuciou. — Apesar de que... — Ele não continuou; em vez disso, enxugou os olhos vermelhos com ambas as palmas, fazendo dobras na porção inferior do rosto, que estava sem barbear. — Vamos tomar uma cerveja — disse, e pegou uma garrafa, que, com muita falta de jeito e espuma escorrendo, ele conseguiu finalmente abrir e colocar na mão boa de Vladimir.

A cerveja não parecia a Vladimir ser uma boa idéia, com todas aquelas drogas exóticas bombeadas para dentro da sua parte posterior, mas de qualquer maneira ele bebeu alguns goles. Ao longo dos nove meses anteriores ele tinha compartilhado tantas cervejas com Cohen que beber aquela última era semelhante a um memorial, e olhando agora para o seu emaciado amigo mais uma vez transbordante da energia dos justos, Vladimir entristeceu-se ao pensar que poderiam jamais se ver outra vez.

— Bom, eu espero que a sua marcha dê tão certo quanto o seu trabalho na *Cagliostro*. Você tem jeito para estas coisas, Perry. Fico feliz por você ter sido o meu mentor.

— Eu sei, eu sei — disse Cohen, descartando o elogio, embaraçado.

— E agora, cavalheiros, preciso pedir-lhes que me ajudem a ficar de pé.

Os dois passaram os braços por baixo dos braços dele, e, com a força considerável de František responsável pela maior parte da propulsão, ergueram-no da cama enquanto ele grunhia e dizia "Ai!". De pé, ele rapidamente ficou impressionado com a sua mobilidade: com exceção de alguns machucados, seus pés estavam notavelmente ilesos. Os seus atacantes obviamente estavam mais preocupados com as áreas mais nobres, e a maior parte das fraturas estavam concentradas nas costelas, o que o fazia sentir como se o seu torso fosse um pacote atulhado de vidro quebrado. Quando ele mantinha uma postura ereta e não respirava excessivamente, podia viajar da cama até a porta com facilidade, mas cada vez que a sua locomoção exigisse uma mudança de postura ou uma inalação mais profunda as coisas ficavam um pouco borradas e escuras nas bordas.

– Estou pronto para partir – Vladimir lhes informou.

Imediatamente Cohen expressou a sua intenção de ficar e lutar até que todos os rapazes de cabeça raspada fossem amarrados durante nove horas e obrigados a assistir uma exibição de *Shoah* de Claude Lanzmann, mas František limitou-se a balançar a cabeça (os seus olhos também tinham agora um olhar duro e estavam vermelhos embaixo) e dizer:

– Talvez você não tenha conhecimento da situação lá fora. Um guarda aqui e dois guardas na entrada.

Vladimir virou-se para František e esticou a mão boa, a palma para cima, no famoso gesto de "*Nu?*".

– *Nu?* – František repetiu. – Que é que posso fazer? Você compreende agora de que os nossos adversários são capazes.

Ele soltou um suspiro estentóreo. Quando, porém, o suspirou se exauriu, o rosto dele tomou a aparência satisfeita e régia do Filho do *Apparatchik* II.

– Está certo, eu vejo alguma coisa, sim... – concordou. – Mas talvez fosse melhor esperarmos até o seu físico melhorar.

– Não. Tem que ser agora – Vladimir insistiu. – Diga-me, František... Quanto dinheiro eu tenho?

František balançou a cabeça com tristeza.

– Aquele imbecil do Kostya congelou a sua conta no DeutscheBank. Como medida preventiva, segundo me disseram.

– Foi o que eu pensei. Então, que é que resta para mim aqui? Nada – Vladimir declarou.

Era óbvio que os seus dois amigos jamais imaginavam ouvir aquelas palavras de Vladimir Girshkin, pois imediatamente se juntaram e colocaram os braços em volta do corpo dele, com toda a suavidade de que são capazes dois homens sem filhos.

– Espere! – Cohen exclamou. – Que é que você quer dizer com "nada"? Tem que haver alguma coisa que possamos fazer! Podemos fazer acusações. Podemos alertar a mídia. Podemos...

– A sua namorada – František cochichou na orelha ilesa de Vladimir. – Ela diz que vão explodir o Pé nesta sexta-feira às três da tarde precisamente. A explosão vai servir de distração.

František permitiu-se um leve aperto no fraturado ex-Rei de Prava.

– Fique preparado para correr – disse.

VLADIMIR TEVE UM SONHO INTERESSANTE. Nesse sonho ele jantava com uma família americana normal que ocupava uma enorme mesa de jantar acima da qual pendiam três lustres bem espaçados – a tal ponto era grande essa família normal.

Durante a refeição do sonho, eles comiam peixe-de-são-pedro, escolhido por seu baixo conteúdo calórico e não por quaisquer razões religiosas. Isso foi explicado a Vladimir por um homem chamado Vô que, como é normal, sentava-se à cabeceira da mesa. Vô vivera muito tempo e sabia coisas de muitos assuntos, especialmente sobre grandes, gloriosas guerras. Ele era também a única pessoa à mesa que tinha um rosto, embora não fosse o tipo de rosto que, por si só, pudesse imprimir-se na memória coletiva de uma nação, à maneira de Khruschev ou do Homem da Aveia Quaker.

Era o rosto de um velho com testa de besouro, queixo duplo avermelhado pelo vinho, um rosto que seguramente havia visto mais bem do que mal ao longo dos anos, mesmo levando-se em conta as grandes, grandiosas guerras – aliás, especialmente quando se leva em conta as que foram grandes, grandiosas. Sim, Vladimir nunca imaginou que ia gostar tanto de ficar escutando sobre dever, e coragem, e agüentar firme. E ele foi muito educado com Vô: quando o velhinho derramou molho na manga da camisa branca de Vladimir, este fez uma piada bem apropriada, nem um pouco ofensiva a qualquer pessoa presente, e que aparentemente deixou Vô à vontade. O sonho terminou assim que Vô ficou à vontade.

Vladimir acordou deliciado com a sua delicadeza durante o jantar, o estômago ainda ronronando sob o peso suave do peixe gói. Os raios do sol inundavam o quarto enquanto um vento brincalhão batia nas janelas. A sua enfermeira vinha entrando, empurrando o carrinho do café da manhã. Ela estava muito animada, apontando constantemente para a janela e evidentemente dizendo uma porção de coisas boas a respeito do dia lá fora.

– *Petak*! – ela disse. Sexta-feira!

Vladimir assentiu e disse "*Dobry den*" a ela, o que, além de ser uma forma de saudação, por acaso significava também "bom dia" em estolovano.

Ela arrumou o café da manhã dele – um único ovo cozido, uma fatia de pão de centeio e café preto. Então, sem cerimônia e ainda gesticulando a respeito do rico dia, ela tirou do compartimento inferior do carrinho uma pasta de executivo, que colocou ao lado do braço bom de Vladimir.

– *Dobry den*! – ela cumprimentou e, sorrindo como um anjo moreno, indo-europeu, empurrou o carrinho de café da manhã para fora da vida de Vladimir.

No princípio Vladimir ficou admirando a pasta em si. Era bonita, de verniz cinza-claro, com um monograma das iniciais de Vladimir. Ele chegou até a lembrar-se da Mãe e a perguntar-se se a primeira letra do monograma poderia ser mudada para a letra dela.

Dentro, havia um parque-de-diversões-para-o-adulto. O primeiro item que Vladimir notou foi, naturalmente, o revólver. Era o único revólver que ele já vira que não estava ligado a um tira ou a um dos homens de Gusev, e a idéia de que aquela arma se encontrava em suas mãos era mais hilariante do que assustadora. Natureza morta de V. Girshkin com arma na cintura. A arma vinha com um conjunto de instruções diagramado, riscado a lápis às pressas: "Arma já carregada com seis balas. Soltar a trava. Apontar. Segurar firme revólver. Apertar gatilho (mas só depois de ter mirado diretamente no alvo.)". Epa, pensou Vladimir. Com sotaque ou sem sotaque, eu sou um filho da América. Deveria saber por instinto como apagar alguém.

Ao lado do belo revólver havia maços de notas de cem dólares, cem em cada maço, dez maços ao todo; o seu passaporte americano; uma passagem aérea para o mesmo dia às 17:00 diretamente para Nova York; e um bilhete breve: "Quando a enfermeira bater duas vezes, o guarda do lado de fora terá sido distraído. O Pé vai explodir dois minutos depois. Corra para o táxi mais próximo (descendo dois quarteirões fica a Prospekt Narodna, a avenida mais próxima). A sua amiga estará à sua espera no aeroporto. Não perca tempo dando explicações à equipe do hospital – o caso deles já foi resolvido.

Vladimir fechou a pasta e moveu um pé para fora da cama, mirando os seus mocassins de franja do Harrods.

Exatamente então houve duas batidas à porta.

... E lá se foi Vladimir porta afora, galopando como louco, a mão boa em volta do corpo, um corpo que parecia prestes a dobrar-se a qualquer minuto como uma cama de campanha. Ele virava esquina após esquina, através de infelizes corredores verdes que pareciam nada mais que uma extensão do seu quarto, passando por inumeráveis enfermeiras velhuscas com carrinhos de café da manhã que não lhe deram atenção, seguindo sempre o mágico cartaz vermelho com uma seta e um ponto de exclamação que seguramente devia significar SAÍDA!

Na rua! Em Prava na primavera! Uma rua serpenteando para longe – na direção de Prospket Narodna, ele esperava – ladeada de ambulâncias Fiat antigas e deformadas... Um BMW familiar estava estacionado diretamente em frente à escada do hospital, dois empregados do Marmota, Shurik e Tronco, estavam entretidos por um trio de enfermeiras elefânticas, cujos cabelos – três fardos de feno louro e solto – eram levantados por trás pelo vento, potencialmente escondendo a fuga de Vladimir. Parecia que o bando estava fazendo palhaçadas com uma seringa hipodérmica.

Três horas no relógio dele. O ponteiro menor moveu-se cinco segundos para a frente. Uma bola alaranjada no alto. Um deslocamento no céu. A Cidade Antiga estremeceu. A Cidade Nova estremeceu. Havia começado o terremoto.

Morgan!

Vladimir sabia que precisava afastar-se depressa, mas não conseguia tirar os olhos do Pé em chamas. Lembrava-lhe, estranhamente, a tocha empunhada pela Estátua da Liberdade, com a diferença de que essa agora era muito mais grandiosa, soprando lindos caracóis de fumaça cinzenta por cima do Tavlata e para dentro dos pátios abertos do castelo. Na direção de trás do Pé, onde o elevador e os cabos de energia corriam ao longo do Calcanhar, fagulhas elétricas reluziam em espirais de luz branca-azulada, que chicoteavam – sem perigo, era de se esperar – as formas barrocas do Arquivo Estolovano de Vinhos e da loja Hugo Boss abaixo. Alpha havia feito os cálculos corretamente: o Pé implodiu, os dois terços superiores desabaram para dentro do terço inferior. Aquele Pé truncado e fumegante era verdadeiramente um marco, o proverbial "monte de cinzas da História" em torno do qual os ex-Guerreiros

Frios[139] e a faculdade de economia da Universidade de Chicago logo se reuniriam para aquecer as suas mãos carnudas.

Ela havia conseguido, a Morgie! Tinha incendiado o horizonte!

Mas não havia tempo para sentir orgulho da sua estranha amada. Atingida pelas ondas de choque da explosão, a cidade continuava a retumbar sob os pés dele, como se um infindável trem do metrô serpenteasse por seu caminho subterrâneo. Vladimir olhou para a BMW: os homens do Marmota estavam agachados no chão juntamente com as enfermeiras estolovanas, olhos erguidos para o gigantesco pé em chamas. Vladimir afastou-se dali caminhando com rapidez, balançando resolutamente a sua maleta. Vestido com uma calça bem passada e camiseta *Prava-dence*, tendo despido a camisola do hospital, ele era o protótipo do homem de negócios norte-americano que deixa de pegar um táxi para exercitar-se caminhando, mesmo tendo a mão esquerda enrolada em faixas como uma bola branca, ao passo que uma espessa faixa de gaze adornava a sua testa. Ele respirava tranqüilamente em intervalos regulares, com o objetivo de reunir energia para o próximo esforço, exatamente como Kostya havia lhe ensinado.

Aquilo foi uma coisa sábia. Ao se aproximar da curva da rua, que o retiraria definitivamente da linha de visão dos russos, os conjuntos gêmeos de prédios sujos ecoaram com a voz infeliz de Shurik:

– A<small>LTO</small>!

Esforço!

E ele sumiu, a arquitetura espiralando-se ao seu redor, um motor ligado rapidamente uma dúzia de metros atrás de si. Agora ele conseguia sentir apenas a cabeça e os dois pés – um, dois, um, dois – carregando de pé o resto do seu corpo ridículo, como Kostya suportando a sua cruz. E o vento! O maldito vento soprava do lado errado ao longo da rua infindável como uma repreenda, esmurrando o pobre peito de Vladimir, expulsando a bofetões o seu suprimento de ar.

Uma represália! Como uma série de bonecas uma dentro da outra, a rua lateral possuía uma rua lateral. Seguindo as regras da fuga, Vladimir mergulhou nela. Mas o beco devia abrigar algum museu obscuro, pois estava

---

[139] Guerreiros Frios: relativo à Guerra Fria entre os Estados Unidos e a União Soviética na segunda metade do século XX (N. da T.)

repleto de melancólicas crianças de escola sendo tangidas ao longo da rua, como uma corrida de touros em câmera lenta.

Vladimir estacou, respirou uma única vez e gritou:

– Os russos estão chegando! Corram!

Aquele aviso provou ser especialmente verdadeiro, já que foi gritado em russo e contra o pano de fundo das explosões de uma estátua de cem metros do Pé de Stalin. Instaurou-se o pandemônio, com as criancinhas berrando, pastas escolares voando pelo ar, professores empurrando as barrigas gordas nas crianças, crianças espremidas na argila cinzenta dos prédios, caindo como soldadinhos de brinquedo dentro do vestíbulo de uma nova pizzaria subterrânea. Acenando com a mão no ar como uma bandeira de resistência nacional, Vladimir abriu caminho, ainda gritando o seu aviso; ele conseguiu derrubar apenas uma criança – um pequeno Kafka lento e de ar tristonho que lembrou a Vladimir ele mesmo quando criança. Lamentou vê-lo cair.

Avante! À sua frente, uma forte luz derramava-se pela rua lateral, uma luz nascida de um espaço desatulhado, de uma enorme avenida, da Prospekt Narodna – a Avenida da Nação! Ainda gritando o seu aviso ultrapassado, Vladimir jogou-se no meio de uma multidão de pacíficos caminhantes de hora do almoço, todos de pescoço espichado para ver a carnificina do Pé, no estado de espírito universal de espanto e alegria.

Atrás dele os seus perseguidores buzinavam sem parar para livrar a rua lateral de estudantes. Não era uma tarefa fácil, já que o beco tinha praticamente a mesma largura do BMW, e nas calçadas cabia apenas um número limitado de pequenos estolovanos.

Sentindo que o tempo estava a seu favor, Vladimir atravessou os grupinhos de empresários de ternos vermelhos e meias brancas e saltou para o meio da rua. Mais uma vez pôs-se a correr. Só que agora não havia dualidade de torso esmagado e pernas olímpicas; havia apenas dor e velocidade! Agora o vento feliz soprava para o lado correto da História, e falava mais alto do que o clamor do bonde de focinho comprido que vinha em sua direção: VLADIMIR VITORIOSO!

Ele alterou milimetricamente o seu curso e passou a um fio de cabelo do bonde creme e alaranjado, avistando as aterrorizadas *babushkas* dentro dele agarradas às suas sacolas do Kmart, pois à frente ficava a própria loja de vários andares. Mas Vladimir não podia sequer pensar em escapar para dentro do departamento de roupas masculinas esportivas, exatamente como, em seu frenesi, ele perdera de vista o seu objetivo original: encontrar um táxi, dos quais a essa altura decerto uma dúzia de exemplares verdes haviam passado, juntamente com uma procissão de carros de polícia, luzes piscando, voando na direção do Pé em chamas.

Um! Dois! Um! Dois! – com as pernas, sem parar sequer para respirar até que a contagem tornou-se um único umdoooois, quando subitamente a Prospekt Narodna chegou ao fim e ele precisou pisar no freio.

À sua frente, o azul borrado do Tavlata e uma ponte que o atravessava de lado a lado. A idéia de ser encurralado na ponte, sem outra coisa além do rio turvo lá embaixo, não o atraía; Vladimir virou para a direita na margem, mas nesse ponto sofreu uma convulsão breve. As suas costelas rasparam umas nas outras com o som imaginado de talheres, e uma imensa bola de sangue ancorado em catarro subiu para forrar a sua boca com metal. Dobrado de dor, sua antiga velocidade agora impensável, Vladimir fez um lento progresso ao longo da margem na direção do castelo à distância.

Ele passou pelo famoso restaurante onde havia comido com o Marmota, e pensou brevemente em refugiar-se naquele estabelecimento internacional. Nenhum lugar com ninfas nas paredes e Cole Porter no piano poderia ser anfitrião de um assassinato vespertino. Mas o prédio ao lado dele era muito mais intrigante. Uma enorme bandeira tricolor estolovana pendia da janela do andar térreo; ela se distinguia pela estrela socialista, banida havia muito tempo de bandeiras semelhantes. Aliás, com algum esforço de audição podia-se ouvir sob o murmúrio urbano o "Internacional", estridente e rouco, vindo de dentro como um parto doloroso. Claro! O Grande Salão da Amizade do Povo! Era ali que František fazia os seus discursos regiamente pagos para os velhos comunistas fiéis.

À distância, onde a Prospekt Narodna desaparecia no rio, o automóvel de Shurik e Tronco freou repentinamente, com pneus fumegantes e todos os sons adequados. Vladimir virou-se na direção oposta, a direção da continuidade da fuga, para avistar o monstruoso capô inclinado do Beamer personalizado do Marmota avançando para a margem do rio. Portanto o destino de Vladimir estava selado.

Do outro lado de uma grossa cortina de veludo ficava o andar térreo de uma mansão espaçosa transformada em auditório. Um Lenin de mármore agigantava-se acima de uma plataforma vazia. A própria plataforma ficava acima de fileiras de cadeiras dobráveis ocupadas pelos Filhos e Filhas do Futuro Radiante – aqueles octogenários engomados – as vovós ainda usando os vestidos azuis de trabalho e seus esposos revolucionários agora ostentando peitos significativos nos quais as suas muitas insígnias estavam pregadas.

Na direção da frente do aposento – perto do dedão esquerdo de Lenin, para ser exato – Vladimir avistou a pessoa mais jovem do recinto depois de si próprio. O topete em forma de ponto de interrogação teria sido um indício inconfundível em um bar apinhado. František, com a vantagem da sua altura, também avistou Vladimir e rapidamente começou a fazer o caminho inverso, conseguindo apertar todas as mãos estendidas para ele, como um rabino durante um intervalo nos serviços minyan[140].

– Que diabos...? – disse, empurrando Vladimir de volta na direção da cortina de veludo e a rua lá fora.

– Não consegui um táxi! – Vladimir berrou.

– *Jesusmaria*! Como foi que encontrou este lugar?

– A bandeira... Você me contou... – Vladimir fechou os olhos e lembrou-se de respirar a qualquer custo. Ele respirou. – Escute, eles cercaram as duas ruas, para cá e para lá. Vão começar a entrar nos prédios. Está entendendo a situação?

Ele olhou ao redor para verificar se alguma das Guardiãs do Pé estava presente, temendo que pudessem reconhecê-lo do espetáculo de Morgan no Dedão... Mas todas as *babushkas* lhe pareciam iguais.

– E quanto ao Pé? – František quis saber. – Senti o chão estremecer. Pensei que...

– Acabado. No chão – Vladimir contou.

A voz dele alcançou longe demais. Cabeças grisalhas voltavam-se para ele, cadeiras eram arrastadas para trás e o salão logo estava repleto de sussurros espantados de "Trotski!".

No princípio František não prestou atenção àquele burburinho, provavelmente imaginando que uma coisa qualquer pudesse ter despertado as ondas de senilidade que serpenteavam ferozmente através do salão. Em vez disso, ele estava tentando acalmar Vladimir, lembrando a ele que ambos

---

[140] *Minyan*: palavra hebraica que designa uma congregação de dez homens reunidos para oração. (N. da T.)

estavam nisso juntos, que ambos eram companheiros de viagem, "homens de bom gosto em um mundo sem gosto" e que ele faria qualquer coisa para salvar Vladimir. A essa altura, porém, os disparatados murmúrios de "Trotski!" estavam unidos num único cântico proletário, e os dois já não podiam ignorar a tensão crescente. Com sorrisos embaraçados eles se voltaram para enfrentar o Povo e fizeram um pequeno aceno com a mão.

– Que interessante! – František comentou, massageando energicamente as têmporas. – Que coisa mais menchevique[141] da parte deles! Eu jamais teria imaginado... Mas tudo bem... Não tem importância. Então, vamos tentar o Plano Z? Imagino que você ainda conheça o marxismo-leninismo, *Tovarishch* Trotski?

– Foi a minha matéria principal na faculd...

– Então siga-me por favor.

– Mas, é claro, seja o que for que você está pensando, é loucura... – Vladimir começou a dizer.

Mas nesse meio tempo ele seguia fielmente o louco até a frente do aposento. Um silêncio perfeito caiu sobre a congregação, bem-treinada depois de 40 anos marchando felizes para o futuro e jamais se curvando aos fatos.

Balançando os braços marcialmente e com o queixo erguido, František subiu à plataforma. – Caros amigos do Outubro Glorioso – começou, em russo perfeito. – Hoje temos um convidado cujo calibre não vemos igual desde aquele búlgaro com o papagaio engraçado, no ano passado... Yezdinski, não era? Com apenas 30 anos, mas já três vezes Herói do Trabalho Socialista, para não mencionar a pessoa mais jovem que já recebeu a Ordem de Andropov para Operação Heróica de uma Colheitadeira de Trigo... Camaradas, por favor, dêem as boas-vindas ao Secretário Geral da Presidência da Liga Liberal Democrática Operária-Camponesa de Comunistas Não-Arrependidos e um sério candidato à presidência da Rússia na próxima eleição... o Camarada Yasha Oslov!

Os coroas puseram-se de pé numa imensa onda de poliéster, gritando "Viva Trotski!" mesmo depois de ser estabelecido o falso nome de Vladimir. Percebendo os machucados dele, algumas das vovós gritavam:

---

[141] Menchevique: tradução de *Menshevik*: palavra russa que significa "minoria" e que designava a facção do Partido Comunista que se opunha a Lenin. (A facção que o apoiava chamava-se "*Bolshevik*", que significa "maioria"). (N. da T.)

– Que é que você tem, Trotski? Vamos deixar você bom!

Vladimir acenou solicitamente para a platéia enquanto subia os degraus para a plataforma, quase perdendo o seu frágil equilíbrio. Colocou a pasta cheia de verdinhas no topo da tribuna e ajeitou o microfone com a sua mão que funcionava, esperando até os aplausos diminuírem.

– Camaradas partidários! – ele gritou, e imediatamente interrompeu-se. Camaradas partidários... Hum, e depois? – Em primeiro lugar deixe-me perguntar-lhes: é aceitável que eu fale em russo?

– Mas é claro! Fale, águia russa! – a audiência gritou em uníssono.

É o meu tipo de audiência, Vladimir pensou. Ele inspirou todas as suas dúvidas uma vez, sentiu a dor da respiração e depois dispersou-as no ar que fedia a legumes estragados e ternos baratos usados num dia quente.

– Camaradas partidários! – ele gritou no silêncio. – Lá fora está fazendo um dia quente de abril, o céu está claro. Mas acima do mausoléu de Vladimir Ilych – para dar ênfase, ele virou-se para a estátua de Lenin – o céu está perpetuamente cinzento!

– Ah, pobre Lenin! – gemeu a multidão. – Pobres dos seus herdeiros!

– Pobres, sim – Vladimir continuou. – Basta olhar o que aconteceu com a linda Prava Vermelha de vocês. Americanos por toda parte. (A multidão rugiu o seu protesto!) Fazendo atos sexuais libidinosos na Ponte Emanuel como que para zombar da santidade da Família Socialista e para espalhar a AIDS deles! (Rugidos!) Injetando na veia a maconha deles com agulhas sujas na Praça da Cidade Antiga, onde antes cem mil camaradas escutaram arrepiados as palavras de Jan Zhopa, o primeiro presidente operário de vocês. (ARR! ARR!) Foi para isto que durante quarenta anos vocês trabalharam nos campos e derreteram todo aquele metal... Derreteram todo aquele metal para fazer aço, construíram esses bondes maravilhosos, um sistema de metrô que é a inveja do Métro de Paris, banheiros públicos por toda parte... E não vamos nos esquecer do elemento humano! Quantos jovens camaradas fiéis e entusiasmados nós produzimos, como o Camarada František que aqui está...

Ele acenou para František, que estava sentado na primeira fila e presenteou a multidão com um polegar erguido e o sinal da vitória ao mesmo tempo (pois não ia economizar).

– Franti! – aclamava a multidão.

— Sim, o Camarada Franti vem distribuindo o *Justiça Vermelha* desde que usava fraldas! Continue surrando o elemento contra-revolucionário com a sua pena poderosa, caro amigo!

Ah, ele estava começando a gostar daquilo! Andou de um lado para o outro na frente da tribuna como um bolchevique agitado, chegando a tocar no mármore frio do Grande Papai da Revolução em busca de apoio.

— Olhem para a minha mão! — ele gritou, sacudindo no ar com a outra mão o pacote embrulhado em bandagens. — Vejam o que eles fizeram a ela, os industrialistas! Eu disse o que pensava, em uma reunião de trabalhadores negros em Washington, e a CIA enfiou a minha mão num moedor de carne!

À menção do moedor de carne, uma camarada usando um casaco de pele de marta muito velho e um lenço de cabeça florido não conseguiu mais conter-se: ficou de pé em um salto e pôs-se a girar um cordão de salsichas em volta da cabeça como se fosse um laço.

— Paguei 40 coroas por isto! — ela vociferou. — Que é que você acha?

— Sim, que é que você acha disso? — secundou a multidão.

— Que é que eu acho disso? — Vladimir apontou para si mesmo como se estivesse surpreso por desejarem a sua opinião. — Eu acho que o dono da loja responsável por cobrar 40 coroas por estas salsichas deveria ser fuzilado!

A audiência inteira estava agora de pé; a ovação deve ter sido ouvida no restaurante vizinho.

— Acho que a família dele deveria ser forçada a abandonar Prava, como inimigos do povo! — bradou o incorrigível Vladimir. — E os seus filhos não devem ter permissão para freqüentar a universidade.

— Hurra! — respondeu a multidão.

— E o gato dele devia virar comida de gato!

Hurra!

— E o que acha de 20 coroas por uma carpa? — outra *babushka* curiosa quis saber.

— Vergonha! Por que deixamos os campos de trabalhos forçados na Sibéria desocupados? E aquelas boas minas de urânio estolovanas? Camaradas, quando a Liga Liberal Democrática Operária-Camponesa de Comunistas Não-Arrependidos tomar o poder, esses novos empreendedores realmente vão dar com a cara no chão!

A multidão pôs-se a rir e a aplaudir, dentes de ouro reluziram pelo aposento, e mais do que uma mão ergueu-se para acalmar as batidas superexcitadas de um coração defeituoso.

– Vamos cuidar deles, um por um, caros *tovarishchii*. Vamos estrangular cada um deles com as nossas próprias mãos, aqueles gordos porcos burgueses em seus ternos listrados Armani!

Agora, o que se pode dizer sobre coincidências? Ou a pessoa acredita num poder superior ou simplesmente dá de ombros. Olhando para trás, Vladimir confessaria que naquele momento sentiu-se tentado a acreditar, pois assim que as palavras "gordos porcos burgueses em seus ternos listrados Armani" lhe saíram da boca, o Marmota abriu a cortina de veludo e irrompeu no salão, seguido de perto por Guzev e o Tronco. Sim, todos eles usavam os seus ternos listrados Armani e pareciam mais suínos do que nunca, embora talvez o poder da sugestão tivesse alguma influência nisso.

– Lá estão eles! – Vladimir gritou, apontando, segundo julgava, diretamente pra o plexo solar do Marmota. – Eles vieram acabar com a nossa digna reunião! Pela honra da nossa terra natal, vamos fazer em pedaços estes porcos!

O Marmota inclinou a cabeça e chupou as bochechas, atônito, como que para dizer "*Et tu, Brute?*". Então um *kielbasa* enorme aterrissou em sua cabeça e a multidão atacou.

Vladimir não testemunhou todas as armas à disposição deles; basta dizer que muletas tiveram um papel importante, mas para ele a cena mais duradoura daquela confusão, como um trecho de um documentário de guerra que passa vezes sem conta nos noticiários, foi a visão de uma matrona gorducha, de salto alto, apunhalando o peito de Gusev com a extremidade perigosa de um esturjão e berrando, enquanto a sua confusa vítima implorava misericórdia:

– Isto é suficientemente duro para você, seu bandido?

E assim, enquanto velhos soldados brandiam cadeiras de metal contra os intrusos e salsichas circulavam acima das cabeças como helicópteros Sikorski[142], František arrastou Vladimir na direção de uma saída alternativa para a margem do rio.

– Brilhante! – foi a única palavra que ele disse, enquanto empurrava Vladimir para a luz do meio-dia e batia a porta atrás deles.

---

[142] Sikorski: Norte-americano nascido na Rússia que possibilitou o vôo vertical ao inventar o helicóptero durante a Segunda Guerra Mundial e cujo nome virou marca dessa aeronave. (N. da T.)

Ainda cheio de fervor revolucionário, porém lembrando-se de assuntos mais urgentes, Vladimir correu ao longo da margem em perseguição a um táxi que partia.

– Alto, camarada – ele gritava, por hábito.

O táxi parou obedientemente, e Vladimir jogou-se dentro dele com um estalo de alguma coisa interna. – Ah, pelo amor de Deus...

Ele espirrou, soltando dois jatos de sangue, um por cada narina, do modo como se imagina que um cavalo de corridas vencedor solta fogo na linha de chegada.

O motorista – um adolescente, pela sua aparência, ostentando na cabeça raspada uma tatuagem do estúpido "A" dos anarquistas – avistou esse banho de sangue pelo retrovisor.

– Fora! Fora! – gritava o chofer anarquista. – Nada de sangue no auto! Nada de HIV! Fora!

Um maço de notas de cem dólares atingiu a cabeça do motorista (Vladimir havia jogado o dinheiro com tanta força que ele produziu um momentâneo traço vermelho naquela grande superfície lunar). O motorista baixou os olhos para a grana. E colocou o carro em marcha.

O caminho para o aeroporto exigia uma volta de 180 graus, que qualquer carro maior do que um Trabant não conseguiria fazer. Nesse aspecto Vladimir teve sorte. No aspecto de que a volta de 180 graus levou-o diretamente para a *armada* de BMWs do Marmota e *mafiyosi* que fugiam do Exército vermelho ancião, ele não teve.

O motorista enfiou a mão na buzina, como era o seu dever, e praguejou também, mas com toda aquela confusão na sua frente ele não conseguiu deixar de atropelar um objeto volumoso, que Vladimir acreditaria até morrer que se tratava do Tronco. No entanto, levando-se em conta o brilho ofuscante do sol da tarde e os cegantes clarões vermelhos que explodiam em volta das suas córneas, ele podia estar enganado. Podia ter sido um amigo do Tronco.

De qualquer maneira, a força do impacto dirigiu o Trabant para a grade da margem do rio. O Trabi, sabendo reconhecer uma força física superior quando colidia com uma, quicou de volta para a rua, salvando Vladimir e o seu motorista de um deslize para dentro do rio. Um carro notável, o Trabant! Tanta timidez e humildade, uma presença tão atenuada. A Mãe sempre desejou que Vladimir se casasse com uma moça igualzinha àquele Trabi.

— Carro morto! Pague! — o motorista gemeu, mesmo estando disparado pela rua e depois pela ponte que saía da Prospekt Narodna.

Aturdido e à mercê do adolescente, Vladimir atingiu-o com mais dez milhas, e em resposta a isso o motorista puxou para fora do painel um espaguete de fios e uma única lâmpada. Isso imediatamente deixou o Trabant competitivo: com imenso prazer e uma transparente falta de consideração para com os sinais de trânsito eles dispararam através do Bairro Inferior e em volta da Colina Repin.

Uma cortina de fumaça cinzenta erguia-se do Pé e agora cobria a cidade, uma fumaça tão espessa quanto as nuvens sulcadas que enxergamos abaixo de nós quando olhamos pela janela de um avião. Uma noite prematura descera sobre Prava, colorindo as torres e os domos da Cidade Antiga com uma estranha beleza industrial.

A essa altura a dor nas costelas de Vladimir estava se tornando aguda. Ele irrompeu num acesso de tosse. Havia alguma coisa em sua garganta, um cordão grosso de sangue coagulado, e ele o puxou, puxou até que toda a cadeia alimentar desdobrou-se de dentro do seu estômago e aterrissou na careca do motorista.

Por um segundo a causa de Vladimir parecia perdida; por um segundo parecia que ele teria que ir a pé para o aeroporto. Mas tudo o que o motorista disse, à maneira mansa e desconcertada de um orgulhoso rapaz nativo subitamente coberto com as tripas de um ocidental, foi:

— Pague.

Quando o dinheiro caiu ao lado dele, ele mais uma vez acelerou o carro.

Baixando os olhos para a cidade abaixo deles, Vladimir avistou a caravana de BMWs subindo o morro, cada carro nos calcanhares do outro, formando um rio azul escuro não muito diferente do Tavlata, com a exceção de que fluía com bem mais disposição e subia o declive do Monte Repin. Vladimir estremeceu, espantado com o poder da organização à qual ele havia pertencido, embora uma corrente de automóveis alemães de luxo talvez fosse a sua manifestação mais poderosa. A não ser, é claro, pelo fato de que cada elo daquela corrente o estivesse bombardeando com tiros.

Daí em diante isso aconteceu por uns bons dez minutos. O Trabant havia deixado o outro lado do Monte Repin e emergido na rodovia principal que saía da cidade. Vladimir estava sofrendo um estontante ataque de sangue e lágrimas. Mantinha a cabeça inclinada para trás para impedir que o sangue descesse, e sussurrava consigo mesmo o *manifesto* "Nada de Lágrimas" do pai, quando uma bala arrancou a janela traseira do Trabi. Os diminutos cacos de vidro riscaram finas linhas vermelhas na cabeça do motorista, complementando (e até criando um belo efeito) o "A" tatuado, símbolo dos anarquistas.

– Ah! A artilharia está atirando para matar carro e Jaroslav! Pague! – o rapaz gritou.

Vladimir esgueirou-se para baixo, para dentro da poça do seu próprio sangue. O motorista, Jaroslav, virou para a terra-de-ninguém que era o acostamento, entre o parapeito e a pista da rodovia. O pequeno Trabant espremeu-se para passar por um caminhão à frente deles ostentando o logotipo de uma empresa sueca que fabricava móveis modulares.

Em estado de choque, Vladimir rastejou de volta ao banco para olhar através da janela não-existente atrás de si. O caminhão de mobília agora separava o carro dele da expedição de caça do Marmota como uma espécie de força de paz *ad hoc* da ONU. Mas aparentemente os homens do Marmota não tinham o menor respeito pelos móveis suecos; com uma persistência comum apenas a ex-soldados do Ministério do Interior soviético e a estudantes de advocacia, eles continuavam a atirar enquanto o caminhão ziguezagueava, enlouquecido, tentando permanecer na estrada. Finalmente os esforços deles produziram resultados: com um sibilar audível as portas traseiras do caminhão desprenderam-se e voaram.

Uma casa inteira de mesas de jantar Krovnik em cores sortidas, armários Skanör de faia com portas de vidro, lâmpadas de escrivaninha retráteis Arkitekt (com fachos ajustáveis) e o pai de tudo aquilo – um conjunto de sofá e duas poltronas Grinda forrados com uma fazenda de estampa moderna – saíram voando para fora do baú do caminhão e caíram sobre a flotilha de BMWs, para decidir de uma vez por todas a Guerra Russo-Sueca de 1709.

ELES ESTACIONARAM no terminal de partida. Vladimir, num gesto de boa vontade de última hora, jogou mais dez milhas para Jaroslav, que deu um tapa nas costas empapadas de suor de Vladimir, e, com os próprios olhos agora lacrimejantes, bradou:

— Corre, J.R.! Um carro ainda nos segue!

Ele correu, limpando distraidamente o sangue do nariz na bandagem da mão, já sangrenta. Jogou o passaporte com violência sobre a mesa da equipe de segurança semi-acordada que vigiava o portão de embarque. Nesse momento formal, a sua pasta, recheada de cerca de 50 mil dólares e uma arma, lhe veio à lembrança.

— Ah, perdão — disse o sempre vigilante Vladimir. Foi mancando até a cesta de lixo mais próxima, retirou a arma bastante sem-graça, e, dando de ombros, jogou fora aquele item inútil. — Nem me perguntem sobre a pistola — disse aos simpáticos cavalheiros de bigodes de morsa e ternos verde-escuros. — Que dia longo!

— Americano? — perguntou o comandante da segurança, um indivíduo alto, esguio e em boa forma, um cacho de cabelos brancos sob a boina.

Era mais uma afirmação do que uma pergunta. Com um mínimo de malícia ele disse a Vladimir para manter as mãos ensopadas de sangue fora do imaculado balcão branco, então carimbou no passaporte um desenho infantil de um avião levantando vôo e mandou que Vladimir passasse pelo portão. Com dez minutos para a partida, Vladimir preparou-se para uma arrancada final.

Diretamente atrás dele, Gusev e o Marmota chegaram correndo no balcão da segurança, abotoando os paletós de lapela dupla, ajeitando as gravatas e gritando em russo:

— Parem o criminoso de camisa ensangüentada! Segurem o pequeno criminoso!

Vladimir estacou, como se congelado por aquelas palavras funestas, mas a equipe de segurança mal se voltou.

— Nós não falamos russo aqui — o comandante anunciou em estolovano, e os outros riram em aprovação.

— Segurem o terrorista internacional! — Gusev trovejava, ainda na língua errada.

— Passaporte — o chefe trovejou de volta na linguagem internacional da polícia de fronteira prestes a mostrar-se mais do que um pouquinho grosseira.

— Os cidadãos soviéticos não precisam de passaporte! — o Marmota berrou e, num último gesto suicida, deu um salto na direção do portão de embarque e de Vladimir.

Vladimir continuou ali parado, transfixado pelo olhar nos olhos do filho do sr. Rybakov, o olhar torto com o mesmo ódio, a mesma loucura e, no final das contas, a mesma desesperança que o pai dele, o Homem do Ventilador, havia usado como um distintivo... E então o contato visual foi quebrado por muitos cassetetes em movimento, chutes certeiros na virilha e um homem mais velho de farda inclinado sobre o Marmota e Gusev gritando vingança pela incursão soviética de 1969.

— Ah, meu pobre povo — Vladimir disse de repente, quando a violência começou. Por que dissera aquilo? Ele balançou a cabeça. Herança idiota. Judeu multicultural burro.

Entre os últimos passageiros que subiam a escada ele nem sequer reconheceu Morgan. Tolamente, imaginava que o rosto brilhante dela se destacasse com a luminosidade de uma supernova, que um grito grandioso e preternatural de "Vlad!" fizesse estremecer a pista. Mesmo faltando tudo isso acima descrito ele correu... correu como havia aprendido com Kostya e com a vida, correu em direção a ela, em direção ao murmúrio dos motores do jato, a centelha do sol em asas de metal que estremeciam suavemente, a visão insuportável de ainda outra paisagem ficando cada vez mais para trás como se nada daquilo houvesse acontecido.

Ele correu — não havia tempo sequer para mentir a si mesmo que voltaria. E as mentiras sempre haviam sido importantes para o nosso Vladimir, como os amigos de infância com quem a gente nunca perde a ligação.

EPÍLOGO: 1998

*Estou tocando acordeão
em uma rua movimentada*

*É uma pena que feliz aniversário
seja só uma vez por ano.*

– Canção de Aniversário Russa
*(cantada por um crocodilo sem graça
de uma história em quadrinhos)*

HAVIA SIDO IMPOSSÍVEL DORMIR DURANTE A NOITE. Uma tempestade de verão havia ficado cada vez mais forte, tentando penetrar à força pelas janelas de vidraças duplas e pela argamassa de estuque com um rancoroso anúncio do trigésimo aniversário de Vladimir, exatamente o que ele esperaria da cruel franquia da Natureza em Ohio.

Agora é de manhã, na cozinha, mal chegadas as sete horas, e o sonolento Vladimir está comendo os seus flocos de milho com fruta. Ele passa meia hora observando os morangos ensangüentarem o seu leite, enquanto submerge a sua banana com perverso entusiasmo. Um dos gigantescos fios de cabelo marrons de Morgan, preso na porta de um armário da cozinha, voa para o alto num arco, soprado por uma corrente de ar que vem da janela como um dedo indicador chamando Vladimir.

As manhãs são solitárias hoje em dia.

Morgan, de folga da clínica onde trabalha como interna, ainda está dormindo, as mãos enroladas protetoralmente ao redor da barriga esférica, que já parece crescer e erguer-se independentemente da respiração dela. Ela tem os olhos lacrimejantes e inchados por causa da temporada de pólen, o rosto está ficando mais cheio e talvez um pouco menos bondoso em preparação para a terceira década da vida dela. Incapaz de ouvi-la da cozinha, Vladimir escuta a casa respirar, apreciando, como o seu pai sempre fizera, a segurança imaginada do lar americano. Nesse dia, é o murmúrio inspirado de alguma espécie de gerador elétrico enterrado nas profundezas do sub-porão da casa, um murmúrio que às vezes se transforma em um rugido, fazendo os pratos tilintarem no lava-louças.

– Hora de ir – Vladimir anuncia para o maquinário da cozinha e para as cortinas com girassóis infladas acima da pia.

ELE DIRIGE PELA PERIFERIA ESGAÇADA da sua vizinhança, onde as arrogantes moradias unifamiliares do tipo daquela na qual ele mora dão lugar a casas de vila do período entre as duas Grandes Guerras – de um preto-carvão, fosse de propósito ou por causa das indústrias que cercam a cidade, quem poderá dizer? Já pedaços de tráfego matutino estão enchendo as esquinas, os ohioanos diminuindo a velocidade para deixar que mamães e crianças atravessem a rua. Vladimir, no felpudo casulo do seu carro utilitário de luxo, está escutando o lamento estridente do bardo russo Vladimir Vysotski – é a sua canção matinal favorita, passada num hospício onde os internos acabaram de tomar conhecimento do mistério do Triângulo das Bermudas num programa de variedades pela televisão e estão cheios de sugestões perturbadoras. ("Vamos beber todo o Triângulo!", grita um alcoólatra em recuperação.)

E então, com um gorjeio de empanzinar, o arauto da chateação, o seu telefone do carro, começa a tocar. Vladimir olha para ele com incerteza. Oito horas da manhã. É hora dos parabéns familiares, o discurso anual da Mãe a respeito de "O Estado de Vladimir". Do alto do seu arranha-céu cercado de vidro em Nova York, a gritaria comemorativa tem início:

– Meu adorado *Volodechka*! Feliz aniversário...! Feliz recomeço...! Seu pai e eu lhe desejamos um futuro brilhante...! Muito sucesso...! Você é um rapaz talentoso...! Quando era criança, nós lhe demos tudo...!

Há uma longa pausa. Vladimir está na expectativa de que ela comece a se lamentar, mas a Mãe está cheia de surpresas nessa manhã.

— Veja, não estou nem chorando este ano! Por que deveria chorar? Você agora é um homem de verdade, Vladimir! Levou trinta anos, mas finalmente aprendeu a lição mais importante da vida: quando você escuta a sua mãe, tudo acaba dando certo. Lembra-se como eu o protegia no jardim-de-infância? Lembra-se do pequeno Lionya Abramov, o seu melhor amigo... Eu costumava dar a vocês, meninos, bombons de chocolate da Chapeuzinho Vermelho. Tão delicioso. E você era um menino tão quieto, tão obediente. Eu poderia ter envolvido você no meu amor, naquela época. Bom, já o fizeram sócio?

— Ainda não. O pai da Morgan diz que... — Vladimir começa, prestando atenção na aproximação de um agressivo caminhão de laticínios.

— Mas que puta estúpida ele é — a Mãe comenta. — Você se casou na família dele, devia ser sócio. Não se preocupe. Vou ensinar uma lição a ele quando eu for para o *bris*. E como está a Morgan? Sabe, quando eu estive com ela no outono passado ela não estava nem grávida, mas não pude deixar de perceber... Ela já estava meio gordinha. Nas coxas, especialmente. Você devia dizer alguma coisa, de um modo sutil americano, sobre as coxas... E se ao menos ela fosse um pouco mais loura... Pense só, a criança poderia ter cabelos castanhos e um belo rostinho redondo... Mas quem sabe o que Deus pretende para nós!

— Todas as semanas você começa com essa história dos cabelos — Vladimir reclama, penteando nervosamente os seus cachos escuros com a mão livre. — Não temos outro assunto para conversar?

— Estou velha, meu tesouro! Eu repito as coisas! Uma anciã! Quase 60 anos.

— Isto não é tão velho neste país.

— Sim, mas as dificuldades que enfrentei. Os detalhes. Sempre com os pequenos detalhes... Não consigo dormir à noite, Volodya... Acordo e os detalhes estão me sufocando. Por que a minha vida é tão difícil, diga-me, meu tesouro?

Vladimir examina um cartaz anunciando uma loja de pneus recém-construída. De repente ele sente vontade de trocar os seus pneus, de conversar com os mecânicos de jalecos azuis sobre a sua paternidade iminente e como ele deveria se conduzir durante todo o negócio. Sente vontade de juntar-se à singela fraternidade dos homens brancos da América. E por que não? Como parte da nova vida deles, Morgan já se cercou de uma seleção natural de mulheres jovens, atraentes, grávidas, que sem qualquer esforço mobilizam a cozinha passando café enquanto olham de relance para Vladimir, que passa com uma mistura de timidez e descrença.

– Hum... – ele diz à Mãe.

– Ah, que menino americano saudável você vai ter! – a Mãe continua. – Vi um na casa de um vizinho. Eles até engatinham diferente, aqui. Com muita energia. Talvez seja a dieta.

Vladimir coloca o fone no colo e escuta o suave trinado da fala da Mãe, esperando que a voz dela baixe para um sussurro de reprovação que signific que ela já disse tudo o que tinha para dizer.

– Bom, está na minha hora de ir – a Mãe suspira, exatamente quando ele torna a pegar o fone. – Esses telefonemas custam dinheiro. Sempre se lembre que nós amamos você, Volodya! E não fique com medo do pai da Morgan. Nós somos mais fortes do que esta gente. Simplesmente pegue o que você quiser, *sinotchek*...

Eles trocam beijos de despedida, e o som das beijocas ecoam através do éter. Vladimir dirige por mais alguns quilômetros silenciosos. Apesar da tempestade matinal ainda ganhando massa lá no alto, o inepto sol de Ohio conseguiu atravessar as nuvens para cegar Vladimir com o seu falso brilho de verão. As estradas estão solitárias e enxutas.

E então, como se todo o populacho simultaneamente se erguesse do sono e terminasse de gargarejar, o trânsito da manhã começa para valer. Vladimir luta para abrir caminho até uma via expressa, a artéria principal que leva ao centro da cidade, onde uma nova paisagem se materializa lentamente, fábricas esvaziadas misturadas a cúpulas ortodoxas apoiando cruzes tão altas quanto chaminés... E então, e então...

O centro de Cleveland. Os seus três maiores arranha-céus destacando-se acima da paisagem cosmopolita dos escombros de fábricas que sonham em ser casas noturnas e filiais de cadeias de restaurantes, os mini-arranha-céus atarracados que dão a impressão de terem sido cortados na infância. A esperançosa grandiosidade de prédios municipais construídos em uma época em que o transporte de porcos e novilhas prometia à cidade uma elegância comercial que havia expirado juntamente com os animais... Porém, de um jeito ou de outro, a cidade tem perseverado contra as estações ingratas e as tempestades que ganham velocidade acima do Lago Erie. De um jeito ou de outro Cleveland tem sobrevivido, com sua faixa cinzenta estendida – o estandarte de Archangelsk e Detroit, de Kharkov e Liverpool, o estandarte de homens e mulheres que colonizariam as partes mais ignominiosas da terra, e ali, com a confiança excessiva nascida não da fé e da ideologia, mas da biologia e do desejo, traz para o mundo os seus lastimosos substitutos.

Sim, a boa e velha Cleveland. E quem é Vladimir senão o seu capitão? O escritório dele fica no alto de um arranha-céu que inspeciona todo o domínio, terra e mar, subúrbio e metrópole. E ali, sob a mal-humorada direção do pai de Morgan, o contador Vladimir guiará o futuro comercial de vários pequenos negócios por todo o Vale do Ohio.

Isto é, até que aconteça o inevitável. Pelo menos uma vez por semana. Geralmente depois de uma repreensão de algum superior careta com as suas vogais anasaladas do Meio-Oeste e cabelos com corte militar. Vladimir tranca a porta do seu escritório, fecha os olhos e sonha com... Um golpe! Uma provocação! Pirâmides! Turboélices! A Bolsa de Valores de Frankfurt! O velho truque Girshkin de alguma coisa em troca de nada! O que foi que a Mãe dissera? Somos mais fortes do que essa gente. Simplesmente pegue o que você desejar...

Mas ele não consegue. Desapareceu inteiramente, aquele instinto juvenil. Esta é a América, onde o jornal da manhã aterrissa na porta da frente precisamente às 7:00 – não o domínio felpudo onde Vladimir já fora rei.

Assim, ele abrirá os olhos e destrancará a porta. Cumprirá as dez horas do seu dia de trabalho. Vai bater papo com as secretárias e usar os seus minutos de folga para informar-se da situação das equipes esportivas locais nas páginas finais do *Plain Dealer*, estatísticas necessárias para os bizarros rituais de coleguismo da empresa realizados depois do expediente. (Vladimir, como já foi mencionado, é material com potencial para sócio).

E então, finalmente, o dia será exibido de trás para diante e ele voltará para Morgan... para o pequeno escorrer de respiração que lhe sai da boca, para as orelhas vermelhas de calor como se carvões em brasa estivessem escondidos lá dentro, para o corpo grávido dela abraçando-o na noite com a preocupação de uma mãe iminente.

E quanto a esse bebê?

Ele viverá como o pai viveu antigamente: tolamente, regiamente, extasiadamente?...

Não, pensa Vladimir. Pois ele consegue ver a criança agora. Um menino. Crescendo à deriva em um mundo particular de duendes eletrônicos e impulsos sexuais silenciosos. Adequadamente isolado dos elementos por argamassa de estuque e janelas de vidraça dupla. Sério e um pouco chato, mas não incomodado por qualquer doença, livre do medo e da loucura das terras orientais de Vladimir. De mãos dadas com a mãe. Parcialmente desconhecido para o seu pai.

Um americano na América. Este é o filho de Vladimir Girshkin.

Para Chang-rae Lee, com carinho e apreço, por ter me lançado no mundo das letras. Para Diane Vreuls, pelo incentivo desde o início. Para John Saffron, da Universidade Haimosaurus, pela paciência infinita e por manejar o chicote. Para Denise Shannon da ICM pela excelente representação e orientação. Para Cindy Spiegel, pela inestimável orientação editorial e apurada compreensão da experiência do imigrante. Para Millys Lee, por tudo.